U0928937

城乡文化/文学关系研究文丛

策　划　王晓明　陈晓兰

美国印象

——中国旅美游记选编（1912-1949）

America Seen by Chinese:

Chinese Travel Writing from the United States, 1912-1949

陈晓兰 编校　　Edited by Xiaolan Chen

复旦大学出版社

总 目 录

前 言

中国海外游记自晚清兴起，至民国时期达到创作的高峰，几十年间产生了数以百计的作品，所涉区域涵盖亚、非、拉、美、欧及太平洋区域40多国，北至芬兰、瑞典，南及阿根廷、智利，反映了20世纪早期中国世界想象的地理范围和思想视野，其中，美国占据着核心地位。“美国朝野之状况，不啻未来之中国”几为民国时期亲历美国的游记者普遍之共识。正如伍廷芳在《美国视察记》（陈政译，中华书局1915年版）中所言：“寰球各国，最足资吾人观感者，莫美国若。”伍廷芳在其序言开篇用寥寥数语描述了美国神话般的建国历史：从起初少数英人移殖新大陆，筚路蓝缕，开拓山林，至人口扩增，蔚然成一“部落”，与英伦血战，“卒以百折不回之气脱英轭而自立”，迄今不独富甲全球，且“一言重于九鼎，使天下列强折节而听之”。从历史悠久的母国文明脱离而出，在短时间内建立一个全新而强盛的现代国家，正是20世纪美国对于旅美中国人的吸引力之所在。美国建国的历史和独立自主、国富民强的“神话”在民国时期中国人的旅美游记中不断重复。美国不仅被视为现代中国转型的榜样，而且也成为评价当时中国政体与社会现状的标准，进而成为反思、批判、重估中国传统价值的参照系。可以说，民国时期的旅美游记对于美国的乌托邦形象在中国的树立、美国知识在中国的传播和美国标准在中国的确立，起了不可忽视的作用。

据不完全统计，民国时期出版的旅美游记单行本近50部，其中部分作品首先在报刊登载，之后以单行本形式面世，有些甚至一版再版。在“环球游记”“欧风美雨”“世界旅行”等综合类游记中，美国也占重要地位和大量篇幅，是游历者重点考察和详加记述的国家。此外，还有刊载于《申报》《大公报》《旅行杂志》《西风》《学生杂志》等各大媒体的散篇，数量可观，种类繁杂，内容包罗万象。这些作品记录行旅足迹所至，自中国沿海或内地至上海，由上海至美国旧金山或西雅图，由美国西海岸至东海岸，由东北上、由北南下，穿越广袤的美国腹地，领略大都会之目眩神迷的现代化景观，瞻仰民主国家之政体象征，凭吊美国独立建国之历史遗迹，纵览名山大川，探访偏僻小镇、乡村乃至印第安部落。这些游记记录了中国人在美国本土亲历美国的有限的"接触地带"，反映了个体的中国人在与美国文化的相遇过程中发生的种种可能性及其作用力。这些游记是游记者对于美国的凝视、想象、阐释与再现，同时也是凝视者自我的另一种表达形式。游记书写了游记者赴美壮游的夙愿与记游的目的、去国离乡的个人动因与社会政治背景，证照申领的繁杂手续与入境检验的不平等待遇，远游的悲哀与欣喜，航海的路线与里程，面海的恐惧与不安，旅居美国期间的日常生活，在异国他乡的孤独与怀乡，出游经验和旅途见闻，对于美国的调查与研究，对于中国现实的批判，对于中国未来的忧思。万花筒般的内容配以杂糅性的文体，融传统山水游记、散文、小品、诗词与社会考察报告、现代通讯于一体，辅之以摄影、插图、统计数据、历史年表等，试图全面再现美国历史与现实，描绘美国的全景图，介绍美国的山川地貌、国土面积、国家历史（常识）、人口构成、工农业生产与贸易、交通运输、军事战略、国际关系、国会与政党、文化与教育、工作与休闲以及平等与自由、民主与法治的政策和实践。旅美游记将这些抽象的知识、理论与美国国民的日常生活密切结合起来，将遥远的想象和抽象的理论转化为日常生活经验。游记者带着中国的问题看美国，在美国寻求救国良方，以美国的标准审视中国，通过中美之间的紧张比较，表达对于国内政局的忧虑、愤懑与强烈的批判，将游记变成了一种"政治论坛"。因此，不同于中国传统的游记，民国时期的旅美游记更是一种社会、政治文类，或者说是一种文学化的政治写作或政治化的文学写作。

中国的旅美游记作者主要以社会政治和文化精英为主体。晚清时期以清廷派遣者、美国教会资助或商贸公司派遣者为主，相比于晚清，民国时期的游记作者队伍构成表现出多元化特征，有外交人员、军政界要员、中央和地方政府机构官员、实业家、教育家、留学生、社会活动家、公共媒体的驻美记者、自由知识分子、作家、艺术家等。有些在赴美前后都是在中国掌握实权或话语权者，有些则是在赴美之后完成了个人的转型，回国后在其专业和政治、文化领域发生影响，成为中国现代转型的鼓吹者和实践者。尽管他们个人境况殊异,政治立场有别,在美身份不同,旅居时间长短不一,但都怀着强烈的民族危亡的紧迫感和改造中国的使命感,在美学习、工作、考察、写作的目的也趋于一致:“敦好笃谊”,“修通好之仪”;“采三山之神药,乞医国之金丹”;“他山攻玉,资我良工”。由于游记者的政治、文化地位和亲历者的身份,以及第一人称的、现实主义的叙述策略,这些融现实描绘与主观阐释于一体的作品,在当时被视为真实的历史记录,不仅受到官方重视,也成为国人获取美国知识和信息的主要媒介之一。因此,在中国人的美国观念乃至现代观念、国家观念的形成中起过不可忽略的作用。这些游记反映了中国的政治社会精英在美国本土与美国现实、美国文化相遇后对于中国现实政治乃至文明、种族、国家、现代性、城市化等问题的思考,为我们理解 20 世纪早期中国与美国相遇的经验,认识中国对于美国的想象和误读以及中国的现代观念提供了全新的维度。这些游记书写了特定时期中国人所体验、所认识的美国,虽然这些体验和认识是通过“拣选”出来的部分文化、政治精英,通过在美国有限的“接触地带”完成的,游记中所描绘的美国也并非那个自然存在的、复杂多面的实体的美国,而是经过游记者的眼光和阐释过滤后的美国,是一个承载了 20 世纪初期那些亲历美国者的个人经验、现代想象和国家理想的美国;但是,透过这些游记,可以看到美国想象在中国现代观念的生成、价值观念认同的迁移和国家理想的形成中所产生的作用。

长期以来,这些游记未受到学界应有的重视,大部分文献尘封于故纸堆,或散见于各种报纸杂志,而且主要集中在上海、北京等大城市的图书馆,大部分以电子版形式供读者现场阅览,部分纸本文献损毁现象严重。因此,从抢救文献的角度和研究的便利而言,整理出版这些文献,是一项十分必要的工作。2013 年,“民国时期旅美游记文献整理与研究”作为教育部人文社科基金项目立项,为本课题的推进提供了必要的资助。在过去的几年间,我赴各地访书,初步形成了民国时期海外游记总目约 300 种,其中美国游记近 50 种(见附录,相信这个目录还会不断加长),此外还有翻译出版的日本厨川白村的《北美印象记》、英国桑德尔的《战时美国过眼记》、苏联伊利亚·爱伦堡的《美国我见我闻》(另译《游美印象记》)等外国作家的美国游记。1949年以后,民国时期出版的旅美游记只有个别作品或以单行本的形式再版,或被编入全集或文集再版,本课题甄选1949年以后在中国大陆未再版者予以整理、校点,但是由于版权限制和篇幅所限,现在呈现在读者面前的选集,只收录了王一之《旅美观察谈》、由云龙《游美笔谈》、伍庄《美国游记》、出云馆主人(梁朝杰)《美游诗词存稿》、严仁颖《旅美鳞爪》五部,以飨读者。

王一之(1887—?),字惕微,浙江杭县人。1915年赴美,留学于华盛顿大学,其妻茂漪随从赴美入华盛顿某画院学习。1918年10月,美国疫疠盛行,茂漪染病数日后亡故。王一之于1919年初归国,经张元济、陈敬第介绍,与名士李拔可之女李昭实于1919年10月在上海完婚。1920年1月偕李昭实乘中国邮船"南京"号经由横滨至美,赴巴西任中国驻巴西使馆三等秘书。同年9月,奉外交部令调任中国驻奥地利使馆二等秘书,后任中国驻阿姆斯特丹领事等职。王一之曾与吴一凡合译德国马克斯·魏诺著《第二次世界大战论》一书,1942年由重庆青年书店出版发行,20世纪30—40年代,报刊不时刊载王一之的摄影作品和通讯、时事评论。王一之旅居美国三年多,其间,悉心考察美国社会政治、风土人情,撰写12万字。内容涵盖饮食男女、衣食住行、生老病死、娱乐游戏、节令习俗、审美情趣、家庭婚姻、妇女地位、丧葬习俗、伦理法治、城市发展、报刊事业、个人生计、伟人观念、华侨境遇等诸方面,展现美国社会民情、政治制度乃至美民特性,并就中美两国政体、现实、传统、风习展开比较,以期效法美国之良法、善政,改造中国现实不良之政治、颓靡之士气、堕落之民德。文字清新典雅,富有情趣,寓意深幽,抒发个人情怀,寄托家国忧思,颇富传统游记小品的魅力。这些游记初登载于《申报》,后结集为《旅美观察谈》,于1919年12月由申报馆出版,至1921年1月已出第三版。申报馆总理史量才、主笔陈冷、营业部主任张竹平分别作序,三篇序文均被译成英文附于书中。张竹平盛赞王一之的博学,谓其旅美期间"悉心考察彼邦风土人情,遗俗善政","读之者咸深赞叹,使曾至美者恍然重游,未至美者辄深神往。其将观察美之事实与吾国习尚互相比例,优劣利弊之点,可资借鉴。是诚有益于当世之作也"。《旅美观察谈》中附有53张照片,其中有史量才、张竹平、陈冷的个人照,其他则主要是展现美国风景名胜、彰显美民精神的风景照和人物照,另附驻美公使顾维钧的照片及其夫人唐宝玥的遗照,王一之发妻茂漪的遗照(In Loving Memory of Mae)三张。王一之在《旅美观察谈》中言及旅美两奇景时说,1916 年双十节偕茂漪游华盛顿故居为旅美三年间登峰造极之乐境,而痛不可言之悲境则是其妻茂漪于 1918 年 10 月染疫十三日后离世:"万里远适,重洋阔阻,虽不至如李陵答苏武书之幽寂苍凉,然苟不幸而遇逆境,旅寓海外之困阻,实将十倍于内地。"1915 年王一之偕妻由美西赴美东,不料数年后却运其柩原路返美西,两次都路过盐湖长桥,美丽的异国风景却成为人生最悲痛之纪念地。《旅美观察谈》最后一篇虽然谈的是文字与思想,主要内容却是美国友人对于其妻茂漪的赞誉和悼词。《旅美观察谈》最后也以悼亡诗作结:"云滞风微万木枯,冲寒戴雪过咸湖。凄迷一道澄波影,归路重看境已殊。""湖波渺渺自千古,不管人间朝暮情。天末斜阳幻秋色,顿教独客泪纵横"。"临流东顾更茫茫,回首前游欲断肠。"万里远适,旅寓异邦,得失相随,亦喜亦悲。1949 年以后,王一之完全从中国大陆的茫茫视野中消隐了。

由云龙(1877—1961),字夔举,号定庵,云南姚安人。1897 年参加科考中举,后入京师大学堂师范科学习,毕业后回云南致力于发展教育。在任云南省师范监事期间,将云南各府、州、县立国民中学合并为师范中学。曾任云南省教育总会副会长、云南教育司司长,并与人联合创办了《云南日报》。辛亥革命后,由云龙成为云南军政界要员,历任大理、丽江、楚雄等五府一厅自治总理,及云南都督府秘书长、政务厅厅长、水利局局长、云南盐运使、实业厅厅长等职,并一度代理云南省省长。曾赴日本考察,著《东游日记》。他在《游美笔谈》弁言中说:"往读梁卓如氏《新大陆游记》,极羡美国之文明,蓄志一游,二十年来,迄未得遂。"1918 年年底,由云龙终于由沪搭乘太平洋公司"日本皇后"号,航行 15 日至加拿大,在温哥华休息二日,搭火车,经五昼夜直抵纽约。考虑到纽约为美国经济中心,交通便利,商务发达,而他自己的知交亦多在此地,就决定以纽约为中心据点四方考察。在美期间,由云龙游历华盛顿、费城、波士顿、芝加哥、布法罗、丹佛、加利福尼亚等地,历时 4 个月,于 1919 年初春由旧金山起航,搭乘"中国"号抵横滨，休息一周，搭日本“三岛丸”号回上海，总计往返程途7万余里。

《游美笔谈》于1926年由云南崇文印书馆代印，分政事、实业、教育、名胜、风俗、旅行六部分，其中尤重实业与教育，予以特别关注和详细记述。另插有美国风景名胜及作者旅行途中留影照26幅，附旅途杂咏27首。回滇后，他在青年会发表演说，介绍游美观感：“美国社会文明程度之高，真足令人羡慕”，表现在尊重妇女、重平等、有秩序、尚自治、重卫生、经济流通、富于爱国心等方面。他认为美国实业之发达实由彼邦人民四种特性决定：重独立，虽父母兄弟，耻相依赖，以独立营生为抱负；不自满，用一机械、办一工厂，必时思改良进步，以求登峰造极；习劳苦，百万富翁，不惮操作，虽煤烟满面，泥泞满身，在所不顾；坚忍，凡经营一事，几经困苦艰难，不成不止。美国“全国之内，家给人足，进可以战，退可以守”。在上书唐继尧（时任护法军总裁、滇川黔鄂豫陕湘闽八省靖国联军总司令）的条陈中，他提出国家和地方建设的七条建议：修建道路，发展海陆空交通；改良农业畜牧，扩充男女工艺，调研地方特产，兴办工厂；发展商学，培养广世界之学识，识矿产、农品之人才；发展体育，身体强健关乎陆海军、政教工商各任乃至种族之盛衰存亡；注重外国语言文字之教育，以适应世界交通之使；注重切音字母的推广，统一各省语言，以利于政教号令之明晓与社会教育之普及；发展社会教育，教育为立国之本，应先从通俗社会教育入手，切实计划国民教育、职业教育、专门人才教育。由云龙呼吁中国人要赶快觉悟，发展实业和教育，使全国家给人足，人民有国民的常识、世界的眼光，获得世界的尊重。《游美笔谈》附录中的29首诗，如一首叙事长诗，记叙了他赴美远游的所见所感。航行的经验，大海的奇观，面海的惊惧与欣喜：“孤舟出没万马中，生死须臾不可测。只凭忠信涉波涛，常变安危那能说。天公待我殊不薄，如此奇观会其适。三朝海面浪如银，一夜乡心发已白。”盛赞美国四通八达的交通：“五日征车陆上驰，行人一瞬即天涯。”“为虑舟行有滞留，凿开隧道入深幽。驱车经过长河底，不信河流在上头。”现代大都会的奇观：“百寻高屋耸层空，登降全凭电力通。二十八机升一霎，天风浩浩荡心胸。”归国后对于政局的失望：“历尽惊涛百险余，一朝祖国庆归与。那知人海风波恶，比较沧溟反不如。”大海的惊涛骇浪难比人海的风波险恶，透露出由云龙退出人海江湖、隐居山林的意绪:“买得西原一片山,诛茅结屋两三间。读书养我平生拙,一任潮流日往返。”1927 年后,由云龙退出政坛,潜心著述,被聘为清史馆名誉协修,有《清史述略》《滇录》《护国史稿》等传世,并编纂《越缦堂读书记》《定庵文存》《姚安县志》(68 卷)。后任云南省教育厅厅长,期间大力选派优秀人才出国留学。

梁朝杰(1877—1958),字伯隽,号出云馆主人,广东新会人。在康有为万木草堂听讲三年,世称“康门十大弟子”之一。据梁启勋《万木草堂回忆》:梁朝杰“是一个异样的聪明人,十四岁中了一个举人,旧说十四,满岁数实在十二岁多。梁启超把他引进长兴里,他听了学术源流的印度哲学,心仪佛法,兴趣近于禅宗一派,终日静坐”。有一天,他请教康有为现在要读什么书。先生说:“经书你已经读过,读史罢。司马温公的《通鉴》,繁简得宜,其中所加之案语,条条都好。凡是‘臣光曰’之下,就是他的案语,长则数千百字,短则三两句,无一不扼要而精警,就读《通鉴》罢。”过了二十多天,他把二百九十四卷《通鉴》读完,又去问先生读什么书。先生心里觉得有点稀奇,试举其中人物或事迹问他,都能答复。诚不愧为一个小怪物了。[①] 戊戌变法失败后,梁朝杰应康有为邀请前往美国,参与保皇会的宣传活动,主笔旧金山《文兴报》(《世界日报》前身),并创办《文通报》。梁朝杰的作品有《出云馆文集》《梅花百咏》《梁氏小雅存稿》等。

《美游诗词存稿》由世界日报馆于 1931 年 3 月出版,收录梁朝杰旅居美国期间创作的 280 多首诗词。诗词所特有的个人化、情感化特征,更能反映游记者个人复杂、精微、独特的经验,阅读这些诗词,一个异国他乡的孤独的旅居者的形象跃然纸上。这些诗词采用了大量的典故,同时也将现代新术语如自由、专制、共和、人权等引入诗中,描绘美国风景,批判中国现实,反思中国历史,以传统的书写形式表达全新的社会内容和极其复杂矛盾的个人经验,可谓“旧瓶装新酒”的典范。《美游诗词存稿》再现了作者在美国的旅居生活、个人交往,以及对于故国家园的深切思念、对于时局的忧愤和对于现实的强烈批判,正如

① 参见夏晓虹主编:《追忆康有为》(增订本),生活·读书·新知三联书店 2009 年版,第 194 页。

他在序文中所说:“兵事连着专制,政敝又加无教。”“官联只弋猎之资,人道有沉沦之患。刘伯伦置身浊世,短锸相随;阮嗣宗蒿目穷途,长歌当哭。牺牲入庙,虽熏沐以何荣?鸿鹄适荒,将翱翔其安集?吾道至此,亦足悲矣!”个人虽不乏澄清之志,无奈万里远渡,寄庐太平洋之滨,遥望故国山河破碎,坐看群魔乱舞军阀混战,却无能为力:“轻抛逝水华年,空悲楚泽。遍山啼血,子规唤故国之魂;蹈海含冤,精卫填生灵之恨。”

伍庄(1881—1959),字宪子,号梦蝶,广东顺德人。1897 年入康有为万木草堂听讲。戊戌变法失败后,潜心治学。1904 年至香港,加入保皇会,并任《香港商报》主笔。1907 年赴新加坡主持《南洋总汇报》,同年回国参与创办《国事报》。终其一生,伍庄参与创办的报刊有《国民公报》《唯一日报》《共和日报》《平民周刊》《丙寅杂志》《雷风杂志》《人道周刊》等。1926 年在香港参与创办平民自救会,翌年,与梁启超、徐勤等创立民宪党,后改为中国民主宪政党,伍庄任主席。1946 年宪政党与中国国社党合并为中国社会民主党,伍庄任常务委员兼副主席。1957 年,伍庄任香港联合书院中文系教授。著有《梦蝶文存》《中国宪政党史》《中国最近百年史纲》等。梁朝杰在《送梦蝶出游》的长诗中,赞扬伍宪子刚健、中正、纯粹、精灵,谓其作乡宦调度内务,作政客忙碌游说,作教授函授国学,能开会宣教,能设帐讲经,作记者招致麻烦,风尘仆仆,去国离乡,远游不忘救国。1927 年,伍庄赴美国旧金山主持宪政党机关报《世界日报》,并于 1935 年在纽约创办《纽约公报》,同年归国,旅居美国 7 年。他在《美国游记》中说:“予因国内黑暗,无政治可言,乃飘然去国,渡太平洋来美,初意漫游美、墨,不料因主《世界》笔政,年复一年,至于七年之久。”日月流逝,虽自己精神无恙,然国家元气大伤,虽然奋笔疾书,却无力改造政府,难以唤醒国民,徒托空言,每感惭愧:“二万里外,坐视国危,不能施救,空言何补?辜负生平所学,心中恒忐忑不安。”游子思亲,遂动归志。1935 年 5 月 17 日,伍庄在美国友人的陪同下,自洛杉矶出发驱车穿越美国腹地,最后抵达美东海岸,游华盛顿、费城、纽约、波士顿、葛底斯堡等地,途经 40 多个大小城镇及僻地乡村,游览大好河山,观风、问俗、察政,八十天行万里路,撰写百篇札记、诗歌,记录行旅所至、旅途见闻,抒发观感，展开激烈的中美对比。后结集为《美国游记》，于1936年3月由旧金山世界日报馆出版发行，出云馆主人梁朝杰作序并赠长诗《送梦蝶出游》（二百七十二韵），自谓“中国第一首长诗”，伍庄步原韵和出云馆主人赠诗。《美国游记》主要以散文和诗歌两种体裁描绘美国地理地貌、自然风光、道路状况以及游者沿途所见所感，兼及政论和演说，如伍庄途经圣路易斯、芝加哥、克利夫兰、波士顿、纽约时有关美国事的演说以及有关华侨、美国政治的评论，还有沿途拍摄的照片数帧，最后则附以美国48州加入联邦的时间、面积与人口表。

严仁颖（1913—1953），天津人。1941年11月赴美国学习，并担任《大公报》驻美特派记者，1945年10月归国，担任天津《大公报》副经理。在美期间，严仁颖调查美国新闻、教育，访问白宫，采访罗斯福夫人、赛珍珠等，撰写的人物专访和通讯，刊发于《大公报》，使抗战中的国人一窥战时美国的局势和中美关系的新进展，诸如战争动员与征兵工作、美国的文盲问题、战时体育、物资供应以及排华律的取消、美国对于中国的援助、中国的对外宣传等，与20世纪20—30年代的旅美观察记在内容、语言（白话文）和风格（直白）等方面有很大的不同，显示了战时写作的某些特征。这些通讯和专访结集为《旅美鳞爪》，1947年由天津大公报馆出版发行。三年的美国生活，对于严仁颖产生了很大影响，他回国后大力提倡发展体育事业，极力主张推行“市民治”（Municipal Home Rule）。认为市民治是中国民主政治的基础，民主政治首先要在粗备施行民主政治客观条件的都市做起，成功后再推行到农村。要促进市民治，首先要引起市民对市政的兴趣，要消除几千年来家族制度造成的自私观念和对于“众人之事”的畏惧；其次是依据宪法制定周全的市民治通则，依据市民治通则制定市民治蓝图，要有适用的市自治法以健全市民治等等。1947年7月19日，在北京召开了中国“市民治促进会”成立大会，严仁颖撰文表达自己的观点，期望促进市民治在中国得以实现。

本选集以作者出游美国和游记出版的先后为序。这些文献部分没有标点，部分虽采用了新式标点，但却不完全符合现代标点规范，本选集对这些文献进行了校点，对于不规范的译名和未译出的英文地名、人名、专用名词补充了现代通用译名，并以“译名简释”的形式附于文后。为便于普通读者阅读，将繁体字转换为简体字。为统一体例，对于部分文献中的标题做了统一处理，原稿在篇后的改至篇前，并增加了目录。对于原稿中插入的照片，由于年深月久变色模糊，一律略去。

在本选集即将付梓之际，对于给予我帮助的各位师友献上由衷的谢意！感谢陈思和先生、王晓明先生、陆建德先生、董乃斌先生、张寅彭先生、徐达先生、宋秀丽先生多年来的支持！感谢上海大学中文系刘奕先生对于梁朝杰叙文的点校所给予的帮助！感谢上海大学文学院周薇女士、我的研究生周灵逸、黄驰、叶佳琳及本科生宋天阳诸君对于文献所做的初期录入工作！感谢研究生安然、易永谊、张宗蓝、黄秀静、张琪、本科生俞东越、黄可诸君以及兰州大学1992级中文系学生李秀英君，他/她们曾协助我或查阅、复印资料，或录入文献（尽管有些文献未收入本选集），对于他/她们的付出，我一直感念于心，在此深表谢意！感谢复旦大学孙燕华女士帮助查阅文献资料！感谢复旦大学出版社孙晶女士的一贯支持！感谢杜怡顺、宋启立先生的辛勤付出！感谢教育部人文社科基金通讯评审专家的肯定以及社科司提供的资金支持！没有这些方面的合力支持，这部文献选集难以面世。

陈晓兰

2017年9月于上海

旅美观察谈

王一之

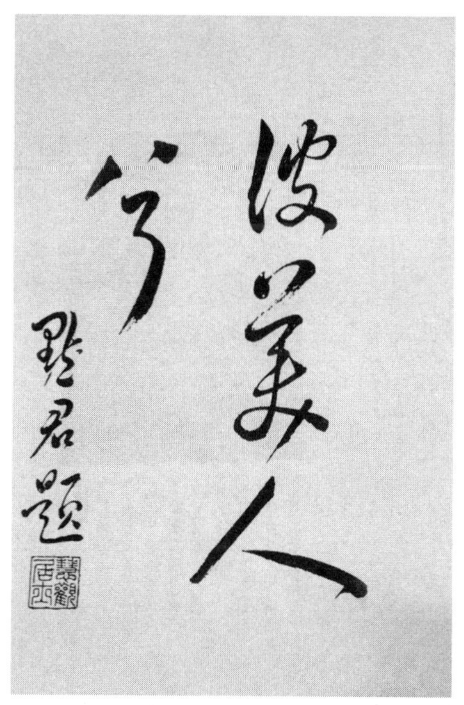

目　录

张竹平先生序文

王君一之，博学士也。旅美有年，漫游时悉心考察彼邦之风土人情、遗俗善政，著为一篇，名之曰《旅美观察谈》。归国后出以登诸《申报》，以飨国人。读之者咸深赞叹。盖此篇匪特文词矞皇，纪载赅贯，即于美之时地、人事无不了如指掌，使曾至美者恍如重游，未至美者辄深神往。其将观察美之事实与吾国习尚互相比例，优劣利弊之点，可资借鉴。是诚有益于当世之作也。惟此篇详于北美之事而略于南美。今闻王君又承特命，参赞巴西使署事，不日成行，预料游屐所及，记载必多。他日《旅美观察续谈》出，吾人又得读南美之风土人情、遗俗善政矣。予将拭目俟之。

上海　张竹平序

中华民国八年十二月十八日

彼美人兮(上)

苦乐比较

我华称友善之邻国曰兄弟之邦,而西方咸以姊妹国相称。记者旅美时,在某会演说,曾援此义别创一说曰:“我华彼美,实为太平洋岸两大洲之两大国。一为华赡,于其本名见之;一为美丽,于其译名见之。此绝妙之姊妹花,如能相互提携,固当世独一无二之俊侣也。”闻者輾然。

今者万国棣通,以甲国人往乙国,其观察力视丙国人之往乙国者,迥不相侔。法国人之游美者,尝以美国人急功好胜之心过重为可异;日本人之游美者,则慕美利坚一切规划之崇宏伟大,而侈言其实业上、建筑上各项统计数额以惊四座;英国人之游美者,则以美民绝无拘束、不尚仪容,而时露其不满之色。然如我东亚之暹罗等国,则又以西俗多拘束、多禁忌,谈论举止无往不须留意为苦。若我华人,其痛心于家庭之羁绊与不良社会之黑暗者,则莫不以西方自由为光明正大;其以国内不规则自由裂冠毁冕之举,窃引为大憾者,则又以西方自由有分际、有轨范为可艳羡。故我华人,若不游美则已,一履新大陆,固莫不抱种种之乐观云。

然就又一方面言之,凡游美者,亦有种种不方便之事实。其最显著之端,厥为饮馔。饮食男女,人之大欲。我国尝有以饮食男女上识见之高下以觇人阅世之深浅者。小而一身,大而一国,推类及之,固无不可以相通也。美利坚在世界各国,实为后起之秀。而其烹调上程度之低、知识之浅，又万不足以望欧西各文明国之肩背。故我上海等地，凡售西菜，各馆尝大书曰“英法大菜”，而绝不闻有“英美大菜”之揭示焉。兹姑就在美所交识各国人士之家庭燕集，暨纽约各国第一流餐馆所著之特点而比较言之，则如希腊、波兰、意大利诸邦，固绝不愧为欧西文明之古国矣。即近之如英、法等，仅言饮食，亦迥非新大陆之美利坚、墨西哥所能望其肩背。以古人物为喻，意大利菜犹丽华之清也，法菜乃如文君之韵，希腊菜犹飞燕之瘦也，波兰菜近似中菜，犹秀媚之吴宫绝色佳人，而我中华之美馔佳肴，更如洛妃凌波。自彼欧西诸肴馔言，已觉可望而不可近。故自美国宣战以来，即我海外华侨所设之杂碎馆，已如上海勾栏中之化名林黛玉，大足以致五陵裘马之嘉宾。口之于味也，有同嗜焉，固不必问其为何邦何族之人矣。又予抵美之时，观其学术文明，似乎美国方面，事事得与欧西诸国相颉颃，而饮食独异，是谓其中必有一大原因。遍询美都人士，迄未有为明显之答复者。寻阅某君所著《拜金博士》一书，乃知美国肴馔之劣，确有历史上之关系。方新大陆初发见时，欧洲移民，相率来美，大抵男子居多，妇人绝少，主中馈者，百不得一焉。男子既为投荒冒险之俦，自无意于锦衣玉食。美国又为草昧未开之土，开门七事，自更不能望其美备，因陋就简，相习成风，虽其后生聚日众，渐有尽室以行、举家相从者，然新大陆筚路蓝缕之风，迄今尚能于饮食一端见之。习俗之难革，若是其甚也。况其远者大者欤！

女权研究

近人咸知世界有三大乐土：瑞士者，行旅之乐土也；澳洲，工役之乐土也；而美利坚，广义言之，为妇女之乐土，狭义言之，乃美人与才媛之乐土也。红颜薄命，今古同悲，此仅就我中国方面而言。女子无才便是德，在我中国，几成牢不可破之锢习。若在美国，与此适成一反比例。下议院议员兰金贤而多才，其就议员职时，年方三十有五，其在任期内发表政见，为地方谋福利，视其他两院名议员，绝无愧色。且美议员在议场中，于寻常议事时，双方各执一见，从事争辩责难，叫嚣之习，时不能免。惟彼女子之任议员，或则敷陈己见，挥洒自如，使全场顿露整齐严肃之容；或则力挠众议，声泪俱下，致旁坐咸侧身倾耳而听。此非美国之女子，其才能智识或有胜于一般之男子也，此以美民尊重女权，男子咸礼让自居，不为过甚之举耳。

少年人戒之在色，壮年人戒之在斗。此我中国古圣贤之名言。居今世界各国，若美利坚，与欧洲诸强国较，则在欧战漩涡之德、法诸国，已在壮年戒斗之时期，而彼“在水一方”之美利坚，固犹少年戒色之时期也。美民好色，颇非他国所能望其肩背。在美与德宣战之后，政府方募集国内壮丁应战。一日有某佳丽立通衢，特扬言于众曰：“有愿舍身应战卫国者，予当与之亲吻。”应时而集者不知凡几。以一接吻而遂甘决死杀敌，且此决死杀敌者，皆非百无聊赖之人也。此又美国方面特别发生之奇现象也。

美国最见盛行之物有三：一曰钢琴，一曰摩托车，一曰电光影戏。钢琴为应接室最主要之陈列品，十年以来，几为居家者所必置。美民音乐上嗜好，若是其深，可以觇其国民性之高尚优美。若摩托车，不独今日美国工业界中，其产出额已占首席，即以全世界计，亦当以美国所有之摩托车为首屈一指者。美国城市，地价极昂，小康之家，往往于距城稍远之乡村，拓地以居，短垣精舍，夏日兼可以之避暑，诚属一举两便之策。其在城市有职务者，以电车往返，停顿过多，往往御摩托车而自为往还。此摩托车之需求所以在美为独盛也。即此美国摩托车之盛行，亦足觇其道途之平治与乡间警政之美善焉。次为电光影戏，在彼美国，大足以辅教育之所不及。自三尺之童以逮七旬之叟，自十室之邑而及五都之市，人之嗜之演之也，大有水银泻地、无孔不入之观。其最著之名伶，岁入乃十数倍于美国总统。有名璧克馥者，女伶之翘楚也，乃为影戏界三大巨魁之一。其初家甚寒素，故其描摹贫寒幼女之状态，实非其他女伶之所能及。然在他国，以一贫家女子，欲恃一己之才之美，一跃而为巨富，其难盖若登天，而在美国，固无往而不显其男女平等之征象矣。

方予初抵美时，颇以欧西各国同为西土文明之邦，何以女子之受社会优崇，男子之甘处于礼让，独与他国相悬殊也？谓为女权党活动之效果乎？则如英吉利等国固未始无强有力之女权党也。谓为美国发见之初，自欧徙美，女子独少，将援物希为贵之例以为证乎？则每届大战之后，国中男子必不能如女子之能幸存也。嗣某校长语予曰：美国小学教员，均以妇人充之。男子童年入学，即尝教以敬礼师长、尊崇妇女之道。久而久之，乃不期然而然也。此言最为近理。此诚美国女尊男抑之绝大原因也。小学教育之关系，盖若是其深且重也。当轴于此，可不深加之意欤？

滑稽事业

美民富于滑稽之兴趣，似又非他国所能及。滑稽画腾布各报，风靡全国，其效用之广、势力之宏、寓意之深，固弗待论。即如交际场中，亦非如我国士夫，群居终日，每觉无事消遣，骛趋北里，雀战方城，几为朝野上下及时行乐之唯一方法者。盖其消遣之道甚多，毗于动者，则有篮球、网球、泳水、滑冰诸戏；毗于静者，则有审美之情绪与滑稽之兴趣物。记者尝阅十年前上海某报，有论麻雀牌与社会之心理一篇，旨趣高远，造诣宏深，末以中国人士，其所容处之家庭与其所涉历之社会，莫不幽暗沈郁，迫人于无意中，咸自适于静之一境。故麻雀之流行，乃能普遍于全国也。其说甚当。其论挽救之术，谓将化静而使之动。然此必非旦夕所能奏功，欲求因势而利导之，则滑稽之兴趣与审美之情趣两端，殆彼改良社会者所当深加之意也。

美利坚为新造之邦，以美术上之学识而言，固弗逮法、意诸国远甚。然其滑稽兴趣，固足以显新大陆之新大国灵活敏妙之国民性，迥非其他老大国民所可同年而语。兹姑举其最近最显者言之。若我上海各影戏场所演卓别灵氏之滑稽影戏，已足征美国人民对于滑稽兴趣上嗜好之深。卓别灵者，美国之住民也。其未达时，窘迫不可名状。卓氏尝语人曰：方吾贫时，腰缠无所有，有时只剩美金五仙（按：美金五仙，彼时约合我国大洋一角有奇。美国生活程度甚高，非如我国贫民，有铜元四五枚，即可从容得一饱。美币必至四五角，方可一往餐馆，略事果腹也。故美民有资十仙或一角，仅等我国铜元一枚而已）。故当卓氏贫极无聊之际，即得早餐，时虞午餐无着；即得午餐，亦不知何自而得夕餐也。然卓氏处心积虑,冀别择一术以自显,已非一朝一夕之渐矣。卓氏曾往英京伦敦,择一最大公园,每日独往枯坐,视彼来往行人,虽风雨无稍辍。如是者凡三年。阅者于此,苟一念卓氏滑稽之神情,必将笑不可仰。谓此奇闻,又足为彼滑稽生活之谈资矣。实则彼之枯坐三年,固绝非无意识之行为。盖伦敦为世界大城,伦敦大公园,每日来往之行人,老者少者,昂者俯者,其种类必至复杂。卓氏潜观各类游人举步之状,而一一加以研究。故迨其演滑稽戏时,一举趾,一投足,从无他人可得与之相类似矣。此卓氏成功之大原因也。全美影戏界,有三大名伶,而滑稽传人物乃居其二焉。若卓氏者,苟令托生欧土,则欧洲人之眼光中,固将视之若无物矣。若令生诸中国,则在中国人心目中,固即上海城隍庙"看一看三文钱"之人物也。而竟徒手以致巨富,宁非美国人民嗜好有以造成之哉!

伟　人　论

美民崇拜伟大人物之气习,亦如我国士大夫之崇孔孟与田夫野老之尊关岳,虽经千百年而不变也。一国之伟大人物,每为其一国维系人心之大枢轴。苟一国之大,无此中心之人物,则不足以表示一国之好模范,而发扬其固有之美德。惟我国人民,程度不齐,其所崇拜之大人物,上中社会之与下流社会,往往不能一致。美利坚教育,普及全国,朝野上下,普通知识,莫不相同。故其所宗仰者,首属该国第一人总统之华盛顿。方华盛顿任总统时,政治现象之纷纭庞杂,岌岌可危。其视我华民国初元以迄今兹,实有过之而无不及。此犹汉室开基之始,群臣饮酒,拔剑斩柱,不能遽归宁一。此类无识之举,固开创时应有事也。

华盛顿以将军而跻总统,前后两任,共计八年。此八年中,惨淡经营,备历艰巨。视我华正式总统就任之日,即摧敌党、散国会,浸假而除内阁制,浸假而奠定全国者,其难易不可以道里计。特天下事,惟难足以经久,惟诚足以回天。多难兴邦,至诚格物。精诚所感,金石为开。故华将军卒以一"诚"字而收最后之成效,而垂大名于千载之下、百世之后也。

记者窃以自古以来之大人物，其能建功立业，亘万古而不朽者，生平必有一字，为其所得力处：伯夷之清也，伊尹之任也，柳下惠之和也，孔子之时也，拿破仑之勇也，华盛顿之诚也。凡此数者，均各有其独到之功，而非寻常庸俗所能强自矫饰者也。方华盛顿幼时，尝持短斧入园，斫伤小本之樱桃，父归，误责其仆，华亟直承自悔。此即其一生诚字之见端处。至今每届二月二十二日，全美国父诞辰，市街窗饰，报志画材，以及社交上之邮片酬赠，燕飨中之盘花杯垫，莫不以樱桃之实与国父华翁之遗影并传。昔人常云："人生得一知己，可以无憾。"物若无知，亦莫不有知己，若梅之于和靖，若菊之于陶潜，若瓜之于邵平，俱有一经订交，千古不易之概。予谓槜李与西施（嘉兴有特种李曰：槜李上有月牙式指印，相传为西施一捻之痕），荔枝与杨妃（所谓"一骑红尘妃子笑，无人知是荔枝来"者即指杨妃），川菜与诸葛亮（今川中有园蔬曰诸葛菜），樱桃与华将军，亦莫不为天壤间难得之知己也。特以弥子瑕之桃实例之，似乎留芳遗臭有幸有不幸耳。

美国名硕某君，曾拟创著一书，历举世界各大国之伟人，必其道德、学问、事业、文章、思想，能代表其一国，能令全国上下无不传诵、无不称佩者，方足当之，如美国之华盛顿，即其一也。法国似属之拿破仑，德国似属之毕氏麦，俄国似属之大彼得，日本似属之明治天皇。因其书未刊印，仓卒所闻，未能尽臆。惟我中国，实难其选。尧、舜、禹、汤、文、武、周公，远在上古，其事不能言之详尽；孔子大圣，似属之世界大人物，非仅一国之大人物也；唐太宗威震四方，诚一代之英主，惜不能为全国上下所传诵。其最合于全国大多数人民心理，其毕生之道德、文章、学术、功业、思想，莫不足成为中国式之伟大人物者，则三代下，似惟诸葛亮一人而已。此居今大多数留美友人之所言也。惟今某君书中，尚不知以何人代表我中国耳。

真 荣 利

美国西部某大报，偶于新年特刊征文栏，别创一格，征集外人游美者之日记或著录。题为“旅美以来,以何日何事何地为最乐,以何日何事何地为最苦”。今予回溯旅美数年间之遭际及感想,一一而综观之,当以民国五年十月十日偕茂漪游物杰丽州维伦山华盛顿将军别业之际为最乐,以民国七年十月十四茂漪染疫病逝飞拉待飞城女校之际为最苦。不知我留学界诸君之游美者,亦有如是之感想否也。不知我华内地人士之久居上海者,亦有此比较否也。若我上海报纸,亦以此法征求各界人士之笔记,汇为一编而综观之,当亦可为极有趣味之材料,并足举此笔记而为异日旅沪者无形中之指导也。

五年十月十日之事,何为而足乐也?我国之恒言曰:“为善最乐,读书便佳。”盖世上可乐之事,固无逾于保持固有之美德,而增长其未有之智识也。有益之游览,亦足增人智识。游美而至于华盛顿之故居,一则可知美利坚之能有今日,赖有此人;再则可知华盛顿之能有今日,赖有此不可磨灭不可颠扑之美德耳。闻华盛顿当第二任总统期满时,毅然退隐,并声言此后继任为总统者,无论何人,必不能连任第三次。一言兴邦,一举而绝枭雄觊觎权威之心。全国民治之基,于以永奠。华盛顿既退隐,即筑室距美旧京飞拉待飞城百余英里瀑多美河(Potomac River)畔之维伦山林下,悠游萧然自足。迄今距华盛顿之逝,已百余年,而山庄别业,老屋数椽,设置一如曩日。履其地者,莫不油然兴怀古之思,而感真诚美德之足占最后胜利。所谓“心安理得”,无往而不自适也。东美人夏酷暑,冬寒尤烈。惟五月之春,十月之秋,晴曦入画,畅游最乐。惜乎秋景不若春景之能悠久,黄叶西风,不转瞬而凋残枯萎,所谓夕阳虽好近黄昏也。故十月间旬余或半月空明绝丽之秋光,甚属难能可贵,而五年之双十节,正其时也。若就增长智识方面而言,则在我中国,秦镜、汉砖、魏碑、晋帖,零缣断片,固不乏流落人间。若夫方位不更,设置仍旧;百年老屋,完整如新;四壁图书,音容宛在,诚遍求而不可得矣。此维伦墅之清游所以有引人入胜之妙,迥非我国之号称古迹者所可同日语也。

我国劝善之书,尝言享大名、处高位、极人世之安富尊荣者,不能造福修德,而徒务一时之利,则往往显赫一时而凄凉万古矣。此言最足发人深省。惜乎名场利薮中人,不能早自觉悟,甘冒天下之大不韪,而自贬其高尚之人格,致滔滔者满天下,而不复能稍自挽回也。吾读昔人游桐江咏严子陵钓台之诗，所谓“子陵有高台，光武无寸土”者，益不得不叹我国三代以下福慧兼全者之难得矣。故予游维伦墅凭吊华盛顿将军之遗踪，不独老树寒村，荒江野渡，足以见古英雄之本色，与其淡泊宁静之素志而已。即其生后之荣，能垂万古而不息者，又岂寻常富贵中人所能计取利诱而得之耶？

旅美两奇境

人每当乐不可支、痛不可言之际，一种不可思议之感想，不能遽以言语形容，往往托诸诗篇，形诸歌咏，以自发泄。民国五年双十节维伦墅之清游，旅美三年间登峰造极之乐境也。有纪游诗六章，摹写当时景物。诗云：

异地重逢双十节，低徊家国两怆神。
媚晴秋日融朝露，隔水兼葭忆美人。

（予以民国四年渡美，此时佳节重逢，回首乡邦，内忧外患迭起，篇中“日露”“美人”，均属一语双关者。）

今古沧桑几变迁，霸图难驻况华年。
岿存剩有维伦墅，回首天安意惘然。

（民国二年十月十日项城总统阅兵天安门，予尝躬与其盛。五年六月项城薨逝。回念若转瞬耳。）

斯人长逝漏长沈，万籁无声伴夕阴。
微物何缘有知己，畿南重遇伯牙琴。

（畿南华将军故宅，陈置一如曩日。壁间冠剑犹存，榻畔灯檠罗列。室隅并有将军生前所置风琴，其式甚古朴，不似今日人家客室中设备之钢琴也。登梯处见自鸣钟，亦系将军遗物。自将军及夫人逝世后，百年以来，自不复有鼓琴之人与鸣钟之日矣。每当日暮，凭吊者与揽胜者，相率言旋。则此无知之挂钟与台琴，伴将军而长寂者，正若钟子期死，伯牙遂无扣弦时也。）

万斛秋尘蓦地空，波平如镜晚潮东。
轻烟一缕河滨起，云水苍茫芦荻风。

(瀑多美河上,今有轮舶往来。)

王侯第宅今谁主,瞥眼繁华转眼愁。

惟有将军独千古,寰中富贵尽浮沤。

(凡游华翁遗宅而一念其为人,旧时帝王思想,必将消失于无形矣。)

老屋荒江存正气,秋风黄叶子陵台。

蝇头蜗角人间世,何日重生此霸才。

(美国革命成功,颇得力于法人之助。有法将军劳放野者,华翁之故人也。迨华翁归隐后,遂筑维伦山别墅以馆劳氏,迄今别墅之二楼中,尚有“劳放野将军住室”。交谊之笃,千古艳称。方诸我国,惟汉光武与严子陵差足当之。崇台凝望,令人叹羡不置。)

至若就予悲境而言,则万里远适,重洋阔阻,虽不至如李陵答苏武书之幽寂苍凉,然苟不幸而遇逆境,旅寓海外之困阻,实将十伯于内地。民国七年十月,美国疫疠盛行,死亡枕藉,为百十年来所未有。茂漪染疫,越十三日而殁,姑就其病状言,亦不可多得之现象也。予诗有云:

秋高日落咽寒蝉,家阻重洋泪似川。

挥手行云看欲逝,明灯挑尽十三弦。

盖美国去秋新有之流行病,每当临危之际,肺部悉为外气所填塞,呼吸之音,忽断忽续,若寒蝉之鸣泣,恻恻复恻恻,愈趋而愈下。其后喘息甚微,又若哀弦之不能成声。最后双泪迸注,则喘声已垂寂矣。询之纽约某名医,乃曰病此以殁者,感知识之神经已先失其作用,故在病逝半日之前,张目无所见,充耳无所闻,呼之亦弗应也。迨气垂尽而泪外迸,是因感痛苦之神经尚未失其作用,故其下泪,可得谓之“痛泪”云。姑志其说,以备海内外医学家之参证何如。

妇女界五等人物

曩予以美国为妇人之乐土,从实际而言,乃仅指妇女界之一小部分,其大部分之中,亦有反不逮我华妇女尚有三从之德为倚傍者。我华妇女，若徒醉心欧美自由，不求所以自重之道，则将反被自由之毒，虽欲安分退守而不可得矣。盖天下事，有利者莫不有弊。美意良法，在他国屡著名效者，行之我邦，或且不幸而为逾淮之枳，甚矣，弊害之不可不慎防也。记者于美利坚妇女，亦尝有五等之论列焉。

其第一等，则贤美而有才者也。我国妇言妇容，亦尝为妇人四德中应有之要端。若在他邦，一言一动，尤足以觇其人品格之高下。苟或言词粗鄙，举动轻狂，每以立谈之顷，而即为他人所摈弃。故上等社会之妇人，莫不有其高尚优美之容度焉。又我国才子，每与佳人并称。无盐嫫母，千古引为笑谈。可知妇人于德智两端而外，尚不能缺一"美"字。此亦世界万国不谋而合之公例也。然苟徒具一"美"字，尚不得谓之有"容"。美而有容，斯为真美。有容而复济以才德，斯为美国女界之幸运儿。故今美利坚之女子，有为法吏者焉，有为军校者焉，有为市长者焉，有为邮务长者焉。论其成绩，莫不蔚然可观。报纸为之揄扬，社会加以崇拜，世人之视彼，直不啻尊荣无上之天人耳。

其第二等，则我邦所谓令妻贤母者是已。人人皆有教育，人人皆具常识。训育子女，故有因势利导之能；主理中馈，亦复有条不紊。为男子者，勤苦终日，筋疲力尽而归，家庭之间，自有精神上种种娱乐，以恢复其形体上一日间之所消耗。其尤奇者，各室比户而居，绝不闻丝毫之诟谇声，即在宵声人静之时，亦不闻群儿之夜啼也。方记者旅纽约时，卯林塞公园旁某公寓，同居者无虑数十家，而中国住户凡三家，皆我华东南之巨富也。一夕某家庭婴儿忽夜啼，公寓主人即以其扰同寓者之清梦，迫请三家同时他徙。此事虽属过甚之举，然中西习性之不同，却有足以供人研究之价值者。记者尝默察西儿安眠不哭之由，乃知家庭之母教，所系匪鲜矣。纽约上市一百二十三街郝教师者，中流之家庭也。郝夫人有子女各一，长者五六岁，少者三四岁。每值茂漪往游时，两儿辄架短桌及小凳，以极浅近之童话玩具，对客指讲，复出纸笔，作数字以应客。客坐半小时许，而两儿之所布演者，尚觉层出不穷也。其他暇晷，则必偕母散步公园，以畅适其心志，而增长其活泼之精神焉。诸儿嬉娱终日，入夕自易安眠。此不易之理也。若我中国之疑鬼疑神，欲以可笑之咒语遍贴街市而止儿啼，不亦傎乎？

前所述之一、二等人物，乐观之人物也。若舍此二者外，亦不能尽恃美利坚为乐土。盖其中有难言之隐，类非置身局外者所能共喻。诚以新大陆之人民，生活程度继长增高，既非其他欧亚诸旧邦所能比拟。家族思想，无关毕生大事，又非如我中国之牢不可破。重以婚姻自由，须尊重双方意见。故全美国之男子，颇多终身独居者，而女子之不易择偶，忽忽误却可贵之华年者，似又不可胜数矣。

其第三等，即丰于才而啬于貌，穷年矻矻，昕夕孜孜，困守牖下，勉堪自食其力者流。或为小学讲师，或为大学助教，每月俸薪所得，仅足以敷一人之用。毕生殚力以求，亦不易于学术上崭然露头角。推而至于其极，终不免如我国之老书生，勉以教读终其身，不复能有他种之希望也。此辈茕茕孤处，不识人间有家庭伉俪之乐，更不知绕膝承欢为何事者，华年倏逝，老境堪悲。某君之咏美国小学女教员，所谓"人间生意尽，黄叶逐风飞"者，洵确论已。

助教讲师而外，尚有专习一技而自食其力者焉。我国女子往往偷惰不好学，或并普通常识无所识。而在美国妇人中，苟进不足为才媛，退不足以为良妻者，则又不能不急事好学，以弥其毕生之大缺陷矣。昔茂漪肄业美京某画院时，有一老妇人，敝衣菜色，每日独往画院之二楼中，就壁间所悬画幅，摹成较小之油画片。吾人苟熟视其摹本，直觉妙肖不差累黍。然其每绘一帧，需时辄有二三星期之久，每帧售金不过二三十金，充其一月之所收入，实远不逮区区一苦工也。记者闻其每晨必至，虽风雨无稍辍，其所施之劳力，却又不亚于诸苦工。至其自述，则在本书院中更有二十余年苦学之经验也。若并此苦学而不得，则恐衣食住三事，尚有岌岌不遑兼顾之势云。

我国恒言，识字为忧患之始。识字本不足以致忧患，特识字者苟不幸，其忧患视他人为独深耳。此辈知识较高，故精神上之感触亦较寻常女子为甚。美国近年女权之说益昌，故扬紫黄白三色之标帜，街头演说以警众者，亦以此第三等人物为最多。盖天下所最易鼓动者，莫如不逞之人心。妇人之处困境，在此辈心理中，固仍欲归咎男子之占优势，实则女权即令高出男子之上，恐女子中之得志者，仍不属诸此类枯寂寡欢毫无凭藉之妇人。前届兰金之被选为女议员，即其显著之明征矣。兰金者芳龄三五，望之如二十许人。其父为银行家，固雄于资者也。彼即不得为议员，固亦得为美国妇女界第一流之人物，又岂其他妄思柄政者流所可同日语耶?

下所述之两类妇人,与上节之第三等又不相同。其不相同之点,即在一“学”字。而第三等妇人,与更上之一、二两等所不同者,惟一“择”字而已。同处一社会,而人之择交也,恒惟优美高尚是求;同在一方隅,而人之择偶也,恒惟贞静贤淑是尚。古今中外,莫不相同。一若天择之力,无往而不足以自显其功能者,此诚不可思议之现象也。若第三等,犹以人力而补天然之不足,尚属差强人意。故今美国家庭,凡系富商名硕之令媛,莫不年支巨额之教育费,以为学识上种种之贮备。即下之如小家碧玉,穷巷孤嫠,苟能偷半日之闲,亦必纷往职业学校,习打字或速写,以半年或数月而勉成一艺焉。苟并此而不为,则是自暴自弃者流,将至不可救药而止,终必成为第四、五等人物云。

其第四等,乃丰于姿而俭于学者。此类妇人,大抵均从乡镇村落中来,习闻大城市之豪奢富丽,因贪恋之念而急慕虚荣,因迷误之见而只身远出。当其奋袂而兴,整装欲发之始,固尝以为大城市之金钱,可以唾手得之,各行厂之职位,可不旋踵而致之也。迨至身入其境,乃如村野田夫之履沪市,即幸不为邪谋骗术所中,已觉饥寒疲敝之不堪回首矣。居今世界各国,凡最大之城市,莫不有最苦之贫民窟,与夫最不堪问之堕落青年。推原其故,何莫非此“盲从”一念,有以阶之厉欤?昔人常云:“民安于野则天下治。”此虽一偏之论,然亦是为“盲从”者流痛下其针砭也。

有美国南部某州女青年,初本农家女,亭亭玉立,秀媚宜人,语音细腻,歌调清圆。虽不能厕身第一流名媛才女之列,固不愧为寻常百姓家温婉厚重之女郎。乃不意抵大城后,人地生疏,旅费无多,倾刻立尽。美国求事虽易,然为大铺家之女店伙,每月所入,不过美金三十余元(美金昂时约合我国六七十元),房租衣价各去十金,礼拜堂之零星捐助,复去数金,每日三餐之资不足,仅以一餐代之。乃不得不于八小时受雇之外,复蹀躞于街头巷尾,以冀过墙蜂蝶,带同共餐,俾得暂时之果腹焉。若我国之菜饭饱、布衣暖,一朝受雇,三餐无忧,视彼西方,固有间矣,而犹群居为不善,以自趋于卑下,是诚古籍所谓“自作孽,不可活”也。

天下事有幸有不幸,不独女子为然也。然在寻常之人,苟其遭时不遇，未尝无否极泰来之机。苟竟濒于堕落，亦未尝无发愤为雄之日。独在女子，凡不能有过人之资禀，与夫不可颠扑之经验，不可灭没之学力者，一旦而经意外磨折，每若秋风之摧木叶，尽成离柯之枝，而不能复归以自联于原有之干脉矣。

其第五等，即一无所长，而又不知乐天安命者也。即一无所备，而又不知勤勉刻励者也。美国各商店之伙友，下而至于戏园餐馆之跑堂，莫不选其秀丽出众、聪慧敏捷者任之。即退而论洗衣店之佣工，各工厂之助役，亦以老、少、美、恶之殊，隐示偏苛侧重之见。故大多数之妇人，欲在大城自食其力，未尝不有登天之难也。美俗虽尊礼妇人，然在厂商之于雇役、行号经理之于下手杂职，又往往以极冷静之态度，而令受者忽逼处于难堪之境。此在弱无力之妇人，既不能如我国之淡泊幽居，遂不得不进而作苦，以承受此无谓闲气。美国虽无虐媳挞婢之举，而其精神上之苦难，在程度较高之国民当之，固有无可告诉之隐痛云。有中年妇人孟德耇氏，始终安贫不字者也。年未四十，而干枯憔悴，尚倍甚于中等人家五六十以上之老妇。彼在某杂志社之堆栈，任捆扎包裹之职，已历十数寒暑矣。微末之薪金，经久无所增。虽欲如少年妇人之先衣履而后食宿，尚在不可能之数。且其包扎处，乃在地底层，左右前后共事者，莫非卷发黑面奴。瓦斯偶泄，触鼻而头重脑昏；煤焰轻扬，着体而素衣尘染。迨其事毕归来，已若与地底层之黑面奴洪炉合冶，而令人骤焉不可辨黑白矣。某岁之夏，东美酷暑，行厂局所，公役私职，莫不有一月或数旬循例之休息，而独不及地底层中之苦役，几令人焦闷欲死。此妇人欲暂乞假而社员动曰不能，欲竟退休而老境凄凉，他处更难插足，悲从中来，不觉放声大哭。而以右述之事语记者，记者退而思之，我国固未尝无卑田院之穷愁困境，然皆偷惰者自致之也；我国固未尝无饥寒垂尽、转徙失所之流民，然必不知煤焰瓦斯之风味，于饥寒流徙外，别开其生面也。故我国有"讨饭三年，不想皇帝"之俗谚。而在世界各国民之心理中，几视此说为齐谐志怪者之附会语矣。由上所述，仅就强颜自立，终身不嫁，而又不知为学术上之预备者言也。其有既经出阁，役夫婿若牛马，积时既久，遂占脱辐者，此则咎由自取，更觉不足深惜焉。东美某乡村，有妇挟数儿，离夫而独居，不幸身为二竖所缠，各儿遂日出而求乞于邻户，每日母子相处，并不能谋一餐之共饱。更有某幼女，无知人之明，偶识一浮荡少年，而误认为多金之巨腹贾，遂至终身堕落于烟花，而为侪辈所不齿。此又极端自由之为害也。美民本视名誉为第二生命，故名誉上之损失，直十百倍于其财产上之所损失。我国不谙西俗，而习为荡检逾闲者，闻此亦将知所自警欤！

情 圣 节

美俗以每年二月十四为"情圣节"之良辰。予述彼邦妇女类别既竟，复连类而及与妇女界极有关系之情圣节，想为读者诸君所乐闻也。美国一年之内，节期甚多，而阳历二月十四，实为献岁以来之第一佳节。正如我国旧历未更之时，新正元旦后四旬有余，即有二月十二之花朝也。我国旧历之花朝，在骚人词客之眼光中，固足藉以遣兴陶情。而在寻常家庭儿女子之点缀，则更有纸剪小小红旗飘扬于闲庭深院间者，此与大西洋岸新大陆之风习颇有间相映合者矣。盖在美国，每一佳节，必有其特殊之色彩，深印人人之心目中。设譬以喻，如爱兰节尚"绿"，则在三月十七日之设置，无往不苍翠欲滴；如情圣节尚"红"，则在二月十四日之酬赠，无往而不明霞灿烂如堆锦。与我国闲庭深院间花幡之颜色，东西两半球，大足遥相辉映也。

美民富观察力，而尤富美术上之感想。故不独能文之士，足以委婉流丽之笔，曲写宇宙间诸情态，即图画上之功能，亦大足以补其文字之所不足。如代表"情圣节"之图标，即一红色之心。红色之在美国，表示恋爱者也。而美国称意中人之代名词即以"甜心"（sweet-heart）二字呼之。他若慈母之于亲生儿，凡其心之所深爱者，亦得加以"甜心"之号。甜心之谓，盖犹我国俗语之所谓"心肝"也。惟我华民心性，喜模棱而不喜准确，喜含混而不喜明爽，喜浮泛而不喜着实，又每为形式所拘牵，宁于黑幕中肆无忌惮，而不敢以至性至情稍为真切之呈露，故文字上仅至手足、骨肉、心腹而止。察其意义，仍属泛指而非专属于一的也。

昔某公常语及此，予谓此仅不同之端之一耳。盖就我国文字上之习惯而言，各类名词，往往以复叠者为允洽。如明明天也，而异其名曰穹苍；明明地也，而复称之曰壤土。此犹手足、骨肉、心腹等，不能以一物一字赅之也。我国三代后，名学久失传，重词华而轻意义，诚为我华学者无可讳饰之通弊矣！

美俗尊重个人间意志之自由。伤风败俗之举，固非洁身自好者所乐为。即如术诱势迫等情，苟遽施诸男女之间，必大为社会所不许。惟其素相知心，情投意合者，尚不乏乘此爱情神圣之良会佳期，而以书柬礼物相投赠也。情圣节最普通之礼物，即系彩绘精印之贺片，其形式与他令节相同，特其画材与题句，每不得不因时而异。其最精者，乃为德国制品之"切纸堆锦花座"。其法系以厚纸切成飞童仙使、嘉禽繁卉、户牖栏槛、车船水陆诸形，而各施以极鲜艳之色彩，金丝细缕贯其中，而层次胶合其下，叠之只一薄片，邮递可以及远。若经展置，则各图形层次相映，俨然天造地设之花山也。美俗遇情圣节，各大城之分部大店（如上海之先施、永安乃即分部大店之雏形也），心形纸片，连系若贯珠，纵横缭绕于仰墙间者，一经电灯光彩之辉映，益觉喜气迎人，不啻我国之洞房花烛中矣。惟此景年年一度，人人可得而遇之也，拟以洞房烛影，或为过当之论。记者每在异邦睹此灯景，辄不觉追念儿时所见火树银花之上元灯夜，此则颇若清明冬至。东西两大洲之佳节，以时期论，往往不相上下也。民国八年旋沪，竟于旧历元宵之前一日，遇此爱情神圣佳节，更因天上人间灯月双圆之会，令人想见美国贺柬中，飞仙系彩绳挟甜心而上九天之状况。乃为诗曰：

情苗种种茁心田，牵着游丝上九天。
难得人间双十四，华灯红处月旋圆。

（八年二月十四，夏正亦十四，阴阳凑合，似亦不可多得也。）

春秋美景

我国园亭沿用之联，常有句曰："春秋多佳日，西北有高楼。"记者旅美逾三载，每不能忘情于此联语，觉无往不足触景而忆及之也。若以此联移诸东美各名区，则十字之间，即可包括一切矣。东美入夏酷暑，至冬季而严寒特甚。若不移往他方，实觉无善可述。西历以每年三月二十一日为春之始，正当中国之春分节候。四、五、六三月，园花怒放，红紫缤纷。偶尔散步公园，觉长林丰草，无不映日生辉。名卉满地，缭以短栏，有布种成诸色之字形者，自远望之，恍若织锦之地毯，而以如茵绿草，为花纹以外之本质焉。美国花价甚昂，有美金数十元仅得十二朵者。故在春融日丽之良辰，男女少长，莫不驾摩托车，至野外距市甚远处，篮花摘艳以归，以消磨此不可多得之春光云。茂漪华府冶春词有曰：

桥上旋车响若雷，陌头春色绣成堆。

花枝人面遥相映，摩托声中逐电来。

东美春景之令人愉快，殆无逾此携花逐电时也。东美花景，光彩各殊，殆非寸楮尺幅所能穷尽其妙。犹忆七年四月十八日，偕茂漪过 Stanton 公园（在美京），絮絮话离情，突见远处有高树，一白若梨云，掩映浓阴万绿中，颇若东坡诗中“梨花淡白柳深青”者。及近视之，繁花朵朵，竟尽作微蓝色。此又自然现象中极耐寻味之资料也。易地遐思，恍同隔世。呜呼！尚何言哉！尚何言哉！

语云：“秋士工愁。”若即东美秋景而言，尤足动人之感想矣！民国六年十月十七日，实为清秋旬日间最后之佳天气。美京之西北，有小市集曰落未村，摩托车约一小时可达。其自美京至落未村间，长林蔽野，风起云生，极艳美之枫叶，点地成碎玉，堆砌若霏琼，复经斜日为之渲染，令人视之，顿生不可思议之快感。所惜乡村幽曲，夏时为美京人士之避暑地者，至今空谷足音杳然不可闻。如此好秋色，既不免任其独逝，终不免由我独乐。并世之雅人，率为任务所拘牵，更无有不约而集，以共赏此难能可贵秋景者。即予之往，亦仅匆匆两小时。知秋光之不可留，不觉触景成悲耳。诗云：

绝色秋阳照树黄，挂林败叶断人肠。

消魂最是金丝柳，万缕千枝引恨长。

柳色苍苍掩暮门，绿烟散尽剩荒园。

秋光深锁斜阳里，庭院无人鸟语喧。

（野外多长夏避暑别庄，夏期已过，如履无人之境。）

满地黄云散绮霞，枝柯摇漾树槎枒。
枫林红染伤心泪，落叶风光似落花。

城市发展方向

胡为乎高楼之独以西北见称也？世界著称之纽约渥奂大楼（Woolworth Building），平地至顶级，共计五十八层，不可谓不甚高，但只便于暂时登眺，而不适于永住久留。以美国各名城言，其足为闲适幽静之良处所，往往不近市廛，而偏在西北隅之高地。高地之优点，因空气较平地为薄，故夏时可祛炎暑，又因湿气较卑下之区更少，故托足其间，便可增益身体健康。至西北隅常为上等住户所聚处，此中尤有极可研究之价值焉。美国某舆地学会，曾有博学多识之闻人，著为长篇演说，刊印成帙，载入专志，而竞以此种学理耸动举国人士之观听也。

其最明确之例证，则为纽约、飞拉待飞、华盛顿诸名城，数十年来发展状况之比较，与其趋势上之变迁。以上各城，其发展也，莫不自东而西，自南而北。以全美第一大城之纽约论，最陈旧之建筑，极秽陋之街道，不可思议之下等社会，不可向迩之盗贼渊薮，莫不聚于毗南偏东之一隅。纽约街名以数计，由南而北，分东西街，犹北京胡同，四条必在三条以北，而东单三条必在西四、五条之东也，然上等住宅、区域咸在西市各街。此其明证一也。飞拉待飞为全美第三大城，乃建国时第一首都。全市区划，更分东西南北各市。今以北市为最上等区域。北市之偏西处有日耳曼通（Germantown）之巍楼大厦，有飞莽公园（Fairmont Park）之幽谷清溪，有西桂山庄（West Laurel Hill Cemetery）第一流人物之墓道，皆足代表旧京胜地。此其明证二也。美利坚新京为华盛顿，以视上述两大城，商务人口之统计，固属望尘莫及，然其道路之清整，林木之繁荣，实足为世界各国国都中首屈一指者。说者谓惟德京柏林之街道差可与之相颉颃，则其市区规划之宏远，已可相喻于不言中矣。美京以国会为中点，岐为东北、西北、东南、西南各区。今日迁都甫及百年，而美京全部几乎尽属西北一方，此外三方，几令人相忘于不觉也。西北区舍大总统白宫及各衙署而外,有第一胜境麓涧大公园(Rock Creek Park)。园之四周,富户居之。画阁连云,珠帘集雨,隔园而望,不啻海外之仙山者。此其明证三也。"西北有高楼",诚令人艳羡不置。

我国恒言,常曰"东西南北",而不曰"北南西东",此中颇含天地间自然之理。即以我国第一巨埠上海而论,亦颇符合此自东向西、自东南向西北之原则。上海旧城,偏在东南隅。而上海最上等住户所萃处之静安寺路,及冠绝东南之爱俪名园(俗名哈同花园)均在西北。以上海较高之建筑论,若永安之天韵楼,凭栏登眺,固未尝不高迥入云。但就庭园性质,与静安寺路屹峙斜阳之各大洋楼比论,仍属不可同日而语。盖此天韵楼等,正若纽约之渥奂大楼,与美京纪念华翁之碑塔,可以暂游,而不可以久处者也。可称之为崇宏玮丽,而仍不足以清旷闲适等字加之也;可称之为沪市之大建筑,而不足为上海全部优美高尚之名区也;有记录之价值,而不足供骚人墨客之流连与名流高士之托足也。故在西北区各宅第之大洋楼,不必甚高而自见其高,不必甚广而自见其广。处空气清新之地,便觉凭栏一望,即足荡涤尘襟。若在市集尘嚣之中,虽即置身云端,亦不足使六根清净。以美国诸市集论,纽约则蜂窠之大楼也,芝加谷则烟霞之深阱也(芝加谷为美国第二大城,终日烟雾蔽天,自街心仰望云霄,犹堕深阱而翘首向地面,只一狭长之空隙耳),飞拉待飞多败壁颓垣,璧珠堡尝无风自雾(璧珠堡属纽约州工业之大城也)。凡此数者,均足以见市集之间,决不能有清雅之致。高楼既多,空气愈窒,光线愈形缺乏,不足为益而反为害。中人以上,自必不欲移住其间。此各大城于市区外,所以必有精美静适之住宅区也。

记者旅美时,常于群籍中搜考自东西趋之原因。有谓世界文物自东半球而渐及西半球。故如美国各大名城,其最初登岸之人,必先集于市之东端,其后生聚日繁,其营业上获利较富厚者,每欲择新处所而广置幽胜之第宅焉。日光运行,每先东方而后西方,故世界趋势、人事迁变,亦以自东及西为顺、自西及东为逆云。

记者审思良久,窃谓上述原因,不过其一端也。我国俗谚不云乎:"留得朝南屋,世代儿孙可享福。"若循上述之趋势言,则富者所筑新居，必取其向南或面东者可无疑矣。向南取其受光较多，面东以其能得晨光，所裨于卫生者较厚。故凡城市展布之方向，莫不群趋西北，而各城之东南部，遂专为市廛之所丛集也。

美民弱点

美人之为身后谋，亦可谓善得其法也。若坟墓、若财产、若遗物之保存、若名誉之流传，莫不有至精当之办法。以彼例我，则如我华之富家翁，仆仆终身，为儿孙作马牛者，其智愚巧拙之相差，诚不可以道里计矣。美国人民，莫不具独立自尊之性质，其原因实本乎是。有某富翁，其儿本可于事业上受先人之荫庇，于财产上占得乃翁遗金之一部分者。然以游惰轻浮，不务正业，其父尝数逐之，因事实上种种之激刺，卒不得不幡然悔悟而自趋正轨。此与我国某富商资助某君负笈扶桑之事相类。某君尝自言，自得某商助，即挟资东行，偶尔不慎，渐染东瀛社会恶习，曾以两次堕落，归受某商两次之冷眼相看，至第三次，决心悔悟，从此遂一变为向学之士，而感某商之深心厚意不置云云。此因某君与某商，本无亲族之关系也。若有亲族关系，或进而为父子关系，则视坐食或分产，将为天赋之权利焉。欲其无依赖性，乌可得耶？彼西人之无依赖性，正因其父子之间，产业继承事，可有可无也。故社会上种种之恶习惯，实莫不从依赖性之一念而起。

虽然，我华旧俗，如忠孝节义等善行，良美之点，确有不容尽废者在也。在彼西方，以“忠”字言，固未尝无生死患难之交，更未尝无鞠躬尽瘁、忠于一国或忠于一人者。以“义”字言，亦有资甚富裕、才甚发展、眉宇甚清扬、大有为之男子，竟以妻死而独居终身者。独在“节”字，凡彼西方少而姣之妇人，几难望其能具此坚定性。我国常云：“慷慨捐躯易，从容就义难。”光天化日之下，令人有欲生不得、欲死不能之境，固足以伤天地之和。续娶再嫁，本无损于道德问题，以西方论，男女自可一律，因其社会习惯，种种不与中国相同也。在我中国，妇人再嫁，尝觉家庭无所托，生者死者，两未能安。社会事业不发达，再嫁说定难速决矣。至若“孝”字，实我中国历世相传无上之至宝也。方记者旅美时，每语西方名硕令媛，闻者莫不为之动容，而盛称我东方之旧道德焉。美利坚习俗，老母尝随其女。女子之中，固不乏禀性纯孝者流。至其为人子者，其凉薄之状态，实令人百思而不得其解。然此必非良心上之所宜有也。姑以至浅近之情理而言，凡一方有权利之得享受者，其另一方必当恪尽其义务。美国父母之于子女，其义务之负担，不可谓不甚重。独其子女完娶而后，每离亲老，异宅分居，相视几若路人，而不复有丝毫之图报焉。夫分居固不为不佳，然在为人子者，其良心上之报答，又岂可漠然忘之？韩信念念于一饭之恩，而漂母祠遗迹，尚令人慕古义士之高风。况其常依膝下，而受恩深重者哉？此固美民之一大弱点也。我邦人士，苟尚不能先事痛戒，则诚如食枣而甘者，并咽其核矣。

昔在美时，尝闻人言：有附车往幽静之村落晋谒某富豪者，迨车抵近村某小站，即有乡间小马车伫候于道左，以待乘客之雇承。御车者一老翁，苍颜白发，暮态龙钟，敝衣破帽，状殊可悯。询以某富豪住址，则应声曰："彼吾儿也。吾年已迈，衰颓不足以任重，乃竟出此下策耳。"事之类乎此者，在彼美国家庭，固属不胜枚举。凡在东美方面，欲以余屋出赁而取益者，舍无倚恃之老寡妇外，大抵即此生儿不能娱老、衰颓不足任重之流。以记者数年间之所闻，或有视此更甚者焉。

有海姓者，司法部之部员也，尝毕业于东美某大学，娶妇置宅，家境尚裕。然其生父乃为美总统府之值夜守卫，深宵严寒，不能暂离。其贫其苦，更难设想。老母卧病，累月经年。家中仅余寡妹一人，晓起即往议会中为打字助员，略得微薪而勉支家计，夜归，复购物事烹饪，或抵病榻侍汤药，不容一息安也。积而久之，少者老而老者颓矣。此贫病之相寻，每若烟之与酒，嫖之与赌，大有不能单行之势也。

薛德氏者，先本农户，至其父乃弃故业而迁居美京。薛氏子美丰仪，有学识，自婚近省某富室女，渐于乡村买园置宅，经营不及五年，已为小康之家。其母亦娴书史，然其贫老之状，实令人望而生厌。其父境况日下，乃不得不终年在外，充运送公司之下等杂役，黧首垢面，日夕与黑面奴同寝处。视其子之趾高气扬，锦衣玉食，御钻戒而喷雪茄者，何其苦乐之相悬殊耶（美国上等雪茄烟最昂，其月耗甚巨也）？

故就上述种种论之，以情感言，一人向隅而泣，举坐为之不欢。常人心性，莫不如是。对于寻常遇合之人，尚不免有恻隐之念。岂可一家骨肉，相视若胡越哉？以利害言，富者奢者，苟稍节其浮滥之需，贫者啬者，即可脱苦境而得生气。即令叔季人心，畏法律而忘道义，亦必不至茫无利害之分。天下事有利于人而无害于己者，贤智之士，固莫不安心适志而乐为之也。以言因果，则在今日。贫老无告之人，或即当时任情挥霍之辈，苟其为人子者，尽人而存不忘父母之心，则已预为最后之年光，忏除无量之痛楚矣！

难者或曰：老而需子为助，仍不免于"倚赖"。倚赖性者，社会发展之蟊贼也。记者于此，窃不谓然。盖社会之发展，恒待少年之奋励猛进。而衰弱者无援助，益足减削其固有之功能。矧今美国奢靡之甚，已有不可挽回之趋势乎。夫倚赖性固非社会之福，然而矫枉过正，其弊亦正相等。人人不知瞻前顾后，则必放逸而不知所止。是诚导奢之因，为我贫弱之邦所当痛戒者也。

多男之害

记者历访美国中人以上各家庭，其子女之数，恒以二三人为率。我邦之以多男为福者，在彼视之，直一生极大之累。若贫而多子，更足为人所耻笑矣。美国下流社会之贫民，及黑面奴之任苦力者，筚门圭窦，秽陋不堪，而蠢若鹿豕之豚儿，群居无教，更足惹人厌恶。贫妇屡经生育，调养失宜，则其瘠弱可怜之况，自更不堪言状。因贫而病，复因病而愈贫，此生计上之困阻，足以累及身家者也。若更从其稍远稍大者言，则在生活程度继长增高之日，凡一儿自幼及长，自入学以迄成材，其教育上种种培植，为费亦颇不资，而衣食游乐寝处之需，尚在教育费预算之外。若在贫户而生育过繁，则不独稍长而教养无资，即在孩提保抱之中，亦不能得家庭间应有之母教。自不啻为国家增加无限莠民。此教养上之困阻，足以危及社会者也。今在纽约下市(Downtown)各街诸贫民窟，及散见各城之黑色人种诸狭巷(黑色人种恒居狭巷与他种人散处之长街判然为二，亦有甚长之街道划其一段而为黑人区者，然与白人等住宅仍彼此不相涉)，类此状况，遍地皆同。

盗劫之举，鼠窃狗偷之行，路警所不能驱除，侦探所不能为力者，大抵无教之莠民也。在美国各大城中，此等区域，行人往往裹足不前。若在昏暮，自更结伴同行，不欲踽踽而独往矣。此又多男无教至显极著之祸害也。惟美自宣战抗德以后，政府正欲乘此良机，先行设法搜捕此等莠民，勒令应征赴前敌云。美国男子应兵役，去秋续定年龄，乃在十八至四十五之间。而贫民窟及黑种区之为患者，无非失教失学之少年也。美政府励行此举，洵属务本之图。其能造福于社会，自可计日而待矣。

说者咸谓中人以上之家庭，生育视下流社会为稀少者，乃因智愚之不同也。又谓最上等之人物，如大银行家、大学问家、大政治家之属，往往操虑过多，而令生育日见稀少云云。按诸事实，窃不谓然。流俗臆度之词，更难统括一切。以记者之所闻，伟大人物或贤伉俪，未尝无孙儿绕膝之欢。惟在西方人士之家庭，凡有子女二人以上者，每以生活程度过高之忧，别求较安全之避孕术。此则殆非下等社会之蠢蠢者流所能梦想而及之云。

记者旅中无俚，寻常舍治事治学而外，颇无意于声歌剧会。每日苟有暇晷，辄消磨于图书馆中，以是馆中助员，积久而相稔者甚多。各助员大抵均完娶，而子女甚少，反若甚乐者。记者怪而问之，彼辈乃微以实情告。且更语记者曰：如我辈月受薄薪，衣食住三大事，仅得自赡，岂可复有其他重大之赘累乎？彼贫乏而多生育者，诚属不知自谅云云。

记者反复思之。美人士之作此想，生计固属一问题，然生计而外，尚有极大之原因也。谨以闻见所及，别于次节详述其梗概焉。

法治国之幸福

有子而不能教，不独不能光前裕后，且贻父母之羞，或至身败名裂，而家亦随之俱毁也。即能教之以读书矣，苟或不能善用其才，而惟自私自利为务，则其父之事业名誉，或且反因其子而牺牲也。华盛顿未尝有子，而其身后之荣，反觉蒸蒸日上。彼赫赫之王侯将相，姬妾满前，子女不可胜数者，尸骨未寒，家庭变起，不及期年，家人莫不鸟兽四散。凄凉之境，且视常人为更甚焉。我国古代坟茔，虽入土千余年，仍不免被人发掘。虽以达官贵人之盛极一时，而不能保子孙万世之延续无间。是一家子姓虽繁，亦有不足以尽恃者在也。矧其无教而又不肖者乎？记者视彼西方人士，身后绝不以子孙之继嗣为怀。初固不解其所以然，迨旅西土日久，见彼建造坟茔、处置财产、保存遗物、长留令誉之数大端，均有一种确切正当之妥善办法，乃更艳羡倾服之不遑矣。然此办法，在他人可安然行之，在我国，尚属梦想所不能及，盼望所不能得，效颦学步所不能神似其万一也。

考其不能追踵效法之由，一言蔽之，一国尊重法律之观念，于事实上，尚未十分发达耳。美国事事以法为重，故虽达官巨富，不敢干法纪而利己私。朝野上下，无尊无贱，苟有一人稍存蔑弃法治之心，全国必起而痛掊之。故银行、公司、辩护士诸事业，其信用均甚可恃。而至显且近者，即为管理坟墓之营葬公司。人苟在美利坚，得一葬身之所，不遇地震、剧战等意外祸患，则虽千载以下，恐亦无人敢为盗棺毁骨之举。以其保护甚周，计虑甚远，可令营葬其间者，人人得存一劳永逸之想也。西国坟墓一端，自无需乎后裔为力，无子不足为虑。此实重要原因之一。

我邦寻常侨美华商不能与美人共葬上等区域较优良之墓地。人种之观念，一时不能尽除也。茂漪客死飞拉待飞城，竟以同学之助，得飞拉待飞城西桂山庄之特许，实旅美华人破例之创举也。加州大学江教授唁诗有云：

西桂山头月，千春照独瞑。
埋愁嫌地窄，补恨想天圆。
撩乱心中事，娉婷影里缘。
新亭余涕泪，挥洒落花前。

（按：瞑通眠，仍一先韵。）

此诗到日，而殡宫已由飞拉待飞城启程西发矣。殡宫留西桂山庄仅四星期。山庄之一部，有所谓“殡库”者，盖即为容留暂寄之灵柩而设也。殡库坚壁崇墉，几同石室，上有天窗以透日光，外置铁栅以司启闭。室内两旁，有分三十二格，有分六十四格者。每格口径不大，而其深度，可容一棺，首尾平置，推棺入尚余寸许。铁盖为门，门悬即尽阖矣。若同时将上下诸格齐开，俨然若我中国划分小格之书橱也。库中干燥清净，亦有一存至数年者，绝不至有雨湿之侵损与尘土等之堆积也。视我中国之厝所，似有天渊之殊焉。

我国古人诗，有“南北山头多墓田”之句。今人诗如傅沅叔游邓尉观梅，有“他时若葬湖山畔，好种梅花作墓田”之句。平心论之，我国墓地，实不啻堆泥覆土之田；西国墓地，乃为砌石铺砖之庭园或园场耳。德文称墓地为 Friedhof，其字下半截，即有“庭”字或“场”字意。以我国墓地与西方墓地相较，亦大有研究之价值也。

以飞拉待飞附近之西桂山庄为喻，亦足举一以反三矣。西桂山庄系属与飞城同州之梦孤美郡。墓地乃为临流之一高丘，高出河面约达二百英尺，春夏秋冬四时，悉可免除低洼潮湿之虞。其下壁立陡削，天然与毗连地相隔绝，可免外界之惊动。其存积金之办法，最为妥善。凡购地置坟茔者，必须计其地价料价总数，更增十分之一，交由墓地营葬公司，转存极殷实、极著名之信托会社（信托会社即银行之类），逐年生息，以为坟茔永久之保管费。此则与我国各富户买山营圹，或更为管坟人置田起宅者，用意正复相同。惟西国恃强有力之法律，永足保护一切耳。

人而托生新大陆，其逝后殡葬地，舍与上海外国坟山相同之单独墓穴外，尚有四种特别伟大建筑，可合祖墓生圹而为一，并足以省占地之方积也。第一种为灵庙（Mausoleum），富室建之，只备一家用，外人不得阑入也。其物颇似我国乡村之财神堂或土地祠。惟彼灵庙，均系累石而成，门以坚栅。视我国神庙之木栅，只以木条横直交互而成者，精粗迥不相同。窗以彩色透明之金属片为之，颇似清幽华贵之外国大礼拜堂。门栅成种种花形，窗片嵌诸神像。闻各国中如土耳其民族等，极不喜身后殡宫入地穴。若筑灵庙，则各棺即在庙墙之中，均属地面以上矣。但此灵庙，造价极昂，中虽可葬数人，计其全价，竟有费美金逾万者。外人豪奢处，诚出人意想外也。第二种为灵宅（Cryptorium），一切与上述者相近似，只备营墓未成者为长时间停厝之用。第三种为墓窖（Underground Vault），亦可合葬若干人，每人一穴，分隔均用厚砖，层封密砌，可无进水之虞。其上有嵌极坚厚之玻璃板者，自地面俯视下层，历历可见，亦极精美之建筑也。第四种为殡库(Receiving Tomb),乃暂时停厝之所,每户租费,反视我国各公所、各会馆中凄凉破碎之败屋数椽为低廉云。

上述四类特别殡葬处与我国有极不相同之点。我国地价低廉,故迷信堪舆术者,可以遍山得地,随处营葬。迨后子孙离散,兵乱频仍,终不免暴骨原野,毁冢易主。此散漫无定点之害也。美利坚寸土寸金,地价之昂,殆十百倍于我国。故无论建新宅、营新冢,不得不有叠床架屋之谋。例如灵庙一座,内可葬三人或六人,或更多于三人、六人者,其棺均高下叠置,非如我国之平置也。墓窖之属,亦无不然。记者曾见某氏灵庙内,约分二十格,每格开时,一如殡库,口径小而内壁甚深。凡一格中已置棺者,口盖即行密封,铭勒姓氏生卒年月而后,俨然石室坚壁。迨各棺以次入葬,上下层叠之状,颇似轮船中之高铺、低铺。凡曾见轮船中各层舱者,必能想象及之也。因地价之低昂,有叠葬、平葬之分,此其不同者一。

又在我国内地,凡聚族而居之大姓,田宅庐墓,萃于一方,虽历数千年,而绝鲜荒冢易主、刨棺毁骨之惨。此因家族关系,而一切赖有永久之维持也。美利坚各处,家族思想,不能如我之坚强悠久,乃不得不有赖于社会。而墓地营葬公司,几成一种社会之事业矣。西方之事事有赖于社会,正如我华昔时之事事有赖于家族也。西人尚公德,而古代之中国,独以私德称。国民性之不同,自非一朝一夕之渐矣。曾湘乡常云:一国之风气始于一人心理之微,而终于不可制御者也。予于东西各别之国民性,亦持此说。因国民性之各有所安,而有家族关系、社会关系之偏重焉。此其不同者二。

至美国墓地必须以葬费外更增全额十分之一为存款,缴由墓地营造公司代存生息之原因,亦不独事后随时派人护视墓穴而已。即如千百年后,骤有意外事故,必须将各古冢迁移往他处时,其迁移费,亦复于营葬中预先包括在内。美人之为公众谋福利,可谓周至尽善矣。更有进者,凡各富室,特建灵庙或墓窖。则其坟前之点缀,所费亦不赀,如荫木,如饰花,如藤萝之属,墓地营葬公司,均经雇有场师,按时培养整理。故须于应纳之寻常存积金外,更同时纳有特别之存积金。凡纳特别存积金者,每年除培养整理外,在西国各佳节,如清明、冬至等季候,均由公司中人于墓前挂花圈,及为种种之呈献焉。是以偏重社会之国家，无子不足为身后悲也。我国如先施乐园，如新世界，种种娱乐上之营业，莫不效法美国。他日渐染西风，或更有起而营此墓地公司之事业者，斯固营业上一种极新之途径也。我国人民，苟得以强有力之法律为后盾，则他日各个人之所享受，自属不可限量。否则人生斯世，显晦无常，即幸而终身富贵，亦不能琐琐为身后谋也。况乎一生祸福，尚不能由我自主乎？

美民善自为谋

美人士于遗物遗产及身后名诸要端，亦有良法善为处置。记者尝于图书馆、博物院等处所，见有伟人名硕生平所搜藏之图片或书籍，大抵妥置玻璃柜内，可历久而弗变，并可无磨灭损蚀之虞，其为益盖甚广也。在彼博学深思之士，得之可以研究古代事物情状。在彼崇拜贤豪之辈，有此足以凭吊前人，以兴来者之观感也。若在寻常人眼光中，亦必动惊奇好异之心，咸欲一睹为快。则其足为图书馆、博物院等生色，不待言矣。

若论美术之观感，则在寻究美术史上之资料者，亦将赖此而得所裨助。反而言之，惟人人有审美情绪，斯人人得有此收藏品；惟名硕伟人尝有此收藏品，斯人民嗜好益足趋重优美高尚之途。天下事相反者每相成，中外古今，其揆一也。我国当前代时，西化未经东渐，号称士大夫者，莫不各具一种高尚优美之僻嗜，或喜藏碑，或知品画，或罗金石，或擅诗篇，皆足于身后有所贻留，于世界有所贡献。惜其家世流传，往往不能公之社会。万一人亡家毁，若遗物等，未有不随之而俱去也。

以言遗产，在彼西方，巨富大族，往往尽其平生所蓄，以营一种伟大之社会事业。我国古时，固未尝无类此之举，如在朱明以前，位至三公、堂高九仞者，舍宅第为寺观，亦足千古长存。特其所事，只汲汲于轮回之祸福，而绝不从实际上着力，故社会蒙其福者甚鲜。在美利坚，有建美术院以培养美术之人才者，有创博物院以灌输博物之知识者，有殚毕生之力以成一名校者，有舍巨万之资以奖励一种之专门学术者。务使人人得其实益，而后创作者之盛名，遂不期传而自传矣。记者历访各大建筑，每见巍巍石像屹峙于院门之前，则知破家谋公益者，其受社会之敬仰，实不亚定大业、平大难之英雄豪杰云。

然美国人士之能遂其宏愿以为社会谋福利，则亦法律保障之功也。有此保障物以督率社会，则无论何人，必不敢攘公众之物以为己有。久而久之，渐成社会风习。公德之美满，亦不期然而自然矣。记者在美时，每莅极大之藏书楼，辄兴观止之叹。每见其内室部类之多，尤觉浩如烟海。阅书时各阅者尝自按电气升降机，至各楼上下寻阅，楼中助员，绝不加以监察，而一年中，竟绝未有怀挟私窃之发现也。西方人士之公德心，自不得不令人敬佩焉。语有之曰：涓涓之流，可为江河；星星之火，可致燎原。天下事未有不能慎微而能成大事者。此事虽小，实不可不深加注意也。

崇实为法治国特色

美国人士之尊重法律，颇有若干趣闻逸事，足资我华之谈助者。盖我华风习，一切均尚虚浮而乏实际。故一机关之设立，章程甚完美，内容尝不可问；一文告之刊布，词气甚充满，效用乃不可知；甚至一调查表、一履历书、一报告册之填造，亦复空中楼阁，令人不可捉摸。是在我国视等寻常而不以为奇者，在彼西土，亦将据为绝妙之瀛谈矣。天下事惟稀见稀闻者，乃觉其可怪也。

美国分全境为四十八州，各州各自为政，其地方上通行之法律，亦各不同。现有数州，已为禁酒区域，其未禁之各州，固可酩酊畅饮也。美国铁道四达，路轨纵横，列车疾驰，数日间可越数州之境。最可笑者，譬如甲、丙两州不禁酒，而乙州独申禁酒令者，则车行甲州境内时，餐车中乘客正可畅饮，若忽于数分钟内入乙州境，即在手之杯，即须交侍役藏置他所，迨转入丙州境后，则欲饮者，或可复取藏杯而痛饮也。

又如寻常电车，严禁吐痰，罚例之酷，亦非寻常意想所及。纽约城之地道车，尝大书标示云：车上严禁吐痰，有违犯者，处以美金五百元之罚金或一年间之拘禁，或拘罚兼施云云。可知吐痰之恶习惯，平时万不可随意沾染也。然美民在电车中,自此遂绝无吐痰者。

卓别灵者,影戏界之大王,美利坚滑稽之雄也。某日有一最著名之影戏公司,与卓氏订一星期之约,期以某日起至某日止,载明约款中,嗣某公司以布演全剧。建筑上之预备,人工日力,不能过速,直至定期七日之最后一日,始克筹备完妥,至第八日延卓氏往,卓氏不至,并索此七日内若干万金之报酬焉。某公司主人愤然曰:君并未演戏,何能得此报酬? 卓氏辩曰:予固以此七日相待,设予不订此约,予早与他家订约,凑演他戏,获得此宗之巨款矣。公司主人不服,乃与卓并讼于官,卒之法庭直卓,而滑稽家之卓别灵氏,遂以不演戏而坐得此巨款云。

美国崇实事而不尚虚文,故法律益见其可尊。虚文不除,真际不易表见,虽欲尊重法律,亦徒托之空言而已。彼虚文者,诚法律之大障碍也。

衣

语云:“知己知彼,百战百胜。”此不徒谈兵学者常凛此义,即其他一切事物,亦莫不利害相同。苟或一知半解,而以武断出之,未有不致极大之祸患也。人恒于崇拜外国过甚者加以“洋迷”之号,记者窃谓名号间之出入,尚属不足挂齿,独其所受利害影响,则似乎生死存亡,其间不容以发耳。

就其最近最显者言,如衣食住三者,我国之与欧美,彼此绝不相同,而各有千百年相沿之积习也。若未详悉两方面之利弊损益,而遽以一时之好奇心,就一二人之武断,以事改革,则未有不蹈《伊索寓言》中乌鸦故事之覆辙也。世界万物,固各有其天然之色。鸦本纯黑,不能强使之为白也,虽终日投水中,亦不能涤除其黑,徒因过劳以自速其死耳。人赖衣食住三者而生。生而为人,又足操纵万有,岂其自谋之拙,竟有侪于无识之鸦雀者欤? 就衣而言,最足訾议者,莫如我国女子之服装。当记者游美时,西友每见我国时装女子之画图,莫不顿呈不满之色,因其不裙而裤,上下适成一橄榄形也。惟梅兰芳所饰黛玉葬花小影，长裙贴地，潇洒自如，颇足以征我国古代之文明。西友得之，往往不忍遽释诸手。此外若《妇女时报》中所载当代各名女士及文明婚礼之人物，亦颇足为外人所称许。以其中不乏卓然自树、识周中外之人、一切设施，尚能独具只眼，退之不至随俗浮沉，进之亦足以开风气之先者也。若彼醉心西俗，而又不能稍谙西方之内情者，往往分一身为数截。上缀蝶髻，则东洋之头也；下履革靴，则西洋之足也；中截不中不西，则更令人有服妖之叹。世界万国之女服，断无怪诞不经如我中国最见流行之时装矣。记者昔读欧洲发行之某杂志，曾以华妇、日妇、西妇之小影各一，同时并列于报端，而加以几何学上之说明曰：世界女装之美者，大抵可画等腰三角形以表示之。其顶角之度数，必视其两底角为小。欧美、日本妇人，莫不有裙，试以三角形线加诸其上，虽角度有大小之不同，而皆合此三角形式之公例。惟彼中国女装，独出常例之外，而绝鲜美术之感想云云。呜呼！此诚足为中国女界惜矣！更有进者，西方女子，从无有不裙而外出者。着裤仅在临睡时。袴于美国女子，犹亵衣也。安有于广众中，公然以亵衣相见者乎？故我中国之女服，在最近之二十年间，实可谓之裂冠毁冕，颠倒一切而不恤也。然其受外人之鄙视，则有不堪设想者焉。

其最不相谋者，美国女子，虽寒季亦袒臂露胸，身加大衣一袭，即可冒寒外出。故其不畏寒性，亦若禀诸天赋。我国女子，高领长袖，舍头面外，莫不衣扣重重。然如去秋大疫之时，有入医院养疴者，西医不察，竟亦令其效法西洋女子之尽去内衣，袒胸薄被，临窗而受风焉。我国人士之不察西俗所由来，而误用西法以戕身者，此亦其一端也。言之滋可痛已。

食

上所言者，以衣为喻。今兹所述，乃更及夫食住两端。语云：“饮食男女，人之大欲。”以饮食置男女之先，特以其与吾人生命有至密切之关系耳。当世醉心欧化者，每弃中国固有之美馔，而嗜百嚼不烂之带骨牛排。问其何以好之，则亦哑然不知所对。卒之世界各国庖厨，以肉食论，尚以中国之烂熟精炙为较妥适。火候既足，微生物未有不尽除者。即以美味相较，亦无往而不视半生不熟之物为远胜也。

在彼醉心西俗不加明察之流，其最始之一念，亦无外乎好奇炫异。若因之而戕生致命，固非其意想所逆料。譬如美国人士，终日不进热食，亦不妨以冰乳面包、素菜冷荤之类，草草果腹。若或渴极思饮，更惟凉冰是求。冰淇淋一物，虽在寒季，亦不可须臾离也。若我中国人士，体质既相悬殊，中国市肆之凉粉、荷兰水等，又万不能如西土之纯净。有某君者，尝与西人往还，因思习用西法。夏日炎蒸，不堪其苦，遂亦效西俗之畅食冰淇淋、鲸饮荷兰水等不止，卒膺痼疾，病不数月而长逝焉。此则竟以误用西法而罹不测之祸害矣。

我国上海夏季之夜花园，亦自美国方面脱胎而来。昔人有恒言曰："其父杀人报仇，其子必且行劫。"恶习惯相流传，其每况愈下之势，正如染疫病者，愈后愈危险也。人有所短，我国岂可更从而仿效之乎？在彼美国人士，即遇露重宵深，仍有啖冰淇淋、饮凉水者，积习相沿，殊不为怪。若我中国，因游夜花园而更进冰饮焉，则鲜有不致疾而伤生者。此又足与上说相映证也。

住

以言住居，常人咸以著中国衣、吃法国菜、住美国式之大楼，为人生三大乐事。中国之衣，一便而无不便。法国之菜，味美而色尤美。两者均有特长之足录也。美国为新大陆，其各大城之建筑物，大抵不过成之数十年内或百年内。至若大西洋沿岸各消夏湾，新居美奂，其种种之形式，尤觉层出不穷。近年最新式诸建筑，即遇失慎，可免延烧，即经微震，亦难遽倒。冬寒虽酷而复室仍温，夏苦熏蒸，而一墙之隔，即足以祛炎威而得清净之境。此诚令人居之有乐不思蜀之感想矣。然六年前有一中国官吏，移眷赴美时，曾以独赁某屋，不知其处理之方法，又以部款屡延发，不能增雇仆隶为助。夫妇二人，始则束手无措，相视而哭。继因焦思过甚，几至一病不起。嗣虽即行告病乞休，然美国大楼中居家之难，于此亦足以见其一斑矣。美国居家，若不能与他家合住，每赁全所楼屋，其最下层窖室中，即有种种应加注意之物。如寻常所用之热水管，及冬季周转旋流之热水炉，其窖室中，均须先行贮水加热。热之之法，乃借块煤为燃料也。有不谙燃煤者，即可屡燃屡熄矣。热水通入各室之先，均以窖室中大热水锅为起点，锅旁悬有玻璃管为表记。锅中无水，可开自来水以满之，但至锅水将满时，表中之水亦甚高，即须止绝进水，以待加热，否则水可泛滥及于全楼。是以住外国之大楼，亦须加以知己知彼之审虑也。否则其所受之窘迫，亦将不堪言状矣。上所述者，不过其一端耳。

疾　病

人生斯世，医药疾病等事，原与衣、食、住三者相关联。但及身之利害，尚视彼三者为更速也。吾人苟乏知己知彼之能，在衣、食、住方面，遇有误解或武断，其为害也尚缓。独施之于医药疾病，则将祸悬眉睫矣。此固只身万里外者所当深加注意者也。

语云："百闻不如一见。"天下至危极险之境，非经亲历，必不能言之详尽。欧美研究地质学者，每遇火山爆发，往往有三数人亲临喷火穴。若有一人生还，则必为世界所推重。疾病亦然。如若干年前之台湾鼠疫，有日本医二人，亲往考察。迨至染疫在身，乃略悉此中较真确之征象。其后一以身殉，一庆更生。其幸获更生之日医，遂为世界有数之大名家。诚以此等艰险，必非空谈理论所能为力者也。我国古籍尝谓："三折肱而九折臂，虽不习医而亦知医。"此皆事重实验之明证也。

去秋美国大疫，因是而促其夭年者，多至不可胜数。此诚新大陆未有之浩劫也。记者艰险备尝，危亡之惨，尤属身亲目睹。归阅沪报，闻英吉利疫势又张。八年二月大陆报，至谓上海某校，染疫有达二十余人者。此事无论其危害之轻重若何，实万不可以西方最新奇之疾疫，误与我华平时之重伤风相提并论。万一谬加武断，则其痛苦当远过于误解西俗者所受之影响矣。

美国文字，称社会上一种感动人之能力者，其译音为"荫福露恩施"(Influence)。称自西班牙流传而至之疾疫者,其译音为"荫福露恩撒"(Influenza)。以去岁美国死亡统计,比较观之,自以二十以上、三十以下英年力壮之辈为最多数。惟在此年龄内之伟丈夫,在疫盛时,大抵已应征赴欧战。故以疾死而不以战死者,往往属诸富于感动力之名闺淑媛。朋辈相见,遇感逝伤往时,辄曰"岂挟'荫福露恩施'以动人者,竟忽忽以'荫福露恩撒'而长逝哉?"此言若按英文原句思之,颇寓滑稽之意味于不言中也。然而染疫致死之由,亦可于斯约略辨之矣。

论其致死之由,终不外乎三大端也:一曰忽,二曰躁,三曰好动不好静。其第一、第三两原因,乃少年人所易犯。其第二因,则多金者尤不能免也。盖此等流行病,本不至如往年我东三省之谈"鼠"色变。只须事前慎防,即可幸免于难。预防之法,其一不可冒风受寒;其二不可置身大众群集之处(如入戏场或坐电车,人多处均易染疫);其三不可失眠,起居宜有定时;其四不可过饱,饮食至八九分量最佳,亦不宜枵腹从事,致精神有所减损;其五遇微著凉觉鼻塞时,在美国常用樟脑少许,和入油膏,助令开窍;其六脏腑宜清,若遇便秘,即宜设法使之疏通(在美国系服革麻油,此法究属过猛,似不宜随意尝试也);其七宜常带手帕,遇与人近接时,自宜常护口鼻,以防疫气侵染。若遇病人,而万不能不勉强接近者,宜戴寻常防疫用之口套,使口鼻间空气出入,从棉花中透过外层之纱,似较无口套者为妥善。此第一原因之防护法也。又此疫在美国,乃为新发现者,故疗治之方法,虽在医士,亦复茫然。若患者恃多金,不耐久病,急求速愈,则欲速反不能达矣。记者常与西友谈及,有深悉医家之内情者,谓医士遇轻病,亦常用不关轻重之药水,任意敷衍病家。若遇疑难重症,竟有试投较烈之药剂以尝试者。此对于第二原因,又万不可不注意也。又凡染此疫者,退热后切宜静养,万不宜稍事操劳。若更受凉,便无救矣。西医之稳实可靠者,亦知病室中止可令其通气,决不可令通风。若在偏执之徒,则竟谬令病者薄被向窗而受风焉。卒之新空气之益尚未见效,而人体所固有之抵抗力,已为此偏执之见摧残净尽矣。此节劳避风雨事,仍不得不就第三原因,预防其祸害云。

游　　戏

更进而言娱乐之事。若拍球，若赛马，若竞走等，均为我华各校所习见。惟彼泅泳术，我华只闻近江近海各居民，有童而习之者，其在都市之男女各校，未尝注意及此。美利坚则不然。寻常练习，校中固各设方池以便肄业者翔泳其间。夏期休假，两大洋岸各清旷地，联袂而来，飞跃潜泳于海水中者，尤属不可胜计。我邦游美游英诸学子，艳羡西方娱乐地，亦复以若干星期之校中演习，进共容与海上诸游侣较其一日之短长，偶或不慎，体忽下沉，不旋踵而凶占灭顶。此又不能于彼我间深加详察之为害也。去夏茂漪往点梅岬，亦尝于洋岸间偕诸女伴试泅泳。据其所述诸经验，颇足为习泅泳者示向导。一则海水中常有海蜇等物，触肤即紧收，恍若被箝束，如彼无肠公子之双钳，遇物固执不稍释，此盖下等动物自卫之通性也。若游泳者不解其故，误以有物下摄而怯惧，则或酿成意外之危云。再则海水之性似较寒，体质弱者遽入水，筋络行血稍弛缓，足部筋脉间，常不免有拘挛之苦。吾人入水泅泳，所恃只为手足，足部筋络不舒展，两手渐觉难胜任，全体即渐下沉矣。美民体格，大抵壮健，故患此者甚鲜。华人体素孱弱，而又不习冷水浴。此所以入海凫泳，在彼极寻常，而在我若甚危也。我若不以知己知彼之能，事事先加详察，则不啻以生命为儿戏云。

文字思想

昔记者与美利坚诸士夫游，彼辈常云："中华为世界第一古国，其所以绵延不绝之原因，果何在耶？"记者答曰："我国无千年不易之皇祚，而独有五千年相传不灭之文书。我国近代科学，虽未能与世界各国抗衡，以文字论，我国实有足以自豪者。"美人士遽闻吾言，莫不恍然自失曰："近代欧美通行各国语言与文字，无有越数百年而不变者。中古时之拉丁文，在今已为过去之陈迹。以视中土文书，不啻朝菌之视晦朔矣。”记者曰:“诚然。昔记者未抵美时,有某大学西教授,偶以廉价,购得十一世纪皮页描金手抄本。虽其珍护之切,尚不亚夫和璧隋珠,而于索解之难,亦几等诸天书符箓,非若我国典籍,虽相去数千年,皆可不待迻译而随意展诵也。然我国不能灭亡之由,亦正赖此文字之维系耳。”美人士闻言,颇有欲从予习华文者。

论者或曰:昔如匈奴、鲜卑、回纥、突厥、辽、金、蒙古之为中国患者,大抵其文化皆不逮我国,是以卒见同化于我,而反失其强盛之势。此后若有窥伺我者,我将何道以自存耶?此说诚然。但以我国与他国较,文字一道,究我略优而彼差逊。揆以优胜劣败之理,则凡我之可以优胜人者,岂可从而放弃之哉?一国之国粹,犹一国之天产物也。我国丝、茶、瓷三大要项,夙著称于全世界,但自记者渡美而后,目之所触,耳之所闻,觉与在国内时之理想,无往而不大相径庭。最初在巴拿马博览会场,见全世界丝产之统计表,我国已退居第二位。怀疑莫释,迨后遍历各大名城,市肆所见,无非锡兰、印度之茶,日本之丝料与磁品也。乃知我国商业上仅有之优胜点,已不期而为人所占尽矣。此固我华人士畏怯、偷惰两恶念所酿成也。

彼美利坚,虽以商业雄冠全球,然其生活程度之高,实万不能如我中华天府名区。虽在贫民,亦可享受天赋美产之优厚也。以美国言,绸价既属奇昂,布帛亦不甚贱。故在嘉会令节,士女塞途,乘时凑趣,市肆常有纸衣、纸帽、纸盔等,临时发售。记者尚有轶闻一则,颇足与此相发明也。友人黄君旅美京时,住第一流大旅馆,偶以残旧绣花黄缎,拂拭几尘,无意之中,遽惊旅馆仆侍。仆侍以告掌柜,掌柜复以告诸馆东,转相传语,播为美谈。彼馆东者,竟视君为世界大富翁,艳羡之深,不觉五体投地。举此一端,而美民天产物之享受,必不能如我华之均平普遍,可断言也。记者窃谓东西文字之不同,实足引此为譬解。我国文字,精深耐久,简练者犹布帛,富丽者犹美锦。欧美文字之不经久,犹之美国令节出会出游时所购售之纸衣、纸帽、纸盔耳。物以纸制,骤视之未尝不可人意,而其色泽鲜明,折纹平直,或视熨斗下之绸褂为更美观。但经一次行用,即可应手破烂。此正与今人所主张白话文字相等耳。我国主张改用白话文字者,大抵以欧美文言合一为辞,而独不问欧美文字之不能悠久,其弊究在何点,是诚大惑不解者矣。

况一国有一国之习惯。欧美文字,组织与我不同。文字、语言合一,在彼行之,自可不显其陋。且其形容事物之曲尽其妙,颇有为我华文字所罕见者。此犹纸衣、纸帽、纸盔等,在彼美国,相习成风,剪制既佳,披戴亦复相称,招摇过市,蔚为巨观,胜会佳期,反足令人追忆。若在我国,苟慕西方纸工之美,不具知己知彼之能,亦以冥衣店所成纸件,代彼数千年沿用之冠冕衣裳。闭户造车,出门更难合辙。则见之者鲜有不掩面反走,而群作三日呕矣。天下事其致之较难者,其成之也必可耐久。一国进化之迟速,固不尽在文字之雅俗精粗而已。今试以德意志文与英文较,则德文之繁细,远过于英文。而何以前五十年之科学进步,德国反甚速也。若以文字之凝炼精深,遂曰可废,则锦衣布服之成,其难固千百倍于纸衣之制,而何以当世谈经济者,卒无创议以废纺织者耶?吾乡初设学校时,学科偏重文字,执教鞭者,均系一时秀杰之士。有已故前浙议长陈介石,能于期年之间,使开卷读大学者数人,援笔成文,两年而通子集,三年而成万言书云。是知进化之阻滞,其咎在教育,不在区区文字间也。

以记者旅美数年间之所观测,觉彼邦人士之研究力,确远驾乎我华之上。常人不察,或徒见其表耳。以文字论,美人每有所述作,莫不深思澄虑以为之,无有浮泛如我近代应酬文字之甚者。此浮泛之弊害,在我中国,实当急事革除。攻错他山,美国文字,亦大足资参证矣。此则通英文者所共认也。

生　计

曩游南洋劝业会,最爱丝绣之张啬老书一联。其上联为"黄金时间",下联盖"白饭道德"也。斯二语为世界各国民所不可逃之公例。独在美利坚,因金钱势力之宏,无人不受其影响,而饭碗问题,亦遂为尽人所当研究之事。说者尝以我华频年扰攘倾轧,俱因贪金钱、争饭碗而起者。殊不知我国之弊,正以金钱作用尚未舒展,饭碗排列不甚妥帖耳。

我国今日,唯一之生计为官吏,唯一之尊荣亦属之此官吏。故一国之菁华全萃于官，一时之俊秀悉起为官。即一代奇才异能之选，亦几乎尽销沉于荣华富贵诸梦境。其有卓然自树，不随流俗以俱去者，将如凤毛麟角之难多得，将如大厦一木之难独任其劳。此犹某年上海张园发现之巨首奇童，全身水分均入头部，头重下轻，四肢益难为力。此身已成不治之症，仅足引起观客之好奇心而已。

彼美利坚，各上级官，固犹我国在某会捐巨款尽大力而为名誉会员者，纯然一种义务心之表示也。其所希冀，即为名誉，故鲜有复从兹而自坏其名誉者。其下级各雇员，资望位分，实远在乎我国佥事、主事以下，纯然一种受雇勤役之书吏耳。有号称精通英语而绝不解我华之政教风习者，率译我国之佥事、主事为 Clerk，是犹粗知德文者，胸中只 Weib 一字，便用之为称述闺秀令媛之雅号矣。少年自大者，其浅陋每如此。

美国政界既无利可图，故金钱作用，得以表现之处甚多。饭碗排列，亦不至挤向政界一隅。虽各部之下级雇员，自问生平无所长，只求得一啖饭地以终其身。而并世奋发有为之士，自必不甘以书吏之末，失却一生良好机会。故医、农、工、商、银行、法律各界，每见分道扬镳，弦诵一堂之盛，名山百世之藏，亦大有其人也。反而言之，若上级官，若议员等，亦复有进取退守之余裕。即大总统退职而后，或为主笔，或为律师，亦各有其一定之事业也。最近如美外交部东方股长惠廉氏，去岁亦已辞官，改就嘉利福宜大学之教授矣。美国一官如传舍，得失诚不足计，惟以名誉心之驱使。就中央政府方面言，固无人不求为好官也。

返观我国，则又大相径庭矣。统计全国各类事业，其寿命能延至二十五年以上者，寥寥无几。在前数年记者初抵美时，闻彼美人士之熟悉中国内情者言，谓上海之大，只有《申报》一家远在二十五年以上，此外惟汉冶萍公司延续较久云云。即以记者所知，过二十五年之报亦止《申报》等两家。其他行厂公司，欲求如是之久者，竟属不可多得也。一国种种事业，若是不易振兴，故居要津跻显秩者，虽日日言聚敛，时时谋固其禄位，亦终无以善其后，患得患失之心，顷刻不能除也。人可一日不为官，而必不可一日不为祖国之人民。欲为个人久长计，必自培养在野事业始；欲为子孙安富计，必以疏浚公众利源为先务。盖今日人民之所利者,即他日挂冠归去时及身之大利也。美国朝野之状况,不啻未来之中国。上所言者,“黄金”“白饭”,上下联仅各得其半。次节所言,乃统括上下全联,而以旅美所见诸征象一一为之佐证焉。

时间之宝贵

美人士尊重黄金,连类而及尊重时间。“黄金时间”一语,寻常习俗中,随时随地,皆足有所表见。而社会上所呈诸现象,自不得不与我华迂徐恬退之国民大相径庭也。

其最可笑者,厥为步趋之疾速。纽约下市“垣耳街”(Wall Street),世界著名之金融大市场也。银行报馆及其他重要营业,设立于垣耳街附近者尤夥。每当晨九时许,此数街中,行人来往如织,匆遽之状,若烈日中热地之蚁。虽有各式车辆纵横疾走其间,行人常冒险驰突而过,若毫不畏轮铁马蹄之猛力者。此又美国街市特殊之现象也。是以一月之间,报端街车伤人之记载,必不止一次两次而已。

美国各街市行人,无论因事外出,或安步遣兴,均有一种准直向前之势。苟非专注一物而暂驻足,自更无东张西望、行止不定之态度。设竟有人焉,忽前忽止,徘徊不定,若我国街巷间之负手闲行者,则必有人上前询问,虑其不辨东西,而欲引之出迷途矣。若其人曰并无所迷误,则致询者睹其旅进旅退之状,又将骇为异事而匿笑不置。

美国摩托车之发达实为各国之冠。考其发达之原因,实国民“务疾速”“重时间”之一念,有以迫成之也。试游美国各大城,若金山市之金门公园,与纽约市之中央公园,每当风定日斜之候,春融物丽之时,摩托车之来也,竟若甘霖泻地,长虹际天。吾人袖手遥看,无法令其得有寸隙之中断也。至若纽约海蜃河(Hudson River)畔之长街与第五街之衢道,设驱车者与行步者均不能确按定则而行,则一日间殒命于车辙间者,殆将不可胜计矣。世事愈繁复,愈足以见尊重法律之利。此事虽小,可以喻大。其接毂衔尾之情,言之固若可笑,其有条不紊之处,似有可当倾佩者云。

吾人旅美，旦暮间耳目所接触，尤多特别发生之事物，悉缘美人尊重时间一念所造成。其最著者即餐馆也。美国餐馆，寻常惟“自动（Automat）饭店”“自便（Self service）饭店”两种，可免消耗时间。故在午膳之顷，食客咸争趋之。前者仅见之于纽约、飞拉待飞城诸大埠。后者小街僻市，皆可得见。

自动饭店，四壁皆磁砖砌成。熟视之，每边各分数十格，其分格大小，颇若我国南货店或药店内，背墙面柜之无数小抽斗。特彼每格无木屉，仅悬玻璃加铜框之小门耳。小门上嵌小磁牌，标列菜名菜价，其价以五仙镍币累计（每镍币昂时约合我国大洋一角）。有只需投一镍币者，有需镍币两枚或三枚者，顾客按数投入门旁空隙，将与空隙处相关连之机柄用力向外一抽，则门自开，食品自可随手得之矣。此类食店，全部菜单，即明记各方格间磁牌之上。其最上无方格处，复有大字，示各菜之门类，汤也，鱼也，肉也，果点也，面包也，茶也，咖啡也，均以类聚，可令人一览了然，只须看其从何边起，即可顺按次序，沿壁探取云。

惟在得饮料时，与羹汤、果点等之取法不同。饮料大抵在全部之末端，上署“清茶”“咖啡”“枯果”（Cocoa）等名。其蓄放之机轴，绝似我国大旅馆中洗面盆上之自来水管。食客投镍币于管旁空隙后，将机一捩，以杯承之，适可不满不溢。良法巧制，令人赞叹不置。

自便饭店之规模，常不能如自动饭店之宏壮也。自动饭店，开间甚大，方桌圆椅之多，仿佛我国之大茶馆。自便饭店，仅于白石长台之旁，并列单脚高凳无数。食客到时，各据其一，纷向长台内侧之店伙，任意点取数物以果腹。其状颇似我国之吃柜台酒者，不过在彼可得一坐耳。

亦有于进门处，见有“请各自便”之揭示者。揭示之旁，置洋铁长方茶盘无数，来客各取其一，鱼贯而进。若汤、若鱼、若肉、若蔬果，排列成一线，迨至点取终了，各人茶盘中，满置碗与碟。在我华人之眼光中，不啻一群之侍役也。若初到美者，及门而望之，必更讶其侍役之多矣。

上述各食店，惟第一类，颇令人感新奇。若第二类，我华人士所不屑为也。美人不以劳动为耻，故自便饭店中，逐日枉顾者尚大有其人。

若在中国，此等处所，将为下流社会人物所集处。尊重时间之感想，必不能于此小店发生丝毫之效力也。

我国茶店之林立，即足以知我国人心之暇豫。若在美国，虽亦有近似欧洲式之售茶处，然临其地者，大抵略进饼饵，即匆匆去。亦有暂驻欲品茗者，其茶盏之小，乃仅如酒盏，虽欲缓饮长谈，亦若必不可能矣。

习俗囿人之苦

美国人士虽以尊重时间著称于世界，然吾人平日所感受之诸反响，反视向不宝视时晷之中国为更难堪焉。我中国不计时，相习不易觉也。天下万事，迟速缓急，原由比较而生。兹吾所谓反响，盖即虚耗时间耳。虚耗时间之举，论事若甚可笑，论势则又不容避免者也。譬之剧场开幕，列车出发，若趋之者甚众，则购票者势必鱼贯而进，平均每得一票，必不可无若干分钟之立待。此等现象，在轻缓闲散之穷乡僻壤，不易有之，惟在风驰云转、敏捷奋迅之通都大邑，反不能幸免也。

世界各国各社会最迂缓之人物，当推瘠面耸肩之大学教授。此辈埋头书史，性尤健忘，往往与某甲作无谓之闲谈，而令某乙某丙历数小时不能进见，甚或漠然不复忆及，其令人感痛苦之处甚多。但高等职业中，最贫乏无聊者，似亦可推大学教授。美国大学诸讲座，舍数名教授得巨薪外，其他散席，每月收入，且不能及一寻常之理发师。黄金时间之说，似益可信其非诬矣。

美国社会优遇妇人过甚，又足令人隐受种种困苦。譬如一男子，晨起办事前，匆匆往市肆购物，若有妇人在，必先任妙年女郎占第一，任中年妇人占第二，任老妇占第三，而己为男子，只可俟上述各项人物一一点购完毕后，始得问津。设不幸而三项人物摩肩续续而来，则为男子者，久俟之苦，殊难言也。且妇人性，大抵细碎繁琐，而老年者为尤甚。最可恨者，当车站将开车时，乘客莫不争期速得一票，以便过栅进月台。若前乎已者忽为一妇人，往往因其絮絮之谈话，令卖票者屏置他客于不顾，而不问其误车不误车也。妇人无决断性，直将自误而误人矣。

次若习于偷惰之苦力，苟不携时计自随，辄任意观望，向过路人询时刻。因美国劳动界励行一日八小时工作后，凡及四小时，已可称半日。此四小时，除去吸烟休息外，所余已无几。然尚不自聊，昂首俟日落，一若深厌此数时不能转瞬即逝者。视我勤劳之华工，何霄壤之相悬殊耶！

更可笑者，美人谈话，寻常恒有“待一秒钟”之说，实则所谓一秒者，可在十分钟以上，可在一刻钟以上也。乡村小店，仅一二人管理。若在管理者外出时，店暂闭锁，必高悬一纸牌曰“五分钟即回店”，实则五五二十五分钟，亦不见有人归也。美俗虽崇实，似有不能尽信者焉。

罪恶渊薮

“白饭道德”一语，即西谚所谓“面包道德”也。管子不云乎：“衣食足而知礼仪。”未有衣食无著而能受教育知礼仪者。不知礼仪，斯为小人。欲其能如君子固穷，亦戛戛乎其难之矣。美境穷乡僻邑，与我中国相衡，尚觉彼地较广而人口较稀，人民乐业安居，自不至流为寇盗。若大城如纽约，偏东一隅，大抵皆自欧洲方面迁入之客民也。此等客民，不通英语，绝鲜良机可于营业界有所活动。稽其国籍，大抵以意大利、希腊、犹太等为最多。犹太已为亡国之民，虽有极富裕者，亦有极穷极无赖者。三类人中以犹太人为最不了。犹太人之面貌，微似华工而较粗较黑，亦有白皙而痴肥者，令人一见知其与英、美、德、法、意、希诸人相悬殊也。至此各类侨民，不通英语之可笑，记者有一谐谈，得借一意人而证明之。

我国娴英语者自贬之词，每曰不佞止通三句英文。不意同属欧洲，同肄蟹行文字之意大利侨民，竟有实践此贬词者。斯其愚昧可笑，诚出吾人意想外矣。某意民初抵美，坐食无所事，迫不得已，暂在纽约下街卖香蕉，对人只能背诵英语三句。其首二语，一为“五仙卖三件”（Three for five），一则“有好有坏”（Some are good and some are bad）也。若购者不顾而去，则自言自语，谓“汝不欲，人将欲之”（If you don't, some one else will)云。不意“百乐汇”(Broadway)路畔之行人,有忽趋前而问询者,遥顾最大之洋楼曰:“此巍然屹峙者何名?”意大利人曰:“五仙卖三件。”问者错愕曰:“是否意大利人,尽与汝相类乎?”意人答曰:“有好有坏。”问者益不悦,乃作色言曰:“汝欲吾提汝之耳而牵汝之鼻耶?”意人复自语谓“汝不欲,人将欲之”矣。

右所述者虽属滑稽家寄托之词,然彼纽约下市诸客民,非假此义为形容,更不足以见其真相之万一。吾人苟身历其地而目睹其状,觉此辈离奇怪诞诸侨民,彼此言语不相通,直似深入西藏等地不可思议之奇境矣。记者曾以一种之好奇心,贸然以美金十四元为牺牲也。其行劫者为犹太人,其入手之方法,乃先饰词,伪为初抵纽约者,袖出对开银币两枚,力求代易一元纸币。俟记者探手及囊,彼乃奋全力,一攫而狂奔。虽追及之,终属无益。因其地为此辈巢穴,警士不敢撄其锋也。若在夜十时后,则竟公然出短铳,沿路截劫矣。

惟此辈横行之地,大抵不能离其贫民窟之范围。若在寻常街市,彼辈不敢冒险尝试。盖在寻常街市中,已非彼辈根据地,一经出事,警士不难立行弋捕,彼辈此时,将如游龙失水,虽欲腾跃而不可得也。故路劫之举,苟非游人自入其罗网,彼辈似亦不能有所施展云。

纽约困于贫乏而有无礼仪、无道德之行为者,亦有所谓红灯区域者焉。美国虽禁公娼,而娼寮等密窟,仍不能尽行扫除。所谓红灯云者,昔各娼家门外,均悬红灯为标记。迄今此风已渐息,然社会上习用之名词,仍不易灭也。

下等妇人之行动在细心熟察者之眼光中,极易窥破其底蕴。我国北里中人,大抵习于轻狂,装腔作态,甚易雷同。凡彼大家闺秀之细腻风光,必不能于此中见之。种无论其黄白,地不问其东西,世间恶习惯,处处相同也。又下等妇人必敷粉,浓施淡抹,绝类北京下等旗妇。其启口谈笑时,甚者常作破喉声。其足迹所在地,日间有时往公园,夜间常在中下等之饭馆。至夜深时,则有一种特别卖酒处,此辈杂坐其间,时或跳舞,时或弹唱,以博座客之欢。实则此辈一言一动,在稍明智者视之,固莫不有“了无意趣、俗不可耐”八字之感想也。

我国青年之往美者,苟按上述种种,先得识别法而远避之,则必不至堕其陷阱。盖天下事,危机之至,往往可以疏忽致祸害。如染疾者,自谓斯疾必无大碍，或者反因是疾而死。即危险如鼠疫，苟未察其危象，虽有微生物满布一室，人之亦不觉其可危也。若虑其可危而早远避，知其不可向迩而早事摄生，或使疫菌无由而接触吾身，则必可以安稳自全也。天下事至可恐者，惟不知之而接近之耳。

美国人士，舍因公罪入狱，无损一身之名誉外，其以寡廉丧耻之事，犯刑事案拘狱者，虽经释放，往往终此身而为人所不齿。人而无罪，诚随身极厚之坚甲也。以记者所闻知，在少年时，惟尝接近下等妇人者，最易遭遇为刑事犯之机阱。因凡下等妇人，往往贪惰性成，不事生业而务浪费也。少年中有堕迷津而不自知所以振拔者，必思出种种诈骗方策，以填此辈无限之欲壑矣。

美国更有一事，最足陷诸阔少于罪，为我青年所当猛省者，即各大行号各贵重品分期付款之办法也。譬如某阔少购钻戒一枚，值美金五百元，只须此人与此行号略相稔，即可通融，改用每月五十元或二三十元一次之分期付款法。但若此物竟入下等妇人之手，一去而不复来，则此少年危矣殆矣！此皆记者耳闻目睹之事实也。记者甚望我国男子之留寓彼邦者，弗再有此不检不慎之行以自苦耳。

女子与强暴

美国少女在昏夜，绝鲜踽踽独行者。间或有之，大抵于短距离间，速步向前趋，从无且行且止，而示其闲适之状态者。若竟有之，则即非山梁之雉，亦必为桑濮之行人矣。偶或不谨，必将堕其陷阱。此又初履美者所当省察审慎者也。至美国女子不便独行之故，据记者研究所得，似颇含历史性质之关系焉。

美国通衢，亦如上海，正中广阔者为各种车辆之“驰道”，两旁略窄而甚平者，为徒行者之“步道”（Sidewalk），亦可译之为“街沿”。驰道、步道之分，即我上海俗语所谓马路与人路也。西俗凡男妇偕行出游时，手必相携，足必相齐，男子必行街沿外方，女子必行街沿内方。此寻常习见之通例也。在忽略者视之，此亦不过礼俗中之一耳。男子常行外方，不过示珍重女子、保护女子耳。实则尚未尽也。昔记者旅美时，每睹殊方习俗之不同，尝试向其中索原理。质之彼邦人士，寻常碌碌者流，亦只混以他语，而不能有明了之答复。嗣记者于图书馆阅书之顷，偶遇一同好，一年三百六十有五日，专事埋头书报中。记者每入览，无时不见此人之足迹。其癖嗜之深，尚超出记者以上数倍。记者乃以所怀疑向之承教焉。此君从容答曰：西国当古昔野蛮时代，男女之间，实行劫夺，女子若行外方，则强暴忽至，男子不易御之。故今男女同行，无论何地，女子必在较安全之一方面，是固野蛮时代防止外来劫夺等事之遗风也。记者乃曰：男女关系，本分四大时期。最初以劫夺而成夫妇，其后以买卖，更后以媒妁，最后方自由。强暴劫夺最野蛮，固人群最初之一级也。敝国新婚之夕，亲朋至好，得以种种谐谑加诸新妇之前，其名谓之"闹房"。传说今日闹房之辈，实即上古劫夺婚姻时代帮同抢亲之人物也。此事足与贵国男女同行，男居外方之历史渊源，相映证云。某君闻言，为之点首者再。

美国有此历史上之渊源，故在今日，纽约等大城市，屡传掠人幽禁、被逼为娼之举。此等黑暗情状，诚足骇人听闻。是以良家女子之审慎者，虽在白昼，亦必二三联袂而行。而一年间之以独行失踪，永沦阿鼻地狱而不复见人世之天日者，大抵皆昧憨不更事之流也。呜呼！团圆佳月，难弥有缺之天；绵邈春光，偏惹落花之恨。孰谓文明极点之地，而即无极野蛮之痛苦哉？

美国各大城市，妇女失踪之事件，屡见报端，每无下落。中国女子，未闻罹其害。因中国华侨中，移眷者绝鲜，求其少而姣者，更若凤毛麟角之难得也。近五年中，中国女子赴美游学者渐多，则各大城习见之危阱，自宜渐加预防，而不使蹈人覆辙。故各大城之恶魔窟，此后不独男子所当戒，即在女子，亦当随时随事，细心默察，以防祸患于未然云。

距今四五年前，有王姓留美女生，暑假期届，病纽约之炎蒸，将独住波市顿（Boston）逭暑。至期先在下市四十二街总车站，给价购票，交付行李。迨其各事完毕，视所佩时计，距月台开门时，尚有十分钟之余裕。喉间渴甚，无以自解，乃急向车站中所设冰淇淋店，求荷兰水而痛饮焉。其饮水处，为一条直之白石长台，各项水柜及冰淇淋冰库等，均在长台内侧，其外侧则平列成一直线之圆面独足凳也。此王姓女生既就座，左右两方空位，亦有少年男子各一人至。女生饮未及半，置坐旁之手帕，不觉自台面下坠，一回视一俯拾间，杯中之水，忽现微涡，谛视再三，若眼花神乱，即之无色，近之无臭，心中疑怯，不敢张皇，伪为不知，举杯沾唇而去，已忽忽若有所中矣。女生乃急趋数步至一路警前，操极简明之英语谓曰："予本中国学生，无一亲交在此，顿被算中毒，如倒速送医院，勿为匪人冒领"云云。数语方终，身即应声而倒。不意彼两少年者，果尔饰词亲交，坚请扶送归家，图遂其下毒计取之奸谋矣。路警闻之，一方坚拒所请，斥令速去，一方示意暗探，追踪而弋捕之。迨此两人拘禁入狱，女生已安然自医院出。闻其出院而后，仍往波市顿去。

观此而各大城独行之危可知也。若女生者，有机警之能，得镇静之功，而复擅方言之利，宜其得以转祸为福矣。若才智有不能及此女生者，宜在远行之先，预备三数必要语，习至流转圆熟而后已，以便万一危急时，可免目瞪口呆之苦。此亦万里外求学自卫之一端也。

美国大城如纽约，高屋摩天，深阱入地，其地底之世界，颇如我国侦探小说中所记述之诸异闻。美国工业发达，建筑术甚进步，故不期然而有此等地下层之魔窟，亦有并不在地下者，重楼复阁，幽曲深远。一书柜也，而不知旋动间内可通门。一交椅也，而不知踏足处下可入地。一寻常高悬壁间之鹿头鸢首，仅由木质雕琢而成，而不知其双瞳为孔隙，可于墙外窥视室中行动。此等事物，皆以文明过甚，而有此不可思议之恶剧也。世间不能无此恶剧，正以智育偏进，德育有时不足以济之耳。若因此等恶剧，而遽效三代上人"有机事者必有机心"之言，则其所见浅薄，将与创为"女子无才便为德"之说者，同其背谬，将何以自合于世界进化之潮流，而不为天演所淘汰耶？

记者备述纽约诸危阱，非谓我民此后，遂可剖斗折衡以息争，锢智塞聪以防乱，坐不垂堂，以御外来之祸患也。谓我华人涉足文明之邦，不可信之过甚，而遂如食河豚者，因西施乳之美名，而遂不知其中尚有一医药上足以戕生致命之毒质耳。在美匪徒，掠人幽禁之举，大抵借重于摩托车，此犹十数年前北京屡酿命案之骡车也。少年女子独身出外，第一，雇车时宜注意。若遇必须雇车时，宁向汽车公司以电话定雇，嘱其速以车来。切不宜沿街呼唤，致令变生意外。因美国随处有电话,其通电话时,亦非如我国上海之损时费力。各车行名,均大书特书,载明电话号簿后方,不难一检而即得也。其他防卫法,第二,在公园中或街市,切不宜与漠不相识之男子并坐或交谈。因此辈有迷蒙药,揾入手帕中,只须以帕接近女子之鼻际,女子即可应时失知觉,如痴如醉矣。第三,在戏院不宜乱坐包厢。因包厢人少,此辈每易肆其鬼蜮。有美国令嫒在包厢中看戏而失踪者,闻系有人持药针,轻轻向其一刺,针止著肤,人即暂时晕去云。若在正厅中,众目环视,彼辈尚不易着手。然独往终不甚佳,因大戏园中有时转台或演特别之电光灯彩,全场亦有暗黑时也。第四,偶出外购件或修理各物,似不宜一人逗留最下等小店中。此事民国六年纽约曾出命案,乃意大利人之设补鞋店者为正凶云。第五,途中遇人有危难,按照西俗,或须上前帮助时,必须权其缓急,而速察其人情状。若非甚危之事,宁可奔唤旁人一同上前扶助。因美国亦有私结匪徒之老妇,佯事倾跌,俾过路少女,挟彼进门上梯级,而诱之入匪窟也。此与上海之托人看信而行劫者相类。

事更奇者,民国四年纽约上市某街,一日忽有无数小纸片飞下,每片上署 Help(救命)字样。嗣有人驻足仰观,乃知均从某大楼之窗隙飞出。急嘱警探迹视,幸克出女于难。盖在一床一被之斗室中,衣饰尽被夺矣。人谓此案,掠人之匪,尚非盗窟之雄,故既不能运往海外澳洲等处,又不能置之重楼复阁中云。文明地而有此等幽暗事,诚异闻也。

自 觉 心

语云:“放下屠刀,立地成佛。”盖世间万事,无论大小轻重若何,若在急应知止之时,其人适无一种之自觉心,则未有不转福为祸、转有幸为无幸也。譬如双方口角,若在他人能让步时,即宜见风收帆。又如两人斗力,若有一人因力不任而败北时,必须养精蓄锐,订期再斗,而断无不加修养可能速胜者,此不易之理也。上古贤君,攻敌不克,谓须退而修德,此皆一种之自觉心。若并自觉心而无之,是犹好笑者吃吃不止,好谈者剌剌不休,好饮酒者既大醉而尚不停杯,好行路者临悬崖而不知勒马。人即能谅其愚,亦必暗笑其疯狂矣。

美国政治上竞争之烈,世界所共闻也。自第一总统华盛顿将军以来,中历总统二十余人,大抵以两大政党中坚人物互为消长。若在总统选举之前数月,与各等人士把晤,聆其言论,振振有词,观其奋励之容,莫不昂昂然有生气。其各戴本党之一人,而力攻敌党推举之候补总统,种种偏见,尤令惊奇叹异不置,然绝无出以陋劣之手段,以不堪入耳之饰词诬陷,致自侪于琐鄙之小人者。若待十一月七日总统选举揭晓后,则此声浪戛然中止,平日相见,亦不能辨其人属共和党抑属民主党矣。此美民之能遇大事而有自觉心也。

寻常公会演说、学校宣讲,在未开演、未开讲前,群儿嘈杂之声,听众絮语之状,亦与我国略相似。惟此嘈杂声与絮语,可于两三秒间静之。即或演说堂、戏法场鼓掌雷动之际,只须台上人挥手作势,台下掌声,瞬亦寂然。至若男女之间,尊重个人自由,彼此尤有分寸。断不能以我之自由,蔑弃他人之自由也。记者曾在海船中,遇一操法兰西语之中级军校,见中国某女郎而倾慕之,移座欲与接谈,女郎稍示冷淡之色,彼即自觉,从兹不复过问。非若我国之大防偶溃,遂觉我之自由,无物可以抑阻之者。此美民之能遇小事而有自觉心也。

每议一事,我国两三日所不能决者,在彼能于两三小时中决之。盖其辩论反驳,既有一定范围,复有一定争点,逐步解决。在一问题中,亦若有一定程序,决不至如我国之信口开河,飘出范围以外,虽已词穷,而尚勉强争执者。此又中外人士至不同之点也。记者屡往美上院旁听,乃略得此中三昧。窃愿我国议席诸公,亦能随时自觉,而有此佳现象耳。

忙中得益之处

记者性好游,数年间游踪所暨,东西美各小城各村镇,遍历周览者,无虑数十处。因取其境地清旷,耗费不多,携手盘桓之顷,可以一二日休假之暇,备悉其地之情状也。记者尝谓游小城小村镇,如读小品文字,犹报章之有时评,丛书之有语录,诗词之有五律七绝,忙人对之，最有兴味。若大城巨埠，则如《红楼梦》《水浒》《三国志》，非不甚佳，然必有长时间为牺牲，方可领略其妙绪耳。

美洲为报章国，欧洲为书籍国。德国在欧战前，每年新书发行额之盛大殊属可惊。赉博籍城（Leipzig）之出版物，几成全国学术渊薮，飙车四达，轮轨纵横，不独汗牛充栋已也。美利坚则不然。一杂志之发行，可得巨额之广告费。一报章之势力，可转移各大州之投票权。美国杂志之大者，如《星期六邮报》周刊，材料甚丰，卖价止一五仙镍币。如《妇女家庭》杂志，精丽华贵之告白，不知凡几，而售价止美金十五仙。此皆美国特有之现象也。报章之有势力者，如海师德派各日刊排日，日人望之，有谈虎色变之观。如罗斯福、塔虎脱等，以大总统卸任而为报馆总主笔，各报争延致之，有只字兼金之贵。此又他国人意想所不及料也。记者每患我国杂志之寿命不长，报章之魄力未甚雄厚。每遇彼都人士，凡遇报界中人，辄以此节为长时间之讨论。彼辈大抵归咎于教育不兴。盖报纸与教育，相倚为命者也。报纸可以提倡教育，教育振兴，即可增进报纸之发达。此则殆非仅以简洁之文言改为累赘之白话，可以奏功于万一也。数十年来，日本报纸亦未尝多用"口语"出之，何以贩夫走卒早能看报耶？

至美国报章发达，在记者见闻所及，尚有一特别原因。美国多忙人，其性遂流于躁急，上月以为新者，本月已嫌其旧。故无论何种学术，均有期刊专志与朝刊夕刊诸新报，俾阅者各快先睹。其情形与古国旧大陆颇不相同也。人谓欧洲列车中，乘客多阅专籍，美国列车中，乘客多携日报或杂志。因人民需要之多，而供给者自可增额逾量，报章事业，又焉得不蒸蒸日上欤？我国此后，苟尽人而不欲以长时间为牺牲，则如报章、杂志两端，对于吾民，必可有极优良之贡献也。

侨　情

记者往还东西美各大城，至少亦为一永日之勾留。久客异邦，莼鲈念切。每抵一城，必调查中国店在何处、杂碎馆在何街。此等感想，凡在美留学若干年者，大抵不约而同，而在女留学生为尤甚。记者不谙粤语,惟茂漪尚能之。偶与诸侨民谈,味其言词,意义甚简单,知识甚浅薄,不能通英语者,大抵十居七八。止一事最可异,即彼辈富有特具之性质,人人意念中,均有一确切不移、不可磨灭之信仰也。以美国各大城论,若旧金山,则崇拜孙中山者占势力。若纽约,则崇拜康南海者占势力。若全美第二大城芝加谷(Chicago,一作诗家谷),则纯粹为中山。若全美第六大城宝提满(Baltimore),则纯粹为南海。若其余飞拉待飞、波市顿、华盛顿诸城,则两类人各居半数。此诚一极有意味之现象也。各大城就美国论,势力之消长原以纽约为最重要。但就华侨方面而言,实当以旧金山为集中地,因旧金山一处,可以赅括西美方面无数之城市也。且华侨之在东美者,远不及西美诸州之多。故以报纸而论,全美七种华文报,金山得其四,四种皆日刊;纽约得其三,两种为周刊,其另一种,每星期内亦止发行两次而已。

华侨中更有第二种性质,尚足差强人意者,即上自通都大邑,旁及山陬海隅,几乎无家不阅报也。在设立报馆者,大抵均有党派关系。虽其新闻材料甚枯窘,外国人名地名译成粤音,甚觉恶劣难醒目,然其销路,曾不因之断绝。因在美各华侨,不宗于甲者,必党于乙。且其所谓甲派乙派,决非金钱势力、巧言利口所能摇动其心志也。各报纸须择其同派之人,按户派送,便可得大多数定报人矣。此法颇与前清派官报于各衙署,情形略相似。惟此辈在平时,各有一定之趋向,非等朝秦暮楚者流,可因一议员之得失,深宵半夜,改隶他党也。

其第三种差强人意之性质,即其不能忘情故国之政局也。记者每抵大城,反视旅游小城为难。因大城有中国街,至中国街不能不与中国侨商通问讯。彼辈启口即须谈政治,而其词气中,又须扬其所宗仰而贬其所不宗仰者。记者于此,每难纵所欲言,因言之偶不慎,于事实不足为益,反招致无谓之闲气耳。

其第四种差强人意之性质,即人人能怀乡思故国,人人均期略有所蓄积,衣锦荣旋营菟裘也。项王"富贵不还乡,如衣锦夜行"一语,不期深入人心,乃历数千百年而不易。此诚足为我中国国民性之特点矣。记者尝遇某杂碎馆主人,彼数以新宁县自置宅第影片示众客,言念间辄唏嘘叹曰:"我国不知何日能宁息?新宁盗风满地,外洋又非久长之计,诚不知税驾之何所也。"观其言论,似深慨中国政府之不良者。

盖彼辈习处海外，虽有一定之坚忍心，然其叠受外人欺侮之处，实非寸楮尺幅间所能尽其万一云。

侨　报

旧金山华侨发行之日刊凡四种。若去门户之见，而以论文之雅驯，电报之敏捷言，当以《世界日报》为第一。因海外报纸，舍此两要点外，实无其他之特长也。但以销数之多寡言，《中西日报》亦可与之相颉颃。《中西日报》之印刷，更驾《世界日报》而上之也。此外尚有《少年中国晨报》《中华民国公报》两种，体裁篇幅，办理情形，与前两种相似，惟销数不若上述者之多耳。

金山正埠中国街，自经一千九百零七年大地震后，劫余重建，焕然一新。报馆局面虽不大，亦觉差强人意。其营业上所恃以为补助者，舍销报及登告白外，尚有两种方法：一曰寄售华文书籍，一曰兼理华文印件。往往楼下为书店，楼上即为报馆。视纽约之跼蹐一隅，只在第几层楼赁屋几小间，编辑房、机器房、排字房，并合在一处者，相去不可道里计矣。

纽约华文报纸三种，以《民气报》中西文合璧为最占特色。以论文较，亦以《民气报》之文字为最畅达。各大通衢要路间之报车，间有寄售华文报者，视之皆属"民气"。此《民气报》之特别销路，为其他各侨报所未有也。美国人士虽不能识华文，然因华文后篇即为英文，留心时事者甚便购读。美国报纸，大抵右行之英文，此则英文前幅，复有华文，炫异好奇者尤以先睹为快也。次若《民国日报》及《中国维新报》两种，魄力既远逊金山，材料亦同其枯窘。

在美各侨报，有若干极寻常极相似之面目焉。其冠首之论文，往往发扬其一党之色彩，常以同派中重要人物之文字充塞之。其殿后之杂俎，则舍粤讴等特别广东文字而外，其他诗篇或丛载，大抵取材于上海报纸，依样转录而已。其中部之寻常新闻，译自隔日西报，尽系短节，绝鲜全文，其译笔之不伦，实令人有"才难"之叹。故在有学识者之眼光观之，舍专电外无物也。间有侨界琐闻，其记录详尽者不可多得也。其言论上仅有之价值,惟对驻外官吏,有时或施其箴劝,对侨民学生等,有时或泄其难言之隐。俾衔命出国门任保护之责者,与身处万里外而有赖于官吏之护助者,彼此情各相通,而绝不以壅蔽隔阂为苦耳。

海外各华文报之长所,略如昨报所述,已足见其一斑。至其弱点,就最浅显者言,莫如两派报纸之互相攻击、诋毁辱骂之中,杂以最琐鄙之言词,连篇累牍,终岁弗辍。而于振兴商务请求实益等诸要端,反若与彼唇枪舌剑,隐有物理学上两物不并容之势焉。此至足为我侨报惜也。反观金山、纽约、樱府(Sacramento)、传马市(Denver)、布哇(即檀香山)等地之日本报纸,及纽约市发行之德、意、俄、法各种文字之诸日报,其所具之面目,与我侨报较,何彼此之相悬殊耶?

各国侨民报纸

在他国之发行报纸,若意、若德、若法、若日本,均足为政府喉舌与外交上之后盾也。譬如法文报纸,必将法首相等之宣言,大书特书。德文报纸,在欧战中,必屡言德军大捷。日文报纸对于美国发生排日思想之时,必以种种方法,期消弭双方恶感。若遇风谣日盛有足妨害美日邦交之时,尤必以日本旅美诸名流之论著,或日当局之意旨,揭诸报端,以示日本之坦白无私,绝无恶意也。日人喜用激烈论调,虽不能如他国人之平淡婉曲,但其词锋所向,只为攻击政府,争点所集,专以对付国外。断无有鸡虫蛮触,同业中转相排陷者,间或有之,则学术上之辩论耳。如前年留美之日本名流,有主张日本文仍用汉字注假名者,有主张废汉字而悉以罗马字母注音为替代者,各据论坛,俨同对垒,长篇文字,每日有之。记者亦望而生厌,置诸不闻不问之列矣。迨至数阅月后,检视报纸后幅,此项长文,忽然中止。记者乃发好奇之念,详视其中止前最后之一篇,则知主张存汉字者辩胜。其最后之一人,驻美银行家国府精一氏也。国府氏著论之要旨曰:若存汉字,则每字各具其本来面目,见之即识,呼之欲出。若改用罗马字母,则各字均毁容灭性矣,虽欲无误,其可得乎?日人至此,更无复起致辩之人,而国府氏之主张汉字说，遂以少许胜人多许。文明国人之服从真理而不为意气所役使，有如是者。

爱兰节

美国以三月十七日，为爱兰节“圣沛厥冽日”（Saint Patrick’s Day）。报纸记载，往往为爱尔兰人之历史特辟一栏，或以爱兰封建地图独占一页，诚新大陆间之佳话也。爱兰节一切尚绿，故此日出游美国街市，种种陈设品，澄鲜浓翠者不一而足，不独报纸色彩之更新而已。记者尝默察其尚绿之由，因求所谓爱尔兰产之美国住民，而与之相稔焉。爱兰产诸友人中，有名濮幼翔（John Boyle Jr）者，环游旅行家也。彼曾三履其祖居之乡土，归美语记者曰：爱兰风景之佳，非他处所能比拟。爱兰多雨，芳草盈野，频加滋润，青翠可观。游人视线所接，别有一种不可思议之美感。故爱兰之国旗尚绿，爱兰节之点缀，亦无往而不尽绿云。

爱兰为英伦三岛之一，满地皆碧，古有瑶岛（Emerald Isle）之称，逸话遗闻，大足以资名诗家之歌咏。三月十七日者，爱兰国庆日也。沛厥冽（Patrick）者，爱兰之护国神，盖古代之传教徒也。生于西历纪元三百九十六年，卒于四百六十九年。方其在爱兰岛尽力布教时，尝演“三位一体”教旨，手指三瓣一茎之“酢浆草”（Shamrock）为喻。故今爱兰节之图标，即为形似草苗而易两岐为三岐之酢浆草云。

三位一体论者，盖以上帝为父，耶稣为子，谓上帝、耶稣与圣灵，本属同体，同为一神之本源。犹之吾人常合灵魂、肉体、能力之三者为一也。今我国各传教徒，尚多持此说者。酢浆草之为物，在英京伦敦市上，每逢三月十七沿街兜售，唾手可得。若在美国，皆以纸制为代，真者殊不多见。记者曾于旅美爱兰人之家庭见之，其物甚细，只蔓生于数寸宽之砂盆中，每片直径，尚不及我国春日自地上生之草苗也。我国此物，更不易见。年前上海法租界大昌人力车公司号衣背面，曾以此草为标识，惟已易绿为红，易三瓣一茎者为四瓣一茎云。

爱兰之国粹甚多，音乐也，诙谐也，均是日美国各报之谈资也。竖琴也，肥豚也，烟管也，圆帽也，古式之衣也，均是日美国各邮片之新时样，各陈列窗中之新特色也。

名实不易相符

佳期遣兴，雅人韵事，如上节所述种种，皆有寻常人所能学步者，偶仿行之，诚不失为及时行乐中之别裁。因其轻而易举，非若政治、学识、文化、美术诸大端，必有医国手，乃能洞中症结也。若以关系一国兴衰隆替之大改革，亦以逢场作戏之点缀品视之，亦以片面私己之意任性为之，则全国之运命，将断送于少数人之手矣。

语云："画虎不成反类狗。"可见世界事业，愈足以惊人者，愈不宜掉以轻心；愈足翘异于凡众者，愈多无意中之破绽。画虎而能妙肖，固堪炫异鸣高。但非有经年累月之功，于画学深加研究，复于天然物象深得实际上之观察者，又焉得不形见势绌耶？今之从事改革，不能为实质上之建设，而仅为根本之破坏者，其弊正相同也。

美国近时，滑稽影戏盛行。有自欧洲渡美之学问家，偶睹卓别灵氏（Charlie Chaplin）于电光影幕中，掉头欲去，谓其无甚深意。记者乃曰：卓氏滑稽，虽不能如各名剧之隽永渊深，然于神态姿势，亦曾为长期间之研究，殚精竭虑，未可厚非。即风行遍地球，亦尚有一种动人观听之价值也。盖记者隐隐之中，已忆及我国上海茫无意趣之女子文明戏矣。不知此等文明戏，在彼欧洲学者眼光中，将更作何语。

演剧而至为文明戏，其难易视东西洋各国之旧剧为何如。可知天下事，其有益于进化者，实非"浅易新奇"数字所能赅括一切也。若必执新旧而判优劣，则必如姬佛陀君所言，凡我所未知者为新，我所已知者为旧。庶乎言改革者，方不至以一"新"字自误误人耳。

美洲新大陆也，以美民之善于更新，故独能于"新"字中谋建设。记者不欲以空言塞责，请以最显切之实例为论。戊午之夏，记者往大西洋避道暑时，于茂漪驱车过长街，顿觉街旁之住屋，莫不足令人愉快。茂漪固尝在沽绿墩（Groton）女校习美术建筑学者，乃随意指道旁屋语记者曰："此盖世界最新式之建筑物耳。"记者怃然有间，忆及西子湖畔陋劣不全之洋房,所谓“莫把西湖比西子,而今西子作西装”者,誉耶讽耶?何我国人之不善于更新耶?

昔记者旅美京,与外交界人员相往还。以我东方同洲诸国言,有暹罗国及日本。茂漪与暹罗驻使之家属过从极密。记者偶一往日使署,则见使署附近,尚有寄居留学之日人甚多。详稽其所从来,大抵皆精通本国文史,曾任若干年之大学教授者也。彼辈留美期限甚短,归日本后,收效反觉甚宏。所谓事半而功倍者,诚足令人望而生羡,不徒法良意美之足称也。

日本人之往美国者,即系寻常侨民,亦必慎加选择。若将负笈游学,其难盖十倍于我国。我国寻常中学程度不足之人,只须学得殊方异域之文言,归国不难敝屣国学,菲薄先贤,举国瞠目结舌,不辨孰是就非。而日本人之归国者,环境皆通人,新学中正多耆宿,后生小子,自万不能轻忽若是。日本人中,竟有留欧精研法学十三年,归国仅得一寻常大学之法学教授者。故旅美诸日本人,大抵藐视吾华。其尤著要之点,谓我华学子,外国大学甫毕业,本国情势或未知,便欲担当国家大事,而目空一世,信手推翻一切云。纽约日本文报纸之短评,尝有“生为中国青年,机遇至堪艳羡,令人盼想不到”等语。呜呼!此岂真堪艳羡真足盼想者耶?

日本某博士,供职美国之农部,尝顾记者言曰:日本伊藤博文、桂太郎诸名人,皆昔日之留学生也。而日人之留学生中,每多建设之才。故日本五十年来,寖昌寖盛,真足以语图新。中国留学生,不乏出类拔萃之选,然就过去者言,破坏之事业尚可见,建设之人才实不可多得也。记者闻之,因复忆及庚戌辛亥间,某西人来中国搜集影片事。盖我国在十五年前,内地各照相馆,有一至可笑之事实:其摄影仿单中,尝印有“戏装加半,洋装加倍”等例,一时好新奇者,莫不欲一着洋服,留一全身小影,以夸耀于朋辈中。但洋服非如我中国服,置得一身,尽人可试着也,必须修短合度,肥织称体,乃得着向人前,被之外出。故属某甲之物,决不宜于某乙之身。而此等照相馆,备一袭不伦不类之洋服,竟须令无数人悉试之。宁非旷古之创闻乎?某西人尝汇列此等异样影片为一帙,而以大字颜其卷册,曰“新中国之新改革”。诚可谓之谑而虐矣。以记者所见,其各类影片中,有领未加扣者,有加扣而无领结者，有裤未钮者，有虽钮而下长及地者，种种怪状，不胜枚举。逆料当时留影之人，又奚料其陋劣若此。此诚所谓当局者浊，旁观者甚清也。世之一意孤行，而率言改革者，当时虽若可行，日后不免成画饼。亦犹不审洋服之称体与否，而试着之以留影者，当时虽若可喜，迨数年后出洋留学者众，御西装者日多，自必深惭秽陋，事后追悔之不遑矣。

日本青年之可畏

旅美日本青年学子，足以令人敬畏之处，又不仅其富建设力之怀抱而已。即其所蓄志虑，亦与我国青年不同。我国有志青年，群务高远之图，鲜克低首下心，急为四百兆生灵谋根本上之实益。其最优秀之人物，只求于归国后高树一帜，独奏摧陷廓清之大功业，而为播誉扬声之第一步。为利为害，本非所计。此因游学时处境之不同，故不能如日人之深沉刻苦，艰难奋斗，渐成步步为营之思想也。茂漪有日本同学上山男爵者，日本之望族也。其在美校，课暇尝往校长处服役，偶得微资，悉行贮积，足不履剧场之门，身不临舞蹈之会。间与各女生偕行，默然不作谐笑语。视其成绩，比寻常为优。问其志愿，只求学成后，在寻常工厂服务而已。记者初遇其人，审其学识，以为必志高气满、目空一切者流，乃不意所见与所料，适得其反也。宜乎彼美民，方戒惧之不遑矣。

茂漪又于暑假赴波市顿之列车中，遇一日本之某密史（Miss 译音）。谓在波市顿，担任美术博物院日本部之主任者也。密史为日本海军将校之女，度其年龄，不过二十左右。其以英语备述日本古代文明，与其美术品鉴赏之法，历历如数家珍，颇似我国收藏家中之诸大老，一若曾具数十寒暑之研究者。此等学识，不独我国青年男子中所难得，即在西半球之美利坚诸青年中，亦颇不能若是其渊博也。其同车美国妇人，闻之莫不动色相告。谓即以英语论，亦须有若干年月之诵习云。翌日，茂漪即偕诸女伴往游博物院，进观彼所主办之一部，日本某密史曾指一室以语众曰：日本气候潮润，与美国大不相同，故凡日本漆器来美,不久必尽裂,收藏家恒苦之。迨彼任斯职,乃别设一法,建一特别室,使湿润之空气,日夕保持其常度,不与外界之空气相等,而日本漆器之陈列,从此遂得良好之效果云。盖各品之在特别室,犹之在日本也。其精细有如是者。

一国之光辉,欲扬诸国外,其道不一端。而高尚优秀之女子,尤足以为一国中极良美之仪表。我国十五年前,赴美者大抵攻苦力役之贫民。男学生之足迹,尚甚稀少,又何言乎女子。近年风气稍开,事事追踵人后,终不足以望日本之肩背。故在美国人眼光中,只见日本之文明与日本人之优美也。

中日两种人间之误认

我国侨美者皆粤人。粤仅居全国二十分之一耳。粤人之侨美者,多系新宁、新会两邑之人。此两邑者,仅居我全国二千分之一耳。我全国风俗习惯,肤色容貌,易地而异,随处不同。在昔闭关之世,几成千余小国。即以文字而论,地名人名,一译广东土音,已觉窒碍难通。矧其他事端复杂,广东两县人之举止,岂足掩盖我全国、赅括我全国乎?故即以戏剧一端而言,我国在数年前,西美虽有广东人演剧事,进不足以融合欧化、应世界之潮流,退不足以阐扬国光,以餍美民窥测远东文明之愿望也。迄今时异势殊,中国学生,渡美者已不可胜计。旅美侨民,亦复力期振作。如日本女伶三浦环,驰誉全美,以弱女子腾身为巨富者。最近即有粤产美妇人 Tsen mei 氏,与飞拉待飞电影公司订专约,先于影幕中为我古文明争回一线之荣光。又如日本女学生,常佩女权党之三色带,列队过市,以动美民之观听。而我华侨聚处之樱府,去岁国庆日祝胜大行列,各国女子联袂助兴时,独以我中国之一队为最出色。饰自由神者,闻系榭南(Oakland)高等学校毕业女生 Eva M. Fong 邝喜娃,市民见之,莫不惊为绝色云。此皆我旅美侨民至堪欣喜之现象也。

美国习尚,不独与我华迥殊,即与法兰西,亦不相同也。我国古时娼优并称,法国至今,亦尚不能尊视女优。但女优一履新大陆,则其人格大改变。美民之视名女优,其高贵若天人也。最可惜者,美国人士,每遇编一中国影戏,在数年前,欲物色一中国令媛不可得,往往移花接木,而以日本女子为代焉。故大多数美民心目中,至今尚未见有中国女子。即遇中国女子,彼亦误为日妇。有时彼辈在场目睹日本女子之戏剧,反误认为中国女伶。记者每为彼辈指陈其误。而彼辈之对中国名女伶,渴想驰慕者益亟。惜乎中国名女伶,若刘喜奎、张小仙辈,不能一履新大陆也。否则彼日本之女子,不能专美于前矣。

美民之审美性

北美洲合众国,日人译之曰"米",华人译之曰"美",各有无限之深意也。米字象形,美国为基督教盛行之国,米字中之横竖两画,颇类基督教之十字架,上下四点,又若画图中十字架旁有光棱若干条,向各方面射出者。此义昔为国会大图书馆秘书长米博士言之,彼竟以"米"字为其英文姓 Rice 之译文焉,其欣喜之状,有非寸楮所能尽宣也。我国译文为"美",美字可以会意得之。不履美国者,必不能知其凑巧处。盖在美利坚,向有一种恶形丑态之黑面奴,为其他文明国所罕见也。黑奴之特征在丑恶,不仅在其肤色之暗黑。亚、美两洲近热带之民族,肤色亦甚黑,但其面貌却有甚端正甚美丽者。故在美民之心理中,别有一种不可思议之偏见:以为丑劣辈皆可贱可奴,容貌端正或美丽而白皙者,皆若可尊可贵之天骄子矣。美恶本由比较而生,新大陆因有黑奴之可厌憎,而奄有北美四十八州之白皙儿,遂觉可别称之为美民。"美"字之名其国,一若天造地设,不容稍事改易者,宁非字学家极新奇之美谈乎?我国最先渡美者皆苦工,故常为彼邦人所轻视。近年美境各地,中上等社会之华民渐见加多,故美民对华态度亦竟隐隐为之一变。中国女子邝喜娃,善歌有美名,予闻之而未见其人。寻彼由美赴香港,同舟有海兵无数,英法美之中上级军官十六人,名闺淑媛又若干人。而此军官、军士、名闺、淑媛辈,偶于月明佳夜之演艺会,闻女士临场一曲,均啧啧称羡,许为银槎碧汉间第一佳丽。外人不好为谀词,故盛誉之来,益觉其难得也。记者因友人之敦促,遂亦赋绝句数章以助兴焉。诗曰：

缟袂修裳金步遥，樱唇柳眼画难描。
容华绝代歌喉好，不必风前斗舞腰。

（西洋淑媛，歌时常稳立不动。中国女子，每见一步一摇，作蒙馆中背书状。各有意趣，不容强同也。）

万千粉黛无颜色，一世精英属邝家。
不敢人前轻粤妇，只缘海外有奇花。

倾国花枝耀九州，况闻仙乐与清讴。
融圆到耳皆珠玉，一曲能销四座愁。

美人从古说施嫱，南北而今两喜娘。
歌罢定教万缘喜，宁馨小字总难忘。

（北京名女伶，刘希奎等，如往海外，必受美民欢迎。）

海天无际月华清，天上人间万古情。
愿得琼宫来素女，伴渠酣舞到天明。

（状其皎洁。）

弱不禁风已可怜，令娘娇小更缠绵。
海兵遮道如墙立，盼到投怀眼欲穿。

（中国女子立船舷每易倾仆，男子争前扶掖，西方习不为怪。）

钧天雅奏谱云和，玉树歌风动绮罗。
十万军声齐鼓掌，中华毕竟可儿多。

荒郊闲煞槲南树，花事阑珊樱府春。
一自喜娘浮海去，歌场魂断更无人。

（邝女士在槲南校地摄影成帙，中有一帧，独木峙荒郊，女士亲题“The Longsome Oak”数字，饶有意趣。今女士已离槲南，此时槲南之Longsome 当不仅一郊原古木而已。樱府者，女士产生地也。日本称其代表一国之樱，曰 Sacura，故译西美名区 Sacramento 为樱府，以其音相近也。日本每译一外国名词，必求其工稳雅适，非若我国之钩辀格磔不可通也。）

胜游良会本前缘，难得萍踪聚一船。

此曲故应天上有，他时相遇定何年。

（此以描写同舟客之心理。）

美民无论男女，皆有三种审美之感想，为我国之青年所不能学步者。以文字论，富于诗歌之趣味也；以声音论，邃于乐曲之兴会也；以物象论，长于图绘之学识也。前者属思想力，而后两者则属听力与视力。求其本原，不外高尚愉快之真美而已。

影画之关系

前昨两日所记，乃就乐观方面之观察言也。今兹所述，适与前事相反。正惟美民人人富审美性，故凡常人不加经意、不加检饰之处，一入美民目中，即足招致极大恶感。此其理至浅显，可以人人同具之普通习性为喻。譬如有美妇人在彼，吾人欲往见之，自必刷新衣履，整视冠服，以为先事之预备焉，断无有敝缊败絮、蓬首垢面以向人者。此足以见自好之心，与生俱来。对细心人，更不可不十分经意、十分检饰也。

华民酷好平和，对外向无野心。美民遇我侨商，宜无任何之恶感矣。乃不意其恶感之深，数十年来，竟若牢不可解者。我华侨商身历其境，或尚不知取憎之原因焉。宁非至堪悯恻者欤？记者于此，复得一譬。譬之外国交际社会中，粗率卤莽之男子，每与佳丽相接谈，恒不问其心性若何，骤前而致缱绻，眼昏欲醉，髯戟高张，行止愈不检点，愈足引起对面人之厌恶。迨对面人白眼相加，受之者悚然而退，亦仍不知何缘而独见摈也。天下事昧于察己，其可笑类如是。

华侨居处之唐人街（Chinatown），芜秽不治，美民固尝资为笑谈。然因此而受侮，尚觉浅鲜易见。若得一强有力之政府，励行劝导掖助，华侨猥陋之风，不难于一年半载间渐行改革也。所最难限制者，实为由我中国输往外洋之影戏片耳。

记者旅美时，遇彼邦人邀往大剧场，必先探其中是否插影画，因记者曾屡受窘，怕再向黑幕中行。若与彼邦人并肩坐，忽于影画中发见中国下等社会种种陋恶之状况时,恨不能掩面逃席而去。盖此等丑恶难堪之戏片,层出不穷,不可胜数,若令人日日见之,仿佛中国之大,无往而不陋恶。不见名园第宅,而筚门圭窦满乎前;不逢佳丽令媛,而贫丐难民苦力辈,多至不可胜数。裸身者攘臂于道,垢面者接踵偕来。虽有百口,不能再为我中华民国置辩矣。其苦痛为何如乎?

彼邦人士,于我中国之名园第宅、佳丽令媛,多数绝未寓目。故此等奇丑怪劣之影戏,最足耸动其观听。至其亲来中国摄取影画之各商人,匆匆小住,不辨东西,欲履名园第宅已若登天之难。若进而及佳丽令媛之各影片,我国向习,似万不能轻易示人,彼辈又何从而得之?故其所剌取之材料,无非裸身垢面之贫民窟而已。我国欲救其弊,似宜取法他邦。一方趣令风气开通,俾一国之特色渐即流露于外。一方三令五申,使街市贫民渐知裸身垢面之耻,则或不致以暗于大体,而使文明古国长蒙不易湔除之屈辱也。当局者苟一为之,斯诚中华前途之幸事矣。

乙卯渡美之清华高材生郑君思聪,尝在百灵思墩大学习天文,偶往某公会听某教士演说,观其演坛上所映射所指陈之影画,大抵描写中国诸贫民窟,穷形尽相,无所不用其极。意将借是耸动美国诸大富豪,俾其劝捐募款事易于着手进行也。但在中国人眼光中,颇觉受侮太甚。而郑君致记者书,尤有积愤难平,抑郁不可终日之势,感情上之触动,一发而不可遏。留校未逾数月,渐见精神上时时错乱,兀座听讲,无端自哭,皱眉不语,若有深忧。治疗无方,中途辍学。万里乘风之客,竟以残废而终。言之殊可痛也。

记者于此,似又不得不深佩日本政府审虑之周备矣。日本警吏,侦视甚严;税役关员,调查尤密。每遇外来估客,过境商贩,莫不详悉其行止。若遇有专程赴日征集影片材料,或往各地临时摄映者,则政府必遴员招待,咸令其得大宗优美高尚之诸印象以归。至若事涉卑污或陋劣者,决不令有一丝一毫之呈露于国外也。日本近年,活动画之事业亦甚发达。有时常由日商自行制运,分售国外,既可得利,又足扬名。一举两得之计,似更莫善于此。我国蜩螗羹沸,举目皆非。影画政策,又安足望之政府?然借营业而补其缺,亦可间接防制外人也。商界中若能注意及此,收功桑榆,为时未晚。

侨民与本国政府之关系

我国旅美侨民，往往闾里相属，自成一区，而唐人街之号，遂腾布于众口。说者每以华侨成群聚处，不能如日本人之各地散居，引为大憾。此片面之论，所谓知其一不知其二也。记者默察华侨聚而不分之原因，实以惧人凌侮，尝恐势孤而力不胜耳。苟非然者，何以日本人到金山，亦须如华侨之邻里相望，而不相阻绝欤？盖金山在西美，种族之见较深，寻常自远东方面渡美者，不易与彼美民于居处上相混合也。

纽约贫民窟，若意大利人、若希腊人、若犹太人，固莫不有其一定之街道为范围。即进之而为俄人、德人及其他各大国之侨民，凡其经济上不充裕者，亦常见如金山之日侨旅寓，各以类聚，而俨然成为一种之特别地域。此又以财力上限制而有此守望相助之现状也。

综述唐人街发生之由，实不外乎上述两种原因。但在他国侨民，亦有不能脱离此两原因之圈限者。何以美国各大城，不闻有意大利街、希腊街，不闻有日本街、俄罗斯街，而独闻有 Chinatown（一作唐人街）种种之嘲谑乎？此其理至易明也。我中国之政府，数十年来，向置侨民于度外。其任赴美利坚之专使者，虽其中不乏隽才，亦每为资力权力所限，不能有所施展。致此已留美境之侨民，绝鲜教育上之溥化与营业上之津助焉。其幸而不趋于至贫至困，或其坚忍心、冒险性有以致之，而决非外来之能力有以益之也。在他国则不然。以最切近之日本为喻，政府对于侨民之设施，已无往而不堪惊异矣。日本侨民中，除有常驻美国之新闻记者及演说家外，尚有临时赴美之硕学名流，此辈均以实心实力访察民隐为前提，而尤以阐扬国光、融洽日美感情为务。故日侨中，即有令人不满之处，亦可于无形中一一潜加掩饰云。我国苟能以日本为法，对于侨胞，已可造福于无穷。而我荣辱与休咎，与此相关者，尤深且切也。

由怪字酿成诸恶剧

华侨聚处之所，既有 Chinatown 名词之发生，种种揶揄播弄，遂无往而不足令人气沮。如晚间 Chinatown 之游车，即其一也。美国纽约等大城市，恒有一种特制之机汽车（即系摩托车），专以供人游览。每辆大者坐数十人，小者亦一二十人，前后分为数排，每排分左右截，两截衔接处，留空尺许，以便乘客出入与招待者之进退焉。此等车辆，在春夏晴暖时，去其篷盖，坐客即可昂首四瞩。若在冬寒或风雨交作之会，笼以轩窗，坐客亦得安处其中，而领略外界之风景也。车辆出发之际，大约上午在早餐后九时或十时，下午在午餐后二时或三时。其停顿之处所，不在街市集中点，即在大旅馆门外。二者必居其一也。美民时间可贵，每游一城，有不能久驻者，乘坐此等车辆，向各名胜处所，作一走马看花之涉猎，亦未始非利用机会之一法也。此等机汽车进行时，有招待者持喇叭，立车沿，对众演述经由各地之特别胜境。如为历史建筑或铜像，亦必略叙其史迹或事由，俾游者既得视听之娱，复可油然而兴怀古之念。但在不通英语者乘之，外来景物，纷向车窗而过，仿佛闷坐火车中，别无一毫之兴味云。

机汽车每次周行，其以城市为限者，每客纳资为美金一元或一元半，时间约一二小时。其绕行郊外各地，有数十分钟之停顿，任游客下车，或登眺或俯瞩者，则其取值，每客当在二元或二元以上。若有大队游侣，以团体性质共同购票时，无论属甲种或乙种，均得有极低廉之减折，此各车行之特例，惟老于其地者方能行之。但此等成群结队团体性质之游侣，在一大城中，万不能日日有之。则在游踪清寂之时，车行中所得利润，便不免因之减色。各车行营业，在晨餐后及午餐后两次所招致之来客，既不足供其支应，自不得不别设一法，以事弥补。而往中国街之夜游车，遂复为其每日间第三次营业，而于晚餐后行之。

中国街者，一寻常粤籍侨民聚处之街市耳。既非如上海新世界乐园天韵楼等地之火树银花、城开不夜，复不能有若干名胜、若干古迹之动人瞻仰供人凭眺。彼诸美民，不争趋于他国侨民之街市，而独仆仆向中国街以行，宁非事之至堪惊异者欤？记者反复熟察之余，又不得不深叹我前此之侨情与彼美之民情相隔阂也。

盖在此辈高张不伦不类之东洋式纸灯于车前，以引动路人往中国街之游兴者，实利用美民好奇务怪之心理耳。美国有一种周刊滑稽报，即以"鬼话"（Puck）之名，耸动全国人之观听。此足以征新大陆人士兴趣所在，颇极光怪陆离之观。意想所之，不避怪诞不经之诮者也。中国街本不足怪，奈何亦以 Puck 中之材料视之。此其情形，极似我国闭关时代之人民，因其鲜与外人相往还，遂以类似 Puck 之奇称，为彼外洋人之代名词焉。

美民之揶揄我侨商者，其第二事，即为"地窟中之唐人街"（Underground Chinatown）。美国各名区，有极大之娱乐场所者，往往分为若干部。若干部之外，又有若干小门类。而此地底唐人街，即为诸小门类之一。门前照例各设卖票处，客欲入观者，须纳美金五仙或十仙（美金以百仙为一弗，一弗即一元也）。门首高声呼唤藉以招致来往之游侣，其状极似我国戏法场之进口处。特在彼邦，间有怪妇人在旁饰为种种滑稽状，以引旁观者之注目云。

地底唐人街门外，尝有不伦不类之壁画，及最恶劣之布景。视其布景处，仿佛置身陋巷间。其本有之唐人街，实无若是之陋也。观其壁画，大抵诬捏中国侨民之怪现状。如大西洋城（Atlantic City）所见者，几疑在此地下层别有怪异小说中之一"魔窟"，令人莫不发生一种之好奇心。如纽约 Bronx Park 夏期万国教育陈列会所见者，左壁为赌窟，右壁为烟窟。一若烟赌两大害为我中国人所特具者，宁非我华商极大之耻欤？若降阶而进之观客，适为被诬辱之中国人，当无不怒气填膺、羞愤欲绝矣。盖其描写中国人之生活者，绝无一毫妙肖之处。彼之所谓中国人，均系烂泥粗制之塑像，旁置各用器，无一而不尘垢灰败。令人置身其间，几疑此中为万恶源泉、野蛮窟宅。察其塑像所呈诸面相，男貌皆狞恶，女貌皆蠢陋，尤与我好和平之文明华胄实际相反。其各塑像，大抵区列为若干小间，秽浊与昏暗，极类前清时各州县之旧监狱。游人于栅栏外驻观，尚有引导人逐步演讲。穷形尽相而出之，诚可谓之恶作剧矣。计各陋室中所陈列，有饰殴妻状者，有饰烟赌状者，有饰测字算命状者。而其终局必以一死了之，则饰设棺待殓之状况矣。此其内容之大概，亦以一“怪”字、一“奇”字酿成之也。

美国人民之揶揄我中国者，其第三事，厥为报章杂志之图绘。美国杂志，势力甚大，寿命甚长，其材料甚丰富，其趣味甚隽永，非若我国之虚浮成性，专以索然无味之空论塞责，不能为一般人士所欢迎也。纽约月刊杂志《大世界》(*The Wide World*)者，其每次发行额，在十万份以上。记者尝于此项杂志后幅笔记栏中，见有诋毁中国之著录若干篇，正中插图，穷极猥陋。描写赴欧华工，在海船中斗殴抢饭诸状，令人顿起一种憎厌华人之念。且就各杂志中插画比较而观，其最粗劣最丑恶者，实无逾于描写华人生活诸作。若长此而不加补救，则可使全美人民之眼光中，群以丑、恶、粗、劣四字赅括我华人矣。此而可忍，孰不可忍？

美国常年无休刊。各日报，又有描写中国人之滑稽画。画幅边隅，必任意添注钩辀格磔有音无义之单韵英字数个，以象中国语音，以示中国人无往非怪。此又华侨与美民平居不能互换知识之所致也。记者尚有一说，足为此事之反证焉。彼日侨之在美，其事实上遭美民之嫌恶，实千百倍于我国旅美诸华商。美纸滑稽画穷形尽相诸作，以意度之，似应视我国为更难堪矣。乃据记者历年所窥测，竟有大谬不然者。记者只见美纸与日本之机关报，于论辩上相责难，固绝不见插画上更有若何之诬指。至若形容中国人诸画法，美纸尤决不至施诸日人。盖日本人士，近年以来，于美术上殚力振刷，于沟通声气诸端，又复分投进行，经久弗懈。故在美国方面，凡日本之美术文明，已早为彼都人士所共悉。事插画者，决不敢再以不伦不类之劣笔任意涂抹，以遮掩举国上下之耳目矣。可知事在人为，天下无不可成之事业。古今来成大事者，必不至以偏见自惑，必不至以客气胜而自败也。苟彼日本侨民，不知于美术诸端扬国光于海外，则如美纸中不可思议之怪画，虽卜昼卜夜而遍搜之，恐亦不胜其繁，岂能悉数而与美政府动交涉乎？故记者之意，似以扬我固有之古文明为上策。

美民对华侨，第四种揶揄法，乃属无意味、无意识之歌曲。留声机戏片中，有名 Chinatown 者，仅以若干任意拼合之单韵字，替代中国语音，随口打诨，亦可谓之恶作剧也。美国最大之留声机公司，备具各国乐歌。其各类戏片之价目表，大抵以各国旗色印诸封面之上。色彩交映处，复标示其一国之国徽焉。故以各类语文之价目小册罗置成行，亦觉甚有意趣。寻常缘绕屋顶仰墙之万国旗，尚觉无此鲜艳与美备也。所深惜者，独我中国戏片之价目表，既不绘嘉禾之形，复不呈五云之色，反视犹太之蓝色条纹贯星棱，尚有国旗之残引者，更逊一筹。此岂寻常意念中所能梦想而及之欤？

美国人士中，好音乐者甚多。昔偕茂漪旅美时，常与美京人士为家庭间之乐叙。闻友人中有广罗唱片，具备各国语文之乐歌者，尤喜拨冗往听。乃所得闻者，大抵为夏威夷（檀香山）、土耳其、西班牙、法、德、英、意诸曲调，而绝不闻有中国之雅音者。诘其所以，彼辈亦复茫然，大抵以 Chinatown 一阕为解嘲焉。一日，暹罗使署中，偶集美国令媛若干人，听演各类唱片以取乐。中有广东省音之戏调数片，清音雅奏，闻者喜极欲狂。次日群往市肆搜购，所见不及十片，得者珍若拱璧。可知耳之于声也，普天之下，有同嗜焉。我国设能对外而稍经意，亦何至自掩所长，而令人以油腔滥调之 Chinatown 唱片，以掩盖我中国固有之美音耶？彼都人士，闻广东腔，而尚欢欣鼓舞若是，设更从京腔、秦腔中，择其绵邈悠扬之曲，屏绝洪锣急鼓之声，以奏之于西方美妇人前，当不知其赞赏处，更至若何之程度也。

美民之揶揄我邦人者，其第五事，乃无稽之谰言。大抵出诸小人妇子之口，为一时贤士大夫所弗屑道。如云“中国人啖鼠肉”，恶毒处达于极点。如云“中国将军是强盗，强盗即将军”，表面视之，若为我民代抱不平之气，究其本意，无非一种轻佻浮薄之嘲谑语而已。

旅美华侨最占多数之生活为洗衣佣。以美京计，一城之大，不下三四百家。综东美西美言，尤属不可胜数。记者旅行各地，偶过极冷僻之小镇市，或极幽静之 College town 学院街坊，莫不见有华侨开设之洗衣作焉。此类洗衣作各铺面，往往丹垩剥落，不加髹饰。玻璃窗内部，水蒸潮热，窗间永无明净之时。只令人遥见单韵字两个，横亘窗际，千篇一律，仿佛各店皆同名，徒令人望而生厌。罗马字拼音之不便不良如此，固不独此洗衣作牌号而已。

美民以我华侨业洗衣者之多，遂有一至可笑之误解。偶有粗鄙卤莽之蠢夫，遇中国人于途，辄任意致询曰：“汝洗衣作在何处？”或径前行而发问曰：“汝是否业洗衣作者？”盖在彼辈简单之心念中，一若中国之大，尽人而皆洗衣佣。又若中国之洗衣佣，将与英国之商、德国之医、法国之优伶、日本之侦探、瑞典之按摩家、意大利之画家、西班牙之音乐家、爱尔兰之滑稽家，同为代表一国国民唯一之事业矣。我国若不急起直追，而以本国所特长表示于世界，则必不能遽湔此奇辱也。我民试思，我国果具何种之特长乎？曷弗及今反躬自疚，而对外一省虑乎？

综述上列五种原因，华侨所以令人鄙薄，受人揶揄，诚不能离一“怪”字。但彼美民之误认此“怪”字，似尚不能脱离一种根性，盖即“舍难而就易”也。《韩非子》载齐王画客语，谓犬马人所知，旦暮罄于前，不可类似，故画之也最难。鬼魅无形，不罄于前，故画之也甚易。避难取易，人之恒情，亦即人性天然之弱点也，美民既不免有此弱点。我华不妨窥察情弊，洞中窍要而补救之。庶他日不肖之徒无隙可乘，不经之谈无由发生其效力云。我国最足取法者，厥惟旅美之日侨。日侨注重印刷物美术品，尤为我华所弗能逮。一千九百十五年巴拿马太平洋万国博览会陈赛期间，记者亲往考察。至日本馆，得精美小册无算，大抵插图作详解，引人入胜，并令人知日本风景之佳、山川之秀、人物之美、物产之多。我国若能踵而效之，不出数载，不独可以永绝前述种种之揶揄，且可令我祖国荣光照耀新大陆，为普天下人所共仰也。惜乎我国董理其事之人，大抵虚与委蛇终局。即有少数达者，明知不足上人，亦只可默尔而息，袖手而旁观焉。

华民大缺点

我中国馆之在赛会场中，最足令人嗟叹。陈设不得其法，且视土耳其、暹罗各馆为尤逊。会场揭示，既不能如日本馆之表格鲜明，统计精审，而旁室所陈各类商品，复绝鲜较精、较美之说明书。印刷物大抵粗陋，可分赠者诚不易观，即以分赠于人，人亦弃之如遗。因我中国商家，广告上美术思想之缺乏，几不能望各国商界之肩背也。前农商部司长严慈约君，为彼时赴赛代表之一，偶与记者纵谈及此，亦复深致慨惜云。

即退而言美国各地之中国餐馆，其所印菜单、所用商标，尤觉拙劣可笑。记者曾历第一流中国餐馆若干家，见其所用商标，大抵不约而同。谓系一人所开，则菜单格式，铺号名目，彼此绝不相类。谓系一处之所承印，则纸张油墨，铅模新旧，又未见悉数从同。异而询之馆主，乃知此等图形，系从中国烟包纸上随意翻出，并无何等特殊之意味也。反而言之，美国大旅社菜单，尽有摹印日本名绘其上者。若中国之名绘，正不知何从识之。美民心目中，殆亦不复想及之矣。此中国不能以印刷品、美术品，以祛除美民惑异惊奇之一念也。

对外政策

他国侨民之在美者，多有为其国家协助之处。第一为“鼓吹政策”，常有与各大报馆通声气者，如日员河上氏等，著长篇之英文论说，送稿付登。此项英文论说，或为日政府解释嫌疑，或为日侨发抒意见。此等喉舌机关，不必纯粹借重外人，本国专员，随时随事，俱有自由表白之能。所以日本之外交家，虽在海外，尚得恃舆论为后盾。非若我国之外交界，殚精疲神，昕夕无宁息，反觉心有余而力不足。

第二为“客卿政策”。各国人士以客卿资格，远适异邦。如我国公府顾问、各部洋员之类，大抵隐有外交上特别作用。最近如美国古德讷、日本有贺长雄二氏，已曾于我华政局发生极大影响。此皆足为客卿隐具作用极大明证。日本今日，虽未能使美政府多聘日员为顾问，但各部散秩如股员等，颇有日本人在其中。如农部日员田中博士，兼任中央大图书馆编订之职，于美国学术界颇占优势。每日本有新书、新报发行，莫不由是进输入美，并足备美政府之参考也。同部股长史文阁博士，去岁以美国答赠国花代表资格赴日本，备受日政府优礼。日本各杂志且更播为美谈，谓日本先以国花（樱树），专员赍赠美京，故美政府有此答礼。然他日史文阁君设一旦遄返美京，美京绅士中，恐又增一祖日之健将矣。

我国政府之于海外羁人，几若风马牛不相及也。即令有人能破美国成例，首以中国籍民进向美政府，占得一席，亦岂能劳当轴青盼，而为之一援手耶？若彼日政府之注重日员任职海外并优遇其同部股长，以巩固此个人地位，而间接为两国感情上、学术上留地步，可谓无上之妙策矣。然在其他排挤倾陷之政府，固万不能舍近求远、舍私而就公也。

对外学术

世界列强，凡假人才政策，借旅美侨民为彼国家之后盾者，单如上节所述两端，已觉令人望而生羡。若舍“政策”而言“学术”，亦有种种可资利用之处。其利用之方法，尤属隐约不易窥测。其第一种，即大学教授之互换也。美国各大学，对于远东之文学语言及历史，大抵设有专科。每科聘任专员任讲席，每员年薪约五千金。日本东京第一流大学校，亦尝于西方文、理、哲、工、医、兵各课，聘任美国教育界名流，从事种种之演讲焉。两国政府间，常可互约指聘，俾双方各有所得。如日政府每年预备的款五万金，言定订聘美教授十人。美政府同时，亦以同额之款订聘若干之日本教授。需求供应，互剂其平。斟酌损益，悉尽其利。两国间之学术，自不患不融会贯通。识者当之，必无不乐从也。

其第二种，即专利局登录法之励行。两国学者，苟制造上有所发明，一经国家准予注册，盈篇累牍之报告书，彼此即须互相交换。记者尝游美京之专利局，即一月前日本新发明诸要项，已觉不难按图索骥而致之矣。其他欧美诸文明国诸特别语文之发行品报告书，朝达美京，而抵夕已全篇译述为英文，尤视日本文报告之雇员另译为神速也。论者每谓我国工业不发达，或坐人才缺乏之弊，而不知即有其人，即有其发明品，国中无专利局，亦皆湮没无闻。又安能与域外诸学子较量一日之短长也？虽欲如他国之交换其报告书，已属万无可行。况乎逐日报载之所取材者欤？他国报纸，学术工艺诸栏，洵足助其营业之发达也。若在我国，自身既无新资料可揭登，外来陈本，又大抵有明日黄花之憾。既不足以资研究，复无从以定比较。徒令读者对之，益增其烦闷耳。

昨述两国间学术上两种交换，乃就其交换上表面之利便而言，至实际上不易窥测之利用法，尚非寥寥数行之所能尽。兹姑言其著者，读之或可因举一隅而以三隅反也。外国赴美大学教授，其第一种利用法，即以授课之暇，出向各大埠演说，隐为祖国任鼓吹。此类大学教授，第一必须国学精深，第二必须擅长英文，第三必须习于辞令。三者不可缺一，而以第一种为更重要。因国学不精深者，不独不能因大学教授一席宣扬祖国文化，且反因此骈拇枝指之人物而为外人所轻视也。各国派赴英、美、德、法诸留学生，大抵均在本国积有若干年办事之资格，或若干年切实求学之资格。故其祖国，即令为文言合一之邦，而此类有资格、有经验、有学识之人才，大抵能为极简炼、极明达、极优美之文字。此正其人对于本国学术文化悉能融会贯通之表征也。如今驻美顾使，美国空伦比亚大学某名教授之高足也。方顾使执贽受业时，某名教授尝言：所谓一国之上等人物，必具五种重要资格。其第一种，即为精通本国最高尚之文字。彼其所谓高尚文字，实非不成格局、浮泛冗长之白话而已。以记者之所知，美国今大总统威尔逊，即为著称当世之文豪。其余在美政府居要位者，其知识固属加人一等，即其文字，亦远非市井凡俗诸作所能妄事比拟。惟德国以数十年教育上特具功能，中下社会之人，亦渐有能文者。然其当局诸要人，固绝无不能文者。此足征文字之普及国中与否，其首要原因，尚在教育。文化之能宣扬国外与否，其唯一方法，亦惟借重乎教育也。

以言专利局登录法，我国若不能与其他各国通联一气，则我国之工业界、制造界，决无大加发展之望。凡在欧美各国，无论何种发明事业，因在朝者有文报之互换，而在野者可各得新闻杂志等参考之资，耳濡目染者众，趣味自见增长。平日借鉴既多，一旦临机触发，遂觉智珠在握，疑难迎刃而解。我华国内诸学子，恐不能有若此之利便也。我国报纸之科学智识一栏，非有一定主旨。即令言中有物，亦不过如寻常之科学书耳。若留学海外者即有所发明，往农商部注册，更有登天之难。如华文打字机一物，纽约祁生，发明最早，欧西报纸，赞许尤深。徒以政府不加裨助，卒令捷足先登之日商，于一九一六年十一月告厥成功。而一般中国学生从事发明业者，无复当时勇往直前之气概矣。呜呼！谁实为之，而竟至于此极耶？

对外商务

列强对外,"政策"上、"学术"上种种设施,就前所记,已觉可资研究者甚多。至从旅外侨民原有地位,令其一转而为国家商战先锋,则其奇奥绵密之处,似更足与"政策""学术"二者相鼎峙也。政策功力,仅为骅骝开道之图;学术津梁,已寓曲径通幽之胜。若第三类商业性质之大战略,直欲升堂而入室矣,其积极之趋势,迥非上述诸端所能比拟者也。

欲言"商业战略",必先审其本国侨寓、域外诸商民商业上之能力如何。若其侨商能力尚未臻夫毛羽丰满之期,则其本国政府必须别筹巨款,隐为此辈后盾。若其于营业上遭遇顿挫,本国政府固应培护而苏复之。即未见有任何顿挫,而经济上能力已有弱不胜任之状况者,政府对之,尤应暗加津贴,以壮其勇往直前之气,固其冲锋陷阵之决心也。异日世界趋势,渐由兵战而为商战。我国域外商民,以美利坚而论,舍极少数大资本家之营业,如纽约华昌锑矿等公司外,大抵不堪设想。美境各大埠唐人街坚毅沉厚之诸华商,在我国家视之,不过等诸残鳞败甲,任其自生自灭而已。尤可笑者,政府对于域外侨商,穷年累月,绝未闻一为根本之图。驻外公使虽向政府屡献嘉猷,而政府唯唯否否以敷衍之。盖当轴意念中,固人人而具五日京兆之心,又何论乎十年百年之大计也。如在某君长农商时,行文驻外使领各馆,调查各地侨商情形,骤视之表格精详,若具深意,而细察其所欲调查诸端,无非闭户造车之书生故技。一展览间,已知其绝无施政之方针也。记者从政有年,自问于国内外民隐知之尚晰。尝细数一二十年来种种新政,无一不误于似是而非之"调查报告"。盖我华朝野中外,仅知文字上之铺张,而绝不计事实上利弊之何若也。殊不知我之所谓残鳞败甲,若在他邦,一一悉成有用之材。直接可为本国势力向海外方面发展之大基础,间接亦足以假海外商店之遍布与商品之畅销,为彼祖国文明与物产绝大之广告术也。

美国各大埠,衢途四达,令人茫然不知所适。虽各国均有其特别发达之营业,尚不易于游览驻观之间,遽令人有一种特别感想。若在名区胜迹,如金门(Golden Gate)、银湾(Silver Bay)、蓝陵山(Blue Ridge)、黄石园(Yellowstone Park)、洋城(Ocean City)、梅岬(Cape May)等地,情势与各大埠迥殊。其囊金以去之各商家,大抵皆恃美术品、纪念品、玩具、妆饰物、饮食、娱乐各要端求生活。其挟资来游之诸旅伴,虽不至尽人而有"腰缠十万贯,骑鹤上扬州"之气概,然其萧闲自适之情,迥非平日困心衡虑,各事所事,自朝迄暮,不暇旁及者,所可同日而语。设我中国政府能为侨民设法,广罗一切精美货品,分设无数临时商店,于上述之诸名胜地,则大可利用此难得之良好机会,使我华文明真际灌注于一般美国人士之心目中,不仅仅乎商业方面可藉此以广播无量之种子也。

记者出游各地,每涉足诸名胜,即有售美术品之日本商店散见于花团锦簇之市街中。偶及门一驻观,则见执役其中者,不外两种人物:一则由日商雇用之西洋女子,一则在日商中出类拔萃之日本少年也。此类少年,仪态之从容,性情之温雅,英语之娴熟,衣服之整齐,均足于海外增进日本国人之荣誉,并足以致美国女子之青盼焉。美国女子之消耗程度,平均计算,自远过于我中国之闺秀。其资力最厚,购物时最多者,有嫠妇焉,有令娘焉,有主中馈者焉。此类人物之挥霍无吝,实足以为彼邦女界之绝大弱点。然就反面而观察之,实又足为旅美侨商吸收资财之唯一捷径。苟此辈芳躅,屡见惠临,则侨商营业统计加增之度,已不难约略辨识之矣。

虽然,经商万里外,未易言也。美国对于远东商品,征税之繁重,不可谓不甚苛。日商常得政府后盾,近数年商业又大起色,以与欧西诸列强较,似尚不足相与抗衡。况乎不逮日人者欤?亚洲各国,赴美经商本难。惟朝野合力,上下一体,终得有以胜之。日本对美所占商务地位,迄今虽未能及堂奥,然已进至籓篱之内,万非我不得其门之中国比也。

舆论之势力

与"商业战略"同时并举者,尚有两大事,足与前述诸端相表里。

一曰假广告以联络报馆，一曰赖移殖而扩张声势，移殖愈众，商业愈盛。商业日益加盛，广告必日见加多。广告之消费额，既可积成大宗款项，必有若干家著名日刊或杂志为之转移。则移殖之加增，与商业之加盛，对于外界舆论，必可减杀无限之反抗力也。此等现象，细察之适成一大圆线，层层相因，周而复始。论其关系，并非为一直线之进行，乃为循环式之旋行也。一国报纸之中心点，往往非其中央政府所在地。美国新闻家最活动处，在纽约而不在华盛顿。犹之日本之以大阪胜东京，中国之以上海胜北京也。纽约销数最广、势力最厚之晨报、晚报，及发行额最盛大之周刊杂志，大有左右政局之能。闻我国某公使任期中，有 *The Independent Weekly*《独立周报》专员，屡往美京谒某公，某公屏置弗与谋面，竟至激怒而改态。此皆足以令人深惜而长叹也。德意志之失败，说者皆谓其不善外交。以记者身亲目睹之所窥测，似乎新闻政策之拙劣，最足为其致败之由。在美德邦交绝无芥蒂之时，旅美德人中稍识时务者，已知战端无已时，祸将岌岌不可终日。因纽约最大报纸，大抵与协约国方面有密切之关系。德国金钱运动，绝未能略及夫此辈也。即在美德宣战而后，其被暗受德人运动之嫌疑者，亦仅不过至可怜之晚报数家。此等晚报，既不能于新闻席上占得最优先之位置，复不能于发行额统计中拥有牢不可拔之特种能力。欲其于舆论界别具旋乾转坤之智，亦徒见其妄想而已。然在二十世纪中，行一事而不为舆论所归向，不独项城总统之雄图终归于失败也，即彼威廉二世之不克自振，恐亦项城总统之流亚耳。

移殖之功用

所谓赖移殖而扩张声势者，若美利坚之新大陆，更有一种至显著之征象。美国方面，建设事业甚多，其有赖于他国侨民之迁入者甚亟。众擎易举，独木难支。势之所在，不容强也。设美境而不许他国侨民源源续至，以助成其发展，则今日之美国，安得有此蓬蓬勃勃之现象乎？美国最西之一大城，夙昔以产金著，华侨以其地势崇高，相传犹有金山之名。美民以兹重要商港，为美利坚太平洋岸咽喉，西望雄关，复有金门之号。盖美利坚之产金，犹墨西哥之产银也。我国银行家通用名词，尝有"美金墨银"之别。吾人苟于此等名词细加审察，则所谓美之与金及墨之与银者，不独在彼两国有历史上关系，即如我国涉重洋历巨险远行数万里外之侨民，似亦不得不以此"金"字与此"银"字，为其开山元祖极大纪念之符号。

以美国论，当其草莱未辟、宝藏未兴之时，最先渡美而助其西部诸州之开拓者，实为我中国粤籍之侨民。金山正埠 San Francisco 最早发生之大事业，亦即金矿之发掘也。白人体质不任艰苦，故当时之充矿工者，华侨中实不乏其人。其后宝藏既兴、草莱即辟，彼都人士日夕从事之铁道事业，乃更与采矿事缘附以生。而彼时充苦役、事敷设者，又泰半皆华工。此华工之渡美，实为供应其所需求，已属无可疑议者矣。

所甚痛者，我国侨工，既尝有功于美，而获得天然一切发展之机。我国政府绝未加以掖导，付诸训练，而使之成商业战略上极有能力之劲卒耳。我国侨寓美洲之民，漫无趋向，不可究诘。譬之以孤军入重围，主将失道，听令无从。虽有盈千累万之散兵，亦惟有束手以待毙耳。故嘉州议员中，有排斥中国人者，屡提苛例，日益加严。而中国之商务，终至奄奄无生气也。虽各馆中常有循例翻译之调查报告，亦正所谓庄周之论，不足以济鲋鱼之涸辙矣。

美国排斥我侨民，辄借口于人品之混杂。而我侨民中，因在本国穷无所归，乃不得已而历巨险涉重洋者，大抵其智识甚缺乏，复无良教育为指导，难保其不捉襟见肘，处处呈露琐陋之状，而不期于无形之中，竟至授人以柄也。更有进者，我国政府之于赴美华侨，大抵皆取放任主义。日本政府之对日侨，大抵皆取干涉主义。日本政府鉴于华侨被摈之由，曾自请于美国政府，谓此后日侨赴美不必美国过问，其卑下猥贱，在禁止之列者，日政府常自行干涉，禁其渡美。故连年日本侨商之渡美者，皆数一数二之大资本家，绝鲜鸠形鹄面之小工贱役。但在美国排斥远东及移民之风潮未发生前既经渡美各日侨，日政府又拟设法维持其原有地位，使其不至丧失应有之天然发展良机。此又日政府之远谋至计为我中国方面梦想所弗及也。

最先渡美诸日侨，其穷无所归、飘流转徙、无所适从之困象，实与我中国侨民相若。我中国侨民聚处之唐人街，绝鲜妇女足迹。其生活之奇特，亦几与南洋某岛中之野郎村有百男子而不能见一女子者约略相似。日本男子，虽多散处各地而无“日本街”三字之标的。然其独居生活之艰苦状况，又足与我诸华侨同病相怜也。日政府有鉴于此，深虑久经渡美者无新家庭相维系。近之或兴衣锦夜行之叹，而若干年后，竟赋“归欤”。远之终贻伯道无后之忧，而赓续无人，终成绝响。乃复困心衡虑，而有写真结婚之政策焉。盖凡已在美国久住之诸日侨，本可向其祖国移眷以渡美也。此辈赤贫暴富之流，渡美之先，既无其人屑与相攸。渡美既久，复无其时，舍去一切，毅然归国以求偶也。欲得折衷之法，亦惟有广罗日本女子小影，映诸报端，俾彼旅美日侨见之，怦然以动求凰之意念耳。

迨诸日侨选择既定，其中选之日本女子，乃购二等舱船票，联袂以渡新大陆。及抵美国西境之口岸，日本男子亲迎而挈之归，则俨然为夫妇矣。日本政府此策，对于友邦，颇足杜其借口之端。对于侨民，不独足以固其原有地位，并足以坚其爱国之真诚也。语云“天下无难事，只仗有心人”。彼日本诸当轴，诚今世之有心人也。

日侨奋斗精神

日本旅美侨民，既赖其政府著著为后盾，复有其海外舆论界人士，旦旦以确立精神上永久基础为号召，故可尽人而具一种之自觉心也。例以日本文日刊《新世界》报新年特别号所征集各投函，益觉无往不足耐人寻味。就其宗旨较明确、理由较切当者，条举而序列之。尤足以见日侨主张“永住说”者，确有不可移易之表征也。

（一）平日常恃乐天、知足、向上、耐烦等四美德，以为永住之基，以奠久安之策。

（二）日本民族之移殖海外与世界之大发展，均须以我日侨骸骨，为全部事案作根盘。

（三）知日本民族为海外展先驱，即当宝爱美国自由空气，践吾儿时独立自营之言。

（四）定住毋宁永住。永住能长与邻近我之白人往还融洽，久之，自可养成一种极大能力。

（五）购置猫额大之地产，他日令无市民权之后起者为继承，终属无谓。何不先以吾人及身之一代为牺牲乎？

（六）人类理想，群趋世界大同主义。住民、侨民，此后终不能别加轩轾也。

（七）日本谋事难，生活尤难，似以留美不即归为得计。

（八）永住事至不安也，至寂寞至困苦者也。苟一念及祖国民族前途，自应坚忍其志，百折不回矣。

（九）渡美后十三年，方贮巨资为归国计。经友一言为劝入基督教，嗣是不复有归志云。

（十）一千九百零八年挈眷渡美，期永住。今亡荆已早逝，永住之素愿不改。

（十一）已共他友，经营巨大农园（如果园等）。

（十二）一千九百零三年新土地法颁行后，侨美日人，土地买卖之良机已失。日本经济发展，已被于无形中阻绝。经济问题，遂足动摇吾人永住决心。欲祛其弊，以能达入籍之目的为要务。

以上十二人所述答语，言人人殊，各具其特有之精神也。日本政府既能掖导于先，人民复能各励其志，以同一之步趋，而相率风从于后，斯诚出于美民之意想外者。窃愿华侨中贤达，对此而有所观感也。

日侨人种学之奇谈

前举侨美日人中十二种不同之心理，其最后一说，所谓以能达入籍目的为要务者，最为近今日本人所注意。民国八年引起世界各地群起属目之泯除种界问题，实为前数年旅美日侨研究运动声诉论辩诸方法所酝酿而成。至其引起旅美日侨入籍志望之唯一近因，实肇端于美国加入欧战以后。美国于六年春间向德宣战，同年六月，即令全国壮丁应兵役义务之登记。迨及履行登记之期，“六月五日”，无论住民、侨民或游侣，凡其年龄适在兵役年限之范围内者，均当一律遵从。舍驻美各国使馆各外交官须特免外，其他决无可以避免之势。日本学者，平日对于人种问题,其议论本甚奇特,往往人执一见,所述绝不相同。彼辈既不认与华人同种,复不愿自侪于亚洲南方或马来岛诸部人种之列。聚讼纷纭,莫衷一是。故在欧美各国之耆宿见之,每引为一时之笑谈也。

自征兵注册之条例发表,一切日侨,在美国法律上,均属诸蒙古人种,与旅美华人同种属。日人闻之,愤无可诉。有主张登记时迳书日本人种,而不照书蒙古种字样者,竟将以征兵注册事,于人种学上制造一新名词,效彼美国黄报制造新闻之故技矣。此事虽未能行,然亦足为美国欧战期间诙谐家绝好之资料也。

日侨研究术之可惊

与美国征兵注册事同时发生,而足引起一般人士之注目者,即为檀山日侨小泽孝雄氏入籍问题。小泽年近强仕,渡美后已历二十寒暑。初往美国西部为大学生,迨八年前乃移美属之檀香山,专在商会供职。全家均善英语,其生活绝似美民。当其旅寓嘉利福宜州时,已向州政府取得第一入籍证。嗣因檀山方面,申请第二入籍证不得,向地方官陈诉,又不得直。乃于民国七年五月,更以曾任上院议员之嘉州著名律师威灵敦氏任辩护,向州政府提起诉讼,而为第二入籍证之请求焉。

小泽氏并因美国入籍法中特提自由白皙人种,乃以最新奇、最精辟之长篇研究谈,投诸美境各日文报。其以日本人为自由白皙人种,实言人之所不能言。其结论中有云:世界人种,分黄白红棕黑五大类。实原始于德意志人种学者蒲孟白氏,其学说于一七八一年发表。论其时代,虽在美国入籍法制定之九年前,按其实际,美国入籍法中之"白皙"字样,实为"黔黑"之对等名词。所谓自由者,本示异于贫乏无赖游荡诸流民。而此双方不同诸称谓,实互立于绝对之地位者。

其证明美国入籍法之不能根据五项人种说,共得五种显著之理由:(一)美国各专校各大学,授人种学一科,乃在入籍法制定后五六十年。(二)入籍法制定时,美国各专校各大学未授德语。美国大学有德语科,实自哈佛始。其始增德语之年，一八二五年也。距入籍法制定时，已逾三十五年矣。（三）入籍法制定时，上院议员三十人，下院议员六十三人。尝追溯其行略或履历，大抵均于一千七百八十年前毕业出大学，间有曾往英国留学者，为数亦甚少。受德国教育者止一人，系于蒲孟白学说发表前十年返美。（四）蒲孟白学说发表时，美国独立，戎马倥偬。德国方面，以德语发表之新学说，美议员中，诚不遑研究及之。（五）蒲孟白人种学说，原以德语发表。美至一千八百零七年，始由 Eliosten 译英。英国学者 Caldwell 初次转译成国语。虽视美国为略早，然已在入籍法制定八年后，盖即一七九八年也。小泽氏于上述五种之证明外，复引美国最高法院对于某案判词"自由白皙人种字样实用以拒劣等或流落之黑人"等语，及十三州宪法"凡含八分一以下之黑人血者均可称为白人"等条文，以实其说。而更缀数行为断语曰：一等国民之日本人，既非黑人，必白人也。必有入籍之资格者也。其研究方法之精审，诚不让于彼美民。以视我国之考据家，理想与实用，相去甚远矣。

记者喟然叹曰：文字语言之于人国，其损益得失，不亦甚重者乎？以小泽氏之考据言之，日耳曼语文之在美国，其历史上关系，已早不逮英语英文。宜其延续五年之世界战争，英吉利之外交，卒足令其同文之邦为制胜却敌之先驱也。亡人之国者，必并亡其语言与文字。我邦人之废弃国学，挟欧美文字以自豪者，其亦知所自返欤！

彼美人兮(下)

拨早时钟特典

以拨早时钟节省办事时间之法,闻上海于八年四月十二夜半实行。事经中外商界同意,与新关税务司之布告,届期即须将海关大钟拨前一小时。上海全埠各商家、各住户,正不妨依此较准其佩表与悬钟也。按此改早时间方策,实肇始于新大陆,而利用日晷节省灯费之感想,又皆发端于欧战影响。美国地大物博,平时固尝以豪奢著,迨既入战,一切天产所得与日用所需求,均须酌取若干以接济各协约国,而美民中惜食、惜衣、惜灯光、惜燃料之呼声,乃弥漫于四境之内。此正所谓绸缪未雨,防患于未然也。

拨早时钟事,在美国行之,非常慎重。有所谓"惜阴律"者,系由美国上下两议院公同制定,其表决之日期,一千九百十八年三月十九日也。惜阴律共五款,记者犹忆其第三款中所规定,略谓每年三月下旬最后日曜日之上午二时(即夜间二点钟),各地时钟,应同时拨快一小时,则明明二时一变为三时矣;又于每年十月下旬最后日曜日之上午二时,拨回一小时,即原属二时,拨后仍一时矣。故在惜阴律所定期间开始之一夜中,须少去一小时,而在期满之一夜中,须多出一小时也。在此拨早时钟之期间中,各处时钟,均须较寻常原有之"天文时",提早一小时。而彼尊重时间、尊重法律之美国人民,乃得于"夕阳无限好"之暇晷中,从事于锄园、散步、打网球等娱乐。诚哉其有益也。

美国人士对于拨早时钟之举,因有法律关系,故同时发生一种小小仪式,亦足资惜阴者之谈助也。美国去岁三月之最后日曜,乃为三月三十一日。是晨天未明时,各处时钟,均早改变。当深夜二钟许,首由海军将校华推氏,出登海军观象台,著指大时钟长针之端,而绕磁面拨动一周。同时各他地海军电站,即已一律奉到电讯。而全国之时钟,悉以二时改三时矣。美国消息之捷,固足令人惊异。而海军将校魄力之厚,又与我国大不相同。即如一九一七年四月美大总统宣战之始,其第一消息,亦自海军军舰传布也。

其他如上下议院大时钟之时针,乃由提倡拨早时钟说之纽约议员葛尔锐氏执行移拨。其改易钟点时,乃在三月三十日下午二钟,尚较各地时钟早改十二小时之久。因议院星期六尚开会,正不妨乘此改易,而为全国示倡导也。次若美京总商会之时钟,乃由秘书长柯能溥氏执行移拨。商会星期六尚办事,故其移拨,亦在三月三十日下午。此外各商家、各住户,固不妨在三十一日晨起之前,三十日临睡之际,随意将时针拨动。中亦有偶尔遗忘至三十一晨始转拨者,次日因系星期日,事实上尚无大碍。惟在美国黎明前工作最早之两种人,却万不可不亟自留意,预将时钟开早一小时,以免愆误。此两种人,一为牛奶棚之配送人,一即各报车之运转手耳。

棕叶星期日

西俗耶稣复活节前一来复有所谓棕叶星期日(Palm Sunday)者,为一年中光景明媚之吉曜良辰,犹之我国社前数日,嬉春士女心目中,咸有一种将满未满之快感也。八年四月二十日为复活节,故应以四月十三日为棕叶星期日。七年此时,适值惜阴律通过议院之后,距其实行期,不过六七日。全美人士相会晤,莫不以此为谈助。八年此日,上海各大钟楼之时钟,又有隔宵预将钟点拨早之举。宵来一梦中,一小时之光阴,行见不翼而逝。想上海诸寓公,亦将据此为谈助矣。

美国消息灵通,故凡事喧传众口,必在其事实行前一来复或一旬。中国交通迟滞,国民性亦较迂徐,故竟有事已过去,而内地人士尚茫然不解所谓者。上海适得折衷之道,事必至实行时,人方注意及之。拨早钟点，事本寻常，然即是以观察中美两国人民性习，亦良得也。记者追思往事，觉去岁棕叶星期日之感想，酷似今日。盖在花事方盛、秾春欲暮之佳期，人人意念中，莫不具有惜春留春之愿。苟其惜阴说之流布，适在此时，似更足以弥彼大好春光不再来之缺憾。是此移早钟点事，终不能谓与此暮春佳节无关耳。

美国士女，于棕叶星期日出游，帽角襟端，尝佩一棕叶结成之花，或用棕叶截成之十字架。东西习俗互异，文字上不易形容，往往令人联想及于我国诸旧风习，见其不约而同，冥冥之中若畀人以妙手偶得之机缘者。棕叶之为物，于植物界属并行脉，色淡青而微白，幅细长若衣带，极类我国端午节日之菖蒲。当其截制成十字架，饰胸为佩章时，又极类我端午所制之菖蒲小剑云。

传闻基督进耶路撒冷城时，尝以棕叶铺地志庆祝。今日复活节前，有此棕叶星期日，或即本诸此项之故实也。棕叶在西俗，闻系表示胜利之物。传说如是，姑并志之。

惜阴律实行中之逸话

拨早时钟之举，不独我中国为创闻，即在彼美利坚，亦以去年为破天荒之第一次。美国先有法律规定，故北美全境，亘数千里之版图，只须三月三十一晨，全国人民减去睡眠一小时；而此后七月间二百余日之光阴，似皆得于清昼向晚时，增多一小时许之夕阳佳境。其为法诚至美善。特在我国，拨早时钟法，只行之于上海一隅，且上海人民习惯，不易遽革。举凡酬应上、办事上种种约信，不得不因兹而多纷扰。更不得不因种种纷扰，而发生若干谐闻逸话，用资吾人之谈助者。此美国拨早时钟后种种趣史，若一一表而出之，似又足为我上海人士之参考也。

我国改历后，私人文件，间有新旧历之标注。美国改早时间，虽属人人遵守，然每与友人相约，仍不免有新时旧时之说。所谓新时者，即夏期特改之时刻。所谓旧时，即固有之天文时也。此二名称，最足以免纷扰之弊，我国人士对之，更不得不注重也。又记者昔年旅美，适值千古未有之世界大战期会，所闻所见，凡有空前绝后之观感者，莫不系之以诗。其咏“拨早时钟”者，作于去岁春暮。诗云：

漠漠钟初动，沈沈夜未央。
一朝愁梦短，千里黯斜阳。
时亦分新旧，春深重感伤。
百年三万日，能得几回长。

拨早时钟事，据美国统计家言，谓在七月间，可省灯火费四百万美金。但据美京邮务总长报告，又谓一九一八年三月三十一日上一夜，所有应值夜班之各员役，只得七小时工作，较其寻常工作时间，以八小时为率者，尚短一小时。统计一、二等各邮务局通宵办事人数，约一万名，以平均每人每小时薪工三十一仙扣算（美金三十一仙约合中国六角），则此一小时间之短缺，应令国家支出耗去美金三千弗左右。此外全国大小各工厂，所耗损之金额，尚不计其数也。不知我国上海，亦有此笑话否。

记者初阅邮务总长报告，方疑此人不谙算术，谓其计及耗损款项，颇似小学生解算题。有询以一斤铁与一斤棉花孰重，往往骤答为铁重也。寻更思之，方恍然悟。盖美国法律，工作不得逾八时。若因三月终改早时间之际，各员役缺少一小时工作，欲求于十月下旬将新时刻复原时，令各员役多费一小时以为补偿，则明明不合八小时工作之定律，必将因区区小费，而起事实上极大之纠葛矣。且支出款项，必以每月统计。三月之账，固不便阑入十月之范围。即三月间之员役，恐至十月间已更易或他调，则三月间所消耗，更不便于十月间追补也。

其第二端可笑之事，则人人只知节省晚间灯火费，而不知黎明前早起者，灯火费一项，尚有所消耗也。美国生计艰困，深闺弱质，一届长成，即莫不早起勤作，终日在外，仆仆道途，寒冬风雪，炎夏烈日，曾不能阻此辈之宏愿与毅力也。记者旅纽约时，常以读报未竟，彻夜不寐，偶于黎明前出立街巷间，则见高屋插天、深阱入地之蜂窠大楼中，常有无数灯光隐约窗际。记者初疑为眼昏所致，或系心意中一种幻相，继疑为天将明时，或晨光有特别反射之奇观。迨行近而审视之，则此无数之窗格中，竟一一而呈云鬟不整、晓妆未罢之夜艳花影。此诚出人意想外也。盖彼美国妇女界，凡在商业社会占位置，在独立自营生活中大活动之妙龄佳丽，极注重于容貌上之修饰，每晨消耗于镜台前之时间，至少当在六十分钟以上，其稍久者，且两倍之而弗觉也。夏期前后，日晷较长，天明较早。若照寻常八时或九时开始工作，于晨起时尚可少费灯光。若更提早，则在途需时，就餐需时，盥沐梳理，无往而不需时。恐彼辈虽在炎夏，尚不得不于晨光熹微中，更烧高烛照红妆耳。此皆记者在美国方面所得之逸话也。若我上海之改早钟点，对此似乎无甚关系。

旅美者之意外迷误

一千九百十七年三月美国颁布之惜阴律，其第四款，乃区全境为五种不同地带，以行用下述之五种时间。一曰东方时间，用之东美纽约等处；二曰中央时间，用之中美各地；三曰山岳时间，用之落机山附近诸城邑；四曰太平洋时间，用之西美太平洋沿岸；五曰阿拉斯加时间，因英属坎拿大以西，尚有偏西极北之阿拉斯加一部，隶属美国也。以上五时间俱有二三十分钟之出入云。

我国前代政府发行之时宪书，对于一年二十四节气交迭时刻亦复按各行省时差之不同，而有一极详明之表格。有钦天监先期测算，依次罗列其中。特我国当闭关时，交通不甚发达，故人民于各地时差亦鲜注意。若彼美国，轮轨络绎，电逝流疾，两大洋数千里之遥隔，五日之程可达。在我国内地如江西等省，陆程一月余方可由省之北界抵省之南界者，在彼美国，已横贯全洲六七次矣。故在美国旅行，凡自东徂西，或自西东渐者，不可不注意时间之变换，与钟表上较准时刻之地点也。美国横贯东西之急行列车，其行车时刻表，取阅时极宜留意。譬如由金山赴东美，则在由太平洋时间地带进入山岳时间地带之时，各旅客所佩时计，即须按四月十二夜半上海拨早钟点之法，拨前若干分钟；若更进至中央时间地带，又须拨前若干分钟。至在何时入此地带，火车表中“何时到”“何时开”之旁角，必有极细字首为标注。若为山岳时间，字首当为M；若为中央时间，则其字首为C。在细心人，必能一一寻绎而得之也。日本名记者末广铁肠《哑旅行》小说中，曾有笑谈一则。记日本绅士不知拨早钟点之苦，略谓“绅士枕肱一睡，日出方醒”，其时火车已停，乘客已陆续下车，绅士不知适止何站，先检行车时刻表，则固明注午前八时十分，车抵奥克速郝杜，预备早餐也。再看时计，尚差三十分钟，想此处定系他站，因复枕肱假寐。假寐不逾时，车中寂无一人，急忙奔出，车已将开。早餐已无及，乃狂奔至膳室，取对开银元掷案上，抢面包数方奔回，车已绝尘而远驶矣。因绅士不知此车抵站之先，已由山岳时间改为中央时间也，云云。此又拨早时钟说盛行时一种之谈资也。

侨美华商，有一奇习，即用旧历不用新历也。每届旧历年终，居户欢宴团聚，新历十二月三十一日之夕，反不能如夏正大除夕之兴高采烈。海外若此，甚是奇矣。其尤不可通者，擅将旧历月日，自行提早一天，譬如民国八年四月十七号，明明为旧历三月十七日，彼辈必强改之为三月十八。意则东西两大洲，时差不同，不得不改早以纠其谬也。而不知其武断之举，不独不足于时差有所匡正，反自是而益滋纷扰。今试以英国伦敦附近之格灵威天文台为中心，推究世界各名城之时差，则中国上海在四月十七号下午八时六分许，美国纽约尚在同日之上午七时四分许也。上海、纽约，明明尚同在一日，则其所差，仅止半日而已。若因半日十余小时之差，而强自增减二十四小时，则无论如何改去，必不能得其正确。三尺童子亦能辨之，不待智者而后明也。且美国时日，苟明明为西历四月十七日者，又岂可强之而并收为四月十八乎？华侨此种改法，最足误人。此虽数学界一种笑谈，然设相仍不革，必将为世论所诟病。盖此等无意识之误会为世界所希闻也。华侨中亦印有新旧历对照之月份牌，但此等月份牌，新旧历相差处，均错改一天。若使中国内地得之，必将发生意外之迷误矣。

耶教节盛况

美国习俗，每逢星期五日，常有种种避忌。即遇春融物丽之良气候，而以是日首途远行者，必较寻常为稀少。一国中数千百年相沿不革之风习，或不免有不可思议之定数在。盖天下事□之所无，与事之所或有者,往往出人意想外也。以最切近者言,去岁驻美顾使夫人,本可免罹疫患,因疫患之兴在九月底,而顾夫人蓝陵巘(Blue Ridge Summit)避暑别庄租赁期至十月中旬方满限也。不意九月二十七星期五,顾夫人忽因觅锁匙不得,侵晓移家回美京。而此匆遽间之一行,竟隐隐为一星期内遘难之动机矣。此一事也。记者于十月十一日出葛妃兑病院,奔往飞拉待飞视茂漪病之时,初亦不意其为星期五也。迨茂漪于十二日病象转恶,于十四日下午疾终,乃亦恍然飞城一行之终难化吉,若早有定数在者。此又一事也。

美民于星期五,有"黑金曜"(Black Friday)之称。西俗黑色主凶,而黑金曜之由来又甚远。基督受难日为金曜,故基督教盛行之各大邦,对于金曜,已有一种牢不可破之成见。美国历史上所传闻金曜日之最不吉者,莫如一千八百六十九年九月二十四日,美国经济界之大恐慌。恐慌之起,本为纽约金市投机事业之失败所酿成,然在彼美之拜金国民,固早移其畏金钱势力之心,转而畏金曜日之危难矣。即如一八七三年九月十八之恐慌,亦几与上述者相同也。今美海相淡霓夫人,竟屡为金曜日十三人之会,不知能去此积习否。

八年四月十八为金曜,并基督受难日(Good Friday),西国各礼拜堂祭坛,至此均须幕以黑帏。礼拜堂传教师等,在星期五、六两日中,衣均纯黑,以示哀悼。教堂中不复举乐,即有特行奏乐之时,亦必于音调中采用极哀痛之各章。断无如我国出丧送殡之家,举哀而后,尚复鼓乐喧阗也。希腊、罗马各教堂,遇受难日礼节甚严肃。英之伦敦会,美之公理会,德之路德新教会,虽与希腊教、罗马教不相似,亦均有特别祈祷。与我国古籍中"子于是日哭则不歌"等精义,颇相符合云。

美民□复活节前之一来复曰圣灵星期(Holy Week)。圣灵星期中之最后一日,为"圣灵土曜"(Holy Saturday),又曰"复活夜"(Easter Eve),与我国之以冬至前一日为冬至夜,以年前一日为大年夜者相似。耶教旧俗,在此一夜中,或瞻礼,或听道,或为关于宗教上种种讲演,通宵达旦无少辍。其守夜也,颇似我国除夕之守岁。礼拜堂与大街市,蜡炬通明,华灯灿列。其大放光明处,又似我国夏正除夕之城开不夜也。所不同者,在彼守夜有一宗教上之主旨。在我大除夕之年景,社会心理不同,各个人间之为忧为喜,为冗为闲,彼此尤相悬绝耳。

美国近况,遇每年春初复活夜,虽不至如上述之盛,然其人民心理中,一年间不外两大节。一则十二月二十五日,即我俗称所谓外国冬至;一则在西历初春第一望日后之第一日曜,即我俗称所谓外国清明,盖即基督复活之纪念日也。西历恒以三月二十一日为春之始,如八年三月二十一日以后之第一月圆日,即新历四月十五,月圆日后之第一日曜,即四月二十日也。四月十五为犹太人之复活节,至二十日,乃为泰东西诸耶教民之复活节云。美民在复活节夜,无不大忙。其所以大忙之故,尚不仅宗教上之设施,盖应时礼物与贺节信之往还与酬赠,均于节前一日行之,颇足令人应接不遑也。美国人士,无论男女,莫不为社交之国民。彼之富于社交思想,正犹我民之富家族思想。比较观之,别饶意趣。上文所举,不过一端而已。

四月二十日为基督复活纪念日,美国人称之为“漪思泰”(Easter)。漪思泰之名,起源于日耳曼族古语 Ostara,意则古春神,颇似我国汉诗中之东皇。惟彼古春神现女子身,且兼掌世界之光明。故美国第二大节“漪思泰”似又甚合我国“清明”之义。因我国之清明,春字已早包含其中,欲求一名词而相容两义者,自当以此为最适当。细思我国“外国清明”之俗称,“清明”二字,却甚雅驯。在将来世界大同之会,此天然巧合之俗称,更有存在之价值也。

美国虽以三月二十一日为春之始,然在复活节前,万物尚鲜向荣之象。一至清明,生机大畅,如睡冬山,方觉豁然苏醒。故若不言外国清明而言复活节,意义上亦颇相通。美国礼拜堂中,复活夜一交子正,即除黑幛,易为一种光明璀璨之设置,以符漪思泰女神兼掌世界光明之旨。

代表情圣节者红也,代表爱兰节者绿也,代表外国清明者光也。复活夜之灯光,复活节之花光,均令人感天地清明之象,而乐春明日丽之艳阳天。此节期中最著之花,则为“清明白百合”(Easter Lily),白所以表纯洁也。此外若玫瑰,若桃花,若黄色之长寿花(Jonquil,译音琼珏),若蓝色之风信子(Hyacinth),若肉色之石竹(Carnation),若红色之郁金香(Tulip),若钟铃状之君影草(Lily-of-the-valley)等,大抵以表爱情者为多,用于友朋赠答,诸礼品或临时贺片中之图标者,几乎岁岁皆然。故外国清明,实可谓之花时,将藉花光以点缀此大好春光耳。

记者尝于外国清明前一日之午后，经行美京之“下街”。觉沿途群英所集，花气成云。迨至日暮，各花店之存货，已尽化为各街铺户之陈列品与各顾客之定购品矣。所余者仅琼珏数枝，盖春花中价格之最低廉者云。美国圣灵土曜日看花之游，似亦足为选胜之一术矣。猗欤盛哉！西方大国之清明也！

与前说黑金曜遥遥相对者，厥为星期一日之蓝金曜（Blue Monday）。因在西国清明前四十日，各耶教徒，有四旬斋（Lent）之称。四旬斋始于火曜，其前一日之月曜，恰在清明前四十一日。德国 Bavaria 诸礼拜堂，一切陈置，均用蓝色。此又足为诗词中一种新典故也。

美民称西历清明为始之一星期，为清明星期（Easter Week），或复活星期。清明星期中之第二日，为清明月曜（Easter Monday）。关于清明月曜之典故，只有两事，最堪回忆。一在西历一千三百六十年四月十四日清明月曜，英王爱德华第三抵巴黎城外时，天色昏黑，飞雹扬尘，从骑因苦寒而冻毙者甚众。欧美诸历史家，迄今尚有黑月曜之余影留映于脑海间也。我国古时以每十二日中之若干日为黄道日，以其余若干日为黑道日。虽属人民一时迷信，然其以黑主凶，颇与西国不约而同。

其第二事，即美国在数十年前，格南将军（General Grant）为总统时，特创一例：定每年西国清明节后之星期　日，开放白垩宫（美国大总统府）后园，任令住民之儿童，入园为礌蛋（Egg Rolling）之嬉游也。是日上午八时起，即有儿童无数，携蛋盈筐，联翩集于白宫后之草场。其蛋均用彩色煊染，鲜艳处颇类西国清明之花。若以彩蛋与鲜花并绘为一图，尤足令人感念春光明媚中佳节良辰之可喜也。彩蛋而外，复有人工制造之小鸡、小兔等物。用小鸡尚不足奇，而用小兔甚可异。其用小兔之由，因美国童话，常有兔能孵卵之说。抵美后见清明兔，当联想而及我国旧时之清明狗。二物同为儿童所深好，似亦可谓无独而有偶者。美国在承平时，白垩宫后礌蛋，美总统常亲行莅观。总统府之庭园，至是忽变为平民家子女自由欢聚之场。更令人感美国朝野上下，无隔阂、无畛域、无恐怖之可艳羡也。

儿童礌蛋时，亦隐寓会赛比胜意。譬如甲儿之蛋，向乙儿之蛋礌去，若乙儿之蛋破者，则甲儿为胜矣。美国寻常为妇女世界，一切权利，妇女常占优势。惟至此清明月曜日白垩宫后园，竟一变而为儿童世界，妇女之权力，尚居其次，因是日之妇女，苟无儿童之引导，不能入园也。美民事事有法律思想，其思想系本天性。与我国法律家，摭拾东籍，割裂条纹，徒灾梨枣，惟汲汲为稻粱谋者，不可同日而语。民国五年之春，茂漪曾得宫门外某儿童导入宫后喷水池侧一观，盖全国之最胜处也。次年四月，美国对德宣战。盛期良会，遂不可复得矣。其咏儿童礌蛋诗有云：

白垩宫前草色鲜，格南遗爱儿经年。
儿心活似清明兔，礌蛋归来想月圆。

美国花价奇昂，寻常人家闲斋清供，大抵均以人造之像生花代之。其像生花，有布制者，有纸制者，有蜡制者，巧妙尚远胜于北京东安市场之出品。至其天产之生花，大抵用为酬应上重要礼物。西礼，喜事送花，丧事亦送花；临别送花，望病等事，相见亦送花。花之用本甚广博。若一届佳期令节，更恃此物为点缀，而以西国清明节为尤盛。清明前数日各花厂所售之花，其价较节后高数倍。其品类较贵重者，每十二朵为一束，价格恒如上册所记，非数十元一束不可。此类花朵，值价既如此其昂贵，故在售花者之特别注意，似亦情理中应有事也。

我国文学家有羯鼓催花之说，小说家有百花齐放之谣，不意彼美利坚之巧夺天工，竟有实践此数语者。美国清明所用之花，其最主要者为清明白百合。闻其花本，原为球茎，壮若我国之大蒜，均由他地输入美境。输入之期，约在七、八两月间。东美沿海大城，如纽约，如波市顿，每处每年输入之数，在十万个以上，"每个约值美金十仙"。各大花厂进货，或一万，或一万五千，大抵均令于暖室中过冬。暖室中温度，若在冬季，至多不令超出五十五度。必至来春清明节前之两三星期，始置诸七十度或七十五度之湿热处所，而使之巧值节前应时俱开也。故西国市花者，实可得谓之催花使。而其年年清明节前之三数日，实我国小说家理想中之百花齐放时云。苟非然者，西国清明，每年迟早无定，至少相差一旬或两旬。则花开日之过时或不及时，均足令市花者于营业上大受损失。即每年圣灵土曜日，看花之游，亦将因之而扫兴矣。

团体事业自然兴趣

我国旧时私塾儿童，所能随口熟读之四时读书乐，其咏春景之一首中，两句最有精彩：即“好鸟枝头亦朋友，落花水面皆文章”也。可知昔贤教人，原不任令呆读死书。苟深味此两语，则知天地间极自然之妙文，固不在区区书本中也。美国各城，每值星期休假，尝有一天然相凑合之远足会。会徽炳列，旗色鲜明。翔步林间，别饶雅趣。如美京华盛顿星期远足会之旗色，即系淡蓝浓绿浓赭三者，并行缀合而成。淡蓝所以象晴空，浓赭所以类土壤。若浓绿色，则直谓天地间之万物，常如青春草木，弥望皆绿，莫不有其欣欣向荣之机。而远足会中人，即求于此中寻生活。一若非此郁勃繁蔚之草与木，不足鼓动一般远行者活跃之兴味也。

远足会最盛时期，即在西国清明前后。此时繁英如画，时鸟弄音。有以一永日之光阴消磨于林阴岚翠间者。旷野不可得食，往往执榼提筐以从。将及亭午，乃止山半。各举所携之物，席地探囊而出，如鸡子、牛排、咖啡等。须加燃者，则游客中，分担砌乱石、拾残枝、沃汤、取水等诸任务。不旋踵而野灶成，又不旋踵而炉炽。不逾数十分钟，则一切炊事咸就绪矣。

记者对于野炊中备办各节，觉他事我国一一可仿制，均不足异。惟于饮料一端，实不能不佩彼邦公众卫生之注重也。彼邦无论城市或乡村，各种泉流，大抵均经医士化验。有毒质者，即须封闭。其无毒质而任人取汲者，又以彼邦人士公德心之发达，从无一人以秽物投置其中。故无论行经何地，均可随意掬饮以解渴耳。更有进者，各游客每餐毕，必灭野炊之余烬以行，不令留火林间，而兆焚如之戚。此又美民公德心发达之一斑，不徒其于自然科学上富研究力之可敬羡而已。

使我中国人士，忽往美国野外游行。目之所触，耳之所接，固觉别有一境，与故乡迥不相侔。但其动人感想处，终无逾于“泉亭”之甚者也。泉亭之筑，极类我国车站旁之厕所。流泉自山下注，至亭内则四周环流，又似我国厕所墙下容留秽水之阳沟，积湿处成狭长线者，视平地尝微凹也。

美人携干粮往野外散嘱者，偶抵泉亭，即就墙阴环流处汲饮解渴。其有携鲜牛乳至者，且以连瓶牛乳浸积水中，静待若干分钟而取饮焉。盖夏日地气甚凉，沟中积水处，不啻天造地设之极好冰箱。美民自治力之强，固可即此天造地设之冰箱间窥见其一斑也。盖此状若公共便所之四方亭，不独无人以秽物擅行投置，即偶入其间汲饮小憩者，亦绝不见以牛乳瓶之纸盖或破瓶之残片，稍使存留，而致妨害公共之卫生也。

记者每至泉亭下，辄有无限之感痛。谓同此一亭也，在彼贮清泉，资汲饮，何等精洁！在我为厕所，且遗秽满地焉，又何秽浊之甚耶！此事虽若无关宏旨，然正以两物相似，致彼我两国国民间公德心之消长，与品性之隆污，尝引人联想及之，令人据之为比较也。今我中国人之往观人国者，视其良法美意，方敬美之不遑，固属意念中所恒有然。苟反是而言，在彼美国人之来游我国，一至乡村僻壤，其感想又当何如耶？我国民之缺乏公德心者，曷不于此稍加之意乎？

东美各名城，寒季甚长。深秋万木皆枯，秋冬几难判别。其地留鸟甚少，惟四、五、六三月间，野外鸟鸣嘤嘤，绝似我国上海四月徐家汇路一带园林幽胜处所闻者，盖皆由南往北转徙过境之"候鸟"也。美国人士之以假期暇晷，从事野外游行，大抵不外两类：一注重于野花，一致力于鸣禽。其专致力于鸣禽者，大抵均为鸟类研究会会员。美国之有学会，必先得有若干名著当世之学者，对会中公益事，预抱一牺牲之宏愿、一贡献之精诚，而后乃有若干倍之会员，纳资入会而请益焉。

是会自四月中旬起，必有四五星期之讲演，每星期讲演一次或两次。讲演时每在下午四时而后，便各会员，得以公余之暇入听也。讲演所用各标本、各影片、各彩图与各项电灯映画等，无美弗臻，应有尽有。讲演材料，舍学理上种种之研究外，复有各旅行家各探险家对于鸟类观察之自述。其足引人入胜处，实非数行所能尽。

自五月中旬以迄六月下旬，则各会员须乘野外电车，或短距离之小火车，或自备之摩托车等，于天未明时，驰往城市外之各乡村。择一定点齐集，一同步行出发。由识途者为向导，由博学多闻者亲授种种研究法。各会员咸携望远镜及鸟类图谱等物以从。一届黎明，群鸟齐出。有甚小者,若更以望远镜窥视,亦不难踪迹而得之也。各会员于晨光熹微中,咸能享受此天然妙境,不可谓非学会团体之所赐矣。

在此大队出发研究鸟类之良辰,有竟日滞留野外,而日暮方言旋者。盖鸟类虽以黎明为最多见,但天明日出后之鸟音,仍不难于郊野间闻之。习知鸟类之辨别者,闻声即能立辨为何鸟。故欲闻声辨鸟,即须消永昼于林间陇上。其任指导与讲授者,亦必牺牲全日之光阴,以为团体中人谋快乐焉。我国舍上海著名之数团体而外,其余寻常有名无实之小社会创导人,大抵均以权力思想为先务。为彼美国,无论大小团体,其创导人,不独不视会务为"权利",且亦不复视之为"尽义务"也。盖其眼光中,直视会务为其应有之"本分"耳。中美两国人民习性之不相同,似亦足供吾人观察之一要点。而我国团体事业之盈虚消息,亦复尽在其中。此诚古籍所谓"莫现乎隐,莫显乎微"也。

美民之本分心

昨就鸟类研究会观察所得之"权利""义务""本分"三义,令人联想而及美国人士之在政府方面供职者。以与我华相较,尤有无穷之慨念也。美国衙署局所中大小员役,莫不以职守上应有事为其本分。政治之善良,实以此节为基础。返观我国,寻常习语,既以"升官发财"两事相提并论,而一般入政界者之心理,其下焉者,竟尝以仕进为博取"权利"之终南捷径,以国家公款为入仕途得门径者应有之权利;其上焉者,亦不过曰既得国家公款,不得不略尽若干分之"义务"而已。其以公家事为自身"本分"上应有事者,叔季之朝,百不得一焉。若彼美国,与此辈适相反。以记者之所知,颇有种种事实,足资吾人之谈助者。

穆杲明女士(Miss Mc Cormack)者,美京总邮局汇款处主任。芳龄不逾二十,而其敏慧处,乃过于四五十岁之干练局员。其于每日应有之公务外,尚须为人处理种种事件。责任心之重固可敬,而才力之丰厚,尤非我国交通人员所能比拟。美国邮汇章程,有一至堪发噱之点,即细微小数如五仙或一仙(一仙价廉时,尚不及我国两铜元,而在美国，生活程度甚高，辅币小至一仙，已属无可再小，一仙之币，直视之如一文小钱而已），亦可向邮局开汇票也。某日记者以美金两角（一作二十仙）由美京汇往纽约购报，适此报发行处已迁移，原函退回，而记者之汇款执照早失去，势难得款。不意穆女士于此，竟为恳切查询，费纸笔，费时间，不以其款之小而忽之，卒至款能照领而后已。以视我国内地包裹处邮政局员之恃势凌人，故意挑剔，其程度之相去，诚不可以道里计也。以记者旅美观察所得，则知无论何地，无论何种局所，凡属洋员，必有几分责任心。我民苟为此辈恃洋势者所挑剔，正不妨据理直陈洋员之前，俾此辈有所戒惧，或可稍稍激发其本分心也。盖洋员之心理，记者旅美数年间，知之已熟，如上所述，不过千百分中之一耳。

美京中央政府各重要机关尤注重于全国人民之公益。譬之有人挟资经商，不知此项商业种种统计，及其赢利上盈虚消息，若以一函径达商部，部员即据所知，或调查其所有卷宗，而一一恳切致答。彼辈视部务为“本分”上应有事，绝无“敷衍”“搁置”等弊。若人民对于答复书中有未尽了了处，更不妨继续问难。彼辈为部员者，亦决不至因是而萌“厌憎”之私，或稍稍以轻心掉之也。

农部之于农民，其功绩尤显著。即如“清明白百合”一种，美国清明节所行销者，大抵均从国外输入，每年消费，无形中为数颇巨。美农部有鉴乎此，特从事研究土宜，并敦劝气候较和之数州加意培养。乃前数年所著成效，闻竟以南嘉利福宜州所产者为全世界最优良之白百合云。

农民及时下种，无论蔬果瓜菜或五谷杂粮，均可向农部探询种植培护诸法。有时部中并须特派农事专家，分赴各乡指授。其农民中，有因种植不合法而不能得收获上完全之良果者，若径将其事实报部，部中必与以满意之答复，或竟遴员察视，而助其耕作上种种之改良焉。政府对于农户此种报告，不独不加以厌憎，且觉政府农民间，恒足藉此报告中失败经验，于农事研究得有相互之利益者。平心论之，反令人欢迎之不遑也。记者对于此种报告，又不得不联想而及于我国前清《缙绅录》中所载五谷岁收成数之滑稽可笑。盖我国官样文章，无非由僚属或胥吏随意填写以塞责。国计与民生，此辈固已淡然忘之矣！今我中国国体虽更，而一般居官者敷衍之惯习，以视前代，或且变本加厉，尚复何人更从而痛革之欤？

美民之富有“本分心”，不独办公者如是，即寻常习俗中，无往不足略窥其微。记者初抵金山时，一日偶于道旁凝望，即有一和怿可亲之老妇人，急步趋前，询记者有何事需彼为力。记者告以现实无事相烦，不过在此静候一人而已。初方讶其好事，默念此等现象，实与中国不同。因我中国人，虽有生客向其问路，尚觉不愿指答，其甚焉者，或竟明知向东，而告人偏说向西也。故我中国人之习性，曰“欺生”，曰“凌侮孤寡”，曰“不管闲事”，曰“愚弄乡曲无知”。总而言之，均因缺乏本分心所致。若美国人好管闲事，彼固人人以扶助他人为职志也。彼以“欺生”为可耻，以愚弄乡曲为可鄙，以侵犯妇人为无勇，以旁观袖手为无能。而对妇人，对乡曲，对当地之生客，对他人有急难处，尤以不加凌侮，用实力相扶助，为其自身本分上应有事也。

美民根性之美

我国从政者，向以清、慎、勤三字自矢。此固东西各国贤达，立身行事上所不能逃之公例。但在美国方面，以记者观察所得，觉其人于清、慎、勤三字外，尚有三字为其特具之美德：一曰诚，二曰平，三曰群。惟其“诚”也，故遇事无敷衍、无延置；惟其“平”也，故无论何种人之请益，莫不平等相待，而一律答复；惟其“群”也，故视人事如己事，而绝无假公济私之隐患焉。

若于此更进一层，而追溯其所以能诚、能平、能群之由，则却不能离一“爱”字。爱之起源，亦大有耐人寻味者在。夫美固耶教国也，虽若其他宗教，国法并不加以禁止。但美国国民大多数所具之信仰心，不外一部《新旧约》。《马可福音》第十二章三十一节之经文曰：“汝当爱人如己。”此义之深入人心，实以彼美利坚为最著。彼其所谓爱者，实即我国孔孟之所谓“仁”。惜乎我国本有之仁，近代渐为一“伪”字掩没殆尽耳。

在海外随处皆当研究

远适异国，感触固多，而身履文明之邦，尤觉事事足资吾人寻味，不独其民习性之不相同而已。昔人游记云：游野蛮国，观察易；游文明国，观察难。此或别有所寄托，殆未可以一概论也。

记者于美国各大城各市肆，每见各种奇特之商标，颇有三事不易遽忘。其第一端，烟店之商标也。烟店常以木刻红种印度人立像置门旁，此当以西印度红人喜吸烟。推本溯原，似于美国人民有一种历史上之观念也。观夫美国史说稗乘诸插画，即可恍然于烟商置像之由。此事似易了解，不难思索而得。

第二种商标，为各当铺门首之金色三铜球。记者百思而不得其故，遍询美国知名之士，亦鲜能举一故实以释予惑。惟我中国清故驻英公使之文郎，今任空伦比亚大学汉文教授刘君田海字瀛东者，独能侃侃而道，言不厌详。可知绩学之士，我中国固大有人在。刘君虽非博士、硕士或学士，然其实学之见重于东美士林，固若远胜于虚空之头衔者，此又不得不令吾人敬佩矣！

刘君之言曰：意大利亚之北部，有地名龙巴窦（Lombardy）者，一族均以医药起家，其家族中一种特别徽识为圆球。圆球云者，盖药丸也。其球面之彩色与球数之多寡，恒视其族中房数之不同而有种种之差别。有用六红球者，有用三金球者，有用三蓝球者。有时或以圆片代之。但在古时，屋角悬金色之球与平地面嵌蓝色之三圆片者，又为放债生息者之表记。放债者之表记，盖以三圆片象三枚泉币也。久之圆片圆球，混而为一，药丸之圆球，遂一变为典质业之圆球云。

第三种商标更可异，即理发铺门前卷旋不息之圆柱。此圆柱周围涂漆，状似红白黑三丝带斜上回绕，一经电力旋动，最足引人注目，往往驻观甚久，而尚莫名其妙，惟觉其彩色斑斓耳。记者疑团莫释，复以询之刘君。君谓此种风习，系由欧洲传入。欧洲古代，理发师尝兼外科医生，此项卷旋不息之圆柱，所以有红白黑三条纹者，实因古时医士疗臂伤所用之各色裹伤布，常裂为极细长条故也。观于今日医院中之绷带可见一斑云云。夫以理发师而兼疗病，颇类我国薙发匠之兼为病人挑痧，固趣闻也。但若此等故实，以记者探询所及，不独数年来遍及各理发师无人知，即一般大学高材生或大学教授，对此奇问，亦多瞠目而不知所对也。嗣记者于图书馆之书本中得之，其说与刘君极相类。刘君诚不愧为绩学之士矣。君曾任驻美使馆通译官，以愤时疾俗挂冠去。盖其抗正不阿，实不能见容于政界云。

百闻不如一见

上文所举美利坚诸故实，仅属一事一物之微，表面视之，似乎无关宏旨。但天下事，复有视前述各端为更微者。若以其微而忽视之，则古者君子慎独之说，诚可谓之多事。若以细微处为不容忽，则“星星之火，可以燎原”“涓涓不塞，将为江河”等名言，实可以之为事理上一种公例。循此例而默观世变，觉天下事之成败利钝，兴衰荣辱，无往而不足从微处见之也。

侨寓美国诸华人之特性，最足为全世界所惊异者无他，厥惟一勤苦之“勤”字而已。但彼全世界之各国人民，人人有自重之精神，人人有自树之能力。非若我国少年，因美利坚无最古之历史，无特具之文字，而亦欲中国自弃其最久远之历史与至优美之文字也。是以我中国人最足为害之恶根性，无逾于一“奴”字。奴性既深，万事皆无定见，造成种种罪恶，引起种种祸害，往往不能自觉，甚可悲也。我国昔处专制之朝，个人能力所影响于社会者，远不能如今日之自由之神速，故其所谓奴性，仅指私德而言，奴性之害，亦只及身而止。若今日者，则一二人之误见，竟不难毁及全国矣。

今日至堪悲观之事，尚不止此奴性已也。奴性外更增一惰性，遂令一般盲从派之新学者，顿易其趋向。不欲研究四千年来之文物典章如何，辄期一举而尽废之；不问教育方法之得失利弊如何，辄归咎于中国文字之难，而别创废文字之说以乱人耳目。变本加厉，无所不用其极，且将我中国数千年相传之一“勤”字而概行灭绝之矣。此等方策，出诸内地学者之口，则以未识世界大势，未与欧美人士相往还，其居心犹可恕也。若竟出诸留学界，是诚违心之论矣。

记者八年前，曾遇一英人，以其貌似德人也，偶操德语与之谈。英人勃然怒，怫然不怿曰："若为中国人欤？抑南洋德属之住民欤？吾英人也。君如不弃而见教，请各谈英语。"记者彼时方讶其固执不近情，既而思之，知英人固能尊重其本国固有之文字者，其傲岸诚可惊，其能自尊、能自树处，尚足令人称佩。

迨记者抵美，更有趣闻两则，足与上述者相发明。其一，因记者离华渡美时，挟有世界语之册籍甚多。一抵美洲，意谓世界语一物，必已欧美通行矣。寻据身历所得，其对人操世界语者，千百人中竟不能得一人。记者挈眷渡美，幸均习得他国文字与语言，乃不至为《哑旅行》小说中人物。然记者跃跃欲动之念，俄顷不能释也。寻记者遍询彼邦知名之士，咸谓世界语无他奇，不过为社会党人之媒介物而已，寻常人士，莫不众口同声而反对之。而记者之喋喋以世界语为言，在彼都人士心意中，反目为不识时务之徒，遂亦不得不稍缄其口。语云："百闻不如一见。"世界语一端也。

记者在美德宣战以前，偶遇德国人士，或知记者并识英文，必随口致询曰：英文与德文孰难？记者曰：德文难。德人士莫不首肯。若遇美国人士，或知记者兼通德文，而以同一之语相询者，记者必本其良心所得，而径答之曰：德文难。美人必辩曰否，而更以英文较难为言。记者若更置辩，彼必不能满意。此后有相询者，若其人为妇人，记者尤审慎出之，而不敢轻易作答矣。盖彼辈必须人言彼自有之文字较难，实令人百思而不得其解也。此种成见，其可异处，实与英人之必欲强人为英语者相同。我国今日在国门内借口中国文字之难，大倡废文字论之诸青年，不知对于此等美民，将持何种态度。若此美民说英文较德文难之时，不知诸青年亦有胆量径劝其废英文用德文否。

当世少年，有以一偏之见，而遂欲强天下人悉数盲从者，尝有一种强自慰解之谈论。谓古今来无论何种改革，必有三时期之经过。第一时期，牺牲一切之时期也。至第二期，时机已熟，独能应手成功，故第二时期之人，实可谓一世之幸运儿。若夫第三时期，则成功之时代已过，在外界眼光中，亦遂觉其平平无奇云。此等理想，骤视之似甚切当，几可名为天地间一种自然公例，但细思之，则其中大有分别。是非成败之不同，似即在此毫厘千里间之一种辨别力耳。

我国数年前大名鼎鼎之某君，昔尝以三无主义号召全国。所谓三无者：无国家、无家庭、无宗教也。嗣某君以三无主义不容于国中，颓然出走，仓卒抵西美，赤贫几不能自活。幸某君邃于汉学，尚得因之而为异邦人士所称许，未及半载，而得在大学中占一席。设此君为一半通不通之寡学青年，只解若干句最浅薄之白话文字者，则几成为道死异域之饿莩矣。可知为青年者，决不可为似是而非之学说所愚弄也。某君出世之日，幸在数十年前中国文学未尽坠废之时，故在颠沛流离之际，尚克赖此而自存云。

某君抵美后，尚挟有鼓吹三无主义之印刷物甚多。但此等不合情势、不明利害诸学说，只可在人民智识程度未甚发达之中国，尚可信口开河而出之。若在美国，人人皆具辨别力，人人皆有是非之心，决不能容此辈稍事簧鼓以渎众听。幸此君甚机巧，处处尚能相机而行。其与美国人士往还，绝口不敢稍及往昔之所主张，数年以来，遂得相安无事。可知美国方面，思想上言论上，反不能如我中国，处处可为越出正理范围之自由也。此等现象与实情，又非身亲目睹者，不能深辨而熟察之云。

在记者未渡美时，常有一种迷误之见解：凡遇他人能通数国语言者，必急起而尊视之。不问其学识如何，又不问其本国文程度如何也。间尝与诸挚友长谈，述及某君兼擅六国语，某君通晓十三国文言，往往击节称赏，恨不能执鞭以从。此种迷信，确乎绝无理由。非若我国博学多识之士，专嗜庄列骚雅诸作，虽属成见，尚不能谓为无意识也。

记者旅美数年间所交识，不乏博通各国文言之语学专家，兹举两人以概其余。一名傅咻，原籍法兰西，与记者为比邻。傅君兼通六国语文，在美京商部任译员，前后凡十五年，卒以每日读报过多，积劳成疾以终，其年龄才五十许耳。闻其所得月薪，至竟不过一百余美金，盖各部员俸薪中之最菲者也。

傅氏一生潦倒，身后状况，尤属不堪设想，乃不意博言学家之中，竟有视傅君为尤苦者。专利局译员彭坦行，原籍德意志，且兼通九国文字，某大学之毕业生也。记者曾亲往局中办事处，视其译述之成绩，常累累如山积，不可谓不勤敏。但其每月所入，仅止七十五元，家有两儿两女，窘状可怜。冬寒且不能举火。其夫人亦德意志籍，处处能安贫耐劳苦，然终不能解其困厄。此可见方言一道之徒多无益矣。美国人士常言，昔毕士麦任德相时，有人请于毕氏曰：家有一儿，能通十国语言，可以为公使，可以为领事，任君驱策之可耳。毕氏怫然曰：公使领事，于精通本国文字外，止须再通一国语言，已足胜任。若令郎通十国语，此间实不足容此大才，惟大旅馆之总门役，或非如令郎者不足胜任云。盖欧美各大旅馆，入门处均有极灵巧之通译员也。故以美国人居美国，凡属跻显秩拥大权者，莫不精通美利坚本国之文字者，也未有身为此国之人而可忽视其本国之历史与文学也。

难易之无准则

大凡一国之文字，犹之一种之学术，或则渊深广博，或则浅显平直，或则美妙动人，或则索然寡兴，此万不能以其难易缓速为存废也。茂漪在东美各校习绘事，有以彩笔为之传真者，若某教授，竟费三阅月有半。此等画法，视我中国写意诸作，其难易缓速为何如？若病其难与缓，而竟以油画为可废，则并世之人鲜不群嗤其狂瞽也。

记者尝游纽约飞拉待飞各城之美术博物院，其陈列之图幅，最有价值者，每帧尝逾十万美金。闻古美术家成此杰构，大抵以经年累月之功为之，譬如我国古昔传世之文，必经若干次之润色与改削也。但于寻常报纸插图，亦可以若干分钟之速笔蒇事。此可见无论何种学术，可深可浅，可缓可速。贤者正不必“无事自扰”，遽以“革命”二字惊人也。

记者即根据海外方面所习见之实事，而判别文字上、学术上迟速之度。似又不必拘泥一种成见，而谓某事必迟缓当改革，某事颇轻捷可效法也。譬诸油画彩绘，在美国美术界，人人知其为迟缓矣。然如去岁东美美术赛会，千百帧之赛品，各费数月之久成之者，反不能如飞拉待飞城“小山珠女士”（Miss Pearl L. Hill）之《六小时》急就章得上赏。又如美国学校讲师，寻常偶在课堂漆板前作一短句，往往踌躇甚久，非若中国教授之援笔成文，直捷痛快也。此皆足以证明迟速二字之无准则矣。

记者未往美国之先，所遇兼通西文之中国人士，绝未言中国文艰于下笔者。一履美国，所遇诸留学生，大抵以中国文不易速就、不易明达为诟病。记者不能解其故，因忆得极相类似之一事，或足与此义相发明焉。记者以若干年来从事迻译，抵美后更无从得中国毛笔，是以每草一稿，用钢笔则灵捷爽利，用毛笔恒觉笨滞不顺手矣。故在记者目光中，若不幸而为人任抄胥，则其苦实甚于困为羁囚，或流徙而为乞丐也。但以此事验之中国旧学界，则又振笔直书，横扫疾下，视毛笔为其不可或缺之利器矣。其尤奇者，中国各友人，每见记者以钢笔起草，谓此事甚劳苦云。是知天下事熟即生巧，必不可拘一己之成见而强令天下人因噎废食也。夫以本国人而欲摧毁本国优美高尚之文字，固为天下万国所希闻。即记者之以旅美久而善用钢笔，亦必不能强人废除中国之毛笔也。

思想之宝贵

凡人思想甚渊博者，其吐嘱必甚高雅，其文字必甚研炼，令人对之，油然而动敬慕之念。无古今，无中外，其揆一也。记者前举两博言家，其所译述，大抵不过一种机械作用，因其文字上既未加功，其吐嘱、其思想，自无足以令人尊贵之处。是以文学家在美国，未尝不受社会欢迎。兹篇所列二人仅及事实上至细微者，期与上说相映射也。

美京语言学教授蓝纬白氏（Dr. Slenry O. Leineweber）以诗人而兼方言学家者也。蓝君足迹遍诸洲，历任各大邦大学讲席，尝抵德授俄文，抵俄授德文，抵美授法文，抵法授英文，其随遇而安之状况，颇足令人惊异。但其思想之渊博敏妙，尤非我国之文学家所能想望者也。昔茂漪病逝美京，记者悼之甚切。此君竟缘此而别成悼亡新咏一小册，系描写丧偶者自断弦日起至满月止，每一日间之伤感，连续而下，触类皆悲，辗转吟诵，竟不忍复释诸手。此视我国前代诗人之以东风、西风、南风、北风，以及东南、西南、东北、西北诸风成七律诗八首者，其功力为更进矣。

美国海军将校退老事著述之培雅氏(Dr. H. G. Peyer),亦诗坛之一健将也。一日记者偶集旅美数年间各大报图画增刊为一帙,苦不得其名。初以试询美政府各部股员,大抵瞠目不知所对。终极培翁一挥而就,盖“美国文明花果集”之数字也。因记者所集画幅,包孕各类新闻材料,其范围甚广漠,其性质甚复杂。大而雄观伟绩,小至倩影花光。虽其关系轻重,或有春华秋实之分,然其足以表扬美国之文明者则一。此等思想,又非寻常碌碌者所能几及也。

抵美时第一种感想

欧美习俗,凡抵一国、过一城或入一校,其最初结识之第一人,日后交际上往来酬酢,宜与寻常碌碌者不同。譬如茂漪抵东美第一友,为女文学家苏铬夫人(Mrs. Johanna A. Scholl)。此后万一归国数载而复莅东美,设苏铬夫人之寓所在纽约城,则抵纽约日,即须先访此人。此等细微礼节,视之若不甚重要,而细按之,可于无意中取怨于人。虽言西礼之各专籍,未尝述及此端,然吾人旅美久,正不妨随时留意而得之也。

苏铬夫人常言:谓吾人苟涉足他埠,或远适他邦,当其卸装后向亲友方面之第一回通信,如有述及旅中所发生之诸感想者,必须急行留稿,以备若干年后之检视焉。寻常行旅之徒,往往忽视此节,不知吾人对于一城或一国之特别观察,恒以新到时所得为最有意味。若置身其间五年或十年,则万事皆甚寻常。若欲有所观察,亦正不知何从下手云。故凡久居上海之人士,必不能强令其为旅沪观察谈也。生长美国之人士,又必不能强令其为旅美观察谈也。吾人处世,机会最不可失。留学界中,不能常有若干篇之游历新著作者,以其抵美之初,身为校课金钱所束缚,必不能先向各处游历若干月而后入学也。若彼衔命赴美各专员,日力未尝不充裕,惜均消耗于无谓之酬应耳。

记者回忆初抵纽约时邮寄中国各师友、各亲长之第一次详函,略谓顷游全世界首屈一指之大都会。觉其中瘴雾蔽天,奔雷震耳,崇墉迭置,密逾蜂窝,电轨纵横,细于蛛网,推窗仰望,已成坐井观天。亭午张灯，屡讶城开不夜。好风月不用一钱买，仅属他邦、他埠之言。若抵纽约下市，则虽有金钱，亦不能得若何之享受也。方记者草此函时，适得马师夷初远道惠书，谓此行远涉重洋，壮游万里，吸自由之气，感新大陆之文明，其所得当甚厚也。记者随复书云：新大陆文明，足资我中国人之观感者，固属不胜枚举，但如有益卫生之清空气，似非纽约下市各大旅馆中寓客所能十分自由享受。如欲饱吸自由之气，以今日美国各大城市之寸土寸金，屋旁无容隙，又反不如我中国上海等处之易于为力云。此函所述，虽觉过甚其词，然美国各大城市之无数高楼，却与我地大物博之中国不同。我中国人见之，自感逼仄，非谓甚嚣尘上之中，必无一事可以自乐也。若竟曰履纽约者，将不免有窒息之虞，是又知二五而不知一十矣。

初抵美时所失望者

远东人士初抵西半球之美利坚合众国，目之所触，耳之所闻，固无往而不感奇异，但亦有料当甚奇而事实上反不足奇者。大抵各旅客抵美洲后，即须往写真馆留影，以备邮递回国。美国各大埠写真业，有两种特别现象，最足令人注目。其第一种，即第一流"尺径"大写真价格之奇昂也。其价值较寻常者，每枚动需美金四元至六元。此外稍特别者每枚八元、十余元不等。至其所以奇昂之故，有最显之三原因焉。一则写真馆名闻最广、局面最大者，恒为一般交际社会之名绅贤媛所争趋，若对友朋，不以此项牌号制品为酬，一若不足表示其本人地位之高，与交际之阔绰者。二则名姝美妇人，一往此等写真馆留影，同城晨刊或夕刊之日报中，恒揭载之。故如交际界闻人、外交官家庭、剧场名女优（美国女优地位极高），或达官贵绅家贤伉俪、妙年女郎之属，咸不难于报端见之也。三则此等昂价之摄影法，系就一人坐立平侧等各种姿势，摄成部位不同之样片若干，任令顾客，择取其一以订印也。按其实际，此等方法，实属平平无奇，不过多费几张底片而已，向例取价愈昂，姿势部位更变愈多。有不胜其扰者，则其人自身上天然神采与活泼之状态，往往因之忽归消去云。

第二种，即小照相馆廉价电光摄影之奇速也。其法系以放绿色光之电光柱横置影幕前阴窗中，借其强度之光，随时可以摄影。招徕顾客，不分昼夜。自摄影以至映成，只二三小时许。骤视之若甚奇巧，实则乞灵电柱，难望得有佳制，留影时面貌色泽，均以绿色光之反射而早失其本真。迨影成后，双瞳更绝无光彩，视之其人若已僵者。以言妙肖，必不可得。此又因贪便宜，而反致无谓之消耗者也。

方记者未抵美时，私念美国学术昌明，一切制作，必远驾乎中国之上。及至身历其境，乃悟昔日臆度之非。若上节之写真一端，不独不能望欧洲各国肩背，且远弗逮我远东方面上海、东京等地上中两等之照相馆矣。

昔人游记，述新大陆之胜游者，每曰：自乡村僻壤行抵省垣，而眼界一变；经内地各省会，转至上海，而眼界一变；自上海放洋至日本东京，而眼界一变；自日本南行渡海至南洋各埠，而眼界一变；自南洋各埠绕红海以抵欧洲诸名城，而眼界一变；自欧洲渡大西洋进抵美国之纽约城，而眼界又一变。吾人展拓眼界，至纽约而叹观止矣云云。记者因为此种成见所束缚，故在赴美前尝抱一奇想。谓昔自内地来，初抵上海，每夕出游，如入不夜之城。电炬灯辉，动人快感，珠光宝气，备极胜观。再至南北二京，夜行不辨南北，遂觉寂焉寡兴，令人有下乔入谷之感。今若附车沿西伯利亚铁道而西，进游英德法诸都市，其光明灿烂，必将视上海为更胜。若抵纽约，殆可通宵若白昼，无往而不大放光明矣。乃不意事实上所窥见，竟与平昔理想大不相侔。纽约百乐汇街（Broadway），全城最大之街市也。记者若以夜往，其光明灿烂处，实远逊于上海南京路、福州路等夜景。其他各街，更可知矣。记者以是知纽约市电灯费之昂贵，生活程度之艰难，万不能如上海人民享用一切之自由也。我上海诚世界唯一之乐土矣。

美国文而不明

纽约百乐汇街之夜景，弗逮上海南京路远甚，实非记者之过言也。然记者却有一说，可以证明纽约、上海不能强同之由。盖美国历史，从未经有君主专制时代,美国政府,亦未能如他国之以一切大权专归中央,故在承平之际,各州长官,或不能尽无劣迹,而中央政府之元首及阁员,向以清慎廉明著称于世。即虑变故偶兴,一国元首,既以无"专擅"、无"罪恶"之可言,亦必不至迫其国民起而推翻政府。此美国所以有合众之名也。

美国京城,华盛顿仅足为其政界一部分之中心耳。其学术之中心点在波市顿,商业之中心点在纽约,娱乐之中心点在大西洋城,贩卖肉类之中心点在芝加谷。非若我国,政治地点所在,娱乐种种,亦将以此为中心点也。故如上海之珠光宝气,电炬灯辉,以商业而见娱乐之精神者,宜于大西洋城求之,不能于纽约、芝加谷诸大埠见之也。

至美国人民,不能如上海人民之享用自由,似又得以寻常习见之事为证。我国以"火化"代表文明进步,在太古穴居野处之期,固无所谓火化也。美国燃料至昂,举火诚不易,电灯尤为难得之物,寻常居户,大抵用煤气灯,臭味恶劣,烟焰熏染,妨碍呼吸,污损衣具者,不一而足。居户为节啬计,若人不在室中,往往仅留星星之微火,荧然若鬼灯,熠熠生绿光。室中暗时多而明时少,已甚可厌。若在日中,居近市廛者,每为地位所限,为四邻高楼大屋所蔽,复室中即不见光。小康以上之寓公,或费数十金或费百余金,租赁 Apartments"公寓式大楼"中"一开间"为住所。而一开间中之若干小间,仍不能见天日。其靠窗之一两小间,必将视为我国中上人家之厅堂矣。暗处多而明处少,又无往而不形其隘。故以美国人民好美观、具美感、有文明程度之高等生活为言,只可谓之"文"而不"明",尚不能遽以文明二字浑括之也。

就水火而及旅中困况

吾人初抵美洲,若仅卸装大旅馆中,对于晚间节啬灯光之事,固尚不至感此痛苦。其赴美国留学者,经过若干时日之旅馆生活而后,即须携装入校。若系崇宏富丽之"大大学"(美国大学校过多,其设置完备者,可得名之为"大大学",余则"小大学"也),或在幽逸闲静之名女校(美国名女校在乡村者居多,一切享受,与城市有天渊之别),则竟可无此种感触。惟在一城市旅寓稍久,或止数十金而须维持家庭生活者,势不能不与二房东合住。若其人非旧地重来,或环境无旧相识,则往往以灯火之难过事节啬,致令人触处不能自由。若遇夜十钟后,室中人灯火尚未全熄,同居之二房东,或不免如学校管理员之推门干涉。诚我上海人士意想所不及也。上文所述,仅就灯火为喻。灯火且然,烹饪之难可知矣。

旅美为寓公,既非生乎斯、长乎斯、聚族乎斯者,往往不能深悉美国整理屋宇之方法。其以独力租赁全所楼屋者甚鲜,其较简便之法,不外下述三途:(一)就各户聚处之"公寓式大楼"(Apartments)订赁一开间,以一年为期。各室井然无参杂,燃料饮料,取给甚便。此其法之最上者,可不必受他人之干涉也。(二)为"庖定屋"(Boarding House),居停以房主兼庖人,每日有定餐,不劳房客之过问,亦若甚安适。但在一千九百十七年美国加入欧战后,百物腾贵,房价随之倍增。房主每以旧有房客,不易速令加价,辄以种种方法窘之。推论其原,不能离一"火"字。民非水火不生活,而在美国,"火"之问题,似较"水"为更难也。如在冬季,室中非热蒸汽不温,而房主或骤停其蒸气炉之"煤火",使人感寒瑟缩不可一日居。又如晚间,室中非煤气灯不明,而房主亦竟能设法使煤灯忽燃忽暗,使房客对此不明不灭之"火"困闷万状,乃不得不激而相率他徙。房主因此可得其他之新房客,既不难利市三倍矣。此种黑暗情形,以美京及诸大都市为最甚。我中国留美通学之大学生,每亲尝此等之苦况也。(三)为寻常旧式楼面,房客常得自理炊事,但其困阻,视上述两端为更甚。西半球风习,本与我东亚大陆不同。盥浴常以冷水,饮啖不离冰冻。晨起未及早餐,可启鲜牛乳一瓶,一举而尽一器。夕归怠于晚炊,可以冷肉、冷面包、冰茶、冰淇淋数事果腹。牛排火候未足,可带血而肆大嚼。番菜煎炒过多,非凉水不足润喉舌、沁心脾。是以美国居户,一日不举火,绝不足为奇。若我华人当之,则日用居处,无论饮啖盥沐,火功不到,即觉随处不能自适也。以华人与美人同居,燃料一端,必生龃龉。若居楼面,则更不自由矣。

就冷热动静联想及于东西人士善恶之见

我国恒言，内热饮冰。若彼美民，人人喜饮冰，固人人感内热也。记者昔尝戏言，谓外人皆以凉血动物讥无爱国热诚之国民。若我华人，就其饮食上焉，固若内部甚凉，适与上文内热饮冰成反比例。然进究其原因，则所谓热与凉者，似与双方之国民性有关。我华之国民性，尝毗于“静”。远之若棋枰、樗蒲诸嗜好，近之若扑克、麻雀等娱乐物，莫不于静中消磨时日。欧美之国民性尝毗于“动”，故如击球、赛马、掷弹、溜冰、撬雪、荡舟、游猎、远足等种种遣兴方法，莫不以求身心上活动为主旨。此皆有数千百年相沿不革之历史惯习，似未可以一朝去之也。

美利坚以国民性好动之故，其贪凉不畏寒处，在在令人惊异。少妇寒季外出，舍领袖处以毛皮为饰壮观瞻外，绝未有御重裘数袭，以壅肿之状而掩其玉立亭亭之美姿者。男子因毛皮为消耗品，寻常力不易致。贵至狐貉，贱若羔羊，冬服更鲜用之。若在夏季，与上海夜花园同等之处所，似又以彼邦为策源地也。但在我国，竟有因往此等处所而戕生者。可见人有短处，我切不宜更事沾染。我若不省，更从而沾染之，无益固意中事，而无穷之祸害，又不期而有意外之发生也。苟不幸而竟如上册所述，宁非事之至堪深惜者欤！

我国旅美人士对于“冷热”二字，寻常固多不便，然尚可以积时渐染，而寖成惯习也。独在旅中而忽病者，所谓“汤药”二字，几乎只有“药”而不能有“汤”。药炉茶灶之谚，竟不适于西方之社会矣。人情每在卧病之中，有以茶汤进者，其美原胜于上池仙露。若从而阻绝之，是岂为家人者所忍出此。此直可谓西国医学家极端专制之一种罪恶。但在我国视之，觉其忍心害理者，在彼美国人士眼光中，或反以为大仁。此又事之难以索解者也。譬如往年北京东交民巷，有一老马，中途与他车相触，重创见骨，血流如注。正待救治之时，忽有一西人至，出拳铳而毙之。驭者大哗，以为忍心害理，而彼西人声辩语，谓因不忍此马伤痛过久，促令速死以止其痛。似反以此举为大仁也。风俗习惯之不同，其结果乃如是，亦甚觉其可笑矣。

中上社会两大戒

凡甲国之人而往乙国视察者，若其人心存祖国，固甚可喜。但有二事宜注意：（一）其人只就表面用心，自谓能从远处大处着眼，归而盛誉彼邦文物。仿佛少年择友，只悦对面人容颜之美，气概之豪，服御之适时称体，而绝不问其心性何如，与所好尚者何属。能从正面观察而不能从反面观察，所谓只知其一，不知其二也。旁人不察，群目之为"洋迷"。而其平昔之所主张遂不能见信于国人矣。（二）其人自存一种偏见，事事节外生枝，不从大处落墨。譬如我国近年，士气之颓靡，民德之堕落，明明原夫教育与人心。教育之不振兴，明明苦于兵费之增加与教育费之减少。人心之未见转机，明明赖乎先觉者之觉后觉。乃一般号称志士者流，不孳孳于当务之急，而独汲汲于文字之末。眼光一有所偏注，遂置其他种种而弗愿。我国古籍中，所谓入市攫金，只见有金而不见有人者，其为锢蔽一也。

今日民主国中之美利坚，固我中华民国先进国良友之一也。若从正面观察，则其风俗人心，良法美意，有足资我之效法者，不胜枚举。且我中华人民，即欲急所当急，一一从而效法，亦已有措手不及、应接不遑之趋势矣。若更标新炫异，先其所不急而缓其所当急，则虽有良好模范，亦不足有利于我。虽有所知，亦等于无知也。若从反面观察，以记者涉历所得，窃谓美国之大，惟有"淫荒"二字，最足为社会所厌憎。美国号称巨富者流，大抵均以商业起家，非如我中国瘠民肥己、假公营私之辈，可强颜为富家翁也。但其人虽已成巨富，万不容更有宿娼猎艳之举。美国有一种近似"仙人跳"之陷阱，专以敲诈诸巨富为鹄的。富户一经入彀，竟可毁家荡产而弗恤，耗数十万金而弗顾，因恐一经败露，"淫"之一字，将为社会所不齿也。美国身据要津、食国俸而居民上者，莫不殆精疲神，沉思熟虑，求为全国人民谋幸福。如在民国六、七两年间，对德宣战，戎马倥偬，虽以总统之尊、各部总长之通显名贵，莫不埋头于华盛顿班西阜艺街（Pennsylvania Avenue）官舍中，昕夕从公而弗辍。民国六年之冬,美京大雪,积地盈尺。各部属吏,有以近市烦喧,家居甚僻远,而每晨步行到署者,身陷风雪中,绝不向后退,冒雪冲寒,与暴风之强力相搏战。一小时后,各公署不缺一人。实则各公署向例,有因故不到时,未尝不可请假缺席也。又在民国七年之夏,美京酷热,寒暑表平均数,升至百零六七度。而美政府所在地尤低湿,炎蒸之苦,人所难堪。商界中人,莫不避向海滨。独美京诸官吏,犹日在簿书旁午之中,绝无托故告病假者。盖"荒"之一字,为居官者所大忌。一经呈露,美人士将共弃之也。美国富贵中人能以此两字为大戒,一国之运命,又焉得不日臻富强平治之域乎。

下流社会两大患

美国中上社会,固以"淫荒"为大戒。而默察其下等社会中,濒于堕落者之心性与行为,又无往不足与我华人中不自振拔者相类似。昔记者未渡美时,旅寓京沪各地,偶一旋里,大抵有一来复或一旬之勾留。在此离寓旋里之时期中,驱车者饱食无事,意谓其必出外游散,或乘此而出为他人拉车,以博得百数之杖头钱矣。乃不意此等蠢夫,竟能沉酣高卧,以度过此若干日之大好光阴也。此辈心理,其不可测也如是。迨记者离华渡美,美利坚之贫民,亦大抵有好睡眠之奇癖。东西两半球,亦竟不谋而隐合也。说者谓此辈贪睡之由,大抵由于无学识、无趣味。但学识与趣味,本可以人力求之。若其人能知勤勉,则林肯兴于版筑,亦得为美国才识兼备之大总统。若其人不知勤勉,则愈贪睡愈贫苦,愈贫苦必愈贪睡。层层相因,不克自振矣。又记者在渡美之先,偶遇北里中人,辄怏怏不能自适。以北里中人举动太轻浮,万难令人满意也。天下事过轻易者,无往不足自显其短。过浮滑者,无往不足自呈其陋。无论其发一言,作一字,或制一任何体裁之论文与笔札,一涉"轻""浮",即可于无意中为他人所贱视。昔驻美顾使,尝为记者言之。记者生平,亦最服膺此义。故我中国女子渡美,凡为美国妇女界所欢迎者,必未沾染游女荡妇非驴非马谑浪笑傲之陋习也。若遇一美国妇女,而其人一望甚轻浮者,即可预决其为下流社会黑幕中之人物矣。此类人物，舍于夜间小餐馆中可常见外，在夏日休假期，每晚十二时许，自各游戏场驶回之电车或列车中，所见尤多。

故在美国，男子而酣眠不起，女子而狂笑不止者，一望即可判断其毕生之运命矣。盖美国致富之道虽多，惟"浮"与"惰"者，必不可救药也。下流社会之以"浮惰"为大患，乃不期与上中社会之以"淫荒"为大戒者，遥遥相对。而西半球之以浮惰致贫贱，又与我远东历史之以淫荒二字破国而亡家者相若。此可知世界之大，必不容有自暴自弃者侥幸于其间也。

就小城市商店种类观察一国之国民性

前节所述"浮惰"二字，一言蔽之，为无知识而已。无知识之原因，乃由于不用心。试一味乎四子书中"饱食终日、无所用心"之说，则知食量过度之害，间接实足养成无数之愚民也。故若平均计算，我国男女之流于浮惰者，似当超越美利坚以上数倍。记者十余年来，遨游南北，驰逐东西。每抵一城，无论其在国内或在国外，恒有一种极有趣味之统计法，以为视察上之标准。譬如我国大江南北之各小城各镇市，数其店铺种类，必以闲杂食店与熟食店最占多数。十余年前，且于饮食店外，多加一种鸦片烟馆，而以"饮食吸"三要项代表西方之"衣食住"矣。此非记者之过言也。我侨民之在海外者，比户聚处成市集。苟涉足其间而察视之，亦以熟食店、闲杂食店为主体。杂碎馆其一也，南货铺其一也，售卖包饺者又其一也。盖在我国古昔人民心理中，衣可甚敝，住居可甚陋，独于食之一端，则万不能迁就耳。

若彼美国各小城市，与上述者殊不相类。十室之邑，必有报馆；五达之衢，必有银行。其他各业，色色具备，俨然大城市缩小之一模型。若默审其营业上略占多数者，则在已禁酒之各村镇，以药店占第一。菜场、影戏园、咖啡馆等，尚居其次。此又中美绝不相同之一点也。美国药店，所包孕至繁伙，照相具也，风景片也，纸笔墨汁与胶水也，应急之药品也，应时之糖饴与饮料也，莫不当于此中求之。故以美国药店之多，一足知其人民之有卫生常识，二足知其人民之有美术趣味，三足断其教育之普及全国与人民之皆能识字，四足知其习性所在，往往以饮代食，以糖饴代包饺饼点。其食欲不甚炽处，即其愚民减少之一原因。盖就近代医界之新学说言，“饱食”与“用心”，确有两不相容之势也。饱食终日、无所用心之辈，闻此亦当有以自警矣。

小卖商声籁之研究

又抵一城游一地，若以旅行者之观察力移注及于沿街叫卖小本营业之各类人物，亦极有趣味之研究法也。一则凡能辨别一城市间各叫卖商之声音者，其本地方言，必甚娴熟。二则各种叫卖之声，往往自成天籁。若于当境细察，固甚觉其可乐，即于事后追念，亦觉处处动人留恋。譬如苏州人往江西，一住十年，若回想而及苏州街巷中叫卖商之声籁，必油然而动思乡之念。三则货物四时各异，叫卖商足迹所及，又不能普遍上中下各等住宅区域。他事可以若干日之敏锐眼光观察而得，惟此叫卖商之种类，至少非在一地住满一年，而又时时注意及之，必不能全数明了也。

大凡叫卖商之声音，必已约略改变，其发音常简短，非细听不能辨之。美国叫卖商种类之复杂，当以纽约为甚。若美京华盛顿，固尚能繁简得中，可循此而为大多数城市之标准也。美京之叫卖商，大抵不出数事：（一）卖生菜或鱼鲜者。（二）卖“炙古栗”（Chocolate）糖者。（三）卖花生或冻米者。（四）卖冰淇淋者。（五）与乐器息道旁以娱群儿者。（六）卖水果者。（七）骑脚踏车卖号外，踏溜冰鞋卖晚报者。以上较著者凡七种，舍第七种系报纸，第四种或虑冰淇淋不新鲜，有碍儿童之卫生外，其余各种，大抵均于儿童无危害。且其种类之简单处，又绝非我中国各城市沿街兜售品之繁复者可比也。即此一端，而其人民之鲜食欲，似早自其孩提之岁养成。而其孩提之童，既具饮食有定餐之良好习惯，则夭伤者，自不期而甚鲜矣。

记者所述七类小卖商，以第六类为最繁复。以美京论，五月之杨梅，六月之樱桃，七月之白桃，八月之香瓜，形形色色，应时而异。香瓜之为物，为我中国所罕见。外形浑圆，小者大于橙，大者乃若大香橼。

未熟时色绿,味甚劣,极熟则全黄,亦复淡而无味。故购此瓜,其选择法最难,必取其凸面丝纹多而甚粗,凹坎间各瓜稜线尚全绿者,乃为最甜美之时期。记者因按原文 Cantaloupe 之叶音,参以此瓜所特有之意义,而译成汉文名"坎绿瓜"三字,窃谓音义间尚能巧合也。此后若当夏暑炎蒸之际,回忆客窗荫路间"坎绿""坎绿"之声,则不啻置身美京寓庐,犹值茂漪未亡时矣。古人云:因鹅声想白门,因橹声想三吴,因滩声想浙江,因骡马项下铃铎声,想及长安道上。甚矣,声籁之入人深,有不可以遽忘者在也! 予则十年回首,其感慨亦甚多矣。因羊角车咿轧之声,想及江西之南昌;因船夫呼风转篷之歌呼声,想及赣江上流行舟之处;因玉米饽饽之声,想古燕京;因儿童溜冰鞋阶前驰转之声,想新上海。声籁间一有所感触,又若各城市各乡区,莫不有其应具之特点也。

惟彼美利坚卖水果者,大抵恒为最下等之商人,其中意大利人、犹太人最占多数。记者某年八月间旅美日记中,有一节云:有舆坎绿瓜 Cantaloupe 过门以求售者,以三人并驾一棚车,车中之瓜,已罄其半矣。予近车前,彼辈即皇遽作色,询予手中钱数若干,而匆匆以三瓜塞予怀,索资径去不少留。迨予归室剖瓜,则其味皆甚劣。嗣遇居停,告予择瓜之难。乃知我国俗谚"神仙难知瓜里事"之说,确乎其可信也。西语有云:"择妇之难有如择瓜"(A woman, like a melon, is hard to choose)。因用其意,戏于卖瓜人。晚凉归去之后,以两绝句记之:

稚太娇痴老太憨,中年情味自湛湛。
从今识得瓜中事,未到全黄分外甘。

(上二语描写对妇人性质观察之方,俾与下二句识瓜法相映射。)

卖唤声中日又斜,枫林路外见篷车。
晚凉时节情如画,八月争尝坎绿瓜。

(美京八月极热,然晚景之佳,颇足令人追忆。曾寓彼都者类能道之。)

纸片鼓吹之捷诀

美利坚民气之盛,亦为东西各国中首屈一指。美民尝自夸:谓自立国以来,每与他邦交涉,未有不占最后之胜利者。记者返视十年来中国人民国家思想之日见进步,辄抱一种乐观:谓美利坚大国民之气象,传入中国,必不在数年后云。

中美两国民气之表示,彼此有甚相似者,即为公共地点揭贴之文字。但其地点,均有一种之规定,或在车站广告牌,或在道旁揭示场,不能随处张贴也。美民欲求一种思想,时时触动大众之耳目,乃不得不有两种重要印刷物之发生。一曰标贴(译音包思得 Poster),状似我国之月份牌,而其纸较单薄。以最精美之彩画为之,其彩画尝由印刷界悬赏征集。标字甚简明,意匠必取其极佳者。此项标贴,效力甚大。不必蛮向他家门首张贴,而各居民必争求之,悬壁饰窗以为荣。人之过其门者,亦以其标贴之多而争誉其爱国热诚。诚最有意味之揭示法也。美国此种标贴,系由公众团体印发。重要街市每店一纸,复以其余分给各街住户,每家至多止能得一纸。发布并不浮滥,而其功用,较我国印过多之传单,有时分不了,或分送者不能躬任其劳,被烧饼摊裁碎代荷叶者,反觉大不相同也。二曰封志小片(译音瑟儿 Seal),亦印极精美之彩画,量其纸面,视我国前清官吏所用"关防"略小,大约关防印一方之面积,适为封志小片两枚。美国各种广告品,不能随处揭帖,独有此类封志小片,磅纸彩印,俨若邮票,背面已有胶水,无论何地,均可随意贴上。事简易为,他人不能出而干涉,且亦不暇随处干涉也。一旦粘住,扯下甚费事。且不扯下,亦甚美观,更不使于人有妨碍也。此项小片,工本至廉,效用至广。若由公益团体,精印几千万枚,择地择人而发,必不至废置无用。因寻常揭帖,白纸上写黑字,一人手中同样者不可有几张。看过一张,第二张便属闲耗,看过一次,再下次亦无意味也。若系封志小片,则私家往来书信,可为缄口之需,店铺包志点缀,可获投机之益。标贴一时无面糊,即可以此小片若干张黏列边角,而令大张彩画,高标壁间或窗际矣。一种图式,行用稍久,或分布已垂尽者,即可更印别种,起而代之。形形色色,层出不穷,可以遍各城,可以遍各界。标贴如是,封志小片亦如是。则此两种印刷物,已足引人入胜,令人永远不忘也。我国人士,但笑人有五分钟热度,而不能静思得良法,以为维持一般人民之热诚计。此犹为亲长者,不知为其儿辈求娱乐之法,而欲其闷坐若干小时,终觉其稍难也。所深惜者,我国美术家,大抵昧于学理,偶绘一美妇人,往往尺寸不合,致头甚大而身甚小,有衣无裙,致其全身,上下尖而中部甚阔。以闭户造车为合辙,不足引起举国人民美感。即上海"万众一心"小方片印工与画法,亦复无甚出色耳。

美利坚人士表示全国一致、上下一心之状况者,舍前述之两种印刷物外,尚有极简单、极普通之方法,可令人触目惊心,永志不忘也。按寻常一般人民之心理言,长篇之说帖,琐碎之白话,其效力常甚微。惟极简短、极明亮之"标语",最足令人一目了然,一见而憬然不能自释也。设有一人于此,自朝逮暮,公务甚忙,若有以一极冗长之白话记事进者,此人必不终篇而厌倦矣。若以一简洁明净之短评进,直可令其回环三复而津津然乐道之也。设又有一人于此,令其周历通衢,遍观各种传单与一种之标语,若待其归而试令一一默诵,则舍传单中极简炼之警句,或有一二语可记忆外,其能完全记忆者,必此最醒目、最著名之一标语也。标语之中,尤以四字句为便默诵。如美国在提倡节食时,其标语为"Food will win the war"(译言:"食将取胜也"。舍 the 为冠词无意义外,余者合之,适成四字标语)。此项标语,在各餐馆菜目、各大铺户仿单中,莫不有之。甚至信面之邮局盖印,及各大日报、各大杂志,所揭登之全面广告,亦以此四大字绘图立说,以求合于社会心理。此盖以标语为主,以图画说明为辅,以有秩序、有条理之方法,维持全国人心于不敝耳。

此外可借标语发挥之处,若大剧场大乐工之编新戏、演新曲,若大书肆之出适时应变各新书,与发行图彩鲜明之美术邮片,均属新大陆雄邦所习见者。但若此等盛举,尚须有极多之工本,为公益上之牺牲也。

其不必以工本为牺牲,而反足收间接之实效者,则如大报馆、大书肆之假手文人,以善用其小聪明耳。我国尝以少数文人惯弄狡狯为诟病,以雕虫小技为无裨大局,而不知在美利坚,能善用之。小聪明亦有大作用也。有"新字说"一则,颇为当时美国上中下社会各界人士所传诵。兹译录如下述,以备我国人士之参考焉。

美国在"提倡节食"说盛行时,原定三项食品为最宜节省者。一曰麦,英文为 Wheat。二曰肉,英文为 Meat。三曰糖,糖之味甘,英文

"甘"字为 Sweet。其初人民尚忽视之。嗣有著作家某氏者,别创一新解:谓 Wheat 与 Meat 末尾均以 eat 终,Sweet 末尾拼法虽为 eet 而属长音,仍等于 eat 也(英文 eat 字义为食)。凡我邦人,若欲知何种食物不宜多食,只须记住三食字(即三 eat),自可更无遗忘之虑云。此语一出,闻者莫不以之为谈助,倏焉传布遍国中。此又于趣味上,促进全国人民自觉之一法也。

东学西渐

记者尝以世界潮流,每属循环运行,周而复始,殆无底止。海通以来,群知一切风气,由西东渐者,其势勃不可遏,而不知中华文明,亦复随之自东徂西也。我国失学青年,方迁怒于祖国文字,而竞言废汉学、毁汉文,不知彼西大陆之美利坚,近数年来,研究中国文字者方日增,迻译汉籍者方日盛也。美国中央大图书馆,去岁特派"史芬阁博士"(Dr. Swingle)来华,搜购汉籍,影响及于内地,一时书商,利市三倍。美国农部,且以精究汉籍之"海格颓君"(Mr. Michael J. Hagerty)常川驻金山,译述中国各古籍云。

闻海格颓君,在距今数年前,固未尝识中国字,其奋起研究治汉学,乃应目前事实上之需求耳。当记者在东美时,西友中曾肄汉籍者,纷事请益,颇不乏人。以诸西友中国文字之程度较,似均超出海格颓氏之上者也。乃不意去冬十二月,记者西行遇海君,彼已能以数小时间尽数页,舍文句间略求他人改削外,一切均可独力行之而无阻矣。是彼邦人士,毅力之坚与进步之锐敏,大足愧末学以励颓风也。世界之大,无论何事,不以其为难者,便不觉其甚难。故如"难"之一字,亦人民间一种之成见耳。

斟酌损益之废物利用法

若更舍思想学术而专就物质言,则如东方之美术品,最为美国人士所欢迎。我华人工廉而货品坚实耐久，与日本在美国商场之仅能以小巧玲珑胜者大不相同。而美利坚方面所最欢迎之物，尤莫过于地毯、绣货、丝织品三要项。记者每访上等社会之各住户，谈及中国地毯之美，几乎垂涎欲滴。每遇令节，若以中国绣货为赠品，得之者恒挟所有而夸耀侪辈。而记者旅美时，一病几死，复藉中国之 Silk 以出险也。我中国富有如许之天产美质，既不能自向美国推广，又不能禁其不日趋于西大陆之大商场，乃不得不假手于长袖善舞之日本商人，以为日本商卖出张所之一种附属品矣。此又畏难一念之为害也。故拿破仑有言曰："难"之一字，惟愚人之字典中有之。

记者旅美时，家居闲谈，偶及美国社会好尚之奇，觉我国人民所忽视、所屏弃之古物，无一不足遵循"废物利用"一语，而得一种含有滑稽趣味之比较法也。其第一事，为四五十年前我国通行之玳瑁大眼镜。此类眼镜，昔惟我国村学究老先生用之。若曾忆及村塾中跪钱板、打戒尺之威严者，一念此物，必戚戚然有余怖焉。此外，长班轿中之红医生，前呼后拥之阔官僚，一以此镜架诸鼻端，定足显其老气横秋之象。独在一般少年之眼光中，固莫不以细边眼镜为时髦。此我中国各界普通之心理也。乃不意记者甫抵美洲，即见一班大学生，用此古式玳瑁镜，以代我国行用之细边小眼镜。记者怪而询之。乃知用大眼镜看书，确乎视小眼镜为便利也。更不意彼邦妙年之美妇人，亦有因此便利而群喜大眼镜者。大眼镜在美洲，遂成一种极新极美之流行品。静中偶一念之，反觉其极可亲、可恋、极可爱矣。其第二事，即以我国昔日官帽之花翎，为彼美利坚交际场贵妇人高冠之美饰也。我国在君主时代，若经赏戴花翎，大可夸耀乡里。送丧迎亲，祝寿道喜，飘飘然翘示众客。趋朝退直，临审主祭，肃肃然昂步天衢。旁人见之，知其为官，亦当退避三舍。此则翎顶赫耀，徒装官势以凌人耳。若今美利坚妇人之以翎羽饰冠，偶赴盛宴，如咏霓裳，因华堂之列炬交辉，益觉翠羽明珰，足为云鬓花颜别增其光彩者。以视我国拖翎曳尾之陋，何霄壤之相悬殊耶。此可知法无新旧，用之而得其当，旧者未尝不足以为新也。其有知之未审，或失之偏激者，虽曰甚新，或竟徒有其名。故事之能行与否，宜以优劣为判，不当徒执新旧之见为存废云。

以记者旅美所闻见，觉"废物利用"之例，推广言之，尚无尽也。我国芸窗课读时所用“笔洗”,莘莘学子昔时用以洗笔者,在彼西方,固绝妙之“烟灰盘”也。美国人家庭,室中均铺地毯,雪茄烟灰落地,每将富有价值之厚毯灼损。此为家主妇所最痛恨之事。故在美国,能不吸烟最妙。若家主妇不在时,有人衔烟欲吸,亦当先留意烟灰盘置放之地。否则烟灰成块下坠时,其窘态将不堪言状也。反而言之,即凡在美国居家者,每因实爱地毯之故,而莫不购烟灰盘若干只。故烟灰盘在美国,销路特畅。其花式色泽往往层出不穷,其质料有磁者,有铜者,有砂者,亦觉错综不一致。日本所制之烟灰盘,每年售向美国者不可胜数。我国若能仿制,其式甚精雅,其价不甚昂者,亦不难受美国人士之欢迎也。

又如我国前代号称命官命妇者所用之补服,其上所缀各绣片,亦最足为美国妇人所欢迎。因美国妇人每日必外出散步,非如我国旧家庭女子之足不出户,徒步偶遇风雨,即发生风斑或感寒撄疾疫也。美人在出行时,手中常不空虚,大抵携一甚美观、甚轻巧之手提小包。小包中置手帕、粉盒、名片、镜子等物,零用钱钞亦在其内。此项手包,大小不一。有绸制者,有革制者,有为其他质料所合成者。惟最耀目之一种,系以我国补服上前后补片缝合而成。其形为袋状,可收放若荷包。其式为正方形,而以粗纫之丝绳贯其上端。提手处复恐丝绳勒手作痛,乃将绳穿二大圆环过之。此大圆环又尝以我国旧式之大手镯为代,或玉质,或料器,或风藤,均可随意应用也。

美国妇人在春秋佳日出外游眺,更须携一款式细巧之行杖,其杖视男子所执者为短,平直无曲柄,两端银镶或金镶,或以其他之金类物镶成,上端平圆,下端略尖。女子携此杖常横执,颇足增其容度之美,非若我国女子不裙而杖,男子或持女杖,视之毫无意味也。我国旧时代所用之长旱烟筒,质料有极佳、极美观者。若以此项质料,不制旱烟筒,而截短制成妇女之行杖,以翠玉或象牙镶柄端,仿佛苏杭细芭蕉扇之镶柄法,必视美国原有者为远胜矣。

说者或曰:上述之事,言之若甚美观,何以我国旅美华侨不起而仿制或运销乎?又何以我国内地商人,不先从事改作乎?予曰:各人眼光不同,未可一概论也。寻常侨商,不与彼国达官贵绅相见,不与彼国交际社会相往还,故必不能有此思想也。若我内地商人,虽不乏眼光甚高、智识甚充裕者，但未一渡美而身历其境，又安望其能具视察美国中所得审美之眼光乎？无适合之审美眼光，虽有所制，亦不能得美国人士之欢迎也。

两国民俗接触间种种笑柄

记者尝谓两大洲或两大国，彼此相接触，在其最初之时期，必有种种笑柄，缘误会而发生。如西餐席所用之刀，原为剖割肉食之需，乡愚初用西餐，或频以口吮之，而致破唇见血。又如西国妇女冬季出浴时御寒用厚呢亵衣，上海女子，或且照样制成，加上几排花钮结，扬长过市，以自炫其花式之入时。此皆普通之误解也。若日本笑话中入市得一外国溺器，误为贮肉之磁缸者，又为误解上之特别可怪者矣。人皆以为模仿外国，得其精神甚难，得其形式上之假面目甚易也。以上述之各端证之，似乎形式上之摹仿，亦不得无一种经验。故在记者之眼光中，中国无意识、无教育之青年男女，虽欲令其摹仿外国之形式而神似之，亦必不可遽得也。

美国人对于中国货品，其使用之方法，亦何尝无极可笑处。譬如中国五六十年前旧式女袄，以完全中国装、中国式、中国气习之妇人服之，固亦称体。但彼蓬发革履之美国妇人，若一旦而骤披此等色泽暗黑之古服装，其形式之怪异，自可不言而喻。此辈有此奇装，而即驰入古装跳舞会中，固未尝非一种启人哄笑之特色。若以之游行街市，则于不知不觉之中，令人顿启一种不愉快之感想。若其色泽不极鲜艳，更觉黯然无光，仿佛一有此怪装束，本身即已化为垂头丧气之落魄妇人，甚可笑也。然彼夜行着此服者，固尚漠然无动于衷，此诚所谓当局者浊，旁观者清耳。

我国古时所用之大红裙，近亦相继输入美洲。美民喜其色泽鲜艳，往往悬之为陈设物，而绝未一用之为服御品也。但美国古董店，竟令高悬窗际，俨然一幅红窗帏焉，怪谬甚矣。

茂漪尝语予，谓美国某君等若干人，偶偕华友用中国餐，遇庖人进竹笋时，竟迟疑不敢遽食也。但察其情，似视上述者为更可笑。中国之竹，英文则 Bamboo 也，而英文之笋字乃为 Bamboo Sprouts。美国人本性急，同席者初见笋，本人不辨为何物，一闻华友述及 Bamboo 字样，未待更加详问，便作色自语曰："岂中国人竟能食竹木乎？"华友大笑，复为之详晰譬解，而始欣然一尝试焉。此亦两国国民交际间祛除误会处趣谈之一也。我国餐席中，若更有海参，不知此等绝未试中国餐之美国人，其惊异之状当何如。

于渡航中观测世界潮流

世界潮流之所趋向，无论其自东自西自南自北，必有一种观测法。而追溯其趋势所经之路，如海岸间之沙线，痕印宛然，不容掩没也。凡甲国民至乙国，或乙国民至甲国，当其初入境时第一次接触所得之种种现象，最足证明地面上精神、物质两大端之种种趋势。记者犹忆赴美之始，乘波斯丸道出太平洋中心之花国，所谓檀香山者，停轮只一昼夜，即偕茂漪登陆环行。在此环行之中，得有八种感想。一则美国式街市，布置甚清雅，几令人徘徊不忍去。二则街市旁公园之多，及乡村间荫路之美，最足引人入胜。三则岛中甚清幽。傍晚过之，猛忆"山中七日，世上千年"等奇闻逸话。四则航行中勉食西餐若干日，恒觉格格不能下咽，一度登陆，急思至中国街一试故乡风味。固不复问其餐馆如何，与肴馔优劣程度之何若也。五则各名胜处所虽未一一周历，然以轮船公司及大旅馆彩色版、写真版诸印刷物详密之说明，事前即经一一浏览，对于未游各地，已存一种恋慕之忱。六则邮片而外，尚有成帙之精图，只须粘贴邮票二仙，即可寄回本国。对于亲戚故旧去国两旬中未了之心愿，可藉此等小本赠品偿之，一时更不必伏案作详函以自苦也。七则生疏不识路，人尝善为指导。非若我国上海风习，一遇外省来之游客，便傲然以恶言相向也。而行路难之怀疑，顿见涣然冰释矣。八则夜行遇若干人聚立一方，有一少年日本侨民，对众演说，其势汹汹，亦为我中国所未见者，盖即最近流行之"沿街演说"是也。综上八节，可见美民有七长而有一短。七长者何？市政之完善，一也。建筑术之进步，二也。游民之稀少，三也。营业之得其法，四也。交际法之善事讲求,不以其细而忽之,五也。民智之发达,咸知爱人如己,绝非闭关自守者流,六也。民气之蓬勃不可遏,与"群众"势力之不可侮,七也。其所缺者,惟烹制术不能十分进步而已。故近年来美国方面,中国杂碎馆日益加多。而在中国方面,西风东被之速,亦若潮流激荡,来势不容制御者然。

沿街演说

我国报界新名词,更有所谓"露天演说"者焉。但细按其意义,尚有应商榷处。"露天"二字,所包孕者过广。即如运动会、舞蹈会之集大群于广场,校师会正似亦得有露天演说以示奖劝。其入场听演说者,正不妨有一定之限制也。若称为之"游行演讲",含有"活动进行向众开导"之义,已与学校庆祝典礼之式词、训词等,稍示辨别矣。但就美国方面之事实观之,有时演讲在道旁,而却无游行之必要。名为沿街演说,尚较前述者为更确切。

以美国所习见者而言,"沿街演说"约可分为五种。一为纽约第五街四十二道口之募公债者。系于路旁临时设高台,各人以次登台演讲,聚而听者虽甚众,然以街道宽广之故,实无碍乎往来交通。二为街旁隙地方场(Square)间,逢星期日驻立演讲之救世军。此辈在救世军任事者,无论男女,衣帽均有定制。其女队员大抵鞠躬尽瘁,立志为慈善事业,牺牲一切幸福,故其容颜,均甚憔悴。每出一队,同行者恒七八人,若干分钟之演讲后,恒有若干分钟之弹唱,亦引动市民观听之一法也。美国道旁,各场莫不清旷,故众人驻足以听,亦觉回旋自如。三为大选举前各街道转角处之女权党。系以摩托车(一作机汽车)一辆止道左,各女子以次登车立座垫上,对众演说,一人既下,一人复登。并散传单于听众。此种举动,夜间居多。茂漪华府冶春词有云:

新月娟娟照翠钿,缟衣道左说平权。
民都春尽花如海,影事前尘独惘然。

盖即指美京女权运动中半老徐娘之演说家言也。此类演说,听众较少,男子过之,多数掉头径去。四为卖自由公债将截止时,有花车一,与一依样仿铸之小自由钟，且行且撞以过市者。偶止某店门外，即有一人出立车沿，以简单之演说，劝众立志购债票云。五为檀香山夜市中路角植立之日本少年，旁有一人持极高之火把，以代一种目标。其火把之高大，仿佛前代学庙中祭圣夜所燃点者。但演说者不能如上述四类之居高临下，故观听者只能听而不能观也。上述五者，惟最后之一种，尚非纯粹美国式之“沿街演说”耳。

报　纸

予述世界潮流鼓荡之功，而历溯其迁变之迹，复得一事以实予说，盖即各大报纸面相之不同耳。我国报纸，当以上海为中心点。以上海方面之日刊言，其数之多寡，虽若起落无定，然约举其荦荦大者，至多不出十家。彼美利坚，固报纸发行者与新闻著作家龙腾虎跃之场。而纽约之一城，尤为各日刊风驰云卷之第一大都会。常人以意度之，其号称大报者，当可什百倍于我中华民国元、二年之北京报界（其时北京报纸约九十种），而有九百种或九千九万种矣。而孰知其强有力者，亦竟不能过十种也？此事乍视之若甚奇，而细察之殊觉无足深异。盖报纸面目之不能尽同，亦犹舞台上人物，有“生丑旦净末”种种之殊别也。演戏之人，无论其若何增多，若何末减，而所谓“生丑旦净末”者，其种类之多寡，固不便强以人意增减或变易也。人各有其所长，美国风习，恒能就己所长而发挥之。譬如丑角专才必不强之为生旦，旦角专才亦不能忽以变成丑角而见长也。美国赫师德派之报，专以于记载上、言论上饰词铺张，耸动一般中下社会浅识者之观听为能事，亦专藉继续其所固有之方针为发展势力、扩张销数之不二法门。若一旦骤转而为词意审慎、记载翔实之报，而与他报争取其对于上流社会之原有势力，鲜有不一败涂地而自失其原有之地位也。惟美国以争自由树独立旗建国，其人民咸具一种独立性质。即甚小之营业，亦以仿效影射为大耻。故无论何种事业，一能自显其所长，即不复变更其趋向。若其趋向间偶一不慎，或落他人之范围中，则虽销数上极有起色，亦决不能独当一方，更何术以独占一种之势力欤？昔我国以万能为贵，所谓万能总长、万能道台者，每以万能之名而显其一无所能。若彼美国，则只知人当有专长，当有独到处，不知所谓万能也。故美国有数百年不败之事业，而我国之各公司、各行厂，欲求其有经过数十寒暑之寿命者，每若不可想望也。兹就纽约最著之十大报，暨各埠报纸之有特色者列举如下。

《美利坚报》(*The New York American*)，闻系赫师德派，于中人以下诸家庭颇占势力。且全国有性质相同之报纸若干家，可以互相策应也。

《纽约捷报》(*New York Herald*)，按Herald本意，古代帝王出巡，捷足传令之报马也。《捷报》材料赡足，移情醒目，其编辑法时时更易，足令一部分具好奇心之读者，别呈一种不可思议之快感。报端诗词，趣味浓郁。杂录丛载，具能汰烦存精。忽于一星期内而有数次之摄影悬赏，忽于若干星期间，而有成套之增刊精图。纯然一种进取主义之报纸也。其占势力处，一为文学界，二为交际界，三为娱乐界，四为妇女界。论其品格，亦与时报等相颉颃云。

《纽约日报》(*The New York Journal*)(因Journal古有日日之意)，于劳动界最占势力，其记载主铺张，其激动力殊可惊，最足左右中下社会之观听。

《晚邮报》(*The Evening Mail*)，持论最平允。

《驿传晚报》(*The Evening Post*)，论调至精辟，有系统之专著至富，于教育界、学术界占势力，因各大学教授均嗜读此报而弗辍也。销数虽少，效果甚大。

《太阳报》(*The Sun*)，于政商学界及美术界占势力。印刷精美，品格细腻。年终增刊，最有条理。

《电闻晨刊》(*The Morning Telegraph*)，虽以电报之名著称于世，但其最见特长处，实为演艺界与运动界两类。每岁新年增刊，以厚纸印精图，标列名伶或运动家影相。片面(page)之多，且以百计。其售价只五仙，可谓纽约市一年中最难得之廉价报纸。

《纽约时报》(*The New York Times*)，于政界最占势力。其述录最精审，其论调最雄厚，其长篇通信(或专著)最富丽。其销数原不过二三十万，能以少许胜人多许，颇似英国之《伦敦时报》(一作伦敦《泰晤士报》)。

《纽约公报》(*The New York Tribune*),编辑法分类最精,科学知识,译录最详。星期画报,在数年前最具精采。

《世界报》(*The World*),为溥利槎君所创设。报馆全部,即名溥利槎大楼,在纽约偏南"三大城"总汇处世界第一长钓桥之一端。其地为高架电车、地底电车、河底通车"三要道"接轨之点,又为垣耳街(Wall Street)、金融机关百乐汇街(Broadway)、商业社会第五街(Fifth Avenue)名绅住区"三交叉线"凑合之一交角。其每日曜发行之星期特刊,具有"三种不同之印刷品"。精神贯注,始终如一,尤足发抒美国报纸特色。

美国各大城之所谓第一流大报(Leading Newspapers),以予数年中周览所及,舍纽约及美京外,自西徂东共得二十余家。(一)属于西雅图者为《时报》(*Seattle Times*)及《邮传灵报》(*Seattle Post-Intelligencer*),按:两字间加一短画者每为两报所合成,犹十年前上海之合《舆论》、《时事》两报,而为《舆论时事报》也。(二)属金山者为《金山志录报》(*San Francisco Chronicle*)。(三)属罗城者为《督察报》(*Los Angeles Examiner*)及《时报》(*Los Angeles Times*)。(四)属邓阜者为《邮报》(*Denver Post*)。(五)属坎沙者为《星报》(*Kansas City Star*)。(六)属圣路易者为《环球民主报》(*St. Louis Globe-Democrat*)。按:美国民主报,每为共和党机关,而共和报反为民主党机关,此犹昔日北京国民党有民主报之发行,而国民公报反不属于国民党也。(七)属芝加谷者为《公报》(*Chicago Tribune*)及《捷报》(*Chicago Herald*)。(八)属锐驱乐兮者为《锐驱乐兮自由报》(*Detroit Free Press*)及《锐驱乐兮新闻》(*Detroit News*)。(九)属克利扶轮者为《公易报》(*Cleveland Plain Dealer*)及《导报》(*Cleveland Leader*)。(十)属百茀罗者为《快报》(*Buffalo Express*)、《驿报》(*Buffalo Courier*)。(十一)属璧珠堡者为《璧珠堡报》(*Pittsburgh Press*)及《邮报》(*Pittsburgh Post*)。(十二)属飞拉待飞者为《公民汇览》(*Public Ledger*)、《北美利坚》(*North America*)及《记述报》(*Philadelphia Record*)。(十三)属昔丽蔻思者为 *Post Standard*。(十四)属波市顿者为《邮报》(*Boston Post*)及《捷报》(*Boston Herald*)。

观察一国报界现象,亦有若干事,足供吾人之研究。其第一事,即在一国之中,必有一类报纸能对世界占势力。更有一类,专对本国占势力也。其专对本国占势力者，在办报人自身着想，未尝不足以享盛名、成巨富。然为国家计，终以对世界占势力之报纸为足左右大势。以记者近数年间之身亲目睹，尤有一事足资佐证。美国当一千九百十六、七年间（在我民国五、六年），纽约各报反对德意志最力者，为《世界报》及《纽约时报》，次《纽约公报》（英文 Tribune 有数意义，其中一义，乃古代政府之公布物，如邸钞朝报之属）等数种亦主张力掊德国。此外若《晚邮报》，战时竟蒙亲德之嫌。若《纽约日报》及《美利坚报》，日以排黄种为主旨，对德俱鲜恶感。《驿传晚报》为德国学者所欢迎，其对德之缓和，大可不言而喻。凡此数者，即或对内已能十分占势力，然其左右大局之功，必不能与首列者相比拟也。吾人因此美德一战，大足以观两类报纸之盈虚消长焉。

其第二事，则如美国报纸，按其实际而言，却不能逃两项公例。吾人正不必放言高论，以过誉彼邦之言论界也。美报界最大陋习，即为过事铺张。譬如某街某屋，忽兆焚如，或所焚者仅止数间，而此类黄色新闻（一作黄报），必侈陈其被灾区域之扩大，与焚烧时情状之可惊异。又如电车或火车相冲撞，死者不及百人，而此报必曰死伤逾千人，为空前绝后之浩劫云。此类记载，其主旨在鼓动下流社会之人心，于销数上占有数十万或近百万之巨额也。铺张既盛，所占篇幅自多；销数既增，所获盈余自巨。在办理此报馆者，目前利益，有时未尝不十分优厚。但在有识者眼光中，视此办法，终觉不值一笑。此一类也。其自待不薄，遇事不能苟且从俗者，其记载之方法，大抵实事求是。在浅识者见之，固若不甚欢迎，但其信用，常存不失。对于一国之缙绅名流，恒能使之视此片纸，为大政大计之征信录。或更反复玩诵，视之为座右之宝鉴焉，尊之为枕函之秘笈焉。故凡美国政界要人，如总统、总督、阁员、议员、大使、公使之属，无日不有阅报时间，无人不有汇辑成巨帙之珍藏本也。此类报纸，销数不多，即可有大势力，若其销数复甚巨，则必涵盖一切，笼罩一国矣。此又一类也。

美国报纸现象，舍上述之两事而外，其第三事，即为记述上文字之不同。其在政界或上流社会占势力之报纸，文字求其简炼，材料求其精美。譬如美京 *The Washington Post*（《华盛顿驿传报》），其登载新闻地位，所占篇幅不多，而其精神十分浓厚，编辑法有一定程序。美京政务官、事务官、外交官、议员等，大有不可一日无此君之概。而在上流交际社会活动之名绅淑媛，每及时事，恒以上流社会占势力之大报为谈助，庶对面人立谈之间，即可辨其为博通时务之上等人也。至若劳动界或中下社会占势力之报纸，文字大率冗长无精义，仿佛我中国文中牵附支离之长篇白话体记录。惟彼思想简单者，乃愿屑屑而读之。若在思想高而事务忙者，必将望而生厌矣。此类冗长无味之报纸，读毕即弃去，无论何人，必不以之存留也。

其第四事，关系政治、文学各界之报纸，其势力渐进而悠久。合于劳动社会之报纸，其势力猛进而不能坚持。前者有转移大局之能，后者有轰动一时之作用也。

其第五事，言论记载，终贵信用，信用一失，不可复得。世界之大，无论何国，上智之选或上流社会之人，虽居少数，然其能力，尝什伯于中下社会。故报纸之能并在国外得大名者，当属偏于上流社会之一类。

其第六事，美国无论何人，必人人有定识，不容随意移易。盖恐人无定识，其精神上已为他人之奴隶也。美国舍下愚鲜别择嗜读空泛张扬之报纸外，其曾受高等完全之教育者，平时嗜阅何报，几乎终身不易改变，决非局外人播煽之力可令此辈变宗旨而改阅他报也。因其一变宗旨，不惟文字或学术之研究已渐失其统系，即其平日所主张、所癖嗜、所信赖、所参稽者，亦将皇皇靡所措矣。此美民宗旨坚定，亦适成为美报能永久之大原因云。

世界各国大报，最足表示其历史上之价值与社会上一种绝大之信仰者，厥惟以某报之专门名词，浸成全国或全世界妇孺皆知之“普通名词”也。我国同治壬申在春申浦上创设之《申报》，固为当时一种报纸之专有名词，申字兼有发抒意见、通达民隐之旨。积数十年，渐为代表一切报之普通名词。仿佛英国一千七百八十八年改名之 *Times*，与意大利一千五百三十六年创设之 *Gazette*，迄今世界各地，无往而不见 *Times*，无往而不见 *Gazette*。如我国《上海时报》，亦称 *Eastern Times*，《北京京报》，亦有 *Peking Gazette* 之美名也。此外美国报纸，以 *Times* 或 *Gazette* 为名，而上冠以种种之地方名或形容词者，不知凡几。此皆不可多得之现象也。此等现象，皆非人力所能强致，洵属难能而可贵矣。

考英国伦敦发行之《时报》(*Times*)。其创立最初之三年内,原名 *Daily Universal Register*,其改名为 *Times* 者,因 *Times* 意义为"日驭之神",意其无刻不随时晷以并进也,故以此名词为报章名,实可谓为伦敦《时报》之特色异彩。又考意大利古时有一种小泉币,名曰 Gazette,每币一枚,适可易报一纸,故以 Gazette 为报章名,实亦意人之创举也。推而至于最近美国报纸,因哥伦布发见新大陆后,而美利坚为红白黄棕黑诸色民族荟萃之区,为世界各强国人士移植之总汇处。故其世界主义之昌盛,大足以为美人士之特色。美国纽约之有《世界报》,实亦美国报纸之特色与异彩也。往年金山日侨创设《新世界报》(*The New World*),华侨创设《世界日报》(*The Chinese World*),于原有报纸名"世界"之上,冠以"新"字及其他种种之地方名或形容词,皆足以显创设新报者崇拜景羡之心理与其模仿学步之愿望也。盖环球各城市决无无名、无特彩之报,或不足令社会推重之报,而他人肯以种种名词冠诸其上,以为别创新馆之牌号者。此种趋势,又非人力所能强致,大足见其难能可贵之处。

美国为报章国。纽约十大报,若在他埠设立,莫不足以占第一位。故如《捷报》如《驿传报》等美名,他人亦多以他种名词冠诸其上,而成种种之合成名词。但合成名词之报章,殊不易为世界第一流大报(此专指一种报纸之原名言,若系译名而有精义,亦不妨照《时报》《京报》等译法)。凡为世界第一流大报者,其名称必意简词赅,其音调必直捷响亮,其命意必光明正大,有能涵盖一切之意味,或有颠扑不破之历史。吾人顾名思义,即可知其报纸之价值,与创设者思想之深浅矣。此固极有趣味之研究法也。

美国诸令节

五月三十日,美国国殇节(Memorial Day)也。旅游异邦,每及此而联想及夫我国夏历之端阳节。国殇节为美国一年中十二大节之一。十二大节中又可分为世界共有者与国民专有者之两类。列表如下:

(一)世界共有者

新岁朝 New Year's Day(新历元月一日)

复活期(清明)Easter Sunday(西历春首第一月圆日后之第一日曜)

圣诞节(冬至)Christmas Day(十二月二十五日)

情圣节 St. Valentine's Day(二月十四日)

众灵夕 Halloween(十月三十一日)

爱兰节 St. Patrick's Day(三月十七日)

(二) 国民专有者

国旗祭 Flag Day(六月十四日)

国父诞 Washington's Birthday(二月二十二日)

国庆日 Independence Day(七月四日)

国殇节 Memorial Day(五月三十日)

感恩节 Thanksgiving Day(十一月之最后木曜)

劳工日 Labor Day(九月之第一日曜)

此外若五月十二之"慈恩节"Mother's Day。为女子者,恒于是日对其慈母有所贡献。对母有纪念日,而对父独无之,亦足以观美国人士之习性也。又若四月一日之为"愚日"Fool's Day 。相传无论何事,平常对人不得有诳语,惟此一日得自由为戏言。美民于戏言中之作诳语,尚须有一特别日期之规定。一若说诳之先,亦当即去翻日历者。则其崇尚信实之风,固可相喻于不言中也。美国各地女学校或小学校,在每年春,必有一"五朔节"May Day(译音美猗节)之舞蹈会或演艺会等盛举焉。五朔云者,新历五月一日也。美民以五月为最美之月。故美妇人、好女子,以美猗 May 为名者极多。由此以观,而美民之好美心,似早于幼稚教育中树其基。民知好美,则卑陋恶浊之行自可潜消于无形。惜我中国言教育者,尚不能如彼美民,一一从微妙处着想耳。

共和国家之人民,无君权之摄制,无刑罚之驱迫,其能秩然不紊,历久弗敝,奠国基于磐石之安者,全恃尊重法律之一念耳。惟其能尊法律,故知选举之当注意。惟知注意选举,故益重视被选者之人格也。美国各州以每年十一月上旬之第一火曜为"选举日"(Election Day)。市民奔凑,举国若狂。虽在远处,往往不甘抛弃其选举权,而必欲驰归一投票焉。每遇四年,则美京华盛顿,复有三月四日之"就任大典期"(Inauguration Day)。全国市民之抵美京观礼者,千人空巷,万众塞途。

旅馆及客寓均缘是而利市三倍云。

美国各大城,令节前一日,尝有五色灿烂之襟章,沿街出售。襟章咸插一甲字形布面高牌之上,排列为若干行。仿佛我国端午前五日内,售彩绒制成之艾虎者,亦复排列成行,以艾虎后细针,插诸他物之上,负之过街以求售也。所不同者,彩绒艾虎有针,中国妇人用以插鬓;襟章锦绦有针,美国不论男女,均以之饰胸耳。然在旅游万里外者,每年将近蒲觞高会时,一见沿街售襟章,便不能无“每逢佳节倍思亲”之感想也。

国　殇　节

五月三十日国殇节,与我“端阳”大有约略相同之点。一曰时间上之巧于相值,二曰历史意味之不约而同。夫我国端阳节,英文尝译之为“龙船节”(Dragon Boat Festival)。说者谓夏正端阳赛龙船之本因,实为楚屈原沉江而起,言之甚足动人追念。殊不知国殇节之用意,亦不外乎历史性质之“追念”二字。纽约“海蜃河”(Hudson River)畔八十九道口,有南北战役海陆军人之纪念塔一,乃纽约全市学生所建,以报阵亡诸将士者。去纪念塔不远,即为战役中奏伟绩之前总统格兰将军墓道。墓建于一百二十三道西端,成于一千八百九十二年,时我中国之李合肥,以与格总统生前交谊甚深,特于墓旁手栽一树而去。迄今每年五月三十日,尚由中国驻美使署照例行文纽约中国领事,代表展谒陵墓,而谨致送一花圈焉。此又足征中国外交界人物之长于交际,固大有出类拔萃之举,足令人长此留纪念也。距美京不远“亚灵墩”国葬地(Arlington National Cemetery),每届国殇节,游侣亦甚众。各将士墓碣前,国旗飘拂,花束灿列如繁星。美大总统亲莅演说,其演说场,系就多角式之回廊,张一极大布幕于其上。回廊四周,极似盘藤之大花架。时近暮春(美国以四、五、六月为春),繁枝交映,已成天造地设之一幅绿色大“遮阳”矣。抵美第一年,国殇节适微雨阴冷,茂漪诗云:

英雄一瞑成长往,庐墓苍凉万古情。
细雨冥濛天欲醉,寒枝何事有繁荣。

盖纽约之纪念塔，美京之国葬地，均所以表南北战争将校士卒之英烈也。美国南北战争，自一千八百六十一年开始，至一千八百六十五年休止，距对德宣战，约五十年云。

次年国殇节天色甚佳，记者一人独游亚灵墩国葬地。数其最大建筑物，即为南北战争时南军首领李将军（General Robert E. Lee）故宅。李将军多谋善战，不独为南方所宗仰，即北军中亦深加敬服也。南北战争后，南方虽终为北方所统一，然李将军之盛名，竟以此而长留天壤间，尚远胜寻常二十余任之承平总统也。若我削平大难之李鸿章，蛰伏于专制政体下，未克展其才能，致身后有"阳秋未定盖棺论，病国能成竖子名"之诮者，亦觉东西两李将军，有幸有不幸矣。此记者对国殇节之第一种感想也。

美国为西半球大陆间之民主国家，与我东半球亚东大陆之中华民国，实为极相类似之姊妹国。譬之汉武帝时，尹夫人与邢夫人，其应相得处，绝非粥粥群雌所可共语。决不至以地位上相背不相见所能阻隔其求见之诚也。今美利坚既已协力同心，进为全世界之第一位强国矣。而孰知其五十年前，南北争持之困境，与其战祸之剧烈，尚视我中国为更甚耶？我中国南北当局，苟能效法彼邦南北战之大人物，捐除私见，放弃权利，而一以利民利国为心，则他日者，全福完人，留芳千古，不独世界各国不敢稍存陵侮之心，即在天下后世亦莫不缅想遗风，仰慕盛德不已。以视犹太老板，一朝为人所弄即觉无地容身者，其荣辱隆污之相去为何如耶？美国南北战时，号召一世之诸伟人，大抵能无肘腋群小之掣其肘，复能牺牲私利以全大局也。放下屠刀，立地成佛。豪杰奸贼，判别即在此时。遗臭留芳，其间不容以发。我国诸当局，屋必西式，服必西装，事事皆知模仿外人，何独此中荦荦大者独不能决心为之，以效法美利坚，期不以一失足而成千古之恨事乎？虽然，美国南北人物之克全令名，克为安荣尊贵之完人者，又非一方面能力所能强致之也。一方非善类，必不至相和；一方非恶类，必不至相斗。其理正相同耳。闻美国北方人物中之格南将军，虽曾以议院中各党派一致，被选为占票额最多数之大总统，但其任满归隐后，私蓄甚微薄，尚不逮一小康之家也。然格南氏，并不因此而稍感困乏。可知世界之大，其最高尚、最安荣、最占势力者，尚非区区之臭铜也。又以美国南方人物而论，若李将军解甲归田之后，亦悠游于亚灵墩高阜间，不复为冯妇与人相竞于逐鹿之场矣。此诚老子所谓“知足不辱，知止不殆”者也。若我国之李鸿章，竟早逝于统将功成之日，而不复有相国赐寿之年，则其身后之名，将见其更完善矣。古人尝云：“将相本无种。”予谓世界完人，如华盛顿、李将军、格南将军辈，又岂其有生以来所能预想而及之哉？祸福尽由自召，在当事者之明昧而已。记者因展拜南北美将士之墓碣与丰碑，不得不联想及于我国南军与北军。我国南北二方面，其能有所觉悟否耶？他乡作客，伤如之何？东望神州，夜长梦多。南北之名去而国可兴。南北之畛域不除，而国亡将无日。此记者对于国殇节之第二种感想也。

语云：“种瓜得瓜，种豆得豆。”一国民意所属，演为崇德报功之举。若其所崇拜者，属于孤忠亮节，则后此有忠诚、有气节之人物，将见前赴后继，蔚为国光。若其所崇拜者，属于豪杰英雄，则后此以英豪自励，以演成龙腾虎跃之事业者，又将不可胜数也。名誉心之一念，往往与生俱来。在我有智识之国民，能利用之与奖掖之而已。

令节佳期，永垂纪念，尤为利用奖掖之法之一端也。我国禁烟寒食，出于介子绥之抱木自焚；竞渡端阳，始于三闾大夫之投江见志。察吾民之所景仰、所想慕者，皆为孤忠亮节之一流人物。此皆富于感情而务为消极之行动者。相传数千年，遂成我国朝野上下，不可转变之国民性矣。在美利坚则不然。维伦墅之华翁旧居，亚灵墩之李将军故宅，海蜃河畔之格兰将军墓，皆以纪念积极行动而富勇气之人物也。此数人者，能以坚强不屈之浩气，履险无畏之大勇，与其坦白无私、中正无偏之积极行动，以御外侮，以弭祸患于发端之始。故美利坚自建国以来绝未闻有一受强敌之欺凌也。若我中国人物之富于感情，固未尝非悠久之道。我国立国大地者垂五千年，为彼世界各国所未有，固此感情维系之功，所微缺者，感情过见偏重，终鲜毅力以御外侮。故追稽二十四朝之历史，无非为戎祸外患所充塞云。若我国此后能永葆感情上之所长，而兼蓄夫美利坚立国精神之勇与气，则未有不与西方之美利坚携手而为东西两大洲之两大国矣。此记者对于国殇节之第三种感想也。

美国夏假甚长，一届国殇节，各校即纷纷开展览会，表示成绩，行休业礼。各校学生,即相率觅夏校,或易新地,而为夏假中学业进修计矣。故美国夏假,名虽有数阅月之久,而实际上宝贵光阴,仍可无抛荒之虑也。美国夏校所在地,非山巅,即水涯。择地而居,可免炎威之相逼。尘飞不到,可免蚊蚋之相侵。不独男女学生,争先趋赴,即彼大中小学各教员,亦莫不以此等"学校村"为燕息地。各学校村附近之情势,每因是而为之一变。而学生等在此时出校择校之忙,颇令人回想及于中国旧时代私塾儿童,端阳时得改进他馆情状。此记者对于国殇节之第四种感想也。

东美在暑季四阅月内,小康以上之住民,每舍城市而迁入各乡村。故上述之学校村外,尚有一种"消夏区",常散见于山明水秀之田野间。每年五月而后,城市中空屋渐多,乡村中蓬门尽启。消夏区十里二十里内之农家,莫不预为布置,以待来客之联袂莅临。此事仿佛在我国二十年前科举时代,各省会每届举行乡试之年,贡院附近一二十里内之民房,一过端阳,即留空余屋若干间,预备出租作考寓,且其必待九月后方毕事。彼此亦正相向。所不同者,一则由城迁乡,一则由乡入城耳。此记者对于国殇节之第五种感想也。

广告与津贴

美国华盛顿等处,一至国殇节后,议院休会,学校休假。各公署官吏与各商店、各工厂之伙役,莫不有一个月之避暑期。在此期内之各日刊,以意度之,广告上似应减色。然亦有版数照常,仍不见其稍有未减者。此亦足觇欧美广告术之神乎其技矣。欧美收服报纸之简便良法,即假大宗广告费以羁縻之也。凡甲国商民侨寓乙国者多,或甲国商品之输向乙国,其总额甚巨者,则其一年间所应支出之广告费,数必不赀。能利用之,便成一种对邻邦新闻界极大之运动费。但设无此大宗商业,亦不便假借名义以行。商业战略之有裨于国,诚不独形式上经济之发展而已。更有进者,甲国若遽以若干万运动费投之乙国报馆,其发之也过骤,其行之也过显,往往因太露痕迹,而生阻力。即使乙国能表同意而收纳之,若同时而遽为丙丁各国所知,则其大不便处,实非数言数十言所能尽宣。或利未见而害已形，则诚所谓金钱一物，不善用之，反足贾祸而致怨尤。于外交界，更不得为上智之俦。一有阻，一无阻。市恩贾祸，间不容发。此其所当注意者一。又以甲国金钱投诸乙国报馆，若仅为制造舆论中一种之运动费，则此运动费过付而后，热心制造与否，其权固在乙国之报馆也。若循序渐进，陆续以广告费投之，一方面，所耗不多而所益甚巨，又一方面，伸缩之权完全在我。而我之广告中，实具有一种自行活动之潜势力。譬如借美术品宣扬本国之文明，借日用品夸示本国之物产，报馆于此，即不能有操纵之能力，与另加改削之特权也。一在我，一在人。主客之势，迥不相侔。此其所当注意者二。投巨资以运动报馆，乃为一种不能生利之消耗费，人人所共知也。若投巨资而登广告，则有循环之生利法。即使甲国商业之在乙国者，本甚萧条，止须有若干月日之广告投资，亦即可蒸蒸日上，化衰为盛。若甲国之商品绝鲜进输至乙国者，则甲国政府不妨即将未曾销售乙国诸商品选运前往。一转瞬间，商品可以发生一切广告。广告所致宏效，又可转令商品畅销，扩张商业于无形。而广告费中所消耗者，无论如何，必有若干成，可取偿于商品销售后所获之余利。一生利，一消费，取径不同，呈功自异。此其所当注意者三。美国报纸，其资格最老、营业最发达者，必不注意于各方面之津贴。惟如广告之来，断无不表示极端之欢迎者。若其势力薄弱，营业不发达诸报馆，则必四处运动外界津贴。即有不明美国情势之外交家，遽受运动而慨予巨款，终不能免黄金掷虚牝之遗憾。若登广告出于顾主自动，不受他人运动，必能择其规模最大、广告最多、积资最深、地盘最稳之第一流大报馆而与之特约也。一运动，一自动，以省择与盲从较，直毫厘而千里矣。此其当注意者四。四者之中，尤以最后一端为最重要。

政界报界福国利民之良果

昨述欧美各国收服报纸之法，尚远不如报馆结合民心之法之能有裨于大局也。欧美第一流大报，固不必随处出广告以自夸其销数之广，但却不能无一种实质上之异彩以引动读者兴味与情感。其引动法甚多，举其最高尚、最有力者，莫如不假空谈，注重实事，为彼人民力谋大多数之幸福而已。

我国往年，因四明公所问题罢市之际，贫苦小工生计赖各富商维持，卒能达其最后目的。可知天下事，欲言"坚持到底"，必须先为贫苦人设想。否则中下社会人物，道德上之修养，与法律上之智识，俱甚浅薄，难保其不以日暮途穷，倏至铤而走险。贫民一旦铤而走险，则为富户者，其所受之危害，更可推想而知。数年来如俄罗斯等地，不能注意及此，故尼古立皇家罹杀身之惨变，而全俄豪贵巨富莫不有毁室破产之奇祸也。美国方面，此种办法，首由报纸鼓吹。而在各名记者言论发表之第二日，即有政界当局实心表示，各界巨富复集合巨款以济其成。虽其多数贫民悉因加入欧战而受影响，但必不至因是而绝生机。故自宣战之始以至和议发生之日为止，凡一年零七个月，竟得相安无事，处战时如平时也。

方美大总统宣战之始，国内新闻界咸以资粮外输、民将乏食、商务停滞、民将无资生术为隐忧。乃不意美政府于数旬内，即着手调查全国粮食，宣布出产额，明定预算表。使彼四十八州之居民，得以减省撙节，以勉渡此大战之潮流也。美京以军务甚忙迫，增设机关不可胜计。国中舍壮丁悉出从军外，其不易支持门户之妇人女子，悉令遄赴美京，亦得于公署中各执一役以自活焉。我国遇有罢工风潮将发生时，苟能由资本家给值，由读书明理者任督率，利用此辈侦察借端捣乱之人及着中国服、扮中国人希图滋事之某国侨民，则维持治安之举，可不劳而自成也。舒蕙桢女士曾语及此，颇合美国维持人民生计之法。用特推扩其旨，而就美国前事一详论之。

民国六年之冬，东美各埠大寒，而其时煤斤甚缺乏，煤价甚昂贵。贫民无力，不能得也。纽约、华盛顿各报，共起而鼓吹之，并举各贫民窟种种困况，以实其说。不数日后，即有施煤会之成立，闻系诸巨室淑媛认捐集合而成之者。此诚我报界造福社会之先声也。

民国七年春间，距美、德甫宣战时，已及一年之久。食物腾贵，视往昔加增两三倍不等。美京为各方人士任公职者荟萃之所，各类食物，价格尤昂。美京有四种报纸，一曰《华盛顿驿传报》（*The Washington Post*），二曰《捷报》，三曰《夕星》（*The Evening Star*），四曰

《华盛顿时报》。前两者为晨刊，后二者为夕刊。此类报纸，对于大多数人民生活问题一致注意。一日，某报忽载一“食物价格比较表”，罗列瓜菜、薯果、鱼肉、海鲜、脂酱之属，即以美京附近宝提满市之物价表一一与美京相比较。宝提满为美国第六大城，其比较法甚有力也。

此比较表揭载之次日，一方官厅即严加注意，一方市侩亦不敢居奇。而美京无数之贫民，莫不隐沾其实惠。美国报纸鼓吹之功固可佩，而官厅之能顺从舆论，重视民意，尤觉其难能而可贵也。设各国皆如是，必无虑乎内乱之发生矣。

美国大总统威尔逊，自美利坚参战有功，已足一跃而为全世界之第一伟人。但就其未达时以观，固属平平无奇。若以权谋智术相较，恐我中国政界蜚黄腾达之辈，或有过之无不及也。我国衮衮诸公，所万万不能望及威大总统之肩背者，只以彼能采用民意，而我不独不能，或反为左右所朦蔽耳。我国权贵，貌若威福自专，而隐隐中反成左右群小之傀儡，作茧自缚而弗自觉，终必以一己之名誉幸福为牺牲也。读者试思，美国大总统职，威尔逊何以能得四年联任？谓非以其体念贫民生计，注意苦工利益，能以实心实力调和资本家与工党间之冲突乎？美国民主党何以能战胜共和党？谓非以劳动家大多数选举权之助力乎？在此民气发扬时代，政界当轴，苟能以大多数之公心为心，未有不获完全之胜利也。至威总统受美民诚意欢迎之处，尤有足资我辈华人之参证者焉。

崇德报功之五种敬礼

一国之元首或名人巨子，凡真能实心为民、实力为国者，人民对之，可有五种表示。五种表示之中，有两种事属于动，其发之也甚骤；有三事属于静，其积之也甚深。发之骤者，当境之表示也。一为高声胪欢。如民国五年十一月十六日晚，正威尔逊总统被选联任揭晓后之第七日也。美国各州人士悉驰赴华盛顿，列炬成行，翔步过市，或唱爱国之歌，或连声呼万岁（其呼万岁状仿佛上海六五运动前五日，上海各校学生对南商会所施之敬礼也。我国此种敬礼无人可享、无地可施，乃不得不施诸南商会耳），直达总统府白宫外之东阁下，齐声向威尔逊扬旗脱帽，巨跃欢呼。其呼声之浩大，视我国前清时地方官上堂时所闻者，尤觉显赫动人云。

二为鼓掌示敬礼。美国各影戏园开幕，遇电光中有国旗呈露，众必起立鼓掌。若遇一国最伟大之人物现身影幕中，亦以鼓掌声报之，藉示一种敬仰之心。方记者初抵美时，影戏中伟人肖像与其活动进行之真容，足以博得大众之掌声者，厥惟一罗斯福。因彼时威尔逊之事业，能表见者尚甚少，虽为总统，亦徒视为一种高等之公仆也。民国六、七两年间，威尔逊之盛名始渐著，若过影戏园之门，徙闻场内掌声屡起如潮涌，即可默测其为欢迎威大总统之尊影。同此一威氏，前后判然若两人。询其地位，固绝未于总统之外加有何等之尊号也。可知称帝称王不足贵，大总统大元帅无足惊，惟能得民心，受人诚意之欢迎，斯觉难能可贵、卓绝可惊耳。

静默之欢迎，约可分三类。其第一类，为纸片之纪念，即影相之摹印与陈设也。美国最习见之影相有三。一曰第一任创国者华盛顿，二曰为黑奴争自由之林肯，三曰著战功、有政声之罗斯福。迨威尔逊初任四年将满时，内政外交，因应咸宜，威氏尊影，遂亦为全美各地最见风行之印刷物。在民国六年三月，威氏履行第二任就任式时，美京各住户及各商店，已各悬有清癯瘠狭具有大学教授面相之新总统小影，盖即诚意欢迎之表示也。予有诗云：

万家生佛崇威氏，三色星旂照眼忙。
人事几回桑海变，市南高塔鲁灵光。

市南华盛顿纪功塔极高。总统屡易，沧桑屡变，而此独永存也。万家生佛一语，颇足以见当日之情状矣。其第二类，为色彩之纪念。美国报纸，常言耶稣神像，世界各名画家之杰作，综合之有四万种。予谓美国诸伟人之图像，单就威尔逊一人论，恐至少亦在千种以上。受人崇拜之深，诚堪惊异。其第三种为实物之纪念。大之如公园中石像与铜像，小之如佩戴品与陈设品，莫不假模塑雕刻之功，以遂其景仰思慕之忱。凡此数者，皆足发抒其高尚优美诸国民性，而使当轴名人咸憬然于真荣名、真事业所成就者，实远胜于居高官、拥虚位、受人唾骂、不自安、不自适之一流也。

威氏之成大名

古有恒言："小不忍则乱大谋。"自古英雄豪杰，成大事立大功者，莫不有坚定心为始基，决非一鼓作气，冲决横溢之行动，所能保持其固有之强力也。欧战未兴以前，人莫不以德意志为雄强；美、德未失和时，人莫不耻威尔逊之懦弱。记者犹忆民国五年间，威尔逊与美京大理院大法官"薛雨施"（Charles E. Hughes）争总统时，威氏曾往芝加谷城（Chicago）等处，为巡行之演说。一日威氏甫登台，即有无数女权党，挟各色之标帜，从台下过。过时复出种种方法，向台上人肆其揶揄。威氏绝不为动，仅以一笑报之。其雍容雅度固可佩，其深谋远虑，尤令人可想望而不可几及也。直至民国六年一月，德意志励行潜艇锁海政策，威氏以师出有名，理直气壮，乃得利用机会，根据赴欧专员之实地密查，而公然着手于作战之方策也。可知世界之上，无论何项势力，不得不有随时蓄养之功。譬之利刃，不宜轻试。屡加轻试，必挫其锋而无所用矣。

我国伟大人物之任事也，必曰始如处女，继如脱兔。揆诸威氏任总统后之一切步趋，颇见中外古今，尝不谋而自合也。威氏第一任期中之受人揶揄者以此，其第二任期中之为天下万国所崇拜者亦以此。所最奇者，美利坚自民国四年五月七日露晳丹尼亚船被德潜艇击沉以后，全国人民好动不好静之心理，早期与德意志宣战矣。独彼威氏一人，终见迟疑不决。美国人士之心理中，初固悉以威氏之柔懦无能，为不能牺牲美德两国邦交，以免除美国人民生命之牺牲为大憾也。继而思之，方觉威氏之待时而动，为具神妙不测之观察力。方知世界之大，事变之繁，尚不能以常人眼光测之也。设威氏而非有悬崖勒马之敏慧者，曷克享此不世之荣名乎？

美国两种惊人事业

美国最大之惊人事业有二。报章而外，厥惟演说。政客以之攘夺权位，妇人以之要求参政，工党以之号召徒众，实业家以之广开利源，宗教家以之感动人心，科学家以之阐明新理，慈善家以之匡济群生，莫不恃演说为利器。美国有名演说家曰申铎者，尝挟其一得之长，周游全美各巨埠。民国七年二月，曾驻美京逾四星期，在国会前广场中，临时建极大之木屋，每日演说，昼夜两次，惟星期日止一次。远近趋赴者，不绝于道。道上停车，绵亘不绝。总车站（Union Station）汽笛轮飙，恒挟大多数听众而至。每日如是，诚巨观也。美总统威尔逊耳申铎之大名，亦复于白宫中特加款宴，以示优礼。申铎遂以草野一鄙夫而傲睨大国之元首，视我国古昔苏秦、张仪辈，为何如耶？“申铎”（Bev. Billy Sunday）之演说集，裒然巨帙。视我国某某诸名公，以数篇之演说即刊成为单行本者，又若小巫大巫，不可同日语也。美国名流若前总统罗斯福、塔虎脱辈及今总统威尔逊，皆以演说大家而兼著作大家者也。此三数人物之长篇演说均已摄入十二英寸或十英寸之留声机片，可于随时随地传出大庭广众之中。僻邑穷乡，殊方异域，有不能亲炙此数名人之伟论者，正不妨以机片代之。若彼通都大埠之居民，平均计算，每人至少必有一二次亲临此数名人之演坛下矣。故美总统退隐后多数之职业，虽为律师与大学教授，而其不可或缺之要项，则仍为惊天动地之报章言论与其长篇大作之演说耳。

国　庆　节

七月四日为美国独立纪念日。是夕，美国各名城士女均择极大之空场，施放花火。光焰灿烂，升腾云际。星飞月涌，璧合珠联。俄顷之间，幻为奇景。士女毕集，昂首而伫观者，不可胜数。直迨夜午，始各散去。其举国若狂之热度，视我国增益数倍。而我国逢双十节，尝以提灯会志国庆者，似又令人发生一种之感想也。夫美与我，政皆民主。惟美国之民治，早跻发扬光大之域。以物为喻，彼如吐艳之花。以人为喻，彼如妙龄之淑媛，容光焕发，卓绝一时。我中华民国自当认彼为贤姊矣。而我幼稚时代之新中华，于人则犹襁褓之儿，于物则犹方春之萌蘖耳。欲其光艳，又乌可得。故我国国庆节之光彩，只可假纸灯影蔽中之星火微明以表示之，非若美国国庆之光彩，可如花火丽天，冲霄直上也。此记者对于国庆节第一种之观察法也。

美俗新年不用爆竹，独于七月四日用之。爆竹一物，亦几成为美国国庆节一种之标志矣。美俗友朋酬酢，国庆节前亦有赠糖饴为礼物者，其盒面舍国徽外，大抵添饰爆竹数枚。四日傍晚，沿街儿童，辄燃小鞭炮等物助兴。天真妙趣，仿佛我国新年玩走马灯之时。而阶前窗下时露微光，又极似我国旧历七月三十日点地藏香时之沿街灯烛。情景之佳，洵令人叹观止矣。窃以贤者之治国也，无论何地何时，均足令人各得其所。即如爆竹灯火，一经彼邦人点缀，遂不觉其腐败，而足益显其国庆之光荣也。所甚惜者，我国当民国初元，一般着手改革之诸伟人忽而改夏正为阳历，忽而定某某等日为国庆节。其志专在"存废"二字，而绝不为我民众留一良辰美景动人观感之佳印象。遂觉事事皆杀风景，事事皆扫兴矣。不其冤哉！此记者对于国庆节第二种之观察法也。

一九一八年之美国独立日，因在战期中，一切盛况，为从来所罕有。各国侨民之旅居美京者，是日下午，先在白宫后大园场及各官署门前台阶之上，演奏国乐。乐歌起处，百戏纷陈。红红绿绿斗芳辰，各与其本国国旗之色相辉映。诚美国有史以来稀有之盛观也。中国学生，男子二十四，女子五人，于前一夕集于十九道街之使署。筝琶弦索，提琴拍板，同时并作。使署客堂，忽为各学生少年活泼之气所充塞。在此一二小时以内，俨然学生时代之生活也。惟在演唱国歌时，踏琴之女生，忽不知应用何种歌谱，一时众议纷呶，对之咸有难色。美京学生会会长朱经农君起言，谓歌谱之选择，最宜审慎。某年中国留日学生唱国歌，曾以误用日军黄海战役凯旋歌之乐谱而为识者所耻笑。我辈今日，不宜再蹈其覆辙云。一国无通行之国歌，其不便竟若此，诚非深居高拱之政府当轴所能梦想及之也。尤可笑者，是夕所用国歌，中有揖美追欧之句，选词过于晦涩，陈义过于高深，令人对之茫然，焉得闻而生感？我国旧学文字受人攻击之由，此实其最显著之一例证。我国此后，不为国歌则已，若求得一通行全国之新国歌，构造上必须求其完全为中国之色彩，如诗词或山歌之一气呵成，便于随口记诵者为佳。不宜强效西文，削足就履，制成不伦不类之长短句也。形式上必须求其浅显易明，三尺童子，咸能望文生义者为首选。若音乐家不能兼擅韵语，以求合于天籁，可与名诗家合编一歌，即不知乐谱亦可歌诵也。苟当轴者，意有所偏重，而不以一国大多数人民之心性为标准，则虽有法定之国歌，恐终不能得全国之欢迎与传诵矣！复何能使海外侨民，闻歌兴感，而增长其爱国之热忱乎？

美京国庆节最足引动群众之物，不在各官署台阶之杂戏，而在华盛顿故居维伦墅之一场演说，亦属出人意想外者。演说预定下午四时举行，至正午十二时，自美京往维伦墅之电车站口，已有人满之患。购票人先至者前立，迟至者后立，衔接成一直线，蜿蜒约半里余。记者逢此盛会，挟有一种之好奇心，乃决意乘电车往，以观察美国人民百忙中之态度。而所挟之德国式摄影片匣，上车时被挤失坠。事后踪寻，竟不可得。警丁密布，亦复茫然。翌晨循俗登失物广告，而不料此栏材料，一二日间竟甚丰富。失物之后大抵总难再得，此节殊不足怪。所可怪者，德国旧式之干片匣，决不能用诸美国式之新照相器，一入美民手中，早成无用之物，不知拾取者是何用意。以记者观察所得，似乎即此一端，可见诸美民中缺乏常识者，尚不乏其人也。记者以一时五分抵站，直迨二时始克登车，瞬息间车即满载而去。自谓时间上尚觉从容，不意此长距离电车，仅属单轨。寻常绝不见有如此盛况，故无复轨不觉其苦。此次猝不及备，添车数次，下行车未开回，上行车又续出，行至中途，竟不得进。直至五时十分，车始上抵维伦墅之终站，停半时许，始克回京。欲往者见人多车少而不敢下车，思归者求上车而不得。数十里内，扶老携幼，仆仆中道者踵相接。乃知赶热闹之苦，美国视中国为更甚也。然美国方面名家演说之足吸聚听众，在我国人眼光中，又属闻所未闻者。

演说家之所长

前节由国庆盛典，连类而及美民对于听演说之狂热。自我国民视之，固觉其可异也。在我国民心目中，固谓演说家无论如何巧妙，必不能如谭叫天、刘鸿声之嘹亮声歌，足具摄人魂魄之魔力也。故吾人欲近讲筵而亲聆演说，毋宁涉足梨园，而以听戏自遣。此种见解，似甚切当。然以美国情事为证，则又觉其大谬不然。美国有甲乙两人者，甲为资本家，乙为演说家。甲于乙之为人，平昔痛加排斥。其宗旨不相容，早成冰炭之势。某夕乙方演说，旁人邀甲入听。甲甫入座，勃然有愠色。旁人力劝暂听，听未逾时而颜开色霁。又历时许，不觉倾心悦服焉。迨乙词毕欲行，甲即上前与之握手。从此缔交，遂成莫逆。数十万之巨款，可因乙而输助归公。试问我国名伶之魔力，可能与此相并者乎？

更有进者，美国历史上第一流伟大人物，若华盛顿、若林肯，生前固皆擅演说者。殁后演说集之刊行，几若我国司马迁、班固、韩愈、苏轼之文，白香山、杜工部、李太白、陶渊明之诗，可令人家藏一帙，人手一编也。若今大总统威尔逊、前大总统罗斯福、塔虎脱诸名公，一场演说，各报传载。设其演说词在午后二时前发表，则同日晚报，必指顾而立见售罄。设其演说延在下午三时后发表，则诘朝之晨报，未及正午已不可复得矣。记者旅美京时，窃尝察其可以流传千古、可以倾动一世之主要原因，似仍属文字上之关系。美国文言，向系合一，故不必有文词俚言之分，但以文字上之精采而论。此诸名家之长篇演说固仍属精粹之所蓄积，非如我国随意草成平淡冗长牵强说白之作，令人反复细阅，时间上添耗数倍，而感动之功能反减少数倍。总之，美国当代名人所为演说，文字之简明痛快，气势之充畅停匀，引用成语之巧妙切当，极类我华民国以来，各名手通电通函诸文字。惟其思想之博大渊深，尚视前代政治专家之奏议批牍为更进也。揆诸世界优胜劣败原则，凡无足以永久存在之精神者，必无可以侥幸流传之理。若我华民，既为五千年古文明所留贻，才力上之禀赋，得天独厚，区区言谈之末，已足惊动四座。不徒男子为然，即女子中，如东美留学之朱胡彬、夏刘、吴卓生、廖奉献、李美步、张默君、陈衡哲、金韵梅诸女士，其演说才，皆为异邦人士所歆羡。皆可与我上海中西校张敏锡、圣玛利张继英诸女士之与领事团周旋者，东西相辉映也。

记者旅美时亲聆美国女演说家雄谈之际，曾有一诗，可以借咏我国最近之现象矣。诗云：

女权大有东来势，万众传呼看晓星。
才貌何尝憎命达，雄谈妙谛见心灵。

盖我国之旧文字，病在无妙谛耳。新旧之别，可于言外得之矣。

各国人民精神上之联合

一九一八年国庆盛典，为未开战前所罕闻者，为各国人民精神上之联合。其表示联合方法，一为维伦墅大演说，各国侨民，均派代表前往，列席旁听。二为各官署门前台阶上所陈百戏，各国侨民各于其时，以自显其艺术上之精神。白宫后大园场，寻常一碧无垠，而此日独有各国国徽色彩掩映于空林青翠间，仿佛绿杨影里添出无数酒旗，不可谓非一幅绝妙之画景也。三为是日傍晚各国人士联合之大游行会，系以各参战国入战先后，为队列之先后。法兰西两少女饰自由神，覆峨冠，乘骏马，其壮丽处，有非言语所能形容。令人见之，真欲咏龚定庵诗，所谓"风云才略已消磨，甘隶妆台伺眼波"也。我国平日"雄飞"等美名，向专用于男子，而绝不见有女性之雄飞也。夫以女子而兼男子之美，则直可谓有"女英雄"之气概，不能遽以"英雌"二字浑括之矣。盖万物之属乎雌者，必不能有"壮丽"之雄观，而我国旧时代形容女子之文章，又皆偏于柔媚一途。吾知我国之文学家或诗家，一见欧美上等女子之易柔媚而为壮丽，必将为之搁笔，百思而无以善其辞。此又我国旧文学一种之缺憾也。次为某国(似即英国)戴银盔从容揽辔之美妇人，俊伟之度，实与法兰西自由神不相上下。而其凛乎难犯，几令人想前世纪古英雄之遗风。此又不徒以彼一身而兼男女两性之美而已，此诚新时代文明之特色，新女界美艳之曙光也。吾知前此数年而辞世者，苟知今日有此奇观，必将为之惊叹不置，而自侮其生平，尚有未偿之眼福矣。

美国国庆节之大游行会，舍法、英两国外，各国服装均有其不容忽视之一种特色。希腊之水女神，飘飘欲仙，令人想念洛妃凌波之态。其幽艳处，实足自显其一国之古文明。譬彼春秋佳日，晴旭丽天。法、英之美，犹见一道光辉普被于云淡风轻之下，诚哉其可爱也！希腊之美，犹彼清漪明翠，临水多风，密荫交枝，日光不易透露，深静渊穆，大足令人怡养心情。故就其不同之点而论，法、英女装，如沧海日，如赤城霞。希腊女装,仿佛庐山之瀑布耳。由此可见一国文明,无论其新旧之程度若何,在在均得有所表现。正不必放言高论,过作大而无当之腾空计划,以乱人耳目也。

舍上述之三国而外,若意大利服之美艳,若比利时服之鲜明,若荷兰服之明净,均足于世界各国女界中呈露一种之异彩也。若爱尔兰之圆高帽,别饶雅趣。若塞尔维亚之道家装,潇洒出尘。若日本前代之骑士与平民,异常古朴。若某国金铃低护举步郎当之令人咄咄称奇,又皆足以自异于各国之男子服也。独我中国,处此标新炫异之绝好良会,而竟不能稍以东亚古文明与彼欧美各大邦人士相见,诚一至可太息痛恨之憾事也。我国新学人才,对本邦各界人士,处处均假标新炫异以自鸣高,而于应新应异之时,反觉茫然不知所措。数典忘祖,欺人者适以自欺。此诚我华国民性之一大弱点,不徒新时代形式教育之足令人抱绝大之悲观而已。

讽刺画哭迷

美国最近两年间,更有一事,足资吾民观感。即其国民间对外行动,绝无一毫意气用事之暴举也。美之于德,虽已对立于战争地位,然无数之旅美德侨,舍有若干名以有嫌疑而被拘禁者外,固绝未闻无端而遭美民之辱骂也。美国境内,德侨最多,主客相安,能始终无瑕隙,幸赖双方人士见理之明确耳。设譬以喻,若美国著名杂志《诐刻》(译言"鬼话",*The Puck*)、《乐郛》(译言"生活",*The Life*)、《鞫奇》(*The Judge*)等周刊,所载最有能力之滑稽画,其攻击德意志处,固皆注重点于其当国者,而绝不仇视其全国之人民。此不徒雅度雍容足以表示大国民之文明气象而已,即就事实上言,无论何种动作,苟其力专注一点,则效力必更充足。若恍惚无定向,或至无所适从,反与无意识下愚之见相近似。对面人即令有过,亦将乘机饰词自掩,不肯安然屈服于正理之下矣。此固言"对外"者所当痛戒者也。

记者心目中所有美民对德之讽刺画,最不能遽忘者,即为上述三种杂志中诸佳构。有于对开两页,平绘两精图者。左半为德皇与子相见状，则雄冠佩剑之诸皇子，微笑而雁行立者，固无恙也。右半为德民妇与子相见状，则老泪盈眶，俯视皆新冢矣。诸君试以此图，与我东方人士之意气用事者相较，其巧拙之相去，为何如乎？宜乎不逾数月，而美利坚在欧洲战场，即建不世之奇勋，而世界怪杰德皇威廉之霸图，竟于无形之中而悉为此种怪画所掩蔽也。

美国通用英文，为欧洲近代文字中最浅易者。然其开通下等社会中人之知识，或引起儿童对于购读界之趣味，尚非专赖区区文字所能遽奏宏效。此则倡言“教育普及”与力谋“人民知识程度平等”之诸人士所当深加注意者也。我国十余年来，教育事业，日见消沉。人民智识，益趋卑陋。论者动云于寻常文言中，加入若干“的”字“了”字，便可使未受教育诸氓隶尽行了解。听者茫然，亦遂觉耳目为之一新。此诚大惑不解者矣。昔宋狙公蓄狙成群，食匮不继，将设法限制之。先与群狙曰：与汝栎实朝三枚、夕四枚可乎？众狙大怒。继诳之曰：然则朝四枚、夕三枚尔。众狙悉伏而喜。试问一怒一喜之间，狙公许予之物，果得略有所增减欤？由此可知，欲使人民智识发达，专从文字上设法，仍觉换汤不换药也。

美国报章杂志，文字而外，图画之功尤巨。纽约市《世界报》、芝加谷市《公报》等星期增刊，附有五色斑斓之哭迷画（哭迷 Comic 者，嗢噱之谓也）。四五岁之儿童，即得人手一纸，而从容为购读界一小顾客。画中人物，光怪陆离，大抵非笑非哭，别有一种引人发噱之处。每方均有浅言注解，儿童得之，视看图、识字、读童话等事，更觉其新奇而有趣也。此为引起儿童趣味之一端。

又以记者观察所得，欲知一国报章杂志，启发下等社会之能力如何，可先往其各理发铺（或薙头店），以一观其所购读者为何物也。理发铺之书报，最足代表具初等智识者之一般心理，并足以知同城所发行者，何种专属贫民社会之购读物也。美国理发铺中，寻常日报，偏不易得，而其最习见者，偏属于隐含滑稽性质之诸画报[即《鞫奇》(*The Judge*)、《诙刻》(*The Puck*)、《生活》(*The Life*)等周刊]。可知世界种种之印刷物，最足开浚下愚之知识者，固莫图画若也。图画足济文字之穷，何我华诸贤俊，独忍置之而弗顾乎？

记者尝读某女士所著书，盖研究各国儿童之心性者也。其谓全世界儿童，未解作书以前，恒有一种信手涂成之简单“意象画”。其作画处，或在壁间，以黑炭代丹铅；或在道旁塞门土上，用粉笔划成无数圈线，而连缀成图形。此虽不得跻于美术之林，然颇足以隐示儿童思想之高尚与低劣也。有萃各大洲、各大邦儿童之意象画于一编者，逐类视之，蔚然成大观。觉彼盈寸方格诸小幅，俨然别成无数之小天地。欧西诸国民，有全国皆能援笔作小画者。其文明程度之高，又足于意象画中表示之也。

一国之人民，未有其教育不普及，而能悉具图画之智能者。盖图画本普通教育中之一科，教科不完全，本国文字不注重，则非主课之图画，亦更无由观其成绩。父母不善画，儿童禀赋之遗传性甚浅薄，则意象画亦更无自而显其特色矣。今试回想及于我国，街头巷尾，墙角路隅，凡经顽童信手涂抹，形似一种意匠画者，当以何物为最多乎？其意匠画旁注之文字，当以何类为最能习见者乎？此固大足以观我国人民心性与其教育之程度也。

华民尝以酷好平和著称于全世界。故中国儿童，最喜书“天下太平”四字。此与美利坚之以工商立国，其儿童喜书“数字”与“算号”合加减乘除为公式者，各有其表示优点之特征也。所深惜者，我国儿童，最喜画“龟”。其“画龟”之取义，无非“好骂人”耳。国民“好骂人”，最足表其教育之不普及与思想之不能高尚。处此世界大同之局，最足取憎于大群也。我国主张思想平等之有志青年，苟非殚精竭诚，不厌繁琐，以从事于国民教育，以化除国民卑劣之心理，而尽涤其旧染之污，则虽日日言改良文字，终是“画虎画皮难画骨”，悉成舍本逐末之图矣。不亦至堪痛惜者欤！

报纸以指导社会为天职，已成今日之口头禅。但办报者之心理，却不可不处处为社会着想。若其人不重经验，不事考察，而专以武断出之，此犹不师良医、不察病理而武断下药，又安得无庸医杀人之险象乎？画报在我国人之眼光中，仅属报章之附属品，而在美国，不啻报纸之先导也。美国各大埠星期日之报纸，厚卷成巨帙，尝得七十余面。其压卷之一大张（四片面），尝为着色套印之“哭迷画”，儿辈见之，即争取一阅以为乐。自成长者视之，画中人物，险怪百出，仿佛出于信手涂抹。狂草之笔法，与我中国当票上记数之字略相似。颇若不值一笑者也。然细思之,按步均经研究,随处皆有条理。又不啻代彼墙隅路角作"意象画"之儿童,造成若干幅较有意识之画稿耳。美国对于儿童,循循善诱之法,固觉甚堪钦佩,而其执笔者不欲敷衍塞责,不敢掉以轻心。即此一端而论,似乎小足以喻大也。若我中国青年之以浅率陋劣为新奇,则又文明国人士所羞闻矣!

哭迷画之精神,纯乎一种滑稽趣味。其画法恒分全幅为若干小方格,每格标明号数,以显示画中人物动作之逐层进演。往往以动物与群儿角逐,为画中之事实。与彼寓言家所述录,大旨正复相同。举其最习见之一例,如滑稽之动物与群儿戏,每令儿辈迷于去路,仓卒无所适从,遂抱头而大哭。其滑稽之神情,最足令人发噱。益以旁注短语,尤见栩栩如生。故记者就 Comic 之谐音而译为"哭迷"云。

中美画报比较

我国近年来治书办报,证以旅美时所见所闻,遂不觉有三大弊害之流露焉。一则专重编辑上之门类,鲜克预计其材料之有无。往往因门类而征集材料,非以先得材料而后有门类之规定也。削足就履,莫此为甚。二则凡所取材,均系平铺直叙,鲜克深思熟虑,以为读者增长无限之兴趣也。买椟还珠,亡其本旨。三则诸作家落笔之顷,既不能周览全局,为全部分利害着想,又不见独具卓识,以己意为取舍从违,只是随波逐流,惟少数人武断之见,为盲从者所归趋耳。以至浅显者为喻,如我国上海发行之各画报,虽未尝无可采处,然其门类过于繁多,每门所记,反觉寥寥无几。因门类而求材料,有时材料不能尽合,必将不问兴趣之有无,而渐趋于敷衍搪塞一途。若有时预定门类或不能有如此之多,则遂以乖谬不伦之历史画、割裂不全之小说画,拉杂凑数。又安能望其销数之日见起色也?

美国最著名星期画报,若《诐刻》(*The Puck*),"即我国市肆所谓泼克者是也";若《生活》(*The Life*)、若《鞫奇》(*The Judge*),均未尝有确定不移之分门别类。盖其所注重者材料也。譬之大报,寻常亦止分专电、要闻、琐闻而已。若更于此数者中逐条别列门类,则读者必厌其为多事。图画新闻，何独不然？若在大选举期以前，画报中所见者，必以关于选举之谐画为多，即名其全卷为“选举号”可也。若在春秋佳日赛球竞马之时，画报中所录者，必以运动场趣话为多，即名其全卷为“运动号”，亦无不可也。

我国数十年前《点石斋画报》中吴友如诸工笔画，尝以新闻逸话演成巨幅。迄今旧习相沿，依然故我。亦足见国民思想之无进化矣。世运推移，不进则退。我国近数年现象，事事均趋率略。以俚言代文言，以拙笔抵工笔。即单就画报一种而论，亦令人有江河日下之惧。返观彼美，果何如耶？

美国新闻画，皆以钢笔勾勒而成。其所谓新闻者，志不在照板誊录，以窃取报端事实，演成闭户造车之理想画而已。必就其事实，而加以评判之眼光，出以诙谐入妙之活笔。庶彼读者，一见而心目中留印甚深，一星期不见，即有“鄙吝复生”之感想也。

若云按照事实刻画之描写之，此可以摄影术极其穷形尽相之能。在近数年照相制版术大兴而后，吴友如之画法，犹之十九世纪之镂版图，与我中国旧时之木刻，尽成印刷史上一种之陈迹矣（去岁七月十五日在美京下街印刷制版展览会所见十九世纪镂版画甚精，迄今市肆已不可得）。当世诸画家，第一当知办画报之旨趣。处此制版术盛行时代，遇一新事件发生，照板誊录之举，刻画描写之能，早有摄影者分任其劳，无俟画报记者更效画蛇添足故事。若历史上人物，与新闻或时令无关系者，似当列入专籍，以备考古之士之钩稽，更不劳画报记者，凭空想象而出之也。即彼海外瀛闻，非经旅行时身历其境，率尔牵强附会，亦觉多此一举。其博物画，在欧美诸国尽属专门，寻常画家，不敢强作解人也。用之充数，更大谬矣。

我国近事，可笑者甚多。如近人以评论（Review）二字为白话体之代名词。岂其余一切文言，俱不足称为评论乎？其以凭空想象者为新闻画，岂报端照相制版而成者，尚不足为新闻画？尚不足谓描写确切之新闻乎？观于美国诸画报之编辑法，乃知中国画报之不能发展，非无因也。

各大报图画附录

美国报纸,周刊之材料甚富。以绘事论,舍成册之谐画、单张彩印之哭迷画外,尚有描写时行风尚之大附录。此项附录,有根据于特殊之新闻者,有随时令之推移而变易者,有穷形尽态以写出某国人物之面相者,有体贴入微令某种社会情状活跃于纸面者。概括言之,举国绘事专家,对于万事万物,均有一种之"观察力"耳。

今试举一例为左证。如在美国对德宣战后,各州遍布兵役应征令。同州男子,均须及期按所指定区域,尽行报到。圣路易某报,乃于星期大附录,标有"应征前后之男子生活"数大字。其第一方格,绘一男子未应征时在事务室颐指气使之象。而第一圆圈中,此男子即着兵衣,执器粪除帐篷内外,而受伍长指挥,盖已在应征充兵役之后矣。此时何故? Why 正是! Yes 之声,蝉联一气而出。一种欲怒不敢怒之情状,甚可笑也。其第三方格绘此男子着便服时,在衣铺中购一硬领。店伙询曰:"先生可自携乎?"此男子即作色曰:"汝以何物载我行? 我不能携,送之可也。"其圆圈中之戎服男子,则大不然。背重囊,肩长枪,围大被,束弹药,荷巨锹,拖带污泥之厚底鞋。一种狼狈可笑之状,又令人为之喷饭矣。其余诸方格、诸圆圈,所实各图之滑稽可笑,及种种面相之难以文字形容,均可于上述两端,窥见其一斑也。我国某报所绘"上海女子今昔观"等图,以绘事论,非不甚工,特于趣味及思想,终见其甚缺乏耳。

画随时令之推移而变易者,虽费思想,却不甚深。我国画家,最易仿行也。惟美国人民智识,较我国为整齐。其生活状况,亦觉较能一致。如逢炎夏,无论公私职务,均有一个足月之轮流休假。男妇老少,一届假期,莫不群趋乡村或海岸。其富者巍楼大厦,可作若干日之名墅寓公。贫者豆棚瓜架,茆舍蜗庐,"数椽老屋云山外,我是寻常百姓家"之气概,固足以傲闭关时代专制羁陁下之王侯也。画报记者,此时即可挥其妙笔,以摹绘此辈在野时之神情,或写出河滩试泳、林野聚宴(西名称野宴为 Picnic)、绳床情话、悬坐观书等俊游雅兴,或推想一般人士休假将届满期,整装将及回城时踌躇忙碌。一则令人神往,一则令人对之,堪发一噱也。若在春初(美国以三月下旬为春初),则又预测一般小儿女醉心舞蹈之憨态,以博读者之一笑矣(美国七八层高大楼屋,往往有数十家同居。上层住户,或酣舞至夜深,每足扰及下层邻居之清梦,而致人因不能安卧而上楼干涉。其干涉时愤怒之容,与回舞者狼狈蹶蹶之状,均甚可笑)。若在月终,又描写学生生活,以状其不能撙节之通病矣。有绘一垂头丧气之学生,于晚间大餐时,只向小食馆中索香肠一二茎以充饥者(美国香肠为食品中最低最贱之物),旁绘一月份牌所留未曾撕下之纸片,正为"31"两字,可见此时,一月当告终也。美国学生,若平时浪费者,月初异常豪奢,一至月底,窘相毕露,亦犹我上海荷花大少之遇秋风也。能得丹青妙手,一一而毕举之,则我新闻纸上,不将焕然成巨观乎?

东京大学瑞士籍某教授一日曾以一疑问质之上海南北会议南总代表唐少川氏曰:日本人与中国人,其容貌上究当如何辨别?可知辨别两国间不同之点之难。虽彼富于观察力之欧美人士,尚不敢遽操胜券,况我缺乏世界思想之邦人乎?记者于此,乃不得不深佩美国报纸趣味之浓深也。纽约《捷报》,为推广销路计,常以短篇文字一则,用各种外国语,依次登入每星期增刊中。世界语言,种类甚多,购其全份,非历数十星期不可。而同报于无形中,已足利用人民之好奇心,吸收无数之购读人矣。其更进者,如纽约《世界报》星期增刊部 Enrique Hine 翰因氏在欧战期间,借"德皇如何对纽约"之画题,描写德国人民之面相也。欧美各国,若德、若法、若美、若英、若意大利,同属白种,其面相固甚相似。但描写者,苟能善于形容,而复以此一国人常有之职业或常用之事物,为篇幅间点缀,则阅者自更一目了然,一望知其为何国人也。故绘德人面相,必兼及其啤酒与香肠(Sausage);绘日本人面相,必兼及其黑边细钢丝之眼镜;绘爱尔兰或土耳其人面相,必兼及其奇形之帽;绘意大利人面相,常为一理发师或一庖丁;绘苏格兰人面相,常着一方格子之布服。此盖就一般人士所习见者而表现之,遂不觉益显其神似耳。若犹太人,则更不必假外物为形容,因其微曲而不甚尖之高鼻与特别之瞳彩,均有不能自掩者在也。纽约《世界报》插画名手 Samuel Cahan 葛酣氏绘有纽约大中街(犹太街)犹太人生活六帧，可谓惟妙惟肖矣。予谓中国人与日本人之不同，以予个人观察所得，实亦足于瞳彩眼眶间判别之。其可判别之点，则日人性坚苦，眉眼部位觉势微蹙，非若我中华大国民之坦然率然也。以山为喻，日人眉眼，譬之孤屿中见危崖；我中国人眉眼，譬之江南一带大平原。此皆就其本来面目而言，亦不必假外物为形容者。但在彼我双方观察之间，尚有一事，为行旅者所当注意：即各种、各国人，均有其极优秀之分子也。若萃各国优秀分子于一堂，固觉无一人不甚快我意。他邦之以理发师或庖丁之粗陋者形容意大利人，亦不免略有所偏。苟能去其偏见，而悉就各国优秀分子与曾受上等教育者为标准，则不论其肤色之黑白如何，均足以得对面人之美感，而渐令世界万国人民共相友爱而不相厌憎也。则报纸上种种有损大国民气度之嘲笑形容，亦更无自发生，宁非事之至堪乐观者耶！读者试就此页暹罗驻美公使女公子苏护霸女士之小影，而联想及于驻华盛顿之各国外交界名姝，则知各国所谓优秀分子者，固有大足令人敬羡者在也。

至若描写一种社会情状之名家小品，见诸美国之报纸者，亦复不胜枚举。举其隽才，其一若纽约《世界报》之翰因氏，能令猫笑，能令犬悲，能令一“弗”字加圈，上顶一常礼帽，下缀若螳臂之象“手”与“足”者三四笔，即成一仓猝前行之大腹贾，已属触处惊人。其写他州旅客初抵纽约时之眼光，觉巡街捕甚大，各物甚小；觉夜行之摩托车，两巨灯如怒目向人；觉入小药房购物女郎所携之犬，庞然若噬人之巨鳄。诚哉！其能想入非非，为世界第一大城市别摄一极精确之小影也。其二若《世界报》Lee Conrey 亢雷氏，描写“待者与侍者”Waiting-and some of the waiters，或为地底车站字纸桶旁倚立之人，则待车也；或为玻璃门外长椅上绷带护颊之人，则待医也；或则倚长柜读报，则自便饭店中之待食者也；或男女并坐一长椅间，而彼此若不相识者，则鞋店中之待量足得履者也。中有一方图，上绘托盘盏而植立者，斯诚有所侍而兼有所待矣。由此亦足以见黄金时间之纽约，其光阴偶受耗损者之深感其痛苦矣。其三若圣路易《环球民主报》之 A. Russell 露瑟氏，绘公共图书馆中阅书者之诸情状：有蓬头赤面之斯烈夫人阅俄报；有中学女生之对坐阅参考书；有老妇人三数辈持带线眼镜，看陈列橱间之彩画；有女子携画具入室，展卷临摹。亦若一幅新大陆人民风俗图也。

其五若《世界报》L. Biedermann 毕德门之描写“海边溷闹”，各种游戏，应有尽有（毕氏擅工笔，其绘纽约四十二街口第五街一千万金之四拐角，尤足为记录界生色）。其六若《世界报》Mary de B. Graves 郭柳扶，画将从军之一男子与将入红十字会之一女子，对坐饮冰，双目直视，依依不舍之“一瞬间迟留”，尤足动人观感。凡此数者，皆杰作也。此外名手，不知凡几。若兼理飞拉待飞《公民汇览》与波市顿《邮报》图画记者之 Charles D. Mitchell 宓哲尔氏等，皆其类也。

文字与思想

由上四种之画法为断，则美人士之所特长者，实在思想，不在区区字句间也。以思想论，其甚敏妙、甚饶意趣者，即以我国极简明之文言迻译，亦可以见其固有之精神。美国介士兜泉夏校之女学生美娜女士（Miss Verna Buckelew），芳龄才十五耳，其程度则仅中学二年级耳，然其思想之灵活或非我国著作家所能及。去岁七月，彼曾以一影片寄茂漪，其留影时手持萝卜一枚而笑。骤一视之，颇若无甚意味，及展阅其来书，则中有数行云：

“前日星期五为洗濯日，女佣忙迫异常，不独忘炊，且忘购物。亭午至灶下，饥火中烧，遍视各厨窗，只余萝卜一枚。大喜过望，乃摄影为纪念。摄毕徐徐啖之，此时一萝卜，直视梨实为尤胜。物希为贵，信有征也。”

留美胡桃山女校中国女生袁世庄女士，乃宝山袁观澜先生之令爱也。其到美第一年致茂漪英文函，已深得美人士之神化矣。译录如下：

> 展诵四月八日惠书，忭慰不可名状。前承盛意，得遂攀援。照以明眸，隆以温语。荷蒙不弃，许为知交。兹复以尊影见示，美妙岂容言状。惟有深致谢忱，长加宝爱而已。流光电逝，又届清明。春到人间（美国以三月下旬为春首），挟自然美以俱至。万汇含笑，一若不知有此惊天动地之血战者（时欧战方酣），诚不得不令人酷爱之也。美哉春乎！仁惠普被，不问其人为羁客、为俊侣、

为穷愁、为豪杰，而一一以艳丽之态嘘拂之，使之各得其所乐也。私衷所及，未知贤姊以为何如。

茂漪逝世后，美人士致函唁慰，各具精意。而感人最深者，莫如美京顾鲲南（Corcoran）美术学院梅瑟主任夫人（Mrs. E. C. Messer）一九一九年七月廿五号之来书。书云：

去岁十二月茂漪噩耗抵美京时，梅君即辞原职而退老此间。不意其惨痛之消息，竟亦达于吾君之前。彼于到此后一月得病，延至二月九日辞世。师生相得者，忽归于一途。殆亦彼之所甚顾而急欲君知其对及门弟子感伤之深切也。予与茂漪，虽未交谈，但在曩日赴画院时，亦尝一度相值而见其极可爱之容度。在于初心，固未尝不深盼他时更与之相识也，而孰料其有今日哉？呜呼王君！予与梅瑟，老矣耄矣。茂漪与君，固正值少年时也。祸患之来，岂复一问其人之年龄耶！

舍是而外，为予所不能遽忘者，为美京圣心女校校长之“If there are many girls in China like the charming one we knew, then China must be a very delightful place”一语，及 Lorthorpe School 校长 Miss A. L. Cogewell 函中之“I shall always remember Mrs. Wang（Mae）as a charming, gently bred young woman — always courteous and kind-appreciative of the slightest favour and so ready to respond to the spoken word with a bright smile”句数行也。但有视此为更进者，则茂漪平生尚有所最嗜之三物。一为麦精粉，以其临终时尚念及也。二为宝提满城 Pyro Chemical Co. 之 Pyrodonto 牙水与牙膏，以其独到之功，能令人不更患齿痛也。三为纽约 Repetti 牌号之 Caramels 方块糖。邮包到时，茂漪已不能取食矣。美国有此三宝物，旅美人士，苟能及身而常备之者，其幸福诚若远出茂漪之上。人生一饮一啄，岂真数由前定耶？当予于一九一五年偕茂漪过咸湖长桥向东美时，又孰料夫数年后，将运柩由原路返西美也！迄今咸湖桥影，又复成为人生最悲痛之一纪念地。有过咸湖诗四绝，可为此游乘略告一段落。诗云：

云滞风微万木枯，冲寒戴雪过咸湖。
凄迷一道澄波影，归路重看境已殊。

（予于一九一五年偕茂漪抵西美，列车过湖时，尚在夏尽秋初。一九一八年十一月下旬扶柩重经,已是严寒之候。满天风雪,若助予悲。处境不同,所感者亦随之迥异也。)

湖波渺渺自千古,不管人间朝暮情。

天末斜阳幻秋色,顿教独客泪纵横。

(湖光冉冉,若四时无改易者。惟在一九一八年十一月过此湖时,斜日适为寒云所掩。掩泪向天,遂觉异常凄冷。湖光冷暖,云为之也,于渺渺者何与焉?)

湖上烟岚罨落机,湖光遥共暮云飞。

山灵似解随流转,来逐飙车痛我归。

[湖上驾长桥,列车过桥时,约历数十分钟之久。游客自车回望湖畔之落机山(Rocky Mountain),觉车行甚速,而山之距离曾不加远,亦奇景也。]

临流东顾更茫茫,回首前游欲断肠。

咫尺人天隔霄汉,此情愿比此桥长。

[过此桥后,去东美益远。回首茂漪病逝处之"飞拉待飞城"(Philadelphia),已在白云天外。所可念者,湖上桥影之奇长,足为世界不可多得之一名物而已。]

译名简释

B

百茀罗(Buffalo)——布法罗

百乐汇(Broadway)——百老汇

百灵思墩(Princeton)——普林斯顿

班西阜艺(Pennsylvania)——宾夕法尼亚

宝提满(Baltimore)——巴尔的摩

毕德门(Biedermann)——比德曼

毕氏麦、毕士麦(Bismarck)——俾斯麦

璧珠堡(Pittsburgh)——匹兹堡

标贴、包思得(Poster)——海报

波市顿(Boston)——波士顿

C

传马市、邓阜(Denver)——丹佛

慈恩节(Mother's Day)——母亲节

F

飞拉待飞城、飞城(Philadelphia)——费城

飞莽公园(Fairmont Park)——费尔蒙特公园

弗(dollar)——美元

G

格兰、格南(Grant)——格兰特

格灵威(Greenwich)——格林威治

葛酣(Cahan)——卡恩

沽绿墩(Groton)——格罗顿

顾鲲南(Corcoran)——科克伦

郭柳扶(Graves)——格拉夫

H

海格颓(Hagerty)——海格提

海蜃河(Hudson River)——哈德逊河

海师德、赫师德(Hearst)——赫斯特

翰因(Hine)——海恩

槲南(Oakland)——奥克兰

惠廉(William)——威廉

J

嘉利福宜(California)——加利福尼亚

K

坎拿大（Canada）——加拿大
坎沙（Kansas）——堪萨斯
克利扶轮（Cleveland）——克利夫兰
空伦比亚（Columbia）——哥伦比亚
枯果（Cocoa）——可可
哭迷画（Comic）——连环画

L

赉博籍（Leipzig）——莱比锡
蓝纬白（Leineweber）——莱因韦伯
劳放野（Lafayette）——拉斐特
劳工日（Labor Day）——劳动节
龙巴窦（Lombardy）——伦巴第
露瑟（Russell）——拉塞尔
落机山（Rocky Mountain）——落基山
落耒村（Rockville）——洛克维勒

M

卯林塞公园（Morningside Park）——莫宁赛德公园
梅岬（Cape May）——开普梅
美娜（Verna）——弗娜
梦孤美（Montgomery）——蒙特格美瑞
宓哲尔（Mitchell）——米切尔
穆呆明（Mc Cormack）——麦科马克

P

庖定屋（Boarding House）——寄宿公寓
培雅氏（Peyer）——佩尔
蒲孟白（Blumenbach）——布鲁门巴赫
濮幼翔（John Boyle）——约翰·波义尔
溥利楼（Pulitzer）——普利策
瀑多美河（Potomac River）——波托马克河

R

日耳曼通（Germantown）——日耳曼敦（德国城）
锐驱乐兮（Detroit）——底特律

S

申铎（Sunday）——森迪
圣路易（St. Louis）——圣路易斯
圣沛厥洌日（Saint Patrick's Day）——圣帕特里克节
史芬阁（Swingle）——斯温格尔
苏铬（Scholl）——肖勒

T

塔虎脱（Taft）——塔夫脱

V

维伦（Vernon）——弗农

W

渥奂大楼(Woolworth Building)——伍尔沃斯大厦

物杰丽(Virginia)——弗吉尼亚

X

昔丽蔻斯(Syracuse)——锡拉丘兹

下市(Downtown)——市中心

仙(cent)——美分

薛雨施(Hughes)——休斯

Y

亚灵墩(Arlington)——阿灵顿

洋城(Ocean City)——大洋城

茵福露恩施、茵福露恩撒(Influenza)——流行性感冒

樱府(Sacramento)——萨克拉门托

愚日(Fool's Day)——愚人节

垣耳街(Wall Street)——华尔街

Z

芝加谷、诗家谷(Chicago)——芝加哥

炙古栗(Chocolate)——巧克力

自便饭店(Self Service)——自助饭店

棕叶星期日(Palm Sunday)——棕枝全日

游美笔谈

由云龙

目　录

弁　言

往读梁卓如氏《新大陆游记》，极羡美国之文明，蓄志一游，二十年来，迄未得遂。己未秋，奉会泽唐公之命，于役燕粤，所事粗了，乃搭太平洋公司轮船“日本皇后号”由沪东航。先抵英属温哥华埠，经坎拿大而达纽约。自是以纽约为根据地，南至华盛顿、费拉特而费等处，北至波士顿、哈佛耳等处，西经芝加哥、巴付落、登付耳、加利福利亚，均以纽约为起点。每日昧爽而兴，傍晚而息，除三餐外，昼间皆在参观考察之中。彼邦军政实业各界要人，既殷殷为之介绍引导，而吾国吾滇留学诸君，复热心相助。所获裨益，良复不少。就中以实业、教育特加注意，故二者纪载较详。惟惜居留光阴无多，加以学识谫陋，不获窥见彼方政教之源，以为吾国择从之准。徒就见闻所及，随笔纪述，比之鼹鼠饮河，不过满腹而已。知友多有垂询游历状况者，书此质之，聊当一夕之谈焉。

庚申七月望日由云龙自记

政　事　谈

美国自一千七百七十六年，由大陆公会宣告独立（彼时美利坚之名尚未成立），至一千七百七十七年，乃制定联合条例九条，此为美人宪法之起点。然以疏漏太多，行政上不获收圆满之效，故一时有识之士，咸主张改造中央政府。哈密而敦者，即鼓吹兹事最力之一人也。一千七百八十七年，开宪法会议于费拉德费亚，阅五阅月而宪法成。一千七百八十八年，遂实行选举。一千七百八十九年四月，国会成立，并于是月三十日举华盛顿为总统。

合众国之政府既成立，顾其组织之法，不过就各州之现行法而变通之耳。例如康乃克的之议会，本分两院，其下院议员为本州人民所公举，而其上院则以州总督、副总督及十二副理组织之。故国会之两院，亦俨然以此为比例。大总统之设，亦沿各州之总督而来。尔时之州总督，多有称为总统者，故宪法上即沿是名。至副总统之设，亦沿副总督而来。由今日谈之，亦美国历史上一有趣之事也。

大总统由普通选举而来，一任三年，任满被选得连任，连任以二次为限。除媾和宣战等重大事件，须得国会之同意外，其各部总长，得由大总统遴选任命之。总统权力颇大，故世称美国为总统制。自开国以来，恒得名人为总统，国度日以增进，如华盛顿、林肯、麦坚尼、罗斯福、威尔逊，皆是，说者谓系得普通选举及总统制之益。然每届选举之时，全国汹汹，皆竞争于选举，妨害公司事业颇大。如明年威尔逊总统将任满，本年各州各城市，即无不致力于选举之事。又大总统就任，往往更换人员太多，颇妨政务。从前之党友，及有助于选举之人，皆为援用。本年春间，外交总长辞职，威尔逊总统提出可倍君，群知系选举威总统时，曾以巨资助力，威氏有报酬之意，几经阻力而后定也。

内阁以外交、内务、财政、陆海军、商工、农、邮传等部组织而成。外交部总长，照例以国务卿兼之，副总统则兼参议院长。在华盛顿时，曾参观其各部。而农部之规模，扩张甚大，足见农务之发达。其内务及商工两部总长，则春间初就新任者。农部总、次长各一，总长司行政，次长司学术，故必学者充之，是独异于他部者。总长为国务员，因总统之去留而易人，次长则否。次长之下，有秘书长、高等顾问官、掌印官、咨询处处长、市况处处长、展览处处长。是为总务。各员以外，分气象、畜牧、林务、植物、化验、土壤、昆虫、生物、统计等九司。又本部之图书馆，藏书亦极丰富，供农务之参考。试验处则监督各处试验场，道路处则管理全国公路桥梁者。全部经费，达三千余万元。盖自一千八百九十七年，威尔逊为本部总长，连任两期，于部务大加扩充，全国农业长足进步，故发达至是也。

参众两院，合在一处，与总统所居白宫，相距不远。建筑极精，外作白色，亦与白宫同。议场二，形式无大异，惟参议院议场，只列数十席，因其人数为每州二人，共只九十六人也。众议院议场，则有数百席，苟值总统出席答复，或开两院联合会时，合参议院议员列席于此。而院地已不能容，乃将席前之写字台取消，只列座位，惟委员长左右列长席二张，以便搁置案卷。

共和、民主两党议员，各分东西。东为共和党，西为民主党。开议时，辩论亦甚激烈。参议院人少而秩序较严，故谈言亦历历可听。众议院则人数较多，秩序时形紊乱，议长时拍警木戒之，仍不免嚣然也。闻两院人数，亦常不足，往往临时派人寻觅，催促入场焉。开会时每日自午前十一时起，至午后五六时始散。参观者众议院内恒数千人，参议院较少，其间尤多妇女，足见其女子政治观念之兴起也。

总统到院，两院各派议员四人，迎于门外。入则立于秘书处（即议长席之下一层），答复质问之事，议长二人，并立于后。

参议院议员，多资深望重之人，其任期六年，递加改选，故多苍颜鹤发之辈。众议院任期二年，又多来自田间，故皆英姿壮伟者也。

美国原有之地为十三州，面积仅三十余万英方里。今则合州四十有八，领土三，较之原地几增十余倍。州之下为市、为城、为县、为村。州长、市长，均人民选举。州有议会，与州长合居一署，美人统称之曰喀卜特儿。州议会亦分上下两院。城、县则董事五人，执行一切。州议会虽分两院，惟所议之事，必两院会合表决之。非如国会之上下两院，各有应行议决之特件也。地方之权特重，故各地机关之组织不同，法律亦异，虽婚姻、田土，各地亦各有不同之规定。其复杂可知。惟财政则由议会及各地方董事会，于每年年前议决征收。税则亦至不一定，恒视其地之需用及市面情形以为增减。惟有一部分，县之收入解于州，而市、城则仍请领于县。仅此一事，市、城受辖于县，其余则多不相辖，一任地方之自由活动也。

美国税收以田土为大宗，每值地价增长，则从重科则征收，所得税亦占多数。近数年中有收至所得百分之六十分者，供地方一切行政公益之用。百货税及海关税，则归中央取入焉。

最大之市为纽约，人口八百五十万。每年岁入十万万元，悉以归地方之用。故纽约一州，为人口最多者。最小者如麦而伦特，只二十余县，人口二百余万而已。州之属县，亦有多至百余县者。然幅员究不如中国之广大也。

华盛顿为特别区域，颇似吾国之京兆，人口三十余万，欧战以后骤加十五万，共四十余万。其中以司打字机及军政两届服役之人为大多数。其居人无选举权也。

瓦生一县，人民以普通选举举五人，组立法机关。五人中又推一人执行议决各政务，并无县长。其余学校、消防、公园、博物馆、图书馆、道路交通，办理均极完备，为县之治理最完善者。然其他各县，亦大略相同。其人民之程度，可想而知。

实　业　谈

美国之实业，自一千八百七十年至一千九百年，三十年间，长足进步，一日千里，迄于今日，几有凌驾各国，首屈一指之势。盖其人民富于坚忍特立之性，有好奇好胜之习，故能利用机械，发展物力。兼之全国皆平原广野，开辟未久，农产丰富，介乎东西两大洋之间。销途既广，制造益宏，商务经济，为之运转疏通，此其优胜于各国者。欧战期间，物品需用，供给于协约国者，至多且广。最后加入战争，遂定欧洲之局而执和议牛耳。实业之效力，固如是之伟大哉！今就农、工、商、矿四者，分而述之。

农业以棉花、烟叶、果木之类为大宗。棉花出产最富者，为特克撒司州、桥其亚州、亚拉巴州，年产约一千四百六十余万石。以磅价计算，每磅生产费在八仙三至八仙五之间，卖价常在十仙以上，迨欧战起，遂降至十仙以下。每年出口约九百余万石，占全国产额百分之六十。主要种类有六：一高原棉，二印度棉，三海岛棉，四埃及棉，五腰棉，六木本棉。惟第一种为最纯粹之美国棉，需用极广。第三种亦棉质之优等者。在华盛顿时，曾至其农部之棉业科两次，详观其试验棉花之法。系特造一室，室顶以浑色玻璃罩之，俾光线配合停匀，无论天时阴晴，均不至有明暗倾斜之异。取各种棉花陈于下，视其色泽，再较其长短、纯杂、脆韧，斯优劣自见。大抵以色质洁白、花条长者为最优。洁白则省埽净之手续，花条长则纺出之线较佳。大抵米西西比河流域之棉为最佳，特克撒司次之，余地皆不及也。试验既定，乃持评定其价值，不使商人垄断，致贫民受货美价低之害。又棉业人有争执者，亦可由此为之评判曲直焉。又有种棉科，专研究棉种改良，及消弭害虫之种种方法。据其科中人云：选种为第一要义，近经试验，瞿乃士一种，乃籽种之最良者。

美国烟叶，东南北各州皆产，每年平均约十亿零四百七十一万零二百余磅，平均价在十仙以上。产烟之地，最良者每亩可得千三四百磅，约值美金二百元以上，产额可谓极盛，然犹不足供其国内制造之所需。每年内属地输入者，数亦不少，制出后即输运各国。英与中国，皆美国烟品销货之好顾客也。烟叶之美者，制出后色香味俱佳。惟色淡明而质匀薄者，适于包皮之用，味厚者适于用里。此则种植时即须为精密之注意，多加肥料，勤用人工，斯收效自宏。故种烟叶，较之其他农产，为尤不可忽云。

水果出产最丰之地，为西南诸州。能利用科学之研究，如施肥、选种、防病菌、除害虫及贮藏之法，皆施之有效。犁土亦用犁机，省工甚多。果价殊不甚贵，而销路甚广，以食用者多也。

工业制造，几于执全球之牛耳。良由其国人好进取、耐坚忍，富于科学的智识，故能利用天然及化学之力，研精机械，日异月精，开发物产，不遗余力。即机器学之先河，英法人亦逊一筹焉。我国对之，将作何感想乎？兹就参观各工厂中，略述数种，以概其余。

洼森钟表公司

该公司内部颇守秘密，经汤普生君之介绍，得以盖览焉。其造铜板、铜壳（亦有金银质者）、小轮、螺丝钉，以至钻孔、削片、锥轮、锯齿，皆分机以为之。机动之精，人工所不能及。惟上针、安轮、装钢丝等事，参用人力。人皆手一显镜，更借电光照之，故能造极薄、极细之器也。工人女多于男，其技精妙者，多为年事稍高之人，薪亦较优。共五千余人，日可出表二千枚。其精妙者，内置珍珠，取其历久不致腐锈云。故一枚有价至八百元美金者，盖其成器需月余之功也。此厂建筑，面森林而背河水，取空气洁净，较时自准。别设女工幼孩待遇所，内有幼孩餐室及卧室，桌几床褥，均极精洁，又有游戏之卧儿及图书玩具，皆一一为之备具。俾女工得安心工作，无内顾之忧。又有工人俱乐部，内分男女两部，分餐室、浴室、球场、书报室，均甚雅饬。观其散工时，如赴闹市而秩序自井然不乱也。

施乃克车头公司

专制汽车车头。略分图案部、模型部、拍照部、印商标部、制筒部、制钉部、发动机新旧部、零件及钻孔上钉部、试铁质之坚量部、管理材料部。或火热如焚，或声震天地。观者不能耐久，而工作之人，则行所无事，非惟习惯抑体力足以胜此也。发动机之新式者皆用电力，旧者则用火力。用电者事简而力较匀，故趋于新式，只以新旧过渡期间，旧式者犹未能全废也。该公司每日出车头机四部以至六部。法、比、西班牙等国，皆向之购办多部。京绥、津浦铁路，亦在此定购二十余部。大约每匹马力，平匀约值银二十余元。观其制成一部，有一千八百匹马力，可拖三万六千吨重量之车，价则六百元也。美国制车头工厂，殆以此厂为最巨者矣。

总电公司

为电气厂之最大者。房屋林立，占地数百亩，若一村市。然先至其制图部一观，次至造电线部、裹电线部、造发电机外轮之铜磁原质部、造磁瓶部、发动机部。分力合作，需时少而成功多。附近有毓能大学，其电器科最有名于时，以近此厂，便于实地练习也。其总经理云：滇省耀龙电灯公司议购之电机，系由慎昌洋行介绍，拟在此厂制造者。初施乃克他得县，地甚寂寞，自此两公司成立以后，日渐繁盛，工厂之足以发达市面如此。

撒可落造纺纱机器厂

经理那脱君、恰勒君相导，先至造零件各部一览，次至完全机器部。其法以粗绵上机，弹净后，次第连络而成片段，始上搌机成纽，再以六纽合而为一，再上纺机，初成粗线，继成细线，共用机七部。每一万锭之机，每日开十点钟，需用二十号之绵六千磅，废物二千磅。又另用一机，将废物制成次等线，仍可织粗绵用品也。制废物之机，与纺绵机大同小异。此厂每日可出机六部，上海各处购者甚多。

洼森纺织厂

美国纺织，多合在一处，自纺成线，上机排成各色底板，涂以面糊，用蒸汽烘干，始上织机，轧轧自动，转瞬已成寸许之布。其声震耳，司机者不过更换梭上之色线而已。全国纺纱事业，年年进步。自一千九百一十年，约计有二千八百九十三万六千锭，至今不过十年，已达三千五百八十余万锭，几敌欧洲各国纺纱机锭之全数。所用工人四十余万，每年产棉，可值六万万余元。纺织成功之货，值二万万余元。出口亦在数千万元，中国输入之外国棉纱、棉织货，所值殆十倍于出口数。十年以来，如上海、无锡、南通、苏州、常熟、天津、河南，皆相继创办纺纱厂，颇足稍挽利权。然而我国出口之棉，则百分之七十乃至八十，皆运往日本，经日本制成棉货，转卖于我国。是我国为日本之销货场矣！可不亟思改良变计耶？

巴付落钢铁厂

美国第二大铁厂也，地跨以里湖之滨，有工人七千五百余，昼夜工作，虽礼拜日亦不停，虑炉火熄也。厂之地基，长三英里，广一英里。铁矿即产于湖之对面。每年夏际，须将厂内应需之铁运足，冬际冰冻，不能输运故也。有炼锅炉九具，每炉日出货四十吨，月共出一万余吨。

其炼法有二：一系利用空气蒸热，鼓汽入炉，热度达二千度零，加以药料，沸腾如水，倾于铁模，铸成方条，再以机械制成钢轨或他器。长一二丈之大红钢轨，以机运送来往，连属不绝。依此法制成者，钢坚而脆。一种系用寻常煤火，以铁入炉溶化，利用空气，吹去其杂质，有似农家之利用风力筛簸谷壳然。迨成纯净铁液，始贮入模内。此种制法，质稍软而韧。观其溶铁筛废，贮模成轨，皆以机器。火星四射，碎铁迸飞，烟雾迷漫，气热如炙。余辈不能耐一时之久，而终日工作之工人，其苦可知矣。厂主为体恤工人起见，有自造铁路，专为运铁及上工、散工时工人来往乘坐之用。炼过之铁，既热且重，不能权度，乃于道旁建一室。室内有一机秤，案上刻有度数，凡货由火车运来，但经过此室外，则秤动而重量若干，已自画于纸上，如电报机然，其精便如此。据厂主云，此厂在美，虽居第二，然以中国之汉阳铁厂与此较，则不过十分之二而已。汉阳出生铁多，而此则出炼钢多。汉阳炼法，即此厂之第一种法。盖其初汉阳厂之办事人吴某曾至此参观，归而知所取法，参观考察之效有如是者。其发动机五部，大轮数围，旋转如风。每部二千五百万马力，系利用蒸汽发动生电，以供给各动机之力也。

芝加哥屠宰场

有屠宰公司数家，距场半里许，即闻血腥气扑鼻而来。至场则牲畜围栏，弥望皆是。公司内有专员招待，每间一点钟，即以升降机引人入观。屠牛处引牛于木槽内，机动而槽自推行，木机杀之。次第剖皮、剔骨、刳肠、取肉、制成罐头，需时无多也。屠豕屠羊，则驱之入场，以铁钩贯其足，倒挂于横柱上，亦次第推行，屠夫执刃戳之，血流成渠。仅一举手，即屠一畜。剖皮剔肉，刳取肠胃，截其四足，皆分工而为之，故成之甚速。然状殊惨，妇女至者，恒掩面不忍观，故有讥其背人道者。招待员以报告册相示，谓公司每年获息，不过八厘，藉以解释焉。每日每场可制牛肉千余头，欧战后已稍减其数。其全场可容牛七万五千头，豕三十万头，羊十二万五千头。依屠宰业为生者，凡六万人。每日牲畜交易，平均不下值美金一百万元。初创设者，为施微夫与阿谋两氏。前此业屠宰者，先贩运牲畜，陆续宰售，耗力费时甚多。自两氏倡为先宰后以凉车分销其肉于各处，或制成罐头，于是费省而利多。

又从前牲畜之脏腑血液，不知利用，每岁之弃利于地者，不知数十百万。兹则能以科学方法，化臭腐为新奇，或助食品，或供肥料，俾全体一无弃物焉。有统计其屠宰之数者，谓每年全美之肉食动物，在此供屠宰者，实占四分之一。假令其衔尾而行，成长蛇阵，则牛约二百数十万头，其长可自芝加哥环北极以抵于俄罗斯海岸。豕凡七百万头，其长可自米西根湖岸（即芝加哥东面大湖）经由墨西哥与巴拿马，以达于阿墨河口。羊之数，若使作鱼贯而行时，可使末一头方从巴拿马运河出发，而第一头已达芝加哥之运河云。

士打克顿造农器工厂

厂名哈脱，因电机犁田具为哈脱君所发明，故即以其名名之。其主要之器为喀特儿匹拿，即以一摩托电机发生动力，举犁田、割稻等器，皆以此曳之，而犁田之效尤大。其形略如军用之坦克，只变其后方应用之器。约有两种，一直行，拖木上装置圆形轮状铁犁六具，斜行而前；一横行，装犁二十四具，反正错综使泥块破碎。犁皆圆形，能以最少时间，犁最广大而深之地亩。纵土质坚厚，亦可犁之，俾成碎软之泥。机器虽重，但以一人运转，可上山下山，过阡越陌，左右旋转，无不如意。惟其人必纯熟谙练，斯较有效益。每具值一千二百元，以至五千二百七十五元。约有十二匹马力，百亩之地，不过三日可毕。比之他器用牛马力者，可省时三之一也。撒米、豆、麦种之机，机上有盒，盒内置种，推轮前进，则种自漏下，落于土中，疏密极其匀称也。次为收获及打稻麦机，形似中国所用之风柜而较大，内部亦甚复杂，以其兼用电力、风力。其余之刈草机、汲水机、施肥机，皆足以辅助农业。故美国皆大农，以农器完美，不多用人力也。现南洋之爪哇、菲律滨等处，向此厂购用机器甚多。吾国粤人之在其西南各州业农者亦数千人，获利均厚。厂中制机部如攒孔、削轮、打钉，皆似铁工厂，只参以木制各件，乃成器云。

士打克顿造面粉厂

自制布袋、打麦、磨面、印商标、缝口，皆以机成。前在无锡参观者，只磨面一部，余皆阙如，而制袋、缝袋诸事，皆以人工辅助之。以此见美工厂分工合作效益之大。又有磨玉蜀黍及制玉米花机。玉米花为美人晨食所需，故销行甚广。各机动作，皆有一定次序，秩序井然。制布袋处，如翻布折叠，参用女工，余皆男工。司机者因应极为娴熟，有一老工人，在厂作工已四十六年，故厂中特为优待。厂中赠成品二小包，极其匀洁，携归以资考镜。

士打克顿制纸厂

主要机数十架，最大为压榨纸料者。先以废弃之报纸、包皮等物，入大锅煮沸，加以化学颜料之后，沸液流下，榨去水气，入轮机，次第压而成纸。其蒸汽部及压纸部，机器轰动如雷，各种纸张，自轮际片片飞出，如印刷机状。其洁白匀细坚韧者，为写字之用；粗厚者为包裹或制盒之用。其制纸盒部，截口、裁角皆以机，动作极自然，人工不过折叠收取而已。此厂资本四百余万，现尚谋改良，如建设花园，为工人停工时娱乐之地，亦其一事也。

旧金山制糖厂

先观其制袋部。盖贮糖之袋，亦并在厂制成。其布皆由印度来。以一圆形利刃，轮动而裁之。裁成缝为袋，略与面粉厂同。此为外包之粗袋，尚有白布袋在内。缝纫之法，排机多具，人立于前，以足拨机，则一一缝其口，成之甚速。次观其榨蔗部。以榨碎之蔗渣，倾于扰拌机内，机动则扰拌停匀。再倾于下面极巨之圆形栏内煮之。以化学分析作用，去其杂质，存其精液，分别为粗制、精制数种。有圆形机，以煮过之浓液倾于内，机即飞速转动，渐次挥发而成糖末。其精者再煮后，接以各管，注入玻璃瓶。以各色电光验其纯洁否再煮之，复沉淀为末。始以大风轮转吹干，次用轮机送入模型，印成小块，再以机送入装盒部，用女工多人，称量而装贮之。最精洁结晶之糖，亦于巨桶煮成。次第试验，或加以颜料，染成红黄等状。小块者分三种，较大者二十磅一盒，次者五磅一盒，再次则半磅一盒。其纸盒亦皆在厂内制成，例如一方纸，裁其四缝，入一机，机之上为方状，下为凹状，置纸于下方，机压之，则四周自卷起而成盒矣。其称量之法，亦极捷速。每人坐旁置一衡器，随称随装，块数相差不远，装就始置于大木箱，运送出售焉。结晶状大半用以制各种糖食点心，粉末者直接以供食用。大抵制糖厂内,应用理化科学处甚多。以甜萝卜制者亦然,而较蔗糖为美。此厂则因西南产甘蔗甚富,故利用原料以制之。以甜萝卜制者,重在渗透作用、对流作用、碳酸化法。以制蔗糖者,重在分解作用(加生马骨末少许),挥发结晶法。故厂内皆设有化学分析室,聘化学家在内,时时研究之。又工人俱乐部、餐室,皆极美备。日有千余人工作,其他尚有分厂数处。美国糖之消耗额,为世界各国中最大之一。全世界之产糖其供美国之消耗者,估四分之一。平匀每人年需用糖八十九磅,其本国所产,犹不足以给之,故多仰之于外源也。

老克制罐头芦笋厂

厂主陈棠,华侨也,资本只七万元,工人三百余。是地附近即产芦笋,种植者初布种子,一年长二寸许,三年而成,逐年刈取其苗,不须再种,盖芦笋多年生草本植物也。其制法先将笋置于木匣,以利刃截齐,用水管抽水,洗去泥滓,始装入罐,置大蒸笼内,洒以盐水,以蒸汽蒸之半熟。每一次蒸数百罐,约十五分钟,蒸后次第出之,以机装盖,压之极坚固,复入铁笼再蒸之,蒸熟出诸笼,贴以商标,即为成品,约计每分钟可成三十罐。又有较小之机,所制成之笋较短,罐亦略小三之一,仅以一次蒸熟,手续较简,价值较廉,质味亦逊于前者。笋出土时,每磅值价七分,半磅可制大者一罐,值价二角数仙,获利颇丰云。

考迭士飞机厂

在花园城距纽约市三十英里,内分管理、制作、模型各部。其所制模型,约六十四分之一,举飞机全体应有尽有,相差不逾十万分之一。制就置于大风房内,以轮机扇风推之,视风力表及模型机之倾向,以测定其构造之合用与否。大抵西人制造图案、模型,先绘图案,次制模型。模型既定,就始依型仿制,故无冥行擿埴之虑,此其肯綮也。再观其制作部,陈列飞机多部。大者可坐八人,室中坐几、盥便之具俱备。小者只坐两人或三人,后方为机师二人,一人司机,一人视察。全身以一种桧木造成,此种桧木,容易干燥,新产出者,不过数星期,即可供制机之用。若其凡木,多含水分,新出自林中者,苟非堆积空地历几多时日,使水分蒸干,则必减其韧力,飞行之际,不能抵御气压也。然桧木虽适于用，必尤经过蒸木汽窑。斯木质益臻强固，蒸干后再置于特别试验室内（例如飞机将运于何国，则设法使室内空气与是国空气所含水量情况相等），始将制成风轮置室中数星期，使习于用地气候，俾免破裂，再包以铅片，始无复吸收水分之患。机身系以长十八尺至二十二尺之净木为干，配以关节，纵横交错，如人之全身骨骼然。再包以净木薄皮，装置摩托机及四翼、后尾、前轮、下驮，斯全体成焉。但现时又改良用镶选之法，全身用净木薄皮镶成，皮质坚韧而轻，水不能侵入。普通机器，皆装于中部，今则改良装于两翼，大而轻便，不碍人坐之地。四翼则以特制之绵布为之，此种布即由厂内自制，极其致密，上加桐油六次，风水不能侵蚀，以钢线交互绊紧于机身，牵绳于内。司机者以足登绳，则四翅可随而扬抑。扬则上升，抑则下降，横移则尾翅摆动，以转方向，如舟之驮、鱼之尾然。有木桩，以手攀之，则开机、闭机系焉。左右有柄，拉左则放气，抽右则侧翅以顺风力。前挂地图及汽力表，可视图表以为操纵。练之熟则运用极其自然，不啻一摩托车也。乘机时，著皮衣裤，戴皮帽眼镜，护头面及眼耳，仅口鼻通气。余尝乘一机，上升至二千英尺。初开机时，风扇转动，声若震霆，随地追逐里许，始超升于空中。俯视山川村落皆渺小几不能辨，仗远镜以窥视。风虽大尚不觉冷，惟上下时翻身，则觉天旋地转，颇为心悸。后至加利福尼亚州之乃付赛得，有飞机练习场，华侨欧阳女士及蔡君在此学习，均能驾驶。自欧战后，各国益求改良之法，香港、上海、汕头、河内各处，已有试行邮政者。飞机之发达，正未可量也。

其余制打字机厂、制橡皮厂、制收钱机厂、造玻璃厂、织毛绒厂、织袜厂，不下数百种。资本百万以上者三千余处，不及百万者二万八千余处。男女从事于工业，殆八百余万人。可谓盛矣。处此物力竞胜之秋，不亟振兴工业，将何以立国乎？

世界商业之中心，欧战以前在伦敦，欧战以后则在纽约。纽约之俄而街，各大银行及大资本家皆在焉。每日贸易出入不下十万万元。宽街为纽约市营业最繁盛之处，大商店、大客栈皆在焉。以全市计，每年出入口货，所值亦在十万万美金以上。最大之股票交易所，会员一千一百人，每年所售股票之总价，平均一百五十万万元。其他各地，如芝加哥，则以农业品、制造用品及马歇耳公司之大零售店为最著名。

费拉特费、波士顿、巴付耳、士布零菲耳，则以制造出品著，余不胜举。而自动电话、自动电报之时报消息，银行信用票之活动，金融、邮政之普及，航路、铁路、机动车、电车之便于交通运输，政府法律之保护周至，皆足以促其商业之发达。矧其有教育以为基础，有天然物产以供取求，机械力以供制造，则其执世界工商业之牛耳，演成家给人足之盛况（美人平均男子百分之八十五有进款，女子百分之二十五至三十有进款），亦固其宜。美国商务发达之源委，近人已有调查专书，姑不具述。今且就其与中国商务有关者略言之。

美货输入中国之种类

美货输入中国之最要者，为棉织物、绵纱、糖、米、烟草、铁路材料、鱼及海产、半制钢铁、纸、煤、皮、磷寸、药品、衣料、机器、染料、油漆、电气机械及材料、口袋、纸烟、玻璃及玻璃器、洋袜、化学工艺品、肥皂及肥皂原料、洋钉、洋伞、面粉等。

中国输出美国之商货

美国由中国购买之货，以原料占主要部分，中国之特产如丝、磁器、草帽缏、爆竹等。虽为世所共知，然非中国对美商务之重要者。盖中国之新式制造工业，虽逐渐发达，尚不能供自国之取求。近年以来，出口货丝、茶两项，因品质日劣之故，销情日渐减色。惟各种原料，尚为美人所需，购运甚多。其最重要者为大豆、油类、花生、花生油、杂油及油籽（如芝麻油、菜油、桐油、茶油）、皮革、羊毛、头发、猪毛、鸟羽、草缏、植物脂、药材、鸡蛋、锡、锑。

如上所举，美货之输入于中国者，既多制造之品，而美国所需于中国，则为原料。是以美国商家咸谓：运货于中国，不如投资于中国。在中国投资，尤以制造为最有利。投资中国之故，而铁路材料、建筑材料，以及机械之需要，日益增加，率由投资国供给。其结果，中美俱有利益。故现在研究投资于中国者颇多，大要可分为五种：（一）大规模的公共利益（包括租界在内），如运河工、防河工、港湾工之类。其尤要者则为铁道，如华美启新公司之对粤汉铁道，大来商会之对沪杭铁道、汉口建筑市街，其显著者。（二）规模较小之投资。此类之投资，率为中国私人资本，投放外资时，率由当地银行交款，无特别债券之发行。在租界内之此等投资，通常以有关国家政治者为限。（三）开发矿产。（四）制造投资。此种投资之数目种类，日有增加，恒由当地之商号与投资团间接付款，惟计划直接投资之资本家应先有精密的研究。中国制造业之可投资者，除上所举关于工程机械外，有鸡蛋、罐头、水门钉、火砖、化学制造、棉花工业、饮料、面粉、家具、玻璃、钢铁、皮革、火柴、菜油、纸绳、木材、丝、肥皂、洋烛、砖茶、羊毛工业等。（五）在中国内地经营进出口事业。此种投资，与汇水甚涨甚落极有关系。对于中国之消费者，则为经营的扶助，故常须经适当之研究，然后从事也。美国人注意中国之商业如此。

今再就中美间贸易总额计之，据最近报告，已达二亿万两以上。比较一九一四年欧战未起以前，中国输出于美国之货，仅值美金三千九百万元，美国之输入值二千四百万元。一九一七年，欧战之际，出口货值一万万零七百万元，进口货值三千七百万元。迨一九一九年欧战告终，出口货值一万万五千四百万元，进口货仅值美金一万万零七百万元，此固因美金价落，此前高于华币一倍者，今反跌落不及华币价格之高。而中国原料之供给于美国制造，以输运于欧洲者，尤为其大原因。然则美国收之桑榆，利固倍蓰，而吾国工艺之不发达，已可概见，正不得以出口货增加为幸事也。

至于商业上之智识及组织，堪以取法者甚多。若能随时派人赴彼考察，获益当复不少。现今，世界大通，非周知国际间之情形，曷能竞争于商场？在纽约时仅知湖南之华昌贸易公司为最出色，如江苏之绣货公司、贵州新组织之某贸易公司，皆鲜有知者。若夫古董、玉器、丝织物及其他之菜馆、洗衣、农工、劳力等类，所获无几，不能比数于大宗商务之列矣。

美国矿业之最大者，为铜矿、金矿、煤油、铁、铅、盐之属。欧战时各矿极其畅销，迨战事告终，销途日隘，产量亦遂锐减。如铜矿一项，其著名产地之育他，早已限制多采，前此年产十万万磅者，今不过十分之四，价亦落至每磅一角八九仙而已。金矿如登付耳、加利福利亚、播士非尼亚等处之矿，近亦衰减。惟煤油、盐、铁尚有蒸蒸日上之象。美虽不产锡，然用途甚多，如罐头、缫丝厂、颜料、船舶，皆用之。输入者惟南洋各岛及南美、澳洲、英国、荷兰与云南。而云南锡由香港购运，恒为粤商操纵，不能自制洋庄。故外人买滇锡者，往往不知为滇锡，只知为中国之锡，以其皆购自粤商之手，商标牌号，亦皆粤商所创。而滇人亦但求锡能出售盈利，即属幸事，若滞销折本，则束手咨嗟，并不研究其原因结果，筹思改良之法。此可深太息者也。此事与任君稷生，曾有切实计划。任君并有详细意见书，精确周密，可立见施行而有效者。欲兴锡业，舍此奚属耶？今就任君所调查锡之产额价值，略志如下：

世界各国每年产锡之数（以吨数为单位）：

年份 / 产地	民国五年	民国六年
中国	二八〇〇	五七四八
南洋	六一六〇〇	六二三六六
澳洲	二六五〇	一四八三
南美	一九四〇〇	二四〇五八
南非	六〇〇〇	六六五〇
荷兰	一七八〇〇〇	一五二〇九
爪哇	二五〇〇〇	一三四〇
英国	四五〇〇〇	四一〇〇
总计	一一七二五〇	一二〇九一八

民国五、六两年各国输入美国之锡数：

中国	一五三〇	五一七七
南洋	四二九九五	三二六七五
澳洲	二〇五	一四八三
南美	七五七五	九二七三
英国	五七三四	六一五五
杂牌	三二八	一〇四
总计	五八三五六	五四八六七

民国五、六两年美国锡价：

最高价	五六〇〇	八六〇〇
最低价	三七五〇	四二五〇
平均价	四三四八	六一六五

以上系二年调查之数，若最近美国锡价，则每斤约合七角九仙，每张约合九百四十八元。由香港至纽约，运费每吨约十二三元也。其他铜价平均每磅二角，镰铅之价，每磅亦不过一角四仙至一角八仙。盖美国苍铅不敌日本所产之佳，用途亦少。白铅用途虽多，而入口税太重，美之产额亦丰，故价无起色。铜亦因美产多，运输便，成本低，取之本国已足。若锡则产地无多，且无进口税，将来金镑价涨，滇锡之畅销于美，希望正无穷也！

盐亦为美国矿产出品重要之一，其类有四：曰海盐，曰池盐，曰井盐，曰岩盐。前二者用泼晒之法，井盐则参用煎煮法，岩盐则专取于岩洞中。全国产盐之地额广，如加利福利亚、嵌撒斯、米西根、纽约、窝哈约、潘士菲力亚、育他、贝克利，皆著名产地。据其他地质调查所报告，统计万国产盐之量，在一千八百九十七年，英国居第一位，美国居第二位。以后美产日增，并改用新法制盐，迄于今已凌驾各国而占第一位矣。各产地尤以纽约、育他、加利福利亚三州为产量最多之地。纽、加二州，皆沿海岸取海水泼晒而制之。惟育他一州，因有大咸湖之水，含咸分最多，于湖水之周围，筑造盐池，利用天然之风力日光，制造尤极便利。其湖之面积，南北长三百英里，东西长一百八十英里，总面积达一万九千七百五十平方英里，最深处三十六菲脱，平均十三菲脱。制盐者先依湖开浚小沟，引湖水注于第一盐池中，将秽物隔清，然后再入第二池，使其沉淀浓厚，再入第三池，得日光风力之作用，蒸散其水分而得结晶之盐。然后装入货车，运至盐厂，入燥盐器内，以热气压之，使变成完全干燥纯洁之盐。再入筛盐机，分成各等之盐，装于袋内，约每日可装一万二千袋。大约自湖引取水量，每时间可引一万四千加仑。夏季汲水时间，十时以至十二时。年可制出盐十六万四千吨。全国输出之量，在一千九百年以前，约六七十万吨，而自英国利物浦输入之数，则反过之。自一千九百年后，则输出量逾于输入量矣。加利福利亚州采盐之法，系近海水处筑有盐田，汲海水入田，因日光风力之蒸发，水面之盐，渐成结晶，于是运至盐厂，以机器次第绞碎洗净，即成粗盐。若再用清水溶化，滤去秽质，蒸燥而成者，则为精盐。其包装之法，或用纸筒或用口装，大致相同。惟制盐各厂办法小异。大抵自引水、成盐、包装，无不以机器为之，仅缝口以女工辅助，略如造面粉厂。匪惟色泽重量，一律匀称，而不以人手取携，亦极合洁净卫生之道也。

教育谈

美国全国人口一万万一千余万，而平均每百人中，未受教育者不过二十人。较之从前德国为逊，而比之英法则优。自欧战时，因征兵之故，于此点颇感受困难，故益亟亟谋普及之法也。综其四十八州，各有特别情形。如北部之委斯康新，西部之窝哀耳、加利福利亚、乔及亚等州，则农业为盛。中部之以利诺哀，东部之纽约、潘士菲尼亚、麻士邱色士等州，则工商业为盛，而教育亦随之。南部较逊，惟他克色士一州，绵业最为发达，然无专授绵业之学校。以种植纺织之事，皆分寓于农工各学中。而南方多黑人，则注重黑人教育，以期同化，则尤现时之紧要问题也。

美既为民主国，故随处皆实行平民主义。一切教育者，皆以对于社会有益为目的，与其他之君主国教育颇异。惟因历史甚短，故以历史科养成人民爱国心者，不过教育方法之一，非视为重要学科也。顾美虽实行平民主义，其人民公德心重，一言论，一举动，对人处己，均不以妨害他人或公共的利益为主。苟有利于公众者，虽牺牲一己而不惜；苟有害于公众者，纵裨益于个人而不为。是以加入欧战之后，政府强迫人民之事，不一而足。甚至言论、出版、集会、结社，几不得自由。形迹虽近于专制，政令则易于推行。而全国禁酒，全国禁娼，令出推行，上下一致。举数百万金制酒之工厂，一旦停歇而不悔。此虽沿于平日教育之效，而实业发达，舍此亦可就彼，亦其中一大原因也。

全国大学数百，而私立居多，与其他图书馆、博物院，大半出于富商巨贾之捐输乐助。例如哥伦比亚大学，经常费每年数百万，皆以捐款得之。他多类此。其人民之富力为何如？而比较实业、教育两项，则似当以实业为教育之先决问题矣（教育发达，则智识增多，足以增长实业，此为通例。然观于美国，则其初似仍以经营实业为先，迨实业能利用科学，则又富以教育为先矣。吾国现时之实业，犹不能利用教育科学之时也）。职是之故，美国学校职员（如校长董事）及各县教育局职员，往往不必定需教育界中人，但使于社会实业有经验，于一般人民有信仰，即可举为职员。其目的盖重在筹款，而于教育则殊少体会，此则当分别而观者。

美国教育之趋向，欧战以前，大要分为三时期：（一）注重文化教育期；（二）注重公民教育期；（三）注重职业教育期。前二期已为过去时代，正趋向于第三期。自欧战后，则文化教育、公民教育，复倡导兴起云。教育局长何肯君之言曰，美国现时教育宗旨：（一）在使共和国全国儿童，均有同等机会，受同等之教育，以发达其能力人格，到最优良之程度；（二）注重公民教育，对于公民之常识，非常注意，俾能于社会服相当之义务（自其教育之趋向观之，公民教育，本为已过之事，但自欧战后，感于社会义务之必要，故复侧重公民教育）；（三）职业教育，养成人民均有独立自营生活之能力；（四）文化教育，俾人民于道德、文化人格，均能为均齐之发达。

全国儿童共八百万，就学者约有五百万。自六岁至十八岁者，二千七百万，就中白人二千三百万，余则黑人为多，移民为少数。故不识字者，恒为黑人，是种人原占美国户口十之一也。

就学儿童约全国人百分之七，受满八年义务小学教育者，百分之四。更入中学者，百分之十二。入大学者，百分之二。以义务教育年限计之，自七岁至十四岁，平均每年十个月就学，应受教育十一万四千小时。今计儿童之受学者，仅七千小时，则其缺旷可知，教育家恒引为歉事。

现时统计全国教育经费，共合十二万万元。中小学前此为一千八百八十万者，渐已增至七千八百万，今则八万万元矣。大学在一千八百九十三年时，共只千七百万，今则一万二千五百万元。闻战后尚有临时增加议案。故各学校之建筑设备，均极宏壮完美，管教员薪金，亦皆优裕。此则因其财力丰给，所未易企及者也。兹就考查所及，分三项述之。

一、教育行政

中央有教育局，附设于内务部。局长一，副局长一，由总统任命。中分十余科，计为编辑科、图书科、统计科、文牍档案科、高等教育科、乡村教育科、家庭教育科、公民教育科、义务教育科、移民教育科、黑人教育科、学校管理科、学校卫生科、学校园艺科、外国制度科。局中经费，每年二十六万元。其局务则为：（一）办理全国统计之事；（二）调查自国及他国教育之事；（三）编辑对于教育意见书籍。局中职员百余人，男女皆有，每年派人四出考查。即局长、副局长，亦时更番出外考查。考查所得，则发布意见，以劝告各地，俾获参证改良之资。故中央对于各地教育，只有劝导，无须干涉。此则因美国一切政治、教育，中央对于地方，概取放任之所致。然因经费多由地方自筹，中央不便越俎，亦势所宜然也。此外对于农业工艺学校，与夫领土之教育，恒由中央补助经费，以促其发展焉。教育局常川派员赴各州视察，近又由董事会推举教育极有经验之专门人才及医生数者，组织成考查团，赴各校详加考察。一州考察之报告，有多至二十余册者，其详可知。

内务部所属之教育局外，有职业教育部，为独立机关，乃欧战时所设立者。其组织系局长一人，副局长一人，董事会董事七人，七人中一为资本家代表，一为农艺代表，一为劳力界代表，余四人则教育局及农工商部各一代表。一月正式开会一次，局中分家事科、农科、工艺科、商科。家事科科长，以妇人之有教育学识经验者任之。其职务主研究提倡鼓励人民之企业谋生，故每年有特别经费，以补助各县之农工职业教育，惟对于商科则无补助。各州各县，有职业教育董事会五处，与中央联络。如中央职业教育部派农工、家事视察员至外时，即驻于分会，以便接洽办事。如各县职业教育，有应需补助者，请之于州，州代表请于部，证以各员之报告，审查确定，始发经费。非以为责备之用，十之八九，以皆补助教育员薪金。故中央职业教育部，又有训练教员之设任。即对于各地职业教员，有特别之津贴，补助以鼓励之也。职业不求甚深，但取切近人生日用，易于谋生者。立意虽善，颇嫌与普通教育行政，有所抵触，已有裁并之议。然在振兴职业之时，立专部以督率倡导之，亦未始非良法美意也。

各州亦有教育司，司一州之教育行政。局长由选举任之，局中亦分科办事，并附设图书馆、博物馆，更组织评议会以议定一州之教育事宜。会员由数人以至数十人，局长、州长，皆加入为会员。教育局之职权，除立法行政外，有考试各学校学生毕业，给予文凭，及检定教员之权。至审查教科书，则另设委员会，审查而择用之。市、县均有教育局。纽约并有强迫教育局，不相隶属。局长均由人民公选，以女子充任者甚多，因女子当教员者多具有经验也。常川派视学赴各处考察教育状况，县教育局所派视学，通常有六，一白人教育，一黑人教育，一家事教育，一工艺教育，一普通教育。局员亦时赴各处办事，不常在局。所属各学校之用品、教课书籍，概由局供给之。局中亦组织评议会，较州教育之评议会为简单，而职任则同。一县之内，又划分若干区，各区之教育经费，多归筹款委员会筹之，不足则由县补助。大抵美国之教育，纯任自由发展，所谓中央教育局、州教育局、县教育局，多主调查报告，劝导协助，无取干涉于其间，故学制极为散漫。自欧战后，教育家咸主改设教育专部，以谋全国教育之统一，有由来也。

二、学校教育

义务教育，通常八年，自七岁至十四岁。亦有十年，自七岁至十六岁。亦有十二年，自七岁至十八岁者。其中小学教育制，大要为八四制之八年小学、四年中学。及六三三制之六年小学、三年初级中学、三年中学。八四制盛行于北部诸州，然或以实验为要，或重视高能，则年限亦多有参差者。南方诸州义务教育，不甚发达，经济状况亦低，故有六年、七年之小学。顾自欧战征兵应征入营训练之兵士，其不识文字、未受教育者，有二十万之多，全国作战准备，竟因此而迟缓。据征兵调查之报告，其作信不通顺、阅报不明了者，占四分之一。因此美人大受刺激，遂盛倡加增义务教育年限，及补助教育。其小学教育，自幼稚园以至最后之学级，常互相联络。初无初等、高等之分，故幼稚园亦恒称为初级小学，而初级中学学科，亦恒与最终年之小学联络，此其大略相同者。惟乡村小学与城市小学，因环境之异，斯学科亦常不同。例如乡村小学，多注重农业畜牧，利用天然物产，以开发其智识，为储养技能之用。城市小学，则或重社会工业，与乡间同一用意。又城市小学，多有附设于大学者，如哥伦比亚大学之附属小学，合幼稚园及中小学有生徒九百余人。小学每年学费由五十元至二百元，中学由二百五十元以至三百元。其幼稚园大小两班，大者约五六岁至七八岁，小者约四五岁。各有生十余人，以保姆二人导护之，或为舞蹈竞走之游戏，或为捏泥搭木之制作，保姆从旁以风琴鼓舞其兴味，调节其步武，时或偕同儿童动作，总以养成儿童自由活动之精神，及通力合作之习惯为目的。校室中风琴及各种物品具备，各处幼稚园皆同。小学为六三三制，以心理量度法分班，不以年龄资格为标准，故各班年龄，至为不一。即教材之分配，时间之排列，亦时有改变，无一定之形式。又有高能儿童班，据校中职员云，此即以心理量度法得之。故超升班级，施以适量之教授。现经实验，此等儿童，其进步之速，实有倍于寻常生徒者。其教法均主儿童自动，其于教材之联络，极为得法。如教授国文时，教以识字，则举修身、历史、算学，皆可连类而得正确之解释。又如授以修身一事，则亦可联络博物图画各教材焉。其他处可以类推。乡村小学，前此缺点甚多，近五六年来，研究改良者踵起。然儿童父兄之心理，往往宁多费金钱，愿送儿童至城市就学。即任教员者，亦不免愿在城市而不在乡村之思。故现在一般教育家，力主改良乡间学校办法，及增加乡学教员之薪俸，以为救济。

乡村教育改良之法：（一）为联合学校。联合僻静各区，建一完美之学校。经费既充，则建筑宏大，校品设备完全。教员薪金较厚，可得优良之教师。此法试行于葛雷，后以利老哀、印第安、纽约诸州，皆有仿行之者，故又称为葛雷学校。闻初创此法之人，见行之有效，遂到各处劝导仿办，并以其当日劝办之情形，制为电影，到处演放，以资诱导。其初各区学校萧条腐败之况，一一如见，联合之后，则完整修洁焉。观者每为感动。惟因学校距儿童住宅稍远，须以公共之摩托车或马车，接送儿童，以免雨雪或途中之障碍。此在道路交通不便之地，颇难仿行。（二）为注重四围物产之教育。盖乡村农民所受教育，若仍与城市一律，则与四围不甚相应。于儿童之本能，及将来之企图事业，无所裨益。故必使儿童所受教育，与其所处之境遇相应。斯其本能发达之机会必多，而物产地力，亦可藉以逐渐开发无遗。如以利老哀州之革落付单级小学校，其教科除国语、历史、地理外，参授农产实习科。女教员主任全级教授，以是地产麻极多，于是授以制绳之学。初以麻示生徒，问如何种植，复指地图问此物产于何处，运至何处（此系温习昨日所授），嗣问有何用处。答言制绳。始授以制绳之法，初以手捻之，继命两生各执木两端，牵粗捻者于中，旋转而结成绳。令各生实习后，复告以绳之应用于船舶上、工厂中、运输、贸易各功用。始命各生起，绕座屈曲而行，一面以留音器、风琴为制绳之歌，以助余兴，歌词皆学生所自编者。他时又授抽水机及农器数事用法。教员极为熟练，闻系师范毕业，而复入农产教授传习所，学成始出任教，薪俸每月百八十元。此生徒两班，教室两间，仅隔一板壁。如有合授，或演说、礼仪之事，则抽出板壁，俾合为一。其右方为透光窗，后为透气窗，窗皆有帘。黑板二，悬于正面，旁有地图、国旗及彩纸之手工成绩等类，颇为美观。上屋角左为教员写字台，右为风琴，左方置留音器，后之左角置火炉，右角为置参考书及储校品处。学生座席，皆能活动，或以方形排列，或以围坐，初无一定，座以铁制。共用女佣一人，月薪四十元，合零费年约需款四千元。教员住于市，距校二十余里，仍乘公共摩托车往返。以外之乡村小学校，大率类此，特举起一例焉。乡村学校，为奖励儿童作业，又恒设种黍、饲豕、养鸡、园艺、罐头各种俱乐部。学校附近之空亩，即为儿童作业之用，故豚栅、鸡棲相望。前学期之成绩，至次学期评定之，优者授以奖金。例如种玉蜀黍，每亩收成获八十八斗者为最优，可得奖学金十五元。饲豕者，豕之重量，自七十八磅，增至二百五丨四磅，亦为最优。组织俱乐部时，任儿童自由选择为之。教育局或延请大学毕业专家，巡行考察，指导方法，俾儿童得正确之智识，专门家亦可藉以实地练习云。

中学校，普通四年，多属分科教授，惟乡僻处筹备不易，亦有授普通学者。其所分科，大约为国语、外国语、商业、农业、手工、建筑、家事、美术、师范、理科等。亦有只设二三科、四五科，或多至十余科者，可任学生自由选习。不过选科之外，又有规定之必修科目。男女同校，故又有家事、烹饪、缝纫科。尝于华盛顿观其公立中学，男女生二千余人，然每班多者不过三十，少者则十余人。女教员较多。除各教室外，有演剧台、礼拜堂、内运动场、外体操场、枪械藏弁室，可即此练习枪法，水泳场、女子体操场，此亦各中学校所大略相同者。其烹饪室极洁净，用电气炉，以黑板标示烹制之食品，及用何种材料，应需成分若干，标以公示，然后以材料配合分量而制之，无过多过少之弊。其余之购料、举火、配菜、配料、洗濯、煎煮，皆公同动作，惟以一二女佣补助之。参观后以中餐饷客，肴三品而精洁。传送餐具，皆女生自为。又家事中之整理住宅，亦重实验，公同动作，一如烹饪。又尝观纽约之圣保罗中学校，学生三百余人，礼拜堂、体操场、水泳池，略如前者。而学生之宿舍、餐室、浴室、教室，尤极完美。此校为私立，而每生年纳膳学费至一千一百元，其数颇巨。此皆其人民富力充足，非吾国所能跻及者也。

师范学校有二年者，即以中学毕业生充之，略如吾国之二部教授法。有三、四年者，则中学大学毕业者均有之。亦有大学毕业后，学师范六个月，即可充教员者。有小学毕业，学师范三年而充教员者，则为普通之师范学校。各州亦有特设之高等师范学校，然甚少。余皆于各大学内设教育科，为养成师范人才之用。如哥伦比亚、芝加哥大学中，皆设有此科。校内附属有中小学，便于教授练习。女子之习师范者，特较男子为多云。

职业学校之特设者，各州皆有，其著者如芝加哥之市立男子职业两校。其男校内分木工、电气、制鞋、修理钟表、安设自来水管、机器、驾驶摩托车、烘制面包各种。大抵取适于社会谋生之用，不必甚深微妙也。其学生分三种：（一）受伤之兵士。虑其残废不能谋生，则授之以适宜之技能，俾得自食其力，免致流为匪类，而国家亦不致虚縻公帑以养之。此则吾国所最宜效法者。（二）为各厂店之学徒。恐其操业之技术，不足供其应用，则促其入校补习，授以较良之技术，使之便于营业。（三）为十四岁至十六岁未入中学之学生。则以法律规定，限令入校肄业，每星期两日，俾得相当谋生之技能，不至流为游民。立意至善。观其各科所习一如工厂制货店实地学习，无多事理论。吾国人民生计困难，莫知所适从，皇皇皆是，政府固宜早为之所也。

全国大学及高等专门，共六百八十余所。公立中学，一万八千余所。师范学校，三百余所。职业学校，六百余所。高等专门程度与大学相等，而大学中则不尽为专门，亦有普通学，故有在大学普通毕业，而始入专门者。有专门毕业，而再入研究科者。有一面任教，一面仍在大学补习者。校中对于研究补习之人,无不特别优待,俾得竟其所学焉。大学分科有多至数十科者,其办私立大学之法,往往先办一科或二三科,校址甚隘,规模亦极狭小。迨见成效,然后徐图扩充,渐加至十余科以至二十余科。麦而伦特农科大学,现正计划扩充各科,即其一例也。又有国家拨地兴学法,其法不限定于大学内,凡公立学校,皆可行之,创于美国宪法未成立以前,经过承认后,复屡加修改。盖自一千七百八十五年,曾规定每州每镇由国家土地内划出一方英里,作为维持公立学校之用。于是相沿日久,国家仍继续划拨田地,以补助公立学校及州立大学。中央田赋之胜余,亦可分配各省,以为公立学校之永久基金。其法大可仿行于吾国,如各省荒旷田亩素多之地,划拨若干,由办学人承领垦殖,藉以接济校费。若办理得法,则田地日辟,而学习亦愈臻完善矣。各公私立大学,参观者甚多,如哥伦比亚大学、潘士菲尼亚大学、哈佛大学、耶路大学、芝加哥大学、贝克利大学、斯丹佛大学、麦而伦特大学,及麻士邱色士高等专门工业学校、登付耳专门矿学校,均为高等教育之有名者。就中哥伦比亚及贝克利两大学之矿科,办理完善。贝克利学校后,有开辟之矿洞,实行采冶,以资练习。哥伦比亚则设备完全,凡探矿、采矿、碾矿、化验、筛矿、炼制,均有详备之模型。机器探矿,大约系搭一高架于有矿处,掘深至数千尺,由地面安设轮机,将掘取之大块矿物,缴升而上,以一夹磄机夹碎之,始碾成末,再经化验成分。金矿则以筛机筛之,机微倾斜,机动水流,矿末随水而走,其杂质沉淀于机板上,矿则流下。不过,试验器小,实地则器大而矿多。故能以短少时间,筛取多矿,入炉炼制。炼法以深杯形之土缶,盛矿于内,加以化学药料,合四缶于一器,入炉精炼,遂成珠状之金矣。炼银矿亦类此。登付耳矿学专门学校,地近矿山,有学生四百二十人,中国留学者十七人,年费三十五万元。每日上午讲演四小时,下午实习,亦四五小时,其实习室与校相距数十武,此校重在实习。因其地原日产金甚富,故名金县,今则矿脉渐枯。学生毕业后,可直接充矿业工程师。中分四科:一采矿,一冶金,一地质,一煤矿。其余物理化学各普通教室,均各在一处。中国生年纳学费仅百五十元,以外之屋租膳费,亦颇廉减云。麻士邱色士高等专门工业学校,内分十三科,而矿业、机械、电气、化学各科最著。学生三千余人,中国学生亦五十余人，清华所送较多，年缴学费二百五十元。校内设备之试验机器，最为完全，故学生皆得满意之练习。历览其机械、化学、电气、工程各科，学生皆得自由试验所学。中国学生，并有得化学博士位者。现值工商业竞争发达之时，机械一科，吾国人尤不可忽也。至美国各学校，私立常较公立者为优，尤以大学为易见。各私立大学，均具有特别之精神。然州立之贝克利大学，亦甚完美。男女同校，则自小学、中学以至大学皆然。小学、大学，且皆同班教授。此则其习惯已成自然，非东方人民所能遽及者矣。

美国海军为世界著名，故观其海军学校焉。校在麦而伦特州，距华盛顿约六十里。校长加来君，海军大将也。率将校多人迎于门，先至礼拜堂展览，堂下葬第一校长大将巴而洋君，式如一亭，中为墓园，四围以真金带作栏。闻费款一万五千元，以纪念其勋劳也。其行船演试处，凡船之进退，及各机件，均有模型，以演试其法。船室之一面临水，并可实行驾驶焉。又鱼雷、水雷、巨炮之装置演放，均有真者，拆卸而讲演之。无线电报及船窗、夹板，皆海军重要器，令学者十分注意。别有物理化学试验室、运动球场、枪炮试验场，列巨炮四门。场之四周，可练习跑步，每跑七周，得一英里。水泳场在楼上（水泳场在楼上者，他学校亦有之），上下两层窗板，皆以电机开启。校中数千人，食品皆由一地下厨房烹制之。制面包亦以轮机动，机转则和面成包，置于炉烘制之即成。又学生研究室、医院、教员住宅、校长住宅、图书室、阅报室、教员球场、俱乐部、学生寄宿舍，无不精美。学生上课下课，上食退食，皆整列而后入。全校规模之宏大，设备之精洁，风景之清淑，叹为观止。校地广五英里，前临海湾，便于演习。建筑费初为二千二百万元，逐年扩充，渐加至三千万元。初只学生二百四十人，二十年来，已增至二千四百人，故寄宿舍亦逐年扩充。教员、军官一百五十人，他教员称是总数约三百人。常年费二百二十五万元。教员二年一更迭，届满者须至各军舰服务，取理论与实行互重也。学生概系公费，每人每月约需七十元。食宿之外，只给军衣一袭，不足者自购。寻常除星期外，暑假两月，年假两礼拜。每堂学生只十四五人云，系新改良者，不如此不便于教授实习也。此校为造就海军军官之地，主要为制造军舰，习用枪炮。若芝加哥海军学校，则为海军教练之地，多于战斗注意云。校亦有董事会，董事即各部长兼任，时讨论改良精进之法。现世界海军，英为第一，美次之，日本及意大利又次之。闻日本亦时有人员到此参观。吾国海军不足与各国比数，观于友邦之争强竞胜，能勿慨然？

三、社会教育

共和国家乃一最大之教育机关，以其能使人民得最良之机会，受相等之教育也。而美国于社会教育，尤能因势利导，设种种补助之法，其效益大略举数项如左。

图书馆

中央及各州、各县、各市镇、乡村，均有之，以供人民研求参考。各大学亦各有附设之图书室，以供教员、学生之浏览。其僻远乡村，则以巡回图书库行之。法以车载有用切时之图书，按期巡行于各乡村，每乡停留若干时，以次周巡，取便村人阅览。又或分期将图书寄托于烟叶店、邮政局，代为经理。周而复始，法尤简便。各村图书馆，如有书籍不足者，可由他馆通融，借供人民阅览，总使人民无不便之感。又有图书馆协会，专研究各图书馆之扩充改良方法。华盛顿图书馆，为世界最著名、最完善者。兹就阅览室监督瓦娄比晓卜君所述，记之于下。

（一）沿革

国立图书馆之成立，源于一千八百年四月二十四日，国会通过建设图书馆案，并通过拨款五千元，为买书之用，于喀俾脱中，辟专室以储藏之。一八零二年，图书馆两院联合委员会成立，图书馆受其管理支配者多年，唯因委员会放弃职权，管理权渐入于图书馆馆长之手。一八九七年，管理权完全为馆所操，以后遂成定例。逮至一八一四年，图书馆所藏，约计得三千卷。英军侵入，毁喀俾脱，所有图书，悉付一炬。寻收买哲费孙氏藏书七千卷，一八一五年，刊布哲费孙所编图书目录。直至一八六四年，凡书籍之编次，目录之刊行一依哲费孙氏分类法之旧。此后图书，虽按年递增，惟所增有限。一八五一年，图书馆复毁于火，五万五千卷之图书，所余仅二万卷，立即拨款兴修馆舍，补购书籍。一八六五年，馆地大为扩充。一八六七年，以十万元购披脱福斯之藏书，增添六千种十万卷之图籍。且司密司孙学院，以其大部分为各学会移存约四万卷之图书，并入本馆收藏。嗣后本馆随时收藏各学会移存之书，其所藏此类移存性质之书籍，在美国中号称最多。自一八四六年，迄一八五九年，版权法规定，凡享有版权之书，俱以一部存于本馆。一八六五年至一八七零年，此种规定，仍然实行。一八七十年七月八日，国会通过，以版权注册权授之本馆长，凡享有版权之书，每种当以两部捐存本馆。此种法规直至一九零九年三月始废。在司坡符德博士管理（一八六四年被任为本馆馆长）之下，是为本馆迅速发达时代。藏书大增，多数之新闻纸加以装订保存，购买罗谦博所收藏，而手写本亦大为增加。因行使版权法，及归并司密司孙学院藏书之故，使本馆得以无多之经费，于拍卖场中及购买外国书籍两事，得极大之利益。迨一八九七年，司坡符德博士退休，本馆藏书，计达一百万卷。藏书日多，喀必脱原有馆址不适于用，爰有本馆另行建筑之必要，一八七三年，国会开始讨论本馆另行建筑之事。一八八六年，计经十三年之讨论，始议定建筑本馆于喀必脱之东偏。一八九七年二月，本馆建筑工事完成，计建筑杂费六百三十四万七千元，就中地价计五十八万五千元。是年夏季，除将原有喀必脱馆址作为法律图书馆，专藏法律图书外，其他书籍，悉数移置新馆。当移入新馆之先，国会于一八九七年图书馆经费案中，尝规定改馆之改组各点，如添设版权注册事务所、增加馆员之类。司坡符德博士以其终始不懈、热心尽力馆事，被任为副馆长，时为一八九七年，馆长为杨氏。一八九九年杨殁，普特曼由波士顿图书馆调任馆长，以继杨氏之后。移入新馆以后，本馆内容上、事务上，均有显著之发达。不仅名义上可称国立图书馆，即事实上亦足当之而无愧。一九一三年，统计图籍，计书籍二百一十二万八千二百五十五卷，图表十三万五千二百二十三幅，乐谱、乐书六十三万零七百九十九种，刻版、照相片等三十六万零四百九十四种。馆员计五百十一人，与全国各图书馆皆有极密切之关系。对于国会，对于全国，皆大有所供献。

（二）组织

关于本馆之组织，国会并无专案规定。一八七三年，修正案之第六章第八十至一百节，暨一八九七年之经费案，皆与本馆组织上极有关系之重要法案也。据法案所规定，本馆直接隶属国家立法部，虽馆长与监督，为大总统所任命，然唯受成于国会，经常费亦由国会于每年立法行政司法经费案内，同时核定。馆长、监督之俸给，由国库支给，其余馆员俸给，由经费委员会支给。

一九一四年之经费，总额计六十万八千一百八十七元三角八仙。分配如左：

临时费	六千八百元
书籍	九万元
法律书籍	三千元
杂志月刊等	五千元
薪俸	四十七万四千二百八十五元
消耗费	二万六千一百零二元三角八仙

馆长除收管售出书目标签价额外，不司经费之出纳。凡支发俸给、临时费、购置费等，通由监督司之，唯须得馆长之核准。每日开馆时间，自午前九时起，至午后十时止。星期日及放假日，则午后二时开馆，十时闭馆。本馆绝对开放，凡十六岁以上之人，皆可随意入览。唯取书出馆之特权，则唯参议员、众议员、政府高级官吏、裁判官及为章程所特许之人得享有之。馆长本其自定规程之权，随时可许专门研究之学者，享有此取书出馆之特权。本馆管理上之目的，在于极开放自由之中，求图籍安然无失；于极普及广远之中，求国会之应用便利。凡供参考用之图书，读者尽量索取，毫无限制。主要阅览室藏一万五千卷以上之参考书，读者可直往取阅。若读者因研究上之必要，可特许直至藏书专架取阅。若读者长期需读同一之书，馆中可为留存专席，供其坐读。

（三）建筑

本馆之建筑，以一八八六年设计，一八九七年告成。馆之外壁，以灰色花岗石砌成，内部高处，镶以大理石，饰以雕刻图画。馆址占地三英亩半，容积七百五十万立方尺，综计重楼各层，面积逾八英亩。庋书橱架，概属铁制（格里恩式架）。建筑全部，防火设备完全，无虑火险。阅览各室，同时可容千人。

（四）收藏

收藏之主要部分，为地图、音乐、刻本、法律、手迹各类。其尤特色者，为书目提要、官公文牍（外国政府公文尤多）、美利坚丛书、经济学、政治学、法律学、美术、氏族谱、新闻纸等。由司密司孙学院之关系，接受许多外国各种学会之移存书籍。因版权法之规定，凡美国之出版物，皆网罗无遗。美国各地方时志，各名人传记，尤为收罗完全。一九零七年，收买西丁丛书之俄文书籍八万卷于俄罗斯，与西比利亚之历史，极有价值。同年购置日文书九千卷。一九零八年，购置斯堪底菲纳亚文学书五千卷，山司克里脱文学书三千零一百十八卷、一千零零二小册，希博勒喀丛书一万五千卷。近更购买多量欧洲史料，及纯理应用各种科学书。

（五）管理十二人

本馆之管理职员，为馆长、副馆长、书记长及秘书。至馆中建筑物及隙地之管理，则归监督。经费之出纳，亦归监督。

（六）分部

馆中事务，分部办理。每部各有部长及办事员，部更有分科者。（1）收发部四人，收受外来邮件，发出寄外邮件。统计一年所收邮件在二十二万五千种以上。新闻杂志尚未在内。（2）定购部十三人，凡关于购书之事，以及捐赠、寄存、交换、移转等事，俱由此部司之。凡经馆长核定应购之书，书于一纸片上，更依此项纸片，开列长单，向书贾定购。书价经精细稽算，及馆长核定，始由国库以支票付给之。（3）印刷装订部，本部为国立印刷局所分出，设备及工人均由该局供给，纯全供本馆印刷装订之用。印刷部印书目标签及各种通行文件，常有五架自动机，供印刷书目标签之用，犹不免时形忙碌云。（4）目录部九十一人，司书籍暨小册子之分类、编架、标签及撰书目，付印之底稿，暨编串书目标签于目录本。目录部不仅就时下新收之书为之分类编目，现在本馆收藏之大部分，业经重行分类、新编目录，已得全部收藏五分之四。本馆现所采用之图书分类法，经将世界现行各种分类法比较、参订并慎重考虑本馆之特殊情形，然后采用分类各表。因时有变更之故，尚无印成之完本。但所分各类之概略，则业以小册子刊行。书籍总目，系以各书名标签，编为字典，依著作人书之名称、书之内容，按字母顺序编列，以便检索。另有分目录，如刻本目录、地图目录、手迹目录之类是。（5）标签部三十八人，司标签之储集分配，及售卖现在储积之标签，数在四千万枚以上。编列号数，储铁箱中。标签全套，全国各主要图书馆，皆有陈列，意在使读者知何书为国会图书馆所有，且使习知书目、标签之编列次第。标签依公文书售卖法发卖，除印制成本外，加收百分之十。(6)书目提要部七人，备外来者之咨询，编辑刊布时下流行之参考书目，尤其注重于国会适用各种。遇外来邮件，有所咨询，则本部可供给以参考之资。有时并应国会之召至国会，备各议员之咨询。(7)阅览室五十八人，主要阅览室，位于全馆之中央，设席可供二百人用，并于储书之楼阁中，设六十席，备专门学者之研讨。发书台，位于室之中央，与堆书所、喀必脱司密司孙部馆长室，皆以空气筒联络电气送书机，由南北两庋书所、喀必脱，均联络于发书台。所欲阅之书，经送取书条，约五分钟内，即可送到。阅览室之四周，为庋书阁，庋参考书一万五千卷，可自由入览。书签目录陈列阅览室内主要阅览室之外，尚有供参议员众议员用之特别阅览室、杂志新闻阅览室、美术阅览室、地图阅览室、音乐阅览室、法律阅览室。(8)定杂志部十二人，专收外来定期出版物，装订成卷，计收入此项定期出版物数目在一万三千种以上。常川收受之新闻纸计千余种，中有外国新闻二百七十五种。收藏十八世纪新闻之多，在美国中号称第一。杂志新闻阅览室，位于主要层之南端，有坐可容二百五十人。四百种之新闻纸，三千五百种之杂志，罗列室中，听人取阅。(9)文牍部五人，此部专掌各邦政府国民团体、地方团体、都市团体、公共团体公布文告之获得整理及应用，如商业组织、国际会议之类。此部并司联邦政府与各国政府公布文件之交换，计每年平均收到外国文件约一万卷。(10)手迹部四人，特备一室，为商榷名贤手迹之所。此部所藏，几全数为美国名人手迹，联邦政府文件，在美国为此类收藏之最富者。此类收藏，时有捐赠及购买，日形其富。法律规定，政府各部，凡遇有历史上关系重要，而又现无须用之材料，均应交归本馆保存。本馆因此获得许多极有价值之材料。手写墨迹，时须修补装订成册，每年须修补之数，约八千五百种。(11)图表部六人，地图皆平置铁箱内，图表总计十三万五千二百二十三幅。地图以北美地图为收藏特多，间有手绘者。(12)音乐部六人，所收藏兼乐谱、乐书二者。收藏之大部分，以版权注册之关系而获得，加以购买所得，遂成为全世界此类收藏最美富者之一，且在全国中号称最大。(13)刻本部五人,各种刻本,以及关于美术之书籍杂志,通归此部掌管。一九一三年收藏,计三十六万零四百九十四册。(14)法律图书部七人,一九一三年,总计法律书十五万八千一百十七卷,以所藏英美之书,以及报告杂志等划出另藏于喀必脱内,此间所藏,以外国法律法学书、国际法学书及论文选粹等为限。(15)版权注册事务所九十一人,一九一三年所收版权注册,解缴国库之注册费,计十一万四千九百八十元六角,除版权事务所经费,尚余一万七千三百三十五元六角一仙。一九一三年注册存案之著作物,总计二十一万五千五百九十五册。本所每周、每月,均刊行版权注册目录,实为美国全国出版界最完全之目录。

本馆与其他图书馆互相联络,本馆之收藏,常与其他各图书馆沟通,如:(一)书目标签之售卖及存放;(二)借书补助;(三)出版物之分配及售卖;(四)出版物之协力。书目标签之售卖及存放,前已言之。借书补助,为近甫发达之事实。其原因由于认国立图书馆有借出不常有之书于需要者之义务,又常借书于他馆,以供专门研究者之用,藉以扩大知识之范围。唯为一地方图书馆应行备具之书,或可由省立图书馆借得之书,或廉价易得之书,或供普通读用之书,或供寻常教科用及自修用之书,以及氏族谱牒、地方通志、新闻纸,则概不借出。惟供特别研究之用时,杂志新闻纸,亦可酌量借出,但书籍邮递费,须由承借者担负。手迹部所收藏之名人手迹,如琼恩式手迹、富兰克令手迹、门罗手迹、美国革命时之海军纪录、华盛顿通信、华盛顿手写本,皆世界有名之手迹也。关于远东方面之收藏,于各地之图志,特为注意。如云南一省,现已有通志稿及临安、元江、普洱府志,甚欲继续搜罗,俾臻完备也。

以上该馆监督之所述,多参观时所亲见及者,录之以供参考。

博物院

各地俱有之,关于历史、地理、种族、文化、武功及动植物、理化各科学之参考品,均分门别类,陈设于内,俾人民于暇时游览,亦得受无形之感化鼓舞焉。立意至为美备,是以不惜废巨款,延聘专门人才,以为之。所见者尤以纽约、华盛顿、波士顿三处博物院,为各有特长之点。纽约之博物院,规模宏大,各种品物具备,如千余年之大树,横断而陈于屋内，其年轮层，历历可见。动物标本，极大之鲸鱼骨，以及象、犀牛、河马、虎、豹俱有。极小之水中一种虫，积类而成丘山。水族则除院中所列外，又另有水族馆，以专事研究。鼠类之变种者，次第陈列，以表明遗传。均用玻璃电光，杂配树木、水草、山石、油画，布置而成，望之与真者无异。采矿之洞，打铁之炉，均以电光染色配成，如火候纯青时也。楼凡四层，物品以类相从，排列整饬。每层广场左右数大间，四通五达，如行山阴道上，应接不暇矣。该院前年派出博物家安迪生氏，赴山西、云南一带，采集动植物，以供陈列。曾遇之于委斯康新州，氏即此州人也。据云，在滇采获之崖羊、羚羊、獐麝标本甚多，其羚羊角巨大过于山西所得。现该院对于东亚物品，特别注意搜集，已筹备经费二十万元为派人采集及制作之需云。华盛顿博物院，有新旧两处。其新院所陈动植物标本，与纽约略同，惟矿石及古代化石甚多，又以自动电影嵌设采矿照片，自为更换，俾游者得详览采矿之概况。此外陈设欧战时所用军装、医室、战具、听远机、望远机，皆新自战场携归者。其旧院所陈，多古代器皿、服用、图书、手迹之属。华盛顿、格兰脱所用器物尤多。又设开采各矿厂之模型，凡运煤之火车，炼矿之炉房，皆如实地动作。制玻璃及士敏土厂，以电光照射，炉火熊熊，与真无异。缫丝、纺纱、织绸、照相、印刷、飞机、潜航艇、鱼雷、火车、轮船、机关，皆一一陈设标本模型，说明其进步之次第，皆足导国人以企业之思想，较之学校教育，其效用殆有加焉。所陈中国物品，有前清恭亲王赠格兰脱之葫芦形大磁瓶，中国人男女蜡像，西太后油画像，及康熙、雍正间磁器，木制中国塔式二座。大约新院所陈，关系科学为多，旧院则多历史社会上之物品也。波士顿哈佛大学之博物院，关于种族历史上之物品极多。而制物部有德人制造之玻璃各种花草，色泽状态，一一逼真，工作精绝。闻系美人购之于德者，嗣其人死，无继起者，德人更欲向美人买还，美人不应，其精妙可知矣。此院即在大学府附近，于普通人及学生，均便考查。芝加哥新建博物院，为一富商独捐五百万元所设，尚未竣工也。

美术馆

各大县市地方恒设之，而纽约、华盛顿、波士顿、芝加哥、旧金山，均极佳。旧金山现正建筑新物，为扩充之地，所设多雕刻、油漆、油画、建筑、模型、磁器、绣货、音乐之类。波士顿美术馆有中国陈容所画之九龙,马远、唐寅之山水,宋徽宗之墨迹书,梅道人之墨竹,皆佳。其各处之雕刻像、油画,常有教员率男女学生来观,教员为之讲演指导。有摹绘者,可借出临摹,或携画具入馆,就而摹绘之。

公园

纽约、费城、旧金山之公园极大,而芝加哥则完美过之。因芝市工厂林立,于卫生美感上,均觉缺乏,故极力筹办公园,以为救济。分东北南三部,各部均有主任员。各公园即以林肯、华盛顿、麦坚泥、格兰脱、加菲而、哥仑北亚、倒格麦揆、歇而满等名名之。现方发行公债票二千万元,以为整理之需,常年费亦二百五十万元。所蓄养之动植物,最精洁完善。如林肯公园内,虎、豹、狮、象类,均以碎磁镶成高屋,铁柱栏之。间二日一洗濯,有医室以治其病。加菲而公园中之植物,分寒热温三带,温度各别。热带者高至九十二度,美丽之花,如蔷薇、梅桂、晚香玉、剪春罗之属皆备,不必以节令拘也。飞泉数道,下注如瀑布,下有幽溪屈曲,花草缤纷,如行山涧中,实则皆在屋内也。此外泳水场、球场、音乐室、俱乐部、各名人铜像、石刻像,俱足补助人民之德育、智育、体育,暇时即裙屐联翩而至,触处皆可获益也。

其余如动物园、植物园、电影剧场,甚至道途之旁,刻石如地球,注其周天之度数,与各行星之关联。或置大远镜,夜间可窥天文种种,其周详如是。故社会之风俗,人民之性质,自日趋于良善矣。

要之,美国教育,本系实行平等自由主义,故各地方皆能自然发展。迄欧战后,则主设中央教育部,以统一全国之教育者甚多。教育方法,亦由理想而趋于实际,由发达个人能力,趋重于公民义务,实行心理量度法,皆近今教育之趋势。而注重体育,尤为一般人士所倡导,故泳水场、竞球场,几于无处不有。运动之事,习为风气,故每一运动会,观者辄逾万人。学校卫生,战后益为注意。兹将其内务部教育局一九一九年报告关于教育卫生述之如下。

儿童健康促进会

大战以还,企图促进学校儿童健康之自由集会接踵而起,就中尤以儿童健康促进会为进行最力。此会导源于纽约医药学院研究儿童战时问题,提倡改良学校儿童滋养品之一委员会。该会研究结果发现,纽约学校儿童,因不注意食物养分及食物价值腾贵之故,身体滋养不良。内务部秘书勒恩,因倡议集合医学专家,组织一国立委员会,专研究解决儿童营养问题。因避设置纷繁起见,儿童健康促进会遂附设于国立儿童劳动委员会中。其促进学校儿童健康之进行方法:一、教儿童以保持健康之习惯,全国所有公立学校之儿童,通应为适当的健康诊察。其办法:甲、于每一学校中,设备称量身体重量、长度、阔度等器具,藉以唤起儿童兴味,并使儿童熟知如何增进身重、身长,使能及格之方法。乙、订立适当标准,试验儿童身体营养及发育状况。丙、儿童在校健康状况记录,应凭以评判儿童学校生活之全部,连同学业状况记录,以证明其在学校之进步,并应用以作儿童劳动之许可证。丁、唤起公众对于儿童健康试验之要求,教授保持健康之方法,永以健康状况记,作为学校表簿之一种。二、研究儿童营养不良问题:甲、对于城市及乡村儿童营养不良之范围及程度,再加充分之研究。乙、研究消除营养不良状况之方法,如(子)办特别滋养班,(丑)儿童能在校得一次以上之热食,(寅)教一般社会以适当哺育在学校年龄中之儿童之方法,(卯)以研究实验所得之结果,通知各教育团体慈善团体。三、保持儿童在劳工上之健康。此条所包各项有:甲、无论何项工作要求,以适合儿童身体状况为限。乙、凡在工厂作工儿童,应定期的考验体格。丙、凡儿童认为体格不适宜者,取消其在工厂工作之许可状。丁、以宣传手段,唤醒群众公认保持学校儿童健康,为国家安全之基础。戊、协同其他团体,联合提倡,实现以上各目的之法律规定。教育局、学校卫生科,与儿童健康促进会,基于以体重增进为考验健康之最良美最简便之方法,及常时在教室中称量儿童之体格,可激动儿童卫生兴味两原则。联合公布健康教育材料,此材料包含教室称量体格记录,及若干健康教育经验在内。

促进儿童健康之六道

(一)每一学校置一称量体重器。

(二)每校应每日规定相当时间,为健康方法之教授。

(三)每一儿童,由校供备一热食午餐。

(四)于师范学校内,养成教授健康习惯之教师。

(五)各儿童之体重表,应于每月家庭通知书内,一同送与其家庭。

（六）每年至少将全校所有儿童，脱去衣服，用布蔽其下，为两次之身体全部检验。

健康规则

（1）每星期为一次以上之全身浴。

（2）每天至少须刷牙一次。

（3）睡眠时长期开放窗户。

（4）竭力多饮牛奶，但不可掺咖啡或茶。

（5）每天须食菜蔬或鲜果。

（6）每天至少须饮四玻璃杯之水。

（7）每天为户外运动游戏。

（8）每晨大便一次。

名 胜 谈

华盛顿旧宅

在波多马克市，去华盛顿城十六英里，即其生时故居也。房屋无多，朴素如一寻常人家，系华总统任满后，优游田园，以乐天年之所居。华殁后至一千八百五十五年，已经其子孙售出，有安拔氏激动于心，谓开国元勋，不宜令其故居零落，乃倡捐银一角，并号召全国儿童，各捐银五仙。未久即得四十万元，乃收归公有，而加整理焉。园内华君手植之花木，及其家人纺织之室、华君之读书室、寝室、会客室、厨房，各室所用之床帐、枕衾、衣箱、剑带各物品，莫不一一保存陈设之，如其生时。年费巨款，所不惜也。墓距其住室数十武，前面濒波多河，林木葱蔚，草地整洁，小亭翼然，风景绝佳，颇似中国五湖胜地。闻华君殁时，其夫人思之，因命葬于此，每日由居楼遥望见之。迨夫人殁后，即合葬焉。墓式一石室内，分厝两棺于左右，石灰土包砌成长方形，闭以铁门，外植柏树，左右立石标。有往敬礼者，则启门焉。余辈入门，以花圈置墓上，脱帽致敬而出。每日来游者，男女络绎不绝于道云。

华盛顿纪念塔

塔造于一千八百五十七年，在白宫后，高五百八十尺，设有升降电机，每半小时开一次，以便游者，不取值也。开机后徐徐而升，俾游者得遍观各级嵌列塔成时各国致贺之国书。中国书在第九级二百二十尺处，仅见有“钦命巡抚福建”字样。升至顶，望华盛顿全城，如指诸掌。四面有玻璃窗，开窗处在下望之，仅如一小孔也。在顶停十五分钟始下。全塔以砖造成，数十里外，即遥见白色高标，矗立云表，诚巨观也。贝克利大学校内，亦仿此造一塔，上置时钟一具，特高不及此。

林肯旧宅

在华盛顿南十余里，形式简朴，不过略加粉饰，保存之以念来者。室内无他长物，惟纪念品数事而已。其宅有当日安置黑人房一所。盖当日美人虐待黑奴，林君主张人道，倡议开放，南部反对，故有南北之战争，历七年而后定。后林君在演说剧场被刺，美人怜惜之，故保存其旧宅，并于华盛顿纪念塔左方，新筑一林肯堂以纪念之云。

格兰脱墓

在纽约市，克利阿门冈上。格君即南北战争时为总司令者。墓外有前清使臣李鸿章手植松树一株，盖李与格君交好，故植一树以为纪念，美人甚称之。格君夫妇，合葬于此，罩以白花岗石之屋，壁间刊其战功焉。

费城独立堂

费拉特而费，属潘士菲力亚州，即一千七百七十六年七月四日，美人宣布独立之宣言，在此发表，后又在此开宪法会议，故为历史上有名之地。溯其二百年前，不过四千五百之居民，至今则有人口百三十余万，为美国第三之大市镇，皆实业发达之效果也。堂不过形式粗朴之一楼房，房内家具，皆当时所用者。东壁上嵌独立宣言书，楼上悬合众国之聚星旗，及各名人肖像，以及会食室。会堂之座席，与印度人缔结条约图，独立战争时之用品，皆一一存在。自由钟，即独立宣言时撞之以唤国人者，原在楼下之一小室内，今已升至楼上。登楼可望费城全市，其正街自北而南，长三十余里，市政厅在适中之地，极为繁盛，上有巨大之时辰钟，四方可见，其指分针，亦重百余磅云。

烈克新登独立纪念碑

即美人最初独立，与英人战争处，距波斯顿城约三十余里。有革命军首领怕而将军铜像立于前面，作提枪攻战势。正中立一高竿，上挂一旗，书曰"独立之美国"。左一石，刻殉难各教士名，又二石，皆纪当时撞钟喧呼独立处，后一塔则纪念战争而死之七伟人也。平原一片，绿草如茵，是时夕阳返照，景物清淑，与吾国李华文所叙古战场者，致不同也。又三里许，怕而将军故宅尚在，即当日将军在此室唤起帕克与英人战斗处也。内陈当日所用各种器具，及撞自由钟之锤。登自由钟楼，令人想见独立之精神，至今犹凛凛焉。

纽约屋而屋斯楼

世界最高之商务建筑也，高五十八层，七百九三英尺，较巴黎之爱夫尔塔虽不及，而较华盛顿纪念塔则过之。工作时所占之地基，面积二十七英亩，其建筑学之精妙为何如耶！全楼各屋，多系租赁大公司、大银行家居住。中国湖南之华昌公司，即在其第四十八层上。每日出入上下贸易之事甚繁，共用升降机二十八具。夜间以电光映射全楼，玲珑光彩，五十英里以外即见之。建筑费共一千四百万美金。楼主为屋而屋斯氏，氏初开五分一角万有货店于纽约，店内广罗人生日用物品，任用何物，皆可于此内购备之，然每件定价不出五分一角之外。买者便焉，故趋之若鹜。屋而氏遂大获赢利，而建筑斯楼。今此等商货店，各处皆有，而其倡始者，则屋而屋斯氏也。

奈加拉大瀑布

距巴付落约五十余里，乘摩托车一小时始至，亦有电车可达。对面为坎拿大境，中隔巨壑，即瀑布泉水所经流者。先至美境之崖边，即见白雾腾腾，珠沫飞溅，泉水直涌而下，高可数百尺，声如震霆，达数里外。然系右侧之瀑，尚非正面也。此处有地道可通至流水下方，建有石室，室内备雨衣、皮履、油帽、木杖之属。可著衣拄杖，径至瀑布下，仰视飞瀑腾空而下，水汽迷漫，不可逼视，奇观也。美之妇女，尤喜往焉，亦可见其性质之壮勇，若吾国妇女至此则必疑惧不前矣。过坎拿大境，观正面之瀑，全流豁然在目，前阔三里余，高六百六十尺，流下时常作五色虹彩状。右方之水，略带青色，左则纯为白色，与大壑中积雪融为一色。隔半里许，飞沫即溅人面。风起云涌，壮丽宏阔，足以拓人心胸。下游则有电气升降机，可乘之至河边一览。沿河所设电气工厂极多，皆利用水力以发电者。

自由神像

在波罗尔斯岛上，距巴特里二英里许，由巴特里航行数小时可达。像系法国人集资二十万铸之以赠美人者，成立于一千八百七十九年。像高一百五十一尺，由基座至顶，共高三百零五尺六寸，可乘机升至顶端，为纽约附近之有名建筑也。

露天戏台

在贝克利大学内，可坐数千人，夜间以电光射于内，而演各种戏剧。闻系仿罗马式而建造者，校中常即此为露天演说焉。

哈佛大学之球场

可坐三万余人，每值竞球时，四围观者，常满座焉。可见其崇尚体育之风。

芝加哥公园

常年经费七百五十万，仅南部费亦二百五十万。有总理，有视察员，有各部经理员。视察员每礼拜须乘摩托车，视察各公园一次。公园之主要部分为公共休息室，内有男女健身房，有男女及儿童阅书报室，有男女浴室，有普通休息室，有泳水场，球场，动物园，植物温室，总理办公室，材料储藏室，制作用品处，洗衣处，医药室。盖美国各地公园之最为完善者矣。

最大之时辰钟

在费拉特费亚,直径二丈余,分针亦长丈余,重数十斤。

最大之班尼马戏场

在纽约市,可容三万人。演时见四周万头攒动,不辨其为谁何也。

最大之树

为加州满莫斯树,高三十七丈余,径三丈余。

最大之桥

为纽约与布鲁克令间之铁桥,长五千九百八十英尺

最长之堤

为盐湖中堤,长百二十余里。

最早之大学

在麦而伦州,次则哈佛大学。最早之师范学校,在康乃省,近独立战争处。摩而根生于纽约哈汾,现有其独立所捐办之博物院。罗斯福毕业于哈佛大学,皆为美人所盛称道者。

风　俗　谈

女尊男卑

美国之尊崇妇女,已成第二天性。故妇女在社会上,恒多特权。车船会场之内,凡浴室厕所,妇女之室恒较优越。座满则男子必起让,见必脱帽。在升降机内,有女子至,则立即脱帽肃敬,女子惟钦之而已。惟纽约之银行商号内,以事忙可免此礼。会餐若有女宾,则必礼服,座必于右,宜多与谈话,不宜冷静。与妇女同行,遇有墙壁处,则让

妇女近墙一方。上楼必男子在先，下楼则男子在后。妇女有物落地，则必代拾之。演说时必先称女子，后称男子。此外一切待遇，皆享有特别权利。前此未获参政权，今则要求参政权，已得许可矣。此其故：（一）由于女子之生理上，本较男子为柔弱，故男子须随处扶助之。（二）则美国妇女之智识道德，程度甚高，故男子钦敬之，妇女亦不致流于娇纵。故社会上服务之事，如教育、实业、邮政、电话、警察、军队，女子不亚于男子。虽其俗使然，抑女子实有可尊崇之价值也。惟好奢华，喜应酬，不免耗费耗时，为男子之累。此则彼邦人亦心非之者也。

服装

美人性颇脱略，故不甚讲求礼式之服，非有重宾、要事，恒以常服相周旋，只洁白整齐而已。最要者为项间之白领，必时时洁白无少秽。若一染汗垢，立即更换新者。复领为多，单领多老年人用之。出必冠，若科头，则罹违警罪。携杖行者亦甚少。不喜留须，非老年及工头，则恒童其欬。虽甚热不用扇，只妇女用之。手套，冬日男女俱用，夏日则惟妇女用之。妇女服式，颇尚鲜丽。帽式尤千差万别，穷新竞巧，有一帽值数十元，不数日见有雷同，立即换去不少惜。故帽店所售之帽，必取新式，以悦售者，否则望而之他矣。

饮食

日以三餐为常，车船内加茶点三次。其朝食率先水果一枚，或果汁一杯，冷水一钟。肴则鸡蛋、火腿、牛羊肉为常，佐以面包、牛酪。中餐多食生菜，晚餐为正式之饮食，故食之较多，肴亦较为丰美，以鳖汤、火鸡、蛤蜊为上品，次则烧鸡、牛肉，多不过五品，少则一二品已足。糖食干果，系必需之品，配合颇极卫生。其座式人多则任意配置，少则用圆桌围坐，取便谈话，此亦近时之改良者。坐必直躬，取食以手就口，不宜屈项向席。饮汤勿吸之有声，用匙舀汤，须向外。取食只宜用叉，不宜用刀近口。刀之背面弯曲似关刀者，食鱼。圆头者切菜，稍小者刮取牛酪。匙大者舀汤，小者舀糖末或牛乳、加非、布丁。食鸡卵不可用刀，在席需面包、作料，或他器具时，如在他人面前者，只宜请其人代取，不宜伸手就取之。不宜当众剔牙，不宜以巾拭鼻孔或他物。凡此皆其餐时之礼仪，有女宾在座，尤宜时时留心者。大约欧洲亦同此习惯也。

住宅

美人住宅所占地基面积，大概无多。远在市廛之外，虽距市廛数十里，每日入市办事经商，均可乘电车或摩托车来往。因市廛地租极昂，而纽约、芝加哥等处尤甚。纽约有一富豪，其住宅年纳地租五十余万元，故僦居者居多数。纽约、波士顿之贫民，有一家十余口，居一极狭隘之室者，此则不能以平等论矣。住宅之面积虽小，布置颇为合宜。大概分客堂、膳所、寝室、憩息室（即弹琴读书处）、厨房、厕所、浴室，位置井井，四围略植花草，虽厨房、厕所，亦洁净无尘杂。尝在费城访一友人，见其室内精洁，因并访其居停夫妇一谈，问之则学校之杂役而已。其富人或居都市中者，则普通皆有二三十层之楼房，地下常有窖室一二层，以储藏事物焉。惟父子兄弟不同居，此亦其独立之性使然。

礼仪

美人性质活泼，礼仪简便，不似欧人之拘泥。欧洲人过美者，常讥其脱略，而美人夷然。殆亦自由平等之习惯欤？然和蔼恳挚，胸怀坦易，不似吾国繁缛，拘牵文饰琐屑之费时费财也。例如宾主见面，可直言所事，不必寒暄琐琐。筵宴时主人既安座，即直入坐之，不必一一拘牵。公共地方，不高声谈笑，恐妨害他人。电车火车内，或候车室内，各手一报纸，虽拥挤而无哗嚣。经过他人面前，必声言恕罪。请人代取物，或人以物与我时，必谢之，虽家人夫妇皆然。欲入他人室，必先敲户作声，得允始入，虽至稔熟，不得径行排闼而入也。戏场、火车站买票，必鱼贯而前，不得争先。入餐馆之室，或火车餐室时，必听司事人之招呼位置，不得径入踞座（招呼人恒以食指向面，不似吾国之招手，招手系送人行）。各机关不设仪卫，但有友人介绍，皆可径行接洽，无辗转传达之烦。尝在哈佛访其州长，一执役人引之，径入其室，握手晤谈焉。家庭之内，父母之于子女，亦甚客气，但时戒以服从公理，勿越轨之行动。若吾国伦常纲纪之说，则素不深求。此又因其社会上以个人为单位，不似吾国之以家族为单位也。

节候

除夕元旦，各街市灯烛辉煌，男女老幼，游行嬉戏。然美人宝贵时间，故庆贺休息，亦仅元旦一日，不似吾国之新正一月，皆为嬉春时也。庆贺亦只见面口头称贺一二语，不用投刺年帖之类。惟十二月二十五日基督生日，间有投刺道贺者焉。二月二十五日为华盛顿生日，二月十二日为林肯生日。均休沐追祝，以表崇仰。五月晦日为追悼南北战争阵亡将士日。七月初四为独立纪念日。九月内第一次星期一日为工人纪念日，盖工人示威运动会，于是日成功，美国待遇工人极厚，故特定是日为纪念日。加盟纪念日，则各州不一。自十三州联合独立以后，凡陆续加入者，皆于加入之日纪念之。十一月最后之星期四为报恩纪念日，即三百年前最初来美之清教徒，播植丰获，美人由此获农产之食，故于是日纪念之。

旅 行 谈

航路

赴美之航行线有三：(一)由上海抵横滨，由横滨直接达英属温哥华埠，或维克托利亚埠，历程十五六日。如风波平静时，最速十二日可到，再由坎拿大过美境，五日夜火车可达波士顿或纽约，但须另备过英国之护照一份，始免留难。此为太平洋北线航路。(二)由太平洋中线航路，直达旧金山，约须十五六日。(三)由横滨经火奴鲁鲁岛达旧金山，此为通常航行之南线，约须十七八日。大约北线有恒流冲击，每值风浪，中、南两线较平稳，而中线十余日后，可在火奴鲁鲁休憩一日，尤较便利也。

综计自上海至横滨，海程一千五百零七海里。由横滨至旧金山，四千七百九十九海里，共六千三百零六海里，合华里二万零八百九十八里。加由旧金山至纽约陆路约五千英里，总共行三万七千三百余华里，往返七万四千六百余里。若非火车、轮船之力，行此长途，计需三年之久，始能达到也。

轮船

现在中美间之航船，有中国公司之“南京”号、“支那”号、“乃而”号，系粤人陆费卿等所办。“南京”号最大，排水量二万余吨，系用电、油发动，不用煤火，故船极洁净，惟速率稍差，船甚摇簸。“支那”号一万吨，航行最速，亦甚安稳，惟船中设备，不如“南京”号之精美。“乃而”号七千余吨，比前二者为逊。此公司之三船，专航行于香港、旧金山间。美国之“哥仑比亚”号，船虽小而洁。“西克希尼”号，甫造成而尚未开行。斯坦达煤油公司之船，及钵伦亚细亚公司之船，多系专载货物，不便搭客。坎拿大太平洋铁路公司之船，有“印度皇后”号及“亚细亚皇后”号，皆往返于香港坎拿大间者。“亚细亚皇后”号最大亦最速，“日本皇后”号虽速而底尖，动摇颇甚，次则东洋汽船会社之“天洋丸”“地洋丸”“春洋丸”“日本丸”，皆航行香港、日本、旧金山间者也。

铁路

由温哥华或旧金山，皆五日夜而达纽约，三日夜半而达芝加哥，其余南部、中部、北部，莫不四通八达，旅行称便。车上冬日有汽管，夏日有电扇，有阅书报室、吸烟室、盥面室、厕所、大餐室、化妆室。并无等级之分，皆为通间，坐分两行。通间之末，有小室以便携眷者之包赁而居。又或有特置旋转弹丝坐几者，略加数元。夜间卧榻上下二张，皆黑人为之预备，铺设衾枕帐褥皆备。旅客起床后，则推其下者，成坐位二具，上者推悬壁间。构造精巧，不觉其为卧榻也。通行之轨道，皆系广轨，阔英尺四尺八寸半，故车行安稳。机关车有十余种，最新式者为马来、为锐比勒斯，其推进之轮，较多数联，汽筒亦多一对，故行之甚速，平常速率约每点钟三十五或四十英里。芝加哥至纽约间，商务特盛，车行每小时五六十英里，几达中国二百里，可谓至速者矣。行李重拙者，可先交车站，置之行李车内，换取执照，到目的地后，以执照赴其车站取之，有时并执照亦无需也。

电车、摩托车

电车各市镇、乡村大都有之，行于短路线。然芝加哥、撒枯落敏脱等处，电车路亦长至数百英里。乘车者仅费一角，不问路之远近，皆可到达。纽约之地道电车，则仅置一钱柜，并无人司理，乘客自投费于柜，即径自上车，须换车他往者，可换一车票，俱可辗转达之。摩托车则通行于市乡，尤较自由方便。各处之车路，皆出自人民捐输所筑。摩托车可载至十六人者，约需三千元，每小时耗加士林一加伦。上坡或载重稍多者，需二加伦（每加伦合华衡八斤），每加伦值美金二角五仙，运至上海，则值九角五仙。每小时普通行三十英里，若太速则警察干涉，虑蹈危险也。各市之摩托车，每点钟赁价，亦需四五元，盖人工昂贵故也。

旅馆

各处旅馆，均宏大壮丽，设备完全。旅客至，先向账房问明何号房屋，署名于簿上，然后有伺役携行李、钥匙，引赴住室。若到繁盛地方，须先电旅馆，订定房间，电费甚廉。住室内汽管可以任意加减温度，电灯、信笺、笔墨、电话，可以随客应用。设榻一或二，衣橱一，镜面、写字桌一，盥浴室、厕所一，浣巾、肥皂、衾枕、垫褥俱有，不必自备，恒日一更。旅客除所需衣物外，日用之具，均勿须携带也。大旅馆内，凡剪发所、加非点心店、大餐馆、球场、跳舞室、缝纫室及洗衣、拭靴各细业，均设置之。邮票、烟草、报章、果品、化妆品、电报及戏园电影之售票者，均由馆员代办，故不出店门而所求无不遂者。各层楼均有玻璃邮筒，写信毕，贴以邮票，但置于筒内，则顺筒而下，收信者即拾之以去。膳食在美式旅馆内，均由馆备，不另取费，然此等旅馆，常住家居者为多，故俗又呼之为住家旅馆。若欧式之食宿分离者，最为尚时，然餐馆亦即附于旅馆内，阔大精美，所费较多。大旅馆内，其伺应之人，均着兵式服（惟色不同，多用红帽青衣）。凡一呼唤使用，或送一名刺，呈一信函，取一杯水、一瓶酒，携一行李，以及上车下车，开一车门，均须随时给以小洋一二角。若至临行时，始全畀酒资，则往往遭其白眼，其縻费有如是者。

衣服

常用之春秋季衣裤一套，夏季衣裤一套，昼礼服一套，夜礼服一套，单、夹外套各一袭，皮外套一袭。常用者可在上海定制，每套约需三十余元。其礼服则在美国购制,式样较佳,然价则较沪上高几两倍。外套单、夹者六七十元,皮者百余元,亦可在上海购制。此外如靴、帽、衬衫、里衣、领带、领结,均须多备数份。若着礼服,则昼间用黑结,夜间用白结。靴亦有昼夜之分,惟帽除大礼帽外,寻常礼帽及毡帽、草帽,无大区别。领必时换新者,或时付洗濯,然每洗一次,需银一角,洗至二次,已可购新者矣。

护照

上海美领事馆有专办护照处,缴四寸像片一枚,印花税费一元,即可得照。有职务人员,亦可办取特别护照。抵美境时,检疫员及移民局员来,逐一查视过,与照无忤,即可登岸。登岸后再由税关检视行李箱箧,有无应行纳税之物,皮革绸缎之属,恒须纳税,其余衣物,均可不税。既经验过护照、行李,登岸之后,即为完全自由之身,听其所之,无复过问,亦无待遇不公之患焉。

旅费

轮船费、头等舱位,往来需美金五百余元。火车费一日夜约需三十元,连赁寝车及三餐费在内。下车投宿旅馆中等者,住宿费自四五元至七八元,上等者二十余元,三餐平均约每日四五元之间。惟摩托车费,日恒二十余元。应酬往来,则益无限度,要视其人所办何事,及其奢俭之程度何如,殊无一定之标准。现其国生活程度日高,人工甚贵,一切费用,较上海昂二倍以上。若寓居之日久,于稍僻静处赁宅居住,则较低廉也。

言语

能谙英语固佳,否则虽有翻译,亦必自己略识英文及普通话数十句,如车船上及旅馆餐馆中,呼唤人役,看食品单,索水、索用物,书信面,看电报之类,非能事事请人者,若一字不识,则真苦境矣。

附　录

旅行杂咏（二十九首）

一

舟出横滨，次夕狂风大作，浪涌如山，舟起伏十余丈，霆震雷轰，轮机仍轧轧破浪而行，作歌纪之。

巨浪排空如劲敌，轮机鼓尽万钧力。
船首迎风破浪行，船尾鼓轮相搏击。
万窍怒号天为昏，船底声声震霹雳。
起视波涛漫空来，鬼神骇诧蛟龙泣。
有时高与桅楼齐，不啻玉山左右立。
有时腾踔高过楼，疑是潜艇潜行急。
汽机操纵殊有余，日夜趱程不少息。
西人航海术精绝，古来海客岂能及。
我从蓬岛倦游归，十年不见海上舶。
一朝横渡太平洋，天风浩浩波汩汩。
孤舟出没万马中，生死须臾不可测。
只凭忠信涉波涛，常变安危那能说。
天公待我殊不薄，如此奇观会其适。
三朝海面浪如银，一夜乡心发已白。

二

航行太平洋十日，风浪犹未息，终日偃卧，眠食俱废。

为喜探奇险，宁辞万里行。
风波连绝域，日月耗长征。
倦眼书摊罄，饥肠食厌精。①
壮游真破浪，虚语笑宗生。

三

瀛海茫茫里，飘然着一身。
谈天言可信，悬矢志能伸。
归思频侵梦，薄寒犹中人。
旬朝浮泽国，飞鸟亦相亲。②

四

除夕抵温哥华埠，次日乘车游公园。

飚轮直指到温哥，莽苍人烟气象和。
最是名园山水胜，森森乔木满岩阿。③

五

万里航程逼岁除，且从侨客买屠苏。
声声爆竹连珠响，撩我乡思到故庐。

六

由温哥华乘火车过坎拿大中部，直达纽约。

坎拿寒寂少通阛，日夜征人自往还。
试看漫天风雪里，汽车直上落机山。

---

① 句下注：所携书已读完，腹空而食不下咽。

② 句下注：是日遥见水上有一飞鸟，群逐以为异。

③ 句下注：温埠近大陆而兼海洋气候，故其温和，又饶森林，故以产木材著名。

七

自温埠至纽约，亘五日夜，横贯四千二百英里。

五日征车陆上驰，行人一瞬即天涯。
未讯邹衍谈天幻，直拟长房缩地奇。

八

纽约一市，面积三万二千七百二十五平方英里，人口八百五十万，世界最大之市镇也。人民往来，街衢几无隙地，乃架空设电车道二层，凿地道二层，以便交通。其余桥梁、道路、房屋各种建筑，俱雄伟壮丽。可以见其人民之富力、才力也。

巍巍巨埠海滨雄，建筑崇闳结构工。
勿虑行人车毂击，上天下地辟交通。

九

自纽约市过花园城，乘电车行河底。

为虑舟行有滞留，凿开隧道入深幽。
驱车径过长河底，不信河流在上头。

十

美友汤卜生君，商界之巨子也。其别墅在黑得生河旁，建筑精雅。二月二十五日，邀往作竟日游。室外有植物温室，四时花卉俱备。室内图书、古玩，分门别类。聘专家经理之。

黑得河旁小筑幽，良朋邀我作清游。
图书彝鼎储藏富，信是陶朱共一流。

十一

纽约新大戏院，布景极奇幻美丽。或美女数十人，霓裳羽衣，为天魔之舞；或瀑布飞腾，或图书万卷，罗列皆满。观之真有目迷五色之感。所排之戏，须演一年始换。因排演不易，而纽约人民众多，观剧者一年犹不能遍及也。

氍毹贴地舞翩翩，蓦见银河落九天。

座上三千珠履客，一时鼓掌各欣然。

十二

纽约屋而屋斯楼，高五十八层，七百八十余尺，升降机二十八具，以一女子司之。由最下层升至顶，需时不过数分钟耳。余曾两登之，皆友人约也。

百寻高屋耸层空，登降全凭电力通。

二十八机升一霎，天风浩浩荡心胸。

十三

费拉特费亚，地近华盛顿，闹市也。一千七百七十六年七月四日，宣布独立，撞自由钟第一声，以召国人。一千七百八十四年，开宪法会议于此。现自由钟犹保存于独立楼上。前清李鸿章聘问到此，备受美人欢迎焉。余于九年二月十三日侵晨，偕李君炽昌往观，并拍照纪念。

费城繁盛似新丰，会议争传独立功。

不避寒威风雪并，侵晨来访自由钟。

十四

华盛顿墓，在波多马克河滨，风景清淑，后方即其生时住宅，所用之枪剑箱箧、衣物床帐及手植花木，皆一一陈设保存。凭吊摩挲，令人低徊不忍去。

开国于今已百年，鼎湖弓剑尚依然。

一花一木留遗爱，此是共和众所天。

十五

华盛顿纪念塔，方身尖顶，挺然矗立，高五百八十余尺。乘电机升其巅，数十里人烟村市，皆望见之。与法国巴黎之爱夫而塔，同称为世界上之伟大建筑云。

孤高塔势涌天空，俯瞰人烟杳霭中。

闻说巴黎同纪念，巍巍建筑表雄风。

十六

波斯顿独立战争处，景物佳胜。前有怕而将军铜像，作提枪前进势，中有美国之独立旗，后有纪念碑，纪念与英军战死之七人也。今美之民主国家，已发皇灿烂至此，吾国则何如，对之不禁怅然也。

血战惟争自主权，七人义气薄云天。
终成灿烂光华国，碑碣摩挲一惘然。

十七

在花园城乘飞机，上升至二千尺。

不数公输制木鸢，飞机小试上遥天。
回头下望名城市，直等齐城九点烟。

十八

奈加拉观大瀑布。

腾空百丈落惊湍，雾涌云翻极大观。
举目滔滔天下是，谁能只手挽狂澜。

十九

太平洋遇飓风，舟陷洪涛中，竟日夜始脱险，次晨达横滨。

方作平安报，漫空雾忽迷。[1]
黑风吹海立，白浪压天低。
万马呼群窍，孤舟缈一稊。
存亡呼吸际，浑莫辨东西。

二十

竟战洪涛胜，轮船制最精。
汽机犹利炮，铁壁等坚城。[2]

---

① 句下注：航行十余日风恬浪静，舟中欲写家书告归。

② 句下注：船以钢铁包皮，巨浪撼之，声若震霆。

破冢告无恙，同舟欣更生。
前途皆坦荡，一鼓到蓬瀛。

二十一

由横滨乘电车到东京，沿途杜鹃花，美丽可爱。回忆丁未旧游，如昨日也。

万里归槎又到东，依稀景物记前踪。
杜鹃花发迎车路，半是深红半浅红。

二十二

与王君铁珊，董君雨苍，李君树人，游上野，饮于山麓酒楼，前临不忍池，风景绝佳。十四年前，曾觞客于此。

樱花已谢绿荫稠，上野来寻旧酒楼。
不忍池中春雨过，一泓清水碧于油。

二十三

日比谷公园，为日人参照欧式而造者。与王、董、李诸君一游，旋品茶于松本楼，移时始返。

名园意匠合西东，花草斑斓点缀工。
松本楼前啜香茗，两腋习习生春风。

二十四

自东京至下关途中。

农家簇簇柳毵毵，薄缓轻寒月正三。
草长平芜花满树，扶桑风物似江南。

二十五

自国府津至沼津，遥见富士山，嵯峨矗立，积雪皑皑。傍晚至大津，经行琵琶湖畔，皆日本名山川也。沿途所见村居房屋，形式极古，殆我国唐宋遗规欤。

富士山头雪未融，琵琶湖上夕阳红。

竹篱茅舍浑如画，一路村居有古风。

二十六

长崎有古寺数处，闻系前明遗老避难至此所建，夜间钟声铿然，发人深省。

长崎港市亦天然，四面冈峦断复连。
犹有前朝遗寺在，夜深钟韵落诸天。

二十七

圜山上有会乐园，华肴极佳。与董君雨苍、戚君价人、张君焕然、明君绍武，同饮于此。复至对面诹方山一游，山上有公园及诹方神社。诹方，日本一旧藩也。有功德于民，故祀之。日人敬礼不衰，凡过社前者，男必脱帽，女必鞠躬，较对他神尤虔也。

小饮何妨会乐园，诹方山上问前藩。
纵谈往事心期许，功德于人万古尊。

返国二首

历尽惊涛百险余，一朝祖国庆归与。
那知人海风波恶，比较沧溟反不如。

买得西原一片山，诛茅结屋两三间。
读书养我平生拙，一任潮流日往还。

回滇后上书唐联帅之条陈

一宜注重道路也

国无论大小,地无论广狭,断未有道路不修,交通不便,而民治能发展者(美日两国铁路、电车线密如珠网,收效尤宏)。滇省地处僻远,既无直接之海口,又无自办之铁路(箇壁仅区区枝路,无关重轻),道路崎岖,运输梗阻,举一切政令、规章、实业、教育,莫不受其束缚。故言民治,实以交通为先决问题。交通之最要者为铁路,次为汽车路,再次为飞机。为今之计,亟宜先办一干路,或滇邕,或滇蜀,或滇缅,合全滇之人,集群策群力以图之,视为生死存亡之问题,不成一干线不止。次乃修筑各汽车枝路,以资补助。至于飞机,虽不能多载重量,而输送消息,侦查状况,较为便捷,亦宜同时举办,以其费轻而事易举也。至于铁路应如何著手进行,当另有详细计划,兹不赘陈。

一宜注重实业也

孔子之富而后教,管子之首足衣食,信矣。然在铁路未成以前,成品输出,原料输入,种种不便。大机器工厂,或可暂缓,如农业畜牧之改良,男女工艺之扩充,为万不可缓之举,宜调查原有特长,及社会需要之物品,发挥而光大之。无骛广而荒,勿徒尚空谈。所谓不在多言,顾力行何如耳。若夫机器工厂之兴办,则应以铁路为先决问题,宜次第计划实行,始能与外界商场,驰逐竞争也。

一宜注重商学也

今日言商业,宜求国际之竞争。广世界之学识,始能驰足于商界。中国之商业,窳败极矣。以纽约之大,而中国商家,除华昌一家外,竟少有与日本人抗衡者。大都劳动及小本营生而已,可叹孰甚。滇省铁产丰富,农品众多,将来懋迁事业,与各国日相接近。若不亟培养此项人材,欲兴办各业,即有供不给求之苦。三年蓄艾,十年树木,似未可漠然置之也。

一宜注重体育也

身体强健，不仅为陆海军之需求，即政教工商各任，亦断非身体衰弱之人所能胜。例如工厂之内，或热度平均至百二十度，或平均冷至零度以下，或则烟雾沉霾，或则昼夜雷轰，或则力举百钧，或则察及毫厘，试问衰弱之人，能耐此数日乎？以此类推，凡百繁剧，皆不能责之衰弱之人，有断然者。美国体育之法，无微不至。各学校之器械运动，以及泳水场、打球场，无处不有。我辈观之，已叹为精微矣。而美人犹自视焰然以为未足也。自太平洋到上海，即见华人，莫不黄病奄奄，气弱体衰，精神不振，内地亦然。无论科学机械之竞争不逮，即以人之精力相竞，亦断然不逮矣。此非细故也，关于种族之盛衰存亡至巨者也。宜特别注意提倡，设有种种方法，俾男女体格平均发达，又注重公私之卫生，结婚之迟早以补助之，其庶几收效于十年、二十年后也。

一宜注重外国语言文字也

世界交通日辟，往来益频，苟非熟悉其国语言文字，则不能交换智识，获种种之裨益。现今所最宜注重者为英、法两国文。英文可通行于英美日本各国，及商业界。法文则南欧南美，大半通行。自日本赴美国各地，广东、江苏两省之人，随处皆有，而粤人语言不通，不能转译。滇省亟宜注重此项学问，分布各地，经营一切事业，皆顺而易举矣。

一宜注重切音字母也

自民国四年教育部张一麟，开读音统一会于京师，延聘精于小学训诂通人，制定字母三十有九。凡四声八声之异，清浊阴阳之分，喉音介音之选择，字形符号之选择，皆有根据，与向壁虚造者不同。若实行传习，不过数月，即可通晓。举中年失学及贫民无力求学之辈，皆可读书读报，而政教号令之明晓，社会教育之普及，各省语言之统一，皆可于此基之，其效力甚大。现在美国华侨，亦多习此，外人盛称之，滇省若振兴教育，似宜注意及之。

一宜注重社会教育也

教育为立国之本，人人能言之，然而言之甚易，行之不力，欲求效果，夫何能得？谓宜先从通俗社会教育入手，其他之国民教育、职业教育、专门人才教育，皆应切实计划，实力举行。江、直等省，两次结合考察教育团赴美考察，吾滇均未得与，良为可惜。顾美国财力充足，人民程度夙高，容有不易跻及之处。若日本，若山西，若江苏之南通等处，则借镜参稽，作他山之攻错，毅力兴办，并驾齐驰，固易事也。

回滇后在青年会之演说

一、赴美往返之情形

余此次外出，因唐督军有委托的职务，先到广东、长江一带，又因调查事项，在广东耽延较久，屏当完毕始作新大陆之游，以图阅历见识之增进。不过程途匆匆，未能详细考查，殊深抱歉耳。

余既决计赴美，在广州即向军政府外交部伍秩庸先生说明，请代为预备护照。先生说发给护照之权，不在外交部，必由广东交涉局办好，再送美国领事签字，始为有效。余当时颇有疑意，旋访交涉局梁冠勋，梁言因为西南独立，军政府未经外交团承认，此间所发护照，完全无效，虽有若无云云。后到沙面访美领事，述及余欲赴美考查，美领以亲切之态度，表示诚恳之欢迎。谓普通人到美，亦决无留难，何况余为有职务之人。护照一事，因外交团未经承认之故，所以必须由九龙关税务司签字，始能有效。余遂决计不要，后到北京，托前外交部总长汪伯棠先生代办。不三天的工夫，即为余办一特别护照送来。护照既预备妥当，乃托友人安得森君，代为定一舱位。彼以坎拿大船比旧金山较快二三天，乃代定太平洋公司“日本皇后”号船舱位。余遂由京赴沪。初上船时，风颇平静，出横滨一天，狂风四起，颇不置意，以为航行大洋，固应尔尔。次夕巨浪掀天，声如雷震，将寸厚之玻窗击碎，水直涌入舱中，行李尽湿，欲睡不能，乃挟一毯子，到餐间静卧，以待彼苍之处置。询诸同船，悉言此种风浪，非三天不能平息。至第二日，船主通告，搭客不得再到甲板上，以免意外之危险。于是伏处舱中，但见浪高十余丈，越船而过，如置身潜艇中。然船身摇曳震荡，人尽眩晕，饮食不进，如是者经十二日，始渐平静。又三日到温哥华，近温埠百里之海面，风始平静。到温哥华后，休息二日，乃搭火车，以五昼夜之期间，直抵纽约。此次赴美，程途上的经验，就是知道由日本赴美国，走太平洋北线，比走旧金山虽近二三日，但是北线航路，受北冰洋恒流冲激，风浪较大，船不能开足速率，向前直进。本来船的速率，每天可行三百余英里，受此影响，实际仅能行二百余里。以后若走北线，必至欲速反迟矣。

纽约为美国经济中心，交通便利，商务发达。而自己知交，亦多在此，乃决以此为考查之中心点，遂由此先到华盛顿。询之代办公使容揆君云，威尔逊总统病尚未愈，未能见客。总统所住白宫，非常简朴，而侍卫仆从，亦甚简单，不似吾国之官僚，徒重铺张扬厉也。由其外交部同教育局派员招待，并指导一切。

此次赴美，虽勾留之日无多，然去时走坎拿大，来时走中部，名城要地，游览殆周。回时由旧金山起航，乘"中国"号船，风浪甚平。至第十五天，离横滨不过二百余里，以为可以安达彼岸，遂预备报告亲友之信函，叙述沿途平安之情形，不料忽起飓风，浪涌如山，船主接无线电报，知已陷入飓风之范围，不能再进，后退较为安全，故船向来路退行。次日有美国女搭客在客厅内看书，忽浪花涌入，将女客卷翻在地。势焰之凶，可想而知。直至第三天后，退出危险区域，始仍向横滨开行。抵横滨后，休息一星期，始搭日船"三岛丸"回上海。总计往返程途，共进七万余里之水陆路程，虽征尘仆仆，然因常时劳动，饮食清洁，故身体强健，不染疾病，实足自慰也。

二、实业、教育考查之概要

余到美考查事项，为政治、教育、实业三项。政治以后再讲，今晚单就实业教育说。美国实业，比教育发达较早。余对于实业，所以特别注重，且因彼邦巨商绍介到银行、大商店、大工厂参观，所以实业上耽延期间亦较久。美国实业之发达，大概由于土地膏腴，因为开辟不过百余年，地内之蕴藏颇丰，所以农产上之收入较富。据最近报告，牧畜品岁值七十万万，农产品岁值一百万万。有此天然膏腴之土地，而又再加以人力特别开发，故有此伟大之效果。至于工业的发达，全在机械的进步，随时有新发明的机械出来，以啬代人工之不足。美国人工颇贵，用一白人女仆月需八九十元，黑人女仆亦需三四十元，尚不能服役终日。即此一端，足征生活程度之高。有一天在纽约，天降大雪，交通不便，政府特别雇工，将雪扫除尽净。后调查其开费之工资，共用去四十余万元。人工如此之贵，故不能不以机械代用。美人富于机械的发明力及使用力，也就为此。有如此精巧的工人，又有如此丰富之农产品来供给他使用，加以交通便利，东有太平洋，西有大西洋，中有密西失必河，及横断大陆的铁路。统计四十八州，共有铁道二十八万英里，所以货物运输，朝发夕至，保护促进的政教号令，亦易于达到。工商业的发达，所以居世界第一的位置。工厂发达的地方为纽约、波士顿、芝加哥、洼森、乔及亚、费城等处。或因物产丰富，或因交通便利，便有规模非常阔大的工厂出现，如钟表厂、纺纱厂、糖厂、钢铁厂之类。其工厂之管理组织，不亚于一个政府，责任分明，有条不紊，各部各科办事处，皆有详细之统计及地图。欲问某处出产如何、销额如何、价值如何、金融情形如何，皆可随手检出，一目了然。而电报电话，四通八达，故其消息，亦非常灵通。就洼森的钟表厂说，全厂共有男女工三千余人，分业工作，有制壳者，有制针者，有制轮者，有磨光者，有钻孔者。苦心孤诣，煞费经营。因钟表机关，不能震动，故工厂位置，选择在街市遥远之区，前有森林，后有河水。复恐灰尘飞扬，故四周通路，遍洒一种油类，灰尘不扬。其次待遇工人，亦最优厚。所有采光、换气、运动、游息各种设备，最为完全。又因地位僻远，恐工人家属顾念其子女，所以特设保育所，延顾女佣，为工人保育其子女。一达学龄，即送入工厂附设的学校。工人因其子女得所，是以能专心工作，无所顾念。而所用工人，多系妇女，因为女子心细耐烦，工资比男子亦较廉。他们经营的苦心，真是无微不至。日本近年来极力模仿，亦能得其大纲，不过比较之下，总觉见拙耳。纺纱厂亦最有名，大部分同织工厂连在一处，一面纺纱，一面织，用力少而收效多。滇省想创办纺纱厂，须详细调查，以资借鉴。云南留学生任嗣达、姚光裕两君，调查很详,可资佐助。美国产棉甚盛,棉种亦佳。南方特克塞司省,气候甚暖,且用黑奴做工,工资甚廉。故美国专注意在这一省发展棉业,其余北部各省,亦产棉花,不过较南省为逊耳。据最近调查,每年产额一千七百多万担,每担五百磅,输出棉花及棉织物、棉纱,共值六万万元,亦云巨矣。

美政府对于棉业促进,在华盛顿其农部特设有棉业科。征集各地棉花籽种,随时试验,指导改良,其价值亦由此科酌定。

此外与中国有关的,就是丝、茶。美政府初意颇想提倡蚕丝业,后因人工太贵,碍难发展,乃改变方针,专以奖励进口为主。美国因人民富足,妇女喜着丝服,故丝之销额最多。而供给之源,操诸日本,不惟中国不能与之竞争,即丝业最著名之意大利,亦瞠乎其后。日本之丝,以三分之一为本国之用,其余三分之二则输出外国。中国之丝,以百分之五五供本国之用,百分之四五则输出外国。两相比较,中国实有逊色,加以韧力不强,色泽不佳,牌号参差,分量不一,包装陋劣,所以对外信用,日益薄弱,且中国人不知用广告鼓吹,不能用语言接洽。日本人则反是,美国各大城市,多见日本广告,又把中国不良的现象,照入电影,引起美人厌恶中国之心。所以中国丝业,实在有江河日下之势。茶业亦复如是,因为中国人好作伪掺假,外人颇不信用。近来全用日茶,或印度锡兰茶。中国茶不惟不能畅销外国,在中国都有不能发展之势。有一美国女宾言:前游中国,在津浦车中,问我们中国人,不吃中国茶何以反吃起锡兰茶来?彼人无词以对。

此外糖业一项,本国所用无几,全靠输出外国,因为外国人吃糖很多。但制糖的原料,美国多半用甜菜(甜萝菔),制出来的糖,又白又甜,成本亦低。至于造纸厂,其规模大、设备全的,在美国很多,一时不能详述。然废物利用,且需用成本不多,大可仿办。我们中国用的纸,要仰给外国,真是可叹。此外牧畜农产,在加里弗利亚省之可仑一带,非常发达。我们中国的广东人,亦多在此间租地种植。大获厚利者,租几百英亩的地面,用机器开出。所用之机,前有一摩托自动机,后有数多铁轮,每日可以犁出多量之地。施肥料亦用机械,不假人力。耕地整理出后,无论米、麦,都直接洒布,不再分秧。种植果树,亦多用机械,不过熟时,用人摘取。在加里弗利亚,有广东人吴东垣、林森等,各有资本十余万，业种植有年。每年遇果熟时，请柏克利大学生来摘果子，每天每人工资约四五元。雇人以劳工为神圣，并不奇怪。学生在假期间，有此收入，不无裨益。美人于饭后喜用果子，故销路甚广。然因供给者多，其价值亦不昂贵。植物中有一种草名阿尔法法，可供饲牛、饲羊、饲鸡之用，栽植亦不困难。又机器吸水，最宜仿行各处。用机凿井，安吸水机于其上，随用随取，不至受天时之影响。美国农产之丰，固由土地之膏腴，而人事之周到，亦诚有不可企及者。

总之美国实业之发达，实由彼邦人民有四种之特性。（一）重独立。虽父母兄弟，耻相依赖。当就学时，即以独立营生为抱负，而父母亦不愿多留遗产与子女，致养成其懒惰之习惯。（二）不自满。即如用一机械，办一工厂，必时思改良进步，以求登峰造极。（三）习劳苦。百万富翁，亦不惮操作。虽煤烟满面，泥泞满身，在所不顾。工作完毕，易着绅士之服，固俨然一富翁也。余友芬枢，亦颇殷实，余此次赴美，住其家二日，其夫人出而招待，备极殷勤。芬枢君则以开矿为业，跋践山岭，不辞劳瘁困难。美人有是种之特性，是以全国之内，家给人足，进可以战，退可以守。欧战期间，协约国赖其接济，始能与德相持，其后加入百万之生力军队，供给种种之用品、食物，始定欧战之局。否则至今日，恐胜负尚未能决也。（四）坚忍。凡经营一事，几经困苦艰难，不成不止，以是卒收最后之效果。

教育事业，纯任各地方自由发展，这是共和国自然的趋势，所以美国各州的教育，美政府都听凭他们自由活动，不加干涉。就是中央的教育局，也附设在内务部，比各部规模狭小。局长哈肯，经验学问，非常丰富，全国教育，皆在彼洞鉴之中。美国一万万一千几百万的人口，教育经费，已达十二万万之巨，受教育的人数达百分之八十。彼尚一再表示抱歉之态度，随时图谋扩充的方法。并说教育局不过以查各州教育状况，统计比较，指导改良。究竟如何改良，并不加以干涉，或强迫的作用。我们中国，地面太大，历史气候，风俗习惯，各不相同，要想拿划一的学制来支配各省，真是扞格难行。美国交通利便，各地最易调和，转觉不应如此放任，所以彼邦的教育家，亦有主张改设教育部，规定一个宗旨，做各地的标准。现在的教育局内，条理也很精密，都是分科办事。科中职员，多用女子，曾见他们开会时，在座者几占其半。

局长并向予言,有如何之疑问,彼等皆可以答复。此外有中央职业教育局,同各部处于平行地位。局长同部长的职权是一样的,专以推行各种职业的教育为主。我们中国,近年来也觉悟职业教育的重要,不过徒托空谈,未见有能实行者。

美国学制,大概义务教育期间,定为八年。从六岁起至十四岁止,加上四年的中学,十八岁毕业。思上进者,可以入大学。谋生之知识能力已具,各自营生者亦有之。此外尚有所谓六三三制,恐八年加四年,太过迟延,遂酌定小学为六年,由小学抽出两年,再由中学抽出一年,共三年,名为初级普通中学。毕业以后,始入分科中学。

中学多分科教授,有人主张把他与职业学校合并,足征趋重职业教育之意。惟人人有相当之职业,所以家给人足,全无游民。管子说:"仓廪实而知礼节,衣食足而知荣辱。"所以美国地方,盗贼亦绝迹,人民安堵。纽约市虽不无盗窃珠宝者,然多为意大利人。

欧战告终,职业教育,尤为重视。芝加哥的教育局长,把男女详细分开,各习相当之职业。一种系将有志习浅近职业者,特别提出,即如学驾驭摩托车之类。一种系中学毕业者,要强迫他受补习教育,一方面练习技能,一方面可再求高深的学问。

美国的大学,私立者多数,约五百四十余校,而官立者甚少。规模宏大之哈佛大学、哥仑比亚大学,皆系私立,其经费半由私人捐集。芝加哥大学、斯丹弗大学,皆为富豪捐任经费。大学中最大者首推哥仑比亚,自幼稚园以至小学、中学、大学均齐备。学生人数在七千以上,就中以矿业科最为著名,理论最为详细。哈佛大学、彭士非尼亚大学,均以医科著名。芝加哥大学之政治、经济、教育,均甚有名。

社会教育,非常完备。华盛顿之图书馆,规模最大。初由国会创办,后筹备经费六百万元,改办为全国图书馆。但因由国会创办,所以对于议员特别优待。各议员皆有借书阅览之券,随时取用。由地下安设机关,直通国会,可以将券由地下机关送去,书亦由地下送来。阅书处为圆形,人在四围。输送书籍,皆用机械。上下楼时,有自动升降机,不假人力。所装置之电灯,人一出门,五分钟后,自然熄灭,以防酿出意外之危险。书之丰富,分法文部、英文部、东方部,中国与日本之书籍,皆在东方部中。馆长自言对于图书馆有三十年之经验,系由美总统直接任命。馆内常年经费为二百五十万。中国的书，如《永乐大典》，各种元版、明版的书很多。我们云南的书，如《普洱府志》《元江州志》，均在其中。看书的以女子为最多，几百人在一处，声息全无。各大学各处的图书馆，虽不如华盛顿规模之大，然钩心斗角，颇有特别之巧思。在纽约图书馆，见阅书者欲阅何书写书票交去，未几号码电光一显，书即自然送出。便利阅客，法良意美。乡村皆有图书馆，即缺乏之书，因交通便利，传达迅速之故，皆能随时向他之图书馆借阅。巡回图书馆，随时巡回各处，凡有疑问，可先期记录，遇来时借可以参考。体会人情，无微不至。人民受教育之机会甚多，国民程度之高，有由来也。

战后美国的教育，尤注意养成世界的公民。常勉励学生，要为世界服务。所以有小儿赤十字会、小儿看护会、童子军等组织。又因生活程度日益增高之故，对于中小学管教员薪金，俱有增加。

注重体育，亦为美国教育之特色。欧战征兵时，竟有百分之二十身体不及格的，所以战后愈益努力。各校皆有机械体育场，如哈佛大学的体育场，可坐三万余人，每遇比赛，无不坐满。女子体操，不亚于男子。小孩体操，不亚于成人。或泳水，或划船，皆努力为之。是以彼邦人民，体质强健，能耐非常之劳苦。海陆军人无论也，即工人亦然。予到钢铁厂，见火光熊熊，熔铁流下如瀑布，煤烟迷漫，呼汲几为窒塞，而工人运转钢轨铁砖，行所无事。设体质不强，何能近此二千余度熔炉高热？即钟表厂非目力强者，亦不能为是项工作。美国注重体育，所以他们人民才有这种强健的体魄、精神。渡太平洋至日本横滨，看见日本人就觉比拟不上，但日本人不过身躯矮小，其实内力亦很充实。一旦到上海触目看去，都是奄奄病夫，莫说与人家斗机械、斗智巧，就是一个同一个对打，也要归于劣败，真是可为浩叹咧。

三、一般的观察

美国社会文明程度之高，真足令人羡慕，兹就普通一般观察说说。

一尊重妇女。妇女任职者甚多，男子对之，只有尊敬而无狎邪。即如各机关长官之侧，皆有年轻妇女司打字之职，在中国人处此，岂不酿出意外之嫌疑？火车上、戏园中，男女杂坐，全无分别，然男子对于女子，只有相让相敬之意。在升降机中，男子遇见女子，皆脱帽致敬，女子亦处之泰然，并无矜持忸怩之态。

二重平等。火车不分等级，贫富贵贱，都坐在一处。全国人的服装，大概也是整齐划一的。

三有秩序。国内处处皆有秩序，即如卖戏票的坐位，一两千人在一处，都是毫无声息。纽约演班尼大马戏时，众达二万余人，买票者相续成为一直线，鱼贯而入，绝无争先恐后、互相拥挤之弊。

四分工。无论政治、教育、实业、商务，皆取分工主义，各专一职，既可省转移之时间，又可达熟练之境遇。

五尚自治。各省有自治之权。省长兼辖军民，惟调动军队，必得国会之同意。

六重卫生。个人卫生、公共卫生，皆极讲求。纽约人口八百五十万，要是不重卫生，就有极大的危险。芝加哥、纽约的饮料水，从最远最洁净的地方引来。进纽约市的火车头，近市时，定要改换电车，不然煤烟迷漫，甚有害于呼吸。

七经济流通。纽约市内无论办什么公益事业，经费极易筹措，因为他们把经费筹来，都是使用在社会上，取之于人民，仍用之于人民。这一国内的经济财力，是时常周转流通的。

八富于爱国心。地方培植得庄严灿烂，人民的生命财产保护得安全无比，爱国的心情，自油然而生。无事时各勤职务，一旦有国家对外的事，便是万众一心，群策群力地对付。至于对待华人，亦殊诚恳。但各处华侨，多半是广东人，他们到美国大概是做劳工生活，所以很不清洁，遂被美人轻视。特别划出居住区域，纽约、波士顿都有唐人街，专住中国人。两相比较，文野之分，显而易见。他们有招我讲演的，我告诉他们，穿衣说话，以及一切应酬来往，都要十分检点，不要使人看不起，要知道，人家轻视我们，都是我们自己讨得的。

四、中美之比较及我国人之觉悟

中国为东半球大陆，美国为西半球大陆。中国为共和国，美国亦为共和国。中国开化数千年，而美国开化不过百数十年。美之文明程度，较之中国，乃高出万万，其间倚伏消息不难参透。我们要赶快觉悟，从实业教育上积极进行，务使家给人足，个个有衣穿，有饭吃，并且有了国民的常识，世界的眼光，彻上彻下，对内对外，都是有秩序有条理，人家自然佩服。不然练些海陆军队，徒耗国力，拿出去对付外国，敢说仍是无济于事。

普法战争议和时，中国列席议会，在四等国的位置，同巴西一样。中国专使就与巴西专使约，归国后各自促进本国的政府，一雪此耻。去年欧战和平会议，巴西已跃为二等国，中国仍旧是列在四等。不独王正廷专使身亲其境，愤激莫名，即我们闻听之余，亦真可为椎心泣血者也。

各国对于中国，都愿极力扶助。美国的友谊尤好，但我们自己总要觉悟，发愤图强，才有扶助的价值。去年国际联盟，美国固愿为中国尽力，无如中国引丝自缚，真使人家难为我辞。欧战告终，近东问题，已完全解决。远东问题，全世界人的眼光都注射在上边。我们要是不堪扶助，恐惹起一国的侵略，就要扰害全世界的和平。从不好的方面说来，恐难免人家协同起来处分我们罢。

译名简释

A

阿谋(Armour)——阿莫尔
爱夫尔、爱夫而(Eiffel)——埃菲尔

B

巴付耳、巴付落(Buffalo)——布法罗
班尼(Barnum)——巴纳姆
贝克利、柏克利(Berkeley)——伯克利
比晓卜(Bishop)——毕肖普
波多马克、波多(Potomac)——波托马可
波罗尔斯岛(Bedloe's Island)——贝德罗岛
布鲁克令(Brooklyn)——布鲁克林

C

撒枯落敏脱(Sacramento)——萨克拉门托

D

倒格麦揆(Douglas Marquette)——道格拉斯·马奎特
登付耳(Denver)——丹佛

E

俄而街(Wall)——华尔街

F

费拉特而费、费拉特费(Philadelphia)——费城、费拉德尔菲亚

G

哥仑北亚(Columbia)——哥伦比亚
革落付(Grove)——格洛夫
格兰脱(Grant)——格兰特

H

哈佛耳、哈汾(Hartford)——哈特福德
哈脱(Holt)——豪尔特
黑得生(Hudson)——哈得逊
花园城(Hammondsport)——哈蒙港

J

加非(coffee)——咖啡

加菲而(Garfield)——加菲尔德

加里弗利亚(California)——加利福尼亚

加士林、加斯林(gasoline)——汽油

K

喀卜特儿、喀必脱(Capital)——议会大厦

喀特儿匹拿(Caterpillar)——履带车

坎拿大(Canada)——加拿大

康乃、康乃克的(Connecticut)——康涅狄格

考迭士(Curtiss)——柯提斯

可倍(Cabot)——卡伯特

L

烈克新登(Lexington)——列克星敦

M

麻士邱色士(Massachusetts)——马萨诸塞

马歇耳(Marshall)——马歇尔

麦而伦、麦而伦特(Maryland)——马里兰

麦坚泥(McKinley)——麦金莱

米西根(Michigan)——密歇根

米西西比、密西失必(Mississippi)——密西西比

摩而根(Morgan)——摩根

N

乃付赛得(Riverside)——里弗赛德

奈加拉(Niagara)——尼亚加拉

P

怕而(Paul)——保尔

潘士菲力亚、播士非尼亚、彭士非尼亚(Pennsylvania)——宾夕法尼亚

普特曼(Putnam)——帕特南

Q

嵌撒斯——堪萨斯

桥其亚、乔及亚州(Georgia)——佐治亚州

琼恩式(Jones)——琼斯

S

山司克里脱——Sanskrit,梵语

施微夫(Swift)——斯威夫特

士布零菲耳(Springfield)——斯普林菲尔德

士打克顿(Stockton)——斯托克顿

司密司孙(Smithson)——史密森

司坡符德(Spofford)——斯波福德
斯丹佛(Stanford)——斯坦福
斯堪底菲纳亚(Scandinavia)——斯堪的纳维亚

T

汤卜生(Thompson)——汤普森
特克撒司、特克塞司、他克色士(Texas)——德克萨斯

W

洼森、瓦生、华生(Waltham)——沃尔瑟姆
维克托利亚(Victoria)——维多利亚
委斯康新州——威斯康辛州(Wisconsin)
窝哀耳(Oregon)——俄勒冈
窝哈约(Ohio)——俄亥俄
屋而屋斯(Woolworth)——伍尔沃斯

X

希博勒喀(Hebraica) ——希伯来语
仙(cent)——美分
歇而满(Hillman)——希尔曼

Y

亚拉巴州(Alabama)——阿拉巴马州
耶路大学(Yale University)——耶鲁大学
以里(Erie)——伊利
以利老哀、以利诺哀(Illinois)——伊利诺伊
印第安(Indiana)——印第安纳
育他(Utah)——犹他

Z

哲费孙(Jefferson)——杰斐逊

美游诗词存稿

出云馆主人

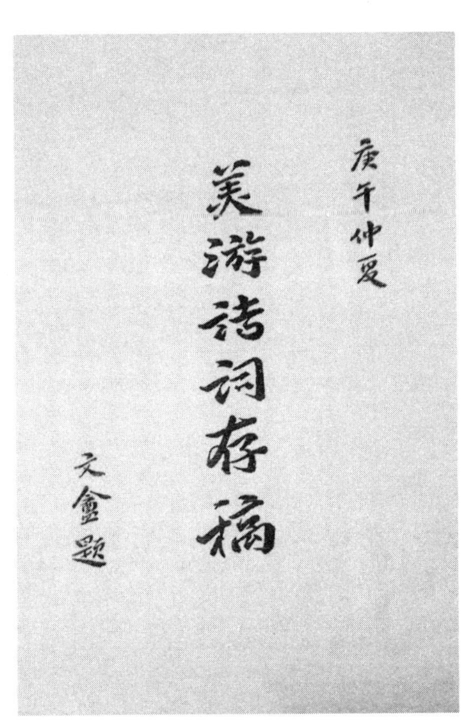

目　录*

* 本目录中的部分标题与正文中的标题存在出入，均依照原目录和正文，不再统一。

叙

粤惟六义托始于《周南》，四声盛行于江左。虞琴逸响，治功被以管弦；秦火销烽，讽诵优于竹帛。声律之作，由来尚矣。尧宫受禅，传轩鼚鼓舞之歌；舜陛扬言，上喜起明良之颂。吉光片羽，犹播人间；断简零篇，未堙前纪。偶征诗料，悉属国闻，既藉观风，尤资达政。后来作者，罕绍遗徽，纵踵事而增华，已徇末而忘本。不悟禽鱼草木，悉添颊上之毫；月露风云，聊写胸中之兴。论其宏旨，乃匪在兹。

夫事有万殊，人更百世，虽经改辙，仍有导源。繄政治之迁流，实群化之消息。在昔祖龙创业，矜作帝以傲王；有扈兴师，争与贤于传子。非理为势屈，则名与实违。得失之林，辨争之薮，过去已成陈迹，翻新便诧神奇。今祖勋华，何知魏晋，亦渊明之所慨念，而宁戚之所不逢者矣。若唐家李杜，汉代苏张，未跻不讳之朝，但托至尊之宇，方斯蔑矣，吾何歉焉。胡乃和声鸣盛，犹待来兹；而圣德嗟衰，转甚曩昔。岂诗人之蹐地，抟抟碍行；将骚客之问天，苍苍无语。探其旨趣，可得具陈，斯亦郇生解蔽之方，尼父修辞之道也。夫小康专嬗，大宝为私。楚子投龟，犹知自取；项王逐鹿，实长群雄。抚四海谁是真人，易一家有何公论。堕陈抟于驴上，道士风狂；兵伯夷于马前，义师颜汗。如其师师有众，济济多才，为汉起一代朝仪铁券，于焉永固；佐宋以半部《论语》，黄袍不问。自来武力盛者天从，民智弱者理夺。久畜张良之箸，偏推韩信真王；世无袁绍之刀，要让董公健者。时实为之，孰能议焉？相彼盈廷，动矜智术，善伺群狙之喜怒；以此畜民，坐操两虎之死生。施于治国，出入异公私之量，侯门之仁义斯存；先后分张脱之弧，鬼车之笑号毕现。驯至人人孤注，处处机牙，得者炫为奇功，失者罗于巨祸。跖心夷貌，但取能欺；暮楚朝秦，犹忧未巧。譬没渊而逢网象，凿井而得羵羊，禹鼎尚穷于铸怪，秦镜竟缺于照形者矣。加以希宠求荣，南宫载宝；扳权附势，西邸输金。何鼎鼐之能调，惟苞苴之是尚。郭尖善事权贵，郑五宁非相才。前代扬其颓波，今兹吸其浊滓。向利为德，背公营私。或乃赧王之台，累增将压；而太师之坞，畜积弥丰。方将以国徇财，何止败官为墨。辟明堂以吁俊，价等鬻羊；罄国库以治军，功无汗马。有何面目，久操同室之戈；如许头颅，竟覆中原之鼎。至今为梗，来日大难。自非陈叔宝心肝全无，能免蔡威公血泪俱尽者耶？人非金石，事等烟云，劳者瘁其精华，达人了其变幻。莫问红羊之劫，灰飞尽以何年；请看苍狗之形，物怪成于俄顷。或人为征其朕兆，或天意示以端倪：桥上鹃声，识宋朝之多事；冢中枯骨，知公路之无成。可与微言，厥惟深识。随众愚而谈市虎，盈耳何庸；违道诫而察渊鱼，运心独苦。愿为金口，长警喝于逖聋；生具石肠，誓不回于狷薄。是则仁人君子之用心，非末学小生之所喻也。

生也不辰，遘兹琐尾，龙潜凤去，鸡失羊亡，纵恣汪洋，无间于臣主（东岳失金鸡，西岳亡玉羊。鸡失羊亡，臣纵恣主汪洋。见《易纬》）；畔援歆羡，相竞于市朝。官联只弋猎之资，人道有沉沦之患。刘伯伦置身浊世，短锸相随；阮嗣宗蒿目穷途，长歌当哭。牺牲入庙，虽熏沐以何荣？鸿鹄适荒，将翱翔其安集？吾道至此，亦足悲矣！但某也鲁连玉貌，非有求于平原；宏景白云，不堪赠于梁武。藏山无闷，浮海何伤。偶逢张翰倦游，动故国莼鲈之思；那有杜陵俗虑，眷少年衣马之怀？十分冰雪聪明，因文见道；一洗绮罗香艳，独寐寤言。咏斜阳烟柳之词，才人忧国；弹空谷猗兰之操，贤士违时。偶惭无咎之文，未忤不伤之旨。写介甫少年胸臆，霖雨蟠龙（王介甫句云：天下苍生待霖雨，不知能向此中蟠）；逊召公盛世音容，朝阳鸣凤。戚者不能为喜色，愠者不能为怡声。正是佛言，未离我相。或竟夕逾七篇，或终岁无一什，随兴所至，何意求工。幸殊方朔诙谐，浪削三千之牍；不使阳春淆混，亲编六一之词。综此钞胥，付诸剞劂。敢炫骊珠在握，不过鸿爪留痕。昔欧公矜去取之严，诠一篇而累日；刘敞待是非之定，藏全集以百年。虽由世好之难知，未免文人之过慎。不撄末流之纲，锻炼无从；欲扶大雅之轮，琢雕愈出。任极九能之人巧，仍殊万籁之天然。着意太多，见真太少，则其蔽也。某生遇时艰，躬逢世乱。填胸悲愤，悉是民劳；触目遭危，无非国故。千情万状，一唱三叹，但求率口以成章，岂因从心而逾矩。琢枯桐之质，不发凡音；酌元酒之尊，悉捐醰味。现空灵于实迹，明镜发函；寄近体以长言，累珠贯索。亦有曼猗清婉，错杂苍凉。倚白石之新声，弹赤城之高调。欲挽斜阳短景，须上昆仑；轻抛逝水华年，空悲楚泽。遍山啼血，子规唤故国之魂；蹈海含冤，精卫填生灵之恨。语从心坎，字有锋棱，不但望月来迟，嚼冰耐热，伴禅龛而礼佛，托蓬岛以游仙，顾影风前，逸情云上也。

世有知音，或能好事。和以琼楼玉宇，高处生寒；付之铁板铜琶，大江淘浪。诚足以舆台柳氏，皂隶《花间》者矣。若乃情意不同，好恶悉异，爱者咏而抚节，击碎唾壶；厌者举以蔽尘，覆之酱瓿。无物不可，于人何求。冷暖自知，答秋声于四壁；荣枯奚别，了春梦之一场。敢希前贤，欲见来者。谁挥文通彩笔，和我以销魂南浦之词；定张元亮素琴，迟汝于高卧北窗之会。

癸丑十月二日叙于美国刚那特吉州之哈佛城

美游诗存

五月渡美洲留别同学诸君一首　戊申

朋友如性命，我夙闻斯语。出视时俗人，孰是寡俦侣。
连镳结轸游，高义乃无睹。荣落固翻覆，扳依亦门户。
多言少实行，碌碌安足数。厚貌而深情，孔圣且犹惧。
浊世清芬歇，出门见尘污。以兹广绝交，所持亦有故。
惟我敬爱友，感契在肺腑。昔游大匠门，道术相娱慕。
中间经忧患，志气不少沮。于学五不窥，深藏廓虚宇。
教育得英才，桃李森森树。成阴并获实，功成在指顾。
斯业岂不劳，开山孰作祖。勉力任艰巨，中道勿改步。
回思万木堂，一别忽如雨。男儿志四方，那得长相聚。
凤鸾飘泊感，动辄叹迟暮。斯乃文士习，吾道所不许。
英雄造时世，才命岂相负。去去各努力，会有相逢处。

留别从学诸子一首　戊申

从来临别赠言难，赖是同门礼数宽。但使法团能自治，岂忧他族屡相残。
外庸御侮内胥附，先说华严后涅槃。我愿无穷时苦短，河梁留续异时欢。

偶题一首　戊申仲冬

东溟西海紫澜回，大陆茫茫现劫灰。十载旧闻多国粹，五洲新史几人才。护持文物灵光殿，凭陟英雄广武台。我欲驷虬览天际，乘时何处起云雷。

赠赵峄丈归国二首　己酉孟春

一

君整归鞭我尚留，蟾圆八度枉同洲。去鳞来羽心虽照，北辙南辕面未谋。世有慧牙能说项，生无媚骨肯依刘。何时料理吾乡去，纵浪沧溟一钓舟。

二

强艾年华好建勋，知君行作出山云。范滂揽辔怀先定，宓子鸣琴世愿闻。正合欢颜娱鹤发，况兼继美有龙文。天涯念我离群感，为报琼瑶慰夕昕。

赠刘铭伯归国一首　己酉仲春

天缘虽得此同游，聚散无端遍美洲。华旅合称诚意伯，汉官今见富民侯。握蛇骑虎心犹壮，泣凤嗟麟道孰谋。春日载阳好归去，只余王粲独登楼。

憩伯星使电请解任回国，嘱往话别，枨触所怀，不尽时局之感，率赋四律寄赠　庚戌孟冬五日记于哈佛城

一

一唱皇华北美洲，国情繁杂足爰诹。漫劳逐末牵牛尾，暂要惊人搏虎头。

议政辟门曾有疏,[①]司农仰屋可无筹。自来文字关时局,未信班生笔竟投。

二

盘错试人须利器,于今无处不投艰。纵横颇系安危局,贫富由来生死关。国币未行金本位,兵机谁解玉连环。风云坐看群龙战,回首中原泪暗潸。

三

中英订约成书日,[②]曾到昆仑绝顶来。去蠹久令藩众感,守雌深为国权哀。折冲樽俎非无策,横海楼船未有才。[③] 时议纷纷成底事,几人依剑望金台。

四

天怀磊落仆平生,不近声华况慕荣。曾向星轺参末议,颇闻冰鉴别群英。何时重道班荆雅,仓猝将为折柳行。人欲弹冠公欲挂,扶摇安用祝鹏程。

美洲感事十首

一

哲理渊微只佛尊,耶回学舌说灵魂。神权敢混人权治,外道轻摇圣道藩。不辨鲁鱼司记载,忘谈罗马有童昏。千年历史千年眼,未许群盲黑白扪。

(论现代宗教主人道不主神秘。)

二

欲享和平惟有战,大雄无畏我心存。人群未或逃天演,豪杰真能铸国魂。神马昔曾导西极,小鱼今已噬东藩。兴亡不管民权堕,安用沉沉叩帝阍。

(论国民参政当先担义务。)

① 页眉注:张使任内,上开议院、设责任内阁、改官制、立金本位币制等折,均关国政重要。

② 页眉注:指三年前议西藏商约及劾驻藏大臣有泰事。

③ 页眉注:当时方张皇议兴海军亲贵用事,张使以无海军人才为憾。

三

徙倚深宵为汝劳，欲陈时事笔重櫜。交锋铁血犹能竞，败绩金融不可逃。始信中原成鹿铤，多因遍地有鸿嗷。当场桑孔人何限，宁识蠡研过六韬。

（论整理财政划一币制。）

四

两载飘蓬北美间，骈阗胸臆只时艰。咏愁有客如平子，论治何人似贾山。欲辟明堂融党见，可无秘阁领朝班。王言纶綍今初睹，况瘁风尘一解颜。

（阅孟冬四日电报，喜得三年内召集国会消息。）

五

遍局危机一着难，四朝和战已无端。吓蛮文字唐才子，凿空勋名汉使官。拊髀或能思颇牧，蔽聪其柰误椒兰。蒲陶天马寻常见，谁道君王不忍看。

（伤外交思国耻也。）

六

吾生鉴别本天然，上彻苍穹下九渊。核实不担行事责，舞文终负发言权。因伤贝锦缘谁织，多恐膏兰只自煎。无限戈矛无限敌，争夸鱼兔在蹄筌。

（伤报界天职之堕落也。）

七

隐约华风见一斑，荆天棘地客途艰。蛮威相斫东西市，妙道空谈大小山。牧豕有奴长作戏，流莺无主可售奸。芙蓉城垒千年在，未说文明先汗颜。

（伤我华侨海外四业也。）

八

落第金星思作贼，辍耕陈涉倦为佣。非关在野轻流血，只为当涂实养痈。国有妖民残巨鹿，世无养士卖卢龙。如何欲继波兰辙，妄揭竿旗引敌踪。

（痛内乱之招亡也。）

九

同舟吴越起戈矛，辜负深心十二秋。莫解阿衡干鼎俎，竟疑尼父盗刀钩。世情鸡跖知无味，众妒蛾眉且自尤。留得元龙豪气在，云中挥手谢时流。

（痛群谊伤交际也。）

十

大器槃槃龙伯国，真才落落九方皋。北过燕市空群马，东蹑蓬瀛钓六鳌。万里壮行成《史记》，三年幽怨赋《离骚》。灵修浩荡知何故，欲问天庭首重搔。

（归本于知命乐天，借以自广也。）

庚戌孟冬九日记于哈佛城

哈佛消夏吟四首　壬子孟秋

今年城居消夏，不复他适，随地遣兴，得少佳趣，因付声律以写之。

一

阑内秋千陌上人，儿童笑语蔼如春。绿波涵热鱼吹沫，红日流光雀浴尘。莲泊罕能容画舫，柳阴差合驻雕轮。如今世事沧桑外，来去翛然剩此身。

二

庄严净土无何有，适意机缘待未曾。幽遁暂疏冠盖客，漫游酷似水云僧。南园日暮堪驰马，北苑秋晴可放鹰。不及城西尼萨伯，[①]逍遥闲步一枝籐。

三

六旬以外两逢雨，一日之间三饮冰。饱阅炎凉心事定，便观空色眼波澄。

---

① 页眉注：尼萨伯园在哈佛城西，英名 Elizabeth Park，亦译为伊利沙伯，中有 Rose Garden 最著名。

鼠能拱立客前谢，鸭解呼名群里应。犹爱蔷薇近千种，深红浅白各分胜。

四

城西一角是侬家，偶倦登临暂驻车。尘骑不逢南越荔，冰盘犹荐大秦瓜。数丛玉蕊霏秋雪，百朵红蔷衬晚霞。谁忆征轮流转客，年年七夕感天涯。

秋兴二十四首

客途连蹇，久废吟咏。因阅客诗，有“起予”之感，即用其韵率成三律，方解衣就寝。而时事萦怀，通宵不寐，倚枕复成三律，朝起又得三律，共九首。癸丑仲秋九日。

一

忽度共和已二年，骄骄莠遍圣王田。格苗空自闻《尧典》，采菽何曾怀郑《笺》。浊世色言多避地，私家位禄孰称天。盲人瞎马冥行去，知堕虞渊那一边。

二

临风想望太平年，种菜栽花尚有田。一卷《普贤行愿品》，数行《绝妙好词笺》。吾生粒粟浮沧海，人事丸泥补漏天。可奈当途成鹬蚌，金瓯坐见缺三边。

三

去国离乡不计年，生涯辜负种桑田。秋风一鹤时惊梦，流水双鱼久乏笺。骇浪鲸翻起东海，冥云鸢跕堕南天。汇成两地凄清意，肠绕兰畦菊径边。

四

真无正月此元年，大泽无龙况在田。身领将坛慵秉钺，手翻记室善裁笺。虚传高祖三章法，难补娲皇五色天。多少当场新笑品，痴狂文士学筹边。

五

劫余历史五千年，广土今成田甫田。汉德岂贪羊人厩，胡谋终露雁传笺。

霸非项羽思分地，骄甚匈奴欲依天。安得龙城飞将在，威棱独立靖三边。

六

功成治定待何年，虚忆成都百亩田。陛楯羞持扬子戟，藩房愧掌晋公笺。雄图宁止中分地，伟画难销上指天。一例纷纷名下士，随风柳絮落谁边。

七

元朔尊经忆五年，岂知今夺学官田。儒冠可溺余毡毳，论语当薪况注笺。私幸素王文坠地，艳传墨氏道称天。若无龙象开新纪，腹笥便便亦负边。

八

四载三逢兵乱年，那堪回首旧乡田。每闻秦谶心如梗，枉把阴符手自笺。德合龙潜终遁世，国亡鱼烂岂由天。操戈今尚仇同室，胡马衔枚久入边。

九

桃源不计晋何年，沧海扬尘已变田。劫换红羊三月火，音沈青鸟五云笺。道通庄叟无行地，忧甚灵均苦问天。至竟兴亡棋一局，向阳乌鹊集何边。

仲秋十日午后，遍游秘士尼尔、伊利沙伯诸园，道中口占三律，用前韵。

十

长是秋行夏令年，小池荷叶正田田。汉游有女遗珰羽，湘怨何人续简笺。一抹斜阳芳草地，数声啼鸟落花天。凭阑偶动临流兴，惜乏兰桡系柳边。

十一

功遇勋华禅让年，倦勤何日始归田。鼓鼙久夺弦歌响，羽檄平分奏事笺。臣罪岂缘争尺地，帝昏犹自乐钧天。匡扶醉汉知无术，毕竟蹒跚倒一边。

十二

江湖落拓负华年，小隐当寻种术田。酒不浇愁慵把盏，诗能写怨且题笺。

俨居廉让之间地，聊适羲皇以上天。暮雨忽来秋气改，归程望断碧云边。

十一日乙夜，对灯独坐，有所触，复赓前韵成六首，甫脱稿，东方将白矣。

十三

忆昔胡元鼎革年，论功有口颂青田。强权以外无魁柄，文狱由来为尺笺。
到底作君还作贼，胡然而帝复而天。伤心五百年间事，又恐循环归极边。

十四

恍惚蛙声晋惠年，为私今竟在官田。枉施铨部量才尺，不及权门启事笺。
贤哲剖肝终置地，豪强炙手可薰天。梦游一度华胥国，歆羡扳援蕉鹿边。

十五

论功行赏创基年，只缺唐家世业田。避债台连司会府，议和表杂吓蛮笺。
黄图改色将无地，玄德升闻且格天。大辟明堂新吁俊，可能要论彻中边。

十六

曾记先朝未坠年，几人西北议屯田。渐惊乌岭连烽火，又见龙堆走牒笺。
蒙藏步随箕子国，粤闵忧堕杞人天。团沙无力终须散，休怪儒臣罪拓边。

十七

骨积须弥亿万年，泪成大海为情田。目光易蔽重重幕，心理难求一一笺。
浩水育鱼思有室，闲云野鹤择何天。悲欢本自随人意，入世浑宜在浅边。

十八

事违投笔趁英年，何以为欢付砚田。哲理直穷周易传，骚情未尽楚辞笺。
邴原渡海非无地，宏景居山别有天。回忆前尘如隔世，乡园正在阵云边。

十四日适市购买新笺归，端居多暇，帘卷北窗，清风徐来，复赓前韵成六首，以结前诗，未尽之意，嗣后断不复续作矣。

十九

莽徒干政祸弥年，几见良苗茁石田。铸铁不成九州轨，飞钱欲尽两京笺。猴冠拥座刚三月，鹰饱投荒又一天。对此苍黎堪痛哭，无明罪业种何边。

二十

生遇狐鸣篝火年，百家负戟胜锄田。同仇气奋三通鼓，讨罪词盈十丈笺。用武英雄犹有地，阨人时会岂非天。江东子弟多才俊，谁惮乌江古渡边。

二十一

帝曰畴咨未倦年，岂容舜起历山田。健儿身手为孤注，逋客头颅入赏笺。金辇昔曾驰御道，玉棺终待降皇天。如斯一面开汤网，也算恩覃海澨边。

二十二

乾德丞坤后百年，从兹解易不推田。参军那恤迩戎诫，人阃宁拘释礼笺。持节锦车蛮伏地，量才玉尺女朝天。中原自古多奇媛，未逊西欧北美边。

二十三

武人专制二千年，强半高光起自田。都督八州权可羡，宪章廿国义谁笺。秦皇鞭石东临海，楚子投龟上诟天。大命终穷人事去，莫夸威福竟无边。

二十四

花开花落自年年，城里人家郭外田。已乏汉书挂牛角，只余唐韵写鸾笺。词同子美歌行路，意本宣尼识乐天。欲向长空寄秋思，冥鸿迢递幕云边。

和韵藉答垂询四首　癸丑仲秋

一

湖海飘零气有余，羞因狗监学相如。纵怀射斗双龙剑，那羡题桥驷马车。

道污圣犹歌匪兕，陆沈谁复免为鱼。生平岂乏澄清志，好不投时事已虚。

二

破碎山河战阵余，敢将公意问何如。兴王只用剑三尺，辩士空劳书五车。在野有人争逐鹿，临濠无地乐观鱼。自来兵事连专制，应悟民权属子虚。

三

新邦涌现十旬余，多恐华拿谢不如。五岁放勋能授箓，四朝长乐惜悬车。盈廷有党风从虎，诸夏无君水失鱼。坐见共和臻极轨，嘉名吾欲锡民虚。

四

遁荒忽忽五年余，赢得衷怀不自如。有志范滂空揽辔，非时墨翟要回车。凋残百草悲鹈鴂，零落群书饱蠹鱼。倘获故园三径在，闭门只合著潜虚。

有所和十二首　癸丑仲秋

得某君来诗，读之有无限感慨，依韵奉和六首，以广其意。二十二日记。

一

权移政柄自兹年，南止临淮北尽燕。业定蜀吴非孟德，祸招闯献在忠贤。无虞即鹿将谁得，有悔亢龙不自怜。为问垂裳南面者，可能长此戴尧天。

二

生遇风云扰攘年，金台北路未忘燕。华拿创业因民智，舜禹成功赖主贤。平地为山无幸得，隔河观火亦空怜。不知多少娲皇石，才补共工触后天。

三

大好名场骋猎年，虽非骏足亦投燕。但夸珠履三千客，安用缁帷七十贤。数段党纲犟可效，一群禄蠹病相怜。近看满地生荆棘，不似勋华熙皞天。

四

法宫筹算日如年，一局围棋着在燕。但使有台容避债，不愁无馆可招贤。客卿渐解中朝意，新主能叨异族怜。何处更求民视听，兴亡从此只由天。

五

千载初逢揖让年，畴疑哙禅可亡燕。讳言蒯彻奚其正，蔽甚椒兰所谓贤。抉目终难回主听，擢筋谁复为王怜。以今方古犹明德，底事诗人自踢天。

六

商略红裙议礼年，岂知胡骑已窥燕。非无廉颇能为将，其奈高皇太自贤。完鼎既随前相折，覆巢空付后人怜。房谋杜断知多少，请看京华以外天。

二十六日，草释共和，再续稿，付邮去后，仍赓前韵成二首。

七

冥萌民度尚髫年，待治喁喁解望燕。除是祖龙矜作帝，何来有扈护传贤。贰心仕国究谁怼，万骨盈城莫汝怜。长把生灵例刍狗，英雄夺命不由天。

八

谁奠邦基亿万年，南连黔粤北幽燕。漫夸华夏东西尉，竞逊匈奴左右贤。竿揭秦亡宁在势，榱倾侨压若为怜。安危治乱难容发，未尽人谋莫问天。

秋气萧瑟，黄叶乍飞，推窗晚坐，万虑怦然。复赓前韵成四首，自是欲橐笔矣。三十日记。

九

倘逢改玉定基年，何遽金陵不若燕。但指孙权为汉贼，犹嫌箕子是商贤。三分尊魏宁无恫，九锡羁吴剧可怜。麦秀渐渐吾欲哭，东南迥异此苍天。

十

相庆弹冠又两年，蒲轮屑屑往来燕。汉兴有道凭三杰，舜治无为赖九贤。

坐获素餐犹汝恕，覆残公悚倩谁怜。野饥朝饱寻常事，遮莫群盲手障天。

十一

移官事异削藩年，靖难何缘祸起燕。吴国枉攻晁错错，汉家原谓董贤贤。自身致寇终难悔，惟口兴戎且莫怜。率土食人糜烂战，不然谁验德生天。

十二

萧风寒水入秦年，两送头颅竟覆燕。空费金丸娱刺客，岂闻玉帛礼高贤。白虹贯日应难恃，赤舌烧城果孰怜。不戢自焚今古诫，和平永命要祈天。

美洲后感事十二首　癸丑

一

蛮髦变乱我心忧，治世经纶不可求。未见右文移北魏，岂闻常武继西周。节旄在握难除暴，薪胆忘怀枉事仇。知否范围谁氏力，大江无语接天流。

二

仰观空作杞人忧，大命由天未可求。韩岳终难支北宋，孔颜曾不王东周。军中树党非民福，朝右防贤是国仇。若解成名须易世，回车容易谢时流。

三

虎尾春冰是用忧，不知我者谓何求。国殃岂待机牙发，朝狱由来锻炼周。只幸曹刘非并世，更无廉蔺肯忘仇。横刀若竟宽袁绍，也算当时第一流。

四

展转中肠集百忧，历朝真相匪难求。应知董卓刀诚利，岂谓嬴秦网未周。那把新恩移旧怨，重将私恨入公仇。依然千里黄河水，不见清流见浊流。

五

一饮狂泉举国酲，谁施经纬别途程。倨前恭后诚何意，媚外仇中太不情。

东海近传西海圣，南朝久让北朝兄。千年政教沦无底，范我驰驱那处行。

六

大权心醉带余酲，麟阁功高指日程。优孟衣冠新国体，越秦肥瘠旧民情。
漫推郑五曾无相，解骂朱三岂有兄。闻说千金燕市骏，驰驱那复向南行。

七

愆忘自是众人酲，岂谓先民不可程。叔孙作仪袭秦制，荆公变法失周情。
英埃强弱谁宾主，墨突安危孰弟兄。一纸能移欧美政，宣尼应说道虚行。

八

醉欧曾不悟心酲，要悟安危各有程。去野适文诚国性，喜同恶异亦人情。
君民一体谁奴主，姊妹共和代弟兄。只惜东西瀛海上，经年弗遣使星行。

九

斧钺森严衮冕华，擅权何必帝皇家。欢言专制纲维堕，莫辨共和轨道差。
鹿遇项刘仍有主，燕辞王谢又之他。豚蹄暗祝篝车满，只慨蚩氓愿望奢。

十

本真埋没见铅华，墨是儒非各一家。圣母行为宁有罪，教皇言语决无差。
未离凡体称神我，充盈私心说爱他。天遣何人为木铎，欲排尼父原尤奢。

十一

闲居未尽负年华，曾抉经心别百家。用夏变夷诚大义，仞王作帝岂微差。①
行仁自古求诸己，抱道谁能矢靡他。四海若沾时雨化，太平悬望不为奢。

十二

经术文章是国华，几人渊海擅名家。佛言平等十方现，《易》说毫厘千里差。

---

① 页眉注：孔教三统政治，帝、王、霸体制各殊。帝是共和，王是君宪，霸是专制。“仞”即古“认”字。

应解禹颜能易地，孰令汉宋互排他。最难百世论因革，执器西行愿已奢。

《时铎》报开幕日，对雪得远道来诗，率和四首，因录弁卷端，以志一时鸿爪 甲寅孟春

一

京华文物未苍凉，去马来驴依旧忙。汉将飘零悲大树，楚狂却曲感迷阳。斩蛇壮士行何畏，得鹿痴人梦正长。那有桃源容我住，劳劳世上几星霜。

二

敢较君民德孰凉，雨翻云覆为谁忙。只资异敌仇同室，难得群阴见一阳。欲挽陆沉时苦短，况逢天醉梦犹长。江山如昨精华竭，衣雾苍黎主吸霜。①

三

世态由来解避凉，袁安卧雪未须忙。蛟龙得雨终归海，乌鹊无枝竟向阳。望鲁宣尼明有蔽，访周箕子语应长。可知治化宜端始，大《易》微言规履霜。

四

饮冰侬也解凉凉，不逐轮蹄竟日忙。容易挥毫排海岳，最难吹律协阴阳。缠腰骑鹤非吾愿，赤手屠鲸果孰长。猛忆庭闱知健否，五年不见鬓毛霜。

遣兴九首 甲寅

一

一点天心蓦地回，静观万物亦悠哉。未曾搏象焉知力，偶解雕虫便谓才。文士草玄投阁去，山人衣紫入军来。百年华瘁终归尽，几辈争荣不自哀。

---

① 页眉注："民衣雾，主吸霜，间可依杵，于何藏。"见《易纬》。

二

鸣鸠知雨鹊知更，物应和春入郡城。雪尽梅梢裘可典，露零草野盖谁倾。
上书空负陈同甫，荐表休提祢正平。望治苍黎饥欲死，只闻画饼事将成。

三

自思往事自低徊，上界阴霾拨未开。辽海岂闻根矩节，洛阳宁少贾生才。
万言痛苦空流涕，一局输赢剩劫灰。为爱千金夸捷足，至今骏骨积燕台。

四

鼎革中原第几回，千年历史亦奇哉。着棋朝局翻腾手，入彀英雄御侮才。
未见张韩能百战，焉知闯献不重来。愁噫四五言犹浅，那及灵均国事哀。

五

鸟阑锦砚坐三更，[①]烨电灯开不夜城。小杜新诗和恨写，信陵醇酒带愁倾。
国权侵略沦天险，民治消藏落地平。赢得赧王台累筑，犹疑麟阁大功成。

六

世间情险路迂徊，闻说精诚金石开。致治勋华须有德，济奸操懿岂无才。
悲欢剧本看将尽，利禄薪传劫未灰。各自经纶各机轴，几人抒议上云台。

七

道曲如钩易折回，与时变化滑稽哉。卷舒高祖三章法，颠倒陈王八斗才。
盖世英雄终一瞑，贪天机会不重来。纷纷覆雨翻云手，岂谓民艰未可哀。

八

纵无虬箭报更更，晨暮钟声辄满城。物语小鸣仍大叩，神权半落未全倾。
擅称帝子宁非诳，偏庇宗门那得平。循此不除虚妄相，众生何日善根成。

---

① 句下注：借用纳兰性德句。

九

思量一日万徘徊,[①]充栋陈编颇倦开。历历撑肠亡国史,悠悠过眼济时才。
操心匪石贞难转,粉骨成尘恨未灰。如是我闻生靡乐,且随民物上春台。

复遣兴十二首　甲寅

一

政海波澜几折回,中流砥柱信难哉。李斯只合供权使,[②]王导何曾是霸才。
谁见英雄为国死,空教胡骑入边来。长城能把匈奴却,未觉秦人不自哀。

二

熙熙乐土秦皇岛,穆穆宸居鞑靼城。浩水失鱼犹自放,空梁巢燕未全倾。
风流宰相谢安石,奇数将军李北平。莫问国权谈国际,英埃蓝本近摹成。

三

史家藤葛几萦徊,碍足牵衣断不开。未觉盛衰存气运,要从诚伪别群才。
周原宁觅苌弘血,郿坞谁寻董卓灰。莽德天生焉惧汉,有人灌水上渐台。

四

中原逐鹿几时回,万户侯封足道哉。阴易诏书成国故,世修降表亦人才。
阙庭无复黄龙现,宫掖曾传赤凤来。圣哲垂箴鱼失水,至今循诵有余哀。

五

贫贱故人陈涉府,蛮夷大长赵佗城。行看珠海鲸吞涸,坐见铜山蚁穴倾。
杜宇啼红魂不返,苌弘埋碧恨难平。三年饱饫共和赐,除却淫威底事成。

---

① 句下注:借用龚定庵句。

② 页眉注:鲁仲连谓秦,"权使其士,虏使其民"。见《战国策》。

六

情似川陵纡复徊，千年文化只微开。亡羊惧佚杨朱学，倚马骄称李白才。在山清流出山浊，得时狂热失时灰。洪钧浩浩机轮转，起灭人间几舞台。

七

政局翻腾是几回，苍生属望已焉哉。指天画地非无说，纬武经文未有才。鞭石秦皇观海去，拔山项羽渡江来。独夫威力专行处，灭顶成凶亦可哀。

八

虎攫龙拿新世界，牛溲马勃旧京城。民因失德工谗慝，党为争权互倾轧。绵上封田忘介子，社中宰肉忌陈平。区区不害明良治，闻奏箫韶已九成。

九

鸿鹄高飞中道徊，彼都临睨战云开。岂能世守们罗训，敢谓时无恺撒才。①终古闲情归落照，何年劫火剩残灰。② 英雄竖子空分别，莫上他乡广武台。

十

坚贞不为万夫回，行法乾刚信善哉。望鲁未渝尼父志，美新宁羡子云才。几人虎穴邀功去，有客龙场悟道来。求治弗为根本计，多方徒重下民哀。

十一

铁血纵横新历史，风流儒雅旧都城。殷盘周诰聱牙读，苏海韩潮脱腕倾。帖括才兼三物重，诏书义动八方平。诸公巨笔淋漓甚，画虎何因事不成。

十二

江湖魏阙久徘徊，忽睹天门詄荡开。附势作仪叔孙圣，承恩修史子京才。诰身金紫功无漏，战血玄黄劫有灰。若效狂奴说仁义，只应长守钓鱼台。

---

① 页眉注：们罗训即 Monroe Doctrine，恺撒 Caesar，古罗马帝名，德国皇亦称恺撒 Kaiser。

② 句下注：两句集纳兰性德词。

铭三肄农科，学成将归国，书来索句赠行，因赋寄四律 甲寅

一

故都不改锦花团，悲乐无端各异观。燕弱曾闻收骏骨，汉亡何处着龙翰。道衰自昔儒为戏，农重于今稷有官。一事实行胜万说，怀才归去试槃槃。

二

但饰羽毛无骨干，著名文士半班扬。解嘲答戏宁非巧，献颂陈符毕竟忙。乍暖乍凉神瞀乱，且前且却路徊徨。贤愚初步从何判，只在中藏欲与刚。

三

寒暑十离君绩学，耳根曾否入言厖。绿黄回转非真色，宫羽频移只旧腔。慢说桓温难并世，谁疑尼父竟迷邦。六年满抱飘零感，惟有雄心尚未降。

四

高飞鸿鹄久翱翔，遥览东西天一方。昔会君嫌交臂失，中行吾欲洗心藏。友声嘤鸟皆分散，无首群龙各主张。努力前途或重见，临歧数语岂相忘。

变更政体问题，平议脱稿，系之以诗 乙卯季秋二十四日，识于哈佛城

一

万岁共和唱正高，军中久已备黄袍。假王不敌张良箸，健者谁撄董卓刀。百变人情离本相，千钧国脉等秋毫。鲁连且去寻东海，岂谓君臣义可逃。

二

四年政体等昙花，那识共和轨道差。傀儡登场皆被动，碔趺混玉岂微瑕。民权百诺呼邪许，约法三章办咄嗟。容易翻云容易覆，在朝毕竟智无涯。

三

四海喁喁亦可嗟，旧时燕子又谁家。西山伯叔心何怨，东阁公孙目已邪。玉玺频移常事耳，金瓯半缺等闲耶。且看游说欧行使，休怪强邻索望奢。

四

民治销沉堕九渊，王谟帝典亦徒然。浪传高祖遗龙种，谁决神尧有象贤。用罔小人争改井，邀功名士欲旋乾。平陂往复无恒息，错认君权是国权。

五

客卿词旨巧为缘，斗角钩心苦凿穿。任使朝廷咸一德，终嫌政治混三权。不私公位斯称帝，能得邱民则与贤。大义煌煌群弗见，何劳西向觅蹄筌。

六

汉家制度本来殊，独力犹能制众愚。黄屋孰寻《尧典》则，白宫难辨美规模。聪明天亶称元后，残贼民诛谓匹夫。兴废千年循一例，罪魁功首自当涂。

七

轩然政海起波澜，揭地掀天亦异观。一着神机危局劫，万方民意散沙团。玉敦订约颜犹泚，金匮题名墨未干。休说英伦三岛近，[①]菟裘停筑褰裳难。[②]

八

回首京华万斛尘，旧邦延命待维新。儒生习礼皆臣汉，逐客陈书且帝秦。刑马剖符将永世，牵羊衔璧又何人。百家词论闲征遍，只觉文言字字真。

---

① 页眉注：袁项城尝云：已托人代营宫室于伦敦，若有人逼之为帝，则逃往彼都长避。

② 页眉注：鲁隐公将授位于桓，告羽父曰：“使营菟裘，吾将老焉”。见《左传》。菟裘，鲁邑名。

讽诵六首　乙卯季秋二十五日

一

寻常国事费平章，堕马沉江太自伤。时近扬雄时贾谊，不能福泽不西乡。
十年思我何其速，三月无君乃尔狂。倘乏鲁连东海志，杜门聊复慎行藏。

二

文章政事岂同科，笔阵摧人缺憾多。舆论纠纷谁解释，时机辜负转蹉跎。
空言媚主真无赖，不忍为民且奈何。莫向国危益冰炭，感情虽异道须和。

三

君权趋重国权轻，党议扬薪正沸羹。谁许共和无代价，应知专制不开明。
精心结网曾三面，敌手敲棋此一枰。文士由来如画饼，任他纸贵洛阳城。

四

从政三年底事成，方针无效阁旋倾。威权那不输勋将，价值固应让客卿。
岂有回天资薄力，漫将献曝诩孤诚。南辕北辙差池久，宁待穷途始失声。

五

若持名理较文词，百孔千疮孰补之。看碧成朱殊惝恍，是丹非素益偏畸。
万民代议从多数，四载行权只暂时。向背未明公意在，但争已见亦奚为。

六

帷幄筹谋半眦阴，草灰蛇迹或能寻。居心谁不知司马，受过空劳挞伯禽。
任使诛奸臣有笔，只愁解愠帝无琴。善柔便佞恒相倚，畴信良言可作箴。

偶然四首　丙辰

一

偶然游戏到红尘，冰雪聪明属女身。解佩汉皋曾遇圣，凌波洛浦竟疑神。
银屏隔座云千叠，宝镜当窗月一轮。无限欲传恩爱事，别人心与别人唇。

二

小草有名不忘我，[①]娇花解语欲留人。百缄华翰珍如璧，一掬芳心警绝尘。
未嫁云英空缱绻，重来崔护定因循。迁流世界何时息，英祝离魂祝化身。

三

梅开庭院却严寒，病后书迟且自宽。落月照梁眠里忆，远山横黛画中看。
岂堪沽酒随司马，差合修诗学小鸾。至竟一场春梦了，背人何事泪阑干。

四

年来蹉跌莫重论，过眼鸿泥尚有痕。供养不离菩萨业，温存难受美人恩。
自怜顾影皆情窦，无住生心是法门。容得根尘双断处，目前鸡犬亦桃源。

天道二首　丁巳孟秋

一

天道匪易测，吾生亦有涯。非执无可为，执着动成差。
履健第一义，时或需于沙。居中待其会，不屑屑浮华。[②]
用行舍则藏，不愧政治家。行远随忧乐，造诣更敻遐。

① 页眉注：不忘我是一种草，花名英语称为 Forget-me-not。
② 页眉注：浮华之士咸轻然笑之，而猛悠然自得，不以屑意。见《晋书·王猛传》。

教主非政客，虽大行不加。从心不逾矩，身不着天花。

二

入兽从兽群，入鸟从鸟行。但云不乱耳，识解欠精详。[①]
世事常未济，能拯斯为长。不拯便要随，《易》义颇昭彰。[②]
群坏无可拯，随则违道常。若求心所安，乱之勿彷徨。
三者皆不行，避世亦一方。履信思乎顺，贤者慎行藏。

续秋兴六首

一

四海龙蛇起陆年，倦于朝市隐于田。纷拿国事亏长策，寥落乡音乏短笺。
一寸难寻干净土，九重徒唤奈何天。旁人错会宽闲甚，不在山边在水边。

二

登山临水此何年，倘遇桃源洞里田。避世管宁犹有榻，辞官阮籍岂无笺。
一空迹象休怀土，自断生平莫问天。叵耐渔人窥鹬蚌，新愁倏又到鸥边。

三

有生忽忽达强年，孝弟犹亏况力田。远道富归劳屡寄，残篇华黍愧难笺。
入怀明月非畴昔，极目慈云况异天。更忆双行小儿女，凭谁抚背倚桃边。

四

空夸文物四千年，学殖将荒等石田。直欲芟除仓颉字，况能循览郑玄笺。
便便大腹中无主，岌岌高冠上有天。七纬销沉六经废，令人惭过杏坛边。

---

① 页眉注：吾夙称“入兽不乱群，入鸟不乱行”之说。中年乃觉此项哲理浅薄。

② 页眉注：《易》艮爻：不拯其随，其心不快。原说群乱不能拯则随之，究非心所愿。王注作不得拯其随，解谓“随为趾”，非是。

五

耽道研精亦有年，圣功根本在心田。愿将《儒行》频频省，更把《中庸》细细笺。
潜德成名须易世，至诚造极可参天。由来法性平衡甚，未许偏畸堕一边。

六

何当设想大同年，龙见文明起在田。万国方言归韵史，五洲民志入吟笺。
道兼宣圣亲仁爱，眼具如来法慧天。蓦地华严开境界，不知身寄橡林边。

丁巳秋九月十五日作，时在长河省西湾埠橡街寓庐。①

挽梁节庵先生二首② 己未

一

留眼看时果孰醒，问天呵壁却无灵。少年直节凌霄汉，垂老孤忠照汗青。
人海狂澜思砥柱，故宫前席仰模型。藏山未遂澄清志，忽报东华坠德星。

二

忆昔金陵访道年，别来情事半如烟。尚留素札倾心语，竟绝缁帷觌面缘。
俗论于今成贝锦，箴言容我佩韦弦。重瀛只乏凌风翰，东望依稀一泫然。

心清表弟辞华侨公学教席，将往温哥华乘船归国，书来话别，豫索赠言，率成五篇，以写心愫

一

信美非吾土，淹留忽十年。中途离讲帐，越国候归船。

---

① 页眉注：长河省即刚那特吉 Connecticut，袭用印甸人语为省名，英译为 Long River。

② 页眉注：乙未春见节庵先生于金陵，承赠诗，录如次：七载别如雨，寻春竟一来。好书原夙性，感事有深哀。沈默方成学，纷纭已费才。故山好松柏，归去拭尘埃。

此会何时再，将行莫屡延。冰心释尘累，返棹亦翛然。

二

阅世谁青眼，还家尚黑头。阮孚余蜡屐，季子敝貂裘。
博习知情伪，安行泯怨尤。书香名业在，足已复何求。

三

好趁春三月，江南一历辕。戒心平斐市，问道入辛园。
未觉斯文坠，应知处士尊。京游如适愿，细把学风论。

四

家国丁屯运，忧思不可任。铄金凭众口，转石匪予心。
直北无青草，征西有绿林。几人能悔祸，东望一沾襟。

五

应有溪毛荐，低徊舅氏茔。西州空洒泪，渭涘若为情。
无地蠲吾疚，何词送子行。重瀛万余里，昕夕数归程。

庚申季冬二十六日记于美国三藩城之寓舍。

峄丈解柯图和副领事职，归国有日，书来话别，循诵之余，志行如睹，因纪以韵语，寄就律正　辛酉仲秋

一

忽筮一官来异域，十年不觉鬓毛苍。簿书期会辛勤惯，尊俎周旋阅历长。
宁为邀功探虎穴，却当悟道坐龙场。求新务学畴能及，日课佉卢字几行。[①]

二

儒生多与宦途疏，半为骄人腹有书。差幸鸾凰离枳棘，不妨骐骥服盐车。

① 页眉注：峄丈在领事任内尚从人受英文，每星期功课数时以为常。

后来负荷期班勇，老去研精追仲舒。松菊故园秋色好，遂初正合赋归与。

读《大同书》有感一首　己巳孟夏十五日

人类非野兽，抑亦非天神。议道以置法，经世自有真。
安得时雨化，普现大同春。吾师少悟道，壸奥通天人。
悲悯众生苦，推心发至仁。遍观诸境界，冥思入无垠。
照彻众生病，大患在有身。医王每束手，操术常苦辛。
千方万种药，错杂靡殚陈。释迦空无着，耶稣渺不伦。
勇悍摩诃末，材朴徒轮菌。老氏守雌黑，人道终浑沦。
百姓岂刍狗，奈失仁肫肫。百家往不返，路歧益邅迍。
具茨谜七圣，谁与导梁津。素王晚作法，阐理见其纯。
修身则道立，一本重亲亲。尊贤与尚贵，扩充为仁民。
教义植基厚，百世信可循。礼运言大同，微言半就堙。
吾师发挥之，焕然希世珍。成书恰十卷，什袭藏经纶。
霖雨尚有待，际此云雷屯。予虽早与闻，绪论未全申。
西云见龙爪，东云见龙鳞。如是三十年，中间历维新。
戊戌师去国，劳劳舟车轮。此书随以行，幸未委灰尘。
稿授陈仲子，重托若千钧。嘱俟吾来美，相示勿逡巡。
戊申吾入美，居东逾百旬。未及见此书，廿年至戊辰。
先岁泰山颓，鹤驭嗟上宾。人事多遻迕，那不怪前因。
我始见此书，己巳清和晨。寄庐在人境，太平洋之滨。
杜门虽寥落，亦与驵侩邻。开窗面圃场，芳草正如茵。
把卷临风读，澄虑释纷缤。惜不逮师存，疑难可就询。
快乐伦理说，哲士道谆谆。孔教取至善，比极乐为醇。[①]
眷爱与竞争，相倚如齿唇。人生性自然，坚确磨不磷。
炼魂诚重要，去痴欲贪瞋。精神一堕落，物质不疗贫。
义理一差违，人道返狉榛。遏恶虑潜伏，扬善忧未伸。

---

① 页眉注：孔教以德行至善为最上，伦理目的是 Perfectionism，胜于乐利主义，亦胜于佛说极乐。

教为人类设，不俟人性淳。悃诚固融合，野性犹能驯。
渐摩相观善，造极自可臻。家庭及社会，量势调剂匀。
新制易旧制，陈义超孟郇。损益费沈详，智悦愚不嗔。
灵体两膈合，生存适天均。用仁去其贪，用美去其颦。
用法良亦然，去苛典乃惇。男女有分归，是法可勒珉。[①]
伤外必返家，斯言可书绅。[②]
宣圣今不作，指为穷传薪。予生虽已晚，向往悃忱寅。
忆昔在师门，应对常恂恂。蒙许直方大，谦受允主臣。
忽忽逾强年，仰高只见闉。识解有同异，差幸殊囫囵。[③]
丁卯师书来，媵诗语尤纯。最念大同书，缱绻如丝缗。
乐天有大忧，遥想泪沾巾。为民抑为道，俗士嗤为慎。
斥鷃笑鲲鹏，朝菌訾大椿。观水遗沧海，看山遗昆仑。
未到此境地，与语徒訚訚。朦瞍论日月，贫子说金银。
尚未知色相，入奥难为夤。我今书纪此，弥念国艰濒。
意重故言长，稿脱腕为皴。德衰讥来凤，道穷泣获麟。
藐躬独何人，风骨矜嶙峋。何是直方大，师言邈苍宸。
互助梦中语，填意犹温磨。登采西山薇，涉掇南涧蘋。
时时念故国，断不为鲈莼。茫茫隔重瀛，褰裳非洧溱。
那得素心人，怅望迷氲氤。政敝且无教，莠言骚驿频。
倦游思狂简，弥佩圣怀谆。[④] 材质溯同门，青松间翠筠。
任道者几辈，互助或可抡。不忧反动力，焚坑为暴秦。
但忧乡愿贼，如蜮居河湣。优进劣乃退，须将才俊遴。
圣道辟藩篱，斯人日迈遄。先忧后图乐，君子常振振。
食奚取列鼎，坐何必重裀。质秦怀悃诚，天帝歆明禋。
矧人性互通，至诚感均洵。未济有时济，业无中道逡。
培养根干茂，枝叶自蕃蓁。会当见全范，万汇资陶甄。

① 页眉注：男有分，女有归。见《礼运》。

② 页眉注：伤于外者必返于家。见《易序卦》。

③ 页眉注：壬辰春将适京谒南海先生辞行，谈一小时，最后先生赠言谓：伯隽可谓直方大，不习而无不利但，仍须加以曲细圆工夫。吾谦受，常记忆之。然越二十五年，乃了达无不利之旨。

④ 页眉注：丙寅仲冬接先生来书，有"上海或难居，然仍望与弟游"之句，距先生归道山时才三月余。

微尘嘱题南海先生遗墨一首　己巳仲秋二十日

褊心诸帅谁能沃，惨目群黎弗忍看。内讧自然愧廉蔺，中兴何处望张韩。
暮年不作吾衰慨，历劫难将公论刊。门下有人宝遗墨，[①]吉光犹可照丛残。

重阳前一日偕友游金门公园二首　己巳

一

车驰孖岭若干霄，[②]俯仰随观慰寂寥。一日先于重九节，半时复过第三桥。
风光渐觉金门好，云态浑忘玉垒遥。谁道悲秋关理性，几人因此尚魂销。

二

登高无意近重阳，抚景怀思意转长。石似涂脂新浴雨，叶如傅粉饱经霜。
天鹅踞岸犹骄客，海鹭凌波不乱行。是境造心心造境，翛然物我两相忘。

日如示藏宋钱舜举便桥，请和图记并诗，览毕，步韵奉答　庚午孟春十八日

一

先驰六骑渭桥西，后扈军容耀若霓。谁议至尊轻万乘，试看颉利蹶千蹄。
怀柔信誓犹能矢，震迭高功不可梯。业定当图王会美，封关安用一丸泥。

① 页眉注：遗墨是电稿数幅，皆望当时诸帅救粤以救国之言。

② 页眉注：孖岭即 Twin Peaks，在三藩市中，登其巅可览全埠。

二

丹青流转半球西，不慕黄金逐彩霓。今日画图留梗概，昔时车骑瘁轮蹄。
精魂若契三生石，高足难扳百步梯。二十世来论士气，见心究异絮沾泥。

三

挥日还东障海西，未应蔽曜任雌霓。潜龙或可征无首，老骥犹能展劲蹄。
惟有热心旋地轴，岂闻捷足上天梯。也知浊世多迷宝，为洽时流且淈泥。

四

葱岭而东泰岱西，疮痍若旱望云霓。权奸已受千夫指，寇虐犹催万马蹄。
坐见雷霆惊匕鬯，回思山海共航梯。神功得此留鸿迹，印象依稀现雪泥。

省日如论画有感，步韵复成四律　庚午孟春十九日

五

晚近文明忽现西，恍如雨后灿虹霓。图形真示三毫颊，进步尤过千里蹄。
不数燕函兼粤镈，孰谈墨带与般梯。凭君奖掖精神画，或胜降心震遂泥。

六

画评一语贯中西，实若明星幻则霓。惟善解牛能导窾，不应得兔便忘蹄。
他山借助犹攻错，故步毋封类陟梯。论艺非论人我相，双方未见隔云泥。

七

何遽东人不若西，但推光理勿惊霓。大鹏必仗垂天翼，良马终资蹴地蹄。
指月或能悟明鉴，攀云那许用长梯。因图见道须醒眼，肯为丹青醉似泥。

八

衣裳有色备东西，东取青云西白霓。[①] 词客游思探壸奥，画师能化脱筌蹄。艺臻道妙真难索，尘视虚荣不屑梯。凭仗绘功见人格，因缘如此亦鸿泥。

避秦二首　庚午孟春二十日

一

避秦不到孔行西，[②]岂验朝阶早避霓。儒杂百家坑士火，鲁留一骑殿军蹄。朝章久备专祠典，国学从无别径梯。那解大成宫庙旷，蜘蛛罗网燕涂泥。

二

垂老悲麟泣狩西，赤虹化玉异于霓。[③] 缶藏聊证羵羊怪，图出已无龙马啼。道大莫容环尽辙，墙高难及遣谁梯。只今黉序更番毁，知否仍存鞠草泥。

会逢二首　庚午孟春二十日

一

会逢勃勃气阶西，拟取长弓射幻霓。老去英雄无媚骨，生来奇骏有骄蹄。未需系绶黄金印，那羡登楼白玉梯。竖子成名应见惯，几人轩冕等尘泥。

二

直上须弥绝顶西，左扬云旆右麾霓。销空大泽龙蛇气，驯尽深山鹿豕蹄。

---

① 页眉注：《楚辞·九歌》云："青云衣兮白霓裳。"旧诂释之谓：日出东方没西方，青衣白裳用其方色。

② 页眉注：韩昌黎诗云：孔子西行不到秦。

③ 页眉注：孔子作《春秋》、制《孝经》，既成，斋戒告备于天。天乃洪郁起白雾摩地，赤虹自上下，化为黄玉。见《宋书·符瑞志》。

道破神权仍负架，息通帝座岂由梯。无言领得宣尼旨，一落言诠便着泥。

天有二首　庚午孟春二十日

一

天有头乎曷顾西，苍苍正色偶扬霓。神巫反走行先背，[①]勇士逢奔殿后蹄。
挟策羊亡何必奕，跳墙狗急不需梯。若通常变观如是，解历环球弗践泥。

二

东出金星暮易西，书蜺也许易书霓。康成自信雀无角，[②]庄子非讹兔有蹄。
正枘取容那作柄，横桥可度不称梯。异同名实休淆混，举似盘洹与涅泥。[③]

人间二首　庚午孟春二十日

一

人间逆旅客东西，昨夜星光今日霓。兔走鸟飞一弹指，驴来马去百忙蹄。
却怜忘记往生路，孰与商量进步梯。浊世若须成净土，不知翻换几多泥。

二

乡园遥想暮云西，雨顺风调不望霓。池内鲤鲂孳万尾，泽中牛马茁千蹄。
行藏任意卷舒轴，高下随缘伸缩梯。颇似春雷霖霈后，苏魂坼甲透重泥。

---

① 页眉注：《楚辞·招魂》云："工祝招君，背行先些。"注谓：巫背行反走则面向魂，而先为引导者以致敬也。

② 页眉注：郑笺谓：雀之穿屋不以角乃以咮，盖不认。角即鸟嘴 beak 。

③ 页眉注：梵语"涅槃"，华言"清静寂灭"，译音或作"泥洹"。

当年一首　庚午孟春廿一日

当年项羽渡江西，力拔山兮气轹霓。叱咤尚能挫龙颡，蹉跎毕竟蹇骓蹄。
怀萦下策三分地，业堕中途半折梯。谁洒英雄凭吊泪，愤王坟上一沾泥。

万骑一首　庚午孟春廿一日

万骑仓皇道出西，倏摧衣羽敛裳霓。却惭卫士擐金甲，终让胡儿踏铁蹄。
宛转蛾眉三尺帛，颠危龙驭几重梯。马嵬坡下君臣泣，不见花容只见泥。

那知一首　庚午孟春廿一日

那知路德孰东西，[①]瞠目茫然若诧霓。篆刻雕虫初试手，书堆跑马亦趋蹄。[②]
但能默守兔园册，便欲高登蟾窟梯。学术销沉清季甚，斯文无怪日堙泥。

几时一首　庚午孟春廿一日

几时一尉合东西，难似潜阳夜见霓。倒泻悬河徒有口，前驱开路竟无蹄。
登坛将负淮阴印，转毂师穷蜀道梯，我思古人取模范，八年治水禹行泥。

① 页眉注：清季考生误以创修正教之路德为八股家之路德者。

② 页眉注：某人译“驰骋文场”当“书堆里跑马”解。

佳处二首 庚午仲春十五日

一

佳处从何觅竹西，韬光聊避陆离霓。[1] 且欣市乏饮羊肆，差幸门无过马蹄。[2]
不为风闻轻载笔，未经火警冗悬梯。陈蕃一室消闲甚，转忆闲文记堊泥。

二

夕阳一角画楼西，小小玻棱现折泥。超电声笛传百转，[3]过空飞艇迈千蹄。[4]
偶思燕谷调风琯，缘想蟾宫步月梯。更喜冬藏枯芍药，新芽骤茁透春泥。

一中二首 庚午仲春十五日

一

一中原不倚东西，[5]光色由他变幻霓。花傍玉楼人刮目，草缘金埒马骄蹄。
正行未可旁无毂，上降仍须下有梯。自牖果然能纳约，蔽明叵耐众涂泥。

二

东海无鱼且欲西，冬藏那复望扬霓。射须李广较猿臂，御与王良衡马蹄。
不杀贼奴取金印，即随仙子蹑瑶梯。人生活泼真如此，慵理渔翁说汨泥。

---

① 页眉注：淮左名都，竹西佳处。

② 页眉注：见姜白石词。

③ 页眉注：超电声笛即 radio。

④ 页眉注：寓庐开窗，屡见飞艇腾空而过。

⑤ 页眉注："一中同长也"语，见《墨子》。

美富二首　庚午仲春十六日

一

美富争看大陆西，如传饮涧讶虹霓。金钱策运金钱力，铁甲拳摧铁甲蹄。①
防海务增潜水艇，架空疑有倚天梯。百年建设基何厚，只要人人一钟泥。

二

二洋蓬勃国东西，②光焰增高直压霓。徽表俨张鹰两翅，汽行远过马千蹄。
家家厨室储冰匮，处处楼台走电梯。俯眄穹荒陶穴者，奚殊云汉视涂泥。

轻绡一首　庚午仲春十七日

轻绡袅袅淡妆西，无复裾裙灿烂泥。堕马翻新仍覆额，惊鸿飘逸胜飞蹄。
宓妃求偶欢留枕，邻女窥臣倦倚梯。赢得风情赢得恨，祝坟华冢賸堆泥。③

未许一首　庚午仲春十七日

未许东邻蚕食西，不谈娄旷孰知霓。自非鹦鹉休饶舌，任是骅骝也瘁蹄。
白战招豚须有苙，赤贫探彀恐无梯。几多人记乌衣巷，曾否梁空燕落泥。

① 页眉注：金钱策是 Dollar Policy，铁甲拳是 Mailed Fist。

② 页眉注：二洋是 Atlantic 与 Pacific。

③ 页眉注：祝英台有坟在明州，华山畿有冢在云阳。

一样一首　庚午仲春十七日

一样凄清蝉唱西，一般炫耀旱天霓。犁牛结队埋骍角，驽马成群隐骏蹄。吸引奥于聚光镜，扬升超似蹑云梯。求才须具知人哲，甄别芳丛出莽泥。

蹩躠一首　庚午仲春十七日

蹩躠无故效邻西，贫子裈中去画霓。曾见置金收马骨，岂闻炼铁裹牛蹄。不因好乐称由瑟，若善防攻窘鲁梯。物各有真庸取适，莫些挠混附涂泥。

卷帘二首　庚午仲春十八日

一

卷帘静对绮窗西，鱼跃玻瓯色现霓。三弄鹍弦传逸响，一张麟画豁灵蹄。先生饭少论升裹，夫子墙高数仞梯。敢拟卧龙全性命，尘居犹欠种桑泥。

二

皑朗南窗半折西，卧看云赛织裳霓。何当巧匠窥掺手，输与劳人逐瘁蹄。爽气自来穿户闼，夕阳谁唤下楼梯。[1] 眼帘偶触春燕处，花待苏魂雨后泥。

① 页眉注："夕阳谁唤下楼梯"，是拾用昔人句。

阴阳四首　庚午仲春十八日

一

阴阳气合续阶西，初旦微明尚现霓。多阅习知半白眼，缓行那及四黄蹄。
周全察物团栾镜，强直违时倔突梯。我有人见人我见，互通固胜判云泥。

二

西子原来不姓西，垂虹亭畔并无霓。狮藏隔壁宜闻吼，马堕临崖莫怨蹄。
商辂牙围那适海，[①]赐墙肩及不需梯。有然有可斯为物，屑玉栽花岂逮泥。

三

漫蹙双蛾苦效西，沙弥顶上绘云霓。稿描失态蛇添足，株守多时兔逸蹄。
翻案偶然施曲笔，巡檐未少用横梯。一经着相成沾滞，白蹢豚儿滓涅泥。

四

桔槔劳碌事畴西，收效虽微胜望霓。泗水曾麾三万指，昆山只羡四千蹄。[②]
自思那许偏逾矩，人患无如暗拔梯。互助必从知足起，不然根薄不沾泥。

圜天二首　庚午仲春十九日

一

圜天人自别东西，色本非真岂独霓。蜷处笼鹰樊碍翅，失调车马毂违蹄。

---

① 页眉注："轮人为轮"，"六分其轮崇，以其一为之牙围"。见《考工记》。

② 页眉注：顾亭林尝云：使吾泽中有千牛羊，则江南不足怀。

不妨瞽目嗤明镜，也许孪腰怨直梯。美德依然常比玉，未因磨涅变缁泥。

二

东行待达莫移西，炼得精诚光夺霓。虎豹当关寒众胆，骅骝开道敌千蹄。未曾忘记来时路，却勿延留折后梯。大易励人称不惧，震惊徇俗便沈泥。

求水二首 庚午仲春十九日

一

求水母沿旱海西，[1]观光勿逐涧中霓。恶人太甚憎余骨，御马非良畏趺蹄。诡道自然防直笔，短垣相率忌长梯。那知竖子成名否，但见郊原血渍泥。

二

偶起非熊渭水西，为霖犹趁旱时霓。苍生不负来苏望，赤狄当潜入寇蹄。日省工勤随月试，海航商萃接山梯。十年以内风光转，遍泽周原活瘠泥。

是谁二首 庚午仲夏五日

一

是谁惯说远游西，习习乘风骖白霓。曾役鸾凰知几翼，又烦骐骥若干蹄。行行不出湘江畔，历历犹登阆苑梯。便算灵均词赋好，中人麻醉恐如泥。[2]

① 页眉注：西方有旱海六七百里，无水泉。《招魂》云："流沙千里……，求水无所得些。"

② 页眉注：词章如酒能醉人，《离骚》《九歌》《天问》等为尤甚。若人非有别种学问，惟终日沉溺于是，恐不免犯神经病。

二

左转依然海指西，旌旗依旧载云霓。四方差可舒鹏翼，百里故难展骥蹄。忙煞仆夫齐玉轪，望穷佚女接瑶梯。哲王不寤人皆浊，底事湘累惜汨泥。

延伫一首　庚午仲夏六日

延伫缅黄日指西，马颠车覆曷骖霓。凭心欲附苍龙尾，[①]稽首思寻白鹿蹄。[②]洛水有妃劳解佩，高丘无女枉缘梯。情文犹在芳馨歇，沅芷湘兰自委泥。

武门一首　庚午仲夏六日

武门党伐轧东西，光色迷离尽化霓。附势岂宜舔虎翼，奢求久厌祝豚蹄。草庐风雨容留席，石室烟霞许蹑梯。那管当时谁氏子，三刀割尽禹州泥。

浦口一首　庚午仲夏六日

浦口南驰沪渎西，瞀容三色跋旌霓。销残虎踞龙蟠气，忙煞驴来马去蹄。夫子庙前氓摆架，霸王帐里盗缘梯。白门辜负春杨柳，袅袅长条正踠泥。

忽然一首　庚午仲夏六日

忽然相跻市东西，气焰薰天欲帅霓。力竭蛮牛犹折角，计穷好马亦拴蹄。

---

① 页眉注：《远游》云："奇傅说之托辰星兮，羡韩众之得一形。"陆时雍注谓：辰星是东方苍龙之体。又引《庄子》言：傅说"乘东维，骑箕，而比于列星"。

② 页眉注：刘根初学道，到华山见一人乘白鹿，根稽首乞一言，神人曰："闻有韩众否？我是也。"

蚩尤每起销金窟，走匿时凭避火梯。同室操戈群竞涣，抟沙何似学抟泥。

何时二首　庚午仲夏七日

一

何时师旅出关西，百道旌旗百道霓。乌岭龙堆收在握，穹庐毳幕跪环蹄。
戈投赤狄金销甲，像立黄人玉作梯。想得四方和会日，定增神禹旧封泥。

二

周辙何时复返西，遗民依旧望云霓。扬鹰尚父憎余骨，[1]市骏昭王得几蹄。
界画鸿沟殊失策，宪悬象魏岂无梯。冀州既载今犹昔，上赋中田白壤泥。

因果二首　庚午仲夏七日

一

因果邪推法异西，彩虹桥上觅虹霓。恤牛戚戚羊流血，顾犬迟迟兔逸蹄。
雪恨难靠行路剑，救焚偶假隔邻梯。人生常逐轮回转，不待形消骨化泥。

二

莫索东流嶓冢西，[2]今年莫索去年霓。哲人洒尽嗟麟泪，竖子追穷逐鹿蹄。
七圣皆迷知有极，九阍如在陟无梯。因心设想轮回趣，终幸凌云鄙坠泥。

---

① 页眉注："恶其人，憎其余骨。"是伐纣时太公望之语。见《韩诗外传》。

② 页眉注："嶓冢以东水皆东流，嶓冢以西水皆西流。"见《汉中记》。

有人二首　庚午仲夏七日

一

有人弄笔记游西，光焰长于万丈霓。跂障半天巨灵掌，瞬驰千里渥洼蹄。
眠和佛女挨金锁，步要仙姬捧玉梯。请看夏畦农曝背，首蓬项槁四跰泥。

二

老化耶稣道转西，[①]子侨婴茀化为霓。[②] 荒唐一样齐东语，高视犹空冀北蹄。
被发骊戎争买髢，[③]飞檐狗盗怯登梯。有人作此稀奇话，两极冰洋索燕泥。

阿蒙一首　庚午仲夏八日

阿蒙也解慕欧西，未必无光造出霓。换旧缓于蛇蜕壳，骛新快及马扬蹄。
湍流激处牢持柁，栈道穷时利用梯。人治究非同枳橘，不能移植异方泥。

气逢一首　庚午仲夏八日

气逢秋肃火流西，令合冬藏便隐霓。不遂如羊触藩角，无虞即鹿入林蹄。
天时人事双联锁，物则民彝两度梯。俯仰静观皆自得，胜随意马逐尘泥。

① 页眉注：时人某谓，耶稣是老子西行化身。

② 页眉注：《天问》云："白蜺婴茀，胡为此堂？"

③ 页眉注："资美女之髢而鬻于九戎之中，其人被发无所用。"见《反离骚》注。

阙名一首 庚午仲夏八日

阙名寄与好音西，他说时多不雨霓。吹断参差双凤翼，驭疲辘辘两骖蹄。雄心易击中流楫，枉道终缘捷径梯。未必苍生负安石，惜无涓滴活枯泥。

排空一首 庚午仲夏八日

排空直上阆风西，仙侣衣裳尽羽霓。凤赛王乔曾跨翼，马调周穆未驰蹄。逍遥石室云为锁，翔步瑶台电给梯。临睨群酋作何状，狐埋狐掘一邱泥。

廿年二首 庚午仲夏十五日

一

廿年浮海我来西，不记旌旗五色霓。征使黄龙今屏迹，驮经白马昔驰蹄。纷纷从政无求艺，役役攻人备鲁梯。偏把阋墙当世业，何颜犹践禹封泥。

二

鲁阳倦矣日沉西，不似承平惯咏霓。长夜漫漫贤扣角，四方蹙蹙御驯蹄。慵书羽檄应投笔，欲折琼枝未有梯。多少五陵裘马客，问君何事在涂泥。

色彩二首 庚午仲夏十五日

一

色彩渲烘贩自西，明为虹气暗为霓。厚颜巩用黄牛革，快舌追穷赤兔蹄。

位置谐于猴拥座，令行难似马登梯。因风吹得风筝响，偶尔风微便堕泥。

二

翻云酷似话游西，阶气终成一道霓。窃国奸雄三五辈，生郊戎马万千蹄。
敌排堂闼犹高枕，民吁天门已绝梯。偏有念秧遗爱泪，星星洒向紫金泥。

曾传二首　庚午仲夏十五日

一

曾传名将出山西，兵号姑娘亦美霓。[①] 乘势并驱夸击翼，[②]临崖濒险失旋蹄。
凋残国脉旁延绠，零落民心半断梯。闻道新谐秦晋好，更无函谷待封泥。

二

尽头东或尽头西，冀得黄金走逐霓。[③] 曾向赤熊崩厥角，不妨黑马露其蹄。
凑时也许中分鼎，拘忌奚疑俯过梯。[④] 蛇佛耶孙兼共产，将军真食五方泥。

卤莽二首　庚午仲夏十五日

一

莽卤奔东倏突西，朝嘘蜃气暮呵霓。真才未解一夔足，诡遇何劳八骏蹄。
俭腹有人珍败帚，折肱无计掇悬梯。营台若向浮基处，莫费初功覆篑泥。

① 页眉注：山西阎锡山军队素有姑娘兵之号。
② 页眉注："并驱击翼"语出《天问》，言并进而击其左右翼。
③ 页眉注：西谚语谓：寻至虹霓尽处则得黄金。
④ 页眉注：俯从梯下而过，为西俗所忌，是迷信之一种。

二

邻东夸罢耀邻西，渲染纷纭等画霓。枉费鼠王喉与舌，[①]难遮牛鬼角和蹄。炼成废锡那当剑，编得柔条不是梯。象物型人根本错，任他模尽九州泥。

闻说四首　庚午仲夏十五日

一

闻说成天位在西，变天也许变如霓。[②] 北过涿鹿聆胡语，东走卢龙见敌蹄。遍地绿芜那用剪，出墙红杏岂缘梯。民离每继民劳后，维莠骄骄莫怨泥。

二

伐器仓皇遣自西，[③]辄驰长檄拟长霓。齐东野语非雄辩，冀北群空乏骏蹄。斩棘未成亏我斧，折檀无术藉邻梯。开门揖盗终何益，徒苦同胞血染泥。

三

怀匕荆卿昔入西，白虹贯日似非霓。揕龙不断鬠鬠角，市骏空罗特特蹄。寒水潇风思击筑，穷崖绝岭想援梯。有人珍重青萍剑，且让铅刀去割泥。

四

自南自北自东西，不见纯阳只见霓。作敌蛟龙鳞带甲，逼人鸟兽迹交蹄。东西利用三分局，南北终成两段梯。岂为平原能约纵，便应浇洒赵州泥。

---

① 页眉注：夷狄有鼠王国，兽而能言。见周拱辰《楚辞》注。

② 页眉注：变天为九天之一。《广雅》云：东方苍天，东南阳天，南方炎天，西南朱天，西方成天，西北幽天，北方玄天，东北变天，中央钧天。

③ 页眉注：争遣伐器。见《天问》，言遣调战伐之器。

新知四首　庚午仲夏十六日

一

新知不待舶来西，早析明虹与暗霓。能察十辉供验气，[①]岂拘千里画停蹄。
阴阳聚讼仍成案，教政推翻等拔梯。几许重探春燕子，香巢犹认旧时泥。

二

彼在东方此在西，太阳不是避虹霓。乘骊熟睡珠探颔，惜马疲伤铁护蹄。
率尔雷闻惊失箸，泠然风御绝攀梯。诸般相寓诸般法，离即逃荒泥着泥。

三

挥戈浪说日延西，底事钦天避指霓。解蔽务关荒野口，研深莫实浅涔蹄。
岂闻圜凿容方枘，未许高楼用短梯。倘遇地时人最适，不妨碧玉换黄泥。

四

苟无东作曷成西，靡有阳光曷有霓。隐士微躯资鹿乳，[②]蚩氓奢愿报豚蹄。
地愁行远轮生角，[③]天许登高艇代梯。若使夷齐多得很，周毛采绝首山泥。[④]

---

① 页眉注：眡祲掌十眡之法，以观妖祥，辨吉凶。一曰祲，二曰象，三曰鑴，四曰监，五曰暗，六曰瞢，七曰弥，八曰叙，九曰隮，十曰想。见《周礼·春官》。

② 页眉注：《天问》云：惊女采薇鹿何祐。注谓：夷、齐饿于首阳，白鹿乳之。

③ 页眉注：陈龙川词云：路断车轮生四角。

④ 页眉注：《文选》：夷、齐毙命于淑媛。五臣注云：夷、齐采薇首阳，一女子见而讥之曰：子义不食周粟，此亦周之毛也。

女性二首　庚午仲夏十六日

一

女性中心说泰西，雄虹那不及雌霓。向隅暗伏怜垂翼，冒险高驰虑折蹄。
未识大同仍有室，遽矜峻极可无梯。如斯便是众生妄，目上云霄躯陷泥。

二

山隰榛苓果在西，怀人征实美于霓。求真不患淆鱼目，竺旧犹疑守兔蹄。
元后朝扆臣补衮，老亲焚廪弟捐梯。彝伦苦与彝伦乐，各有模型备捏泥。

情场四首　庚午仲夏十六日

一

情场驰骤各东西，明似星光暗似霓。卓立易为承露掌，诡随难逮逐风蹄。
渡江不少新潮艇，守阁仍多故步梯。设想残红来世业，何如旋作护花泥。

二

食在东家宿在西，几人艳福艳重霓。一鸡助长成三足，两马依然具八蹄。
除是梦中传彩笔，①枉从云里望丹梯。不如转向灵明府，抖擞精神濯淖泥。

三

伯劳飞燕各东西，互见难如日与霓。欲使惊鸿留艳影，且寻香象试驯蹄。
社中不设美人局，梁上应无君子梯。谁遣众芳摇落后，抛空多似化春泥。

---

① 页眉注：苏东坡诗云："我是梦中传彩笔，欲书花叶寄朝云。"

四

鲽鲽日东鹣自西，浑成真偶异虹泥。同心不介雌雄血，捷足奚分牝牡蹄。但使人权无水火，定知天道有阶梯。生生得与灵山会，谁取灵山一掬泥。

采兰二首　庚午仲夏十六日

一

采兰赠芍俗如西，说甚淫氛妄訾霓。速狱虽防雀有角，弗驰除是马无蹄。止乎礼仪先王泽，导以文明后学梯。若使闭关成政策，闺门岂少一丸泥。

二

春夏东南秋位西，才交冬令便藏泥。安行顺四时序，善骋无伤千里蹄。防妾能扃散灰户，窥臣仍依隔墙梯。凭谁改造阴阳性，调准含生水与泥。

豕蛇四首　庚午仲夏十七日

一

豕蛇吞噬粤东西，煞气腾空舍避霓。二马食槽成鬼趣，五羊遗穗杳仙蹄。伙颐入室拉葠棍，不少逾垣折杞梯。行得民瘠新主义，更应税及冢中泥。

二

招魂谁劝汝母西，三色铭旌靡及霓。试看金仙犹下泪，莫矜铁骑悉飞蹄。佳兵自是不祥物，止步当乘未折梯。岂待沙虫猿鹤尽，化枨重护翠坑泥。

三

兵匪难分海滏西，五龙徽帜闪如泥。[①] 蝎蛇窟穴容痈毒，牛马襟裾讳现蹄。落井有人频下石，登楼无处不捐梯。谁云以乱能治乱，狐揞狐埋只扰泥。

四

表面铺成式式西，借光自炫若雩霓。求鱼不恤鱼赪尾，乘马当知马瘁蹄。难道鸭寒真下水，[②]定须狗急亦升梯。偕亡恐与民俱尽，入海泥牛总是泥。

粤民二首　庚午仲夏十七日

一

粤民见尽好东西，覆雨翻云闪烁霓。人说鸡寒犹上距，谁令马惫不停蹄。丛祠旷落三君座，镇海凄凉五度梯。重向观音山下过，觅巢故燕失香泥。

二

珠江江上水来西，百轴帆樯隐现霓。偶向烟波看鹢首，胜于风雪踏驴蹄。摅文饶有生花笔，安步浑如拾级梯。回首卅年光景异，故园零落賸荒泥。

天顾一首　庚午仲夏十七日

天顾何曾特眷西，乱华氛祲悔阶霓。战场久混龙蛇血，政局难猜马鹿蹄。互竞短长三足鼎，不分高下两头梯。于今有国犹为幸，莫负先畴禹甸泥。

① 页眉注：近年发现南、番、香、顺、新五邑，土匪机关名五龙堂。

② 页眉注：谚谓："鸡寒上距，鸭寒下嘴。"乃讹作"鸡寒上树，鸭寒下水"。

善邻二首　庚午仲夏十七日

一

善邻原不异东西，嗟旱同情皆望霓。互助自根知德性，共存宜去害群蹄。
蛮方鴂舌资鞮译，鸟道羊肠假栈梯。人力所通心力到，曷留阂章别云霓。

二

东道权移便让西，弱强变相瞬如霓。时来玄鸟犹贻卵，运去斑骓不奋蹄。
莫过雷门持布鼓，漫希云路结绳梯。尚存实地脚能踏，九仞为山勉覆泥。

缘何十首　庚午仲夏十八日

一

缘何说是法来西，[①]空色迷观或炫霓。累黍即差随月指，看花倏过逐风蹄。
诸般锁镛诸般钥，各自楼台各自梯。容我身心无所住，一时有住便拖泥。

二

世界原无极乐西，勿贪七色逐虹霓。恒随时见群龙首，偶轶尘奔八骏蹄。
物有方圜殊凿枘，地缘高下异阶梯。众生差别众生智，也解泥洹不是泥。

三

途凭经纬辨东西，明赖真光不赖泥。岂为雄冠犹负气，便非骏足亦骄蹄。
苦行厌励凌霜节，幻想空驰取月梯。毕竟众生心绪乱，半翔霄汉半依泥。

---

① 页眉注：《金刚经》说：不应住色生心，不应住声香味触法生心，应无所住而生其心。

四

目迷便可混东西，神女无难化自泥。万态诡奇离本相，一心匆遽蹶前蹄。张皇易发三通鼓，跬步那攀百度梯。境若思迁不思善，有何滋味土和泥。

五

目注东方口话西，噎霾谁复指虹霓。一筹倒置牵牛尾，万事风云逐马蹄。那慨炎凉捐后扇，偶应缓急借来梯。人生岂得长无主，抛却神灵只塑泥。

六

震旦花言果异西，偶摘词藻艳惊泥。尚亏密察输文理，终蹈佪徨负骏蹄。腐说餍人成土饭，真如度己即天梯。谁皈妙法莲华界，清净庄严不涴泥。

七

始皇东幸穆巡西，气焰当时煜若霓。鞭石成桥曾见血，驭风造极不留蹄。沧溟浩瀚夫何索，玄圃幽冥亦可梯。山鬼无知子无死，[①]定夸真诰紫芝泥。

八

回首中原日已西，抢壤国事幻云霓。众擎毕竟胜孤掌，短驭固能困劲蹄。叵耐诡随甘入彀，依然攀附望登梯。儒生漫学康成婢，逢怒时时可跪泥。

九

未见东流解复西，有谁曾睹日旁霓。[②] 物缘秩序知趋向，人到倾危类跌蹄。能执尚嫌多结障，高行何意绝攀梯。生生不脱淤泥去，依旧莲花不染泥。

---

① 页眉注：秦始皇谓："山鬼固不过知一岁事。"西王母讽穆王诗有"将子无死，尚复能来"之句。

② 页眉注：《诗》孔疏谓：日在东方，虹见西方；日在西方，虹见东方。无在日傍之时。

十

日升月落自东西，雨后扬辉终敛霓。神鹿何缘膺八足，[1]乳羔容易跪双蹄。惟无行地无由迹，[2]宜若登天若可梯。万发逢源俱解脱，迎风切玉亦如泥。

文词二首　庚午仲夏十九日

一

文词敢道不如西，浅学操戈或击霓。[3] 何必凤凰才惜羽，几多驽骀亦矜蹄。希光便诩凌云笔，掠影犹夸得月梯。无怪艳香零落尽，昔时花絮近成泥。

二

浪漫词华压泰西，乘风未已驾长霓。拘墟未必惭方领，开道终难仗蹩蹄。惟有精心能辟奥，自非高足枉循梯。欲知绩学甘还苦，熊胆和丸亦可泥。

不羡四首　庚午仲夏十九日

一

不羡瑶池西极西，构空不羡美人霓。已知近世希麟角，要试危途踏象蹄。亲若可望翁置俎，急何能择盗遗梯。痴嗔自领痴嗔趣，说与菩提等嚼泥。

---

① 页眉注："撰体胁鹿，何以膺之。"见《楚辞・天问》。解云："天撰十二神鹿，一身八足两头，何以膺受此形体？"

② 页眉注：庄子谓："绝迹易，无行地难"。

③ 页眉注：《列仙传》云，崔文子学仙于王子侨，子侨化为白蜺，而婴茀持药与之文子，文子惊怪，引戈击蜺，因堕其药，俯而视之，子侨之尸也，须臾化为大鸟，飞鸣而去。

二

驾骝慵记穆徂西，那得闲心说跨霓。鸟入罡风频解羽，[①]马驰峻阪或摧蹄。穷形牛渚非无烛，探险蚕丛亦有梯。超出安危微显外，乘云何必胜行泥。

三

东海之东西海西，纵游那用侈乘霓。观光自觉界开眼，封步毋为涔溺蹄。千里山川千里镜，九重楼阁九重梯。心安便是身安处，嗤服家乡一撮泥。

四

好高心不异东西，辄薄骑牛慕驾霓。凤鸟常鸣非国瑞，麒麟可豢亦家蹄。若无豪杰功俱堕，空说中庸道可梯。比似蛣蜣人未智，劳劳徒囿转丸泥。

想飞二首　庚午仲夏十九日

一

想飞欲坠说来西，[②]未解群迷色眩霓。斥鷃嗤嘲大鹏翼，疲牛追逐蹇驴蹄。罢游北里销金窟，又盼东邻窥玉梯。如是众生成堕落，泉台冥暗万重泥。

二

岂因声色帝怀西，声震雷霆色夺霓。金殿六龙骄御气，瑶池八骏跃仙蹄。目驰汉将云台画，足踏唐皇月府梯。如是众生成幻想，时时心镜现尘泥。

---

① 页眉注：周拱辰释《天问》“鸟焉解羽”谓：鸟以风化，鸟为朔风所吹转，吹转高搏入罡风，即化而为无，惟羽毛解落。

② 页眉注：佛说：纯想即飞，纯情即累，纯欲即坠。

蓬莱二首　庚午仲夏十九日

一

蓬莱金阙玉厢西，可有仙灵气吐霓。倘遇成连骑鲤尾，胜随老子逐牛蹄。
瀛洲弱水回舟楫，函谷重关锁栈梯。未碍翛翛出尘想，且觇云物辨方泥。

二

炯目瞻东亦睨西，何难短笔画长霓。孔明偶抱穹庐膝，造父能驯泛驾蹄。
岂必效良才借箸，无须师鲁亦营梯。天才会把天工代，巧在甄陶不在泥。

生平二首　庚午仲夏十九日

一

生平抱器拟行西，欲阐文明先指霓。见少或疑驼肿背，驭烦终累马颠蹄。
伤谗背锦成萋菲，献媚脂韦觉突梯。一览眼空花絮乱，飘茵未必愈沾泥。

二

扶得东来又倒西，炫时异学幻于泥。辩辞虽捷鸡三足，常识犹输马四蹄。
不避守玄僭《周易》，尚须攻墨用般梯。吾言倘有藏山处，珍重封存玉检泥。

美游词存

芝楼十日稿　戊申仲冬

金缕曲二阕

一

大雅扶轮概，正英年，丰神玉映，天生明慧。更遣诗坛移海外，纵有羁愁堪慰。甚憔悴、芰衣兰佩。多少当场翻覆手，望苍冥，白日浮云蔽。聊领略，炎凉昧。　蛾眉岂有伤谗意，算君家，冰红血泪，深情相似。漆室悲吟应念国，便是伤心何计。也莫管、人间魑魅。铸鼎燃犀成底事，要神州，普现光明地。身世恨，且抛置。

二

境造由心耳，漫长叹飘蓬断梗，只身无恃。冷落繁华均一瞬，消受红尘滋味，要删尽、浪花浮蕊。明镜灵台肤寸现，任朝朝，一掬人天泪。看冉冉，慈云起。　十年如梦过来事，最难邀相投肝胆，淡交如水。荃蕙化茅凄怆绝，便折芳馨谁寄。也不是、为春憔悴。欲替生灵填恨海，彼千年精卫何曾死。身可灭，心靡悔。

浪淘沙二阕

一

对境已堪忧，身世飘流，背人独自泪难收。苦把未来过去事，堆上心头。　时俗尽悠悠，吾道谁谋，数讹未敢怨灵脩。不信若安为国死，①试看吴钩。

二

抚壮莫嗟衰，歌哭因谁，回肠绝似楚声悲。何处轻云何处月，最系人思。　无定是情丝，过眼休迷，飘茵堕溷只随时。怀抱芳馨终不改，有甚猜疑。

解连环二阕

一

金瓯惊缺，只十年间事，群公能说。甚轻抛、逝水年华，使百草荒芜，枉怨啼鴂。忍看陆沈，到陵谷，变迁时节。知蜚英有国，②去病无家，壮志难歇。　沈沈未来浩劫，望京华不见，云翳千叠。想海外，奉诏孤臣，得龙去弓遗，断肠消息。凄绝英雄，更何处、入山披发。念惟有、填胸悲愤，药和冰咽。

二

硗硗易缺，欲一绳维厦，终成虚说。想导言，纵有鸾皇，奈众鸟啁啾，不如鹍鴂。锦绣山河，谁弄到，陨黄时节？似秦庭七日，楚泽三年，

---

① 页眉注：若安即 Jeanne d' Are 十五世纪佛蘭西救国女子，英译名为 Jean of Are。

② 页眉注：钟蜚英语张惟孝曰："有国而后有家。今天如此，将安归乎？"见《宋史・张惟孝传》。

悲愤难歇。　　那知市朝小劫，把恩仇数遍，心上重叠。最无辜，亿兆苍黎，问满目凋零，几时苏息。多少新猷，只道是，为戎被发。忍回首，龙愁鼍愤，大江潮咽。

六州歌头二阕

一

回肠荡气，初见浣花词。墨和楮，如闻语，恨依依，诉心期。说甚欢如昨，莲心苦，梅魂素，怜酸楚，谁能助，会终离。自古奇情，侠骨坚持节，多不谐时。任蛾眉谣诼，休怨美人迟。红泪偷垂，赏音稀。
前尘何处，飞难度，曼曼路，那由知。闲庭院，莺和燕，莫相窥，恐生悲！惆怅年华误，看天际，两丸飞。修名亟，尘容息，步休迷。宛转秾香锁艳，历千劫、难断情丝。勿令人怜惜，珍重语如斯。报我何辞。

二

萧然秋气，不是冶春词。墨和纸，声和泪，两依依，表心期。世有埋愁地，蓬瀛岛，鸱夷舸，被轻羽，飧云母，愿终离。不见玉环，飞燕如花貌，尘没多时。谁伤心怜影，怅望月来迟。云气四垂，漏声稀。
清愁无寐，万千里，故国事，也应知。苍苔色，送行迹，忍重窥，益悽悲！想幽闺窣地，盼不到，彩翰飞。思远道，伤怀抱，暮烟迷。那似回文织锦，相萦系，万缕千丝。恨忏情难尽，枨触复如斯。笑我多辞。

高阳台二阕

一

栖风无枝，巢鸦有树，世情转绿回黄。除是金人，那堪久阅沧桑。登临若到昆仑顶，望中原，还见斜阳。正苍凉，几度凝眸，几度回肠。

天涯揽辔知何适，似兰成去国，王粲辞乡。羲驭奔驰，无端又近春光。便来对酒当歌地，奈愁侬，不是欢场。暗思量，辜负金尊，辜负银簧。

二

飞燕丰裁，灵犀心孔，天资绝代玲珑。蜡泪蚕丝，误他一念惺忪。自来鱼目明珠喻，算知言，只有怡红。自飘零，莫怨飞花，莫怨东风。

姻缘说甚蓝田玉，叹云英易觅，箫史难逢。承睫低眉，心头有恨重重。而今憔悴惊鬓鬓，涉江湄，谁采芙蓉。最伤情，辜负春光，辜负秋容。

沁园春二阕

一

何处寄愁，漫写银笺，轻吹琼箫。任眼中阅尽，春山锦绣，耳边听遍，广乐钧韶。渺渺神京，沈沈帝醉，依旧魂空不可招。只赢得，这夕阳西去，流水东朝。　　少年目上云霄，容易为荣途甘折腰。怅尺书投报，锦鳞水阔，温纶颁布，丹凤云遥。曾记殷勤，滋兰树蕙，谁信凄凉化艾萧。空辜负，我深情似海，有泪如潮。

二

何处销停，帘幕重重，庭院轻寒。记清尊读曲，敲残钗股，禅龛礼佛，注尽旃檀。大好韶光，匆匆别去，往辙过辕不可扳。休惆怅，便天涯地角，犹在人间。　　几番皓月团圆，却不似年时相见欢。谁临流怅望，兰桡桂棹，登高延伫，玉勒雕鞍。多少青年，轻狂姚冶，那识春红化杜鹃。愿今后，把心魂相守，长伴婵娟。

雨霖铃一阕

箫声呜咽，把平生事、幽怨吹彻。中有个人慷慨，风尘澒洞、消磨英骨。放眼神州外望，便飘零休说。想男儿、浩气横流，万象罗胸海天阔。　　嚼冰不耐心头热。盼前途、还有冲冠发。老国魂归何处，万山外，子规啼血。手抉天门，便到龙跳虎战时节。把乾坤、整顿归来，肯使金瓯缺。

纪别戊申

罗敷媚二阕

一

曾经领略尘中味，知也无涯。忧也无涯，天意摧人百计乖。求娀访宓吾其已，枉自推排。何处安排，得隐名山愿已谐。

二

名山偕隐成虚愿，会短离长。语短情长，容易天涯各一方。临歧不尽凄清意，只恐相忘。那忍相忘，犹记深闺泪两行。

闻前总领事龚展虞博士归国有日，谨追步其先德端毅公词韵，成《金缕曲》一首，藉纪一时鸿爪　庚午季春十二日

金缕曲一阕

雅操随舒卷，料强于，盐车局促，有怀难遣。犹记薄书期会日，民瘼撄心悲泫。抵多少，鬓蓬跰茧。数载尘劳今摆脱，阅人情，宦海明深浅。良骥足，待时展。　　安行原不关荣显，便归来，清光在望，定山堂扁。[①] 雍睦一门思世德，不数桃源鸡犬。暂敛翼，雄心难免。依旧中

① 页眉注：《定山堂集》是龚领事之先祖端毅公遗著，初相见时亲携一套相赠，原意可感。

原成逐鹿，看钧衡，倒置何人典。容试手，葛藤翦。

南海先生于丁卯春初来书，说及诸天书有四库书意境所无之语，附诗说及《大同书》，有莫我知之慨。今距先生仙逝之日恰三周年，抚今追昔，感不绝于予心，填词记之　庚午季春廿八日

八声甘州二阕

一

任真人识想出诸天，遁世欲何之。想疏通知远，精微温厚，书易兼诗。四库无斯意境，迂道却难知。终马烦车殆，国瘁民离。[①]　　回首前尘如梦，似大同改制，犹待三思。奈知音弦绝，幽显隔牙期。几生得，灵山重会，念天游，[②]化去未多时。可曾有，贤回胥附，报答宗师。

二

庚午仲夏，纂美游诗词事竣，按拍填词，略述旨趣。

怅民讹士罔欲郭天，吾道果何之？似梁生适越，宣尼望鲁，率臆成诗。还我庄严妙相，心事有天知。任蜃嘘霓幻，作态迷离。　　抛尽秋悲春怨，只心如王国，[③]穆穆深思。尽鹓翔寥阔，瞬过廿年期。想雍容，明堂清庙，逮吾身，亲见几何时。问何人，罣然高望，参我琴师。

① 页眉注：丙寅仲冬，南海先生来书，有“坐视中国之危、生民之苦，卅年舍身救之，而今若此”等语。

② 页眉注：先生晚年自署为天游化人。

③ 页眉注：孔子鼓琴想见文王。（丘得其）之为人，黯然而黑，颀然而长，眼如望羊，心如王四方——或作四国。

自题诗词卷后

不学骚人不学禅，因文见性却超然。
南窗展卷临风读，释我离忧廿二年。
义取华严故薄禅，涵天盖地颇恢然。
金刚不坏身还在，记领师言恰卅年。

美国游记

伍　庄

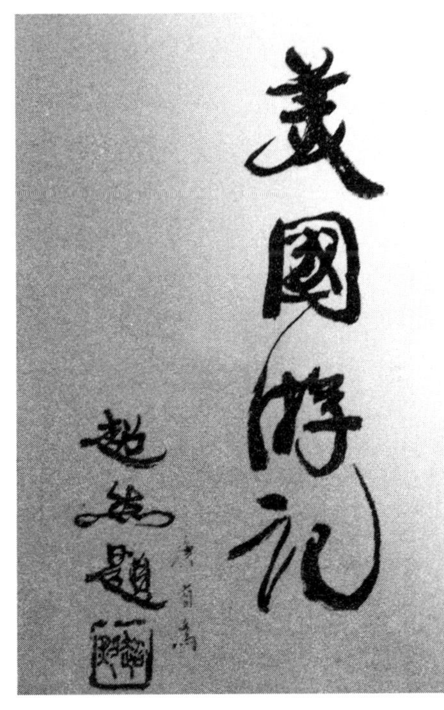

目　录

自题

——美国游记写成自题两章

八十天行万七里，百篇短札百篇诗。
观风问俗经重译，察政知情用再思。
大好河山资感慨，些微文字费奔驰。
求名不是甎生事，聊备遗忘子细推。

亦是天书亦罪言，有人传诵有人燔。
只因职责非攻伐，不为聪明报怨冤。
执两用中犹择善，计功谋利讵图存。
寻常勿作輶轩记，一阐提应拔钝根。

序

读万卷书，行万里路，洵是人生乐趣，仍如天幸难逢。怀才而行与时违，抱志而事为境困。终老牖下，但寻糟粕之文；虚想寰中，未睹栟幪之象者，盖举目多见，偻指难数矣。

自昔游人，于时庐旅，行旌所驻，载笔相随，创获既多，拾遗不少。若马哥·保罗（Marco Polo）之环游世界，詹士·蓓施（James Bruce）之发现尼罗（*Travels to Discover the Source of the Nile*），并有著书，咸能寿世。晚闻述作，具有徽猷，则有南海之历欧罗巴，任公之纪新大陆，均是脍炙人口，无疑实获我心。斯文未湮，阿好不避。舍此以外，传者殆希。

世有老成，亦能好古。抒为文藻，无非篆刻雕虫；抱得残编，不异尘羹土饭。看到蟹行之字，涂说虚萦；听残鴂舌之音，风闻易过。任是赤心耿耿，守鸿沟而不逾；依然妙手空空，入宝山而无获——其难一也。不少菲黄学士，惨绿少年，未究仓颉之文，徒习佉卢之语。几句白话，竟如春蚓秋蛇；满纸乌烟，惯见鲁鱼亥豕。虽非葑可采，将就成篇，而梨枣徒灾，差堪覆瓿——其难二也。能祛二难，遂臻两美。近于宪庵游记见之，可为中国文界告者。参详今古，观光无隔膜之嫌；融洽中西，论事有会通之妙。功归互助，真个三合而后成；义慨多方，何止一言以为智。生平不负所学，滋可信焉。后世谁知吾文，殆无虑矣。不胫能走，尚胜吹嘘；有目共知，无须介绍。放言自得，问序何来？非无惠子知心，庶几莫逆；亦有士衡拊掌，动辄相轻。况群矜挟术以游，鲜能作平情之论。求诸达官贵宦，则不免攀附之嫌；托诸学士文人，彼将抒讥评之意。或则谀词累牍，绝无片语对题。将焉用之？不如其已。如予欲序所当序，谓人要知其可知，得条件若干，助兴趣无算，写以塞责，用为弁言。

予观书中感触，格外昂藏。执戟相从，上校警田家之卫；整队行礼，先生阅武校之操。偶坐燕居长几，足傲合肥；会搴革命大旗，当为华父。心高望远，气盛言宜，匪曰震惊俗情，直可维持生命。亦有闲情逸致，写入韵言，佚事遗闻，汇通史籍，似使者辅轩之语，经周谘博访而来，藉劳人翰墨之功，备殚见洽闻以献。语其小者，乙毕格（Ipecacuanha）何如半夏，可备药囊；斯的菴（Statice）即是长春，待编花谱。均似一时鸿爪，雪印犹存，便应数月驹光，云游不负。迥殊獭祭，然未尝数典而忘；显有鹤鸣，亦不少在阴之和。起予非浅，问世奚疑？但就印者之眼光，可决此书之价值。文通待发，阅者殷求——许以必传，也是蜚声两陆；述其得益，恍如从学三年。若论印刷工夫，应分缓急次序，然期报可从缓置，游记必要尽先，试看或抑或扬，便见孰轻孰重。予书估以非常好感，谁不云然？贻侨胞以片段珍闻，亦其次也。最好是漫游不忘救国，俨如见尧于羹，见尧于墙；独立勿要依人，卑视惟辟作威，惟辟作福。可有大王钢铁，助成博浪之椎？未饶秘书词章，竟贵洛阳之纸。

出云馆主人

丙子季春廿一日

在美国三藩城

送梦蝶出游 中国第一首长诗 二百七十二韵

“宪子纯粹精”，师誉闻之夙。若照《易经》言，妙旨可三复。
刚健是始基，中正非终局。发挥旁通情，中有妙机伏。
纯粹无驳杂，若江濯阳曝。精灵不呆滞，得运通机轴。
大哉赞句乾，宪乃符于穆。当然非无净，纯乃净之属。
尤其非无明，精则明光烛。柔如百炼钢，炉青火纯熟。
借物以喻人，想象得郛郭。以此解师言，成趣不寂寞。（一解）
忆予在髫年，赠行师有嘱。蒙许直方大，尚须细圆曲。
直方大不难，不过生性朴。曲细圆亦易，只钩心斗角。
若乃纯粹精，造诣真卓荦。十世难其选，勿论只万木。
殆超出同门，无偶而有独。（二解）
亦曾作乡宦，内务资调度。亦曾作政客，游说颇忙碌。
教授最萧闲，虚腹与实腹。记者实麻烦，易速文字狱。
不知何因缘，忽来新大陆。（三解）
男子四方志，不厌尘仆仆。抑闻释氏说，空桑不三宿。
顾乃逾六年，宿过三千六。多能囿一隅，伏处殊踖踽。
仍不碍表见，行行皆足录。能组总支部，宪政断若续。
能开会传教，孔仁表木铎。能设函授科，国学培秀淑。
能升堂讲经，圣谟出义塾。能发梨园光，编剧复评剧。
能谈纸上兵，光铓现豹略。能施岐黄术，俯睨悬壶药。
能了佛家言，菩提证果速。能作百化身，人无从捉摸。
能道自由义，不受三纲束。能耐原宪贫，不食党家禄。
能无成败相，惟意志所欲。适意败亦荣，逆志成反辱。
有此大精神，宜足振弱薄。（四解）

何必论能文？文乃神糟粕。依然会辟易，小生望惊却。
笔锋犀利处，若昆刀削玉。发覆寻破绽，若雀味穿屋。
捧场固优为，骂街亦已足。易辞即褒贬，用极弥触目。
有些老成辈，窃议嫌粗俗。不知通方人，眼界无清浊。
摊开南华经，“屎溺”亦可读。处女试验布，煌然列旧约。
何况拉杂报，可拘在庙肃？援此作解嘲，客难自退缩。
仍不免遗言，口服心不服。（五解）
心固匪易明，欲为苍黎哭。国事成僵局，早晚必颠覆。
叵耐昧心人，求祸不求福。是非可愤争，四方徒蹙蹙。
救国大精神，诚然要孕育。内功贵有恒，多半恩勤鬻。
外功乘机发，少年鹰鹯逐。以此竟全功，程途宁杂复。
知进退存亡，哲人须远瞩。群氓一哄市，善感不敌恶。
胜之亦不武，抚躬但愧怍。前途尚茫茫，民义虚无泊。
任重而致远，多赖大肩膊。外不负国民，内不负所学。
俛焉日孜孜，还须觉后觉。（六解）
予最爱《文言》，谓非圣莫作。宣尼晚悟道，教义精神托。
世未闻疑及，简亦无些错。勿庸生异义，反令人惊愕。
几多误用壮，不潜便飞跃。毕竟有差池，退步反因促。
前败后者戒，所除惟民瘼。老氏亦有言，喻鸷鸟搏攫。
卑飞敛其翼，机警不为弱。彼是用机械，神理转萧索。
未若宣圣言，安道示宽博。乾德终贞固，无行而非乐。（七解）
悠悠瞻日月，邈矣翔廖廓。万里悔因循，六年成久客。
安常席易暖，持辩笔难橐。且勿较时间，历书束高阁。
不见十九年，苏武羁朔漠？伐毛与洗髓，历劫如方朔？
大罗天上戏，六年未一幕。尔我同观场，转盼日犹昨。
更勿论空间，万里犹隔膜。惜不遇化人，假汝万丈脚。
十步躐一省，百步遍全国。缓行五分钟，三藩抵纽沃。
乃议适罗生，十议无一获。此是何因缘？可付之诺诺。（八解）
懒惰与世违，我亦非谔谔。执中若无权，或一似子莫。
聊且咏“白驹”，逍遥在空谷。一旦噬肯来，人谓食场藿。
冯妇若善士，岂忧无虎搏？见猎心不喜，自信已刚愎。

慵理楚得弓，抑或秦失鹿。似无怀国民，久绝斗争欲。
不觉何意味，蚊睫位蛮触。当时猎较场，八年会軿辘。
先簿正祭器，所修但边幅。玄非如佛偈，秘非如道箓。
正义可共见，平恕堪自勖。难决效及人，亦弗在祷祝。
不习无不利，恃源在诚笃。局势日迁移，任如风吹箨。
假我万斯年，不违此正鹄。（九解）
董卓刀虽利，君苗笔未秃。笔锋与刀锋，伤人等残酷。
人类有特性，爱类不如畜。或悯齐堂牛，不忍其觳觫。
或戕新室莽，肢解啖其肉。于傅亦有云，“辟为天下僇”。
此是何因缘？不过为怨毒。（十解）
只今大乱成，不能保民族。一次误文盲，再次误武黩。
国遂不可救，若反手受缚。时时阋萧墙，名易挂旗纛。
偾车与来轸，相属若接辐。看大好中原，静待胡马牧。
以此对强邻，无辜宁俟卜？言和是缪丑，战便是韩岳。
以此壮外观，聊似虎豹鞹。庸众信为然，殊不得正确。
国谋非皮毛，邃密待商榷。（十一解）
世运漫云泰，时会方在剥。邦基一线延，竖子便跷跷。
戕善恣蟊贼，愈把苞桑椓。悬此视将来，构祸曷能榖？
随手书罪案，便罄南山竹。若开法庭判，案情不须鞫。
顾欲除大害，计程要见极。睠念国艰虞，外患正孔棘。
不利双方行，造次尽一击。狄既未易膺，蛮亦不受吓。
无人敢矜言，谓“我战则克”。亦曰民有丧，往救愿匍匐。
非可无等次，升高但一蹴。不是游戏场，随人弄蹋踘。
小小顽意儿，连番任颠扑。左方焚荆棘，右方荡污泽。
譬得清除后，留基事建筑。武若无张韩，谋若无管乐。
举动辄得咎，徒焦头烂额。不论图救亡，若何志悃愊。
不论思吞贼，若何气磅礴。如旷预备程，路歧无所适。
擿埴事冥行，劳等虚牝掷。及遇时机来，相惊但啧嚄。（十二解）
将军巧胜人，畜机先霹雳。弓是同此弓，的是同此的。
胜者善用机，其中非尔力。有获语成器，非为文郁郁。
一纸聊城书，三千方朔牍。切要或程效，浮夸乃无绩。

施用贵得当，原不在繁缛。（十三解）
历史告吾人，规鉴殊显赫。汉前有胜广，羿后有浇浞。
或供前驱除，或继篡弑躅。踪迹是可寻，重现似印格。
彼消和此长，相生相刑克。洪钧大化中，非纯事雕斫。
人能去泰甚，除失便为得。嫉恶责备贤，持论亦近刻。（十四解）
才譬如众芳，性授和学植。草木区以别，无虑万千亿。
或好和靖梅，或玩渊明菊。或爱濂溪莲，或赠溱洧芍。
牡丹固繁华，兰芳桂亦馥。户服艾盈要，嗜好宁颇僻。
此是何因缘？为无善知识。众愚不成智，此理无可驳。
鶺鴒百成群，不如一鸑鷟。易盈缘器小，譬若藩篱鸮。
五步十步间，一饮复一啄。不羡垂天云，侈如大鹏翼。
造物是因材，无适亦无莫。人事补天工，既生便要鞠。
尧舜犹病诸，施功贵有择。对聋谈聪听，对盲谈曼睩。
任炙锞雕龙，应付难无忒。（十五解）
谁造我民族？佥人不复忆。何术救危亡？众情亦瞢惑。
苍生望来苏，苦不见霢霂。畸人殷求方，回心盼天竺。
泰岳能兴云，何必待灵鹫？曷不返求之，歧途空彳亍？
一方冀易成，迅把凶人殛。愤者张良椎，忍者渐离筑。
劲者袁绍刀，警者陈琳檄。愤忍劲和警，呵气缘一脉。
嘘吸变风云，相顾或动色。以上所述四，各有各凭藉。
不见何功成，抚今恐犹昔。一手一足烈，且勿挂胸臆。
不要违机行，偾事如马谡。但须克壮猷，显允若方叔。（十六解）
君子道其常，曰好是正直。民行经世变，不复有伦脊。
惟善人是贫，邪辟得玉食。穷士抱遗经，日不饱饘粥。
新贵买艳姬，量珠动盈斛。彼此两相形，苦乐太悬隔。
鲜有能安常，守真仍浑噩。但见营营然，佳人亦作贼。
几人能尚志，不忘在沟壑？几人好取义，如饴甘鼎镬？
仁义非所知，向利为有德。不羞党家奴，不愧民公敌。
造成此局面，祸比坑焚亟。作俑者谁欤？天已夺其魄。
仰视日苍凉，不受阳光沐。俯视地流红，横被腥血浴。
吾民处其间，四顾天地窄。会须挽天河，一洗凶秽迹。

安能效累囚，畏约长戚戚？（十七解）
西顾自葱岭，东瞻迄长白。滇江绕其南，戈壁障其北。
苍茫万里中，果有才卓卓？百年俟河清，黄流仍湍洑。
崧岳生甫申，难侍秀灵毓。世所谓应时，武人中“老革”。
涉为王沉沉，更始间掳掠。民望见其来，举疾首蹙頞。
除却此等辈，委琐与龌龊。刮目待阿蒙，余裕犹绰绰。
凭说礼敦诗，或能知却縠。可有陶士行，八州胜为督？
文渊晚据鞍，精神弥矍铄？或敛翼待时，奋击如鹰鹗。
风云虽未至，从不受绊络。廉公老思赵，贾生少闻洛。
陆贾善说粤，相如能谕蜀。理财若萧何，关中资转毂。
置驿郑当时，好客工酬酢。横渠志洮西，龙川欲用鄂。
万里乘风行，宜不少宗悫。祖逖与刘琨，夜闻鸡喔喔。
拔剑起舞时，雄心若可掬。其他狂简才，握瑜而抱璞。
或葆在山清，如闲云野鹤。或着意开道，如骅骝踸踔。
各有所希望，当世未寥落。胥附是可能，运枢费斟酌。
翕受贵用孚，敷施善用扩。勿轻量人才，徒取受指嗾。
勿弄小智谋，效遗人巾帼。勿过事都争，费力逾修睦。
勿扑空高驰，见峰不见麓。勿但趋利行，图采中原菽。
得之亦偶然，不事载芟柞。勿但恃饥民，索发钜桥粟。
滋闹不接辏，苍黄代黑绿。干进希鸩媒，需懦延蝮螫。
两俱不得中，缓急途交遌。亦曰有咎征，急寒豫恒燠。
正行有显道，不必新簇簇。后获必先难，理浅而精凿。
待决西江水，固难苏鲋涸。见弹求鸮炙，亦徒资笑谑。
寡要便支离，见戏不为虐。律以纯粹精，要自反而缩。
因果能不昧，是第一要着。（十八解）
反复论因缘，至此已五渎。一观觉诙谐，再思喻忠告。
一咏近于三百韵，仍多余意未曾申。欲从扩度推诗格，赖有词场后起人。
游存六十诗渊雅，此作词粗亦发皇。可是彻音经变角，永言隔句急收藏。

出云馆主人识

和出云馆主人见赠二百七十二韵 步原韵

诗以道性情,古论闻之夙。性情各有别,失者可能复。
只要通诗教,所忌拘小局。旷观宇宙间,万事频起伏。
生阳值冬寒,生阴当日曝。圣智大圆镜,无息如转轴。
至理明孔佛,妙旨通耶穆。文乃道之余,诗亦文之属。
以此道政治,瞭亮如光烛。性至动情真,义安本仁熟。
内含理丰富,岂徒在轮郭。人类得诗教,万古不寂寞。(一解)
予友梁伯隽,不动利屈嘱。生当末世中,他人乱心曲。
伯隽讷讷然,神光守其朴。时至始发声,清疾胜听角。
自幼博群书,要义观荦荦。是谓直方大,廊庙栋梁木。
余事作诗人,志芳而行独。(二解)
前日赠我诗,字字经思度。二百七二韵,余子睨碌碌。
百回诵不厌,义理饱我腹。法度及词章,五言能折狱。
老练荆公王,条畅放翁陆。(三解)
忆我自来美,未算尘仆仆。早来不及君,留兹逾万宿。
我来仅七年,一半十之六。只嫌宗国乱,欲归行躅踽。
念乱发文章,直书成纪录。出于不得已,搁笔仍再续。
一事最痛伤,尼山失木铎。智者尽痴愚,愚者妒灵淑。
青衿习佻达,城阙当学塾。邪病乘空虚,国变日加剧。
余风及海外,侨众被侵略。谁下膏肓针,谁进瞑眩药。
若本爱国心,图强皆欲速。因兹暴弱点,遂为黠者摸。
爱国口头禅,自好身谁束。而况以利终,艳羡党家禄。
如斯言爱国,不正爱恶欲。徒长奸人势,造成国家辱。
我倘默无言,毋乃太自薄。(四解)

不必尽精深，自分等糟粕。惟因天所授，难作不恭却。
古义陈龟鉴，尔音说金玉。虽弹对牛琴，拆彼屋下屋。
或破其鸦头，或斩其马足。捉其失魂鱼，单其和尚目。
双指擘腐蟹，椎壳不嫌俗。大决长江水，涤荡污泥浊。
痛快时下酒，聊作《汉书》读。任是三民义，信徒比新约。
投之入粪坑，扫之誓清肃。诸虫蠕蠕动，坑下皆瑟缩。
算他猛兽头，终为服不服。（五解）
忠言知无补，贾生徒痛哭。但为鉴前车，谆谆戒后覆。
祸始济南案，福田不是福。党帅太低能，叩头供其蹙。
媚敌无悔心，犹自夸训育。阿斗四万万，被缅作奴鬻。
中或有贤能，逞威尽斥逐。……（六解）
我来戊辰夏，本是见机作。雷风攻济案，夫岂空言托。
彼党太糊涂，如演花田错。周通认女婿，晤面不惊愕。
请之入屋来，遂动其喜跃。一弹皇姑屯，国命愈短促。
党帜易国徽，党义增民瘼。国为党私有，国利党争攫。
对外宁待亡，对内不示弱。荆棘卧铜驼，叹声闻老索。
不亡无天理，棋输安用博。可怜党中委，尚望封安乐。（七解）
回忆我来后，飞鸿翔寥廓。猎者罗薮泽，求邻邦逐客。
岂知风愈动，如冶工籥橐。其时莽大夫，颂莽未投阁。
立法方得意，吾言等漠漠。天天拜偶像，饩羊存告朔。
喃喃读遗嘱，小燕巢危幕。短见仅是今，返念忘非昨。
异党作深仇，平民皆隔膜。无怪到金门，犹欲起飞脚。
封条寄来美，记者解回国。蠢子真无知，不及夭沃沃。
使领一齐动，终归无所获。我舌今尚存，岂能甘诺诺。（八解）
诛奸是职责，不关矜谔谔。共和在民权，有权非子莫。
颇恨言论界，进退陷于谷。深山畏猛虎，莫敢采藜藿。
犹自诩和平，谓不尚击搏。我绳以正义，反谓我刚愎。
从势附赵高，为马常指鹿。岂真没天良，无那多人欲。
冠以獬豸冠，遇邪不敢触。任令出轨车，纵横乱轣辘。
任令上机布，歪邪失边幅。任令妖道巫，作法画符箓。
以此为中立，自杀非自勖。以此为舆论，可哀非可祝。

名医望却步，谁疗其疾笃。我不避嫌怨，欲进枣山箨。
执中要有权，引之归正鹄。（九解）
犹幸七年间，疾书笔不秃。人心渐觉悟，亦知苦秦酷。
可惜病已深，临床艾未畜。外患一朝乘，满堂同觳觫。
东邻来杀牛，持刀割其肉。相彼主治者，应为天下僇。
只痛无辜民，一并遭荼毒。（十解）
于今东四省，谁人讲民族。南京与东京，文盲同武黩。
武黩敢横行，文盲惨受缚。一枝东洋旗，压倒党家纛。
呼号望团结，三年犹脱辐。多金予郭开，赵葱代李牧。
民心纵狂热，气煞输财卜。三字更沉冤，屈了精忠岳。
竖子掌军符，犬皮充虎鞹。乞降曰提携，假词不正确。
群盲尚蚩蚩，待与谁商榷。（十一解）
宪政若不行，国运仍当剥。党权虹小子，稚气骄跷跷。
空口骂倭奴，不自知昏椓。日开纪念周，注籍招臧谷。
夜赴跳舞会，恋肉迷丝竹。愤时拔刃戕，争时对簿鞫。
如斯无行人，岂只士罔极。载途坏人衣，殿下成林棘。
忧岂在倭奴，作豕供倭击。已驱入苙中，犹欲张口吓。
倭奴抚掌笑，未战倭先克。三日亡国论，对倭早匍匐。
五十万党员，不足当一蹴。由宁滚到洛，被踢如皮踘。
既已畏倭凶，如何将满扑。既未肯出师，如何歌同泽。
最近沪江地，机场让倭筑。闻倡亲善论，如闻广寒乐。
日盼借款成，称庆手加额。岂真事倭奴，诚意通悃愊。
龙盘虎踞都，气象向磅礴。于今蛇鼠聚，吾民将安适。
愤极无可言，铁笔几欲掷。远闻凤仪门，群猪声嚄嚄。（十二解）
何术震群盲，除非旱霹雳。大动摇山脉，锐矢破鹄的。
反治关天心，拨乱须人力。昔有刘青田，山中离火郁。
愧我日疾书，盈屋千万牍。俯仰增感慨，茫茫求禹绩。
要将山泽焚，安用文繁缛。（十三解）
今始决出游，或比王怒赫。七年寂不动，冷义似寒浞。
我行幸得托，劳君动芳躅。刚柔性各异，旨归存报格。
能达于善地，不必定期克。破觚而为圜，任由大匠斫。

诵诗见真意，我已求则得。本非堕剑人，无须将舟刻。（十四解）
我学不及君，昔年惭薄植。多言亦何为，所幸无诈亿。
况有淡泊性，颇爱渊明菊。虽非岁寒松，亦非洧外芍。
更非空谷兰，暗中放芬馥。生平随遇安，不冲亦不僻。
守义以治事，盗名非所识。有时受诬谤，安之不屑驳。
任彼百鹘鹈，嘲啾调鸶鸾。俯视榆枋间，犹怜蜩与莺。
最鄙营财利，交交率场啄。政党循治轨，不因树羽翼。
万事皆数定，造一耻文莫。人生数十载，知足便生鞠。
宁飘万里外，慎将栖木择。任彼炫繁华，蛾眉腾曼睩。
处之若无物，自安心不忒。（十五解）
国变诚难知，往事恒追忆。守往能勖来，百世而不惑。
“亦曾作乡宦”，愧未施霡霂。历尝诸患苦，若求经天竺。
所幸道力定，时时现灵鹫。“亦曾作政客”，阔步不彳亍。
莽莽视中原，谁畏明神殛。誓言多弗信，易水无击筑。
所幸老亲心，不曾喜捧檄。因此庭众中，望却齐侯脉。
游说十余年，常空一切色。何忧原宪贫，吾心有凭藉。
灵明未失去，今后如往昔。区区富与贵，从不留胸臆。
何必李元礼，松下风谡谡。世已无齐桓，安用求鲍叔。（十六解）
出游欲何之，周道如矢直。将过落机山，登其高屋脊。
百余年新陆，于今足兵食。役彼欧洲雄，如群雌粥粥。
财库满黄金，量珠万亿斛。可惜机械化，贫富太悬隔。
物质动人心，知识凿浑噩。遍地布危机，相需反相贼。
生产为大众，孰肯填沟壑。大欲斗侈豪，不只顾釜镬。
最近复兴例，借锄示深德。岂曰长治安，姑以减多敌。
若作根本图，末策非所亟。国命似人身，无魂安用魄。
圣灵接渺茫，帝恩难遽沐。实在求郅治，不如沂水浴。
眼光放远大，胸襟不逼窄。沟通两文化，当留华胄迹。
此理若不通，美人长戚戚。（十七解）
我今和君诗，有怀尽刮白。此后问行踪，或东西南北。
赠言铭中心，高行观卓卓。使我心力强，潜在如湍洑。
山川未崩竭，灵秀凭钟毓。草野遇人才，国政终当革。

吾党自有美，岂容奸人掠。忧国四十年，为斯民蹙额。
大声醒迷梦，高撑化龌龊。本所学维新，措置优绰绰。
异彼狂疾人，寒边效轻縠。尤异市中医，八脉忘冲督。
无如百炼金，竟遭众口铄。毁室任鸱鸮，不复宝鹰鹗。
从兹内外患，重重紧绊络。元师陷襄阳，犹攻道学洛。
终久是非定，阳光岂害蜀。如千百转轮，必不离长毂。
是师说真实，非客气酬酢。谁敢尊秦魏，毁岳褫封鄂。
任攘革命功，虚伪失诚悫。大吹兼大擂，总是鸡喔喔。
况今队伍乱，舟中指可掬。若再忘返原，万镒求荆璞。
神州终陆沉，化虫沙猿鹤。用是愤谈时，风发而厉踔。
听之能救亡，不听亦胆落。连日赏春光，沈沈动春酌。
诗兴忽蓬勃，小识亦充扩。怨怒与哀思，自发非指嗾。
强不慑须眉，弱不欺巾帼。辨义非争斗，宅心恒和睦。
烈风疾雷雨，宁静不迷麓。庶几平吾心，能采中原菽。
誓不辱师门，附枝歌维柞。寸心营八极，沧海渺一粟。
定黑白是非，正表里黄绿。入地狱救人，何辛于蜂螫。
有时来巨憝，亦可与相遻。去其残贼心，润以春雪燠。
万物感太和，生新青簇簇。至诚不炫智，一窍何妨凿。
常备西江水，奚忧车辙涸。所患乏正智，善言以为谑。
是则无如何，只怨天方虐。上言非精纯，亦算自反缩。
君意倘谓然，抑谓犹沾着。（十八解）
君诗渊如海，我诗浅如渎。望为洗沙石，勿笑置不告。

梦　蝶

别金门诸友

耻作奴才懒作官，七年于外负忠肝。
伤心国土惊将尽，带血文章呕未干。
岂谓陶潜憎斗米，只因屈子护香兰。
金门尚有重来日，不老廉颇更据鞍。

乙亥冬　伍庄

久静思动出游美东

抵美国七年，恒在三藩市（San Francisco）之博浪楼中，日写新闻论说，虽不算疲劳精神，然消磨时间已不少。假令移此时间以为学，则七年小成，移此时间以为政，纵不及三年有成，亦或者六年庶几。可惜日月逝矣。二万里外，坐视国危，曾不能施救，空言何补？辜负生平所学，心中恒忐忑不安。游子思亲，遂动归志。今年乙亥一月，始赴罗生（Los Angeles），拟游美东，取道欧洲而归。在罗生不料碰车受伤，牵滞行期，至五月十七，始由罗生东行。予之初意，乘南太平洋铁路。予友夏士文君（Col Fred Husman）谓火车行疾，荒野无所见，黑夜无所睹。倘欲游美陆，不如驾汽车而东。所过城市乡村，多为火车不到之地。昼行夜宿，更不至抹煞风光。行止自由，所向如意，虽费时间，实从容不迫也。予闻夏君之言而意动。夏君为美国军官，职当上校，一八九八年美国与西班牙之战役，及一九一八年美国加入之欧洲大战役，夏君皆身在行间，屡立战功，在美国中为一好军人。三十年前，曾随康南海先生，又曾任保皇会所办新蕾千城学校教练。其对中国人感情素佳，对吾党尤挚。近年移家罗生，暇辄到三藩市访予。予在罗生碰车受伤，养病于其家中数星期，夏君与其夫人待予殷勤有礼，可感也。夏君自有汽车，自能驾驶，愿护予东行，其夫人尤明深大义，宁独居罗生，劝夏君与予同游。予遂决定不搭火车而乘汽车。陈君鹤鸣由纽约来三藩市，在《世界日报》共事两年，亦欲回纽约。予等三人遂同车而行。予途中得良伴侣，深为欣慰。

回忆七年前之五月，济南惨案发生，国民党人竟忘外患，反兴高彩烈讲北伐。党政府拥数十万党军，不肯尽力为国，以抵抗夺我济南之日本。仍师满臣刚毅“宁赠友邦不予家奴”之谬见，让日本兵驻济南，而耀武扬威，北伐张作霖。予此时已断定国民党政府必为日本奴才。予在上海主办之《雷风》杂志，方出第一期，因直斥党政府对济南案之软弱媚敌，《雷风》杂志被禁止。予因国内黑暗，无政治可言，乃飘然去国，渡太平洋来美。初意漫游美、墨，不料因主《世界》报笔政，年复一年,至于七年之久。来时五月,今出游又是五月。予精神虽无恙,然国家元气则大伤。自济南案后,断送东北四省,国势危殆,岌岌不可终日。国民党政府罪孽深重矣!予无力以改造政府,徒托空言,每念惭愧。今兹出游,予欲无言,岂意两三月间,又积稿盈箧。既静极而思动,静且言,动安可无言?《世界日报》诸君请予将稿付印,予岂能靳之?明知干燥之游记,无登载之价值。国人来美,由美西而美东者甚多,亦无须予赘言。然取道不同,所见各异。所见虽同,感想亦各异。曾经是地者不妨取以互证,未经是地者不厌多知。干燥中或有些少趣味也。附以诗词,未免文人气习,然谅有同好者。盖散文纪载,有时不及韵言,取其词少而含义丰,寄感慨也,因并写寄之。途中仓猝,行箧无书检查,或有错误,容后改正。西哲有言:"人类者天性好议论之动物也。"游兴既动,笔墨岂能不动?于是乎书。

由罗生至亚蠕笋拿(Arizona)

游记自罗生写起,未及三藩市,因予旅居三藩市七年,另有旅美笔记,体例不同,不使相杂也。予由罗生起行,为五月十七,同行者夏士文、陈鹤鸣两君。未起行之前一日,与夏、陈两君驾车,过罗生西湖边,瞻仰奥达士将军(General Harrison Otis)铜像,徘徊不忍去。奥达士以军人而兼新闻记者,在罗生办报,本其军人抗直不屈之气,发为公论,一纸风行,美国人争读之。奥达士卒于一九一七年,寿八十。美国人立其像于西湖边,于其像前附立一兵卒执战旗,一小童挟其所办之报纸发售。像下则刊其格言于石,其言为 Stand Fast. Stand Firm. Stand Sure. Stand True. 译其义,即第一是恒,第二是毅,第三是正,第四是诚。四德也。我非军人,而为新闻记者。每因真实之故,而得罪有权势之人;每因忠诚之故,而得失许多朋友。然吾自问尚不至左右闪缩,摇我坚定。今兹对奥达士之格言,益不敢不自勉。又念我国西湖,有秦桧夫妇铁像,跪于岳王坟前。岳飞诚不愧军人,可惜为秦桧所害。彼一西湖,此亦一西湖,铜像铁像,令我生无限感想。近来我国伟人辈出,以铸铜像为时髦,我国西湖之新铜像,当添铸不少。不知与秦桧铁像比较又如何，亦有能及奥达士将军者乎？我不禁有所感，在奥达士将军铜像下，口占一章：

巍然独立奥将军，刻石名言人数分。
战罢雄心谈往事，兴来健笔写奇文。
但凭公理锄权势，真是平民淡爵勋。
如此西湖堪景仰，异于秦像跪王坟。

别奥达士将军铜像之后，翌日，即向汕班连拿（San Bernardino）而行。汕班连拿距罗生市六十余里（英里，下仿此），有“美国苏州”之称。少女多春气，见人，笑脸相迎。惜予等秋冬气太深，不相入也。是日为夏历之四月十五，予等抵汕班连拿后，寄宿于市外之野店。晚餐后，散步郊原，过白石桥假柳树下（美国有一种胡椒树，似垂丝柳，予以假柳树名之），垂丝极美。遥望红楼，隐约在树阴中。此埠与泛典拿（Fontana）相近。泛典拿以畜鸡著名，汕班连拿之餐馆多售泛典拿鸡，味精美。予等宿野外，清静有田家风味，胜于大城市之大旅馆也。十五夜月明，对月口占一章：

新陆苏州羡得名，着闻敕近最精英。①
红楼野外风当夕，白石桥边柳送情。
味是农家兼贵族，②画宜月朗与山清。
道逢满面春风女，相识何曾似笑迎。

十八早，离汕班连拿，而过四千尺之高山。离埠后不远，前山横阻，似无去路。予等初拟由南道，经忒士省山旦村等埠。因南路平坦，所过各埠多华侨，故欲一游之也。惟天气颇热，不如中道之凉。中道皆高原，常有积雪，地广人稀，华侨绝无仅有，然野阔天低，多奇趣景致。予欲一觇美国中部高原之境况，故改由中道。正中道经卡罗罅度省（Colorado）之北，仍多雪难行，故酌中而行中道之南。由汕班连拿取六十六号路而东，穿过前面横阻之高山，登四千尺之高原。山风极猛，吹面为痛。所过皆砂砾之地，山松野草，厥状离奇。野草有名沃架（Yucca）者，译意花树，因其高如树，亚罅笄拿省人皆以为奇种，多画之作纪念。

---

① 句下注：英语呼鸡为Chicken，译音勅近。
② 句下注：虽是野店而物质陈设极美。

下午三点十分，渐下高山，望见卡罗鏬度河。卡罗鏬度者，燕甸人语，译意即红河，因河水之色红也，卡罗鏬度省即以此得名。既而抵拿律(Needles)，即过卡罗鏬度河桥，此处为嘉省与亚鏬笋拿省之交界。桥东为亚鏬笋拿，侨西为嘉省。是日下午三时，抵亚鏬笋拿省之顷文(Kingman)。由汕班连拿至此，共行三百里。途中得诗数章如下：

前途横阻似重关，去路仍通拐数湾。
一道狂风忽过峡，几堆积雪尚封山。
枯枝槁草争生气，赭石黄沙照老颜。
地近不毛人罕见，只余煤屋两三间。[①]

高于水面三千尺，烈日干沙夹火风。
未驾明驼行瀚海，如乘飞鸟入真空。
胸高息窒难偷气，耳杂声多异听筒。
百里幸逢休憩处，清流一滴胜千钟。

忽经拿津渡红河，回首高山骏下坡。
异省仍连硗瘠地，重关若设禁征科。[②]
奇峰列笋疑名似，险道千湾动魄过。
旧有激流冲石壁，犹留痕迹未消磨。[③]

亚鏬笋拿省途中

顷文埠旅馆殊劣，不如汕班连拿之野店，而价值比汕班连拿之野店为贵。予等住一夕，十九早即起程。由八时二十分起，九时，过六千尺高山，九时半，登绝顶。沿途皆四五千尺高原，气候极冷，予御驼绒大衣犹寒，风力尤劲，寒暑表在四十度下。十一点三刻，抵士力文(Selieman)，此地时刻已改早一点钟，即为十二点三刻。一点抵威廉

① 句下注：沿路人居极少，只有卖煤油之屋，每隔三二十里路有一间或两间。
② 句下注：入亚鏬笋拿省界，有检查嘉省来客行车处，不准携带生果棉花等物入境。
③ 句下注：亚鏬笋拿省之石山最奇，尖锋突起如石笋。所过高山，道窄而湾多。半山石壁，多有洪水冲击旧痕。似此高原，竟有洪水，当是五千年以上事，非予所敢断矣。

士（Williams），在此午餐。据侍女言，此地前日大雪，极冷云。是日所行公路劣极，不如嘉省公路远甚。幸往来车辆尚少，每小时仅遇迎面之车二十架，平均行一里余路，始遇来车一架，故虽道狭，亦觉从容。路上居民极稀，盖皆砂砾之地，不能种植，无水无草，畜牧亦不能。旧日皆为燕甸人所居，自入美国后，燕甸人亦多四散，留此者甚少。然留此之燕甸人皆能受美国教化，美政府特设学校教育之。美国四十八省中，以亚罅笲拿之改省为最后，一九一二年始改省，距今仅二十三年。予由嘉省出游，其游踪则先踏亚罅笲拿省地，彼改省最迟，我踏地最早，亦有趣也。

自威廉士再东行，略见水草，土地稍润，树木亦稍有生气，风清不冷。过士力文时，望见卡罗罅度之雪帽山，积雪极厚，太阳照之，光晶可爱。此山高一万五千尺（离水平线）。过威廉士后，又望见亚罅笲拿省最尖峰之雪山，高一万二千尺。但予等已在高原四五千尺之上，故仰视一万二千尺之高山，亦如六七千尺耳。由威廉士再行六七十里，经过旧日之燕甸巢，遗迹尚在。彼等堆石为窟，不脱初民之风。此地仍是荒凉，但一望平原，高坡时起。野阔天低之说，至此始悟。别有奇景，与地平之野阔境界不同。四点一刻抵荣士路（Winslow），此埠比威廉士略大。威廉士约有二千人，此埠则有三千余人，燕甸人之已进化者多居此。有火车站在焉。此时天阴下雨（是日皆乍晴乍雨，而以此时雨为最大），远望非匿（Phoenix）（即亚罅笲拿之省会），乌云四布，知其必下大雨，比此地更甚也。五点抵贺布碌（Holbrook），此埠比威廉士略小，约一千余人。予等在此住宿，旅店比顷文略佳。是日共行二百五十四里，得诗三章，录下：

六千余尺小扶抟，四野苍茫纵目看。
山势似城成壁垒，路坡如海起涛澜。[①]
高寒直透冬衣里，[②]光焰遥瞻雪帽端。[③]
蛇窟深藏休按剑，未曾当道作龙蟠。[④]

---

① 句下注：此处公路极劣，起伏抛车，如波涛之涌船。

② 句下注：予穿驼绒大衣，犹寒。

③ 句下注：远望卡罗罅度之雪帽山，雪光晶莹可爱。

④ 句下注：此处最多响尾蛇。

一天气候兼冬夏，高不胜寒下减衣。
映日雪峰银铠戴，造林松树玉屏围。①
何曾弱种留雏在，颇有耕牛带犊归。
忽讶平原渺无际，半空浮地看云垂。②

乍晴乍雨清和月，念我宗邦共此时。
旧种仍存荣士路，丰容犹似憨娇儿。③
三间矮屋姑聊尔，千里平芜竟若斯。
既是牧场须水草，可能赤壤变陶瓷。④

二十早起，天气骤冷，昨夜亦冷。因念予等起行时，以为天气必热，原拟不带大衣，友人鲍文庆君谓非带大衣不可，予等听其言始带大衣，今竟用得着也。可知凡事必要有经验，不能以理想推测。是早感于冷，因成一章：

行时急促怕炎天，一日风沙试验先。
岂料高原多冷候，竟如远戍到寒边。
清和四月犹如此，温软重裘或自然。
只恨行装尽胡服，渡辽还记似当年。⑤

又念连日所过公路，都是预备行车者，不是预备人行者，故车路之旁，无人行之路。若人行车路，则必为车所辗。公路确是车行路，非人行路也。而我国之浅人孙文讲三民主义，特于人生衣食住三要素之外，加一个行字，谓之衣食住行。其信徒以为新鲜，其实画蛇添足。我国交通部向以邮、电、路、航为四大要政，若果行之属于路政者，可以特别拈出，加入于人生衣食住，而谓之衣食住行，则邮、电、航亦可以特别拈出，一律加入，而加不胜加矣。孙文浅人无深识，其乱说无足怪，不料举国愚人亦信之也。予因之有感，为赋一章：

① 句下注：过威廉士埠后，山松极多，行列如围屏，色如翠玉。
② 句下注：奇景。
③ 句下注：道旁见燕甸妇女，仍多娇憨。
④ 句下注：该省地旧时多为牧场，因水草不丰，牛羊多死，现仅存少数牛羊而已。其地土多赤，或宜于造砖，现有专家方研究土质。
⑤ 句下注：二十年前，因穿西服出东三省，时当大雪，夜渡辽河，坐冰排，手足几被冷断。

最大民生衣食住，浅人无识又加行。
须知公路新开辟，只让双轮去竞争。
有足失灵难步缓，当车为险定尸横。
画蛇若许多添笔，尚漏邮飞与电航。[①]

由亚罅笋拿入纽墨西哥(New Mexico)

二十早九时半，离贺布碌东行，渐下高原，约一千余尺，仍在四千尺高原之上。十时半抵乃利贺，此埠为燕甸人所居。沿途有奇形石山，略如山西大同之云岗，令我惊奇。但大同府在中国，有数千年文化，故能刻成佛像。亚罅笋拿在燕甸人之手，近虽入美国，尚未暇刻意经营，故大好奇石，不能及云岗之成名，殊可惜也。十一点十五分，即入纽墨西哥省境。有欢迎入境之大字，在两省交界处。若此等字移置之于金门移民局前，吾知华侨受赐不少也。是日途中得诗一章：

渐下高原千百尺，两旁俯视乱山堆。
因知小树难成器，[②]始悟中邦可育材。
石窟有时惊北代，[③]云岗得号在如来。[④]
忽逢阴雨过新墨，两字欢迎境界开。

十一时五十分抵那花贺(Navajo)，此亦是燕甸人所居。一点三刻，抵沃卡(Yucca)，此埠以沃卡花树名埠。予等在此午餐。据土人云，大雨已一月，气候极冷，予等下车时，亦为雨水湿衣。纽墨西哥与亚罅笋拿均为美国矿产省份。纽墨西哥之改省亦迟，在一九一二年一月，与亚罅笋拿之改省同年而先一月耳。亚罅笋拿改省最迟，予出游，先踏其地。纽墨西哥改省次迟，予次踏其地，同是有趣。纽墨西哥省煤矿虽多，然恐不及我山西大同红煤之佳也。由沃卡望见该省之雪山，高一万二千尺，此时车行再上高原约七千尺，此一万二千尺之雪

① 句下注：庚韵与阳韵通叶，权宜偶一用之。
② 句下注：沿途所见皆松类小树，绝无高大者。
③ 句下注：将入纽墨西哥境处，石山尤奇。
④ 句下注：儒佛合化，能善于用石山刻成佛像。

山，亦仅高于予等所在地五千尺耳。该雪山平顶无峰。予等在沃卡午餐，食物非常昂贵，沿途皆如是，不只沃卡已也。予在途中得诗二章：

入境依然硗瘠地，下层能否及红煤。
顾名思义仍兼并，自北征南亦本该。
一百年中由我役，[①]数千里外拒人来。[②]
门罗孟禄随他说，燕甸无文岂自哀。[③]
雪山平顶漫无峰，又是奇观别岱宗。
黑雨骤来银隐白，[④]绿茵失去地翻红。[⑤]
米珠薪桂非关岁，蛋宝蔬珍为不农。[⑥]
中道不如南道好，七千尺上赋泥中。[⑦]

午餐后，两点半再行车，经燕甸巢。两日所经，以此为最多。燕甸妇女在门前卖物，性颇纯善。闻燕甸妇人对丈夫极服从，能耐劳，代夫执役，无怒无怨，殆世界上之良好妇女也。为赋一章：

男愚女善皆形面，想见洪荒自本生。
信是服劳关性爱，岂因压力在兵争。
问天李耳应称道，说法耶稣可罪横。
到底先民须后圣，恨无神伏扩深耕。[⑧]

四点后，望见落机山横前，积雪甚多，境界新奇。时又天阴雨雹，打车窗有声。四点三刻，到罗士伦那士（Loslanas），公路极好，两日所行公路，以此为最佳。途中成诗一章：

落机横览扩胸襟，野阔天低又积阴。
冷雹打窗微震动，新诗入画细敲吟。

---

① 句下注：该地政省虽二十余年，但归美所属已百年。
② 句下注：入省境虽欢迎，但入国境仍拒也。
③ 句下注：Monroe 或译门罗，或译孟禄。
④ 句下注：大雨天黑遮蔽雪山。
⑤ 句下注：地荒无绿草，只露红土。
⑥ 句下注：食品之贵，比嘉省相倍有奇。
⑦ 句下注：天雨，路成泥浆。
⑧ 篇末注：老子李耳好讲自然，耶稣谓世人皆有罪，予谓自然无如燕甸，但不知老子称之为道否。无罪亦莫如燕甸，但不知耶稣能罪压制燕甸者否。李耳与耶稣若能言，吾欲问之。末二句非短词所能解释，请阅下段燕甸人种问题。

几疑银汉从天堕，不信神州反陆沉。

意外忽瞻流水涧，高山逢此是知音。①

五点一刻，到讴坡茄企（Albuquerque），此为纽墨西哥省之大县治，市内有二三万人，予等在此住宿。是日车行共二百六十里。

燕甸人种问题

美国之国土，旧为燕甸人所居，稍治世界史者均知之。但燕甸究为何种人，其来源如何，则言者多未详也。旧说以燕甸为红种，又目之为红印度人，即梁任公先生作《新大陆游记》，亦以红印度人目之。然燕甸果为红种印度人乎？考燕甸西文为Indian，原本于印度而来。印度西文为India，盖从前欧人只知有印度，不知有美洲。哥仑布、威粟忌诸人之寻得美洲，其初来之原意，亦为寻中国与印度也（威粟忌，意大利人，姓名原文为Amerigo Vespucci，一四九八年到美洲，迟哥仑布六年）。故发现美洲土人，即以为印度人。然燕甸人之肤色殊不红，谓之为红印度人，则殊不可解。今论人种学者于美洲北部列入黄种，红种则列入中美南美。据此，则今日美国之燕甸人，不能目之为红种也。吾以为燕甸人黄种也。太古之时，亚、美两洲陆地相通。由亚洲之东北部，可遵陆而到北美洲之西北部。此相通之陆地极狭窄矣，其后渐被北冰洋与北太平洋之水冲激断，而成为今日之白令海峡（白令海峡至一七二八年始由丹麦人白令发现，其最狭处仅三六里）。故美国燕甸人之先祖，实由亚洲循陆而来，其路即今之白令海峡。今考古学者在美洲掘地所得，其最深层为中国物，此是中国人先到美洲之明证。即以人种学之骨格论，燕甸人之骨格，亦与中国人相类。夏士文君谓从前闻于康南海先生，论燕甸人种确与中国人种有关。初到美国之华侨，曾深入燕甸巢者，亦谓燕甸人对中国人有特别好感，对白人则否。此亦一旁证也。然论者因此谓燕甸为中国神农、黄帝之后人，则不可。予以为彼等之来，必在太古之世，伏羲、神农、黄帝以前也。留在我们

① 句下注：沿路地干不见水，至此始见水，即罗士伦那士埠也，树木亦青葱可爱。

中国之先民,幸而能生出伏羲、神农、黄帝诸后圣,故能制作文明,开五千年之光荣历史。远来美洲之先民,不幸而不能生出伏羲、神农、黄帝诸后圣,故流落而成为久不开化之燕甸。吾诗所谓"到底先民须后圣,恨无神伏扩深耕",即此意也。吾为此说,未敢自信为必然,亦有可供研究之价值,愿质之考人种学者,未审以为如何。

由纽墨西哥到卡罗罅度(Colorado)

二十一晨八时三刻,由讴坡茄企起车。天气尚佳,寒暑表五十二度。自昨日过罗士伦那士后,公路极好,今早循此公路而行,道旁棉树多。Cotton Tree 颇似中国之乌桕树,青葱可爱。此树之木不能做材料用,即作燃料,火亦无力,且有气味,故以棉树名之,谓其软弱如棉,不成材也。然我等连日过童山,不见树木,至此见之,极能养眼,虽不材亦似不能弃也。为赋一章:

颇欣棉树发青葱,茂叶浓阴夹道中。
原是废材无可用,只能养目亦称功。
干沙瘠土连天过,槁草荒山比汝空。
末世少年多类此,一囊败絮但修容。

十二点二十分钟,抵山打斐(Santa Fe),此处离讴坡茄企已六十一里。此为纽墨西哥之省会,省公署在焉。此埠旧屋极多,盖为美西最古之埠,故特保存旧屋,以供游人赏览。有悬广告于门前,声明此为旧屋,请人入览者。其道路亦狭隘而劣陋。除省长公署前稍为堂皇,兼有树木外,余多荒劣。从前人口有十余万,现仅余二三万人。即讴坡茄企在十年前亦有十万人,现亦仅余二万余人耳。此两埠人多搬往罗生,故罗生近年人口特别加增。罗生在五十年前仅十余万人,现在则增至一百五十万,多由各省搬来者也。

过山打斐后,再上高山。从前由圣路易(St. Louis)到山打斐,由山打斐到罗生,所过无小埠,道途难行,常有劫车。近三十年始有小埠,陆续增多,道路亦渐安。予等由罗生至此,所经小埠已不少。但同是荒地,而能建小埠,亦关人事也。有所感,成诗一章:

多过荒郊少市村，欲明此理亦难言。
迁都卜洛休迷信，聚水丰林有据存。
等是枯皮能泽发，知关心力与财源。
卅年前事如追忆，彻悟人天案不冤。

过高山后，又经小埠，名圣多些（San Jose），与嘉省之圣多些埠同名。此为西班牙音，美西各埠多有用西班牙旧名者，因从前地属法国，或属西班牙，而西班牙传教者多驻其地，故其埠名多为西班牙人所改定，后仍之也。多些为耶苏之亲，圣多些与圣玛利同一意义。然予华侨亦好改美国地名，如名三藩市为大埠，名沙加免度为二埠，名三藩市华埠之唐人街、天后庙街、德和街、白话津街，诸如此类，亦居然久成名词矣。因有所感，为赋一章：

高原又过圣多些，韵异楚词莫作差。
等是教徒尊玛利，若寻国语本班牙。
问名各地放前史，易主谁人记祖家。
笑语侨胞称二埠，可能嘉省入中华。

十二点半，到畜牧埠（Las Vegas 译义即畜牧），在此午餐。一点半再行，改八十五号路。予等由大埠到罗生，行九十九号路，由罗生到此，行六十六号路。夏士文君行车极谨慎，沿途探听前途之风雨，与道路之好坏。因连日天气均似有风雨，是午果据卖煤油者云。由此再行六十六号路不佳，由此路回来者，均谓前途大雨，多陷车。夏士文君故决意改道，由八十五号路而行，虽稍远百数十里而安稳。夏君谓由六十六号路，则经忒士省（Texas）之北境，与屋哥虾麻省（Oklahoma）然后入蔑梳利省（Missouri）。现改八十五号路，则不经忒士省与屋哥虾麻省，而经卡罗罅度省。此路高山颇多，不如原定六十六号路之平坦也。因成诗一章：

一语惊闻急易辙，六六无如八五平。
未必项王因陷泽，亦非桀溺要知名。
斜阳砥道时闻鸟，[1]绿草高原可放牲。[2]
是畜牧场良有意，岂关涂说在躬行。

① 句下注：至此始闻鸟声。
② 句下注：沿途多见牛羊。

四点一刻，抵辣通（Raton），由此过七千八百八十八尺之高山，在半山中即入卡罗罅度省境。此山积雪未溶，山道极险，连日大雨，极冷，幸道路尚好。四点五十分在半山中入卡罗罅度省界，有煤矿公司在焉。山打斐及南太平洋铁路皆由此经过，凿山开洞，工程费二百万。予等过山时，遇见火车亦由山下而过。车前车后皆用双车头，可知山道之险。过此山费三十分钟。予成诗一章：

又离纽墨过高山，积云犹存似玉关。
下视高原五千尺，旁经木屋两三间。
已来别省卡罗道，最险斜坡之字湾。
我亦安心平淡过，不曾提胆说生还。

过高山后，五点二十分抵村那达（Trinidad）。此地仍为五千尺高原，有万余人。予等是晚在此住宿。予前住之房，开轩即对雪山，地方极雅洁。是日共行二百六十七里。廿二日停车未行，在村那达休息一天。早起散步埠中，在小学校球场见有燕甸小童，与白女打球，矫捷可爱。过一住宅，有白女采花于宅外之花园，骤见中国人，颇为羞涩。仍是乡下女也。予在道中口占一章：

散步高原五千尺，晨光照我吸清风。
只因五日行车倦，倍令四肢运气通。
打棒黄童矜妙伎，摘花白女怯羞容。
从知此地民犹朴，不负开轩见云峰。

由卡罗罅度到恳士（Kansas）

廿三日晨八时，由村那达起行。此埠为五千七百余尺高原，由北东行，逐渐向下。但从八十五号路而转入三百五十号路，此路极坏，车行颠簸殊苦，直行两点余钟之久，共八十余里。十点后，始转五十号好路。在此八十余里坏路之时间，东北风极大，加以冷雨。予笑语夏士文君，谓不啻李将军雪夜入蔡州也。回忆三十年前，予由信阳州入开封，此时京汉铁路未通，由信阳州坐骡马车，行六日，始达朱仙镇。其道路之坏，车行之颠簸，甚于今日所行三百五十号路万倍。两相比较，此三百五十号路者,犹为美国之新猷也。由信阳州入朱仙镇时,与予同行者,有开平秀才李若铭,其身躯有一百九十余磅,不善于坐骡马车,车一颠簸,其头颅即碰于车柱,额角之左,肿起半寸。李君名麟,予以麟角嘲之。因对李君诵《毛诗》"吁嗟麟兮""麟之角"等句,以为笑谑。少年浮薄之态,犹在心头。今同车者又为开平陈君鹤鸣,然在美国三百五十号路坐汽车,无论如何坏路,总不会碰起麟角。陈君身躯虽亦有一百四十余磅,但比之李君算苗条,予犹为陈君幸也。因口占一章:

东风雪雨冷于秋,劳苦将军入蔡州。
猛忆卅年前旧事,翻嘉百里内新猷。
信阳六日朱仙镇,肉角三分秀士头。
不是人心无厌足,应知物质要丰收。

十一时三刻到喇麻埠(Lama)。沿途所见,仍是荒凉。幸美国治安好,虽四野无人烟,车行犹安。因念中国内地旅行,时遭劫掠,则此荒凉之土,亦不啻天堂也。因有所感,即成一章:

荒凉雨后无耕野,黄草何人肯独臧。
或是调剂关内政,不妨收纳作天堂。
深伤帝子分秦越,轻毁周官失遂乡。
说甚同胞三十兆,[①]逊他百万已安良。[②]

下午一点十分,入悬士省界。刚行两里,车忽停不行。盖因连日受风雨沙泥所冲激,机件必有阻碍。幸此距古烈治(Coolidge)仅半里,夏士文君步行到古烈治,雇一机器师来,另用一车拖车到机器房。经一小时之修理,将机件积沙清去,仍复行车。仅费工金七毫半。可见美国人之纯厚,取工值之老实。若使为中国工匠者,遇此半途坏车,欲行不得,有不要挟重值者乎?在修车一小时中,感成一章:

两里刚行悬士界,放声忽尔道旁停。
微沙极少犹能滞,重力失平便弗胜。
始悟文明还质朴,曾闻刚直说通灵。

---

① 句下注:广东全省三千万人。

② 句下注:卡罗罅度全省不过一百万人,仅及广东三十分之一,而地方上之治安,人民之安乐,过于广东远矣。

若非地近七毫五，总统无能运六丁。

清末变法，将长江扒船改用小轮。当时彭刚直公玉麟为长江提督，谓扒船虽拙笨，但不煤而行，物赢不乏，水浅能行，路通不窒，不棹不行，兵劳不逸。小轮虽文明，不如扒船质朴，遇煤缺、水浅、机坏时，扒船犹足自恃云。予常赞其言有至理。是日倘无夏士文君之脚步，质朴可靠，则此文明之汽车，终不能动。此埠名古烈治，为美前总统名。然古烈治无救于我之车，我欲改此埠名为七毫五，因为此七毫五极有效用。否则古烈治总统虽才，亦无法运我车使行，如用六壬者之运六甲六丁也。车再行十七里，到萧里桥（Syracuse）。此地距村那达，已低下三千尺，所见树木渐多，人居亦渐密。但满野积沙，仍埋青草。盖恳士省前数月大吹沙风，白昼如黑夜。沙由南方之沙漠而来，聚如山邱，高没房屋，人畜死伤，不计其数。今所过平野，尚存痕迹也。

恳士省本宜农产，积麦甚多。近闻供过于求，生产余剩，故多停而不种。予因此感赋一章：

高原又下三千尺，赶道急过萧里桥。
村树渐多人亦密，地沙犹满草难翘。
不关亡国愁禾黍，为甚荒田弃麦苗。
过剩产生闻说道，何妨再借宋今朝。[①]

过萧里桥后，遇男装少女独驾一车，厥状赳赳。美国妇女能驶车者常见，然不如此女之倍令人注意也。为赋一章：

男装少女赶孤车，尽日郊游不在家。
岂羡孟光能举臼，如逢道济可量沙。
刚柔未别忘脂粉，瘏瘵难歌沤拧麻。
古道木兰虽韵事，偶然常作便相差。[②]

三点五十分抵花园城（Garden City）。此为恳士省一县治，地方颇大，居民颇多。过花园城后，沿途多小兔，由田野走过公路，觅行迟钝，往往被车轮轧死，沿道兔尸，有二三十具之多。为赋一章：

爰爰狡兔不罹罗，竟过车轮走不过。

---

① 句下注：去年宋子文来美，借美国过剩之麦与棉。宋子文别号今之宋朝。

② 句下注：女仍以柔美为主，太刚健，予所不取。

载道死亡相枕藉，平田追逐尚奔波。
忘机鸥鸟犹难免，恃力螳螂又奈何。
爱物有时失保护，天看人类或同科。

四点三刻，到先马仑(Cimarron)，地颇秀润。九点，将到达治瑟地(Dodge City)，尚有五里余路，车忽停。审之，知无汽油也。因自古烈治修车后，连驶百余里，只顾赶路，忘记添油。车忽停行，殊无办法。五里余路虽不远，然时已入暮。行三点钟犹不能购汽油回，此殊为焦急。适遇来车一架，夏士文君招之以手，幸此车即停，载夏士文君往购汽油，前行三里，适有售汽油所。夏君将汽油购回，车始能行。据夏君云，此车座者老夫妇二人，由罗省之郎必治埠来，车中谈起，原为同乡(郎必治距罗生极近，夏君家住罗生，予等亦由罗生起行也)，此行赴奥埃奥省为其子娶妇云。有此巧遇，不可无诗。故亦赋一律纪之：

得意前驱百里余，竟忘油库已空虚。
前途六里原非远，中道三人岂有虞。
只是挽推犹仗力，幸能招载有同车。
关心道左征忠厚，到底青年让老夫。

五点五十分，抵达治瑟地。此地亦为恳士省一县治，予等即在此驻宿。有中国人所开餐馆一间，予等即在此晚饭。是日共行二百九十五里。至此钟点又须较快一点。抵埠时，实为该埠之钟点六点五十分也。

恳士省途中

予于达治瑟地，有一事感触，即五十年前美国地方之不宁，所谓自由之邦，乃杀戮之邦也。达治瑟地有所谓靴坟者，记当时杀人之事。谓一八七二年有一人被杀于此，杀人者逃去，被杀者陈尸数日而不埋，后有人软葬之(无棺而葬)，脱死者之靴，为死者垫头，故谓之靴坟。自是数星期后，再有一人亦被杀于此，亦照前埋葬之。自一八七二年至一八七八年，六年之间，死于此、葬于此者凡四十三人。盖此时实为美国随便杀人时代，人民好带武器行街，常常愤争，常常斗杀，行旅亦每遭劫掠,有一家数口被杀于道者。地方政府既未有警察能维持治安,暴乱者杀人,往往能侥幸逃罪。此所谓自由之邦也。达治瑟地为恳士省之大县治。恳士改省,在一八六一年,不料其改省之后将二十年,其地方之纷乱尚如是。盖当南北战争之后,政局虽统一,各省仍未安。恳士虽为美国之中心地方,达治瑟地虽为该省之大县治,仍是能自由而未能自治也。故论美国政治之进步,实在最近五十年间。今日吾人游达治瑟地,能如此安宁,追念其五十年前,益令我敬重美国人进步之速。然返观我国,是数千年彬彬有礼之邦,今日反为堕落,人民不乱杀,而拥兵者乱杀,谁人能为之建大靴坟耶?达治瑟地之靴坟,建于一九二七年,不讳当时之事实,亦足证美国舆论之公也。

二十四早八时,由达治瑟地东行。出埠后,大好平原,气象一新,与连日所见者又另一境界。此地气象,极似洛阳。夏士文君为予言:三十年前,美国政府防范燕甸人,特驻马兵大队于此,营房甚多。后燕甸驯服,渐将此兵营撤去。予闻其言,益有感于洛阳。洛阳前十年为吴孚威驻兵之地,声势赫赫。予知其徒恃兵不足安定中国,曾进以良谋,惜不见用。予癸亥再到洛阳,咏金谷园诗(洛阳驻兵处旧为石崇金谷园故址)有"太息他年可复来"之句,孚威亦不悟。事隔数年,果为竖子所算矣。"党国"之后,沈阳变起,沪战又来。党委仓皇迁都,到洛阳避难。所谓国难会议,又开于洛阳。然结果又奉送东北四省,签卖国协定。洛阳之地,岂堪回首。车中有所感,几为流涕,因写一章:

大好平原似洛阳,于今不见旧营房。
军威固已平燕甸,德化犹能及武乡。
回首兵机教巡阅,痛心国难议投降。
何堪比较相同地,有土无人只自伤。

十时到士爹佛(Stafford)。有砖砌公路极长,凡数十里。沿途麦苗极秀,数日路中此为最。恳士本为农产省份,与亚罅笋拿、纽墨西哥、卡罗罅度之为矿产省份者不同。宜其地秀,其省立农科大学,在棉乞坦(Manhattan),今日予等拟宿于此。友人黄仲文去年来美,即在此农科大学,一学期后始迁校。予等今夕到棉乞坦,不能与仲文相见,因写一诗,寄怀仲文勉励之意:

神清气爽驰砖道,麦秀禾油非故宫。

闻有专科农大学，教从实业政分工。

民如种地谁能铲，士用恒心国不穷。

游学近来多硕博，几人归去竟全功。

十一时一刻，到乞治逊。此埠有数万人。自抵恳士后，所见之埠渐密。比之亚鳟笋拿、纽墨西哥、卡罗罅度之地旷人稀，行半日不见一埠者，真有天渊之隔。十二时一刻到纽顿（Newton）。由乞治逊到纽顿，沿途风景极佳，公路亦最好，麦最秀，树最密。以予连日所见，此段公路当称第一，因戏题一章：

所经算尔称头等，妙在憧憧少往来。

伯爵晋公非笑话，周行示我见奇材。

不谈曲线时髦美，安用平波幸运推。

亦是天然亦人事，两旁尤喜辟蒿莱。

十年前，与欧洲留学生某君研究欧洲各国公路之好坏。某君将路分为五等：谓最好是树胶路，称头等公爵路；其次是木路，以坚韧之木，做成方块，用以砌路，称二等侯爵路；其次是纯士敏土路，称三等伯爵路；又其次是卑麻油粘结细沙土路，称四等子爵路；最下是粗石沙泥，略加些少士敏土路，称五等男爵路。某君之言确否，暂且勿论，但其言极有趣。今由乞治逊到纽顿之路，仍指五十号而言，纯用士敏土，在某君当指为伯爵路，然我晋封之为头等公爵路者，非以树胶易之，予盖取其平直也。嘉省公路，为美国各省之最好者，纯用士敏土者不少，岂独恳士之一段。然他路之质虽佳，但其地势或歪曲多，予不取；或高坡多，一望不平，予不取。予以平直取路。《诗》云："周道如砥，其直如矢。君子所履，小人所视。"砥者，平之谓；矢者，直之谓。予所以取乞治逊到纽顿之五十号路者，平直也。若夫不平之路，平地起波，不直，则讲曲线美。各有所取，予不能强人同我所好，我写我爱而已。

由纽顿起，又改八十一号路。下午一时，行抵麦科臣（Mc Pherson），在此午餐。三时半，至梭连亚（Salina）。自达治瑟地起，至此又渐下千五百尺。盖达治瑟地离水平线二千七百余尺，梭连亚则离水平线一千二百尺也。地面渐低，天气又渐暖，不似前数日之寒冷矣。自此以后，所过之埠益多，四时抵的彩（Detroit），四时十分抵昃门（Chapman），四时半抵张先瑟地（Junction City），皆极好之埠。五时抵棉乞坦埠,此埠有县衙及市厅在焉,全埠约二万人。予等在此住宿,是夕在旅馆中,见室内所悬之图画,为一燕甸酋长立马高原,大有屈原问天神气。为题一章:

横顾苍茫仰视天,灵均如见愕无言。
文章自足存千古,图画谁能问九原。
况是为奴燕甸地,居然策马阆风巅。
于今独我来题汝,何必英雄姓字传。

或问此诗天、巅、传为一先韵,言、原为十三元韵,一先与十三元,可通乎?予谓试帖时代当然不能通,但今日为诗界革命时代,有可以通者当然通之,不必为所限也。先、言同辙,北方戏曲已然。曲本亦讲究音韵学者,且以中州韵为主,非乱以方言通也。予故从之。

由恳士省之棉乞坦到蔑梳利省(Missouri)之恳士瑟地(Kansas City)

廿五号上午八点半,往恳士省之省立农科大学参观。此大学在棉乞坦,五年前学生五千人,因恳士为美国著名农产省份之一(美国著名农产省份,以恳士、蔑梳利、埃奥华、依李奈士四省为最,嘉罅宽尼亚省近来亦大进步),故其所办农科大学素著名,值得人注意也。惟近年则学生减少,闻现在仅得一千八百人。该大学收罗各种树木甚多,分植于校外园林。万木森森一草堂,颇有此境界。但其校舍为高楼大厦,与草堂不同耳。校外又设有畜牧场,所养之羊与猪,均肥壮,异于其他牧场者,必其食料丰足,又料理得法也。是早因匆匆赶道,未预先通知其校内主事人,故未便闯进其教室参观,其内容如何,实未窥见,仅观外表而已。因赋诗一章:

茁壮牛羊肥硕猪,收罗百草树千株。
农林得地方成校,士女趋堂各挟书。
好趁晨光同造像,适逢学子特劳渠。[1]
虽然走马看花过,外表能观亦胜无。

---

[1] 予与夏陈两君在校前照像,适逢两学生出,特劳其执镜。

予等参观大学，仅费一点余钟，即起行往吐碧卡（Topeka）。吐碧卡为恳士省之省会，距棉乞坦约五十里，上午十一时予等到此。由棉乞坦至吐碧卡道中，麦田皆青葱可爱。恳士省冬春多雪，夏天多雨，故其树木生长极茂。田土极润，雨水充足，胜于嘉省。嘉省天气虽和平，但四季不分，恳士省则四季能分，此大时之正，亦胜于嘉省。予在途中得诗一章：

四时得令地温和，夏雨来时春雪过。
农产丰收宜粟麦，绿阴满挂蔽枝柯。
百年新国推劳绩，[①]两兆公民舞醉酡。[②]
入望省都吐碧卡，阳光遍照在山坡。

吐碧卡是燕甸旧名，美国人仍之。到吐碧卡时，天气已热，寒暑表九十余度。予等入游吐碧卡之省公署，门外无兵守卫，任人民出入，真是平民政治。返观我国省长公署，卫兵荷枪，防守森严，展转询问不得入门者，相去不可以道里计。我国公署正门皆南向，盖朝堂旧制，天子南面而治也。美国公署正门皆东向，盖为华盛顿开国时定制，取吸受东方阳光生气也。孰谓欧美人不讲风水耶？美国各公署图式，多为十字架形，殆宗教之观念如此。吐碧卡公署内，画二十一星旗为纪念。查美国国旗以十三星代表十三州，其后加入一省，则加多一星。予睹此二十一星旗，予以为恳士改省，当第二十一省也。后查知恳士改省在一八六一年一月，已当第三十五省矣。此二十一星之旗象，究为何意耶？或者恳士之地隶属于美国时，适当第二十省之后，故以二十一省示意乎？查密士失必改省，在一八一七年，正当第二十省。恳士之隶属美国，当在密士失必改省之后，二十一省之旗象，或取此意。姑记之以待考可也。省长公署极高，分为五层。在五层楼上，再上三百级，方到最高之圆穹楼顶。予等拟登之，行一百余级，而足已倦，不欲再登。非无勇气，因到一百余级时，已尽览全埠，此二万余人之楼居，皆已收入眼中，树顶浓阴极密，尤为可爱，故不必再登矣。同时有女子数人，竟能鼓起勇气，登其绝项。其顶作圆穹形，犹是中国天坛之制，戴

① 句下注：恳士改省已七十余年，归美国属，则约一百二十年。

② 句下注：恳士省现有人民约二百万。

记天圆之义也。因成诗二章：

真是共和政治平，公衙掉臂任游行。
六层再上千三寸，一览无余两万城。
竟浭过朝作师慧，[①]未凌绝顶愧雌英。
圆穹尤喜天坛制，高大包容在不争。

旗象当年廿一星，煌煌省治似明庭。
正门东向开新制，十字横过尚教型。
女职依然喷香露，官箴曾否议花瓶。
中西风俗难通说，谁解深闺伴读经。[②]

游省公署完后，离吐碧卡，十二点三刻，抵罗伦士（Lawrence）。过恳士河桥。此河为蔑梳利河之支流。蔑梳利者，燕甸语，泥涖之意也，蔑梳利省即以河得名。此河上流清，下流浊，水流湍激，泥涖极多，色为之黑。予因其泥涖河之意，成诗一章：

土语常闻蔑梳利，实证今过泥涖河。
未必罗成曾陷马，更无李白肯携驼。
停流积底终为陆，改道冲堤不作波。
亦算天骄有大幸，浊漳与渭又如何。

诗中用"李白携驼"字，或以为非典，只闻"李白骑驴"耳，未闻"携驼"。诚然，予非谓李白携驼也。行沙漠者携驼，盖沙漠难得水，利用驼能寻水。李白不行沙漠，何须携驼？然世说李白醉酒，捞水中月，虽齐东野语，亦必清洁之水，方能见月之明。若泥涖河乎，则并月而不见，相信驼亦不饮此水。故予断李白不携驼，依然是李白骑驴耳。阅者勿死读之，以为非典。

两点三刻，到恳士瑟地。此埠有二万余人，乃小恳士瑟地，即恳士省之恳士瑟地也。由此过蔑梳利河（此河为美国最长之河，凡二千九百四十五里，到蔑流利省，入密士失必河，南流入墨西哥海），即入蔑梳利省界，即为蔑梳利省之恳士瑟地。此恳士瑟地有四十余万人，为美

① 句下注：并非轻其无人，适当浭时耳。

② 句下注：省署内女职员不少，美国女权盛，无怪其然。中国近来亦效之，然中国女职员，有花瓶之讥。美国则司空见惯，当无此议。究之此制良否，予未敢言也。

国大城市中之一。予等是晚即宿于此。此埠为商场之地，颇欠清洁，楼宇亦旧，无甚可取。惟离开商场，游住宅各街道，则树木极多，清净雅洁，比之商场，有天渊之别。即近年新凿山所开辟之街道，亦比旧时街道干净，新邮政局即在此。是日由棉乞坦至此，共行一百二十里，已由恳士省而入蔑梳利省矣。

蔑梳利省公署及大学

廿六早九时离恳士瑟地，适下大雨。出埠后，转回五十号路，沿途所见农产丰富。查蔑梳利省有三百六十余万人，其商场以恳士瑟地及圣路易（St. Louis，别译新蕾）两处为最大。与恳士省同是出牛羊杂粮，但商务贸易之大，恳士省不及蔑梳利。恳士省多大农，种地之广阔，常有一二千“益架”（Acre）者（每一益架横直二百零八尺）。蔑梳利省则小农多，种地之最广阔者，亦不过五百益架左右。然蔑梳利之土地，比恳士省尤为膏腴。恳士省只种麦粟，蔑梳利则麦粟之外，五谷皆宜。粟之出产，尤为全国第一，烟叶亦为全国第一。树木种类极多，果类丰富，苹果亦为全国第一。有驴市最大，欧洲亦来购种。其省立大学牧场之牛，所制牛油为全世界之最美者。有屠场数家在恳士瑟地，其制肉之销场，不让于芝城。其省立大学每年必开农产比赛一次，以奖励农人及其子女。故蔑梳利农产为全国冠，其天气亦比恳士省稍暖。由恳士省东行，地面渐由高原趋下。十一点半，予等抵士的础小埠，有县治在焉。从前有六七万人，现在则只余二万人。予等在此午餐。此处地面，离水平线只七百尺。予等已由五千尺之高原，与七八千尺之高山，渐趋下七百尺之平原矣。车前拨雨水之机，亦恢复原状。盖予等行五千尺高原时，车前拨雨水之机，殊不灵动，至是则灵动如常。气候不同，电力亦变，此事要请教于电学专家，予不能说明矣。十二点五十分，再起行，两点四十分，抵啫化臣瑟地（Jefferson City），此即为蔑梳利省治，有省长公署在焉。公署后枕蔑梳利河，有啫化臣与门罗及法国代表签约铜像，在公署之后，盖以纪念一八〇三年之约者。此约即美国政府向法国收买美洲属地之约，美国版图扩大之大纪念也。美国独立时,十三州地域甚少,在于东北之一隅,至一八〇三年,始向法国收买其属地。其时当美总统者啫化臣,法国总统则拿破仑也。拿破仑盖惧此属地为英国所占领,故售之于美。其地价为十五兆元,其所包括之地域,则当美国现在之中部,北自加拿大起,南至墨西哥海止。其后改省,即文天拿(Montana)、埃打贺(Idaho)、怀奥明(Wyoming)、北的哥打(North Dakota)、南的哥打(South Dakota)、尼巴士架(Nebraska)、恳士(Kansas)、屋哥坎麻(Oklahoma)、埃奥华(Iowa)、蔑梳利(Missouri)、奥坚(Arkansas)、鲁斯安拿(Louisiana)等十二省。与卡罗罅度省之北,及缅尼梳打省(Minnesota)之大部分是也。此区域实占美国现在版图三分之一。啫化臣以十五兆元之廉价得之,可称便宜,宜美国人纪念之也。其后一百年间,此大段区域,渐次改省。一八一二年先改鲁斯安拿省,一八二一年改蔑梳利省,一八三六年改奥坚梳省,一八四六年改埃奥华省,一八五八年改缅尼梳打省,一八七六年改埃打贺省,一八六一年改恳士省,一八六七年改尼巴士架省,一八七六年改卡罗罅度省,一八八九年改文天拿与北的哥打、南的哥打省,一八九〇年改怀奥明省,一九〇七年改屋哥坎麻省。由今思昔,啫化臣收地之功,诚不可没也。予立啫化臣铜像下,徘徊久之。时适有美国男女游客一大群亦聚于铜像下,予遂摄其影焉。

夫啫化臣及门罗既与法国签定此买卖地约矣,法国属地既归美国所有矣。其后门罗为总统(一八二三年),遂倡"美利加者美利加人之美利加"。所谓门罗主义,因以实现。既得之,不愿失之。且及于中南美焉,并不许人干涉之。其用心诚巧妙。然断非空言,必政治之能力足以发展之,军力足以保持之而后可也。七年前予来美,乘啫化臣总统船。今归国途中,立啫化臣铜像下,不能无感。遂成一诗:

今天绕到蔑梳利,昔日曾乘啫化臣。
初渡洋来真有意,再过河去亦留神。
人能签约君收土,我未诛奸地失邻。
更有门罗成主义,版图归后一家亲。

美国人能说"美利加者美利加人之美利加",我中国人不能说"亚细亚者亚细亚人之亚细亚",乃并不能说"中国者中国人之中国"。今蒙、藏皆失,东北四省亦奉送于日。"亚细亚者亚细亚人之亚细亚",反让日本人说焉。我不只为法国卖地，且兼为燕甸矣。国民党政府岂能以法国卖属地，自减其卖东北四省之罪哉？人则版图归后一家亲，我则版图归后自拆散。感慨何如？

予在啫化臣铜像下摄影毕，入游省长公署。其建筑形式，与恳士省之省公署同，工程似比恳士省巩固，因前署在一九〇九年毁于火，此署为一九一一年之新建筑，其工程较稳也。予登其天圆半顶，见其处处皆用钢铁为架，灌以士敏土，地方宽敞。省议会在其内。是日适当有议员聚集，开全省民众纪念战死兵士大会（美国向例，每年五月最末之星期日，开此会，纪念开国以来为国战死之军士），予以外国游客，竟得请入座，各议员皆招待殷勤，各趋前握手为礼。固由美国人好客，亦由夏士文君为蔑梳利省有功军人（夏士文君旧居圣路易），蔑梳利省之议员在此纪念军人之大会中特别敬重之，故及于予等也。议长美利达君（Willis H. Meredith）为大学博士，特赠我该省之最新蓝皮书。盖知我为新闻记者，为调查美国情形而来，故特供给我以该省之资料也。予感谢之，因成一章：

过客又来公署地，签名尤喜写中文。[①]
欢迎入座开民会，纪念当年报国军。
特赠蓝书征礼备，曾遭红火异秦燔。
廿年建筑新图案，敏土圆天吊铁筋。

游省公署毕，已四点二十分，即过蔑梳利河，改六十三号路而行。五点二十分，到哥伦比亚埠。此埠有蔑梳利省之省立大学在焉，前年党府要员孔祥熙将孔庙大石狮一对迎来美国，即送与此校。此校学生有千余人，亦以农科为最著名。有省长公署烧余之六石柱（即一九〇九年所烧），移置于大学门前之草场，以留纪念。予等在此摄影，但不见有石狮子，不知放在何处？是日适为星期，各校室多闭门，办事人亦多不在校，予等欲觅石狮所在地，无从访问也。此埠有教会女子大学两间。以一小埠而能有三间大学，亦难能可贵。外间有称蔑梳利省立大学为哥伦比亚大学者，实则与纽约之哥伦比亚大学不同。彼则以哥伦比亚为校名，此则在哥伦比亚埠而已，实为蔑梳利之省立大学也。

---

① 句下注：入门时，招待者特别请求签中文姓名于簿中。

是日星期，男女学生结伴游行，其状极乐。予特为赋诗四章：

溱洧当年体育场，秉蕳赠芍乐无荒。
若归城阙讥佻仫，一日三秋不在堂。[①]

不游大学不通诗，绿树红裙映媚姿。
士女喁喁挽颈笑，商量学问发心思。

不忧不往自能来，草地斜阳好育才。
郑卫风诗新学制，文明应奉我为魁。[②]

我言不是带讥嘲，易理由来备六爻。
只要刚柔相配合，是鱼入水鸟归巢。

是晚，宿于哥伦比亚之埠外野店，极清洁。是日因游览各地，只行车一百六十里。

由哥伦比亚抵圣路易（St. Louis）

廿七号早十点，由哥伦比亚起行。昨晚大雨，今早亦大雨，兼大雷。据土人云，去年今日天气极热，寒暑表一百〇八度，今年今日则六十二度，相差至四十六度之远云。无怪予等一路所经高原之地，如此寒冷。若在往年，断不至如此。盖今年春雪多，夏雨亦多，阳光少见，故如是寒冷也。是早转四号路行，十一点五十分，抵窝灵顿（Warrington），二千人小埠。十二点五十分，抵圣查理士（St. Charles）。此为蔑梳利省最老之埠，当在一百年前，比圣路易尤老。有女子家政大学在焉，此亦历史最悠久之老校。此埠在蔑梳利河边，十五年前，仅数千人，欧战停后则人口大增，现有二万人之多。予等在此午餐。埠内多德国式砖屋，盖德国人种多也。一点半再起车，过蔑梳

① 句下注：学校草地，不是城阙，美国亦无城阙。日日相见，星期则相见之时候更多，不至一日三秋。

② 句下注：我者，我中国古代之郑、卫风，非我本人也。勿误会。

利河桥。夏士文君云，此桥为铁路交通枢纽，一九一七年曾奉命带军队防守此地。盖当时夏君为现役军人也。蔑梳利河流，到此地稍清，不至如下流之污浊[蔑梳利河发源于怀奥明省（Wyoming）之黄石公园，由西北而东南，到圣查理士附近而入密士失必河]。过蔑梳利河后，未几，抵圣路易。到埠时，适下午两点钟。过喏化臣纪念碑，此碑为一九〇三年圣路易开百年纪念博览会所得之款所建（即纪念一八〇三年喏化臣与法国代表签订买地之条约之一百年纪念）。予与喏化臣真有缘，又见喏化臣铜像矣。圣路易全埠，亦以红砖屋为最多，此亦德国种人之建筑物。盖圣路易与圣查理士等埠，在一八四〇年以前，法国人为多，在一八四〇年以后，德国人为多，故多德式砖屋，足表示德国人种强固之意志焉。圣路易为蔑梳利省最大之商埠，其工厂之多，过于芝加哥（Chicago，芝加哥之工厂，多在附近小埠。若在正埠内，不如圣路易之多）。制皮厂、制靴厂、制啤酒厂，均极宏伟。德国人最好饮啤酒，圣路易之大啤酒厂，为全美之冠，亦为全世界之冠。此亦德国人种在圣路易最多之表示也。夏士文君亦为德国种人，在圣路易出世者。据云，圣路易之牛马牲口市场、皮草市场，均为美国之最大者。出产桃果亦最多，制果厂不少，惟不产橙果。可知土地物产各有所宜也。

予等抵圣路易时，适遇大雨。是日为五月廿七，即四十年前圣路易遭大风雨雷电之日也。予当时不知之，夏士文君亦忘之。后游喏化臣纪念碑亭，见有陈列四十年前圣路易大风雨之画片，纪载其月日为五月廿七。事有凑巧如此，予非风雨雷电之神，非残害圣路易居民者，是日之雨，乃清凉之雨，非灾异之雨。圣路易天气正当炎热，得此雨，如服清凉散，予等精神亦殊爽适也。后又闻宪政党同志言，圣路易当一九二七年八九月，亦曾遭大风雨雷电一次，但不至如四十年前五月廿七之甚，且为时仅十分钟，然伤人数千，扫房屋亦不少，死者仅数十人，亦不幸中之幸云。圣路易已成为美国繁盛之市场，其进步甚速。计全美人口最多之埠，在三十年前圣路易犹列于五名之内。现在有数埠突过之，然仍在十名大都会之列也。大约最多者为纽约，六百余万人。其次芝加哥，三百余万人。其次费路遮化（Philadelphia），一百九十余万人。其次罗生，一百五十万人。其次企李扶仑（Cleveland），与积彩（Detroit），均在九十万人之间。其次则圣路易与三藩市矣，大约均在八十万之间也。然圣路易全埠人口虽多，华侨则并不多。三十年前华侨尚有六七百人，今则不到四百人。工商皆冷淡。从前商店有十余家，现只余五六家而已。从前餐馆有十余家，现亦只余五六家而已。从前衣馆有百余家，现只余六七十家而已。从前之做西人工者，现亦为黑人所夺。故华侨之在圣路易者，有一落千丈之势。此日渐减少之原因也。圣路易华侨以梁、赵两姓人为最多，有梁家公所与亲义公所。圣路易无中华会馆，亦无商会。有安良工商会，华侨有纠纷者，以此为调处之地焉，其地位俨然中华会馆也。

科士公园与轩利梳公园

二十八日游啫化臣纪念碑亭，其建筑极宏伟。在圣路易市之外，即为一九〇三年开百年纪念赛会之地，现改为科士公园（Forest Park）。科士者，译意即森林之义，言其地大树木极多也。啫化臣纪念碑在正门内，两旁为陈列室。一室陈列蔑梳利省历史上有名人物之像，与该省之古物，即含有历史博物馆之意。一室专陈列飞行家连卜（Lindberg）历年所得各国之奖物，与游历各地所得之赠品，连卜尽行捐送于公家，陈列其中。可见美国人不只对于历史有名人物尊重之，即现代已成名之人物，其爱护之意，亦至周致，与妒才忌能之中国国民党人相去诚不可以道里计也。连卜虽非生于圣路易，但长于圣路易，且自少时得圣路易某富人之资助，故能成功。其对于圣路易市宜溯本不忘。且由公家保存之，胜于关闭在私人住宅不供众人游赏也。科士公园在三十年前，皆荒凉之地。自建为赛会场后，今改为公园，遂成为圣路易市民游览名胜。夏天游人更胜。附近房屋亦增多，几渐为全市之要区矣。予游科士公园之后复游轩利梳（Henry Shaw）公园。轩利梳者，英国人，生于一八〇〇年，卒于一八八九年，为四十五年前圣路易市富人之著者，遗产甚丰。因其终身抱独身主义，无妻子可传，故尽捐送其遗产于市府。公园之地，即其生前住宅，遗骸葬其中，上造石像，睡焉，神气如生。公园花木种类甚多，收罗宏富，市政府雇人为之经营。夏日游人最盛。亦为圣路易市有名之公园。轩利梳无妻子，以圣路易市为妻子。凡圣路易之市民，与到圣路易之游客，无不知有轩利梳者。是远胜于积财遗子孙，易代而散之，泯泯无闻者也。

的哥利逊纪念日（Decoration Day）

廿九，予有微病，未出游。三十日适为美国之的哥利逊日，即献花于军人之墓以示敬之纪念日也。发起者为卢近将军（General Logan）。在一八六八年时始定。因为美国经过南北战争之后（南北战争自一八六一年起，至一八六五年止），南北各省军人仍有芥蒂。卢近将军为融和南北军人之意见，联络其感情起见，特发起于五月三十日为纪念战死之海陆军人，通令全国之人到其坟墓致敬，定为纪念日，年年如是。近二三十年间，则人民扩大之，不只于是日到各军人之墓，并各到其先人之墓，或所知故人之墓，致敬焉。总言之，谓之全国祭墓日可也。是日全国公衙皆放假，商店亦放假，军人则结队巡游，鼓乐动全市。予因此有所感念，美国今日无南北痕迹矣。即当其南北战争之时，亦确有民意，予等今日所驻之圣路易，属于蔑梳利省。蔑梳利省在南北战争时，则全以民意为依归者也。当日南方独立省份，凡十三省，以胡展亚（Virginia）为盟主，反对林肯之放奴。北方十七省之拥护中央，而美利仑省（Maryland）与蔑梳利省尚未决定。蔑梳利省之省政府人员均表同情于南方，市民中之经纪奴市者和焉，反对中央之运动，正在进行之中。惟多数人民不以为然，以拥护中央为请，政府人员不能服从民意，人民大怒，其时全省之德国种人民尤为愤激，特起而联合组织人民军队，施古将军（General Siegel）实为之倡，强迫省政府从其拥护中央之主张。结果，省政府不得不服从民意，美利仑省亦如是。故当时北方省份为十九省，南方省份为十三省。予等今日所经之蔑梳利省，即民意最坚强者。然返视十余年来之中国，所谓南北战争者，果有丝毫民意否乎？一切惟几个军人之命令作主张，彼握兵恃势，为所欲为。欲南则南，人民不能逆，不敢逆。欲北则北，人民亦不能逆，不敢逆。所谓南北，完全无民意也，只有一二握兵军人之意也。如此而谓之共和民国，岂不惭愧死耶？予对于今日美国之纪念，而追溯其历史，回念我中国,所以不能无感想也。

予等是日往游华盛顿大学。此大学在圣路易附近,成立于一八五七年。学生有四五千人,以医科、法科、商科为最著。校地广阔,有一百益架之多,种屋树(Oak Tree)极多,扶疏荫庇。是日天气颇炎热,予等休息于屋树之下,至快畅也。屋树最坚韧,有用之材,学校植此,饶有深意,与棉树正相反矣。归时,又过科士公园,见施古将军之铜像。施古将军为德人而入美籍者,当南北战争时,施古将军能尊重蔑梳利多数人民之公意,主张拥护中央最力,故圣路易市民纪念之,立其铜像于科士公园,是日市民以生花环绕其像前。诚不负此的哥利逊之良日矣。

水塘与奥花伦公园

三十一号午,游圣路易市之自来水公司。其水塘工程,在美国各省中可称最完善者。数月前,日本政府特派工程师来游,在此研究六星期之久。惜予等不懂工程,仅观其规模而已。水塘在圣路易市之北方,贴近密士失必河(Mississippi River),盖即取此河水以供给全市之用也。予等驾车前往,道经旧赛马场。夏士文君云,圣路易赛马在三十年前,为一时之盛。因办事者不妥善,作弊太多,骗取民众之金钱,激动公愤,群请政府禁之。卒经全省民众投票公决,永远禁绝。至今三十年,未尝赛马。可见民主政体,人民之权,与是非之公,断非少数坏人所能操纵。其后该赛马场之办事者,又移到邻省之依李奈士(Illinois),继续开赛,不久亦为舆论所攻,不禁而自绝。今南方省份如坚得忌省(Kentucky),赛马之风犹盛,然不敢如前时之作弊,未始非鉴戒前车也。予等过赛马场后,又经市政府所办之林场,所植树木,种类甚多,均预备移于公园用者。此处空气极佳,离埠已远,然居民仍不少,往往百数十丈之远,即有结庐于此空旷之野者。此关于市政之良好,地方治安,故民得宁居。若在中国乎,一夜而洗劫清矣。离圣路易市十余里,即到水塘。此水塘工程之费约二千万,由一八九二年开始,至一九〇〇年竣工,经八九年之工程。近三二十年间,又逐渐增加完备。从前烧煤炭,因其烟气大盛墙壁易污,现改烧煤油。其蓄水塘分隔十余层,长七百余尺,阔三四百尺。厂内设引水管之室,下水平线数十尺。盖密士失必河约有五十尺之深,其引水管则透入河底。引水管凡二,一径七尺,一径八尺,由此两水管引水入厂时,先经过清滤机,将清除污秽之化学粉料放入水中。此等粉料之入水,有一定度数,经若干钟点,自然机动而粉料入锅,火力煮溶,分进于水管。密士失必河水本不污浊,然以蔑梳利河流混入之故,亦被其污浊,故不能不经此次之清滤也。此等粉料能坏牙,在此室做工者牙多脱。因气味浓厚,粉屑纷飞,容易感受也。水已清除污浊,送入蓄水塘,复经过去毒机,化去水中之毒质。此室为清除水毒,作用之至大者。最后又经过细沙粗沙之几层淘滤,乃以机力逼进高塔,而下注于全市焉。予等每游一室,办事者不辞劳瘁,对予等津津解释,不厌问,不厌答。此点至可佩。若我中国自来水厂之工人,问之不屑答,且办事者亦不许人随便进门也。

予等在密士失必河边,摄影其河中之水管塔,又摄影其蓄水塘与全厂。全厂有制电室、制机器室,均备。工人二百六七十人,每八小时替换。日夜二十四小时,实则八十余人做工也。各水塘每经三百点钟内,必清洗一次,除其塘底之污浊焉。水塘分十余层,逐层轮次清洗。水塘蓄水之量,平时每日供给全市用水,约四千五百万加伦。若在洗衣之期(如星期一、三、五),或多至九千万加伦。但该厂之蓄水力则预备能供给市民至二万万加伦之水量。将来市民增多,亦能供给有余。该厂工程虽费二千万(完全为市政府公款所办),然现在收入,每年亦数百万,计全市八十万人,每人平均纳市政府之水费一元有奇,此为全美国收水费最廉之埠。若洗衣馆等特别多用,其费自然增多,故收入当数百万也。

予等游水塘工厂既完,循密士失必河畔而行。遇三女郎,戎装骑马,傍予等之汽车而驰。有一女郎颇娴熟,可称骑士。足见美国女子尚武之风。然予终嫌其太粗,未知讲健康美者如何耳。既又过天主教大坟场,凡两里路之远,可证天主教徒当日在此埠势力之伟大。既又抵奥花伦公园(O'Fallon)。奥花伦者,四十年前圣路易市之大富人,其父母为爱尔兰种。奥花伦没于一八九六年,以其住宅花园送于市府,改为公园。其地为高坡,能望见密士失必河与圣路易全市,风景绝佳。

园中有音乐亭，夏士文君之纪念地也。当一九〇一年，美国与菲猎滨战事既完，夏士文君有战功，市政府特许其在此公园之音乐亭开庆会。亲朋毕集，花灯满园。其时夏士文君父母俱存，至足欢乐。由今追昔，不觉三十余年矣。夏士文君过其地，不胜感慨。予与夏君在音乐亭边，烦陈鹤鸣君代摄一片，以留纪念。予亦为夏、陈两君摄一片焉。夏士文君之故居在此公园之旁，今已易主矣。

予等纵游奥花伦公园，在一小湖之畔，观少女荡舟为戏。时夕阳将下，清风徐来，饶有佳趣。虽小小游观，不能不纪，因写之。是日成诗二章：

青山作座面长河，蓄水池塘有学科。
淘滤几层能化毒，经营初定又兴波。
市民食报功常在，邻国观风论不磨。
每念珠江惭愧极，廿年前后弊滋多。

奥花伦陌晚风凉，[①]绿水湖中几女郎。
桨乱有时碰双艇，树荫无语挂斜阳。
突来肥妇惊行动，反让纤儿作主张。[②]
万物静观诚得趣，市声忘听闹喧嚷。

密士失必河为美国最阔大之河流。密士失必为燕甸人语，即万流朝宗之意。该河长二千四百八十六里，最阔处七千余尺，最窄处亦有一千四百尺。有时亦成水患。一九〇六年河水骤涨三十余尺，南岸浸入圣路易之三街，北岸淹依李奈士省至三十里之远，冲塌房屋，死伤人畜甚多。诗第四句所谓“经营初定义兴波”，指此也。然三十年来，此水塘工程规模遂大定。回忆我广东自来水公司，二十年前后，不知经风潮若干次。民国三年，予当广东内务司司长，自来水公司归管辖下，正拟整顿之，不料方着手而调任。其后官商争夺，股东之资本无着，至今仍弊漏百出也。观人之市政，返观我之市政，两相比较，极为痛心，令我益增惭愧矣！

---

① 句下注：西语名公园为 Park，其音为陌。
② 句下注：有孩童五六岁，出言老劲，能指导成年者掉船。

最宏伟之啤酒厂

未抵圣路易以前，素闻该埠之啤酒厂，在世界中著名。因圣路易住民，以德国种人为最多，啤酒为德国创制，德人所嗜，世界皆知。圣路易最大之啤酒公司，名晏海士波士(Anhueser-Busch Brewing Co.)，又名翁婿公司，即德国种人所办也。其创始在一八四〇年，初名晏海士公司，系晏海士所独办。至一八七〇年，始加其婿波士之名，遂定名为晏海士波士公司。其时规模渐宏大，至一八八四年而名大著。今则为世界上最大、最著名、最美善之啤酒公司矣，不只在美国著名已也。六月一日予等游其工厂，是日为星期六日，下半日停工。予等上午十时到厂，时候无多，不能遍观其制造。然予等非专门工师，即能遍观其制造，亦未必能懂，只略观其规模，略记其厂史而已。该厂现有一百四十二益架之地，大小楼宇共一百一十座，所值资产约四千万金元。厂内所需用之物皆自制，如用水则自制水，不用市政府所办自来水公司之水。因该厂亦地临密士失必河，故自筑水塘，自透管入密士失必河底取水，而淘滤化毒，经过种种化学作用，一如市政府水塘之水也。其自制之水，每日能供五千万加伦之用。水既自制，电亦自制，其制电厂有最近、最新之制电机三架。其雪厂则每日能制二十四吨雪，以供全厂制造之用。其制雪机前用蒸汽，现改用电力。其所用之酒罇，亦自制玻璃，自制罇。其贴罇之商标皆自印。惟水塘之水不宜于制纸，故不能自办纸厂，其印商标之纸，则购之于厂外也。

其余机器工厂，木工厂，无不自备。材料趸栈，亦自办焉。其最重要材料为哈士(Hops)，即中国人所谓槐花。此物产自德国，最精。美国人试种之，其味与色均不如，或种而难生，故该厂所用之哈士均购自德国。现时价值，每磅约美金一元三毫五仙。由德国装包运来美，每包六百磅。除哈士之外，仍用米及麦类两种，合四种材料而制成。计每年所用此四种材料之重量，为一百四十万波兆(Bushel，每波兆重量为三十二磅)。而该厂趸栈之广阔，能容此四种材料至一千六百万波兆，即贮蓄十年之材料，犹优优有余也。其制酒部分，有大铜甑五六个。如何制法，是日下午适值停工，予等不能问其详。然其意可想而知，大规模之蒸酒机而已。至其材料分量之加减，与四种材料之外，尚应加某种某种材料，此属于工师秘密工作，彼当不愿告人。盖均是制啤酒，而甲厂制者与乙厂制者气味不同，精劣之分在此，故制造方法不能问之也。酒既蒸好之后，即装运入雪房内之大酒缸。大酒缸有三个，内玻璃，外包钢。每缸容量，总在十万加伦以上。酒入大缸之后，要经十五星期之久，始可装樽。其装樽部分，自洗樽而入樽，而加封樽口，而粘商标，而装箱，皆用极灵敏之机器，共十八部。计每日能装成一百万樽（亦可以加多机器装至二百万樽）。一九一七年新建一楼，名为 Bevo Bottling Plant，占有二十四益架之地，费九百五十万元筑成。地面以上六层，土库两层，深四十五尺。装樽时由土库而至六层楼上，分层次工作，再由楼上运下入车。其运输之机，或如螺旋之梯，或如平直之轨。装箱入车后，则有铁路由厂内运出。凡十二条，每条运十车，每车载四百五十箱，乃至一千二百箱，平均则载八百箱。每箱运出，皆有机器记数，不用人笔记也（每箱二十四樽，每樽四安士，即一加伦之八分一）。计每年出酒一百五十万桶有奇。每日做工之人，有二万五千人，分配于一百一十间之房屋与厂外。有日夜工作者，如电厂、雪厂、水厂，每人工作八小时，则用三班人轮替焉。至于全国各埠，全球各国，为该公司办事，买货卖货，受该公司薪工者，约有五万人，共七万五千人，称为世界上最伟大之啤酒厂，洵不愧矣。尚有一事须注意者，据云，制酒时，不能使酒见日光，见日光则味薄。故其制酒部分，楼宇深邃，光阳不透。倘遇刘伶，真可以为长夜之饮矣。该厂主权者，现为波士之孙，多佛士·波士（Adolphus Busch），年四十八岁，性颇慈祥，待工人甚好，故能承其祖与其父之业而不败。此厂现仍属于晏海士与波士两家，但当权者仍为波士家，必以其才也。予等经两小时之考究，所得如此，因记之。予等又曾游圣路易之美术馆，此馆在埠中颇称得地。门前一望，树林水塘，景色最佳。门前有法王路易第九铜像，盖十三世纪时代，法国之名王也。圣路易之埠名即取此。予在其像旁摄影焉。

圣路易七日中之时事消息

予在圣路易数天，所游观者已如上述。惟此数日间，关于中国、美国之政局消息，亦有当序述者，分述如下。

一、美国大理院打消复兴例

复兴例之施行，在一九三三年。美总统卢斯福视为救济工人之良策。盖当银行风潮工商冷淡之后，美国失业者日多。据一九三二年之调查，谓失业者有三千万人，几占美国人口四分之一。然复兴例真能替此三千万失业之人恢复工作乎？予不能无疑。从前工人每周工作四十八小时，复兴例则限以每周四十小时。是从前用五人，每周共工作二百四十小时者，复兴例行后，要增加一人。复兴例又增加工资，每周至少二十八元（即一小时至少七毫），多者至四十八元。假令从前五人工作，每周支薪共一百二十元，复兴例行后，则六人工作，最少亦每周支薪共一百六十八元。据称复兴例行后，工人复业者达一千八百万人，即以每人每周支二十八元计之，在资本家方面，每周增加工资之总数，已五万万元有余，而况不只此数。试问资本家何能受？是扶得西来东又倒。复兴例所以受攻击，即此之由。资本家既多支工金，则物价必然昂贵，人民又受物价昂贵之害。从前工人得工资二十四元，现在得二十八元。虽然得多四元，或不足偿物价增加之数，是全部分工人亦未尝得利益。究竟复兴例善乎？吾未敢言也。在大理院判决复兴例为不合宪法，其最大理由，则谓政府无权力规定工作时刻与工金，政府利用工律以限制商业，剥夺商人之自由，殊失宪法之平。此说亦言之成理。吾今姑舍复兴例之良否问题不论，但论大理院判决复兴例不合宪法之事实，则美国法治之精神，诚可敬矣。行政机关不能恃势力以蹂躏法院，美政府即要宣布停止复兴例。在只有势力、全无法律之中国视之，能无惭愧？然只就美国论，一方面可谓之宪法，一方面亦可谓之金钱。质言之，资本家不能忍受复兴例之支配，特借宪法以打销之也。夫为政在平，压工不可，压资又岂可？我以为今后美国欲求劳资之安,另有根本之道。复兴例非治本,乃治标也。美政府不追求工人所以失业之原因,而徒令资本家多给工金于工人,且多用工人,不问资本家之能力如何。此等办法,何能持久?即美政府自复兴例行后,每年拨四千余万元以救济工人。试问区区四千余万元,能救济几人?极其量三数十万人受惠,无以复加矣。然三数十万人在三千万失业者之中,仅百分之一。如此救济法,岂非以其乘舆济人于溱洧乎?故吾以为欧美政治,仍当向中国儒家请敬也。

二、南京党政府欢迎日大使

上段讲美国大理院打销复兴例,此段讲南京党政府欢迎日大使,二者实不相关,然而亦有相连。因为美国有政府,有宪法,总统之威力终为宪法屈,政府不能饰巧词以欺骗人民。中国无政府,无宪法,强暴专政者之权力常为外力屈,犹且饰巧词以欺骗人民。故二者实相反而足相比较。当五月廿七日,予读报而知美国大理院打销复兴例。翌日廿八,予读报又知有吉明已定期赴南京就驻华大使职,同时又知满洲国委任谢介石为驻日本国之满洲大使,同时又知南京党府已升任蒋作宾为驻日本国之大使。在十日以前,南京外交部且极力颂扬日本外相广田,谓中日两国互升大使之举,实为力谋"中日亲善"起见,开中日外交史上最有意义之新纪元,将来对于日大使之来就任,应特别欢迎云云。此种饰巧词以骗人民,目无人民,目无公论,可谓荒谬已极。党府当局明知广田、有吉明等皆为处心积虑谋夺我东北四省与华北之人,而以奉送东北四省为亲善,以卖国为有意义之新纪元。国民党政府诸领袖极力向日本献媚,求与满洲国比肩,其丑态至此,我国人竟无敢斥责之者,任其饰词欺骗,为所欲为,我实耻之。南京党政府外交部欢迎日大使之口血未干,五月卅号日本已提出严重要求,罢免河北省府主席于学忠,并勒令将河北省府迁移往保定,是日日军之驻京津者竟巡行示威,开大炮轰击河北省公署,连放无弹大炮六响,以勒逼迁移。原来南京党府就是欢迎此等"亲善",就是开此等"最有意义之新纪元"。卖国贼之心肝,真匪夷所思矣。然而我国无宪法,我人民不能改造政府。我实耻之,夫复何言!

在宪政党支部之演说

关于中国宪政党在美国各埠之情况，予另有中国宪政党党史序述之，在此游记中，恕不赘述。今记新蔃支部者，记演说也。六月二日，宪政党新蔃支部开欢迎会，请予演说。除宪政党同志外，各界侨胞多来入座，党部座位为满。予演说大略如下。

二十年来，中国政治所以不能上轨道之原因，系由于执政者未能了解共和民主意义，亦由于国民大多数未能了解共和民主意义。夫既不了解，则当共习之。最谬者则以不了解而当训政。国民党人在大多数人民之中，大多数人民不了解，亦即国民党人不了解。国民党人若自认为少数优秀者，则少数优秀者不只国民党人。国民党人又何能独训？而况国民党绝非少数优秀者。国民党人当先受训，然后可以训人。今居然以能纳数元党费，捐得训政大师头衔，其作恶害民，贪赃枉法，甚于前清末造之捐纳出身者万倍。人民既大多数未能了解民主共和之意义，又复有此不解而自以为解之捐纳出身者当训政大师，是无异使盲人引路，明明陷入粪坑，盲者尚自辩曰“沧浪之水清兮，可以濯我足”也。其为愚谬欺骗，尚何待言？今东北四省失陷，所谓训政之党，尚不以为耻，尚不以为辱，依然厚颜训政，愚蠢人民之放弃责任，不足怪。我宪政党人岂亦能放弃责任乎？我宪政党人数十年来，太稳健而欠剽悍，其长在此，其短亦在此。我宪政党人无论在国内，在海外，皆可以对得国家人民，皆可以对得侨众。捣乱之事，从来不干，故名声不坏。然君子愈让，小人愈妄。将就之而至于国亡，同归于尽。我之令名又何尝能保？故我宪政党人今后再不能放弃，须知共和国人民之责任，只问自己，不必问他人。亡国已在目前，再不能偷安，惟有奋斗。我宪政党人今后要杀开一条血路，救全国人民出生天。对于国民党人不必痛恶之，当怜悯之；不必歧视之，当亲近之；不必攻击之，当教训之。彼为训政大师，我为训训政大师。彼之训政，是争权专利；我之训训政，是公权公利。我切切实实指出救国大途径，无使国民党一盲引众盲，陷国家于永劫不复之地。此是我宪政党之责任，万不能诿卸。

愿我同志人人自勉！凡是国民亦当人人自勉！

是日予所说之话尚多，上文所写，仅记大略。座中亦有国民党数人，闻其事后谈论，亦不以吾言为忤。可知国民党人亦非尽无良心。我甚盼望其从速觉悟，知过必改，不失为贤人。若怙恶饰非，终必祸国而兼祸党。国民党之智者当知所择矣。

演说既毕，宪政党同志赠我以三十年前之干城学校照片。干城学校者，宪政党所办，各埠多设焉。照片内之同志尚存者七八人，夏士文君亦在内，盖当时与堪麻·李（Homer Lee）同为教练……予对照片有所感，写赠夏士文君一章：

立会卅七年，国危忧未已。天乎党无罪，政权不属耳。
忆昔全盛时，遍百二埠地。始会创加西，继起及全美。
东达纽约城，西极三藩市。芝加哥中部，圣路易并峙。
救国尚公权，诛奸存信史。能令牝朝惊，能激壮士死。
百日记维新，众心誓雪耻。功非恶革命，事当寻条理。
满蒙疆连带，民族谁分彼。锦绣好山河，破碎无头尾。
事后忆先生，仁言瞻百里。今过圣路易，夜谈犹娓娓。
讲武干城校，摄像群英伟。难得夏士文，不同堪麻李。
心雄胜万夫，贼见犹披靡。说罢写新诗，功高从旧纪。
中国若不亡，宪政方今始。

士冰坏（Springfield）省署与林肯坟

六月三号星期一，上午十一时半，予等离圣路易，由麦坚尼桥过密士失必河，即为依李奈士省境界，河畔有欢迎入境之牌。此埠名勿地臣（Madison），居民有七千余人。再过为固连达（Granite），有二万五千人。依李奈士省为美国工业省份，沿途所见工厂极多，著名之钟镖厂（即依李奈士厂）即在此。土地肥沃，农产丰富。各小埠相迩极密。是日予等复改六十六号路，路平直而好。予等自五月廿一号下午起，因六十六号路不好，改由八十五号路，予诗有“六六不如八五平”之句，至是应为六十六号路恢复名誉矣。下午一时抵士冰坏湖，过湖桥，望见省会。士冰坏者,译意即春野,依李奈士省之省会也。由圣路易至此,刚一百里,行两点半钟车。依李奈士省系一八一八年始改,其地原属胡展亚省。现在士冰坏省会,有七万余人。予等到时,适值共和党在此开大会,所有旅馆均住满,予等不得休息之地,乃停车于省公署前。先入省公署游览,其图式与各省同,圆穹顶,十字形,圆顶内画该省历史图画,如征服燕甸人之战迹,林肯(Lincoln)与德勒士(Douglas)竞选时演讲之神态,栩栩若生焉。省内名人铜像,如林肯与固连(Grant,一译格兰),其赫赫最著者也。林肯放奴之史实,稍研究美国史者均知之。林肯之能用固连,深信不疑,谤言不入,则尤为可敬。当南北战争起时,其初两年间,北方战事失利,其原因则为北方缺乏军事人才之故。林肯乃任固连为陆军总帅,征南军事,一切付托之,从此始转败为胜。放奴之成功,美国之统一而不至分裂,林肯之识,固连之力也。固连好饮酒,不满意于固连者常谗之,林肯能深信不疑,而终其用。予见林肯、固连两人之铜像,感及其当年之事,此真依李奈士省之光也。然固连虽为好军人,而政治则非其所长,及其为总统,则声誉平常,不如当陆军总帅之称职矣。署内又有德勒士铜像,此即林肯竞选之人,林肯主张放奴,德勒士则否,选举结果,德勒士失败。林肯长瘦而朴实,德勒士则短而肥,好修饰,观其铜像,殆一侏儒,在林肯之旁,尤可笑。盖一肥一瘦,一高一矮也。予等观铜像既毕,过省长办公室外,直闯入其外厅,无有阻者。门外虽有一卫兵,和蔼可亲。予游美国数省之省公署,未尝见一卫兵,此为创见矣。省公署内有餐室,所以预备办公人员午餐者,有时游客呼餐,彼亦售焉。传餐者侍女,而非卫士。予等即在此午餐,餐甚劣,聊果腹而已。

士冰坏省署内,尚有一像当注意者,勒啫·亚格勒(Rogers Clark)是也。其人当一七七八年,在依李奈士省之地域(其时但为空旷之地)纠集民兵,反抗英兵,屡次战胜,展拓土地。胡展亚省所属之地域,所以比他省特别广阔者,多为勒啫亚格勒战胜展拓之功。及依李奈士省由胡展亚划出改省,后人纪念勒啫亚格勒,故画其像于省署,不忘拓地也。

依李奈士初收省时,省会不在士冰坏,一八三七年始迁士冰坏,建筑省公署,至一八六八年改建。现在之省署,即一八六八年所改建者也。其地广阔有九益架，圆穹之顶，高四百余尺，建筑费六百三十万元。其地矿产丰富，省署地下一二百尺，即有煤矿焉。

予等游省公署毕，复驱车至郊外，游林肯坟场，即在普通坟场中，特划出方广百余尺之地而建者。初时仅费十八万元，二次三次增修，费十七万五千元，共费三十五万五千元，皆人民所捐助。坟面竖一华表，高一百七十五尺，四角为马、步、炮、海军兵像。予等在其坟前摄影焉。夫以林肯之功业，在美国人之尊崇之，不亚于华盛顿，然其坟场之所费仅如此。……

予等游林肯坟毕，复回士冰坏。游林肯住宅，乃一平常民居，方广不过三十余尺，宅旁有美蕗树（Maple Tree），极高而秀，甚肖林肯之身裁。林肯现无遗产，亦无子，仅存此宅，美国人宝之。惜予等到宅外时，在下午五点后，宅门已闭，不能入内参观。林肯生于恳德忌省，七岁徙燕甸安拿省，再迁依李奈士省，住于士冰坏二十五年，即在此宅，被选为总统后，亦由此宅迁入白宫。予等因市内旅馆已住满，是晚即在郊外觅一农家而居。老农夫妇二人，有两益架地之园林，特以洁净之房三间，赁予等住宿。地隔市远，夜深静寂，万籁无声。比之前数夕宿于圣路易中，日夜闻车声，喧扰不宁者，舒畅万倍。是夕得熟睡焉。由圣路易至士冰坏，共行一百里，得诗四章（录三章——编者注）如下：

由六十六号路至士冰坏湖

应为六六路呼冤，树大枝枯有可原。
卅里又逢平砥道，直驰春野跨桥门。

游士冰坏省公署

平民公署第三游，想见当年护北州。
得士固连能纵酒，放奴林肯为椎牛。
宣扬历史征图画，譬解新诗异鹊鸠。[①]
更有传餐无卫士，剧怜乱国荷戈矛。

① 句下注：公署内多女职员，咏“维鹊有巢，维鸠居之”之诗，喻同而解不同也。

过林肯故居

潜德当年几木房，平民风度久馨香。
常留爱护真心地，又异铺张纪念堂。
一树扶疏称美蔀，万人蔽芾似甘棠。
儿孙在此不如汝，过客犹来仰末光。

由士冰坏至芝加哥(Chicago)

六月四号星期二上午七时半，由士冰坏郊外之农家起行，仍六十六号路。农家女主人年七十矣，临行，摘园中所植之芍药花赠予等，其盛情至可感。是早阳光极好，园林清幽，远胜城市。予在车中口占一章：

田家风味两山房，小小园林南面王。
不管党人开大会，是真春野副名堂。
沈声万籁宁宵寐，带色清阳胜电光。
更喜赠行香芍药，皤然白发老娘行。

车行约半点钟，抵林肯埠。此埠有一万二千人，县衙在焉。沿途所过小埠甚密。十二时一刻抵查里驿(Joliet)，此埠有四五万人，省监狱在焉，县衙亦在焉，工厂甚多，在于埠外。由士冰坏至此已行一百五十里矣，此埠钟点又较快一点，即一点一刻也。予等在此略为停顿，二时再行。从此公路加阔，可以行四列车。盖将抵芝加哥，车辆渐多，加阔公路，以便往来也。沿途所见工厂更密。三点抵芝加哥境。由士冰坏至此，行一百七十五里。入境后，即见有德勒士公园，盖以纪念德勒士者。德勒士与林肯争总统而败，是年即死。德勒士乃反对放奴者。然其死后，该省人士尚纪念之，谓其与林肯之争，系一时之错误，不能以一眚而掩其生平，故特建公园与铜像纪念之，所以平怨。足见美国人之公道，与晚近浅薄之中国人专趋炎附势，但知为有势力者建筑纪念物，对于失败者则落井下石，其人情之相去，真不可以道里计也。由芝加哥埠边到廿二街华埠，尚有八里。芝城街道多破坏，二十年前最繁盛之士的街，现零落不堪。旧房屋之拆去者甚多，今年全埠楼宇拆去四千余座，瓦砾堆积，街道树木甚少。可见芝城市政仍腐败也。闻芝城市厅入不敷出，已近于破产。两年前市办学校多无薪水发给，市厅人员亦如是，故全埠学校教员罢课，警察、消防罢工。夫以芝城全市有三百三十余万人，为美国中心点，其地位之重要，人口之多，除纽约外，无有及焉。何至入不敷出？市政败坏至此耶。或谓芝城四十年来执政者皆不称职，洁己奉公者甚少，屡次向纽约市借入大款，始能弥补所亏。然则市政腐败，有由来也。

回溯一百年前（即一八三五年前），芝城全为空旷之地，未有人居。至一八四〇年，始得四千余人。至一八五〇年，则有三万人。至一八六〇年，则有十万〇九千人。是二十年间人口增十万，本极平常。然自是日增，至一九〇〇年则有一百六十九万八千余人。是四十年间增一百五十万矣。现在则有三百三十余万，是三十余年间，又增一百六十余万矣。其增加之速率，过于纽约。纽约在三十年前，人口三百五十余万，至现在六百二十万，其增加率为百分之七十五，芝城则百分之百也。盖其地为美国中心点。美西之地既开辟，人口渐由东而西趋，地运亦由东而西趋。芝城固得地，亦得运也。所惜者市政腐败，奸民又聚焉。“纣为天下逋逃主，聚渊薮。”芝城亦为美国作奸犯科者之逋逃主，聚渊薮也。今后若不振刷，恐终为芝城累耳。

芝城屠场

六月五号，游芝城之屠场。芝城屠场有数家，予等所游，乃其至大者，名为音亚公司（Armour Packing Co.），其创办人为菲立·音亚（Phillip Armour），由一八六七年始成立。初时规模甚小，逐渐扩大，至现在有一百一十八个益架之地。其分公司之在全世界者，有三百五十家，其中有二十四家均有机器屠猪牛羊，其余则代售猪牛羊制成之货品，各有二百种。除肉食外，则为药品用具，皆经化学制炼而成。盖皮毛筋骨，皆无弃材也。该公司之屠猪牛羊机器，不只为全美国之最大者，亦为全世界之最大者。在总公司做工者，有一万人，连各分公司则有六万人。总公司每月屠猪五万七千头，每点钟能屠六百头，最多时能屠一千二百头,屠牛羊亦称是,视销场之多寡而定。现计全年所屠猪牛羊之数,总公司连二十四家分公司计算,共有一千五百万头。质言之,每年杀死一千五百万头猪牛羊之生命,真可谓大屠伯矣。其屠牛场去年毁于火,损失甚巨,现在重新建筑,安置新机器。予等往游时,因未竣工,故不开放,只游其屠猪场而已。入门时,闻群猪惨叫之声,有仁心者当不忍。君子远庖厨,而况大屠场乎?群猪一足被绳所缚,倒悬于机器之上,有黑人执利刃而待,机器将猪送至,黑人向其喉间插利刃,血如涌泉,流于地上。一只完,一只又至,一分钟十只,一小时间则六百只之猪命完结矣。其时群猪,除流血外,绝无抵抗之能力。近来中国妄人好讲流血,不知其为黑人插刃,流群猪之血欤,抑自为群猪,碰黑人之利刃而流血欤?好讲流血者可以悟矣。同行中有某君者,自言不忍观兹惨状,急急向别室去。某君谓闻其声而恐怖也。然予绝无所动心,是予之不仁欤?予不能自解。某君问:“猪何罪?”予曰:“无罪。”某君又问:“无罪何以杀之?”予曰:“为其无知识也,为其不识抵抗也。”呜呼!今之国民党政府,遇强敌而不抵抗,其无知识与群猪同,又何怪日本人之为黑人耶?吾愿国民党诸领袖一游屠场,深自警觉也。群猪既流血之后,机器即输送之入鼎镬中。沸水熟其肉,机器刮其皮,不过数分钟时候,群猪又沐浴洁净矣。机器又输送之别室,则有刳腹取肠脏者焉。此时市政府之人员则立而验之,有毒者则割其头以为记,其全猪之肉,则由机器另送之一处,不准售卖,然亦不废弃,盖别制之以作田料也。其无毒者则输送入雪房,经四十八点钟时候,再由雪房出之。计屠一猪,自绑足吊上机器起,至送入雪房止,仅费十六分钟。出雪房后,复经各种机器分别泡制,某种肉作某种用,皆有一定,如火腿、烟肉、肉片,等等,入罐装箱,或包裹装箱,皆用机器。工人分工司之,快捷无比。该公司之猪牛羊食品,遂遍于全美,及于五洲矣。肉料为猪牛羊之正料,不知者皆以为肉料所值多,殊不知肉料之外,其副品之制出为药物用具者(即皮毛、筋骨、膏油等类谓之副品),所值比肉料四倍,此关于化学发明之功也。

西北大学与芝加哥大学

六月六号,游亚云士顿(Evanston)之西北大学。此埠离芝城一十五里,地颇清静,树木甚多。此大学在从前不甚著名,近二十五年间,始逐渐扩充,名亦渐著。现有学生约三千人,另分一校在芝城市内。全校学科,以医科为最佳,音乐科之学生亦不少,且以女生为多。是日天气阴沉,冷而有微雨。芝城天气,往年此时已极热,惟今年特寒,或因南方数省大风雨之余波所及。据近数日报载,南方卡罗罅度、恳士、蔑梳利等省,均受风雨之灾,予等过其地仅一星期而灾至,予等幸避免也。

七号,游芝加哥大学。此大学成立于一八五七年,由士的运·德勒士(Steven Douglas,即与林肯竞选总统之人)送地建筑。至一八八六年,因财力不继,曾停办四年,一八九〇年复开。至一八九五年以后,得煤油大王洛基花罅(Rockefeller)之资助,基础始固。至今校地扩充至一百益架之广阔,全校大小楼宇有八十座,其中有值三百万元者,如洛基花罅捐款建筑之新礼堂(亦名礼拜堂),为一九二八年所建,其建筑费三百万元,内有钢琴一面,价值二万元以上。有七十二个铜钟,则由洛基花罅之子捐款由英国购来,以纪念其母亲者。据称此钟之声音,为世界上钟音之最好者。是否,予未敢信。此钟三年前由英国运到,美国工人会抵制之,谓其贵英货而贱美货,不予搬运。然结果亦运至堂内,悬之楼上焉。每小时则该校附近之人民辄闻其响亮之钟声也。此钟以七十二个为一副,大小不一,最小者重量十磅半,最大者重量三万六千磅。除此新礼堂外,尚有三百万元之建筑,则万国公寓是也。该公寓分十二层,共有住房一千余间。其住费,每星期由四元至十二元。所以供给校内之各国学生所住者。公寓内种种齐备,有藏书楼,有游戏室,乃至餐馆、理发店,均不须外求焉,而且精美绝伦。当近代之学生,其受福诚不浅也。

公寓之外,另有男生俱乐部、女生俱乐部。女生俱乐部之建筑费为二十万元,是美国一富人所捐,用以纪念其亡妻者。此外如东方学院，亦为该校之好建筑物，内陈列者均为巴比伦、埃及之古物，颇为美备，惟中国古物则缺焉。盖其东方考古院长为彼士达氏，此人专门研究巴比伦、埃及之古物，对于中国尚未留意也，现在仍派人到巴比伦、埃及各处长年驻居。建院考究，陆续将所得输送该院陈列，其所费不资。教育院亦为该校之大建筑，由幼稚园以至大学，分院办理焉。万国公寓之外，尚有寻常寄宿舍，其地方之精美不如万国公寓，然亦种种齐备，每学期住费五十元（每年分四学期）。其院外建筑，尚有大小楼宇二十座，为往各处研究所用者，如天文台之建筑于本校外六十里之展尼化埠（Lake Geneva，属委士恳慎省），考古者之建住院于埃及等处之类是也。该校有此财力，故近来名誉大著，为美国学校四大金刚之一（美国学校有名四大金刚者，即哈华大学、耶路大学、哥伦比大学、芝加哥大学也）。现全校教职员，共有八百人。校内各种学科皆备，而以法律科为最著。全校学生一万余人，惟中国学生现在只有二十人左右而已。

《芝城朱标日报》

七号晚，到《芝城朱标日报》（*Chicago Tribune*），译义即《芝城总汇报》也。此报由一八四七年六月十号出版，为芝城各报中之至大者，亦为全美国报馆之有名誉者。每日出报七十五万份，星期日则出至一百万份。其铸字机现有六十七架（每日之报皆铸新字），印报机则有八十八架，每机能印八版，每日出报共五十六版，用七架机印之，每点钟能出五千份。若用十四架机印之，则每点钟能出一万份。若用七十架机印之，则每点钟能出五万份。包报亦用机器，每机每点钟能包一万二千份。现闻其计划，拟再添颜色印机十二架，共成印机一百架。现在报馆做工者共有一千二百人，各地访员则有五千人。由一九一五年起，兼自办制纸厂，其制纸之原料，则用树木，在坎拿大之些利碑（Shellie Bay, Canada）购买森林山三千方里，用工人八百名，每年冬季，伐其森林，夏天则利用冰溶，输送出山，自备船以运回芝城。所伐之树木，最小者径六寸，截为四尺一条，每年运一千六百万条回芝城以制纸。故其日中印报毁坏之纸，亦不为弃材，自有纸厂，可仍入厂再制之。真省费不少也。该报自建楼宇，高十余层，其资产现值五千万元。该报向为共和党党报，但近年则注重于民众方面，不甚袒党，盖以民意为依归也。吾游该报毕，回念我中国之报纸，汗流浃背焉。我中国最大之报，虽亦有值数百万元者，其销报之数，虽亦有过二十万份者，然比之《朱标》，已小巫见大巫。而况我国之报，言论不能自由，价值数百万元之报，岂肯牺牲其资产，以供无道政府之查抄。故对于国政之败坏，只得噤若寒蝉，除卖商场广告外，言论无些须价值。如近数年间上海之《新闻报》《申报》等，除登载国民党之虚伪宣传资料外，甚少正当之言论，能满足人民期望者焉。虽有报，亦何用也？吾人民虽有大资本，能办有价值之报，亦谁肯以百万之资，供无道政府之查抄？故吾不能怪《新闻报》《申报》等，我只有痛心吾国政治不上轨道，无宪法以保护言论自由，致令吾国报业不能发达耳。美国纸报之发达，固有种种原因，人民阅报者之多，商场卖广告者之多，皆为其原因之一种。然其能令办报者安心投资，至于数千万之巨，而不虞危险，实由有宪法能保护言论自由，此为最重要之原因也。我中国挂起共和招牌二十四年，至今无宪政，政治不上轨道，报业日受摧残，吾安得不增悲感耶？

芝城中华会馆之演说

予抵芝城已五天，原拟九日起程赴积彩（Detroit），因芝城中华会馆各商董请是日演说，故改期缓行。盖此数日间祖国消息，日本兵有进取京津之势，自国民党政府签订塘沽协议之后，京津已入日本之势力范围，今之进逼，实履行塘沽协议而已。国民党政府既甘心媚外，当然不肯抵抗，日本人亦窥中之，然尚忧西南数省之反抗也。自前月日本政府命土肥原过港入粤，恐吓所谓西南要人胡汉民等等，于是西南要人受土肥原一吓，亦噤若寒蝉，胡汉民收拾夹必袋而出洋。日本知西南无用，遂进逼京津，所提出之要求，国民党政府无不唯唯听命。如罢免于学忠，撤退京津驻军，将河北省府迁移于保定，国民党政府已恭顺听命焉。如禁止排日机关，乃至不准国民党党部开门，国民党政府亦将恭顺奉命焉。真是奴才政府、亡国政府也！海外侨民闻此消息，无不愤怒。适值予抵芝城，故中华会馆诸商董请予演说，皆欲一闻如何救国之论。予明知言之无补，但义不容辞。九日下午八时，予遂往中华会馆演说。予未到时，座位已满，站立者亦数百人，即此足知侨众非不关心国事，只恨无良好政府领导之，至可慨也。予演说大略，已见报端。兹撮要如下：

宪子道经贵埠，适逢日本人大举侵略华北。消息最紧之时，中华会馆主席与商董诸君请宪子到中华会馆演讲国事。各侨胞不弃，踊跃来听，宪子愧不敢任。但爱国之心，人所同具，匹夫有责，义不容辞，宪子亦不敢不言。今日既以国事为题，各位应该明白，宪子不是说私事，不是说党事。惟有须声明者，现在之中国，是国民党之中国，国民党以党治国，名为"党国"。故我说国事，就不能不连带说国民党。各位切勿误会，谓我攻击国民党，我仍是说事实而已。

我今欲说明者有两点。第一点，日本何以不先不后，偏向国民党专政时代大举侵略中国，是国民党运气不佳，抑或日本看不起国民党政府？第二点，国民党政府拥二百万大兵，何以不敢与日本决一死战？任令日本抢夺东北四省，又来抢夺华北。此两条问题，皆诸君所亟欲明白者，宪子愿以所知奉告。

当民十七年时候，日本兵入济南，五卅惨案发生，蒋中正拥十万大兵北伐张作霖，不敢与日本决一死战，反遣黄郛向日将福田求和，接受日本之条件。日本由此轻视蒋中正无能，侵略中国之心益急。当时日本欲利用张作霖与蒋中正斗于国内，日本乘机侵略关外。日本力劝张作霖不可退出北京，愿帮助饷械，做张作霖后盾。若使张作霖立心亦如蒋中正者，则必利用外力以争政权，其时张作霖尚拥兵二十万，大可与蒋中正一战，蒋中正未必能到北京。但张作霖虽为北洋军阀，尚有良心，彼见日兵已入济南，若与蒋中正战，是无异鹬蚌相持，令日本为渔人而得利。故不肯受日本之利用，毅然决然引兵出关，将北京让与蒋中正。今国民党人骂北洋军阀祸国，其实张作霖之人格，尚胜于蒋中正多多也。日本怒张作霖不受其利用，而引兵出关，遂决意炸死张作霖。此皇姑屯之炸弹所以发现，张作霖果被日本人炸死。自张作霖死后，日本人大喜，以为东北四省，必袋入荷包里矣。然假令国民党诸人有觉悟，自统一之后，十八、十九、二十年间，发奋整顿内政，有三年时候，未尝不可巩固基础。日本虽欲取东北四省，或有所畏忌而不敢发。不料国民党政府诸人，此三年间，又绝无觉悟，只知争地盘，年年内战，月月内战。既打冯玉祥，又打阎锡山。既打阎锡山，又打桂系，又打张发奎。张学良复引兵入关帮助蒋中正，拆汪精卫扩大会议之台，又尽出其飞机炸弹炸石友三，以同志相杀为荣，而忘记日本虎视眈眈，已入东三省之堂奥也。当济南惨案发生后，冯玉祥之兵欲入济南，蒋中正曾留日本兵驻济南，以抵制冯玉祥，是蒋中正宁以济南让日本，而不让冯玉祥也。当民十八年，俄兵寇边，韩光第在吉边战死，蒋中正亦不肯调兵救援，是蒋中正已有意不理东三省也。日本看中此数点，一面轻视张学良为小孩子无用，一面轻视蒋中正只顾自己地盘，不理关外，一面更轻视国民党政府低能，不及北洋政府万倍。故此敢于侵略，“九一八”之祸从此起，“一·二八”之祸亦从此起，今日之大举要取华北，亦由此起。此非国民党运气不佳，乃国民党政府蒋中正诸人良心失去，日本人轻视之，故放胆侵略也。

日本之侵略，既如此无理，稍有血性之人，应该愤怒，国民党政府拥二百万大兵，何以竟不敢抵抗？说者皆归罪于蒋中正，其实蒋中正固然有罪，但谁人造成之？断不能归咎于蒋中正一人身上，以党治国之国民党应负全责也。何以言之？因为国民党要以党治国，不能不靠兵力。观其所定为“军政时期”“训政时期”等名词，皆为武人造机会，既靠兵力以压制异己，然后能“训政”。故“军政”“训政”云云，质言之，就是军人行运，文人当衰。观于国民党之两大领袖，如胡如汪，均依附蒋中正，然后能活动。自民十七年之后，打冯打阎，打桂系，打张发奎，皆胡汉民帮助蒋中正，其时胡汉民做立法院长，汪精卫则被逐于外，日日骂蒋逆蒋贼，而在胡汉民则曰：蒋主席劳苦功高，为党国谋统一，削平反动也。自民廿一年至今，汪精卫又帮助蒋中正，忘记前日之骂蒋逆蒋贼。胡汉民因失去立法院长，政权为汪所夺，又反而大骂蒋逆蒋贼，其口吻与前日之汪同，又忘记曾帮助劳苦功高之蒋主席，削平反动，为党国谋统一也。质言之，蒋中正今日之罪状，皆胡、汪两位大领袖挟党力以造成之。其原因就为立心要行党治，不能不借蒋之兵力以压制一切。蒋亦知之，故左脚踏左，右脚踏右，有时放松右脚，利用右以压左，有时放松左脚，利用左以压右。此十年间以党治国之把戏，遂弄到国不成国，政府不成政府，党不成党。而日本之侵掠，遂如潮涌至，二百万兵不能合力对外，皆由此之故。

然则今日有何法能令蒋中正出兵抵抗日本侵掠？以国民党政府之命令，逼蒋中正出兵，能乎？我敢答曰：不能。以胡汉民之领袖资格，叫蒋中正出兵，能乎？我敢答曰：不能。因为国民党政府是蒋中正一手造成，名为国民党政府，实则蒋中正政府也。胡汉民、汪精卫、林森及一般国民党中央委员，皆无权力以指挥蒋中正，为其皆凭藉蒋中正之兵力以维持党治，蒋中正能挟持之、操纵之也。今日惟有合全国人之力以逼蒋中正出兵抵抗，方是正当办法。譬之商业公司，蒋中正为总理，国民党政府为董事局，全国人民为股东。前日董事局诸人与总理通同作弊，抹煞股东之权，今日董事局始攻击总理之不妥，求股东合力帮助，其办法除开股东会议之外，尚有何法？若董事局依然一手把持，但求股东添资本，依旧由董事局与总理通同作弊，试问如何能改良？今国民党政府不肯放弃党治，胡汉民虽欲驱逐蒋中正下野，试问有何能力？即欲逼蒋出兵抗日，亦有何能力？在我以为除放弃党治、召集国民会议之外，再无其他办法。可怜国民党人觉悟者尚少，其所谓领袖，依然发以党治国之迷梦。日本人所以敢于侵略中国，即为此故。吾今兹之言，欲唤醒国人负起责任，认定中国者中国四万万人之中国，非国民党一党之中国，更非蒋中正、胡汉民、汪精卫等等一人之中国。必要合全力以反对一党专政，不许一党一人一手包办卖国亡国，然后中国有可救，抗日有可望。尤欲国民党人觉悟，自动放弃一党专政之谬制，与国民合力以制裁蒋中正，使全国二百万兵为国家之兵，不可为蒋中正与省军阀之兵，然后可以讲抗日。否则皮之不存，毛将安附？中国若亡，国民党之党治亦不能存在。试观现在之“满洲国”，容许国民党施行党治否乎？不久华北亦将不许国民党能存在。事实证明，经验如此。国民党人尚在梦中而不觉悟乎？此是我掬诚心以忠告国民党之言，并非攻击国民党。我之朋友国民党者极多，我若要埋没良心，求做党官，不顾亡国，我大可以附会党治之谬论，歌颂国民党，歌颂蒋、汪、胡，但我断不屑为之，我仍以友道待我之朋友，故敢为此痛切之言，希望其觉悟。今日外敌之横暴至此，我四万万国人尚不同心同德，尚待何时？今日当以国家为重，断不能再发一党专政之迷梦，以亡国兼亡党也。

中国今日并非不能与日本战。我若有决战之心，日本或知难而退。若照现在之办法，只顾一党专政，只顾以二百万兵力维持其一党专政、一人专政之地位，而不肯抵抗日本，则日本必愈逞野心。彼盖深知国民党政府之无用，中国人无力量以取消国民党之一党专政，即无力量以抵抗日本。此理至浅，此事亦至易明。故我今日无他言，但望国民觉悟，国民党人亦同时觉悟。否则敛手待毙，预备着日本木屐而已。予痛心已极，无可再言矣！

予演说既毕，侨众皆极满意予之言论，谓甚合于正义，予亦不幸而言中。翌日报载祖国消息，党府果于是日下令禁止排日，其令文大意，谓"睦邻尤为要着，中央已屡加申儆，凡我国民，对于邻邦，不得有排斥及挑拨恶感之言论行为，尤不得以此目的组织任何团体，以妨国交，如有违背，定予严惩"云云。同日何应钦又奉党府命，将河北省各处之国民党支部一律封闭。是日路透电飞报全球，谓国民党部前门已闭，后门仍开。令人阅之，可笑可恼。予虽非国民党人，闻之犹以为耻，但不知彼辈心理奚若耳？

四十二层楼与博览会址

十日，游芝城最高之四十二层楼。俯瞰芝城，不见树木，只见烟筒与烟气，笼罩芝城。予颇怪芝城无树木，或者因烟气之故，空气不佳，树木难以生长乎。芝城一望平城，全市纵横三十里，有极好湖光，点缀风景。然市政既不良，天然之空气，又不能生长树木，驻芝城者除终日憧憧营利外，涵养精神之工夫，殆难用矣。近年营利亦艰难，就以华侨论，其数虽不少，其财殊不见丰。华侨实数有说八九千人者，恐不甚确。以予所知，全市华人餐馆只有百七八十家，衣馆六七百家，商店六七十家。餐馆平均每家容纳六七人，亦只千二三百人。衣馆平均每家容纳二人，亦是千三四百人。商店平均每家容纳五人，亦只三四百人。其余受外人工者百数十人，极矣。合计亦三千余人而已，尚有营所谓

“偏门”业者数百人,除外则无业者岂能容五千人之多?故吾料八九千人之数不确也。若真有八九千人,则是以四千余人之有业者,养五千人之无业者,此景象益不见佳。诚为我华侨营利之前途抱悲观也。芝城华埠,前在廿二街,颇狭窄,近则道路宽阔,气象似极堂皇。盖廿二街已开阔街道,有五六十尺,改名思麦路(Cermak Road),以纪念芝城市长思麦(前年美总统卢斯福到符罗利达,有凶徒行刺,芝城市长思麦被弹误中,毙命),华埠因之改观。然商业不佳,街道虽广阔亦何补?愿我华侨速谋所以自存与发展之道也。

芝城博览会场旧址,予在四十二层上望之,既尽入目中而无遗,且在楼上摄其影。连日复驱车过之,会场内之楼宇已拆去,只剩热河亭一座,留为纪念。予自前年起,欲来芝城观博览会场,不料延之一年,会闭而不能来。去年再开会,决意来,不料又延之一年,会闭亦不能来。今年始来,仅见遗址而已。有巡警守门,禁人入内。十一日予特往参观之,欲进内摄热河亭之影,问之守门之警,竟得特许焉。然今热河已非吾有,予只能摄芝城博览会之热河亭之影,以为吾有焉。予岂不惭愧哉?归途中无限感慨,因成一诗:

热河国土非吾有,赛会芝城建一宫。
昔已备来因近辱,今虽迟到后难逢。
慰情摄影期收土,誓愿兴师在建功。
可恨党军违我命,不如美警尚能从。

由芝加哥到积彩(Detroit)

六月十四号(星期五)上午九时,离芝城,由二十号路而行。是日为美国议定国旗之纪念日,盖自美国脱离英国而独立,即于一七七七年六月十四号议定国旗(因当时各州所用之旗式不一,故统一之)。当时独立者十三州,故定为十三星。其后版图扩充,多一州则添一星,今四十八州,共为四十八星。至于旗之式样,则一百六十年中未尝改变。可见美国人之守法。……

九时四十分,入燕甸安拿省境,经嘉利埠(Gary),有炼煤油之工厂在焉，相连为东芝加哥埠。十一点抵守护边埠(South Bend)，该埠有十万人。予等在此午餐。过一照相馆之门前，见其悬挂南方数省最近水灾之影片甚多，如啫化臣瑟地附近之公路皆水深数尺。予等在五月廿四、五、六日所经之路，有多段皆遭水灾。此水灾乃在五月廿八、九日，至六月一日。此数天之内，假令予等迟行一星期，则必被困于中途，欲进不可，欲退不能，必有数星期之阻滞矣。可知凡事肯有定数，予等早行一星期，非侥幸也。因有所感，遂成一章：

行后星期遇水灾，茫茫似海隔天涯。
纵无沈灶惊蛙产，亦缺乘骝看道开。
望捷次军劳讯问，失机偾事重徘徊。
偶然避过非侥幸，信自能栽始获培。

十二点半再行，两点一刻，抵莺古路(Angola)小埠。两点半，入奥埃奥省境。此省为美国出总统最多之省份，美国自开国至今，凡三十二总统，而奥埃奥占其八，夏利臣、固连、喜士、加菲路、后夏利臣、麦坚尼、他辅、夏定是也。此如中国之江浙，当科举时代，发状元最多者也。其地是否有秀气，予非堪舆专家，不能知之。三点五十分，抵吐厘度(Toledo)，此埠有三十万人，大埠也。有钢铁厂、自由车厂等在焉。盖奥埃奥亦美国之工业省份，故工厂甚多也。自过吐厘度后，改二十四号路而行。遇一青年女子，独自驾车而来，过予等车前，响角号为礼，视之，盖嘉省之车，由嘉省来者也。夏士文君亦响角号回敬之。美国人守礼法，在他乡而遇故乡之车，必响角见礼。予等之车为嘉省车(凡车牌均有其省名，故望而知之)，在奥埃奥省境，已离嘉省二千余里，他乡遇故知，车亦若有情焉。予恶美国女子太刚而不柔，男装驾车，予曾为诗讥之。至是喜其彬彬有礼，且独自一人行三千里而不结伴，其落落尤可惊也。为赋一章：

三千里路一人来，又是裙钗队里魁。
车认乡亲情自在，声传角号礼应回。
彬彬骤减憎刚意，落落翻惊异众材。
岂谓无聊动诗兴，休将行露费疑猜。

四点二十分，入美士近省境。是日所经，已四省地矣。五点一刻，又改行二十五号路。计行二十四号路仅六十里而已。五点半抵积彩界，五点五十分，抵埠之中心。是日共行二百八十九里。

积彩原为燕甸埠，法国人先开辟之，积彩之名，即法国人名也。既入美国人之手，经营百余年，成为美国之大都市，人口有九十万人，但中国人则甚少，三数百人而已。

标埃仑（Belle Island）

十五日星期六，予等在积彩，除访友外，尚未暇游览地方。是日天气颇热，寒暑表在九十度以上。晚餐后，游标埃仑。此为积彩士女游览之地，暑天纳凉，游人更多。此地对岸，即为坎拿大之温梳埠，相隔一河，窄处仅半里，对岸树木颇多，公路即在河边，汽车往来，望见极清楚。标埃仑面积甚阔，树木丰茂，四面环水，中通小湖，游人棹艇湖中。时当暑热，妇女袒胸露臂，肉感撩人。埃仑之东面，有铁桥能通两岸，但稽查颇严，黄面人尤不能自由行动。两岸皆设税关，移民苛例，非公理所能解，黄色人只得一望而已。从前坎拿大与美国曾争此岛，几动干戈，后卒归于美，以河之中心为界，竖旗为标识焉。此岛旧多响尾蛇，自改为公园后，响尾蛇遂绝。盖恐其不便于游人，故需除之也。响尾蛇畏猪，猪见响尾蛇则食之，无抵抗焉。以猪之蠢钝，而有胆食蛇，有威治蛇，亦物理之难解者也。予等游览一小时余，风景甚佳，感触亦不少，因赋二章：

全街手臂全街乳，涌动臀波腿足轻。
洒洒白毛毵白雪，蓬蓬金发负金星。
羊脂花露兼多味，燕瘦环肥各有情。
信是自由寄深意，谁云桑濮不文明。

对河列树成屯戍，半里通桥两度关。
争土昔年曾龃龉，移民今日更繁难。
欲凭公理强权阻，谁信华侨恶例删。
无限感怀仰天啸，清风明月付情闲。

轩利阔汽车厂

美国近年公路之发达,可称为全世界之冠,因之汽车工业亦随之而发达。据一九三四年之调查,全美国之汽车,有二千一百余万架(专指人坐汽车言之,货车不计),平均六个人即有一架车。故美国人无论男女,几无人不晓驶车者。而积彩轩利阔车厂所制出之汽车,价最廉而销路最广,其价大约由五百五十元起,至八百三十元。最近十二年内,所制出者,年年式样不同,尤特别令人注意,故其厂之发达亦最速。予抵积彩后,留意调查之,其旧厂原在积彩埠内,新厂则迁往刁搬(Dearborn),已二十年。其建筑新厂之工程,殆费七八百万元也。予游其厂,有一千一百益架之地,楼宇所占地,则七十万方尺,厂内车轨之长有九十二里焉。其制车分部工作,一部分工作完,则输送到第二部分,其输运机道,亦有二十五里焉。以完此二十五里输运道之后,全车之制造即成矣。复将全车运到厂内之码头,其厂内与河流通连,掘阔河流以容纳输运之大船,其码头之长,亦有一里半,其工程之伟大可知也。每日用铁一千二百吨,其熔铁炉有十座,每座能熔铁四百吨。其车身所用之钢铁类原料凡三十六种,车内机件所用之钢铁类原料亦十六种。故其专制钢片之工厂亦两间,每间深一千二百尺,阔三百尺。其熔铁工厂所占地三十益架,压模工厂所占地亦三十益架。其他各厂可知矣。总厂之外,尚有支厂三十八间在美国,二十六间在各国。总支厂合计,工人约七万名。其自夸待工人最厚,工人最少之工金,每星期亦有三十元,每日只工作八小时。因加厚工金之故,每年多支三千万元。故论者谓轩利阔车厂之工人……其工金特别优厚,为他厂所不及也。厂内自办医院,有内外科医生共一百二十五人。至其所制出之车,优胜在何处,我非工程专家,难以言之。然其工师则自夸尺度权量最准,谓一寸之小,其一百万分之一,亦能量度之。故其机件极紧凑,不只无一黍半线之差已也。其新制之车,初出厂即能行五六十里,是其效验,他厂之车不能也。其厂中所用,一切皆备。其车中之玻璃皆自制,树胶件亦自制(惟胶轮则不自制),在南美自购二百五十万益架地以种树胶。其初制之车,由一九〇三年起,至今已有三十二年。在此二十年内,制出之车共有二千二百万架,平均每日制车三千余架,但现在则不能制此数,其总工厂每日亦只制七百余架而已。盖车厂多,销路已溢,不能再多制也。是亦机器太发达,生产过剩之明证。吾常谓物质太文明,盛极终衰,结果又必退化。此乃循环公例,但愚者不察,痴者不信耳。

《积彩新闻报》(*Detroit News*)

《积彩新闻报》之创办人,为占士·益文·士古笠士(James Edmund Scripps)。一八六七年八月廿三号出版,至一九一七年建筑新楼七层,横直有四百尺,为积彩全埠新闻报馆之最大者。其编辑部记者共有一百九十五人,专画图画之美术家有十五人,摄影师有二十二人,广告部有二百五十人。馆内自设藏书楼,藏书有二万八千册,藏新旧杂志有五千种,收罗各种图画极多,积存新旧报料有二百万种。一九二〇年自办播音台,在报馆内传播新闻。最近又自办有最新式之无线电影相机,能收摄全世界之相片,由欧洲至美国,十分钟即可摄妥。现有铸字机五十九架,卷筒印报机四十八架,最近拟添十二架,共八十架。每点钟能出报四万五千份,每日出报七十五万份,星期日则出九十万份。自备送报之车亦有九十八架。予在芝城参观《朱标报》之后,在积彩再参观《积彩新闻》,予益羡美国言论自由之邦,故能容许此等大报馆之生存,虽以总统之权力,不能以非法摇动报馆之一粒铅字,更无所谓军人之势力以压之。从前卢斯福总统曾以法律手续控告一报,结果胜利,只索赔偿名誉费数仙而已。美国报业之发达,夫岂无由耶?暴乱无法之中国,恶足以语此,吾只有惭愧而已。

积彩客中之国事谈

予抵积彩之日,国内发生有极矛盾之消息,即中日两使互递"亲善”之国书，而宋哲元免职之要求，日军亦于是日提出也。是日即为六月十四，有吉明在南京递国书，蒋作宾在东京递国书，所谓“中日亲善”，是日加倍浓厚。然愈浓厚而宋哲元愈不能不免职矣。中日初提互升大使，而日人即要求免于学忠之河北省府主席职，以试亲善之刀。今大使互递国书，日人又同日提出免宋哲元之察哈尔省府主席职，再试亲善之刀。予离积彩之前一日（六月十八日），宋哲元果免职矣。予与友人说笑话，谓日本人殆利用南京党府为猪，以泡制于学忠、宋哲元两条响尾蛇也。哀哉！

正谈话间，华侨某君又至，谓得读报载先生在芝城中华会馆演说，希望国民党人觉悟，先生岂非希望猪觉悟乎？在予则断定国民党政府无觉悟者也，国民党人亦无觉悟者也。希望之亦既数年矣。失沈阳不觉悟，失三省不觉悟，失热河、长城亦不觉悟。上海协定、塘沽协定且相继签字焉。抗日将领尽被斥逐，至今华北亦将断送，而国民党政府仍欲一手包办亡国，不肯取消党治，不肯与全国人合作，此种人安望其有觉悟之日？先生希望猪觉悟乎？予以某君之言乃正言，非戏言也。予谓猪与蛇之喻，予等说笑话而已。今子之所问，予常以正论奉答。

人生不能无希望，虽至绝望之时，其希望仍不断，此人之情也。但希望为一事，切实去做工夫又为一事。希望他人为一事，希望自己又为一事。同时希望人，同时亦希望自己，同时自己又切实去做工夫，夫是之谓人生意义，亦是救国意义。予前日在芝城中华会馆之演说，是包括此数层意义。予之目的在希望全国人民觉悟，同时亦希望国民党人觉悟，同时即希望国人自己去做切实工夫，我自己亦去做切实工夫，并非单希望国民党人觉悟而已也。予演说之原文具在，尚可覆按，其意义盖无遗漏焉。国民党人觉悟与否，无从证之，证之于其切实工夫。如国民党人能合全党之力，实行取消其祸国之党治，与亡国之训政，实行开国民会议，集中全国人才，合力抗日，是之谓觉悟。否则空言抗日，虽终日终夜，废寝忘餐以骂倭奴，亦无丝毫之益，徒促亡而已。国民党人至今无觉悟，予早知之。然予之希望仍不断。此予之仁心，欲拯救国民党人之生命，不忍令其如音亚公司之猪，受黑鬼之一刀，送入雪房也。国民党人不觉悟，予无如之何，然予是同时希望国人觉悟者。国民党在全国人中，仅得二十万，全国四万五千万人，国民党人仅一千二百五十份中之一份耳，其数甚少，在理在势，均不能把持全国，包办亡国。其所以能把持能包办者，国人放任之故也。若使全国人中有一二百万人能觉悟，国民党政府断不敢荒唐如是。若使全国人中有一二千万人能觉悟，则立刻可以铲除国民党政府，不许其以死狗而卧于日本人木屐之下而训政。若使全国人中有一二万万人能觉悟，则立刻可以誓死抗日，不只华北之危局可以挽救，即东北四省亦有恢复之希望。日本人欲进取华北，至少死伤五十万日本兵然后能之。我敢决日本人虽愚妄，亦不敢冒此大险，自丧其精兵，自伤其元气，以造成欧美各国图谋日本之机会也。然全国人至今多数仍不觉悟，予亦无如之何。予只尽我自己一人之力，做我自己之切实工夫。予自早起以至睡觉，予无时无刻不苦口婆心以唤醒国人，唤醒国民党。若使人人如我，不屑受国民党之训，不屑拥护包办亡国之国民党政府，日日讲，日日做，以打倒一党专政组织国防政府为事，则此三年中早已做成，在蔡廷锴上海血战时早已做成。无如全国人只知空口讲抗日，绝无办法，绝无计划，捐款以助十九路军时，且有汇交卖国之国民党政府转交者。今卖国成绩显著如此，所谓华侨领袖，尚未有一人敢发一电切责卖国政府者。有之，亦是无关痛痒之电，"愿为后盾"等废话而已。今国民党政府已实行卖国数年矣，尚为之后盾以卖国乎？我以为不发电则已，发电则当切切实实责之，并指示以办法，令其速弃党治，召集国民会议，组织国防政府，否则人民断不承认此卖国政府，誓必倒之。若能如此发电，埠埠如是，全国如是，国民党政府敢违犯民意乎？敢尽杀四万四千九百八十万人民，只留存二十万国民党捧中国全国地图跪于日本天皇之前，九叩首以献乎？吾敢决国民党政府无此魄力也。予在芝城中华会馆之演说，谓希望全国人民觉悟，铲除国民党一党专政之党治。其用意在此。同时亦希望国民党人觉悟，自动取消党治。其用意亦在此。其目的皆在切实之工夫，不是泛泛之希望，无聊之虚语。今华北危急，能救与否全在于是，然谁敢实行者乎？谁敢如我之自觉而觉人，不避嫌怨，随时随地以此为事者乎？予不敢自夸，亦不敢自馁。予之责任如是。予断不诿其责于人。予以为中国若亡，乃予不尽责之咎。望人人亦如此立心，如此尽责，即是解救华北危亡之一条大路，即是希望国民党政府与国民党人觉悟之绝好办法，亦即是抗日救国之切实工夫。希望与做工夫，同时实行。做工夫，即所以达其希望。希望，故愈要做切实工夫。若误会予言，以为徒希望国民党觉悟而已，自己则卸责焉，此不善听吾言之过也。

某君闻吾言，憬然觉悟，誓愿负责而去。予因记之。望华侨中人人能如某君，华北之能挽救与否，其责任在侨众矣。望勿卸也。

由积彩到先丝那打(Cincinnati)

六月十九日离积彩，赴先丝那打。八点起车，由二十五号路而行，十点抵门罗，改二十四号路，十点半再入奥埃奥省境，经吐厘度，又转回二十五号路。前由芝城来积彩时，经吐厘度，由西而东，今再经此埠，则由北而南。是日所过小埠甚多，至下午三点三刻抵地顿，已离积彩二百一十余里。此埠有二十五万人，世界著名之制银柜工厂即在此。此埠华侨前有六七十人，现在仅十余人耳。五点半抵先丝那打。是日共行二百五十六里。奥埃奥省之大埠，以企李付仑为最大，吐厘度次之，先丝那打又次之。先丝那打为最老之埠，其名亦是燕甸名，盖燕甸人之巢窟也。一七八八年以后，始有白人到此。初到时，仍结庐如城以居。聚而不敢离，防燕甸人之袭攻也，其后始渐迫退燕甸。今此埠仍多老屋。南北战时，黑人亦多逃来此埠，故此埠黑人不少，兼有体面者。埠之地势多高坡。全埠有四十五万人，工厂极多，亦工业之埠也。华侨则仅得五六十人而已。

在先丝那打之三天

二十日，由先丝那打过桥(即过奥埃奥河)，到恳得忌省之嘉荣顿(Covington)埠。嘉荣顿为一富人之名，开辟此埠时，用款最多，故用其名以纪念之。当南北战争之际，恳得忌省属南方，最反对中央，奥埃奥省则拥护中央最力，两省对奥埃奥河而阵，水陆皆有战争，盖旧战场也，而今则成为繁盛之商场矣。奥埃奥河在十五年前曾暴涨，恳德忌省与先丝那打皆受其灾。先丝那打与嘉荣顿皆多旧楼，为南北战前遗物。美国人常自夸恳得忌省出美人与良马，今吾踏其省境，有良马与否，我非伯乐，固无从识之，但美人亦殊不见得。嘉荣顿尤为著名美人之埠，其妇女皆平平耳。予游嘉荣顿数时，复回先丝那打，过河时有所感，成诗一章：

驱车直抵嘉荣顿，此地当年大战场。
炮垒两方平作市，铁桥几度过敲囊。①
良材特产夸名马，彼美谁思遇孟姜。
独喜河流奥埃奥，色非中土尚能黄。②

回先丝那打后，游美前总统他辅旧宅。他辅以律师出身，任斐猎滨总督，又曾任陆军总长，而至总统，复为大理院长，一生多历要职。其庸庸多福，与中国之周自齐同。年七十，卒于大理院长任。当其任总统时，为一九〇九年，曾有一像，是年在白宫所画者，肥至三百磅，今尚悬于宅中。其夫人尚生存，年已八十余矣。有一子，亦当律师。他辅无才，而积财甚丰。宅中藏中国瓷不少，大小将有一百余件，然多清瓷，无甚特色。予游其宅毕，有所感，成诗一章：

幸运人生不易逢，盖棺以后有时穷。
于今公论评他辅，岂算遗资入白宫。
百件清瓷供指摘，七旬人寿过平庸。
兼官尚让周公使，留誉何如两袖风。

廿一日同陈鹤鸣谒其仲兄凤初之墓。凤初为宪政党同志，曾任伽蓝拔士宪政会会长。两年前，不幸卒于先丝那打。予与凤初别十五年矣，不意今日万里远游，吊其孤坟，因感成一章：

十五年前一别后，不期万里吊孤坟。
人生六十年犹短，球运东西地岂分。
有弟情深曾哭恸，问君灵在可声闻。
苍松直上凌霄汉，独抚徘徊对夕曛。

廿二日由先丝那打到坎问顿（Hamilton）。此埠有五万人，离先丝

---

① 句下注：每过桥一次收桥费五毫。

② 句下注：奥埃奥河水色黄，极似黄河。

那打约二十里，风景甚佳。坎问顿为美国开国时之有名理财家，曾当第一任财政总长，与华盛顿极相得。议宪法时，与啫化臣主张不同，坎问顿主张中央集权，啫化臣主张地方分权，其后美国共和民主两党之分野，亦以坎问顿、啫化臣为大辂椎轮也。此埠以坎问顿为名，有所感触，故顺及之。

予在芝城，在积彩，所见宪政党同志，尚均勇锐。予均有演说，因事忙，未记其词。在先丝那打则略记之，约分为三点。一，万里远来谋生，于为身为家之余暇，应拨其精神十分之一以为国事。现在国事之败坏，其最大原因，是由人民放弃责任所至，尤为吾党放弃责任所至。卖国之罪恶，固在国民党，然纵容国民党成此罪恶，就是大多数民众，吾党更当自责焉。假令大多数民众与吾党人能拨出些少时间，合力以为国家，则国民党政府断不敢如此作恶。二，不良之大环境中，可以障害良好之小环境，譬如污秽园中，辟一清净之室，坐者亦不安。人民在恶劣之国家中，精神上断不得安适，故舍弃国事不理，而但顾一家一身，结果是绝对不可能。近来中国人民之痛苦，在外之受人排挤，其明例可见。三，抗日救国之实力，在人民身上，不在党国军队。只要人人认定此题目，不以其责诿之于自己以外之众人，不以其责诿之于政府，人人如是，合之就成为民众之大力量。假令自己诿卸，而望之他人，责之他人，望之政府，责之政府，人人如是，就成相消。姑无论政府卖国，就算政府良好，其力量亦无从发生。故纵成恶政府之罪恶，是人民。造成良政府之功绩，亦是人民。今人民竟放弃焉，安得不为日本所欺侮？安得不为卖国之国民党所包办？以上三点，是我在先丝那打对宪政党人演说之大略。第三点与第一点似相同，实不相同。第一点是说拨出时间，就通常国事言之。第三点是说负起责任，就抗日一事言之。此三点虽肤浅，然救国真理，康庄大道，不能外此也。

由先丝那打至伽蓝拔士(Columbus)

六月廿三号(星期日)上午十时，由先丝那打起车，经二十五号路，转四十二号路，向东北行，十二点四十分，抵伦敦埠，转四十号路，一点十五分抵伽蓝拔士。此埠粤侨以加榄罢市名之，西文原为 Columbus，旧译哥伦布，即寻获新大陆之人也。该埠以此为名，或即纪念哥伦布之意，而粤侨以加榄罢市名之，意义无可取，用字亦不佳。若不照原译之哥伦布，则易其字为伽蓝拔士，尚较雅也。由先丝那打至伽蓝拔士，一百一十里。此地即奥埃奥省之省会，省公署在焉，奥埃奥大学亦在焉。全埠有二十九万人，其埠太旧，楼宇多旧式，火车站尤旧，墙壁如涂乌烟，殊不雅观，市面亦淡，铺户多空。华侨在该埠者，从前有五六百人，现在仅余二百人而已，餐馆约有十间，衣馆约四五十间，商店几无之。

奥埃奥省公署与奥埃奥大学

六月廿四，游奥埃奥之省公署。此署图式，与予所经各省之省公署图式不同，作四方形，不作十字形，其顶亦作四方形，不作圆穹形，但外虽方而内仍圆也。此署地方甚少，仅得一层楼，省议会在其内（各省公署，亦皆设省议会在内），故省署办公人员之地方，不敷分布，近年另建一高楼，在附近地方，以供省署办公人员之用。此署形式甚旧，盖建于一八三八年，至今已九十八年矣。当时用犯人做工成之，建筑费仅一百五十万元。此区区工程，似经二十年而后成也。全署阔一百八十四尺，深三百九十四尺，顶高一百五十尺。其大堂之地面，砌有摩色石，中间十三格，表示十三州。外圜以圆线一条，表示联合十三州。再圜以圆线一条，表示得西方各省。再圜以圆线一条，表示得南方各省。再圜以圆线一条，表示得其他各省。四重圆线之外，复缘以三十二角，表示三十二省。若此意义为征实，则砌此地面时，已为一八五八年矣。故予疑其建筑工程经二十年而后成也。美国有三十二省时候，已为一八五八年。其大堂之四围，陈列旗帜极多，几变为旗帜室。因该省人民向来肯尽当兵义务，于政治运动亦有兴趣，故当南北之战，与历年之征服燕甸人，及各种战事，皆有特别关系，所用旗帜独多，皆有历史者，陈列之以纪念也。奥埃奥省在一百四十年前，原为燕甸人所有地，一七九五年，美国始取之于燕甸人之手。当时华盛顿与燕甸酋长所签之约，仍在奥埃奥大学之博物院中。奥埃奥之改省，则为一八〇三年，当时省署在赊利架啡（Chilli Cothe），至一八三八年始迁于伽蓝拔士（据此，则迁署之年，省署当已建好而后迁来，上疑二十年工程之说，恐不确，或者二十年后再砌此地面也）。今署内尚陈列当年改省之旗为十七星，盖奥埃奥改省时，适为第十七省也。其省议会内，悬挂历年省议员之像。予寻绎之，亦极有趣味焉。每届议员均有百余人，然在二三十年前者，其议员之像十之八九皆有须，无须者甚少，且绝无女议员。其后递年而降，则有须者渐少，而无须者渐多，至最近十年间，女议员亦渐多，有多至七八人者。可知美国之风气，在二三十年前，尚推重老成，最近则女权始盛也。

游省公署毕，复游其省立大学，该大学成立于一八七〇年，学生现有一万人以上，教职员有一千〇二十六人，以农科为最著，奥埃奥亦美国农产省份也。中国学生现在该大学者有十余人，有林京者，党国政府主席林森之继子也。予闻其最近有一韵事，与该处之十五仙店卖货女子布朗，发生极浓挚之恋爱，或将结婚。事因林京曾在该店购物，遗下银包，布朗拾还之，林到店致谢，凡十余次，谓布朗有高尚人格，不应在十五仙店中，欲位置之于高尚之地云。夫南京党府之地，诚高尚矣。党国太子万里远游求学，原来为访高尚女子，置之于高尚之地，岂非韵事欤？林京在奥埃奥大学，习外交法律，其外交手段诚称能也。该大学最著名之校长为谭臣（Thompson），由一八九九年起长校，至一九二五年止，凡二十七年。其遗像屹立于大学之门前，望之令人起敬。予等立其像前摄一影。时适各学生下堂，男男女女，老老少少，黑黑白白，种种式式，由各课堂挟书而出，或整或散，各有可观。予游恳士省立农科大学诗，有“士女趋堂各挟书”之句，今又一景象矣。该大学内附设博物院，所陈列之物，多关于该省历史者。有最令人注意者，欧战时之碰头枪弹两枚，成十字形相粘结，盖一弹子来，一弹子去，互相碰撞，粘结而不能离也。予说笑话，谓之“佳偶兵戎”，真有趣矣。电学发明家安狄臣，即为该省之著名人物，生于该省之米伦村，与麦坚尼同乡，该院亦陈设其遗像焉。该院所陈设之物，有最特色者，各种矿石是也。有极坚硬者，有极通透者，有极松秀者，其色水或黄，或黑，或绿，或白，或红，浓淡各别，兼以间色，缤纷成彩，悦目娱神，有木化石多种尤可爱。予见博物院所陈矿石多矣，予最爱此（闻哈华大学所收罗矿石亦佳），其收罗真宏富，予非矿学专家，不能加以说明，只赏玩而已。该大学之楼宇，皆逐渐扩充，故式样不同，而参差有致。其名誉虽不如四大金刚之震人耳目，但其朴实，成绩亦甚佳。

纽厄（Newark）离伽蓝拔士三十四里，有四万人，是日下午往游之。归途，经固琏庙（Gran Villie），有教会大学在焉，有小小之天文台，予等顺参观之。时已暑假，校内无人，而杂花盛开，映带夕阳之下，亦殊幽雅，可留足也。

由伽蓝拔士至企李付伦（Cleveland）

廿五早十点，由伽蓝拔士起车，行二十三号路，沿途有教会大学多间。回念我中国孔教大学，除陈焕章博士所办一间外，无有也。海外孔教中小学，除三藩市华侨所办一间外，亦无有也。孔教安得不沉沦耶？十点四十，到爹礼华，转回四十二号路，十一点十分抵哈云顿（Harrington），十一点五十分抵棉士坏（Mansfield），此埠有三万人，予等在此午餐焉。十二点三刻再行，一点十分抵希士顿（Ashland），两点四十分入企李付伦境。是日共行一百五十一里。

企李付伦为奥埃奥省最繁盛之市，人口一百万，钢铁厂极多，其他工厂亦不少，盖工厂埠也。华侨有五六百人，衣馆约二百间，餐馆约四十间，商店十余间。华埠楼宇，多为安良工商会物业，街道宽阔。是日天气尚凉，寒暑表七十八度而已。

企城之东北，有煤油大王洛基花罅之公园，盖洛基花罅在此埠起家，送地市政府建筑也。公园殊简陋，无甚可观。由公园绕出湖边，本为极幽雅之地，可惜为工厂所占据，抹煞风景矣。美国本有五湖：最大者为湿飘利亚湖（Superior），译义即最大最佳之湖也，面积三万一千八百三十方里；其次为晓伦湖（Huron），面积二万三千〇一十方里；又其次则美士近湖（Michigan），燕甸人语，大之意也，或译为墨西哥湖者误，面积二万二千四百方里；又其次为晏利湖（Erie），面积九千九百四十方里；又其次为安条利贺湖（Ontario），面积七千五百四十方里。五湖相通连。而芝加哥则占有美士近湖之风景,积彩标埃仑之水,则与晏利湖、晓伦湖通焉,企城则占有晏利湖部分最多。若善为布置之,可称名胜地。可惜其为工厂占据焉。真辜负此好湖光矣!

企城之车站,为近年新建筑,费一千万元以上,经十三年之工程而后成,凡五十二层,高七百〇八尺。游客则仅能到四十二层而止,高五百四十尺。予登之,一望平阳,与芝城同。全埠东西约四十里,南北约二十里。晏利湖则在其西北。全埠烟筒虽多,而树木足以抵敌之,胜于芝城但见烟筒,不见树木也。予始到芝城,怪其树木少,以为是烟筒之火气碍之,树木不能生长也。今观企城则不然,烟筒虽多,无碍于树木。芝城人事不尽耳。予益叹芝城市政之腐败也。在车亭之四十二层楼上,有一八五三年之企城地图,其时仅见烟筒五枝。是日成诗一章:

一望平阳罕见山,近湖时有水湾环。
可怜西子游观地,竟作工人制造间。
风景全无成黑暗,文明如此亦摧残。
慰情尚有浓阴树,略比芝城晋一班。

渥郡胶轮厂

企城附近之渥郡(Akron),有著名之胶轮厂焉。廿六日往游之,由企城行三十余里,抵渥郡。此埠有四五万人,近三二十年始进步也。胶轮厂名括烈治(Goodrich Rubber Co.),成立于一八七〇年。该创办人(即括烈治)素注意于煤油矿,后得欠债人以一树胶厂还债。该树胶厂在纽约哈慎河边之希士廷埠。该创办人得此厂后,遂搬移到渥郡,逐渐扩充之。至一八七四年,始改今名。现该厂占地有一百六十五益架,共建楼宇一百一十六座,每座最少者亦有六层。现有工人一万五千人,日夜开工,分三班,每班工作八小时。能制树胶用具二百种以外。其始多制小用具,至近三十年内,汽车盛行,则以制胶轮著名,盖各大汽车工厂,多购用其胶轮也。其制造胶轮之工人,每件计工值,不是每日计工值。是日企城天气凉,而渥郡则热,入胶轮厂尤热,视其寒暑表，乃一百一十五度也。盖非到此热度，不能熔胶。吾站立一时半，已汗流浃背。予为工人叫苦矣。因成诗一章：

观渥郡胶轮厂

烈日农耕未算劳，清风空旷足高歌。
最怜伏暑炎天候，又近洪炉热气锅。
百度熔胶犹欠力，千金续命未能和。
郊游欲语乘风客，应念艰辛铸转磨。

在企城拒日会之演说

六月廿七日星期四晚，企城拒日后援会与企城致公堂请我演说。我在圣路易、芝加哥、积彩、先丝那打、伽蓝拔士等处，演说凡十余次之多。当时未有记稿，故不能尽行回忆。然予之演说，固各有主要之点，不是普通演词也。在圣路易所讲，指出国民党训政之误，注重在唤起宪政党党员负责任，训训政者。在芝城所讲，指出国民党勇于对内、怯于对外之事实，归结于唤起全国觉悟以对外。在积彩所讲，接着觉悟两字，痛透发挥，警醒全侨。今在企城所讲，则注重国为公有之义，揭破国民党之偏私与虚伪，打开心肝说真实话，无用客气，亦无所隐也。兹将演词大略，附载如下。

抵企城两日，各侨胞相见时，皆问救国有何方法。现在国势危急，人人皆知。治国如治病，必先知其病源，察其前方之误，然后下对症之药，方奏奇功。宪子非良医，而国病已危殆，不敢自夸有良药能救。但庸医误药，则素知之。知其误而改正之，良方或即在此。宪子以为救国之道，不外真诚与公平。然现在"以党治国"之国民党政府则适与相反，彼自谓"训政"，实则全以虚伪训，全以偏私训，积八九年来虚伪与偏私之罪恶，累到东北失陷，国家危亡。此等庸医非立刻滚蛋不可。宪子立言根据事实，不是好攻国民党，诸君请勿误会。今以事实证之。国民党当十五年在广东出师时候，其所发宣言，皆谓兵力所到，即开放民权。彼力诋北洋军阀以军权压抑民权，彼则反北洋派之道而救国救民也。不料国民党既得政权之后，其以军权压抑民权，甚于北洋派万倍。其前日出师之宣言,全是虚伪欺骗。此事实可证明者一。国民党人所喊口号,为“废除不平等条约”,但国民党政府则专门签订不平等条约。举其最近者言之,既签订《上海停战协定》,以卖上海,签订《塘沽协定》,以卖华北。其罪状比于袁世凯时代之“廿一条”,加重一万倍。不只不能“废除不平等条约”,且加重许多亡国条约。此事实可证明者二。国民党人又喊“打倒帝国主义”之口号,但现在则向帝国主义叩头,既叩头于济南惨案时,又叩头送东北,今又叩头送华北。而蒋中正之走狗尚不知罪状,到处说中国积弱,不能与日本战。既然如此,何必高喊“打倒帝国主义”,小小日本尚不敢与战,偌大之帝国主义更何能打倒?专喊口号之走狗,亦回思前言,惭愧否乎?其为虚伪欺骗,事实可证明者三。以上不过举其大者。若遍举之,尚有数十条。一言蔽之,国民党政府与国民党人无一事、无一言有真实者也。彼以二十万党员,居然敢训政,专制全国四万万人,其不公平,莫大于是。今四省已失,全国人人皆有愤心,欲出力救国,而国民党政府不许。恃其兵力,禁制讲抗日。凡抗日将领,皆被斥逐,甚或杀害。凡抗日机关,皆被封禁。凡抗日言论,皆不许发表。名为二十万党员专政,实则三几只领袖包办卖国,专利卖国,不准人民干预。其不公平,孰大于是?质言之,国民党人视中国为其一党所私有,故不肯开放政权,与人民合力拒日。蒋中正则视国民党为其一人所私有,故亦不肯开放政权,与国民党全党合作。故党内四分五裂,胡汉民得用,则汪精卫被逐,汪精卫得用,则胡汉民被逐。胡、汪皆为将之奴才,而蒋则为日本奴才,国民党人则跟随蒋、胡、汪而做日本之九等奴才,可怜全国四万万人亦将被逼而跟随国民党之后而做日本之九等奴才。诸君愿意与否,我不得知。在我则无论如何压逼,我亦不肯做。故我要攻击国民党专政祸国,要国民党放弃党治,与我全体人民合力抗日。要改造国民党政府,组织国防政府,以为全国合力抗日之大前提,即是今日救国之良方。此是我之真心说实话,反国民党虚伪欺骗之道而行。要以中国主权还之中国全体四万万人,不准二十万党人据为私有。此是我之公平办法,反乎国民党以国为党有之私意。若果人人如我,则中国立刻有救。若果人人不以我之言为然,反愿意做国民党奴才,且跟随国民党奴才而做日本九等又九等之奴才,则中国永不能救。不只华北要失,即华南亦要亡。至于蒋中正之走狗劝说中国不能与日本战，此是良心丧尽之话。我以为中国若能全国决心与日本战，日本未必敢与中国战。日本眼光尚要防备欧美列强，不能牺牲极大之兵力与财力，与中国兵连祸结，以授欧美列强以间隙。我国人若看透此点，则何至过惧日本？但我非虚望敌人知难而退，我亦明知中国与日本战，中国之牺牲必比日本更大，但不能不战，所谓置之死地而后生。若畏葸叩头，则只有坐待亡国。日本今日图中国，是取易不取难。不战而得东北四省，彼又何惮而不生野心？国民党政府以为叩头可免祸，不知叩头愈招祸。此等蠢才庸才，居然敢训政，而全国亦听从之，无知识之奴才亦附会之。日本安得不拊掌而笑，得寸入尺哉？故今日救国之道无他，大家拿出一副良心，讲真实话，认定国家为大众所公有，然后有政治可言，然后有外交可言，然后有战守可言。若现在国民党政府一般混蛋窃据政权，国人亦醉生梦死听之，则预备着木屐而已。国民党人是贵族，或者着一对好木屐。然岂能见人哉？故我望国人与国民党人一齐觉悟也！

由企李付伦至坚顿(Canton)

廿八日上午十一时，由企城起车，行二十一号路，十二时半抵咩士伦(Massillon)，转三十号路，十二点五十分抵坚顿，距企城六十二里。全埠有二十三万人。美前总统麦坚尼坟场，即在此埠之西焉。予等之到坚顿，专为游麦坚尼坟场。麦坚尼为美国总统中之有魄力者，华盛顿、林肯之后，当推此人。其任总统，在南北战后，其时名虽统一，而局势散涣。继林肯之后，为总统者，如固连、喜士、加菲路之流，均以军人获选，无政治之才。喜士、加菲路均被刺，可证当时局面之不安。赞臣、企李付伦、夏利臣等继之，亦无大建白。其时共和党与民主党因金银本位之主张，争持更烈。麦坚尼能运用手腕，调和南北及党派，实行金本位制，以稳固金融，使散漫之美国，得趋于巩固，此麦坚尼之功。其对外用兵，又能战胜西班牙，收古巴、小吕宋。美国在世界上能立威名，亦自此始。予尝谓美国苟无麦坚尼，虽有华盛顿、啫化臣、林肯，美国亦未必有今日之强盛。读美国史者须知美国之强盛，在最近四五十年间，而麦坚尼时代，则实为之转折者也。返念中国，我又不胜感慨焉。麦坚尼之当选为第一任总统，在一八九六年，即清光绪二十二年丙申，康南海先生乙未公车上书之后一年，戊戌维新之前二年也。其复选第二任总统，在一九〇〇年，即清光绪二十六年庚子，戊戌政变之后，清顽固旧臣闹义和团之怪剧，八国联军入京之年也。假令戊戌维新而成功，无庚子之国难，则中国在此四十年间变法图强，国运亦当蒸蒸日上，何至有今日之衰弱，全国大乱，东三省、内外蒙古皆失，且及于华北哉？将中国近代史与美国近代史一为比较，其得失之机，瞭若观火矣。麦坚尼不幸当一九〇一年时，竟为无政府党人所刺，年五十有八，美国人皆痛惜之。此坟为人民公意建筑，捐款者过百万人。其夫人之棺亦在焉，两棺皆用黑石为之，露停于地面，无所谓葬，其二女则附葬于墙中。麦坚尼家乡，与坟场近，登坟而望，即见其家乡焉。坟前筑塘，两旁列树，风水颇佳。此坟场由一九〇五年二月六号开工，至一九〇七年九月十三号告成，费五十二万五千元。坟前建铜像，坟内刊其格言，予录之如下，盖名言也。

“Let Us Ever Remember That Our Interest Is In Concord Not Conflict And That Our Real Eminence Rests In The Victories Of Peace Not Those Of War.”

译其义即：“我们要记得，我们利益在于团结一致，不在于各分意见。我们光荣，在于以和平得胜利，不在于以战争得胜利。”

予并在坟前摄一影。

夫麦坚尼在南北战争时已当军役，做总统后，又为西班牙之战。然其良心之言，仍主张和平得胜利，则日事内战者可以醒矣。利益在一致，不在分歧，则争权夺利者可以醒矣。予谒林肯坟时，知其用款仅三十五万五千元……

由坚顿至必珠卜(Pittsburgh)

在坚顿游麦坚尼坟毕，两点五十分再行，四点二十分抵依士笠拔部(East Liverpool)。过奥埃奥河，入西胡展亚省境。行四里，入编士温也(Pennsylvania)省境。编士温也者,译义即编之森林也,编即维廉·编(William Penn),英国人,温也(Ylvania),即森林之义,当日英皇以此地赐维廉·编。此地多森林,后将此地改省,名为编之森林以纪念之。五点半抵必珠卜,由企城至此,本一百三十里,因取道坚顿,多行二十三里,是日车行共一百五十七里。点钟至必珠卜又较快一点,已为六点半也。计自罗省至此,钟点凡改早四次。一,在亚罅笋拿省之力士问,改早一点。二,在恳士省之达治瑟地,又改早一点。三,在依李奈士省之查里驿,又改早一点。四,在编士温也省之必珠卜,又改早一点。故美东与美西,共差时间凡四点,譬如美西正午十二时,美东则下午四时也。此时必珠卜六点半,三藩市则两点半也。

廿九日访必珠卜大铁厂之总理。此铁厂为钢铁大王卡匿技所办,即夭乃士的铁厂也。本拟一游其厂,适值停工。据该总理云,本厂自二十八号起,停工二十天,至七月八号始开工。因为近年工商冷淡,定货者日少。当此七月时候,天气炎热,独立节近,乘此多放假几天,以便工人休息,公司亦藉此从容理数也。现在生意大不如前,仅及从前十分之三耳。

必珠卜为工厂埠,烟蔽天日,如大雾焉,隔十丈恒不见,因其地势在四面山中,烟为山所阻,四面不通风,故烟气常困聚于埠内,加倍难散也。美国工厂之埠,不只必珠卜,如芝加哥、企李付伦,工厂皆不少,然皆以近湖之故,赖有湖风疏散之,故烟筒多不为害。必珠卜则无湖,加以有山困之,宜其终日烟雾腾腾,予以为必珠卜非人住地也。予登学院三十六层楼上望之,全埠只见烟,不见楼宇,幸其树木仍多。益证芝城市政之不修也。是日得诗两章如下:

必珠卜市中

群山阻碍气通行,釜底薪多火郁横。
遂使碧城烟里住,几疑黑狱地中生。
相逢白女如吞炭,曾上高楼亦闭睛。
到底为谁工业盛,不闻绿野护春耕。

必珠卜道逢黑白两少女

分明黑白不分明,接语喁喁细有声。

可惜断桥湖地异，未容许子野心生。

东方风俗征醇厚，种界文章罕辩争。

亦是归功林肯处，大同师说试初行。

必珠卜人口有六十余万，华侨从前有八九百人，现在当无此数。予在必珠卜时候太匆促，未曾接见一华人，故不知其的确，以各埠情形例推之，或仅余三四百人而已，盖近年各埠华侨人数皆减少也。

必珠卜学府

必珠卜学府，为必珠卜大学近年之新建筑。必珠卜大学则创办于一七八二年，后由钢铁大王卡匿技捐款五千万以扩充之，近三十年名遂大著。学科以工程为最完备。学生共有一万四千人，教员亦有一千八百人，惟夏季学生则减少，仅得三四千人。现全校地段共有六十七益架，其地价共值三十万元。学府则创建于十年前，由一九二六年九月开工，其建筑费则由富人捐助，认捐者分年交款。然因近年工商业之凋弊，认捐者多不能照交，工程因此停顿。闻其原定工程计划，全学府地段占十四益架，学府楼宇之深三百尺，阔二百四十尺，打六十尺深地基，建五百三十五尺高楼，分四十层，最高层之尖项，横直四十八尺。学府内有大藏书楼一座，大礼堂一座，讲堂十三间，课室九十一间，化学试验室六十二间，各国纪念室十七间。拟教授各国文化，已定者十四国，有中国而无日本。教师定七十八人。若建筑成功，极堂皇宏伟也。可惜现在停工，外壳虽似完成，内局全未修饰也。

予游必珠卜学院，有一事最感触者，则国民党政府之失信也。当必珠卜学府拟建各国纪念室时，各国皆有认款帮助，驻美使者伍朝枢代表南京政府认捐美金一万元，此款当然由南京外交部负责汇交，毫无疑义。不料其永不肯交，经中国纪念室委员会屡次催促，置若罔闻，委员会不得已乃向华侨募捐，仅得三千余元。于是委员会之通告在学府出现矣。该通告谓“政府五年前允助一万金，建设中国纪念室，但迄今分毫未到，而学府又不日告成，进行乏力，辄欲中止。但国体攸关，不敢卸责，向中华公所陈述求援。……华侨捐三千〇数十元”等语。

此通告贴在学府十三层楼陈列室内，下署“中国纪念室委员会公启，廿三年二月”。外人见之，可谓辱国甚矣。夫国民党政府于最无谓之款则浪用，……不惜糜费巨款以为之，独于国体攸关，又输进中国文化于外国者，则绝不注意。区区之款且失信焉，至华侨捐助三千余元之时，亦不肯汇六千余元以补足之，宁愿其贴通告出丑。此等政府尚望其能于政治上改良进步，为国家争体面耶？无怪其失华侨之心，袒护之者只剩几只食党饭之党员而已。

张北协定消息

在必珠卜旅店，寒暑表八十四度，热气罩面。检阅近数日间报纸，知党府主席林森已于六月十八号离开南京，赴庐山避暑，其凉快当胜于予等今日之在必珠卜也。然而党国多事，日本对中国之亲善热度，日日加增。《张北协定》又继《塘沽协定》而签字矣。当河北事件解决之后，河北省府奉日本之命而迁保定，保定各军尽行调防。六月十五日，于学忠驻保定之五十一军已开始移向陕西，将河北保定让予日本，原驻保定之蒋军黄杰第二师亦奉命调回徐州，十七军亦一律离保定，三十二军之骑兵亦调去，保定只留特务警察保护治安。党政府对日让步至此，以表示亲善，以为从此可免事矣。故监印主席林森亦可以安安乐乐赴庐山避暑。不料《张北协定》又再加亲善也。据报载，《张北协定》之条件完全由日本提出，完全经党府接纳，其条件内容：

（一）革宋哲元察哈尔省主席，及解其二十九军军长职。

（二）将一百卅二师调离察省。

（三）将一百卅二师参谋长及军法长尽法惩治。

（四）保证察省以后无反日行动。

（五）察省当局向日本道歉。

（六）以后不准调兵到多伦、沽源、独石口、赤城、怀来等处。

（七）解散察省所有反日机关。

（八）保证日人在察省游历自由。

（九）解散察省国民党党部。

以上九条，已于六月廿四日由党府完全答应，在张家口签字。日方则由关东军特务机关长土肥原签，及日本张家口武官高桥与松井签；党方则由代理察省主席秦德纯签，盖宋哲元已革职也。查此种条件之起因，不过为日军由热河边界进入察哈尔境，宋哲元军队之驻扎察境者，与之稍有龃龉，不能十分亲善。故此触日军之怒，誓必去宋。党府领袖蒋、汪之流则要做到万二分亲善，故不能不将就之，遂一切答应矣。《张北协定》签字之日，予等适在伽蓝拔士游奥埃奥大学之时。予在奥埃奥之博物院中，正观华盛顿与燕甸人所签之约，燕甸人让奥埃奥省之地也。诚不料此时我中国之党府亦居然做燕甸，签《张北协定》，将察哈尔变为奥埃奥焉。予今到必珠卜，始知其详，故不能不记之。呜呼！燕甸党府，竟至斯乎！

由必珠卜至吉地士卜(Gettysburg)

六月三十日(星期日)九时五十分，由必珠卜起车，仍行三十号路，出东必珠卜，过纪念佐治·科士顿考士(George Westinghouse)之长桥，此桥形势颇佳。佐治·科土顿考士者，即发明节制发动机之人，住东必珠卜，生平乐善好施，捐款办必珠卜事业不少。市民爱之，故建此长桥，以纪念也。是日所经之路，由高原而渐上高山。高原由二三百尺而至五六百尺，高山由一千二百尺而至二千九百尺，树木甚多，诚足符森林之义。十一时半，在高山一千六百尺之上，车忽停不行。夏士文君以为机器坏，颇惊惶，盖在半山中遇此，难觅修理也。下车察之，始知机器无恙，只因水少太热，致生变化耳。然半山觅水亦难，夏士文君乃行数里路觅之。往返费半小时以外，得冷水一大瓶，加入之，机器始再动。予因此深悟物理亦与人事同，世人太过热中，未必能进，反为害事，不如冷静一点，冷水一盘，足以警热中之辈也。十二点半车再行，过二千六百尺高山，一点半到山初瑟地，在此午餐。感赋一章：

前面高山密绿阴，三千尺上见森林。
当年不负英皇赐，此日几成蜀道吟。
热沸五中难进步，冷浇清水胜多金。

能知物理通人治，又感将军额汗涔。

午餐后，两点二十分钟再行，又登二千九百尺高山。此处境界极佳，俯瞰低山，如跪拜来朝。密树成行如列班，心神为之开旷。盖此种境界，与在卡罗罅度省时所过高山之境界殊异。卡罗罅度之山色苍老，绝无树木，形势蜿蜒如长城，下山趋高原，前面所见皆平。此处则高峰之下，仍列无数群山，状如向高峰叩头，其境界至奇异也。不可无诗纪之，遂成一章：

高山俯伏来朝我，绿树分行似列班。
虎视中州无此概，神临下界亦开颜。
长驱直下经毕活，[①]曲转通行像亚湾。
又是东方奇景胜，返观卡度已南蛮。

四点一刻到麦千路士阜，再过高山。下山后，即为南北战争时之大战场。此战场纵横二三十里，而以吉地士卜为中心，盖当时南军分数路进攻，着着胜利。吉地士卜距美京华盛顿仅七十里耳，吉地士卜在岌岌可危之中，若再不能支持，则南军直捣美京矣。故当时美京震动，议迁都。林肯排众议，加厚援兵，为吉地士卜之战，逐退南军，转危为安焉。五点三刻，抵吉地士卜。由必珠卜到此，共行一百七十八里。是晚宿于吉地士卜埠外之野店。是日寒暑表九十度，而野店空旷，清凉有风，房舍精洁，颇为安适。然地在郊外，又是旧战场，月黑天乌，景象令人生怖。予等在骑楼外乘凉，四野草虫，望灯火而来集，不得已熄之，则愈黑暗焉。萤火青燐，时过山下。犬吠单声，形迹可疑（粤俗谓犬吠双声为吠人，单声为吠鬼）。予等坐谈至夜深。予有所感，成诗一章：

荒郊树密人稀少，阔野天低月失明。
未灭英魂如叹气，犹惊吠犬放奇声。
长平自古曾坑卒，京观于今亦耀兵。
到底民权凭武力，当年血战染文明。

① 句下注：地名。

吉地士卜战场

美国南北之战，始于一八六一年。因总统林肯主张放黑奴，为南方诸省所反对。是年二月四号，南方诸省遂成立政府，九号，举出啫化臣·爹核士(Jefferson Davis)为临时总统，四月十二，战事即起焉。盖南方先向中央军队进攻也。战事即开之后，两年之间，南方多占胜利。南方将军罗拔·李(Gen. Robert E. Lee)战略见称于一时。南军由胡展亚进包美利仑与编士温也，战线延长数十里。吉地士卜之役，实为南北战事之大关键焉。七月一号，予等驱车游吉地士卜战场。此战场最重要之战役，为一八六三年七月一号至三号，是时南军已集合八万余人，专向吉地士卜进攻，中央军队亦有八万余人，赶到吉地士卜前线，其达到之月日，即为七月一日。与予今来凭吊之时间相同。予数千里漫游，无意于今日到此地，不料事之凑巧，竟有如此者，予读其牌文始知之。是役南军死伤二万余人，将军死十九人，中央军队之死伤亦称是，战马死五六千匹。结果，南军不支，遂败退焉，中央军从此役遂有转机。至一八六五年四月九号，李将军遂向固连投降。可知此场战争之关键，吉地士卜战场之重要也。经过此场战胜之后，是年十一月十九号，林肯亲到吉地士卜，开纪念阵亡将士会。林肯最有名之演说，至今为美国人家传户诵者，就是此日之演说词。至今吉地士卜立林肯之像，刻其演词以纪念之。此美国历史之重要事件与有价值之文章也。

林肯演说词中，最重要之语，乃“国为人民所造，为人民所理，为人民所享”。此数语不只警峭动人，兼之至诚感人。美国人所以敬服林肯者在此。故要言不在多。彼专作虚伪宣传，演讲集至数寸厚者，不能比其万一也。此数语亦非可貌袭也。……

吉地士卜现已成为公园矣。当日战事完结后，先由编士温也省购田地十七益架(当日之战地，多为田地，种粟米者也)，送与政府，请建立公园，以纪念战场。至一八九五年，则由中央政府决定扩大之，建立石像铜像以纪念战死者。二十年前复由国会议决，分年拨款三百五十万元以完成之。其建设公园之计划，横直占地各二十五里，植树木二百种，立纪念牌八百四十五座。骑马者七座，则纪念战死之大将。又建瞭望台五座，以便游客登高观览。大小旧炮则预备四百一十尊安置焉。当时战死兵士愿移葬于此者，有三千六百五十四人。此吉地士卜公园计划之大略也。但至今尚未完成。是日予等经两小时之久而凭吊之，在纪念碑前摄影多张，予成诗两章：

七十年前大战场，伏尸百里困山冈。
挥军易将机能变，转守为攻势莫强。
遂令放奴成一统，曾闻归马护中央。
我来凭吊英雄地，无限苍松带夕阳。

四年大战分南北，此地中央一难关。
敌近京师几惨败，功成大将不生还。
刚逢今日新秋朔，正复原防廿里间。
纪念牌前惭对读，神州破碎我投闲。

由吉地士卜至华盛顿(Washington D. C.)

予游吉地士卜战场毕，转十五号路，赴美京。由吉地士卜行约十余里，入美利仑省界，此地当日亦曾被南军占领。有埠名费城(Frederick)者，有美利仑省立聋人学校在焉。由此转二百四十号路，再行二十余里，即入哥伦比亚特别区(District of Columbia)，横直约有十里，本为美利仑省之一部，由一七九〇年始划出为特别区域，直隶于中央政府，盖预备建国都于此也。美国当一七七六年在费城独立之后，一七八八年议定宪法，始举总统。华盛顿就第一任总统，在纽约，为一七八九年。就第二任总统，则回费城，为一七九三年。盖此时华盛顿国都之建设尚未完备也。至约翰·亚丹(President John Adams)继华盛顿为总统，一八〇〇年华盛顿之白宫始告成，此时始由费城迁到华盛顿为国都，则已在独立后二十余年矣。

美京人口现有四十八万六千人，华侨则约有四五百人。予未到美京之前，脑中之美京，以为必极庄严清静。岂知目见不如意想。美京仍极喧嚣，且极污秽也。予等所住之旅店，在十层楼上，窗门一启，尘灰即乘间入焉。时当炎暑，寒暑表八十七度，又不能不启窗户也。街道亦殊不宽阔，惟近十余年间，在国会大街之前，开辟大道，拆去旧楼极多，建筑新楼，预备为各部院办公之用，盖由政府拨巨款经营之，已费一万万元以上矣。因美国人士时有迁京之议，谓华盛顿非全国之适中地方，今既费此一万万元之新建筑，迁京之议，可无形打销。此亦一种计划也。全京街道以此新辟者为最佳，将来当有可观焉。美京有湖，本为夏日纳凉之地，然不及北京之三海。湖边树木虽佳，亦不如北京之松柏。蚊虫又太多，湖边用铁屑煤渣堆路，尤坏，不能行也。予留美京两天，所曾游览者，分别纪之如下。

合众国联邦议会

七月二日，游美国国会。从前大理院与行政机关亦同在其中，其建筑与各省之省公署相同，惟比省公署气象宏伟。圆穹之顶高五百尺，予登四百级，尚未至绝顶，然俯瞰全京，瞭然在目。其西南两面，皆葡萄麦河（Potomac River）绕之。葡萄麦河在美国虽不算大河流，然经数省而入大西洋，其河流亦不算小。总统府与国会皆在京之南，距河甚近。东北两方弥望楼宇。全城树木甚多，有幽秀气，与芝城、必珠卜等处气象确不同。诚不愧为首都也。院内除办公之地不能游览外，其他可游览者甚多。上下两议院与旧大理院均可入内，其正中之大堂，有大油画八幅，极有意思，如哥伦布寻新大陆，英人在波士顿初登岸，十三州代表会议，拥华盛顿宣布独立，十三州军队与英兵战，战胜英兵，诸如此类，在历史上皆含有重大意味。又英人初来美，被燕甸人所擒，一燕甸女救之，后该英人与燕甸女回英国结婚。此则表示燕甸人可以感化，非尽野蛮也。大堂之侧，尚有数室专置石像铜像者，尤为有趣。盖在大堂中，已置华盛顿、喏化臣、林肯、固连、昃臣、坎问顿诸重要人铜像外，其旁室所置者，亦皆为有功国家之人，由各省送来者。有政治家，有军人，有科学发明家，有开密士失必河之工程师，有南北战时之南方军事领袖,如啫化臣、爹核士、罗拔李等均在焉。有战争时之看护妇焉,有手执十字架及教堂之宗教家焉,有沃哥虾麻省燕甸人焉,合一炉而冶之,总计有四五十像焉。予观此,益足证明美国之民主政治,确是务达民意,亦确是无有阶级。观此等铜像石像之陈列,可寻味也。予等出院门时,有一事最不快意者。遇一美国人突然问曰:日本如何?予等未及答,该美国人又来第二句,谓日本人要侵略全中国,中国人亦不抵抗乎?此等说话,真令予难堪。谓之诚心警告我中国人也可,谓之冷嘲熟讽也亦可。予今不幸遇此卖国之国民党政府,使予屡受外人嘲笑,予力不能改造政府,又何怨焉?当时予不能答,陈君则答之曰:"请你多看几年。"予谓陈君此亦无聊说话耳,有国民党之卖国政府在,多看几年,则多卖几省耳!又岂忍使人多看哉?

美京国会最初之建筑,在一七九三年,华盛顿亲到奠基。至一八〇〇年,先建成北院,即上议院也。至一八一一年,建成南院,即下议院也。至一八一四年八月廿四号,南北院均被英兵焚毁。盖其时美虽立国,与英再有战事,未安宁也。其后南北院均修复,中座亦完成,则为一八二七年。其时之工程,皆用木而外包铜。至一八五一年则改建南北院,一八五六年则改建中座,皆用铁筋士敏土及石焉。经十年工程,至一八六五年告成,以后更逐渐扩充,今占地共五十九益架。正门(东向)高二百八十七尺半,中座之圆顶,径九十七尺半。圆顶上之哥伦比亚像,成于一八六三年,高一十九尺半。其全院建筑费,计至一九二七年止,约用一千四百万元。一九二七年以后,再建新楼两座,为上下院议员办公室,共费八百九十万〇六千元。统计全院地价及建筑费共值三千七百五十万元。从前大理院工商部等皆在院内,现在则在外面建新楼,分署办公矣。

国立图书馆

美京国立图书馆,旧日附设于国务院内,至一八九七年始另建今馆,其建筑费六百万元,占地十四益架。予离国务院后,即到图书馆,访远东部主任恒慕义君。盖予等在罗生时,恒慕义君之兄恒模君曾与予等介绍书，请予等至美京时，一访其弟。于图书馆之内容，必有丰富材料也。惜予等到时，恒慕义君适往缅省，数日方能回，予等亦不能久候。予等游图书馆一周，察其内容，确称丰富。现世界上最大之图书馆，伦敦第一，柏林第二，此为第三矣。其藏书共有四百三十万册，关于法律者有三十万册，各国地图有二十万〇六千种，音乐谱亦过百万，影印及手写图画共五十万种，中国书籍则有十四万二千册，日本书籍有一万三千册。书籍所值，在一千万元以上。中国《四库全书》，亦有数本陈列焉，是否藏有全部，及从何来，予未见恒慕义君，不知其详。以予所知，徐世昌当总统时代，赠送《四库全书》全部与法国，若美国则未闻赠与也。中国《四库全书》，只有数部，均是手写，未曾印成，美国从何得之，予仍欲一研究之也。图书馆内，有美国一七八七年议定宪法原文，又有一七七七年十三州宣布独立原文，用黄纸写，极像中国君主时代谕旨之誊黄，吾不知留美学生见之，作何感想。彼等多好新，动诋毁黄为病色，又谓黄色染皇帝气。今十三州宣布独立之黄纸原文，其为病色乎？其为皇帝气乎？美京不少中国学生，惜予未能邀集之，诘问之也。

总　统　府

美国总统府，又称白宫，因其用白石筑成也。但原始之石色为灰色，不是白色，因经过一次火灾，石色变焉。改建时，仍用原墙，粉以白色，以掩火灾之痕，始名曰白宫，实为美总统办公之地兼住宅也。总统府为美京政府楼宇建筑之最早者，一七九二年十月十三号奠基，至一八〇〇年十一月告成。其式样则依照爱尔兰旧王宫而成者也。华盛顿未及居之，至第二任总统约翰·亚丹始居焉。一八一四年被英兵纵火焚烧，仅剩四壁，后修筑之。总统府所占地域殊不多，不如国会远甚，堂皇宏伟更不如，与寻常住宅无异，几不知其为总统府也。前门距街道不过四五十尺，街道亦仅阔四五十尺。楼宇极矮，园林亦狭。楼上有蓝厅，楼下有红绿厅，皆为会客之所，开放以供游览焉。正座为总统住眷，不开放，有卫士二人守之。偏院游人憧憧往来，真是平民主义矣。园内树木,均为历任总统所手植。其中有屋树一株,原为前总统卢斯福所手植者,其种子之展转传播则极有趣。其先在华盛顿坟前,有屋树一株。一千八百六十余年时,有俄国皇子来游美,取其种子而播种于莫斯科俄皇御园中。后三十年,有美国上院议员游俄京,又取其种子而归,以赠卢斯福。卢斯福则种之于白宫之园,于今又三十年矣。华盛顿坟前之屋树种子,可算出游俄国,生子而复归宗也。

两纪念碑

美京有两个纪念碑,最有价值者,一为华盛顿纪念碑,一为林肯纪念碑也。华盛顿纪念碑,建于一八四八年,至一八八五年始告成,经三十余年之工程矣。地基横直仅五十五尺,碑为四方形,高五百五十五尺五寸,碑顶横直三十五尺,碑内有升降机,又有螺旋梯,凡九百级。碑前为一长式公园,与国会后门正相对。现在政府之新楼宇,则建在公园之两旁也。林肯纪念碑,则在华盛顿纪念碑之后,亦正相对照,如纪念堂式焉,与华盛顿碑之仅为一枝华表露立天际者,气象不同。闻其建筑费三百万,由美政府拨款,一九二二年五月卅号始告成。纪念堂长二百〇一尺十寸,深一百三十二尺,高七十九尺十寸,墙基深入地中四十五尺,堂由地台至顶五十七尺。堂之四面,共排石柱三十八条,每条高四十四尺,径七尺。望之,气象极宏伟也。林肯石像则在堂之正中,石像之台高八尺,横长十九尺,深十尺。石像高十九尺,四壁则刻林肯格言。夫以华盛顿与林肯在美国之功业,宜有此纪念,然皆在其身没五十年后始为之。盖治定功成,人心思慕也。……

无名英雄墓

在林肯纪念碑之后,过丫灵顿桥。桥跨葡萄麦河,河西即胡展亚省境。约两里许,即为美国国家坟场,历年有功国家战士,葬于是焉。一九二八年则建有无名英雄纪念碑,盖以纪念欧战时战死之兵士,以其人多而名不胜录也,因谓之无名英雄。碑后有纪念堂,高数十级,建筑亦极宏伟。美总统之白宫不如也。七月二号予游之,摄其影焉。有所感,并成一诗:

胡展亚吊无名英雄墓

无名何必说英雄,到底英雄死亦庸。
百族军权难调度,几篇史传亦朦胧。
谁分腐骨辟杨子,人自偏心怒狙公。
若使蒲星问福煦,①无言与汝亦相同。

华盛顿旧宅

华盛顿旧宅,在胡展亚省。由美京过葡萄麦河,有极好之国家公路十四里。沿葡萄麦河而至窝嫩山(Mount Vernon),沿路风景极佳,华盛顿旧宅即在是焉。宅座西向东,对葡萄麦河。其地原为英国某公爵所有,在一六七四年时,赠于华盛顿之先人。至一七四三年,华盛顿之兄建屋于此,始名此为窝嫩山(窝嫩为英国海军大将名),后由华盛顿增建屋宇,至一七九九年华盛顿没后(华盛顿生于一七三二年二月廿二日,卒于一七九九年十二月十四日,寿六十七岁,伤寒两日而死),屋宇与地皆为亲属所有。至一八五六年其后人欲售之(华盛顿无子,后人当是其侄孙辈也),窝嫩山之妇女联合会则出价二十万,买而保存之,以纪念华盛顿。至今仍为妇女联合会料理,政府则有时拨款协助之也。

宅长九十余尺,深四十余尺,楼下六间,楼上亦六间。餐室二,客厅二,书室一,皆在楼下焉。楼上住房二,夫妇分居,二住其子女,二招待宾客。法将拉飞咽曾住其楼上之一房,今亦留为纪念焉(拉飞咽,Lafayette,即助美独立之法将,华盛顿之好友也)。华盛顿年四十余,始与一寡妇结婚。妇年亦四十,携来一女,华盛顿无亲生子女也。今

① 篇末注:附注,蒲星 Gen. John Pershing,为欧战时美国总帅,今年七十八,尚生。福煦为法国大将,联军总帅,前数年已死。

宅中陈列华盛顿生前所用之物，及友人所赠物，皆保存焉。正房之外，尚有余房多间，在楼之南方。北方亦有余房多间，如织布房之类。楼外园林颇阔，树木多为华盛顿手植。园地直达葡萄麦河之边，风水极佳。宜其自择坟场，亦在此也。

华盛顿生前，在其园内择定坟场两处。其一为先择者，已略为经营。其一为后择者，未曾经营。华盛顿临没时，即在此楼上之西边房中。遗嘱则葬后择之坟地，并嘱从简俭。然当时因后择之地未曾经营也，则葬于其先择者，且因是时战事未定，未能举行国葬。至一八三〇年始移葬于其后择之坟地，用国葬礼焉。然今谒其坟，亦极简陋，阔不过二十尺，深不过三十余尺，红砖结成，分为两座。前座置华盛顿夫妇两棺，仅能容纳，无余地焉。棺白石为之，露停于地面，亦非葬也。后座则葬其先人，其女亦附葬于内，有墙封之，不见棺，自外观之，盖寻常停棺庄耳。孰知其美国国父之墓耶？林肯坟场、麦坚尼坟场皆远过之万万。未必美国人薄待其国父，只因其遗嘱葬从简俭，故不愿违之。不然，则以美国人捐千数百万元，改葬其真国父，何难哉？然而美国人重真实，不为此铺张虚伪事。故予观于华盛顿坟墓，益恶国民党人之铺张其假国父，徒令人冷笑耳。

由美京至费路遮化(Philadelphia)

七月三日上午九时，由美京起车，行五十号路，十点一刻抵安拿亚拔律士(Annapolis)，此美国最大海军站所在地也，海军大学亦在是。其地距美京三十四里，美利仑所属。予往游其海军站与海军大学焉。海军学校之创始，在一百年前。至一八五六年海军大将卢士(Admiral Loce)任该校之第一任监督，始渐扩充。然旧式海军皆为帆船，一八一二年美国与英国在晏利湖之战，皆帆船也。一八七〇年后，始用汽油船。故当时之所谓海军，在今日观之殊幼稚。予游该校，见其陈列百数十年前之帆船样式，皆当时之所谓海军也。世界各国之知有美国海军，自麦坚尼时代对西班牙之一战始，时为一八九八年与一八九九年。然考其时之美国海军，战舰不过五艘，巡洋舰不过三十余艘，毁灭舰不过十余艘，皆十年间所造。自是以后，经过卢斯福之大倡海军，至一九〇三年美国会复通过其大扩张海军案，至今三十余年，美国海军遂突飞于世界。最近且有所谓七年计划，预算于一九四二年时，新旧海军实力，有十四艘主力舰，七十二艘巡洋舰，一百四十二艘毁灭舰，三十七艘潜水舰，十艘航空母舰，其预算款项则九百余兆美金元。诚可惊矣！予游其海军站与学校，不禁令我生无穷之感。我中国振兴海军，何尝不数十年。当甲午未战前，我国海军之实力，或比美国过之。盖美国当一八九三年，始有三战舰出水，其年适当前清光绪十九年癸巳，即在甲午之前一年也。然不幸我国之海军，毁于甲午中日之战，以后不能复兴。美国则从此日新月盛，由一八九三年之三艘，今计划将至三百艘焉。两相比较，我国海军岂堪说哉？同是四十余年间之岁月耳。言之惭愧矣！美国尚有海军将校学校，在律埃仑省之纽砵。凡由美利仑省之海军学校毕业者，可为海军下级军官，亦可再入律埃仑省之将校学校再行研究。盖律埃仑之将校学校，研究世界之最新战术。现任海军将校者，每数年之间，必当入校研究一年。此两校之课程皆极严。海军大学每年九月开学，至明年六月放假，开学后不能插班，与威士泮陆军大学同。学校之教员，均是海军将校，受政府之供给，甚优厚也。予游海军学校时，已放暑假，只剩初级生操练舢板而已。十一点半钟离校再行，由省立二号路至波地磨（Baltimore），时已十二点二十分。波地磨为美利仑省会，有八十万人，渔业极发达，为海鲜出产地。华侨仅五六百人耳。其地离海军校已二十六里。予在波地磨留两小时，两点二十分再行，三点十分改一号路，三点五十分过沙士披燕那河，有电力公司在焉。四点再入编士温也省界，五点一刻到费路遮化，华侨省称之为费城，离波地磨九十三里。由美京至此，行一百五十三里。是夕宿于费城。

美国独立纪念日在费城

七月四日，为美国独立纪念日，是日予适在费城。费城属编士温也省，原为燕甸之地。Philadelphia 之译义，即燕甸语，好兄弟之意也。

当一六八二年至一六八三年之间，维廉编与燕甸人立约，各守和平，故编士温也与燕甸人无斗争。其立约之地，在费城之北一小埠。维廉编住费城，燕甸人即以好兄弟名其地，表示和平之意也。美国独立，费城实为首义之区，今所存之独立厅，即当日会议之地。是日予往游之。独立厅之地址，原为一状师所有，横直四百余尺。该状师自绘图则，筑楼宇数座，预备售为公家办事机关。以中座为英官行政署，右座为议会，左座为地方行政署，一七三六年一部分建成，一七五六年全部分建成。独立厅即其中座也。一七七六年六月七号，十三州代表在此会议，提议独立者域寺轩利·李(Richard Henry Lee)、约翰·亚丹附之，代表多数赞成。六月十号再开会议，探勿士·啫化臣(Thomas Jefferson)主席，与列席代表约翰·亚丹、便治文·佛冷伦(Benjamin Franklin)等五人负责起草宣言。六月廿八交各州代表审定，七月二号通过，四号遂宣布独立焉。各州代表签字者五十六人。此宣言原文大意，攻击英廷奴视人民，箝制舆论，横征暴敛等十八种虐政(此宣言原文，从前曾译登《世界报》中)。英王闻之，大怒，即悬赏每人五百磅金，购缉此五十六人。予今游独立厅，其头座左边之室，尚陈列十三州代表签字时之台椅物件。自由钟则陈列于中座之后焉。自由钟者，原为英制，一七五二年在英伦制成。制成即裂，又将原料再制之。一七五三年运到费城悬挂。七月四号宣布独立后，八号鸣此钟以告众，此自由钟之所由名。美离英独立，此钟在二十年前已先裂而为之兆，亦奇事也。此钟至一八三五年又再裂，二十年后又有南北之争，更为奇事。后再铸一大者，今悬之楼顶者是也。裂者仍存之，今置于中座之后者是也。是日游其地，抚其钟，又适值费城官民在此举行独立纪念。予有所感触，遂成一诗：

漫游不觉圆双月，适值今朝到费城。
独立鸣钟成合众，自由建国遂兴兵。
岂期百六年间事，竟就三千里外行。
如此应为华盛顿，神州我欲正民生。

予游独立厅后，再游旧市厅(在独立厅之旁)。关于独立时之人物，均有油像悬挂厅内。独立之文件，与华盛顿之遗物，亦陈列焉。有华盛顿所坐之长椅一张，另陈列于一室。室门用丝绳栏之，不许游人入内，只许在门前一观而已。守卫之警士特别以礼待予，将栏绳解开，请予入内，并请予一坐。予以椅为华盛顿所曾坐者也，敬其人，亦爱其座，欣然一坐之。据梁任公先生《新大陆游记》，谓昔日李鸿章来游，曾请坐独立厅华盛顿之椅，守者不许，李鸿章不管，强坐之。夫以李鸿章之赫赫，尚须强坐而始得坐，不如我坐之自然也。予游旧市厅毕，又游旧议会。此为宣布独立后，第一次议员会议之地，亦在独立厅之旁，当时议席七十二人。出门时，遇两西妇，由依李奈士省来游者，是小学教员，乘暑假出游者也。与予等谈，问及中日事，谓每阅报载日本侵略中国，热血为之愤涌，恨日本无礼，望中国人奋起雄心抗日云云。予闻之而惭愧不能答。今日为美国独立纪念日，予敬华盛顿之拥二十年军权而不自私。当时有请华盛顿做皇帝者，华盛顿止之。有拟举华盛顿连第三任总统者，华盛顿亦止之，纯粹为国家人民，绝无一点拥军自利，窃政权以自私之意，故能造成今日之美国。我中国不幸，则入于一般贪权夺利之小人之手。只知藉党营私，欺骗国民，不畏有识者所笑。其党子党孙大多数均无人格。试问如何治军？如何为政？如何立国？无怪党治数年，奉送东北四省于日本，至今尚冥顽不灵，包办亡国。令我见美国人而惭愧，而无言可说也。予等出旧议厅后，摄影于独立厅华盛顿像之前。是日天气极凉，寒暑表仅七十六度，为历年七四庆节所无。予对于美国独立纪念，深敬其当日之人才。返观中国，革命至今，日趋乱亡。两相比较，不胜感慨。再成诗二章(收第二章——编者注)：

七月四日在费城旧市厅坐华盛顿旧椅

百六年前旧木床，异于宝座与兴王。
能留当是尊人格，肯坐良由敬国光。
警士有心识礼数，禁门为我解关防。
从今不羡功高李，强坐为欢尚近狂。

美国国旗之最初制造处，在费城之遏治街。是日予并往游之，极小之肆，本无可游。然美为新立之国，尚有历史观念，重其原始制旗之处。视中国人之以足踏其五色国旗，以为废旗者，其文野程度相去甚远，不以国之新旧分也。美独立后，各州所用之旗帜不一，故议定此国旗。一七七七年六月十四号制成。制者为一女子，名 Betsy Ross，译音毕施·罗士，制旗地方即在遏治街此小店。闻市厅计划在此辟一小公园,购其左右之铺店而开辟之,留此制旗之肆于园中。数年后此地又必改观矣。

编士湾也省立大学在费城之内,惜予未有时间能游之。此大学成立于一七四〇年,创办者便治文·佛冷伦,其人敏而好学,勇于任事。然其少时则甚苦,生于波士顿,诸兄薄待之,乃离家入礼拜堂,后往费城。其一生职业,由印刷工人而办报,当编辑记者,卒以致富。独立时,运筹帷幄,有大力焉。今费城独立厅中所悬之像,彼亦其中之表表有名者也。

费城由一七九〇年至一八〇〇年,为美国之首都。因美国于一七八七年九月议定宪法,举总统,一七八九年三月第一任总统就职之后,自是十年间,费城遂为首都。至一八〇〇年华盛顿之总统府告成,始迁华盛顿也。费城独立厅之开放,则在于一八七六年举行开国百年纪念时,始开放之为民众游览地,至今适六十年矣。以上所纪,皆费城之好处。然有一事为费城之玷者,亦不能不及之。现在费城之市政厅,宏伟之建筑也。占地四个半益架,在一八九五年时建筑完成,高凡五百四十八尺,楼顶上建维廉编之铜像,高三十尺,其建筑费,开销至三千二百万。据谙于工程者估计之,谓一千五百万极矣,中饱实过半焉,此美国政治之污点也。

由费城至纽约(New York)

七月五号上午十时,由费城起车,出埠后,过检顿桥。桥跨沙士乔燕那河,长一千七百五十尺。一九二二年一月开始建筑,一九二六年七月四号告成。美国有名之长桥也。行一百三十号路,入纽遮士省境(New Jersey)。此处地近大西洋,有著名之避暑埠。行二十余里,皆平阳无山。转三十三号路,十一点一刻,抵卓顿(Trenton),纽遮士之省会也,有十二万余人。此处离费城三十八里,予等在此午餐。此省地价奇贵,与纽约略同。华盛顿、费城、卓顿,皆为美国东方名埠,然交通灯尚未尽设置,在繁盛之街心,仍用警察之手作交通灯。警察搭台张伞于十字街口之中,亦一景也。美国革命时,纽遮士亦为战地。住卓顿之英兵，尝被美兵渡河歼之。十二点一刻再行，转一号路，经过亚厘士拔（Elizabeth），为纽遮士之重要商埠，工厂极多，有十四万余人。又过纽厄，此埠有四十四万余人，埠在哈慎河边，与纽约相对，有十里长桥，通海底隧道。两点一刻抵此，隧道长三里，九千二百五十尺，建筑于一九二〇年，至一九二七年十一月始行车。隧道凡两条，一来一往。隧道口阔二十九尺，中间阔二十尺。自通行后，两年之间，经过之汽车有一千一百万余架。每架人座者收费五毫，载货者则以货之轻重为收价之标准，所收入亦不资。隧道即在哈慎河底，出隧道即入纽约矣。计由费城至纽约，行一百〇一里。予等起行，自罗生至此，共行三千七百八十余里。

纽 约 市

纽约市最繁盛之区，为棉乞甸（Manhattan），由纽遮士之海底隧道即达棉乞甸之西，纽约初开辟之地也。初到纽约之人为意大利人，名亚美利哥·威粟忌（Amerigo Vespucci），一四九八年到纽约，迟于哥伦布寻获美洲六年（哥伦布一四九二年十月十二号登岸于中美洲之关拿显耐岛）。至一五二四年，再有意大利人到此。第三人则为哈慎，当一六〇九年到此。循棉乞甸河边而至阿畔腻（Albany），即纽约省会。后人因名此河为哈慎河，即今由纽约至阿畔腻之河也。至一六一三年，有荷兰船到纽约海口。船上火警，荷兰人游水上岸，即在棉乞甸之河边憩焉，即今修啡利附近也。自此之后，荷兰船来者渐多。一六二九年，棉乞甸居然成小埠，荷兰政府派一官吏来领之。至一六三五年遂由荷兰官吏与燕甸人购买棉乞甸之地，其价值为烧酒数箱，金银首饰数物，约值数十元而已。当时名此地为纽坎士打朕，因荷兰有坎士打朕，故名之。至一六三六年则全岛皆荷兰人所有，始名之为棉乞甸。一六六四年英人与荷兰人争此地，荷兰败，英夺得之，始改名纽约，因英国有约埠，故名之也。

现在之纽约，分为五区。一、棉乞甸，二、布郎士（Bronx），三、布碌仑（Brooklyn），四、坤士（Queens），五、烈治文（Richmond）。全市凡六百四十万人，在三十年前则三百五十余万人。在美国独立时，则仅二万余人。然纽约六百余万人中，纯粹独立时之英国种人甚少。现最多者为意大利人与犹太人，均在一百万以上。其次则俄国人，有九十余万。其次则德国人与爱尔兰人，均有六十余万。其次则波兰人，有四十余万。其次则奥国人，有二十余万。其次则黑人，亦有二十余万（全美国黑人则过一千万以上）。其次则匈牙利人，有十余万。英国人仅十余万，苏格兰人数万，法国人数万。总计六百余万人中，在美国出世者约一半。中国人现亦有二万，渺乎其少。日本人更少，仅四五千而已。美国人口之增多，真出人意外。当一八〇〇年，全国只五百余万人。至一九〇〇年，骤增至七千六百三十余万，百年间增十五倍。现在则一万二千余万矣。

博　物　院

纽约有两博物院为予所曾游者，一为美术博物院，二为自然科学与历史博物院。美术博物院在五号车路八十二街口之前。始建于一八七〇年，由市中之美术家组织委员会成之，市政府帮助五十万元。院内陈列各物，多由富人借出陈列，并捐款帮助。最近因经费不足，复由市政府津贴五十万元助之。其每年经常费百余万元，最多之数为一九三十年支出至一百九十余万。院内分部办事，职员有数百人。图画有二千四百幅，以油画为最多。多为欧洲各国出品，由十五世纪至十八世纪者。埃及皇宫之金首饰亦陈列焉，特别用铁栏关闭之。此为四千五百年前之旧物，是否足信，予无以证明之也。欧洲钢甲及军器亦不少，均为十五、六、七世纪之物，由一人收罗送出者，颇为完备。院中时有美术家关于美术之演讲会，又常能预备研究美术者之咨询。有请求入内绘画者，皆能准情，但带影机摄照则不准。予等游时，见有男女学生对绘石像，孜孜有味也。有腓尼基之铜像石像，为纪元前四百年之物，雕刻颇精。有十六七世纪之印度人画，工笔似唐人，颜色极好，画人相貌极佳，画物类则不像，比不上中国也。院内陈列之中国物，则多为北京琉璃厂货，无精美者。若以是为中国美术之代表，则太失礼矣。盖欧美人之收罗中国美术者,其眼光多拙劣,不能以为在大博物院而信之也。

自然科学与历史博物院在中央公园附近,哥伦比亚路七十七街。全院横直有七百尺,始建于一八六九年,由人民组织,在省府立案。建筑费连地价十一兆元,全地广阔十五益架。现在已成楼宇长七百尺,深四百尺,仍陆续增加建筑。其款一由富人特捐,一由会员每年例捐,一由人民自动乐捐。由富人特捐者计至一九三二年止,共有十四兆元。员有一万二千人。楼连土库共六层。院内陈设之物,由富人送出及用款购买。第一层为初民生活状况,有大树一棵,一千三百年前物,径十六尺,由嘉省运来。有东方农具及各种矿质。有中国制之大玻璃球,为世界最大者。有模仿墨西哥燕甸人之石建筑,在一千年以上者,宏伟大观,远望不知其为模仿,以为真石也。用手扣之,始知其非真。工作极佳,所刻之字,仿佛周之石鼓文。有进化树,最动人注意。然其思想尚不如佛法轮回之超脱圆满也。院后新建一天文台,有日月行星之轨道,以电司其行,如天象焉。夜间,则空中恒星之走动,皆活现焉。虽不完备,亦幼稚科学家之消遣品也。院内陈列陨星最多,黑如炭,坚如石,其重有数吨者,在亚罅笋拿省所得者为最多。若以春秋笔法纪之,不只星陨如雨,真是星陨如云矣。

哥伦比亚大学

纽约哥伦比亚大学,创立于一七五四年,校址为英皇佐治第二所给。其校初名为 King's College,译义即王者学校。美革命时停办,至一七八四年复开,始改今名。至一九一二年加纽约二字,纽约哥伦比亚大学。一八九一年以前,学科简单,只有法律,一八九一年以后,增多各种学科。近二十年开始增建校舍,历年所得捐款,凡八十兆〇五十万元。学生最多时有三万七千余人,近两年稍减,约一万七千人乃至二万人。教员一千八百余人。四年级生男女分校舍,研究院则不分。校外生有专习一科者,或只习一季者。校舍共占地长约二千尺,阔约九百尺,楼宇共约四十余座。

哥伦比亚大学之图书馆,藏中国书不多,藏日本书亦少。然所藏日本佛教全书百余册,全用汉文,日本大藏经百余册,亦全用汉文。吾谓日本无文化,以中国之文化为文化,日本人虽欲自掩盖,不可得也。

哥伦比亚之图书馆,分新旧两间,其新图书馆费一千万元之建筑,以橡木为地版,滑可跳舞,不铺地毡,因行者多也。有白发男女学生在观书室观书,此亦美国人好学之一斑也。

哥伦此亚之新闻学院,立啫化臣像于学院前。予最爱啫化臣,今又与啫化臣遇矣。因立于像下摄影。

哥伦比亚为美国最富之大学,最有名之大学,然予嫌其近市,市内车声时送入课堂。《诗》曰"菁菁者莪,在彼中阿",又曰"挑兮达兮,在城关兮"。惜乎!美国人未闻《诗》义也。

固　连　坟

在美国总统中,数不到固连,然在美国军人中,则固连为有名人物也,予故特纪其坟。固连生于奥埃奥省,一八二二年四月廿七生,一八八五年七月廿三卒。固连为农家子,一八四三年毕业于威士泮陆军大学。一八四五年至一八四八年,当军役与墨西哥争忒士省之战立功,一八五四年辞军职,在圣路易业农。一八六〇年迁居于依李奈士省,一八六一年南北战起,该省政府任为上校,再统兵,屡立战功,一八六三年林肯拔为总帅。一八六八年被选为总统,连任,任满后,曾游世界各国,由一八七七年起至一八七九年止。曾到中国与李鸿章会晤,回国后,再从事商业,屡失败,由一八八〇年至一八八四年遂破产,平平无奇。做总统后,亦不知所谓,然其最大过人之处,在对南军有大度量,战胜之后,不为已甚,但求统一,无条件而优容之。此真诚爱国之表征,恃功而骄之军人所最难学者也,予之敬固连在此。固连卒于纽约省之沙罐吐卡埠(Saratoga, N. Y.),故其坟在纽约市之哈慎河边,由一八九一年开始建筑,至一八九七年四月廿七告成,建筑费六十万,由纽约人民所捐。坟地横直九十尺,由地至顶高一百五十尺,用石筑成,内棺外石椁,露停坟内,重九吨,与其夫人并棺停焉。坟内两室,陈列其生平所得勋章与所用旗帜，及其死时各国之挽词。坟正门向南，有李鸿章手植树在坟后，一八九七年五月所植，公使杨儒记之。盖是年为光绪丁酉，李鸿章来游，适值此坟筑成，固连之子特许开棺，使李鸿章一见故友之遗容。亦异数也。坟内有日本人绣固连遗像，卧棺上，两妇人在棺后握手，代表南北和平之意，并绣固连“爱和平”之语纪念之。然绣工平常，遗像露目，不似死者。日本人绣工劣，不如中国远甚也。

自 由 神

纽约海口之自由神，即哥伦比亚女神，系德法战争后，一八七二年至一八八二年，由法国人民发起，捐款制造，送与美国者，共捐得七十万元。由某美术家画成此自由神像，用铜铸之。全身分开各部份分铸，至一八八六年十月廿八号始制成，运到美国，始再磡合成整个，其磡合之机关与枢纽，极为巧妙而稳固。美国政府择地于哈慎河中，建筑此安置自由神之地基，亦费十万元。其像高一百五十一尺一寸，由右眼至左眼，距离二尺五寸，由左耳至右耳，距离十尺，鼻长四尺五。其像连座高三百〇五尺半，其座丁方六十四尺。头之内部能容纳四十四人。全像重量四十五万磅。其手执之灯，用意是普照大千世界，佛理也。像之腰围三十五尺，手掌十六尺半（由手颈至手指），第二指长八尺，头由眼至项十七尺三寸，右臂横过十二尺，右手长四十二尺，指甲长十三寸，阔十寸。由升降机上行一百七十级至头。其手执“一七七六年七月四号”字样，即美国离英独立之日也。从前可由自由神之头内再拾级上至其手掌，现在手臂稍有裂痕，为免危险之故，关闭之不得再上。其手臂之所以裂者，因纽遮士省火药库爆，震动之。今年为自由神五十大寿，予游览毕，感题一章：

两文明铸自由神，新陆河洲记法民。
掌现金光持世界，心惟佛理转钧轮。

论年汝是中天寿，得运谁如老弟身。[1]
无限感怀偶题句，倭师屯扎沪江滨。

繁盛街市中之坟场与地狱

纽约市为美国最繁盛之市，无人不知。楼宇之密，车辆之多，市民憧憧往来之众，稍不留心，则碰车碰人。故人谓行纽约者当生八眼，两眼实不够用。其挤拥可想而知也。然予谓此繁盛之市，如在墟墓中。纽约最繁盛之布律委，有旧礼拜堂焉，坟场在其旁，其最古之坟，有在独立前者。此处一尺之地，值价恒数万金，然而坟场占之，竟不能迁，游人触目殊不快，非恶坟场，恶非其地也。予故谓行此繁盛之市，如行墟墓间，未知纽约人感想如何？不止市内坟场，即所有地底车，亦皆地狱也。纽约市有最高楼，过五百尺以上者十二座，过六百尺以上者十六座，过七百尺以上者四座，过八百尺以上者二座，过一千尺以上者一座，另有一座名坎排士的（Empire State Building），高一千二百四十八尺，凡一百〇二层，建筑于一九二七年，告成于一九三二年，为世界楼宇之最高者。偶登之，俯瞰一切，如登天堂。然一搭地底车，又如游地狱。讲卫生之美国人，吾不解其何以嗜此也。予最恶乘地底车，然纽约市中之忙人，则无不乘地底车者。盖有汽车亦不便用，因街道繁盛，行车不能速，交通灯又阻碍之，办事赶时间，则汽车无用焉。地底车急行无阻，地底车半小时可达者，汽车有时一小时不能达也，此纽约地底车之功用也。然予则谓之"赶投胎"彼辈之用心，非予等闲人所能解也。纽约地底车公司有两家：一为 IRT，旧公司也；一为 BNT，新公司也。然两家皆亏本，因其与天面车合计，地底车所赢，不能补天面车所亏。资本家罔市利，结果亦自累。现在市政府亦筑地底车，并拟收二公司而统一之，正在议价或有成也。

① 句下注：我比自由神长四岁，故呼之为老弟。

由纽约至纽卜(Newburgh)

七月十五九时四十分,由纽约起车,经一小时之久,始出纽约市,盖仅行八里路也。市内坐汽车之讨厌,甚于北京市之岔车。出市后,由九号路,到杨格士(Yonkers),此埠有十余万人。再行三十五里到睡坑(Sleepy Hollow),有古坟场。此地风景极佳,其坟场则未独立前所有者也。沿哈慎河边之住宅,幽雅可爱。谓之睡坑者,取其地有寐态,抑亦可为隐逸之乡欤?尚待索解。煤油大王洛基花罅即隐于其附近之山林中,年九十余矣。医嘱其在此养病,有卫士保护森严,盖亦防掳劫也。再行二十里,到大熊山,有长铁桥,汽车过此者,收费一元。此桥费数百万金建筑,云收费十年,方能填此数。大熊山为夏天游人驻足之所,纽约市民之游河者,多沿哈慎河而到此。是日予等则过而不留,未登山游览,只望其树木颇清趣而已。再行五里抵威士泮(West Point),美国国立陆军大学在焉。由威士泮入纽卜,过山,山高千余尺,树林极佳,独立时军事重要之地。威士泮至纽卜十三里,由纽约市至纽卜,共七十三里,此埠有二万余人,华盛顿之大本营在焉。

华盛顿大本营

纽卜有华盛顿大本营,在哈慎河边之小山上。华盛顿当年曾屯兵于此,现仍存房屋多间,石墙木顶。河边一石楼,则后人所建,当时未有也。华盛顿常驻此间,以费城之兵营与波士顿之兵营为左右翼,故此得称为大本营。其对河为碧近山(Beacon Mountain),曾在此筑瞭望台以探英军,举火为号,报知大本营,故取报号之意以名山(碧近即报号之意),其后埠名亦取此。现在此大本营之内容绝不铺张,不过存历史遗迹而已。……

威士泮大学

威士泮为美国独立时重要战地，现在国立陆军大学在焉，校中有一七七八年守此地者之纪念碑。校外对哈慎河，独立时，对河之地，即英军之地也。该校后面枕山，前面临河，形势极佳。予等由校之西门入，由南门出，路约五里。至操场时，适有学生六队出操，每队七十余人，共四百余人，另军乐一队，极严肃整齐。予停操场阅之，经半小时以上焉。予诗有"似料先生到阅操"之句，即指此也。该校创办于一八〇二年，七月四号开学，初时学生只得十人，现在有一千三百余人，此为最高之法定限额，不能再多。学生年龄由十六岁至二十二岁为合格，由中央政府或各省政府或两议院保送，程度要经过中学毕业，再考验及格，方得入校。现役兵士由长官保送，经陆军部许可者，亦可送入校考验。学生在校每年可得奖金七百八十元，另伙食三百元，真是饮之食之，教之诲之，得我国诗义，与书院之意也。校内设备甚周，日中梳洗，与病时医药，均供给之，不取费。四年及格可卒业，卒业后可补下级军官，为国家服务八年，可以退职。若未满八年服务之期而退职者，政府可随时调用之。另有陆军将校学校在华盛顿，威士泮大学之毕业生可再入此研究，现任将校亦可随时入此研究，此美国之最高军校也。威士泮大学之待教员更优厚，校内有教员住宅，政府供给之，教员皆将官也。校内陈设战利品甚多，如一八四五年忒士省之役，战胜墨西哥所得，与一八九八年战胜西班牙所得，一九一八年世界大战所得，均陈列焉。有德国太子在战地瞭望机一架，亦陈列之。予摄影于其下。

游威士泮陆军大学感赋

当年血战旧旌旄，立校于今育俊豪。
据险得形称便利，成才为国纪功劳。
忽排大队来行礼，似料先生到阅操。
可惜嘉禾杂稂莠，王赓竖子竟降倭。①

① 句下注：十九路军在淞沪抗日时，有蒋中正之旅长王赓送地图于日领馆，当时沪上喧传王赓献地图。王赓曾毕业于威士泮军校，党府中人称为陆军奇才者也。

由纽约至波士顿(Boston)

七月十九由纽约赴波士顿,上午七时起车,由一号路行,九点半入坚拿特近省(Connecticut)之固连密士埠(Greenwich)。此埠有十万人,富人所居之埠也,有大本营在此,离纽约三十里。坚拿特近省为美国工厂最多之省份,制铁器之工厂尤多。所经如士担佛埠(Stamford)有四万六千人,那伏埠(Norfolk)有三万五千人,俾烈治砵埠(Bridgeport)有十四万七千人,纽希云埠(New Haven)有十六万二千人,纽伦敦埠(New London)有三万人,皆工厂埠也。十点半抵俾烈治砵,十一点一刻抵纽希云。十二点抵奇连顿(Clinton),此埠多独立前旧屋及独立时遗迹。有独立战争时英兵之枪弹中其门楣仍存旧痕者,特标榜之,以备游人观览焉。此埠离纽约已一百里,再行十四里,则到西布碌(Sea Brook),适值该埠举行开埠三百年纪念。盖独立前百余年之旧埠也,原为燕甸人所居,欧人占之。在此月之十八、十九、二十,三天庆祝焉。出此埠后,即过坚拿特近河桥,十二点四十分抵纽伦敦,再过探美士河桥,予等在此午餐。一点半再行,两点即入律埃仑省之威士利埠(Westerly)。两点一刻以后,风清而有树林,路牌写明好风景。盖律埃仑省份小,农工出品亦少,近海小岛,纯以风景胜也。三点半抵榄问顿(Providence),为律埃仑省会,有二十五万人,华侨二三百人。此埠离纽约一百九十九里矣。四点入麻士周实省境(Massachusetts),四点三十五分抵波士顿埠边,五点抵埠心。由纽约起车至此,共行二百二十里,而费时至十点钟之久者,盖沿途慢车游览故也。

波士顿之革命历史

波士顿为美国历史上最有关系之地,正所谓革命之策源地,亦文化最高之地也。当一六二〇年英国之清教徒一百〇一人初来美,在菩利摩士登岸,此地距波士顿约二百里(美国人至今名其登岸之石为世界石),积百余年,遂遍布于十三州。菩利摩士原为一州,后合于麻士周实(波士顿即麻士周实省之省会)。纽希云亦原为一州,后合于坚拿特近。当一六四三年时之殖民总会,即此四州所组成,此总会即联邦之滥觞,设于波士顿。一六八八年又曾设共和政府于波士顿,要求英廷发回自治证书,故波士顿实为革命之策源地。波士顿市内之华盛顿街有旧礼拜堂一所,系革命时与革命前之重要议场,此地旧为英督花园(在一六四九年前),至一六六九年始建为礼拜堂(佛冷伦即于一七〇六年正月十七日,在该礼拜堂对门之楼出世,后在该礼拜堂受洗礼),至一七二九年拆去,改为砖楼,即现在之礼拜堂也。一七六八年英舰到波士顿示威,全埠民众代表即在此礼拜堂大会,向英吏交涉。其时英兵横暴,残杀人民。至一七七〇年人民再开第二次大会,要求所有英兵离开此埠,英吏不听。至一七七三年人民又开第三次大会,集合者五千余人,大动公愤。其年十二月十六日晚,市民遂拒绝英茶入口,拥下英船,投其茶于海。至一七七四年六月又在此集会,要求英吏由人民自举代表议政,不受英吏缚束,英吏虽不敢压抑,勉强准其所请。然民情愤激,对英吏恶感日深。当时农民甚多,比商民尤愤,密谋起事抗英。在亢及(Concord)、力盛顿(Lexington)集议,谋攻英军营,英吏派兵往剿农民。其时波士顿市之商民即以此礼拜堂为报号之地,在礼拜堂之顶悬红绿灯为号,暗示英兵由陆路来,抑由海道来,以便农民应付之。一七七五年四月十九号,英兵由陆路到亢及,将及亢及河桥,农人在此迎击之,革命即由此起点。六月时,有组织之民兵虽成立,其势大盛。自经四月十九号之役后,英吏下令将此礼拜堂充公,改为养马场。至一七七六年三月华盛顿独立军到波士顿,驱逐英兵。至一七七八年该礼拜堂始复旧观,直至一八七二年,该礼拜堂仍为该省议场,是年始改为博物院,陈列独立时与独立前后之物。予抵波士顿之翌日,即游此礼拜堂与亢及、力盛顿等战地。盖亢及之战,极有关系,自有此战,翌年七月四号十三州之联合遂成,宣布独立矣。

波士顿对河之查士埠,埠内之崩架侥(Bunker Hill,译言即崩架山),即一七七五年波士顿民兵之大本营,哈华大学亦在对河,予曾游之。

哈华大学(Harvard University)

哈华大学在检别治埠(Cambridge),旧译剑桥,从英国名,检与剑译音,别治译义,即桥也。英国之剑桥大学,在英国之 Cambridge 埠,此埠即用英国埠名为名。哈华大学之创办人津哈华(John Harvard)富而有学问,少时居编士温也省,后迁纽英伦。该校创办于一六三六年,津哈华则以一六三八年因肺病卒于查士埠,遗嘱将所有遗产书籍均送给该大学。历年所得捐款日多,至今核计该校之建筑费与所存现款,约在一百〇八兆元之外,美国最富之大学也。现有学生八千五百人,教职员一千五百九十二人。藏书甚富,有中国书籍甚多。其藏书楼名威拿图书馆(Widener Library),威拿者,原为哈华学生,卒业后,往游欧洲,船沉,溺死,其父母乃捐款扩充此藏书楼以纪念之。在一九一二年至一九一五年时候,故改用威拿之名以名此藏书楼。楼内之中国书籍,则专请一中国人管理之。予游此校,注意其藏书楼,尤注意其博物院,院内陈列之玻璃花最著名。此玻璃花系德国人发明,发明之人名离阿波·拔罅士架(Leopold Blaschka),生于德国之差士绽埠(Dresden),此埠以制玻璃器物著名。离阿波生平最好研究植物,秘密制成此玻璃花,所状之植物,无不毕肖。秘其术,不肯传人,只传其子。当一八六五年时,将所制成之玻璃花陈列于该埠之博物院。其子名卢多付·拔罅士架(Rudolph Blaschka),今年七十八岁,尚生存。现陈列于该院之玻璃花,系一八八四年由该校之植物院院长派人到德国请其所制者,但所制甚少。至一八八八年有威夫人者,其夫于一八三四年在哈华毕业,因向德国定制此玻璃花,陆续送给该校以纪念其夫,至一九三二年仍有一帮送到,此为最后之一帮。威夫人现已死矣,现该院陈列此花之室,凡五六间之多,共计有八百三十二种,三千五百件。德国所存亦无此之多,世界各大学所无。离阿波父子一生之精力萃于此矣。其价值如何,诚不可计。其制作之精,与天然产物无异,用显微镜验之,一线无差。倘不预告以为玻璃花,则无人能辨也。诚巧夺天工矣!

一分钟集合人与西林商埠

上述力盛顿战地，有一分钟集合人铜像，闻之颇奇。所谓一分钟集合者，状其集合之速也。当一七七五年亢及与力盛顿农民之起抗英兵，皆奋勇神速而有组织，故能将英兵战败驱逐之。此等农民，皆是无名英雄，后人建像以纪念其功。所谓一分钟集合人，即武装农民，建立一像，所以代表全群。予立其下摄影，并题一诗，亦以纪念也。

兵机自古皆神速，况复纷纭革命时。
可笑书生谈造反，竟同处女顾多姿。
公言要在当场决，主义姑留盛世吹。
拜服一分钟集合，风驰雨骤霸王师。

力盛顿古屋极多，皆独立时物，保存之，重历史也。有国旗一面，高竖于空际，题曰“美国自由之出产地”。

予游力盛顿既毕，又游西林商埠（Salem），在波士顿近海处，亦清教徒初驻之地也。与东方开始通商，亦在此埠。埠有博物院，名佐治披巴地（Peabody Museum），成立于东印度航海公司停办之后。其院址原建楼于一八二四年，为东印度航海公司办事所，至一八三四年用以陈列东印度公司关于航海之各种事物，至一八七六年成立此佐治披巴地博物院，凡开始航海以来至于此时之各物，尽收罗陈列之。披巴地生于一七九五年，卒于一八七九年，为西林商埠之大商家，经营航海事业之著名者也。予游该院，有一物最触予眼帘者，为广州十三行商家之相片，清朝衣冠，翎顶辉煌，面团团富家翁也。惜不知其姓名，或亦伍子桓之流亚欤？然今潘卢伍叶之子孙，皆不能保其先业，独有此相片留于美国波士顿之西林商埠，亦博物院宝藏之功矣。

波士顿华侨欢迎演说会

七月廿一日星期，应波士顿侨众之请，赴欢迎演说会。会场在夏利臣街七二号旧邮政局，由中华公所预先布置。是日听众五六百人，《靴路西报》纪载谓听众千余人，则误也。然予所到各埠，西报记者注意予之言论，以波士顿之《靴路报》为最，因其极留心中国政局，予谓波士顿为美国文化最高之地，信然。是日《靴路西报》所载，谓："岭南著名学者伍宪子，由三藩市游抵本埠，华侨团体纷请演说，伍对于中国政局，主张实行平民政治，反对一人一党专政，谓中国欲抵抗日本侵略，须速开放政权。"其记载予之言论甚详，并查知予在袁世凯时代，以反对帝制辞要职，又查知予为首倡抵制日货之第一人（在一九〇八年二辰丸案）。该报记者对东方政事之留心可知也。予是日演说，与以前各埠之演说又不同。同是指斥"训政"，但在圣路易之指斥训政，注意在警醒宪政党人之负责任，波士顿之指斥训政，注意在证出人民之甘受训政故召外侮，又同是讲国民党政府不抵抗。但在芝加哥所讲，侧重日本方面，谓日本看破国民党领袖无能力，故敢于侵略。在波士顿所讲，侧重蒋中正与国民党政府方面，谓彼投于日本，故任日本侵略。彼此互相证明，并非重复，故不妨并存之。兹将是日演说词录下：

（前略——作者注）宪子今日讲话，分为两段。第一段，讲明蒋中正何以不敢抵抗日本。第二段，讲明中国何以要受日本欺侮。皆根据事实，不作感情攻击之词。今先讲第一段。

当民国十三年时候，国民党既联俄容共，所喊口号为"打倒帝国主义"，其时人民信之，兴高彩烈。在宪子则深以为忧。宪子并非怕帝国主义，宪子亦想打倒帝国主义，但此事要做真实工夫，非空口能打倒。必先整顿内政，充实国力，有步骤，有条理，向沉实一路做去，不能叫嚣。"有谋人之志而使人知之者危"，国家大事，断非浮动者所能办。然当时国民党人只知浮动叫嚣，绝不知政治为何物，更不知外交为何物。故我早决其不能打倒帝国主义，且必向帝国主义者投降。果然不出我所料，民十六年宁汉分裂，蒋中正被其党人排斥，辞职赴日本，与宋美龄订婚。当时日本报纸大书特书，谓"蒋中正来朝，投于国祖之怀中"。国祖者何人？日本浪人头山满也。孙文从前在日本，住于头山满之家。日本人谓国民党人认孙文为国父，即当认头山满为国祖。今蒋中正到日本，求头山满帮助，欲复握中国政权，与日本当局密订"亲日反共"之约，盖由"联俄容共"变而为"亲日反共"，由"打倒帝国主义”变而为投降帝国主义，实在于十六年时。其后蒋中正果回南京，复握政权。民十七年济南惨案发生，蒋中正宁失济南，不敢与日本抵抗，宁让山东于日本，不让北京于张作霖，宁挽留日本兵驻于济南，不愿冯玉祥兵入济南，其投降日本之心事，昭然若揭。故我当济南案时，主办上海《雷风》杂志，曾力攻蒋中正降日。我来美国之后，所持言论，均直揭蒋中正与国民党政府之隐。然当时民众之迷信蒋中正与国民党政府者尚多，误以我为闹党见，不知我所讲者乃国事，非党见；乃公论，非党见；乃事实，非党见。蒋中正经过济南惨案，尚不觉悟。十八、十九、二十年，犹年年闹内战，日日闹内战，今日打阎锡山，明日打冯玉祥，又明日打白崇禧、李宗仁，乃至张发奎。同是“忠实同志”，有何不能相容？即在十七年全国统一之后，因何又要分裂？此无他，在十七年张学良未易帜以前，国民党欲以一党专制全国。在十七年张学良既易帜之后，蒋中正又欲以一人专制一党，欲以一党专制全国，故宁投降于苏俄；欲以一人专制一党，故宁投降于日本。此是数年来国民党政府与蒋中正之行事。惹出“九一八”沈阳之祸，固由于日本之野心，亦蒋中正等实召之也。诸君若非善忘，应记得万宝山案之后，汪精卫命陈友仁赴日，其时汪精卫因扩大会议被张学良拆台，欲倒张学良以散蒋中正之助力，故定为“外交倒张，兵力倒蒋”之策，质言之，借日本以倒张学良也。故“九一八”之祸，蒋中正召之，亦汪精卫召之。“九一八”以后，蒋、汪所以能复合，共回南京，向日本叩头，奉送东北四省，其种因远在数年前。蒋中正当日命张学良不抵抗，即欲保存张学良之力，以帮助其制内。汪精卫会喊“先倒蒋后拒日”之口号，无非为求握政权，故行政院到手之后，蒋亦不倒，日亦不抗，且与蒋合伴向日本叩头。可惜我国人善忘，又不善观察隐微，至事实显著时始知之，故不能早窥蒋、汪之隐衷与密谋。至“九一八”以后始渐觉，至“一·二八”以后始渐悟，但感觉迟钝之人，至今仍有为蒋谅者。谓蒋中正何至不抵抗日本，或者时候未到，彼另有计谋，亦未可知。此种观察，可谓至愚。我今一言蔽之，蒋中正与国民党政府所以不敢抵抗日本者，小孙在祖父怀中，无抵抗祖父之能力，更无抵抗祖父之思想也。此事定局于民十六年，不必到今日而始见，可惜昧者不察耳。

然蒋中正区区个人，国民党亦区区一党，在我全国四百五十兆人民之中，本不能强奸全国之民意，使尽投降于日本也。今日本竟敢横行无忌，欺压我全国无人，其故安在？我全国四百五十兆人民，何以甘心受日本欺侮而不能一战，其故又安在？我今要说到第二段。

孟子有言：“夫人必自侮，而后人侮之。国必自伐，而后人伐之。”我国四百五十兆人民对于国事，太过放弃，甘受有势力者之欺压而不自觉悟，不自奋发，此最为召侮之原因。我人民若非善忘，应记忆民十五年国民党在广东出兵时候，其所宣言如何。彼谓北洋军阀不知有民权，不知有民治，以军阀之兵力而压抑民权民治，必要国民党得政权，即可以实行民治，实行民权。不料国民党得政权之后，尽反前言，其压制民权违反民治，尤甚于北洋军阀，然我民众亦甘受之，不敢与之争，但畏势力，而甘为之奴。因此之故，国民党遂敢于“训政”。试问国民党人以何资格而取得训政程度？若谓对孙文遗像三鞠躬，读鲍罗庭命作之孙文遗嘱一两次（孙文遗嘱是鲍罗庭命汪精卫代孙文作），便是够训政程度，便是有训政资格，则乌龟王八蛋亦可以训政。世界上有此荒谬绝伦之事乎？世界上有如此荒谬绝伦之国家乎？然而国民党政府居然敢行之，我大多数之民众亦低头忍受之。是谓崇拜势力，自屈意志。日本人看见我国民如此容易欺骗，如此容易侮辱，所以敢于侵略。故今日东北四省之失陷，华北之沦亡固然是蒋中正与国民党人招之，亦是我大多数之人民招之。我大多数之人民若识得伸张公理，主持正义，十年以来断不至纵成国民党如此大罪恶。在内能监督政府，使之循民主政治轨道，整理内政，然后对外可以抵抗强权。若不此之图，对横暴无理之政府，则向其叩头，不敢争正义。但向横暴之外寇，骂两句贼，而谓可以退敌兵，复失地。此岂非发梦乎？一言蔽之，我中国所以受日本欺侮，实由我大多数之人民甘受国民党政府欺侮，有以致之。此所谓人必自侮，而后人侮。我国人今后欲抵抗日本以救危亡，其道应如何，我国人应当速速觉悟矣！

我以为今日救国之道，应战，应守，应和，皆当决之于人民。人民若以为应对日作战，则战；应守，则守；应和，则和。断不能任蒋中正、汪精卫两个人包办，断不能任国民党政府以包办卖国而训政。我以为今日应速召集各省人民代表，开真正之国民会议。蒋中正以为中国实力未允，不能与日本战。国民党政府以为训政事业，应先投降日本，接受东京之训以为训，亦应该明明白白将其理由向国民会议宣布之，以听大多数人民代表之判决。若真是国力不充足，不能抗日，应合全国人民以充实国力，应合各党各派之有聪明才力者共讲求所以充实国力之道。应速取消其荒谬绝伦之训政制度，与一党包办卖国，一二人包办亡国之党治制度，夫然后可以讲充实国力。此是今日救国之大途径。愿我国人切切实实行之，不可徒托空言，更不可缄口不言。宪子所望于诸君者在此，宪子所自责而自奋斗者亦在此。（后略——作者注）

娲是利女子大学与耶路大学

予留波士顿四天，二十三日复回纽约。离波士顿十二里，有埠名娲是利者，有娲是利女子大学在焉（Wellesley University）。予未离埠之前夕，特驱车往观之。该校创办于一八三一年，现有学生六百人，教职员六十五人。美国有名之女子大学也。其地风景极佳，临湖，树木蔚茂。其校地及校舍值价七百五十万元，多是富豪所捐。学费每年过千元以上，故入是校者多贵族富豪之女子。昔年宋美龄曾留学于是焉。予游此校毕，口占一律云：

翻译新名娲是利，朝歌胜母让三分。
山明水秀添脂粉，鬓影衣香及带裙。
昔有杨妃沾教泽，近归党国建高勋。
是真革命精神富，鼙鼓渔阳付不闻。

廿三，由波士顿回纽约，道经纽希云，耶路大学（Yale University）即在此埠之西。前日过此，未及往游，是日特往游之。耶路大学为美国有名之大学，四大金刚之一，成立于一七〇一年。学生现有五千四百人，教职员七百五十余人。其校地建筑所值，与所存现款，共九十三兆元有奇，亦富校也。其楼宇极坚固，可惜近市，空地与树木甚少，有亦不佳，盖纽希云为工厂埠，大学在此，究非所宜也。游罢后，得诗一章：

耶路犹输哈佛幽，师门近市易嚣浮。
空庭旷院嫌无地，白石红砖胜有楼。

不坏金刚离党化，自由教育各名修。
神州回首成何事，拥长争薪闹去留。

纽约华侨欢迎演说会

予回纽约之后，纽约中华公所定于七月廿八日在华侨学校请予演说，事前通告全侨。是日未开会之先，华侨学校内连座位及站立者约五六百人，街外站立者亦数百人。因装置扩音机，街外站立者均能听清楚也。予在纽约之演说已与前在各处所说者又不同，主旨注重改造政府，合力抗日，指出日本不能与中国战，指出党国之不能与日本战，而中国确能与日本战。此为近人之发抗日论者所未发，其说比前所说者尤为痛透。其中间有与前说重复者节删之，择记其重要点如下。

（前略——作者注）讲救国，不能离开政治，政治必要求良好政府。我今日说话大旨，在联合全国人民之聪明材力，造成一个良好政府。

但先要人民明白道理，明白事势，负起责任，实行去做。我今分为三段，说明如下。

第一，要明白日本隐情。日本之敢于侵略中国，并非自信其兵力能征服中国，乃料定国民党政府不敢抵抗，日本可以不费大力而取得极大利益。如此，则何惮而不为？若果中国有良好政府，肯合全国人民之力，下大决心，抵抗日本，宁为玉碎，不为瓦碎，日本必不敢向中国侵略。讲到此话，我先要解释玉碎瓦碎之义。我见近日有替国民党政府辩护之报纸，谓政府并非不肯抵抗，政府亦抱“宁为玉碎”之旨。但如何碎法？不能但以一碎了事。在未曾玉碎以前，不妨暂图瓦全。若谓“宁为玉碎，不为瓦全”，则未免碎得可惜，云云。此种辩护说话，似是而非。夫使不为玉碎而尚得瓦全，我亦何妨暂图瓦全，无如现在则图瓦全而不可得。现在之国民党政府已瓦解，中国土地已瓦碎，已无瓦全之希望，亦无瓦全之可言。但使我全国人民皆抱“宁为玉碎，不为瓦碎”之决心，或者可以不碎。讲到此，我要将日本之隐情说明白。诸君须知日本之练兵，非专为对付中国，日本实防备欧美也。日本欲巩固其国防，保存其亚东强国之体面，故其海陆空军要时时预备，战斗力断不能令其减少,其财政要时时预备充足,战费断不能令其缺乏。假令因侵略中国之故,激起中国全国死战之大决心,日本要受极大损失,日本断不敢冒险为之也。

现在中国有常备兵二百万,若使有良好政府指挥之,如十九路军在上海之战,拼二百万兵死伤一半,日本必要死伤七八十万以陪之。试问日本能有百万兵,供此大牺牲乎?就令战胜中国,其元气已伤。鹬蚌相持,渔人得利。日本元气伤残之后,即是授欧美列强以可乘之隙,不只丧失其亚东强国之体面,即国防亦断难巩固。我料日本必不如是之大愚蠢也。凡事当比较利害轻重,我非谓日本兵怕死,亦非谓日本政府怯战。假令日本受中国或列国侵略,日本虽战死一百万兵,彼亦能无所畏缩,无所爱惜。盖为保其国权也。但今日不是中国侵略日本,乃是日本侵略中国,其用心是取易不取难。国民党政府诸领袖一部分是利令智昏,不能窥知日本之隐情,一部分是甘心做日本奴才,藉其保护以巩固地位。我国人若能明白此,拼死一百万兵以抵抗之,可以血战一年两年而不屈,试问日本有此财力否乎?日本之侵略中国,欧美各国均不直其所为,回想沪战时各国之公论可知。国联虽不能以实力助我,其公论尚助我。我能战,则在外交席上之使者,可以讲两句强硬话,外交情势即时转变。我不能战,则外交席上之使者神嗒气丧,无话可说,无气可争。各国见我如此,由失望而至轻侮。所以沪战既停,颜惠庆、顾维钧亦要辞职,自知难说话也。故中国今日必要决心抵抗日本,各国之仗义执言者方有机会。日本外受列强之责,内感战费之困,其国家危险之情状,或比中国更甚。此时中国国势,正是"置之死地而后生,置之亡地而后存"。若照现在国民党政府之不抵抗,只有束手待亡。愿诸君明白此义,自然可以放心与日本战,而不至畏怯,而不至被国民党政府媚日与亲善之邪说所迷惑。

第二,要明白国民党政府之隐情。国民党政府断不能与日本战,国民党因为要行一党专政,须倚靠兵力压制人民,故数年来造成蒋中正之军阀势力。蒋中正拥兵自固,断不肯牺牲其兵力以抗日,早有密约为日本所胁制,更不敢反面抗日。国民党人亦只知有党,不知有国,其反对蒋中正之数领袖,虽亦发抗日言论,但不肯放弃其一党专政之谬见,则抗日云云,等于废言。诸君须知日本之敢于侵略中国,实因国民党行一党专政之故，即失国人之心，又不肯牺牲兵力，隐情在此。故抗日之根本办法，在先放弃其一党专政之谬制，联合全国各党各派，齐一战线，与日本一拼，方是根本抗日。今胡汉民但攻蒋不抗日，而不肯放弃党治，仍欲以国民党一党包办抗日，其昏谬与蒋中正、汪精卫之包办降日相同。我前数日见报上登载广州中大校长邹鲁与全校教员通电，攻击蒋中正不抗日，其电文中有句云“党之不存，国于何有”，其立言可称荒谬绝伦。若照其所言，则古人所谓“皮之不存，毛将安附”应改为“毛之不存，皮将安附”而后可，然岂可以通耶？诸君可将邹鲁试验之，刮去邹鲁全身之毛，邹鲁之皮仍在也，安得谓“毛之不存，皮将安附”耶？夫有国然后有党，此理至浅，妇孺皆知。然而利令智昏之国民党人竟不知，忝为中大校长之邹鲁竟不知，公然在电文中发此不通之言，引天下人耻笑。如此而讲抗日，与放屁何异耶？此无他，党治之谬见塞其胸中，如粪塞心窝，所以不通至此也。国民党之领袖，如此如彼，尚安望其能抗日耶？故蒋中正无望，汪精卫无望，胡汉民、邹鲁等等亦无望。其他更何足说？彼等皆是藉党营私，不肯牺牲其党治以救国。我国人尚希望其抗日，则等候亡国而已。我国人要下大决心，改造一个良好政府。国民党人之有觉悟者，应速放弃其包办亡国之党治，与吾人同一战线。否则国亡党亦亡，尚何党治之足云耶？

第三，要明白国民党政府各领袖所自辩护之言论，皆是不通，皆是欺骗。蒋中正谓与日本战，十日可亡中国，……诸君试以沪战观之，其谬不攻自破。能战，则二年犹不至亡国，曾谓十日亡国耶？蒋中正又谓“先安内，后攘外”，此言乍听之，未尝无理由，脑筋简单者每为所惑。但试反问之，内何以不安？皆由国民党一党专政之谬制，使之不安也。当民十七年之末，东三省易帜，全国统一，可说内已安。假令国民党不行一党专政之谬制，即时召集国会，由人民代表公议宪法，公决裁兵，行公平之政治，则政治早上轨道。乃国民党诸领袖见不及此，只知贪权夺利，各军阀皆借党图私，各欲以一人专制全党，尤其是蒋中正野心最大，裁他人之兵，而不裁自己之兵，因此再惹起内战。内已安，而复使之不安，如此者数年，遂惹“九一八”沈阳之祸。今日蒋中正尚敢赧颜说“安内”耶？蒋中正如真有良心，真欲安内，只有放弃党治，坚决抗日，则全国听命，国内即安矣。今不此之图，仍以一党专政，包办卖国，借外力以铲除异己,谓之“安内”,夫谁信之?其最无耻者则说“攘外”,攘外者,以兵威征讨外国之谓也。国人今日所要求者,是抵抗侵略,不是攘外,二者情形完全不同。日本无理,侵略我土地,政府责任,当抗敌守土,御侮决战,并非攘外。今蒋中正反之,不抗敌,不守土,不御侮,不决战,惟叩头媚敌,屈膝乞降,而尚敢以攘外云云,欺骗国人,其无耻可谓已极。“安内攘外”岂作如是解耶?其次,如汪精卫之说“一面抵抗,一面交涉”,乍听之,亦未尝无些少理由,但核之事实,则完全相反。汪精卫何尝有抵抗?只见其屈服而已。何尝有交涉?只见其唯唯听命,如奴才受主人之指挥而已。日本要东北四省则奉送,要华北则奉送;要革于学忠,则革于学忠;要革宋哲元,则革宋哲元;要除国民党招牌,则除国民党招牌;要解散抗日团体,则解散抗日团体;要禁止抗日言论,则禁止抗日言论。此而谓之抵抗,此而谓之交涉,则秦桧亦可以自豪,称为抵抗大家、交涉能手矣。岂不令天下人笑大口耶?汪精卫又尝发其“充实国力”之论,谓中国今日实力不如日本,确不能战,必待国力充实之后,始可以报仇,故现在要卧薪尝胆,如越王勾践之保会稽,十年生聚,十年教训,而后可沼吴。此言乍听之,亦似甚然。汪精卫一把利嘴,脑筋简单者每受其愚。其实汪精卫所谓“充实国力”之言,引越王勾践为喻,完全不通。姑无论国民党政府诸人只知卧软床,不能卧薪,只知尝美味,不能尝胆。生聚云云,教训云云,彼等完全未晓也。就以中日现势论之,岂当日吴越之比耶?越王战败后始保会稽,中国今日未尝战也。中国地广兵多,大可以决一死战,非区区会稽一郡地也。越王之能保会稽,生聚教训,充实国力以报仇,其主要问题,在于能用范蠡、文种。今蒋、汪之流,配做范蠡、文种耶?有范蠡、文种彼亦通缉之,目为“反动派”,又安能生聚教训耶?越王对付吴国之重要计划,尤在于能通太宰嚭,谗杀伍子胥,吴王夫差又为酒色之徒,战胜之后,耽于逸乐,越王进西施以媚惑之。今日国民党政府能进西施否耶?日本天皇为吴王夫差否耶?有吉明、土肥原之流,既不是太宰嚭,而荒木之流能为伍子胥者,尚眼睁睁振其精神以谋我,未尝挖目悬于东京城门也。汪精卫安从而觅得太宰嚭谗杀日本之伍子胥耶?汪精卫欲充实国力,日本亦充实国力;国民党政府能添飞机一架,日本则添两架;国民党政府能添战舰一艘,日本则添两艘。我之国力充实时，彼之国力亦愈充实。我今年不能战，明年又岂能战耶？汪精卫以为日本人在睡梦中，敛手不办事，以待我充实国力报仇耶？汪精卫引越王勾践为喻，真可谓不通古今，胡涂乱说，欺骗愚人也。然国人岂尽愚耶？我以为今日抗日，无比较实力之余暇。我若想侵略日本，当比较我与日本之实力，然后可侵略之，所谓谋定后动也。今日本来侵略我，除抵抗外，无他办法，实力充，固当抵抗，实力不充，亦当抵抗。若今日不抵抗，再多延时日，更不能抵抗。日本之实力，比我加倍进速。我现在与日本战，我死一万，日本亦要死八千，我实力损伤，彼实力亦未必能仍旧。若我今日不抵抗，再待之数年，以充实国力，其时日本之国力，不只比我更充实，彼更可利用满洲国练兵以图我，两年之后，日本可在满洲国练兵五十万，其时以满洲国之兵入关，以中国人杀中国人，国民党政府纵能存在多两年，纵肯抵抗，已不是抵抗日本矣，乃抵抗满洲而已，死伤多少，皆是中国兵，满洲兵，与日本何与？其时日本之实力，反无大损伤也。故今日不抵抗，以后更难抵抗。而况所谓"充实国力"是徒托空言。照现在国民党政府之行为，永无充实国力之希望。彼一党专政之谬制不除，全国之人心不归附，全国之人才不集中，国防政府不能成立，战守大计不能决定。试问何能充实国力？纵能多添几十架飞机，多练几十万陆军，多购置几号战船，亦是充实几个军阀之力量而已，与国家无益，与人民无与。故汪精卫所谓"充实国力"云云，全是欺骗之词，粉饰之语，欲掩其媚日卖国之丑耳。岂真"充实国力"云乎哉？此非我凭空攻击之词，证以数年来之往事，历历可征。彼等人格如此，行为如彼，其对于人民已一欺再欺，三四五六次欺矣。人而无信，不知其可，尚能听之信之者，非愚，则妄，非私暱，则无良心。诸君既是聪明人，有脑筋，有思想，有良心者，望三思吾言，当知不诬也。

我今再归结此三段言论。我中国确能与日本战，但党国则确不能与日本战。诸君若真有抗日救国之心，先要将党国政府改造成中国政府，合全国之力抗日，则抗日必有功效。国民党人如真爱其党，不欲亡党，不欲亡国，亦惟有与吾人同一战线，由各地党部从速向其中央党部建议，请其取销党治，承认中国为四万万人之中国，非国民党一党之中国。南京政府几个领袖断不能假借党治以行其私，专权则蒋中正一人握之，万恶则党负之，众怨所归，国民党欲不覆亡，不可得。国民党人若稍有思想，必能听信吾言，此救国民党之良药也。若仍袒护其党治，不准人民干预国事，反对人民做抗日工作，是为人民之公敌，阻碍抗日战线，人民必先诛锄之也！（后略——作者注）

美国华侨之前途

关于美国华侨之事实，例当另著专书，断非区区短篇所能尽。然不能不略述之，在美国游记中应有之义也。美国华侨人数，因向无精密册籍，多少实难断定，然约略现在之数，多断不逾十万，少亦当有七八万。溯华人来美之始，在一八五〇年以后，当道、咸之间，其时嘉罅宽尼省与太平洋沿岸一带急待开发，需用工人正殷，华人之来，彼至欢迎。至一八六〇年时华人来美者已有三四万，至一八七〇年时增至六七万，至一八八〇年时增至十余万（一说二十余万）。嘉省与沿太平洋岸千数百万英亩之荒田，贯串美国大陆之铁路，开发美国富源之矿产，皆华人为之开辟，此功绩应永永不能忘，应有厚意以报答我华人者也。不料竟报之以禁约，一八八二年开始禁工，来者因之锐减，然一八九〇年时仍有十万人以上（一说一八八五年时最盛，有三十余万人）。但禁约既不能取消，苛例且因之百出。最近三四十年间，华侨当有减无增矣。十年前有浙人屠汝涑者，著《美国华侨实录》，谓一九二〇年时华侨减至六万余。此说或未必信，然以予现在所经各埠情形观之，东方萃于纽约，约二万以上，西方萃于三藩市，不到二万，其余如太平洋沿岸不过万，嘉省各埠亦不过万，中部数千，南部数千，东部除纽约外，当亦不过万，北部更少。照此数亦八万而已。试问此十万八万之侨胞万里远来，近数十年所得利益何在乎？说者谓每岁华侨汇回祖国之款逾美金千万元，此利益也。然此岂独华人之利益乎？今试以八万华侨之职业计之，业衣馆者万余人，业餐馆万余人，办货商店伴万人，做田园工者万人，做制造手工者数千人，失业而不常工作者数千人，未成年之男女数千人，妇女一二千人，报界、教育界留学生亦当逾千人。年中房租、饮食、衣服用度及游乐之费用之于美国者，当在三千万美金以上，而我华人所得回者实少数耳。是数万华人在美国，美国之利益甚大。

我华人虽无大资本投美，然劳力即是资本。就以华人之不动产与流动资金约计之，在美国者当有三四千万元。夫以三四千万元之资本，与数万人之劳力，年中汇回本国区区美金一千万元，原不为过。有此资本，有此劳力，何所往而不得此利？故华人之在美，非华人片面之利，乃与美国双方之利也。然而美国乃多为苛例以排斥华人，不特不公，且亦不智。惜乎我国无良好政府，能据公理，陈利害，以动美国人士之心，坐视华侨在美，日陷困难之境。近年来大餐馆之营业，一落千丈。从前每星期能营业过万元以上者，现不到四千元，故不能支持而倒闭。衣馆工人从前每星期能得工资四五十元者，现亦不到二十元。犹太人之衣馆则日多，减价搀夺。华侨在美国之前途益窘矣。在苛例百出、工商凋弊之际，受害者尤在土生青年。虽各埠多有华侨学校，然难得良师。一由小学教员为苛例所阻，不能登岸，二由经费支出，亦不容易在国内聘良师，故多因陋就简，华侨教育有名无实矣。此不能不为我旅美数千青年痛惜者也。华侨无不爱国，然为精力所限，真能负起救国责任者甚少。因其终日营营工商，实少余暇，又对于国事频年绝望，极热者亦变极冷焉。加以不肖之徒，利用爱国之名以干其私，虚伪之党又借政府之名以威吓利诱。故在清末时，华侨救国易，爱国亦不灰心。入民国以来，华侨救国难，爱国之心力亦易弱。盖清末时代，政府无党，亦不注意海外，使领与侨众生疏，华侨救国，心专而气勇。现在则不然，近十年尤甚，政府党羽密布而蛊惑。今日曰反对政府，则通缉抄家。明日曰拥护政府，则回国有官做。虚伪之宣传五花八门，四出之爪牙骗吓兼施，数十年前负起救国责任之海外华侨，至今遂情形大变矣。此不只为侨众前途惜，亦可为国家前途痛者也。吾以为今欲救国，先要华侨人人觉悟。夫去国万里，其情本亲，利害相同，亦无仇怨，苟以国家为前提，有何事不能合作？论者每谓华侨党派多，姓氏别，邑属分，堂号异，问题每由此生。诚然，但苟有觉悟，则是区区者皆可迎刃而解。须知争私利者永不能长久，骗大众者终不能隐瞒，是非之心，人人有之。所患者心知而口不言耳。夫公论不彰，则公理泯灭。今后救国，应行之途径无多。孟子谓"义，路也"，应先由之。无论工商如何忙迫，每日二十四时中最低限度当用半小时以研究国事焉，或阅报，或谈政，由见闻讨论，而定是非，求之实事，以证是非之确。采之多数，以明是非之真。是则是之，非则非之。由此可造成大多数之舆论，照舆论以行动，则大多数人之行动出焉，势力成焉。是之谓义路。切戒心知之而口不言，或口言之而身不行，袖手旁观，背后指点，此最害事也。颠倒事非，崇拜势力，委曲迁就，瞻顾私情，尤最害事也。苟人人长此沉迷，则国家永不能救，政府永远腐恶。我数万里去国之侨胞，在外固受人之欺，永无发展，回头亦无国可入，进退艰难。勿以私蓄尚多，可与犹太人为伍也。浸假必无路可行，失去义路之光明，并私路亦必断绝。吾来美国八年矣，与侨胞相亲爱，从不说口不对心之言，从不做徇私害公之事。因论华侨之前途，再不惮谆谆，掬诚心相告，望我爱国之侨胞，慎思明辨而笃行之。

论美国政治

美国自立国至今，一百六十年。在此一百六十年中，开疆拓土，富国强兵。农工商矿诸业日益兴盛，列于世界上头等国家，论政治者皆称羡焉。果何所长而得此？是不能不与论之。美为民主国家，中国今日亦挂民主招牌。中国革命，既不采君主立宪制，鄙薄英日，羡慕法美，则美制宜有可为中国法者，胡为至今二十余年，竟无一相类，亦不能不一论之。中国派学生来美游学，经数十年，美国政制若何，应无不习熟。胡为不能舍短取长？岂新兴之国，凡百制度，皆不宜于古国欤？最近一党专政、一人独裁之论调与事实并兴。新学小生几疑民主政治已趋于末日，且以“虚伪”之谥号赠之。然则美国之前途果趋末日乎？美国之虚伪民主政治，果无丝毫之价值乎？吾既写美国游记，关于此事，更不能不一论之。

政党为美国政治之精神与妙用，稍习美国政治者无不知矣，吾无庸赘词。然当其立国之初，因不预备办政党之事，制定宪法诸人尤不愿意有政党。今论美国政治，当先识其立国之精神，尤当识其宪法之妙用，然后知其政党之应运而生，是当然，非偶然。

“政府如不得人民之同意与拥护，人民自有权力另行建立新政府”，此英人洛克之学说也。美国立国之精神，即由此而生。美国《独立宣言》谓“上帝给予人类以不能剥夺之自然权利，人民为保障此权利，乃有政府之设立”。此数语不能滑口读过，更不能粗心去做。中国革命，倒专制，号共和，去君主，讲民主，二十余年扰扰纷纷，至今不定，日忧乱亡。其原因甚多，然滑口读过上列诸语，粗心去做上列诸语，则最大原因也。即美国独立之初，亦未尝不如是，然经若干时候，渐悟同盟式之条约不可以久持，于是有宪法之制定，于是有联邦政府。当其时议论蜂起，国权论者与州权论者如对垒焉。论者谓各州互相嫉妒，各不相谋，中央与地方利害不同，致起冲突，此自其恶点言之。但人类知识必有所蔽，思虑必有所偏。只见自然权利者，偏于保障人民，而忽略政府；只顾设立政府者，又忽略人民。此州权论与国权论之所以不能融洽，其实两者互助而成，不能有所缺，更不必两相攻。哲者之谋国，必由偏见而渐趋于全，则彼此退让，彼此原谅，而联邦宪法与联邦政府成立矣。经几许艰难，少数哲者苦心焦虑，战战兢兢，始克成之。说者谓其困难十倍于起独立军。质言之，美国宪法，乃各州割其权之大部分以让联邦政府，人民则放弃其“政府将剥夺我自由”之成见，以拥护联邦政府也。美国宪法之妙用，即从此出。不然者，仅读一句“上帝给予人类以不能剥夺之自然权利”，则联邦政府与宪法必不能成。仅读一句“人民为保障此权利乃有政府之设立”，则联邦政府与宪法亦不能成。我中国人宜思之。中国革命之初，倒君权，其时之革命者口口声声说“人民权利”，究之人民权利在何处？说者不求甚解，听者亦不求甚解也。及共和政府成立，执政者又口口声声说“为保障人民权利乃设立此共和政府”，究之政府如何能保障人民权利，人民是否单靠政府以保障其权利，举国大多数之人民固蒙然莫解，即少数之哲者亦皆莫明其妙也。故其结果，只有争辩而无退让，只有仇怨而无原谅。国民党即仇怨袁世凯，北洋派复仇怨国民党焉。及国民党得权，北洋派倒矣，国民党又仇怨其党外之人民，党外之人民亦不能不仇怨国民党焉。革命之后，所以内战二十余年，至今无宪法，政府则徒有其名，而不得人民之拥护。人民虽知有洛克学说，虽知有美国独立宣言，然读之二十余年不通，所谓革命者与政府中人亦读之不通。于是政党更无从说起，政治因之亦无从说起矣。吾人今日论美国政治，先要识此总根源，而后其他政制始有可说。

美国自立国至今，总统三十一人。华盛顿之人格，全世界皆钦敬之矣。华盛顿不肯就第三次总统连任，飘然退隐于窝嫩山之私宅，其用心就是以人民权利为重，预防当权者藉口“保障人民权利”之故，贪政权以自私，则人民权利终不能保也。约翰·亚丹继华盛顿之后，亚丹与哈曼顿同为国权论者，然亚丹终不以哈曼顿之极端集权为然，仍主调和。华盛顿之退让，约翰·亚丹之调和，在美国立国之初，浑然太和之元气也。啫化臣继约翰·亚丹为总统，啫化臣则极端拥护州权论者，但亦富于调和性，不极端反对国权。于是“主权分有”之说出（即联邦政府有主权，各州政府亦有主权之说）。其后炅臣（Andrew Jackson）为第七任总统，炅臣则拥护国权论者，然亦不反对州权，与啫化臣皆富于调和性。此皆受华盛顿之感化，不贪政权以自私，不持偏见而通达两方面，其《独立宣言》书中所谓“天赋人权，一律平等”，其要义如此也。立国之精神在是，宪法之妙用在是，百余年来日臻强盛之基础在是。因为如此，故各方皆有发展之机会，虽有争执，藉此调剂而得其平。美国立国后，领袖之争政见，中央与各州之争权限，资本家与劳动者之争利益，商人与农民之争关税政策，土生曾与外侨之争国籍权。各种争端，时时不免，而卒之能治衡而相安，皆恃此互让调剂之力。放奴主义者与护卫奴制者之争，似不能调矣。然实际亦调，不知者以为林肯之用兵，南北之战，为放奴主义。此皮相之论也。林肯实为统一而战，非为放奴而战。林肯就总统职时，曾表明“联邦政府可不干涉南部诸州之奴制，惟联邦则必须统一，不能分裂。诸州脱离联邦，即是叛国。联邦政府必以权力制止之”。由是可知放奴主义，林肯仍可以调和。退让与原谅之精神也。然而脱离联邦则不能调和，裂国土为外人利，若容忍之，则失政府之责也。故美之立国一百六十年中，用兵而争者，只南部诸州脱离联邦之战，其余无论如何争执，皆能互相退让、互相原谅而调和。观于南北战后，联邦政府对南部诸州之宽大，其故益可知。喜士（Rutherford B. Hayes）与齐尔钝（Samuel J. Tilden）之争选，全国鼎沸，几再酿变，亦卒调和。可知美国国事之安，农工商矿百业之发达，政党政治之能上轨道，宪法之解释修改而不至于蹂躏，非无故也。自内部国权、州权之争，以至对外侵略与和平之争，无不具调和之精神，是之谓真民主。……夫民主政治，诚虚伪，事实上断不能人人皆主。美国之宪法，成于少数哲人，若待十三州人人皆主而成之，则必无成。然少数哲人能以大多数人民之公意为前提，能高瞻远瞩，为国家人民定百年大计，出之以公心，行之以至诚，则谓之民主，不虚伪矣。反之，则如现在之中国国民党，但恃势力，以一党几人私定之宪法，谓之“中华民国宪法”，抹煞大多数人民之公益，而纯运私心，不只虚伪，真欺骗也。……我中国既挂起共和民主招牌，今后宜认真研究民主共和之道，则美国政治犹未趋末日，彼诋之为虚伪者，苟未能自摆脱其欺骗狡恶之行为，则虚伪云云，非信谳也。夫世界上无绝对美善之政制。民主政治之政党运用，诚有许多受人指摘者，美国之政治，吾亦不能偏袒之。如选举之频繁，运动之黑暗，政党中下人物之庸碌劣陋，徇情舞弊者之贪黩，市政之腐败，种种假公济私之浮支剥削，皆不能免。美国政治之前途，吾诚忧之。然而尚能治者，则有救济之道焉。“上帝给予人类以不能剥夺之自然权利，人民为保障此权利，乃有政府之设立”。此《独立宣言》书之深入人民脑中，成为极大之信仰，能造成一种强有力之监督舆论，其势不可终侮也。试观美国一百六十年中，握最高行政权之大总统三十一人，庸陋则有之，作恶者未见；独断则有之，摧残舆论者未见。昃臣总统以霸气粗才，敢蔑视高等法院之权力，阻难国会之通牒，积极行使其强烈之否决权（美国宪法规定大总统对于国会有否决权，历任大总统甚少行之，即行之亦出以和平态度，惟昃臣则不然，积极行使其否决权，欲屈服国会），更动大批官吏以位置其私党，然而对于民权党之攻击，直斥之为“王权篡窃”者，昃臣亦无如之何也。他如罗斯福、威尔逊，在美国史上皆为第一等之总统，然其受报馆之攻击，虽愤怒忧郁，而卒无如之何。故美国政党之畏选民，与中国人民之畏官吏，适成一反比例。民主政治之所以能维系者在此。反观一党专政、一人专权，但逞权力以摧残异己、压制舆论者，其孰为虚伪，尚何待烦言哉？

美国资本制度太发达，外来移民日多，失业工人容易受鼓动，奢侈奸淫盗杀酗酒之恶风，既浸淫于全国。外来之民族庞杂，平时既荡检败行，宗教不足以制裁之，加以生计艰难，……此美国政治前途之大忧也。……吾不知美国人能各自觉悟以弭此大忧，保其一百六十年来立国之精神与政党之妙用，而不失其共和民主之历史否乎？吾暂不必代美国忧之。吾甚愿挂起民主招牌之中国，自炫为民主政治者，先审察美国所以能造成民主政治之根源，不只在殖民时代之练习自治，实在于聪明觉悟。知立国之道，不能走极端，持偏见，不能但见己，不见人，必要有互相退让与原谅之调和性，方可以应付全局，发展大计也。否则扰扰纷纷，终无宁日，任说如何主义，总不能行。夫买椟还珠，昔人所讥。愿我中国人无但买民主之椟，对症下药，名医有主。愿我中国人无自以为同帝俄之病，而妄服苏俄之方。民主政治未趋末日也。具中和性之中国人民，盍兴乎来？

附　美国四十八省改省先后及里数、人口表

序次	省名	改省年月	全省面积（方英里）	全省人数	备考
一	偏士温也省 Pennsylvania	一七八七年十二月	四万五千一百二十六	九百六十三万一千	
二	纽遮士省 New Jersey	同上	五千二百十四	四百万〇四万一千	
三	爹露维省 Delaware	同上	二千三百七十	二十三万八千	
四	坚拿特近省 Connecticut	一七八八年一月	四千九百六十五	一百六十万〇六千	
五	麻士周实省 Massachusetts	同年二月	八千二百	四百二十四万九千	
六	美利伦省 Maryland	同年四月	一万二千三百二十七	一百六十三万一千	
七	南加兰纳省 South Carolina	同年五月	三万〇九百八十九	一百七十三万八千	
八	胡展亚省 Virginia	同年六月	四万二千六百二十七	二百四十二万一千	

续表

序次	省名	改省年月	全省面积（方英里）	全省人数	备考
九	纽坎沙省 New Hampshire	同上	九千三百四十一	四十六万五千	
十	纽约省 New York	同年七月	四万九千二百〇四	一千二百五十八万八千	
十一	佐治亚省 Georgia	同上	五万九千二百六十五	二百九十万〇八千	
十二	北加兰拿省 North Carolina	一七八九年十一月	五万二千四百二十六	三百一十七万〇	
十三	律埃伦省 Rhode Island	一七九〇年五月	一千二百四十八	六十八万七千	
十四	窝门省 Vermont	一七九一年三月	九千五百六十四	三十五万九千	
十五	坚得忌省 Kentucky	一七九二年六月	四万〇五百九十八	二百六十一万四千	
十六	天尼斯省 Tennessee	一七九六年六月	四万二千〇二十二	二百六十一万六千	
十七	奥埃奥省 Ohio	一八〇三年二月	四万一千〇四十	六百六十四万六千	由胡展亚省划分
十八	鲁诗安拿省 Louisiana	一八一二年四月	四万八千五百〇六	二百一十万〇一千	将所买法国属地改省
十九	燕甸安拿省 Indiana	一八一六年十二月	三万六千三百五十四	三百二十三万八千	由胡展亚省划分
二十	密士失必省 Mississippi	一八一七年十二月	四万〇六百八十五	二百万〇〇九千	
二一	依李奈士省 Illinois	一八一八年十二月	五万六千六百六十五	七百六十三万	由胡展亚省划分
二二	亚罅班麻省 Alabama	一八一九年十二月	五万一千九百九十八	二百六十四万六千	

续表

序次	省名	改省年月	全省面积（方英里）	全省人数	备考
二三	缅省 Maine	一八二〇年三月	三万三千〇四十〇	七十九万七千	
二四	蔑梳利省 Missouri	一八二一年八月	六万九千四百二十〇	三百六十二万九千	将所买法国属地改省
二五	奥坚梳省 Arkansas	一八三六年六月	五万三千三百二十六	一百八十五万四千	将所买法国属地改省
二六	美士近省 Michigan	一八三七年一月	五万七千九百八十〇	四百八十四万二千	由胡展亚省划分
二七	付罗亚打省 Florida	一八四五年三月	五万八千六百六十六	二百四十四万八千	将所买西班牙属地改名
二八	忒士省 Texas	一八四五年十二月	二十六万五千八百九十六	五百八十二万四千	战胜墨西哥而得
二九	埃奥华省 Iowa	一八四六年十二月	五万六千一百四十一	二百四十七万	由胡展亚省划分
三十	委士康森省 Wisconsin	一八四八年五月	五万六千〇六十六	二百九十三万九千	由胡展亚省划分
三一	嘉罅宽尼省 California	一八五〇年九月	一十五万八千二百九十七	五百六十七万七千	由墨西哥并入
三二	缅尼梳打省 Minnesota	一八五八年五月	八万四千六百八十二	二百五十六万三千	大部分为法国属地
三三	柯利近省 Oregon	一八五九年二月	九万六千六百九十九	九十五万三千	向英国力争而得
三四	埃打贺省 Idaho	一八六〇年七月	八万三千八百八十八	四十四万五千	将所买法国属地改省
三五	垦士省 Kansas	一八六一年一月	八万二千一百五十八	二百八十八万	将所买法国属地改省
三六	西胡展亚省 West Virginia	一八六三年六月	二万四千一百七十	一百七十二万九千	由胡展亚省划分

续表

序次	省名	改省年月	全省面积（方英里）	全省人数	备考
三七	尼华打省 Nevada	一八六四年十月	一十一万六百九十	九万一千	由墨西哥并入
三八	尼巴士架省 Nebraska	一八六七年三月	七万七千五百二十	一百三十七万七千	将所买法国属地改省
三九	卡罗罅度省 Colorado	一八七六年八月	一十万〇三千九百四十八	一百〇三万五千	一半为法国属地，一半为墨西哥并入
四十	文天拿省 Montana	一八八九年十一月	一十四万六千九百九十七	五十三万七千	将所买法国属地改省
四一	华盛顿省 Washington	一八八九年十一月	六万九千一百二十七	一百〇六万三千	向英国力争而得
四二	北的哥打省 North Dakota	一八八九年十一月	七万〇八百二十七	六十八万	将所买法国属地改省
四三	南的哥打省 South Dakota	一八八九年十一月	七万七千六百一十五	六十九万二千	同上
四四	怀奥明省 Wyoming	一八九〇年七月	九万七千九百一十四	二十二万五千	同上
四五	夭佗省 Utah	一八九六年一月	八万四千九百九十〇	五十万〇七千	由墨西哥并入
四六	屋哥坎码省 Oklahoma	一九〇七年十一月	七万〇〇五十七	二百三十九万六千	将所买法国属地改名
四七	纽墨西哥省 New Mexico	一九一二年一月	一十二万二千六百三十四	四十二万三千	由墨西哥并入
四八	亚罅笋拿省 Arizona	一九一二年二月	一十一万三千九百五十六	四十三万五千	同上
四九	哥伦比亚特区（美京）District of Columbia	一七九〇年七月	七十	四十八万六千	

译名简释

A

阿毗腻(Albany)——阿尔伯尼

埃奥华(Iowa)——爱荷华

埃打贺(Idaho)——爱达荷

安狄臣(Edison)——爱迪生

安拿亚拔律士(Annapolis)——安纳波利斯

安条利贺(Ontario)——安大略

奥埃奥(Ohio)——俄亥俄

奥达士(Otis)——奥提斯

奥花伦(O'Fallon)——奥法伦

奥坚梳(奥坚)(Arkansas)——阿肯色

B

北的哥打(North Dakota)——北达科他

北加兰拿(North Carolina)——北卡罗来纳

崩架侥、崩架山(Bunker Hill)——邦克山

俾烈治砵埠(Bridgeport)——布里奇波特

必珠卜(Pittsburgh)——匹兹堡

毕施·罗士(Betsy Ross)——贝茨·罗斯

碧近山(Beacon Mountain)——比肯山

编士湾也、偏士温也(Pennsylvania)——宾夕法尼亚

便治文·佛冷伦(Benjamin Franklin)——本杰明·富兰克林

标埃仑(Belle Island)——贝尔岛

波地磨(Baltimore)—— 巴尔的摩

布郎士(Bronx)——布朗克斯

布碌仑(Brooklyn)——布鲁克林

布律委(Broadway)——百老汇

C

查里驿(Joliet)——乔利埃特

查士埠(Charlestown)——查尔斯镇(城)

差士绽(Dresden)——德累斯顿

村那达(Trinidad)——特立尼达

D

达治瑟地(Dodge City)——道奇城

德勒士(Douglas)——道格拉斯
的哥利逊纪念日(Decoration Day)——扫墓日
刁搬(Dearborn)——迪尔伯恩
爹核士(Jefferson Davis)——杰斐逊·戴维斯
爹礼华、爹露维(Delaware)——特拉华
多佛士·波士(Adolphus Busch)——阿道弗斯·布什

F

泛典拿(Fontana)——丰塔纳
非匿(Phoenix)——菲尼克斯
菲立音亚(Phillip Armour)——菲利普·阿莫尔
斐猎滨(Philippine)——菲律宾
费路遮化(Philadelphia)——费城
弗域(Frederick)——弗雷德里克
付罗亚打、符罗利达(Florida)——佛罗里达

G

伽蓝拔士(Columbus)——哥伦布
哥林比亚(Columbia)——哥伦比亚
古烈治(Coolidge)——柯立芝
固连(Grant)——格兰特
固连达(Granite)——格兰奈特
固连密士(Greenwich)——格林威治

H

哈云顿(Harrington)——哈林顿
贺布碌(Holbrook)——霍尔布鲁克
胡展亚(Virginia)——弗吉尼亚
怀奥明(Wyoming)——怀俄明

J

积彩、的彩(Detroit)——底特律
吉地士卜(Gettysburg)——葛底斯堡
加菲(Garfield)——加菲尔德
嘉利(Gary)——盖理
嘉荣顿(Covington)——卡温顿
嘉罅尼(California)——加利福尼亚
坚得忌(Kentucky)——肯塔基
坚顿(Canton)——坎顿
坚拿特近省(Connecticut)——康涅狄格州
检别治(Cambridge)——剑桥
津哈华(John Harvard)——约翰·哈佛

K

卡罗罅度(Colorado)——科罗拉多
卡匿技(Carnegie)——卡内基
堪麻·李(Homer Lee)——荷马·李
坎排士的(Empire State Building)——帝国大厦
坎问顿(Hamilton)——哈密尔顿
亢及(Concord)——康科德
柯利近(Oregon)——俄勒冈
科士公园(Forest Park)——森林公园
垦士瑟地(Kansas City)——堪萨斯城
括烈治(Goodrich)——古德里奇

L

拉飞咽(Lafayette)——拉斐特

喇麻埠(Lama City)——拉马城

辣通(Raton)——拉顿

榄问顿(Providence)——普罗维登斯

勒啫亚·格勒(Rogers Clark)——罗杰·克拉克

离阿波·拔罅士架(Leopold Blaschka)——利奥波德·布拉施卡

力盛顿(Lexington)——列克星敦

烈治文、力士问(Richmond)——里士满

卢多付·拔罅士架(Rudolph Blaschka)——鲁道夫·布拉施卡

卢近(Logan)——洛根

卢士(Loce)——罗斯

卢斯福(Roosevelt)——罗斯福

鲁诗安拿(Louisiana)——路易斯安那

律埃伦(Rhode Island)——罗得岛

罗拔·李(Robert E. Lee)——罗伯特·李

罗伦士(Lawrence)——劳伦斯

罗生(Los Angeles)——洛杉矶

罗士伦那士(Loslanas)——罗斯拉那斯

洛基花罅(Rockefeller)——洛克菲勒

M

麻士周实(Massachusetts)——马萨诸塞

马哥·保罗(Marco Polo)——马可·波罗

麦坚尼(McKinley)——麦金莱

麦科臣(Mc Pherson)——麦克弗森

美蔀树(Maple Tree)——枫树

美利达(Meredith)——梅瑞狄斯

美利伦(Maryland)——马里兰

密士失必(Mississippi)——密西西比

棉乞坦(甸)(Manhattan)——曼哈顿

棉士坏(Mansfield)——曼斯菲尔德

缅(Maine)——缅因

缅尼梳打(Minnesota)——明尼苏达

咩士伦(Massillon)——马西永

蔑梳利(Missouri)——密苏里

N

拿律(Needles)——尼德尔斯

那伏埠(Norfolk)——诺伏克

南的哥打省(South Dakota)——南达科他州

南加兰纳(South Carolina)——南卡罗来纳

尼巴士架(Nebraska)——内布拉斯加

尼华打(Nevada)——内华达

纽卜(Newburgh)——纽堡

纽反(Newark)——纽瓦克

纽坎沙(New Hampshire)——新罕布什尔

纽坎士打朕(New Amsterdam)——新阿姆斯特丹

纽墨西哥(New Mexico)——新墨西哥

纽沃(New York)——纽约

纽希云(New Haven)——纽黑文

纽英伦(New England)——新英格兰

纽遮士(New Jersey)——新泽西

O

讴坡茄企(Albuquerque)——阿尔伯克基

P

披巴地(Peabody)——匹博迪

菩利摩士(Plymouth)——普利茅斯

葡萄麦河(Potomac River)——波托马可河

蒲星(Pershing)——珀欣

Q

齐尔钝(Tilden)——提尔登

奇连顿(Clinton)——克林顿

企李扶仑、企城(Cleveland)——克利夫兰

顷文(Kingman)——金曼

S

沙士披(乔)燕那(Susquehanna)——萨斯奎汉纳

沙罅吐卡(Saratoga)——撒拉托加

山打斐(Santa Fe)——圣达菲

汕班连拿(San Bernardino)——圣贝纳迪诺

赊利架啡(Chilli Cothe)——奇利科西

圣查理士(St. Charles)——圣查尔斯

圣多些(San Jose)——圣何塞

施古(Siegel)——西格尔

湿飘利亚湖(Superior Lake)——苏必利尔湖

士担佛(Stamford)——斯坦福德

士的运·德勒士(Steven Douglas)——斯蒂芬·道格拉斯

士爹佛(Stafford)——斯塔福

士力文(Selieman)——塞理曼

守护边(South Bend)——南本德

睡坑(Sleepy Hollow)——睡谷

思麦(Cermak)——瑟马克

斯的葹(Statice)——补血草、海石竹

梭连亚(Salina)——萨莱纳

T

他辅(Taft)——塔夫脱

谭臣(Thompson)——汤普森

探勿士(Thomas)——托马斯

忒士(Texas)——德克萨斯

天尼斯(Tennessee)——田纳西

吐碧卡(Topeka)——托皮卡

吐厘度(Toledo)——托莱多

W

娲是利(Wellesley)——韦尔斯利

威廉士(Williams)——威廉斯

威拿(Widener)——威德纳

威士利(Westerly)——韦斯特利
威士泮大学(West Point)——西点军校
威粟忌(Vespucci)——韦斯普奇
维廉·编(William Penn)——
委士康森(Wisconsin)——威斯康星
温梳(Windsor)——温莎
文天拿(Montana)——蒙大纳
窝灵顿(Warrington)——沃林顿
窝门(Vermont)——佛蒙特
窝嫩(Vernon)——弗农
沃架(Yucca)——丝兰
渥郡(Akron)——亚克朗市
屋哥坎码、屋哥虾麻(Oklahoma)——俄克拉荷马
屋树(Oak Tree)——橡树
勿地臣(Madison)——麦迪逊

X

西布碌(Sea Brook)——海布鲁克
西胡展亚(West Virginia)——西弗吉尼亚
西林(Salem)——萨勒姆
希士顿(Ashland)——亚什兰
喜士(Hayes)——海斯
夏定(Harding)——哈定
夏利臣(Harrison)——哈里森
先马仑(Cimarron)——西马伦
先丝那打(Cincinnati)——辛辛纳提
萧里桥(Syracuse)——锡拉丘兹
晓伦湖(Huron)——休伦湖
些利碑(Shellie Bay)——谢利湾
畜牧埠(Las Vegas)——拉斯维加斯
轩利·阔(Henry Ford)——亨利·福特
《靴路西报》(*Herald*)——《先驱报》

Y

丫灵顿(Arlington)——阿灵顿
亚丹(Adams)——亚当斯
亚厘士拔(Elizabeth)——伊丽莎白
亚罅班麻(Alabama)——阿拉巴马
亚罅笋拿(Arizona)——亚利桑那
亚云士顿(Evanston)——埃文斯顿
晏海士·波士(Anhueser Busch)——安修斯·布什
晏利(Erie)——伊利
燕甸(Indian)——印第安
燕甸安拿(Indiana)——印第安纳
杨格士(Yonkers)——杨克斯
夭佗(Utah)——犹他
耶路大学(Yale University)——耶鲁大学
依李奈士(Illinois)——伊利诺伊
乙毕格(Ipecacuanha)——吐根树
益架(Acre)——英亩
莺古路(Angola)——安哥拉
域寺·轩利·李(Richard Henry Lee)——理查德·亨利·李

Z

赞(炅)臣(Jackson)——杰克逊
啫化臣瑟地(Jefferson City)——杰斐

逊城昃门(Chapman)——查普曼

詹士·蓓施(James Bruce)——詹姆斯·布鲁斯

展尼化(Geneva)——日内瓦

占士·益文·士古笠士(James Edmund Scripps)——詹姆斯·埃德蒙·斯克瑞普

张先瑟地(Junction City)——强克逊城

卓顿(Trenton)——特伦顿

佐治·科士顿考士(George Westinghouse)——乔治·威斯汀豪斯

旅美鳞爪

严仁颖

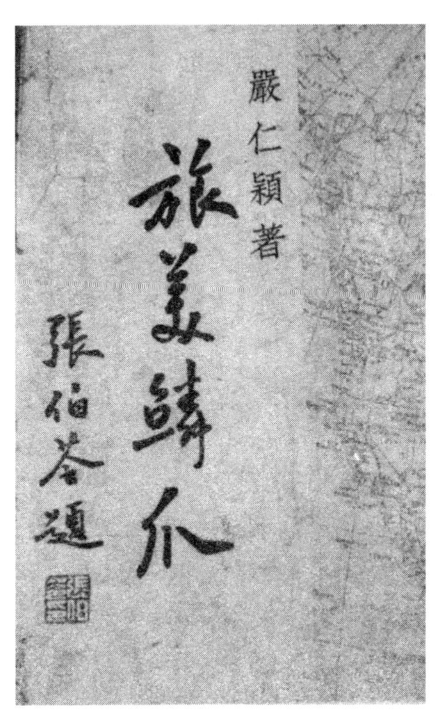

献给鼓励我出国，督促我写作的若兰。

目　录

篇前

由民国三十年的十一月二十九日，到三十四年的十月四日，我曾把快到四年的辰光，消磨在美国的土地之上。感谢《大公报》给我这宝贵的机会，使我作了中国报纸派遣驻美的第一个记者。

在美四年，虽然过着记者身份的生活，但是因了太平洋上战事的爆发，无定期的推延了我留美的计划。所以，除去体会和探讨异国的风土以外，我不敢放弃在最高学府读些现代课程的机会。每天夜晚，我要藏在教室或图书馆里。同时，为了支撑读书的费用，白天就不得不找些工作。因此，我为《大公报》的工作的时间，就减少了一半。

在这一半的记者生活里，我要搜集材料，访问各界，拍打电报，写寄通讯，还要参观报馆，联络同业。所以写通讯的时间，已是有限，并且因了太平洋上战火的阻隔，寄回祖国的通讯，而尚不失去时间性的，为数实在不多。现在把它们集成小册，刊印问世。这些篇通讯，既不能说明我在美国的工作成绩，更不能代表我对当时问题的思考。片片段段，零零碎碎，我只好名之为“鳞爪”——用它们来反映战时美国的动态和中美关系的演进吧。

我追悔，在美国不曾再下些功夫，把四年间所参加的美国大事，和四年间在美所遇到的人物和问题，有条理的写一写，报告给《大公报》的读者。如同一九四四年美国大选，和民主、共和两党全代会的形形色色，一九四五年联合国第一次大会的热烈场面，都是因了材料过于丰富而未动笔。美国市政怪杰，作了十二年纽约市长的拉瓜迪亚氏(La Guardia)，我最为敬佩，见过许多次面，竟不曾描写他一番。他如神奇的纽约市的景物，我不知如何下笔。而美国的黑人问题和犹太人问题，我却不曾写过一个字。还有，那血泪交织造成的华侨种种问题，我就根本不敢报告了。

在这小册子里，一共刊有通讯二十二篇，其中除去《初抵金门》和《我爱重庆》两篇登载在纽约《中美周刊》以外，其余各篇，都登在重庆《大公报》。为了保持动笔时的情绪，付印时不改一字。

有一点必须声明的是：有几篇通讯，因了中美两国的战时检查，和动笔时原文，已小有出入。如同在《春天的烦恼》一篇里，当时我曾批评美国战时的许多矛盾措施，又如在《再访白宫》一篇里，我曾把罗斯福夫人所谈对蒋夫人的印象，详细记出。这些在重庆《大公报》版面上刊出时，已经发觉出失掉了的字句。这些，事实上无法补全，实在也没有补全的必要了。

附录五篇文字，前两篇是出国前在重庆写的，后三篇是回国后在天津写的。一并在这里刊出，含有比较和纪念的意义。

胡政之先生，在他两次访美的旅次中，给我不少关于新闻写作的指示。孟治先生，在四年里，始终供给我采访时的便利和协助。胡艺秋女士，在我百忙的生活里，助我速记抄录，和寄发这些通讯。张琴南先生在这小册子降生的前夕，为我校订。太老师张伯苓校长为这小册子题署封面。这里，我要向他们深深的致谢！

严仁颖

“九一八”十六周年纪念日于天津四面钟

初抵金门

这里是我到美国后写给《大公报》的“处女作”，因为那时还不曾添设中美的新航线，所以不曾在信封写明“经由非洲”字样，只注明飞剪号邮件(By Clipper)，在日美大战后十天寄出，我真没有想到在六月底竟原信退回来了。这信竟在美国邮局里拖延了半年的辰光，结果又寄到我自己的手里。接到时，我真“啼笑皆非”了！无论如何，我感到战争的烟火，已经把我远隔在祖国万里之外，我现在把它一字不改的投到《中美周报》，以表我到美后初次印象罢！

颖识

(三十一年七月四日于纽约)

在那风云日紧的太平洋上，我们航行了三十四日。一个初冬的夜晚，“泰莱总统”号把我们载到了新大陆的门户——旧金山。在这三十四天的旅途里，我们曾经两次经过赤道的海面，曾经到过正在武装的岛屿，曾经几度看见了民主国家的飞机，在我们船头上飞舞，并且曾经几度带上了救生圈，演习着救生艇。应该感谢上苍，我们算是平安的到达了目的地。

三十年一月廿九日，我们到了旧金山。灯光下，在船上办理登岸的手续。先经过移民局和卫生局官医的两次体格检查，因为都是头等客人，所以并不麻烦。其次，办理入境手续，移民局的职员，忙了大半天。旧金山总领事冯执正君，偕学习领事赵寿瑞君登船来接，盛意可感！冯总领事告我，抗战以来，美国移民局和海关对于旅美同胞的态度，一天比一天的好转起来。我们快慰的、顺利的跨上了新大陆。

下船的翌日，参政员邝炳舜君来访。他先带我在旧金山作了一次鸟瞰，然后告我侨胞的近况和美国的动态。邝参政员刚刚跑了四十余城市，视察侨务归来。他告我旧金山最近有许多人经过，日本特使刚刚东去，苏联大使就要飞到，我国新任国际宣传处美国负责人，夏晋鳞君亦将来此公干。同时，冯总领事告我，旧金山是全美侨胞的中心，有多作体会的必要。因此,我放弃了立即东去的计划。

在船上三十余天,在旧金山一个星期,我用了我最大的努力,去和异国的新友去接触,好得到一些美国对于远东问题的一般意见。美国人的确是在赞扬着我们抗战的伟绩了,他们对于我们除去了同情之外,真真有了些许尊敬之意。不过,他们对于中国政治上许多的缺点,还在表示着不放心。美国人的确是痛恨日本军人了,杂志上公然对于日本官吏讽刺起来,对于旅美的日侨,生了种种的歧视。不过,由各方面去观察,在一九四一年十二月七日以前,美国人民没有立即参战的意向。一位美国海军后备官员告诉我:"日本是不敢打我们的,我们也不至于就去打他,但,早晚我们和日本必有一战。"这可以代表了当时美国一般的舆论。

到美的那天,是星期六,加省大学足球队那天打胜了史丹佛大学足球队,全城布满了加省大学学生,狂呼狂叫,三五成群,见了红色的玻璃,就把它打碎,因为红色是史丹佛的校色,许多红色的汽车,都被捣毁。第二天,是星期日,全城又布满了刚刚入伍的青年军人,整齐的制服,伴着年轻的女人,徘徊在夜总会里。史丹佛大学的一位中国同学告诉我,最近有一个美国学生,因为戏谑一年级的同学,在楼上的窗口,用纸袋装满冷水向下抛击,竟不慎坠地而死。真的!我寻找不出一丝的战时烟火!

那天随着邝参政员去金门(Golden Gate)视察了一番,海面上倒也布上了层层的水雷。山坡上,几座巨炮正在装置,但是却非常公开。又去参观世界博览会的旧址,人工岛上,现在正在改作军事飞机场,层层建筑不曾拆完,不知为什么又停工了。最后,我们去看一看美国军官的住宅和兵士的营房。邝参政员说:"美国士兵住的地方,要比我们委员长舒服多了。"信然。

但是,这种升平时代的景象,被十二月七日早晨日本的轰炸檀香山的弹片一扫而光。全美在沸腾了。各报纸的号外,用半张纸大的字,印出"日本进攻美国"字样!各电台都连续二十四小时报告紧急新闻,全世界唯一安全的乐土,竟然也燃起了战争的烽火。在日本向美国宣战的一昼一夜以后,美国也向日本宣战了。

民主国家到底是民主国家。国会下院里,真还有一位 Rankin 小姐投反对宣战的票,尽管她说:反对不反对,毫不影响此案的通过。尽管在散会时,她跑到电话室里躲避起来,不过,无论如何,在日本杀死了她三千同胞,向她祖国宣战以后,她还能在人群沸腾之中,投她唯一的反对票!在战事开始以后的一个星期,美政府才起始考虑检察新闻的问题。日本的广播,一个字不改的登在报纸上面,并且常常和美国新闻对比一下。民主国家到底是民主国家。

美国最困难的问题,是移民问题。许多的美国人民,另有他祖国的国籍。譬如我国在美的侨民,不下七八万,而日本只在美国西部就有十几万侨民。现在战事一起,问题就多了。在太平洋沿岸,日本的侨民势力很大。在美西,美国人对中国人态度一向不大好。旧金山的市长 Rossi 是意大利人,抗战后,对中国侨民并不十分同情,而特别注意意大利的侨民,所以,旧金山的意大利城,近来热闹非常。但是,十二月八日起,日本侨民就度起痛苦的生活来,商店被封,车船不准上,许多团体领袖都被拘禁起来。意大利侨民的优越地位,亦一落千丈,因为传说在灯火管制的时候,在意大利城里发现了信号。

在暴日残杀檀香山和菲律宾的人民以后,在芝加哥、洛杉矶和旧金山相继发生日人被杀的事实,据说是菲律宾人对日本人的报复。因此,旧金山总领事馆赶快发出中华民国人民证,以免发生不幸的误会。这几天,中国领事馆大忙特忙,侨胞团体也分别发出汽车证、商店证和徽章。当你上火车时,售票员要先问一问是不是日本人。当你告诉你是中国人时,他立刻笑容满面的拍拍你的肩,然后说:“我们是兄弟!”

檀香山,人口总数有三十三万人,而日本侨民竟多至十二万人,他们都有双层的国籍。现在美日战事一起,这对内的问题,恐怕比对外的战事还要麻烦。当我想到了在那夜不闭户的乐土之上,美国的水兵们在酒店里,过了一个痛快沉醉的星期六夜晚,第二天清晨还不曾清醒,就被日机狂炸一阵的时候,我真替美国人抱屈!不客气的说,美国准备得太迟了。

民主国家,转动得慢,但是一经转动,力量就很大,并且不易再回头。一个星期来,美利坚确在怒吼了。东西两岸,都开始举行防空演习。上星期,旧金山一连举行了五次灯火管制。第一次简直是游戏,警报后,在高地照下的像片,还是灯火片片,所以当局可真焦急了,说是敌人的飞机的确到了金门,并且还是五十几架,这样,成绩才慢慢好起来。但是最近的一次,还有一家报纸指出指挥防空的办公楼,在警报后还是灯光辉煌。灯火管制最好的区域,据说是中国城,但比起重庆来,那还差得太远。我不知道将来一旦敌机来炸,有什么办法。

无疑的,我们四年半的英勇抗战,换到了国际上较高的地位,尤其在十二月七日以后,美国人民更明白了中国几年来的艰苦。最近报张杂志上,天天可以看到 ABCD 的字样,广播中,亦常听到了蒋委员长的名字,和邱吉尔一道提出。最近一期的《生活》杂志,有一篇很长的文章,描写胡适大使,说他的外交战已经胜利,说他是中国现代唯一的学者,说他是中国文艺复兴的大师。的确,胡大使这次在一小时半以前,和罗斯福总统当面抗议,推翻了美日妥协的谈判,大家都认为中国外交上空前胜利!

自从美国向日本宣战以后,中国的美籍侨胞都立刻参加各方面战时工作,从军、防空、国防工程……都非常辛劳。

曹禺的小友林登君,和《少年中国》画报主笔吴宗黄君,最近为美国红十字会筹款,组织侨胞业余剧团,排演《雷雨》,用粤语演出。一九四二年一月三日这个剧出台,希望有良好的结果。

美日开战了,全世界的黑白,自此得以分清。我中华民族,矗立民主战线之上,当能破釜沉舟,一显我五千年来的光荣!为人类立些功业!造成一页新的历史!

(三十年十二月十八日午脱笔于旧金山)

美国的报纸

到了美国,许多的见闻和在国内时所想象的大不相同。从前有些从美国回去的人,把全美国都形容得像好莱坞拍剧场那么富丽堂皇。其实依笔者看来,美国人的种种生活现象,和中国也差不了很多。但是,有两个特点确是值得我们赞扬的,第一点是教育的普及,第二点是科学的发达。在这两种优良环境之下,造成了美国一种伟大的事业——新闻事业。

美国的人口,据一九四〇年的户口调查,是一三一六六九二七五人。在这一万万三千余万的美国人里面,报纸的读者达四千一百余万,平均不到三个人就读一份报纸。如果拿纽约市的报纸发行数和纽约市的人口来计算,几乎每人看一份报。从历史上看,在一九二〇年,美国的报纸共有二〇四二家,销路共达二七七九〇六五六份。一九三〇年,报纸共有一九四二家,销路共达三九五八九一七二份。到了一九四〇年,报纸共有一八七八家,销路共达四一一三一六一一份。小规模报纸的合并和读者数目的增加,是美国新闻事业的新优势。

全美国销路最多的报纸,却是一家小型的报——《纽约每日新闻》(*New York Daily News*)。它的篇幅比普通的大报小一半,每天出版多则五六十页,少则三四十页,里面有四五页的铜版图样。内容除了国家大事以外,对于社会新闻特别丰富,不少的美国土话,不少的黄色新闻,如同凶杀、离婚、判罪和游艺等类的消息,这个报编得特别热闹。它每天编印五六版,第一版在先一天的夜里,就印出了(除特别新闻外,其余消息,各版大体相同)。每份只售二分钱,一九四一年十二月的平均销路是二〇二五〇〇〇份。星期版到八十页以上,另有连续故事漫画十六页,照相图画十余页,只售五分钱。星期版的销路,最近已达二九〇〇〇〇〇份,实在是个惊人数目。主笔 Clarke 氏,一向主张孤立,对于我国、英国以及美国罗斯福总统的态度都很不佳,这也许是它销路最广的一个因素吧!

最有地位的,要推《纽约时报》(*New York Times*),文字简洁,材料丰富,平时每天出两版,每版在三四十大张左右,每份零售三分,销路将近五十万,读者多半是学术界、文化界的人士。《纽约时报》的星期增刊,编印最好,材料美不胜收,每次出版近二百页。内分要闻、每周大事、社会新闻、经济、体育、图书周刊和时报杂志(以上两种装订成册)、画报、舞台、娱乐、旅行、生活广告等十余栏,每栏由几页到几十页不等,每期零售一角,销路最近已近百万。《纽约时报》的背景,是独立而趋向民主党的,一向主战,也相当拥护罗斯福。主笔是 Merz 氏,发行人是 Sulzberger 氏。《纽约时报》的发行部是所高楼,位居四十二号街的繁华中心,那个街口就叫"时报广场"(Times Square)。高楼上每晚用灯光排出流动的字,随时报告着世界各地的新闻,令人想到科学的伟大。

其余纽约的报纸,有《纽约论坛报》(*Herald Tribune*),是个共和派的报纸,过去很有地位,但最近渐渐不被重视了,去年的平均销路是三十五万余。《纽约邮报》(*New York Post*)是纽约最老的报纸,是拥护民主党的。《邮报》是家晚报,但有时也出到九版,页数约在三十页上下,目前销二十余万。据说这个报自中日战争发生后,对我国态度最好。还有三家报,一家是《世界电讯日报》(*World Telegram*),属于完全中立派,销路达四十三万。一家是《纽约太阳报》(*New York Sun*),是共和党的报纸,销路达三十万。一家是《国民新闻》(*Journal of American*),销六十万,星期刊达九十万。另外一家小报叫《纽约镜报》(*New York Mirror*),篇幅和《纽约新闻》相同,日销八十万,星期刊达一百四十万,数目也很可观。商业的新闻报纸,有 *Wall Street Journal*,销二十三万份,和 *Journal of Commerce*,销十七万份。

美国的第二个新闻中心,是芝加哥。最大的报要算《芝加哥论坛报》(*Chicago Tribune*),销路超过百万。这报销售最大的原因,是因其非常守旧,倾向共和党,过去反对参战和攻击罗斯福总统最力,负责人 McCormick 可以说是反战舆论的领袖了。在战前美国中部反战的舆论,由他策动的居多。就在日本轰炸珍珠港不久以前,他还一再的发表反战文字。另外还有一个原因,就是中部各小城里都没有较好的报纸,所以增加了该报的销路。美国海长诺克斯自己的报纸,也在芝加哥,名叫《芝加哥每日新闻》(*Chicago Daily News*)。海长在出山的前夕,还在报馆里作主笔。这报销路在四十六万份以上。此外《芝加哥时报》(*Chicago Times*)和《芝加哥先驱报》(*Chicago Herald American*)也都销三十余万,《先驱报》的星期刊销八十五万份。

美国的著名百货商店 Macy 公司的老板 Marshall Field 在一九四〇年夏创办《纽约晚报》,F. M. 颇富革命性,完全注意新闻,图画很多,不登任何广告,每天下午出版,装订成册,约三十余页,只售五分,听说销路不佳,大赔其钱。去年十一月,他又在芝加哥创办《太阳报》(*Chicago Sun*),对政府和总统的态度非常的好。在美国创办新报纸,是一二十年来稀有的事。

旧金山的报纸,大报有三:*Examiner* 销十六万,星期刊销到四十几万,是个独立报纸,对我国态度较好。其余两家,*Chronicle* 销十一万,*Call-Bulletin* 销十万,都对我国态度不佳。洛杉矶的大报有二:*Times* 销二十二万,星期刊销三十五万,*Examiner* 销二十万,星期刊销五十三万。

出乎意料的,在美国的首都——华盛顿,没有大销路的报纸。华盛顿人口少,当然是个大原因(五十二万余),*Times Herald* 销十九万,星期刊达二十万。*Post* 销十三万,*Star* 十五万。

其余美国各城的报纸,在政治上有相当的地位,而销路在二十万以上的,有下列各报:美国大城之一费城(Philadelphia)早报 *Inquirer*,晚报 *Bulletin*,都是独立而倾向共和党的,销路均在四十余万。波士顿的 *Post* 销路达三十七万余,倾向民主党。Detroit 有两家报纸都是中立的,销路都在三十几万,报名是 *Free Press* 和 *News*。Kansas 的 *Star* 也是中立的,销三十一万。St. Louis 的 *Globe Democrat* 和 *Post-Dispatch* 两报,Cleveland 的 *Plain Dealer* 和 *Press* 两报,以及 Pittsburgh 的 *Press* 和 Milwaukee 的 *Journal*,都销二十余万。其余几万到十几万的报纸,就不胜枚举了。

美国最老的报纸,Hartford 城的 *Courant* 报,是一七六四年创刊的,到现在还在出版,是家倾向共和党的报,现在每天还销四万多份。

美国报最近的一个趋势,就是报系(News Paper Groups)渐渐增多。最近这种报系的组织,已有五十个左右,全美国百分之四十的报纸都加入了这种组织。最大的两种报系,是 Hearst 的报纸和 Scripps-Howard 的报纸。前者包括十六家的报纸,分在十三个城市,如同旧金山和洛杉矶的 *Examiner* 报,都属于这一系。后者包括二十家报纸,分布在十八个城市,如同纽约的《世界电讯报》,Cleveland 和 Pittsburgh 的 *Press* 报,都属于这一系。

以拥有大量的国外通讯员而闻名于美国的报纸,有《纽约时报》《纽约论坛报》《芝加哥论坛报》《芝加哥每日新闻报》《费城公报》(*Public Ledger*,销十七万)。在美国作记者,算是个很好的职业。虽然一个大学新闻系刚毕业的学生,进到报馆实习,才给八十元的月薪,但如果作到驻国外的记者时,薪金每年常常在五千元以上了。

在美国出版的外国文日报,包括十七种文字,阿尔米尼亚(Armenian)、捷克、芬兰、法、德、希腊、匈牙利、日本、意大利、犹太、立陶宛、波兰、苏联、斯拉夫、西班牙、乌克兰和中国。其中犹太文的一家报,销路超过十万,意大利的一家报销路超过八万。

我国侨胞在美国出版的中国报纸,一共有十家。纽约有四家:《民气日报》《华侨日报》《纽约商报》和《纽约公报》。旧金山有五家:《少年中国》《国民日报》《金山时报》《世界日报》和《中西日报》。此外,芝加哥有一家:《三民晨报》。各大报都出两大张。纽约各报编印较佳,而尤以《民气日报》和《华侨日报》为最努力。《民气日报》发刊二十余年,和国民党有很深的渊源,主笔吴敬敷君就职以来,该报声价较前倍增。《华侨日报》刊行有一年多,常常登延安消息,主笔唐明昭君(*原名锡朝*),是南开、清华的老学生。旧金山的《少年中国》报和国民党的历史关系最深最久,许多党国要人当年都曾服务该报。《金山时代》为土生侨胞所主办,《中西日报》是基督教的报纸,《世界日报》是老宪政党的报纸,《国民日报》和《民气日报》有合作的关系。

美国新闻通讯社,最著名共有三家。第一家是美联社(Associated Press),是许多报纸的发行人所合组组成的,在政治上是独立的,和路透社、哈瓦斯等通讯社都交换材料。第二家是合众社(United Press),政治上也是独立的,它的新闻材料供给将近一千四百家报纸,除美国外,尚有三十九个国家的报纸采用。第三家是国际社及环球社(International News Service and Universal News Service),也没有政治党派,是Hearst报纸的副业,它的新闻材料主要供给Hearst的各报纸。

我国在美国的新闻社,现在已有两个组织,中央通讯社现在华盛顿工作,由卢祺新氏主持。夏晋麟博士所主持的中华通讯社(Chinese News Service),前身是太平洋通讯社(Pan-Pacific News Service),去年也在纽约成立。中央社专搜集美国材料,供给国内报纸采用;中华新闻社专搜集国内材料,供给美国各报采用,每天发印新闻,由高克毅君主编。高君笔名乔志高,常在《西风》《宇宙风》上发表著作,现在是驻美外籍记者联合会的执行委员。该社另行刊印一种双周,名叫《现代中国》(*Contemporary China*),由林侔圣博士主编。该社惨淡经营,旧金山的分社也在新年成立，现在正筹划开办芝加哥分社，这两个分社的主持人都是美国人，Malcolm Rosholt 在旧金山，Henry Evans 在芝加哥。自一月份起，以前在香港出版的英文《战时中国》月刊，亦由纽约中华新闻社编印了。

看到美国新闻事业之发达，使我们惭愧！使我们焦急！再看到各国在美国宣传所用的人力物力，更使我们惊叹而惶恐！在这民族斗争的伟大时期，我们要如何的努力，去加强起来我们的“笔杆阵线”。

（三十一年二月十四日夜于纽约）

哈德森河畔的春天

光阴荏苒，记者来到纽约，不觉已经四个月了。到纽约时，是在大雪纷飞，现在已经进入春天。哈德森河畔绿草布满岸上，大小树都吐出绿芽。春是来到纽约了。她不只给八百万人民的大都市带来了每年必有的一番快乐，同时亦带来了战争的气氛。

四月五日那天，是耶稣复活节，各学校都放假，记者随几位朋友，去五马路看美国人过节。这一条长长的路上，挤满了男男女女。女人们都换上了新衣服，戴上了新帽子，大家在教堂做完了宗教仪式以后，就徘徊街头，给人家看看自己的新衣新帽，同时也看看别人的新装。五光十色，确是好看，简直和我们过旧年一般模样。就在欢欣情绪下，也反映出战争的事实。每年穿礼服的男子，今年多换上黄色的陆军制服和黑色的海军短装。

四月一日，美国政府下令：一切新衣服，不论男女，都要力求俭省材料，女人的衣服，都要瘦小，男人的裤子，不准再有卷边。这种战时新装，已经出现在街上。同时，各杂志极力提倡修补衣服，说明如何去缝补丁。政府极力提倡爱惜五金，各地方设了许多收集废铁的机关。记者昨天去买牙膏，因为没有带废弃的膏管，所以就未能买到。要把旧膏管退给店里，他们才出卖一管新的。

美国的物价，不知不觉的增加了许多。举几个例子：在纽约，把一年前的物价和现在比一下,就知道涨的并不少。在这一年里,棉花一磅由一角一分六厘四涨到二角一分六厘四;咖啡一磅由九分二厘五涨到一角三分七厘八;白糖一磅由三分四厘涨到三分八厘。以上都是批发的价格。至于店里零售的价格,涨的还要多一些。一套价值二十元的西装,开战以来涨了三四元。铝制的用具涨得最多。

美国政府在统制汽车和车轮皮带以后,就进行统制白糖,随后就统制汽油。这两天,白宫也忙着管理一切物价。五月这一个月,恐怕是美国商业最紧张的时期了,所有批发商和零售商,今后一律要受政府的管理,就连一切工资,甚至房租,都要受监督。相信这场波动,给美国增加了不少的严肃。一向舒服惯了的美国人民,现在亦不得不走入纪律圈里。一向自由主义最发达的国家,现在也不得不跨上了统制的路途。

表现最紧张的是征兵加忙,美国的陆军确是在一步步的加紧训练了。二十岁到四十五岁的人,刚刚在二月二十五日作完征兵的登记,上星期又登记从四十五岁到六十四岁的人。每个征兵局的外边,都挤满了一排排银色或灰白色头发的人,在那里等候依次登记。市长拉加第亚和共和党首领威尔基也都和普通人一样的来征兵局办登记的手续。纽约市登记的四十五岁到六十四岁的人共有九十三万,全美国有一千三百多万。美国的征兵登记,侨民也要一样的办理,所以在人群里发现不少的中国同胞。据征兵局宣称:这些四十五岁到六十四岁的人,并非准备去服兵役,将来或许要参加国防的工作。最近,征兵局已经把A1资格的人征尽了,现在开始征其次各级的人。纽约市一处中国人被征的,最近这次就有六百人,大家都很快乐的去入伍。

有一位华侨入伍,赶到车站,新兵列车已经开走,他就跑到警察局去报告。美国警长就问他:“如果你答应杀死十个日本兵,我就派人送你去入营。”这位华侨答应:“我答应你最少杀死二十个日本鬼子。”警长大笑,于是就派了两个警察,送他去入营。中美国民感情之融洽,由此可见一般。此外还有许多中国人,没有美国籍,都请求志愿入伍,有些已被允许。这些人服兵役之后,都能得到美国的国籍。关于留学生和短期旅美的外国人,美国征兵总局也已公布,经登记证明后,并无服兵役的义务。

那天，去看那些四十五岁到六十四岁的人们去登记，一排排到很远，许多白头发的人，还有许多是扶着手杖的人，令人感到美国确有一番朝气！一位美国的老者问记者："你登记完了吗？"我不免大吃一惊，原来他给我加上了二十岁，由此可以看出美国的一般中年人是多么年轻，也许是记者长得太老了吧！记者当时不免大笑。

给这繁华的纽约又加上一些庄严的，是拉瓜迪亚市长下令，叫几个大腿戏（Burlesque）戏院都关门停演。大腿戏在美国有它的特殊地位，但这位怪市长竟毅然决然的下令禁演了。他的理由，是大腿戏对于军人，影响太坏。当警察局把这几个戏院关门以后，大腿戏班的演员同业会一致向市长攻击，说美国的大腿戏和莎士比亚有同等的艺术价值，除在各戏院门口张点布告反抗外，并且去到行政法院诉告市长，也算是最近纽约市里一桩热闹的事。但是，无论如何，大腿戏院是关门了，从纽约市里找不出大腿的表演了，纽约确是庄严得多了。

随着南太平洋上面的紧张，新大陆上涌起了英雄主义，这恐怕是民主国家大众动态的一个大改变。麦克阿瑟的胸章，在纽约、芝加哥、华盛顿三市，快要卖到一百万枚。他的故乡立了麦克阿瑟街，美国军官学校里立了麦克阿瑟铜像。许多美国新生的小孩子，都起名麦克阿瑟。击落日机六架的黑尔少校（Edward O'Hare），得到罗斯福总统的勋章以后，回到故乡圣路易士城，民众挤满街上，用彩车来迎接他。最近美国海陆军部由前线调回不少有功的官兵，颁发勋章之后，给假休息，他们到处都成了民族英雄。一般的青年女子，最喜欢穿制服的兵士。在公共场所，民众对于国旗国歌，较前越发尊敬，银幕里看见罗斯福，就是一片掌声。火药的气味，确已燃起了美国民众爱国炽烈的火焰。

陪衬纽约的春天，美国的援华总会亦活跃起来。该会发起自四月十二日到十九日定为"中国周"，美国在这一星期内，举行了不少的"中国日""中国夜"和其他一类的聚会。十九日那天是星期日，援华总会举办了一个中美大游行，由三十四街到哥伦布圆场，人数有四五千之多，中美团体各半，相当的热闹。援华总会去年募款的成绩是美金三百二十三万八千零十一元，今年到目前为止，已经募到一百二十九万余元，相信五月间把各地的"中国周"的募款结束清楚，就可超过三百万元美金,那末,今年的成绩,一定要比去年好得多了。

附带报告一事,关于我国海员,最近问题层出不穷,这确是一个很严重的问题。自从太平洋战事一起,敢说每个有中国海员的船上,都有问题发生,不过有严重和不严重之分罢了。问题最大的原因,是待遇太苛,其次就是服务合同的期限问题。有些船只原来往返南洋,发新加坡币和港币的薪金,现在冒险驶航大西洋和太平洋了,还发原薪,当然不公平。同时有一些船员因为战事一起,根本不愿再服务了。轮船公司种种的监督和压迫,甚至无理的剥夺海员的自由,叫他们服务。我国各地领馆也曾一再和各轮船公司交涉。据各方的情形来看,对于海员态度最好的当然是美国,其次欧洲各小国。经过交涉,有时亦改善一些待遇。

在这种情形下,我国海员林扬才君被英国船主枪杀的案件,在纽约发生了。事实的经过,经记者各方探访的结果,可以作以下的叙述:英国"银线"轮船公司的"银灰号"货轮,于四月初停泊纽约,我国海员因为一再向船主索薪,船主只发一半,说是英国的规则。十一日该轮我国海员十二人又前往船主室索薪,船主谓:只给你们每人十元。海员不满,船主就跑到卧室,把枪拿出,他说:如果不要十元,你们就走开。说完就向里转去,林君一时气愤,上前抓住船主的衣服,说我们到中国领事馆讲理去,船主回手,一枪就把林君打死了。林君死后,船主就报告警局,说是海员哗变。警备就派来大批警察,把海员十一人拘禁起来。

这案件发生以后,分两方面审判:一方面是检察厅的检察官,进行调查杀人案;另一方面是警察厅审问海员不守秩序案。在审问期间,船主被判交一千元具保后审,而我海员每人要交二千五百元。现在,这两案都有了结果,检察官调查杀人案,认为船主无罪,不予起诉。检察官完全承认了船主的理由,那就是:"许多的海员,手持短刀,跑进船主室,要求下岸,船主不允,海员就拿刀相逼,并且动武,把船主推到地上,船主为了自卫,才鸣枪示威,未想把林君打死了。"检察官认为船主是为了自卫,所以无罪。另一案因船主已在美国检察署起诉控告海员十一人哗变,所以警察厅亦把这案移转到美国检察署了。

我国海员报告,说海员们根本都在船主室外边,林君亦死在外边。当场有两个证人,一个是船上的大副,另一个是船上的管事。大副是英国人,管事方集三君是我国同胞,他说他看见了船主拿枪,就跑到船主的卧室里面去了,只听到枪声一响,他跑出来时,人已经散了,林君躺在船主室的外边,并且看见船主正在惊惶失措的样子。

此案发生以后,纽约侨胞团体纷纷声援。总领事馆动员四位领事,认真交涉。现在正与大使馆法律顾问研究案情,并与检察官交涉,已承检察官允许,如我方获得新证据,自当重行审问此案。交通部海员的组织联义社,亦捐款代请律师,协助办理。现在于总领事正与大使馆的律师和联义社的律师,详细询问我国海员,求得当时确实经过,然后再作进一步的交涉。纽约崇正同乡会曾致电美京司法部,请求公平处理,昨天接到回电,谓此案正在注意调查中,将来定当依法判决。林君尸身由福建同乡会和联义社发起,举行殡仪,于二十七日安葬在中华公所的义地。

最近海员的问题,一天多似一天。目前在纽约的纠纷,就有三四起。昨天又传来了不幸消息,在中美英属 Trinidad 地方一个荷兰船上,死了我们十二位海员,另有十三位我国海员受伤,那地方没有我国领事,这个问题实在越来越严重了。

(三十一年四月二十九日夜于纽约)

赛珍珠会见记

三十一年五月二十日的晚间,笔者在纽约第一次会见了赛珍珠女士(Pearl S. Buck),是在赵继振女士的家里的晚宴席上。除了四十分钟的单独的谈话外,我们在一顿中国饭的前前后后,由七点钟一直谈到了夜十一时,我发现了她确是一位中国的真正朋友。

她首先告诉我,她目前组织东西文化协会(East and West Association)的意义。她说这个会丝毫没有政治的背景,完全为增进东方与西方的民族间的相互谅解。这次大战以后,全世界的情形,都要大改变了。如果各国仍旧存有民族歧视的观念,那末,世界上就没有和平可言。尤其中美两大民族,在这大战的时期里,互相的了解,极为重要。东西文化协会的目的,就是设法在中美两大民族之间,建树一座桥梁。她在谈话中,再三的托记者向读者致意。中国同胞一切对于美国人民的印象以及需要,她都急于愿意知道。

关于东西文化协会目前的工作,在使美国各界各阶级,对东方各民族都有较深的认识。最近想在各美国妇女团体、工人团体、学校,先作一些文化介绍的工作。希望能利用电影比较各民族的同一种的生活,如用电影把各东方民族的日常生活逐一比较介绍,使一般美国老百姓对于东方的文化渐渐认识清楚;其次,在各电台播送东方文化节目,如音乐、歌咏、戏剧,引起美国社会的注意。现在美国朝野各方对于中国问题都非常注意,大家都想做一些事情,美国政府今年要拿出大量的金钱推动对东方有关的事项,其注意中国和东方如此。但东西文化协会不同,凡是美国政府或其他机关已经做过的工作,东西文化协会决不再做。

东西文化协会下一步的工作,希望在中国重庆以及东方各大城,都能有同样的协会成立,然后彼此相互取得联络,作一些民间感情的沟通。但是,赛珍珠女士再三的提醒我,她希望这种协会决不要卷入了政治的旋涡。所以她不希望这种协会,由政府或政党来主持。她希望由真正的民众机关出来一些朋友组织这种协会,在重庆张伯苓校长,《大公报》的同人,都是她理想的人物。随即谈到 East & West Association 会名,翻译成"东西文化协会",并不好听,她不大赞成"东西"这两字,她征求笔者的意见,笔者一时也没有想到更好的译名。

把东西文化的问题谈完,我们开始个人的交谈。这位中国朋友,喜欢中国的程度,恐怕比一些中国同胞还要多。在她的作品里,《大地》(*Good Earth*)和《龙子》(*Dragon Seed*)都是美国销路最广的书,这两本都是以中国作背景的。《大地》曾经摄制成影片,笔者问她对那部电影满意否?她说大体不差,并不满意。因为,她说,如果演员用中国人,更要好一些。《龙子》目前已有人在接洽了,不久也就要搬上银幕,她希望有较大的还要好的成绩。但是这次演员,还不是中国人,另听说海蒂·拉玛要作这个片子的主角。她的作品在欧洲,销路最多的并不是《大地》和《龙子》。在苏联,《母亲》(*Mother*)销路最好。在瑞士,《奋斗的安琪儿》(*Fighting Angel*)销路最多。前一本书是写她的母亲,后一本是描写她的父亲的。

这位中国的朋友,和中国发生关系,并不由她始。她的父亲在一八八〇年就去到了中国,在中国将近五十年,是一位传教师,曾在镇江、丹阳等地教会服务,以后他死在江西境内,葬在那里。赛珍珠的母亲,死在镇江,埋葬在镇江。她去中国时,生仅三月,她在中国的中部生长成人,她眷爱中国的一切,尤其喜欢中国的中部农村,那是她的第二故乡。她赞美蒋委员长,同时也佩服蒋夫人,她说蒋夫人可以和罗斯福夫人媲美。

她赞美中国的道德,对于我们相互间的"人情"(Humanity),认为是对人类的一种大贡献。她在一九三四年回到她的祖国里来了,她回国的目的,是看一看她自己祖国的真面目。她诚恳告诉我:她失望了,在中国所听见的美国的一切,并不是事实。她说她对美国的许多事情,表示惭愧,表示失望。她向笔者举了几个例子:第一,在中国时,她以为中国人喜欢吐痰,美国人是不吐痰的了,结果到美国后,发现美国人随地吐痰,并不算事。第二,她以为美国人每一家,都有间很大的浴室,并且都有一个很好的洗澡盆,但是事实上,在美国许多的家庭里,并没有洗澡盆。第三,美国的男女之间,有些地方,非常的不平等,不平等的程度要比中国还要厉害。第四,她说在美国人与人之间,缺少真情,缺少合作,远非中国人民的融洽社会所能比拟。以上她所说的几点,笔者认为十二分的透澈,简直把笔者所要说的话,全部都说出来了,并且她更有体贴中国人的观察。她说所有在中国的白种人,都得到一种优越的特殊待遇,不论官方和人民都一样。但中国人来到美国,是一些得不到这种特殊待遇的。她说这是一种不平等,也就是中国人伟大的地方。

因此,她已经动笔在写她的新著,这本书,不是描写中国的书了,也不是本小说,是描写美国社会情形的一本书,不过这本书是写给中国朋友的,但其目的是给美国人看的。

当我问到她家庭生活的时候,她告诉我她有一个很大的家庭。她的后夫华斯(Walsh)先生有一子二女,都已结婚,她已经有四个孙子女。她自己只有一个女儿,身体久病,现在长住在医院里,但她有五个养子和养女,所以家庭里,非常热闹。每天早晨,八时十分是她全家早餐的时候。早餐后，小孩子们都上学去，她料理一些家事，然后由九时到一时，是她工作的时间。她有三个私人秘书，在她家里助理她一切文书的事情。一时孩子们回来了，大家都吃午饭。饭后，二时到四时，是她给各方朋友写回信的时候。四时后，她和孩子们在操场游戏，一直到晚她的先生回来的时候，大家一同晚餐。晚餐后，是她们夫妇谈话的时间。她现在住在 Buck County 乡间。她要把今后十年的辰光，全部放在东西文化协会里，为人类作一些贡献。

我们谈话之后，我又和她的先生华斯先生谈了十几分钟的话。华斯是《亚洲》杂志的主笔，John Days 出版公司的经理，林语堂和赛珍珠的几本书，他的出版公司功劳匪浅。最使我注意的，是他的出版公司里，自己不设印刷厂。他说在美国自己兼理印刷，是件不上算的事情。他告诉我，《亚洲》杂志每期有两本送到华盛顿大使馆，用航空寄到中国。他又告诉我林语堂的第六本新书，已经开始排印，林侔圣的第一本书已将写完。他最近又得到一本宝贵的著作，是一个印度人，在印度写 Cripps 失败的经过。这本著作，设法由印运美，不曾经过了英国方面的检查。

她们夫妇住在乡间，每星期三来纽约一次。在十一点的时候，赛珍珠女士提议他们要先回乡去了，我们便结束了谈话。赛珍珠女士虽然是近五十的人，但看上去很像三十几岁的女人，我忘不掉这位富有朝气的中国真朋友。

（三十一年五月二十四日于纽约）

我 爱 重 庆

光阴不情，来美忽忽七个月。离开血泪交流的重庆山城，不觉已是一年的辰光。十年来，我曾奔波在北国的火线里，我曾旅行在热带的城市中，我曾远远的离开了故乡，我也曾长期的别离了母亲妻女。多年漂泊的生活，使我对别离的辛酸已麻木。但，一年前，当我离开了重庆珊瑚坝的机场时，我竟感到平生来第一次的惆怅，当我回头追望这座山城，还是巍巍乎立在大江和嘉陵江的中间的时候，一股悲壮和兴奋的情绪，使我的眼角，湿润起来。

今天，是我们中华民族神勇的抗战五周年纪念了。当我想到这五年我们四万万五千万同胞艰苦奋斗的时候，我不能不想到这一个大后方的指挥中心——重庆，将来我们写抗战胜利史的时候，一切都要从这座山城写起。

我爱重庆。在重庆，我们有了几千年来所不曾有过的民族新精神。当敌机轰炸的时候，每一个同胞，都站立在自己岗位之上。森严的纪律，建立了民族复兴的基础。警报传来的时候，三岁的小孩，都能拿起他的衣包，向他的防空洞跑去。有些夜晚，市民举行盛大的游行，站在嘉陵江边，你可以看到十万个火炬，随着歌声向前迈进，在江水被照出倒影，连水底的鱼儿们，恐怕也要兴奋起来。还有，当敌机残酷的破坏了我们房舍的时候，我们不曾听见过啼哭的声音，往往在一片破片碎砾之中，我们发现了一个大标语，上面写着"愈炸愈强"。真的，中华民族已经开始在怒吼了，这庞大的睡狮已经醒了。

我爱重庆。在重庆，我们有了人类真情的流露。那一般团结合作、安慰鼓励的情绪，恐怕在哪里也找不到。你可以看到几个幼年童子军，抬着病人入防空洞。你可以看到赤脚的瓦匠和军官，一道在饭店里饮酒。你可以看到在敌机还盘桓在头上的时候，我们政府官员，已经在市区开始各种工作。你还可以看到，许许多多的青年学生，在伤兵医院里工作，许许多多的太太小姐，到保育院去服务。五年来，我们农工商三界，生活都已好转起来，而以往的中产阶级，生活较前大为降低，我们社会里的阶级划分，已经渐渐模糊起来。真的，我们的一般老百姓，已经打成一片了。

我爱重庆。在重庆，我们有国防生产的坚固熔炉。XXX 巨大工厂，分散在江边、山头和洞内。千千万万个工人，赤着膀子，光着两脚，日夜不停的在那里和物质的困难苦斗。丛林深处，我们的武器，一批批的运到了新的万里长城上。在每个工厂的角落里，充满了歌声笑声，这些位大小工程师，功勋实在不下于前线的士兵。许多多多返国的留学生，都已脱去了法兰绒的西装，换上了工服草鞋。许许多多的青年男女，都已放下了书本，用双手开始作建国的工作。真的，新中国已在新主人翁的建设中诞生了。

我爱重庆。在重庆,我们有大自然美丽的环境。那是嘉陵江边,左边江里露出三五小岛,右边岸上飞舞着群群小鸟。大后方教育工业中心,都建立在这里。那是长江的南岸,山头上林丛中,我们可以看到,领袖便装在那里散步,远处跑来几个小童,向他喊了两句"委员长万岁!"委员长含笑点点头,小童们又跑去了。四川到处是美景,重庆更是一座雅丽的山城。真的,在这幽美的环境里,我们已经忘却了敌人给我们的痛苦,大自然降给我们复仇的雄心!

今夜,我们抗战的五周年,我虽然踏步在繁杂的纽约市里,但我的心,还围绕在嘉陵江畔。诸位!听!太平洋上远远传来了重庆新军营内的号角,后面陪伴着一片片喊杀的声音。诸位!今夜在纽约,让我们大家燃起了青春的火焰,手拉手,肩并肩,挺起胸膛,开放喉咙,走向中华民族凯旋之门罢!

(三十一年七月七日自纽约)

访问罗斯福夫人

双十节,在美国涌起了中华民族的热潮。记者到康桥(Cambridge)参加大波士顿中国学生会国庆纪念大会,归来,就接到了白宫的讯息,说是十四日下午三时罗斯福夫人接见我。十四日的早晨在百忙中,我又提起了我旅行的小提包,奔向这第二次世界大战中全世界的政治中心——华盛顿。

白宫,这个举世瞩目的政治舞台的一角,并不像我的想象那么样地辉煌华丽。一所白色的大楼,被片片绿荫所包围。在四周围绕着黑色的铁栏杆,使我联想到长安街的怀仁堂,但是不见了昂首的大石狮,更没有朱色金环的大门。栏杆外面,四面都有全副武装的士兵在守卫,栏杆里面停着十几部不同颜色的汽车。

三时前五分记者到了白宫大门,在我拿出了我的美国新闻记者证以后,两个警士便允许我走向白色的巨厦。到了白宫的门首,有两个穿着礼服的侍者开门相迎,并且替我脱去了外衣和接去我的帽子。一个穿着蓝色便服的人,前来问明了我的姓名,便引入一间大客厅里。红色的地毯和沙发,显得壁上 Cleveland 大总统的油画越发地辉煌了。

罗总统夫人走进客厅以后,那着蓝色便服的人高呼了一声:Mr. Yen,我们便先握手互相致候。这位美国一品夫人(First Lady in America)给我的印象是非常地和蔼而爽直。高高的身体走起路来更显得忙碌。那天她穿着草绿色的便服,并没有任何的装饰。含笑的面孔上已经起了些许皱纹,立刻使我想到她的不平凡的生活。

两点过三分我开始了我的访问。我一共准备了十六个问题,但是因为她那滔滔不绝的回答,我只好问了十二个。

最先,记者请她对于罗斯福总统给一些描写与观感,因为她是接近总统的第一个人。她告诉我:描写自己的丈夫是一件很难的事情,但是她可以告诉我罗总统的个性。她说“罗总统有极大的自制力”,这种自制力是他事业成功的大原因。此外,她说罗总统善于观察,对于各种事务都非常小心,这样常使他的判断正确而谨严。随着他的善于观察的美德,他并且时时在体会人、同情人,因而又造出了他的另一种美德——愿意接受别人的建议。每次当他出去考察回来的时候,他总要携带回来许多的新意见。所以他常常在快乐中度生活,这也许是他处处成功的一个原因吧。

随后,记者就问她对于蒋夫人的意见如何。她说蒋夫人一定是一位非常能干的夫人,她一面帮助蒋委员长主持战时一切困难的措施,一方面她还致力于难童工会一类的有关文化的事业,蒋夫人并有远大的眼光,实在是值得赞扬的,正如威尔基回来以后所谈的印象:蒋夫人是位最精明的人。

当记者问她是否有意去中国访问的时候,她回答我,在实际的情形下,目前到远东去简直是件困难的事情。记者随即问她每天的日常生活。我们都知道这位美国的“一品夫人”,对于政治是非常有兴趣的。据她讲,她每天大部分的时间要消耗在回答信件和接见客人,在去年一年里她接到十万封信。虽然和罗总统每天接到四千封信的纪录相差还远,但是也足使她的生活趋于纷忙了。她每天在早晨八点半进早餐后,花点时间在监督整理家务上,然后她要接见她的秘书和有关的随员。谈完了公事以后,她便开始回答各方信件和接见客人。在中午前后她要为《世界电信报》(*World Telegram*)写她的日记(My Day)。由秘书帮她默写,然后由她改正,这种工作也要费她不到一小时的时光。

下午,她还要继续写信和接见客人。有时候这种工作还要延长到晚饭后。她告诉我每天的晚饭,她常常是同罗总统一起进餐,在这个时候,他们两位谈话最多,他们要讨论各种政治经济问题。她不承认罗总统受到她丝毫的影响,并且她说夫妻之间是有互相鼓励的地方,在她与罗总统之间,她所得到的鼓励一定要比较大得多。这也许是她谦虚的话,因为她告诉我她和罗斯福总统常常讨论一个问题到两个人都认为满意才止。据记者在美国观察民情的结果,美国一般民众的意见,大都认为罗总统夫人有不少的地方,要影响到美国的总统的。

记者随即问她,对于她的四个儿子全去服兵役的感想如何。她讲她的四个儿子现在全在军队里服务,她的感想和美国所有做母亲的人是一样:"我们是不喜欢战争的,但是当我们为争取生存与正义的时候,我们不得不担负起非常的责任。所有的美国做母亲的人都和我一样地期望我们战争的胜利。"在那严肃的表情中,她微笑了。

在目前,美国的妇女们渐渐地都已离开了家庭,走向了社会的各部分。由于大量的男人都已离开了自己的职业,所以美国的妇女们已经跨上了男子的各种岗位。当记者问到罗夫人:在大战以后,这些妇女是否需要走向十字街头,和男子相抗衡。她的答题是:在大战以后,大部分的妇女,是要回到家庭里去的,但是有些人如果在职业上已经居重要的地位,那就要继续维持和男人做一样的工作了。

其次的一个问题,记者问她:如果罗斯福总统在一九四四年再被选为总统的时候,她的观感如何?因为记者曾听见过,当罗斯福总统打破美国的惯例,当选第三任大总统的时候,罗斯福太太曾经表示反对的意见。她告诉我这个问题现在还言之过早,并且好像不会实现的。当罗斯福总统第三届连任大总统的时候,已经是件出乎意料的事,那时她会劝他不要那样做。同时她会想到任何人对于国家都有他真正的责任。关于这个问题,她愿意说如果将来会实现的话,一切的一切,应当由总统自己去决定。

随后，我谈到了日本妇女的地位问题。她说她不能相信日本妇女会甘心愿意牺牲了自己的地位，而去为男人工作侍候，并且顺从男子的一切。她相信世界上的妇女全是一样的，全是相同的，并且是要和男人站在平等的地位。日本妇女这种地位是不会维持长久的，她不相信她们是甘心愿意做男子的奴隶的。

记者问她对于战后的世界和平组织有什么意见。她的意见记者认为十分正确。她说：在这次大战后的世界新的秩序里，有两件不容易忽视的事情。第一，是要有公平而合理的国际新组织，这种国际的新组织是要建筑在一种新的精神上，各个国家、各民族都要互相尊敬，互相了解，然后才能有真正的国际组织。如果我们不能放大眼光，从未来的人类真幸福着想，那么任何的国际组织是不会发生优好的效能的。在这一点上，中美两大民族的携手，是非常重要的。第二，是经济问题，在第二次世界大战以后，各国的困苦可想而知。我们必须设法解决各民族的饥馑。我们必须使各国的人民，都能有充量的食物。如果第二次世界大战以后，我们仍然看见各国有失业或灾荒的现象，那么就是人类未来的大不幸了。美国工人福利管理委员会（Work Progress Administration 简称 W. P. A.）的救济失业工人的办法，是可供各国仿效的，在亚洲也是一样。

在她答完了这个问题以后，记者看见壁上的钟已经指在三点半，记者只好放弃了尚未发问的四个问题，提出最后一个问题。问她对于《大公报》的读者，特别是中国的妇女们有什么话讲，或是信息，要我代传？在微笑里，她说："请你告诉中国的妇女们，我时时在慕念着她们的伟大。她们一方面奔波在战争的环境里帮助国家，帮助她们的父兄、丈夫去抵抗敌人，去改善战时的艰苦的新环境。在另一方面她们仍然替政府做着建设的工作，如同教育、看护、作工等，和平时一样。在这双重的责任下，她们把自己全部地贡献给国家，这是值得我们赞扬的。"

三点三十五分，记者结束了谈话。在握手告辞前，记着拿出了两份重庆《大公报》。粗质的纸张和印刷，引起了她很大的兴趣。记者告诉她，这是我们大后方的出品，纸张、油墨、铅字、排版、印刷，我们都是用两只手造出来的。她说，要把这战争大后方的产物送给罗总统看一看，他一定感到非常的有兴趣，虽然他们两位都不懂中国的文字。

当我走出客厅的时候，她又回首向我招呼了一下，便登楼去了。侍者过来助我穿上衣帽，随后又推开两扇玻璃门，我便告辞了白宫。在细雨蒙蒙中，我踏步在本雪文尼亚街上，对于民主国家发生了新的兴趣。

罗静予先生准备好了“开麦拉”，预备为我们的谈话摄制影片，可惜限于白宫的规章，未得如愿。王世雄女士助我把访问的经过简单地用电报打给祖国各报。赵继振女士随我前往，助我记录。这里，我是要向他们致谢的。

（三十一年十月二十日于纽约）

关于第八次太平洋学会

第八次太平洋学会，于去年十二月四日至十四日在加拿大蒙特利尔举行。这次大会和历届大会相同，会员对会中讨论的内容不能对外发表，更不能引用任何代表之言论。因此在太平洋学会正式发表会议经过情形以前，这个国际重要的集会，确给新闻记者一个极大的难题。

上月纽约的中英文各报，都刊登出来《大公报》对于太平洋学会的社评要点，于是这个不可布露的开会经过，立刻有了部分公开的必要。据记者调查，这次由美前往赴会的我国代表有施肇基、夏晋麟、周鲠生、方显庭、李幹、朱世明，另有由祖国赶到的徐淑希。代表团工作的人员有林霖、林侔圣等人。各国出席人员约一百五十人，大会的会期是十天，出席的国家有中国、美国、英国、苏联、荷兰、加拿大、澳洲、纽西兰、印度、菲律宾等十余国。

一月十二日，记者陪同徐淑希博士由纽约前往波士顿，参加哈佛大学国际问题座谈会。徐博士这次由祖国来美，参加太平洋学会，可以说是“不辱使命”。第一，他之赴会，影响了各国代表对我国的态度；第二，他策动了我国在联合作战上的地位问题和香港归还问题的讨论。这两个问题的提出和得到合理的解决，不能不说是他这次的大贡献。这次和他一起旅行畅谈一切，承他允许，在不违反这次太平洋学会的议决案条件之下，可以写一段访问，寄给《大公报》。

首先我们谈到太平洋学会的性质，太平洋学会是一个交换意见的国际集会，也可以说是各国发表对于国际问题态度的场所。赴会的代表，从来都是些在野的政治家、工商界领袖和著名的专家、教授和记者。但这一次有些特殊，各国都有政府方面的人员参加，他们是以个人资格出席，并非代表政府。这一次会场里发现了不少位和各国外交部有关的人员，如同徐博士，他是我国外交部的顾问兼亚西司司长，其他如洪贝君是美国外交部的顾问，哈迷尔顿君是美国外交部的远东司司长，其他各国亦有以私人资格出席的官员。

据徐博士讲，在这次会议里，有两件事情很值得注意：第一是各国对于英国统治各弱小民族的政策都抱怀疑的态度，尤其是美国对英国的三个自治领——加拿大、澳洲、纽西兰。第二是各国对于我国在联合国作战上的地位问题都表重视。关于后一件，我国代表的理论极单纯而有力。虽然我们有抗战到底的意志，虽然我们有用之不竭的人力，但是我们抗战已到六个年头，而且自从缅甸失陷以来，又被敌人严密封锁，万一有意外发生，联合国必将失掉绝大的臂助和反攻日寇的根据地。届时进退两难，不战则立刻失败，战则旷日持久，难保联合国间或联合国内无政治变动，极其危险。由各方面观之，英美必须彻底与我国合作。各国代表对此颇为感动，提议立刻召集联合国会议，讨论作战方略和战后问题。又提议请英美代表向各该国建议，予我国在现有国际机关上有充分发言的权利。

至于会议里关于一般问题讨论的结果，可以分述如下：

（一）关于我国——不平等条约取消是大会一致所赞同的。实际上在记者和徐博士谈话的那天早晨，各报已经公布了美英两国和我国订立废除领事裁判权和有关特权条约的信息。据徐博士谈，不平等条约所留下的问题不外是香港、澳门、九龙和广州湾的租借地、滇越铁道等几个问题而已。关于香港，我国所提归还的理由有三：

甲、香港的割让，和口岸的开放，租界的设立，同在利便通商。今口岸和租界的制度既已取消，香港自应同时退还中国。

乙、香港是华南经济中心，与闽、粤、桂各省不能分离，应在同一统治之下。

丙、香港为人民生聚之区,不能用作军事根据地。若战后国际间有组织国际军队,需用口岸时,可另觅适当地点,不宜再用香港。

我国对战后问题的态度亦极显明,即愿与各国开诚合作,维持和平机构时,得与各国站在平等的地位,于国内建设方面,受先进各国技术和财政的援助。我国代表指明世界一部分的繁荣或衰落,与整个世界有关。援助中国,即所以援助各国本身,各国代表皆极了解。

(二)关于对日——关于这个问题,大会的态度可以说是一致的。大多数代表都主张根本击败日本,根本把它解除武装,同时禁止其军阀参政,及禁止其政府鼓吹侵略。他们亦赞成东北和台湾归还中国,朝鲜独立,战事犯治罪,军费和损失相当的赔偿。

(三)关于南洋——英、法、荷各国并无意放弃对各属地的主权,其他各国亦不愿"越俎代谋",只期望各主权国尽量予属地以自治,俾各弱小民族终能得到解放。

(四)关于印度——因甘地和尼赫鲁所领导的政党无代表出席,讨论缺乏精彩。

(五)关于国际组织——英国代表主张太平洋应有地方分会,以处理局部问题。英国代表主张此种分会应有武力以应付事变,中国代表意见未能一致,有对英美主张表示怀疑者,徐博士甚愿国内对这个问题加以注意。

(三十二年二月十五日于纽约)

访问《纽约时报》

记者于二月十六日访问《纽约时报》(*New York Times*),在《纽约时报》办公大楼里,整整逗留了一百分钟,对于这个有世界地位的报纸,有了一番新认识。

本来约好去见《纽约时报》的发行人 Sulzberger 氏,他实际上是时报的总经理,后来因为他抱病入院,由他的秘书,代为约好时报的编辑主任詹姆士君(Managing Editor, Edwin James)先作第一次的会谈。

这位詹君已是半百开外的人了。记者和他寒暄后,便请他定出今天谈话的时间,因为我知道他是个很忙的人。他回答我,多少时间都可以,并且今天谈不完,随便哪天还可谈。这种关于同业的礼貌,是值得向读者提及的。

他先问我,有没有蒋委员长的新书《中国之命运》,我回答他还不曾寄到。他说他急于要读这本新书,虽然他已经向董显光氏提过,书到时寄一本给他,但还请记者随时随地设法能使他早日读到此书。

下面是在大约半小时里,我们互相谈话的要点:

《纽约时报》创办在一八五一年,有功的创业人是 Adolph S. Ochs,现在大部分的股票,还都在他们亲属的手里。Sulzberger 先生和太太是握有最大股权四人之二,因为詹君不负营业的责任,所以他无法报告我去年营业的情况,他说去年《时报》并不会赚很多的钱。《时报》的三大部:采访、编辑和营业,绝对独立。

詹君在《时报》服务已经二十八年。在记者赞扬他服务精神时候,他说这并不算稀奇,很有几位同事,在时报服务已经五十年。他在《时报》负责采访部,只管搜集新闻和供给新闻。在他手下有六百多人,里面包括访员一百五十人,新闻编辑四十人,和其他各种不同的工作人员。国外的通讯员,现在有不少分散在欧洲、非洲、亚洲、澳洲和南美洲。目前驻重庆的通讯员爱金生(Brooks Atkinson),原来是《时报》戏剧版的剧评编辑,遣派他到重庆的原因,是因为他在未作剧评编辑之前,是个很好的访员,同时,在日美大战开始的时候,他正去新加坡。

第一次大战的时候,詹君曾从军欧洲,所以他对欧非战局表示十分关切。他说,联合国的胜利,绝对不成问题,就是争取时间。

谈话转到了中国的时候,他立刻很快的说:“我对中国一些也不懂。”他说美国在帮助中国、接济中国方面,丝毫不成问题;“但是美国政府如何能用飞机向中国运大量的军火?”记者说:“最低限度飞机总应当可以运吧。”他说:“那是油的问题。”他不同意记者向他所问的问题:美国政府因为注意欧洲,而忽略了中国。他说:“美国是不会忽略了反攻日本的根据地,是在中国大陆上的,我们不能轻视目前实际上的交通困难。”

记者告诉他中国艰苦抗战情形,他非常的关心。他附带曾问两个问题,一是中国共产党在战时及战后的问题,一是中国资源开发的问题。詹君对于英国的态度,表示非常的赞成。谈到印度问题,我们二人曾有小小的争辩。

最后谈到《时报》销路。他说《纽约时报》目前销路平均每日四十八万份左右,星期刊销到八十万左右。他说去年政府命令各报,省去十分之一的用纸,最近将再省去十分之一。

他告诉我,这个星期,《时报》的雇员共有三千五百八十七人,这个数目,每星期都有变化。

当我告诉他我愿意参观一下《时报》的时候,门外进来一位含笑的灰发的人,他是《时报》人事部主任图透君(Harry King Tootle),他说愿意作向导。

随着图君,我在那十层的大楼里,上下兜起圈子来。图君是位健谈的人,谈话中时常流露出美国人的幽默。他走到各部里,男女老少都向他微笑招手。

先到编辑部参观。最惹人注目的,是社评会议室里那幅全世界详细地图,正由一个画家在修改颜色。这幅地图整整占了一面墙。在那间会议室里,有一个长桌,十几把椅子。图君说,十位社评的编辑,每星期在那里开会两次,先决定社评的内容要旨,然后分配各编辑担任写作。

《时报》编辑部存有照片六百万张,剪报一百多万种。星期版的编辑室是独立的,共有编辑五十多人,他们一个星期都不断工作,专为出那一份一百多页的星期版。此外每天发行的妇女版,有四十多人负责编访。图君指着戏据版编辑室里的一张桌子说:“在贵国的爱金生就坐在这里”。

记者问《时报》的职员如何分配?图君说:“在这三千五百人中,有一千二百人在机器房工作的,大多数的工人都属于工会,人事部并不曾有管理的全权。此外,采访部有同人六百多人,编辑部有同事六百多人,其余的人都在营业,人事、推销、总务各部。”

参观完了排字房以后,就到了大楼的顶层印刷室。排字房共有一百多架的电铸排字机,在印刷室里共有二十二架转轮印报机,每架轮转机每小时可印出四十八页报纸四万八千份。我们由印刷室一同回到了詹君的办公室，图君便告辞了。

和詹君商好，改天夜间再来看印报和运报。和詹君握别前，我赠送了两份土报纸的《大公报》给他。他问我土报纸为什么颜色不同。我告诉他大后方报纸，工人造的报纸，什么原料都要用，就不能和《时报》卷筒纸相比了。

（三十二年二月二十八日于纽约）

蒋夫人在纽约

在我们全民族流血、流汗、流泪，同心协力艰苦抗战第六年里，我们军事委员会蒋委员长的夫人，蒋宋美龄女士，来纽约医治旧病，刚刚小痊，便奔向美京，饱受了朝野的欢迎。三月一日，蒋夫人由美京来纽约，又轰动了纽约七百多万的市民。

为什么美国人这样的欢迎蒋夫人？为什么成千成万的美国人，站在街上等候几小时以上，要看一看这位"中国的一品夫人"？为什么她得到了美国国会第一次对于外国女宾的欢迎和重视？解答这个问题的理由很多，不过依我个人的意见，蒋夫人这次访问美国，得到了空前的成功，其理由不外：(一)美国朝野人士，对于我们的蒋委员长领导抗战的魄力和眼光，有无上的钦佩！有无上的景仰！这次蒋夫人来美，他们看到了蒋委员长的最近代表。(二)蒋夫人有不平凡的聪颖，她十分清楚如何利用美国的背景和美国人的心理，并且她具有美国人所最欢迎的天才和外貌。(三)最重要的原因，是我们全国军民，抗战五年半，牺牲了三百万以上的英勇将士，现在确已换到了较高的国际地位。蒋夫人此来，可以说是代表了我们那三百万的英魂，受到了联盟国人士的安慰。

在去岁十一月底蒋夫人到了纽约后，立即就进了 Presbyterian Medical Center 养病。由这个时候起，直到二月底她出了医院止，关于蒋夫人的消息，中美两方面都保守着绝对的秘密。我曾经见到几位随她来美的人，并且也曾看到几位负责招待的人士。但我所能得到的消息，只知道蒋夫人确是在养病！在医院还动了一个小手术。我们大可想像，蒋夫人在这漫漫的三个月里，躺在病床上，一方遥念着蒋委员长和我们水深火热的同胞，一方希望自己的疾病早日告痊，再一方计划着病愈出院后的工作，是怎样的一种不安宁的心情呢。

在医士允许她出院以后，听说她曾经去到 Hyde Park 罗斯福总统的家园休养三四天，罗总统这所家园，是在哈德森河畔，离开纽约六十里的地方。

蒋夫人的消息第一次在报纸公布出来，是在她到了华盛顿的时候，当她在美京的时候，她是罗斯福总统的外宾，下榻白宫里。最值得注意的，是蒋夫人在国会里的演说，曾经由各大电台广播到全世界，并得到了世界上各国国民热烈的反响，无怪乎当她来到这世界最大的城市的时候，纽约市的人们都欣喜若狂呢。

蒋夫人在三月一日（星期一）早晨八时半由华盛顿到了纽约，本雪维尼亚（Pennsylvania Station）车站上，早已挤得人山人海，纽约市长拉瓜迪亚和于总领事先把蒋夫人由车上接了出来，然后由林如斯、赵秀澳两女士献鲜花，然后由拉瓜迪亚市长陪同出站，由军警严密保护之下，去到纽约最大旅社 Waldorf Astoria，下榻四十二楼，所住的房子正是从前英国逊帝温莎夫妇来纽约所住的地方，旅馆的大门前，高高的悬起青天白日满地红的大旗，和另外一面美国旗，一同飘扬在纽约最华贵的公园路上。

蒋夫人第一次在纽约和大众相见，是在一日的中午拉瓜迪亚市长的欢迎席上。市政厅前，挤满了一万多男女市民，来听她的演说，当纽约市长宣布给予蒋夫人名誉市民（Honorary Citizen）的时候，四面的掌声雷动。随后蒋夫人便开始她的第一次在纽约的演说。她首先感谢纽约市长和纽约市民欢迎的盛意，并感谢年来美国人士对于中国抗战的接济，并赞扬纽约市的组织和建设。在讲演里，蒋夫人曾经引用到“我城”（Our City），或是“我们公民”（We Citizen）等字样，博得了不少的掌声。在听众里，我曾留心观察，男女两性，各占一半。这里，可以证明不但美国男人们愿意前来瞻仰一下我们“一品夫人”的风采，就是美国的女性，也要前来看一看这位东方伟大的女性。

蒋夫人讲完了短短十分钟的话，即由市长陪同走进市政厅，那里市长举行了一个茶会,她本来答应和茶会上的客人们一一握手,但是经过了她和几十位握手以后,她便感到了不支,随身的护士便赶快给上药品,那排好的一行来宾,只好感到失望了。

我和东西文化协会的海滨先生(Mr. Beach)便一齐奔向中国城。三月一日中午,中国城的人士,的确都雀跃起来了,家家户户,悬起国旗和绸彩,像是又来到了旧年一样,勿街上(Mott Street)男女老少,挤得水泄不通,个个穿上了新衣服,我好像是真又回到了祖国,绰号中国城"市长"的李君鸿辉说:"今天,中国城的中国人,要在一万以上。"据我观察,在纽约的中国同胞三万多人,最少来了三分之一。

蒋夫人在十二时三刻由市政厅到了中国城,华侨学校的礼堂里坐满了一百多位华侨的领袖,当蒋夫人走进时,全体起立,热烈掌声欢迎。主席刘恩初致完欢迎词后,蒋夫人用国语在播音机前只讲了短短的十几句话。她说:"我们的抗战,已经快到六年,祖国在抗战期间,得到了海外侨胞的捐助,所以愈战愈强。今天本人代表蒋委员长,代表全国人民向诸位侨胞致谢,深望各位侨胞继续努力,好去完成我们最后的胜利。今天因为时间短促,不能多谈,到三日在卡奈基会堂开会时,再与诸位相见。"在掌声如雷中,主席又请出纽约市长拉瓜迪亚讲了短短几句话,到一点十分便散会了,蒋夫人便回旅社去了。

我和海滨先生一同去到如意楼午饭,里面挤得不堪,所幸得到了二个座位,我们仓促食完了饭,便各自离开了中国城。成千成万的中美士女,还向华侨学校涌去,原因是他们不曾看见了蒋夫人,而要去看一看他到过的空会场。

蒋夫人在纽约第三次的演说,是在二日的晚间,出席美国市民委员会主办的"欢迎蒋夫人大会"的席上。那天下午,本来有机会接见纽约的新闻记者,后来因为她身体不支,遵医嘱延期了。那个时候起,一般人才知道她的病,确已有了相当的严重。那天晚间的大会,她也不曾在开会的时候到会。晚间 Luce 夫妇的晚宴,她也未能前来。

晚间八时后,Madison Square Garden 的广场上的两万座位(票价由五毛半至十四元)已经挤得满满的。大会的会场,装饰得美丽非常。广大的台上,最高处坐着二百人的唱歌队,男紫女白。下面就是一百多人的大乐队,都穿着黑色的礼服。再下摆着三排,坐着讲员和贵宾。

宋子文部长夫妇、魏道明大使馆夫妇、董显光副部长和于总领事都是台上的贵宾。台子背面，是一面宽阔的白绸幕，上面用紫色写上一个大“凯”字，左右两旁用白绸作为两条大柱子，里面透出灯光，高高的天花板上，布满了“青天白日”的旗子，和“满花星”的旗子，都是蓝色白地，象征着中美两国的国徽。楼廊四周，摆满了“凯”字。楼顶的四方，射下不同颜色的灯光。把那末的一个会场，布置得非常的动人，这一点是我们应当用心学习的。

大会在八点半开会，蒋夫人在九时五十分才到，但是大会始终按着既定秩序进行。主席是煤油大王的儿子 John D. Rockefeller，司仪是 Frederick H. Wood，他在台上走来走去，忙个不休。纽约市长又用了他那种怪风格只说了几句话，然后举起他的两手喊道：“蒋夫人并不愿多听大家对她的赞扬，而愿多得大炮……蒋夫人，我们有约七百万市民都喜欢你（We Love You）！”说完了，他就仓促的走出去指挥大纽约的防空演习去了。纽约州州长杜威提到中美两国的战时的合作，特别赞扬中国人到美国农场上去服务的精神。美国空军总司令 Arnold 将军说，他在三个星期以前，是在重庆，他知道中国的需要的孔急，但是他随后又提到运输的困难，最后他声明轰炸日本的决心。

蒋夫人进场的时候，由九个飞虎队队员领导上台，二万多人同时起立热烈掌声，蒋夫人含笑回礼，然后在威尔基致介绍辞之后，蒋夫人开始她的讲词。

全场的灯光变暗，鸦雀无声，银光由屋顶射到讲坛，蒋夫人慢慢诵读讲词。蒋夫人穿着黑丝绒的夹袍，黑绒短外衣，长高跟的鞋子，面上施着不浓不淡的修饰，头发显出层层的弯曲，银光下，送出清脆的英语，二万多人确是为这位女英雄给吸引住了。

她的演说，有力，流畅，充实，并且庄严，不愿意再记述她的演辞，因为那已经在中美两国各大报纸都已全部登了出来。在她这篇讲演里，观众中间前后一共起了二十七次的掌声。美国东海岸的九州的州长，在她演说前后分别致辞欢迎，Westminster 歌咏团在她未来之前，曾随名歌家 Laurence Tibbett 唱我国《义勇军进行曲》，在蒋夫人离开会场又唱美国名歌 American Melodies 送走了这二万个听众。

蒋夫人第四次讲演，是在三日的下午全体侨胞欢迎会的席上，地点在五十七街的卡奈基大会堂。那天清晨，大会堂的前面，便用红蓝白三个国色的彩绸装饰起来。开会的时间是在下午二时半，但是上午十一时，五十七街上排队等候入场的侨胞，便排成了长队，一直排了几十丈长。天空舞起了晚冬的雪片，但是盖不住男儿们在跳跃着的心。会堂开门后，未能进场的侨胞，还有二三千人，因为会场里面的座位，只有三千，这些侨胞只好在雪中等候蒋夫人下车时，脱帽致敬，蒋夫人频频摆手，露出非常慈爱的表情。

"全体侨胞欢迎蒋委员长夫人大会"在三日下午二时半举行，卡奈基大会场里，挤得满满的，台上坐着的侨界的领袖，和董副部长、林语堂先生、李迪俊公使、孟治先生、顾维钧夫人等一百零三人。大会的主席是刘恩初君，司仪是赵鼎荣君。二时三十五分奏乐开会，然后由抗战歌咏团唱抗战歌曲，并由乐队继续奏乐，直到三时二十分，蒋夫人到会场，由魏大使、于总领事、魏太太陪同到台上，全体侨胞起立致敬，掌声雷动，达三分钟不停。蒋夫人先含笑向大众摆手，然后又拿出紫色的手帕，向远处和三四层楼上的侨胞摆动，三千颗心在共鸣了。

在唱完中美两国国歌以后，便向党国旗和总理遗像行三鞠躬礼，由于总领事读总理遗嘱，然后青年团团员向联合国国旗致敬，华侨学校学生唱欢迎蒋夫人歌。三时三十二分主席用粤语致欢迎词。三时三十九分于总领事致介绍词，他说：我们要从中华民国的立场和世界的立场两方面来欢迎蒋夫人。蒋夫人此来，这是利用"千载一时"的机会，来做"万世不朽"的事业。并且祝蒋夫人早痊，继续协助蒋委员长，早日达到最后的胜利。

三时四十六分，蒋夫人起立用国语演讲，用很亲切的语调，慈祥的态度，讲了二十三分钟，除去一阵阵的掌声以外，全场连呼吸的声音都听不出。蒋夫人讲完了之后，刘主席又用粤语把讲词介绍了一次。在蒋夫人起立退席的时候，全体侨胞又都起立，大家高唱《义勇军进行曲》反复三次，蒋夫人才在掌声雷动中，依依而退，司仪在四时十五分宣布散会。

蒋夫人第五次公开讲话，是在四日的傍晚，在于总领事的盛大欢迎会上。那天 Waldorf Astoria 大旅馆的四十二楼，真是人山人海了。于总领事发出请柬一千五百份，到会的宾客一共一千二百三十七人，大家挤得呼吸都感困难。茶会的时间,是五点到七点,蒋夫人本来打算由六时十分到六时四十分出来和来宾相见,但是临时又因身体的关系,医士不准出来很久,只在六时三十六分到六时四十一分出来和来宾相见五分钟。并且只在播音机前讲了一句话:"我今天不能讲话,到这里向诸位致谢!"于总领事的短短介绍词非常动听,其中一句,他说:"……今天医士禁止夫人向诸位贵宾握手,但是医士绝不能禁止夫人的贵宾鼓掌遥遥祝福蒋委员长和四万万中国同胞。"于总领事讲罢,一阵热烈的掌声,震动了全厅,乐声起处,蒋夫人由魏大使、于总领事、朱武官相伴退席了。

蒋夫人最末次的公开谈话,是在五日下午二时记者会议席上答纽约各记者问话,地点在 Waldorf Astoria 大旅馆的四楼。函请到会的纽约各报记者一共一百四五十人,这个记者会议一同举行了三十分钟。她在各报摄影记者在另一间屋内照完了多张的像以后,便走进会议的屋子来,全体记者全部都起立致敬,先由董显光副部长介绍各报记者和蒋夫人相见,然后蒋夫人坐在中央依次解答各报记者的发问。在整整三十分钟里,她一共答了二十五个问题。有些问题,她答得非常诙谐,有些问题,她答得非常严肃,并且还有一些问题,她曾用了极短的时间思索。各记者的问题,因为中美两国的各大报都已登载,所以这里也不再重述了。

蒋夫人于一日来纽,一共参加六次公开的会。我觉得非常幸运,这六个会都能得到全部参加的机会。我第一次用记者证,是去年十月十四日去白宫谒见罗斯福总统夫人的时候。那时,我还问到罗夫人对蒋夫人的意见。最近一次用记者证,就是这次三月五日的记者会议里。四个月前,罗夫人还在遥遥赞扬蒋夫人,现在这两位"一品夫人"已经相聚多次了。还有,追想起上次谒见蒋夫人,还是在三年前重庆沙坪坝的南开学校,那时学生对蒋委员长和蒋夫人热烈的欢迎的种种情景,正好像目前侨胞的种种情景一样。这些,使我感到了时光的不情和世界的渺小。

但是,蒋夫人确比三年前憔悴多了。当这份通讯还不曾寄到祖国的时候,她已经支撑着尚未痊愈的身体,开始他那辛劳的长途旅行了。在她离开纽约的前夕,我立刻想到了水深火热的祖国,日夜辛艰的领袖,和那六年来不曾离开祖国故土的三百万奋勇将士的英魂!还有那，我们四万万五千万中华健儿的一片喊杀的吼声！蒋夫人！任重道远！为国珍重！

（三十二年三月十日于纽约）

春天的烦恼

虽然到了复活节，纽约却还是阴雨连绵，天际里层层的厚云，却还含着多少的雪意。河边大道和中央公园，绿芽已经遍满大地，但是仍然找不到春天的来临。纽约的人士感到一种罕有的烦恼，记者却感到这种令人烦恼的天气，正象征着目前国际的局面。

在这第二次的世界大战中，无时无地不在浮露出矛盾的现象。这些矛盾的现象，想起来实在令我们烦恼。我愿意把这些烦恼的情绪，说给亲爱的读者听一听。当然远隔着那多愁的太平洋，也有不少共鸣的人呢。

第一件事，在我到美一年半的时光里，日夜使我感到十二分烦恼的，就是关于我们在美宣传的不足。举一个显明的例子：就是那"满洲国"（Manchu Kuo）可耻的名词，依然摆在此间印行的中国地图上。美国参战已经整整十八个月了，但是，我真不明白为什么这一点点的国际宣传，我们还不曾下过一些功夫。去年在纽约市政厅举行的朝鲜问题大会席上，拉铁摩尔曾经说道："我实在不明白为什么在这一次回到美国，依然看见有这侮辱联合国的名词发现在各报纸上。"这里，记者愿意报告给读者，我的"人"虽然"微"，"言"虽然"轻"，但是不论在哪一个演说里，我都要大声疾呼的喊道："Manchu 是满洲，Kuo 是国，说满洲是一个国，正和说纽约是一个国一样的可笑。都是我们的敌人日本所最喜欢听的。"

第二件事，我感到十二分烦恼的，是美国对于我们援助的问题。十几个月来，加紧援助中国的呼声，一天比一天高，尤其是缅甸失陷以后，一般美国的老百姓，同情中国已是普遍的趋势。到了蒋夫人这次来美，援助中国问题，确是更得到美国朝野的注目。但是他们对于邱吉尔的“希特勒第一”主义，是一致赞同的。不过，记者认为尽管“希特勒第一”，然而我们不能说日本人不是我们的敌人，更不能认为先打欧洲，就忘掉珍珠港那一幕的惨剧。如果每天高喊援助中国已经尽了最大的责任，不能再作进一步的努力，那就等于说我们对于这一次的战争已经尽了最大的努力，不能再作进一步的奋斗是一样的。

第三件使我烦恼的矛盾事情，是美国人士对威尔基远游归来的观感，发生了两种不同的见解。第一，一般的老百姓，的确认为威尔基远行归来的演说是一篇划时代的正论，他的理论，深深地打进了一般平民的内心，试看他的新著 *One World* 在第一个月里销到了五十万册，就是一个例子。第二，但是我们由反面看去，不只在位的民主党的官员嫌他太激烈、太前进，就是共和党里面的许许多多资本家，对他的主张，也惧怕起来。这个问题要看明年大选的情形，才能测出他这一次远行的反响。

第四，蒋夫人这次游美，得到很大的成功。对于我们的国际地位也增高了不少。虽然，美国人士的欢迎蒋夫人，因为她是代表我们抗战六年的军民，不过欢迎的热忱确有些“美国化”，换言之，过于注意形式，并且恐怕又犯了五分钟热心的毛病。

第五，美国参战一年半后，同样发生许多矛盾现象，常常使人感到烦恼。许多美国人士批评我们战时措施有不当的地方，但是美国人也要承认他们这种种措施也有值得我们指正的。

最后，我不能不替留美的青年讲几句话。无论由哪一方面看去，这些留美的中国学生将来全是建国人才的一部。他们有些已经学成，但是无法回国效命，有些已经开始在美国的工厂和机关里实习与建国有关的技术，还有些日夜埋头研究各种学问。美国政府一方面派员去中国，另一方面请中国的专家来美，无非是要帮忙中国培养人才。但是对于这几百个未来建国人才，却不能根本为中国打算，替他们设法免除兵役上的征调。虽然目前有个缓役的暂时办法，不过美国征兵法令时时改变，说不定早晚还要有问题发生。这一点记者认为是中美关系的一个大矛盾，我们是应当设法消除的。

我希望，几天后，春风徐徐吹来的时候，把这些烦恼一扫而光。

（三十二年四月二十五日写于纽约）

如何促进中美关系

学术建国讨论会虽然诞生才一年,但是她无疑的已经是留美中国学生目前最重要的组织了。在过去的一年里,留美中国学生战时学术计划委员会和华美协进社,曾作最大努力,倡导各地中国同学的学术建国讨论。到现在,在这新大陆上,种种讨论会已有三十二处。这个讨论会的中心是在纽约。这里值得提出的,是孟治先生(他是留美中国学生战时学术计划委员会的干事长和华美协进社的负责人),在这一方面,曾经费去很大的心血,把沉寂多时的留美学生们,领导到抗建大路上来。同时,记者深深觉得荣幸,在这过去的一年里,也曾经为了这种组织花费了不少的时间和精力。

去年十月间,记者访问罗斯福夫人的时候,在白宫里,曾询问她是否愿对中国留美同学讲一次话,她很高兴。归来就向孟治先生建议,结果几经商讨,这个计划在今年的五月八日实现了。

在这一个初春的傍晚,夕阳照在哈德森的河边大道上,同学们都怀着欣慰的心情,把万国大厦的 Home Room 布置得异常美观。正面墙上,高高地悬着中美两面大国旗,在灯光斜照下,伟大而动人。一对对中美小国旗,很齐整地贴在墙壁上。在会场外,休息室里摆着长桌,陈列着鲜花、中美国旗和红色的蜡烛,这是招待罗夫人晚饭(中餐)的餐室。

时间刚过六点钟,罗夫人就独自走了进来,在便餐席上,二十几位中国男女青年(都是学术建国讨论会的负责人),陪着这位美国的一品夫人谈话进餐。罗夫人很喜欢吃中国饭,并且她还用了筷子来吃米饭。在她的日记里(*My Day* 每天在世界电讯报登载),她还描写过这顿美味的中国饭呢。

晚饭后,大家自由谈话。八点钟正式开会,到会的会员和来宾二百余人。开会后全体合唱中美国歌,然后由孟治主席致开会词。他先以国语说了几句话,然后用英语致开会词。他先说明这是学术建国讨论会第十三次大会,也就是周年大会,现在全美国学建讨论会的单位已有三十二处,参加讨论会的学生已一千余人。中国留美学生已有九十六年的历史,但是始终感到对祖国贡献不多。其后,他介绍罗夫人,他说罗夫人是不必介绍的,她不只是美国的第一位夫人,并且还是爱护世界学生的第一位夫人。

在热烈的掌声里,罗夫人起立讲演。在中美的国徽前和银光下,她说话时常露出微笑,给大家一种和蔼可亲的印象。她那天演说的题目是"中国留美学生对于中美关系上的责任"。她开始先说:"……我感觉我不配来讲这个题目,我更感觉,我不懂如何能在日常生活里,增加我们彼此的了解。但是我很愿意来向诸位谈话……"

她演说的第一点,说明如果打算实现我们未来的理想世界,一定要研究关于其他国家的情形。她说:"……当蒋夫人在白宫的时候,我发现我们谈话的时候愈多,彼此不明瞭的地方愈多。蒋夫人要我介绍一些对于中国有用的事情,我就把 T. V. A. 和全美资源委员会的各方面,都告诉了她,她并不知道 T. V. A. (T. V. A. 系 Tennessee Valley Authority 之简称,普通译作坦那西河流域行政公署,系美国行政特别机关,管理坦那西河流域之水利、发电、改良土壤等事)。相同的,我对于中国的情形也有许多不懂的地方。由此可以证明目前我们需要互相研究,互相了解,这种工作极其重要……"

第二点,她提到如果打算明瞭外国的情形,便必须先明白自己的国家。她说:"……诸位如果打算明瞭美国或其他国家,一定要设法明瞭诸位自己的国家,那么,诸位才能说出中国目前需要的是什么,再决定要读那一门或研究那一科……"谈到这里,她又提出实际观察事物的重要性,她更说明她实际观察事务的经验。她说她很感谢罗斯福总统给她到处去视察的机会。当年罗斯福先生作纽约州长的时候,她曾经随着去视察监狱,她并不去看菜单子,而去到厨房去看所作的菜饭,这样可以把事情观察得更清楚。把事情观察清楚,才能解决问题。中国的同学,在美国不应当只注意到书本上的知识,更应当实地去实习,实际用手去操作。

第三点,她向中国的青年说:"……如果诸位打算明瞭美国的情形,必须多和美国人民来往接触,必须明瞭美国人民的各方面,去到美国人的家里,和他们聊天,这样可以增加双方的了解,中美两大民族才可有更深的友谊……"

第四点,她谈到种族歧视的问题。她说大家必须认清人类天生来都是平等的,所有的"种族歧视","对弱小民族的偏见",都是由于互相隔膜所致。在未来的理想世界里,各民族、各国家必须互相多作体会的功夫。中国留美学生在这一方面责任是特别的重大。

罗斯福夫人确是一位健谈的夫人,那一天她已经在其他地方讲演过两次,但是又向中国同学整整讲了五十分钟。讲演后,同学相继发问,她一一作答。有一位同学问到中国同学被征发的问题。她说她非常关心,她一定去问一问负责机关。另有一位同学问她是否有去中国的意思。她含笑说:我很愿意去。并没有具体的答复。

因为她太累了,所以答复完了问题,她就先走了。那时学建会音乐组正在演奏着抗敌歌。记者把她送出万国大厦,才知道她没有车子,赶快在街上叫了一辆黄汽车(Taxi)。当记者预付了车资的时候,她又连声道谢。

(三十二年五月三十一日写于纽约)

输 血 记

天下最可怜而可敬的兵士,恐怕是我们祖国战场上的健儿了。长城之役,我在喜峰口前线的后方医院服务的时候,我曾亲耳听到骇人听闻的故事。那就是在医院里,几个大夫在一个伤兵的肺部取出一个子弹,因为没有麻药,要用四个壮汉,用力按住伤兵在那手术台上,去动手术。当时我几乎不敢相信。汉口失陷后,一位老同学,跑到重庆来看我,他是炮兵连连长,他告诉我他在前线已经是九死一生,结果被两个轻伤的兵士救了回来。我就问:"你受了轻伤还是重伤?"他说:"也不是轻伤,也不是重伤,是'打摆子'(疟疾);我躺在地上两天不能动,身体发热发冷,因为身边没有金鸡纳霜药丸,如果没有两位轻伤的兄弟走过那里,我就丧了命了。"由于这两个故事,令我近年始终难忘的,是如何能去为那些无医无药为民族流血的同胞们尽我一些本分。

和鄂西大捷同时传来的好消息，是“华人血库”在纽约的成立，这确是值得大书特书的事情。这个华人血库，是由美国医药助华会所创设，预备在美国先存贮相当的血，然后由输血队携往中国，继续工作。这个输血队，由易见龙大夫率领，护士有刘覃志云及何祝萱女士等。华人血库，六月七日在那疏街一百五十四号《论坛报》大楼十一层上正式成立了。自此后我们前线的同胞，可以得到机会减轻死亡的数目。

我赶到《论坛报》大楼，是在六月七日的上午十时。在大楼的门口，我遇到了刘瑞恒大夫，他是第一个输血的人，我们谈了几句话之后，拉瓜迪亚市长偕纽约市政府工程局长许董荣氏和于总领事俊吉一同进来。我们一同上了楼，到血库的办公楼以后，著名记者鲍威尔已坐着病人车来参加开幕的盛会。

那天并没有开幕的节目，开幕的典礼就是开始输血。在开始输血前，照了几张相片，作为纪念。拉瓜迪亚市长非常高兴，一再拍着鲍威尔的肩连声问候。

第一位躺在床上输血的是医界的前辈刘瑞恒先生，他比在香港时消瘦了许多，这次在旅次中很热心倡导输血。那天下午，他还要赶回华盛顿，去参加白宫里罗斯福夫人的招待出席国际粮食会议代表的茶会，这是值得赞扬的。和他一同来输血的是朱章赓大夫，他在自己输血以前还照了不少张的照片。

其次输血的是于俊吉总领事，他在百忙之中肯来输血，也是值得钦佩的。女同胞第一位输血的是伍宝春女士，第二位是颜雅清女士，他们二人年岁不同，体魄不同，所以二人输血的反响也不同，颜女士好像有些疲倦。

记者是第六个输血的人，那天早晨就不曾进早点，只喝了两杯橘子水，十一时半左右，轮到我输血。向伍宝春女士办理注册手续，并且签了一个名字，声明输血出于自愿，将来无论何人不能向血库起任何的纠纷。然后由鲍小姐验过我的血型和血质，我的血是O型，我的血质是百分之八十，然后走进男子输血室，脱去了上衣和衬衫，先由易见龙大夫检查我的血压，可惜那压器临时发生了一些毛病。我记得二年前在重庆中央医院曾经验过血压，大夫说血压有点高（一百五十度以上），嘱我一切小心。现在体重已经快到一百九十磅，血压张缩，目前恐怕也是个值得挂念的问题。那天未能查出血压,深觉怅怅。

输血并不如想象的那末严重,也不感到任何的痛苦。在血库义务服务的海门女士,先把我的右臂洗净后,好像是给我打了一针麻药,然后开始输血。我躺在床上望着窗外的落雨,大约有十分钟的样子,刘覃志云女士就把输血的针拔了出去,易大夫走来问我感觉怎样?我说:“没有什么。”他说:“好。”旁边的何女士送过一杯冰镇的牛奶,我就坐起来慢慢把它饮完,觉得非常可口,因为肚皮里已经呜呜作响了。看到瓶内自己的鲜血,心里感到有些疲倦,但是当我站在地上的时候,还是觉得和平时一样。这天我输出了三百五十 CC,回到休息室内自己衡了一下体重,也不见得有所减少。那天输血的人一共十四位,其中三位是纽约大学的学生。

鲍秀峥小姐给我插上了输血纪念章,心里觉得非常快慰,因为这是在海外对祖国所能尽的最小本分。十二点半,我辞别了华人血库,下午照常工作,也没有感到什么痛苦。我想六星期以后,我要再往输血,去尽最低限度的国民本分。

我深愿这唯一的华人血库,早日返回祖国。我深愿我们不能在前线流血的兄弟姊妹们,在这安全的环境里,也要为民族留出一些小量的血。我时时在挂念着那千百万在前方缺医缺药的将士们,我深盼我的血能早日运到我们的新万里长城之上。

(民国三十二年六月十日于纽约)

战时体育

时光过得真快,到美不觉一年有半。虽然工作和功课逼得我日夜在这大纽约里奔波着,但是对于我个人一向注意的问题——体育——始终不曾忘怀。那是整整半年的事情了,当我到爱我华城(Iowa)时,我曾特地的去看麦克乐教授(C. H. Maclay),在匆忙的旅程中,我和他作了一次很长的谈话。

麦克乐教授,是爱我华大学体育主任,在美国体育界很有地位。

他曾在我国中央大学任教有年，不但对于我国体育问题有相当认识，并且还能说一口相当流利的中国话。

第一个问题，谈到战时体育是否应当照常推进。麦教授说：在战时，体育当然应该继续推动，在全美国每年最少要共有六百万到一千万人缺席工作，这都是因为疏于预防和缺少耐劳终日的身体所致。不过，在战时，体育的推动要改变一种方式。承平时期的体育设备，在战时是无力推行的。尤其是在中国，只有很少的学校在训练体育的人才，至于体育的设备，更是不足了。

所以我们必须注意另外一种运动，那就是在家庭里能采用的运动——柔软体操。正如上面所谈的，在全美五千万服务工厂的人，每天要有百分之八的工人不能到厂做事。这百分之八的工人都是因为身体有病。在一九四一年里，全美国工厂里一共有四千个“Man Day”（一人工作一天之单位）缺席，有些因为伤风，有些因为疲倦，不是因为临时有病，就是因为长期体弱。有什么法子可使这些人注意他们的身体，或是设法请他们跑到运动场上去锻炼一下体格，却是当前一个值得注意的问题。

因此麦教授在最近编了一种“红白蓝操”，来代替运动场上的运动。这在非常时期的贡献，是有无上价值的。他告诉我：“红操”比较简易，是为身体不强的人们所用的，“白操”是为身体稍强的人们所用的，“蓝操”比较难作，要费一些体力。每样体操分男女两种。这“红白蓝操”的目的，是要锻炼（一）腹部，（二）四肢，（三）双臂屈伸。

这种体操很适合家庭的采用，如果一家有三个人可以同时练习，每个人可以操练“红白蓝操”的一种，同时运动，也可以避免这种体操的单调。换言之，除去体育的价值以外，还有社交的价值，所以很容易推动。第一个采纳“红白蓝操”的，是爱我华州的体育委员会主席Johnson。在各中小学里有很多已经采用了这种体操，他们的口号是“去作你家庭里的体育教师”。他们除自己在学校里参加这种体育以外，并且回到家里去推动。现在这“红白蓝操”在美国已经相当的普遍了。

这种体操的优点，是不用麻烦的器械。譬如说吧：“引体向上”可以用两个椅子摆上一个木棍，甚至洗地板抹布的木柄都可以实用，还可以由两个人拿木棍，一个人操练，这样可以代替了室外的单杠。至于“双臂屈伸”“仰卧起坐”和“全蹲”更不用设备了。这种体操可以用测验的方式来订标准，来检查成绩。一种印好的测验表，可以每天应用，来查自己是否进步。

我们谈到这里，麦教授亲自脱去外衣，在会客厅里实际的表演起来，把他这三种操都作了一次，并且请记者也和他合作，来证明同时演作两种不同的操，确是非常的有兴趣。在那十几分钟里，我们两人都出了汗。

经过了片刻的休息，我们的谈话中心转到了中国的体育问题。他说中国旧有的体育，有它的价值在。国术已经有几百年的历史，它和西洋的柔软体操、土风操，以及其他各种 Folk Dance 有相同的功用。不过国术需要专家再下一点工夫，专门研究一下。

近年来中国的球类运动很发展，譬如足球一项，成绩已经很是进步，和美国比较最差的是棒球。在中国推行西洋体育，要看大家的兴趣。各种球类，在中国也都非常普遍。至于西洋拳赛和摔跤也不必在中国马上提倡。因为体育是一种方法，中国旧有的体育方法，如果也能达到健身的目的，也是值得提倡的。

所以，在中国提倡体育，还需要很多的研究工作。麦教授强调的主张，在中国需要一两个体育专门学校，这个专门学校要有和大学同等的程度，要排定四年的课程。第一要研究体育行政。近年来中国的学校体育已经可以说略具规模，但是社会体育还不曾大规模推进，这一方面还需要许多的人才来努力。第二，应该在科学上对于体育做深刻研究。这个体育学校，一定要设有一个研究的中心，去研究各种有关体育的各种问题。

临别，麦教授送给我一本“红白蓝操”的说明，我想不久把它译给读者，也许是大后方体育界所需要的吧！

（民国三十二年七月五日于纽约）

威尔基先生会见记

威尔基先生的确是一天比一天的重要了。自从他环球旅行归来以后，无疑的，共和党和他自己在美国的声望日增，尤其是他的新著《天下一家》问世以来，也真可以说是身价十倍了。

由于美国人士渐渐感到了战争的苦痛，由于太平洋上的战局迄未十分开朗，由于美国政府没有明显的政策，由于罗斯福总统说不出和邱吉尔两样的话来，美国的一般老百姓，渐渐对于这位在野比较前进的政治家威尔基，发生了较大的信仰。

一天，和一位美国朋友谈话的结果，促起记者访问威尔基先生的动机。最近威尔基先生非常的忙，他旅行各处，访问各方面的朋友，去促进他和朋友们的友谊。据说他上次竞选时，对这方面很是疏忽，无疑的，这次他改变了作风。记者和他的秘书琼斯（Lom Jones）接洽了三四次，才安排好会见的时间。

会见的时间，是六月二十九日上午十一时，地点在百老街十五号（15 Broad Street）他的办公楼。他是一个出名的律师，所以他的办公室和其他律师事务所安排得差不多，门外墙壁上镶着 Wendell L. Willkie 的名字。他这间办公室非常宽阔，由那两扇巨窗可以看见矗立在哈德森河畔的和平神像，使人有一种雄伟的感觉。他的办公桌非常巨大，上面摆着一座电话，还有许多的文件在那里散放着。

当记者走进办公室的时候，他立刻停止阅读信件，远远的伸出手，和我很热烈的握手，然后就请我坐在他的办公桌前，我便开始了访问。记者曾经见过他几次，但是这还是初次坐下来和他慢慢的谈话。

记者首先问他是否还记得重庆《大公报》，他说当然记得。随后记者便说明访问的目的——愿意知道他自从环游世界归来，对于当前各种问题的观感。他说我们最好避免讨论大问题，因为在短时间内是很难谈出若干具体的结论。

记者第一个问题是："威尔基先生，你对于蒋夫人这次来美有什么观感？"他含笑的回答我："蒋夫人这次访问，的确得到了伟大的成功，她这次旅行的效果非常深远。以一个精明强干的中国女性现身美国，几次不平凡的演讲，在美国人民的脑海里，留下了很深的印象。据我个人的记忆，没有第二个外国人，在美国曾经得到比她更广大的声望了。在历史上，她这次的访问，是件不易忘记的事迹，她已经被认为是一位国际重要人物了。”

其次，记者问他关于取消排华律的意见。他说他个人非常赞助取消这种国际间不平等的法律。随后记者又问他关于《大西洋宪章》的看法。他说：“我当然赞成这部《大西洋宪章》，但是它必须要一样的应用在太平洋上，因为这部宪章要设法把世界上任何国家的问题，都要谋得解决的途径。我们应当时时刻刻在考虑着远东人民的福利，不然许多世界上的问题是无法解决的。”

随后记者问他的新书《天下一家》。这本书出版以来，不过三个月，销路已经超过百万，打破了美国出版界的记录。记者顺便提出了他在《天下一家》里所提到的两个人物，一位是张伯苓先生，一位是蒋纬国先生。等我问他对于这两位的印象的时候，他告诉我：“是的，我在重庆见到了南开学校的校长张伯苓先生，他有远大的眼光，他是一位非常能干的事业家，他是一位有修养的学者，并且他还是一位和蔼可亲的绅士。在中国的前线，我见到了蒋委员长的哲嗣纬国先生，他是活泼有力、有学术修养的青年军官。”

谈到这里，记者提出了关于明年美国大选的问题。他听到了这个问题，好像特别注意，在那无声的微笑里，神情非常严肃。他对于罗斯福总统第四次竞选，表示反对的意见。

记者发问：“那么威尔基先生，你一定要出山作共和党的总统候选人了？”他说目前他还不曾决定。记者又问他几时才能决定，他说不一定，或许六个月以后才能决定。

记者问：“威尔基先生，假如明年你当选第三十三届的美国大总统，那我很愿意事前知道你对中国的政策。”他说：“不论是在战时以及战后，我将要永远为中国人民去尽我最大的努力。在未来幸福的世界里，是不能缺少中国的。中美两国战后的关系，一定要建筑在绝对平等的基础上。”

接着记者又问他对于目前世界的局势是否乐观。他说欧洲的局面确是比以前好一些。记者又问他对于美国政府援助远东联合国的情形,是否比以前有进步。他说他略为感到好一点,但是还不满意。

当记者问他私人生活的时候,他说私人方面,他是一个律师,没有什么值得报告的。在公务方面,他说恐怕大家全部都晓得了。这当然是指关于共和党的活动而言。他只告诉我他写作的时间是在早晨。

我们的谈话回到中国的问题,他说他对于蒋委员长的印象很深,在他和蒋委员长几次的会见里,他感到蒋委员长是个有高远见解的领袖,蒋委员长不但对于中国内部的问题清晰的明瞭,并且对于世界的大事也有清楚的认识。他说对于中国共产党问题不十分清楚,但是他相信这个问题不严重,不会像许多其他美国人士那样焦心。

记者又问他关于美国矿工罢工问题的观感,他说:“这个问题并不严重,这是在社会进展中必有的现象,社会的改造过程过去以后,这些问题自然就会解决了。至于政府解决罢工问题的办法,我个人保留我的意见,因为我对目前美国政府负责行政的人员的措施,有很多地方不表赞同,这些就不便向一位外国记者多谈了。”

最后一个问题,我问他有什么话愿意向《大公报》的读者们讲。他说:“请代我向他们致候,我热烈的拥护中国和她的人民。我愿意尽我一切的可能去为中国人民而效力。”话别前,我问他是否再度来中国,他说:“目前还没有机会,但是我非常愿意再有这样的机会。”

记者告别,他又向记者寒暄了几句。我和这位雄伟的政治家紧紧的握手。他说:“愿你在美国有很好的时光!”

(三十二年七月七日于纽约)

美国的文盲问题

在这“民主国家的大兵工厂”里,装着不少的困难问题。这些问题有些是因为美国参战而发生的,有些是在战前就已存在的。不过,不管这些问题是新还是旧,它们对于美国战时总动员的影响却是相同的。记者愿意把美国战时的种种困难问题,慢慢报告给读者。我想美国问题可供我们参考的地方一定不少。今天先提出美国文盲的问题。一般人看来,文盲在美国似乎已经不会成为问题,不过,事实上,美国的文盲对美国人力(Man Power)总动员的影响,非常巨大。

记者曾经跑到美国商务部纽约办事处的统计室,去搜集最近全美国的文盲统计,据负责人告诉我,一九四〇年的文盲统计还不曾编好,所以记者只能找到一九三〇年和一九二〇年的统计。在一九二〇年,美国十几岁以上的人民,包括美国人和入籍侨民,共有八千二百七十三万九千三百一十五人,其中有文盲四百九十三万一千九百零五人,占百分之六。其中白人占百分之四,黑人占百分之二十二点九,其他各入籍侨民占百分之二十五点六。一九三〇年同样的统计,在九千八百七十二万三千零四十七人里,文盲有四百二十八万三千七百五十三人,占百分之四点三,其中白人的文盲百分比才占百分之二点七,黑人占百分之十六点三,其他各入籍侨民百分之二十五。

一九二〇年的美国文盲,在十岁到十四岁者占百分之二点三,十五岁到十九岁者占百分之三,二十岁到二十四岁者占百分之四点二,二十五岁到三十四岁者占百分之五点六,三十五岁到四十四岁者,占百分之七,四十五岁到五十四岁者占百分之八点二,五十五岁到六十四岁占百分之九点一,六十五岁以上者占百分之十二,年岁不明的占百分之十点四。一九三〇年的美国文盲,在十岁到十四岁者占百分之一点二,十五岁到十九岁者占百分之一点九,二十岁到二十四岁者占百分之二点七,二十五岁到三十四岁者占百分之三点三,三十五岁到四十四岁者占百分之五点二,四十五岁到五十四岁者占百分之六点六,五十五岁到六十四岁占百分之七点二,六十五岁以上者占百分之九点七,年岁不明的占百分之七。

由以上两种统计,我们可以看出:(一)黑人和其他入籍侨民之文盲比数远超过白人。(二)一九三〇年比一九二〇年文盲的总数少六十四万八千一百五十二人。(三)文盲的比数和年龄成正比例。据一九〇〇年的统计,美国十岁以上的文盲,有六百一十八万零六十九人。一九一〇年的十岁以上文盲共有五百五十六万一千一百六十三人。由一九〇〇年到一九三〇年三十年之中,美国一共扫除了一百八十九万六千三百一十六个文盲,平均看来,每十年扫除文盲的数目大约有六十万上下，所以一九四〇年的文盲统计尚未公布，但是据以往的统计来推测，大约在三百六十万左右。

美国的文盲问题虽然不太严重，但是对于美国的征兵工作也很有影响。因为美国现代化的部队里，许多的职务不是文盲所能胜任的。据统计，在陆军队里，每一百个人里，要有六十七个技术的人员，在一个现代三角式的师团（A Modern Triangular Division）每一百个人里要有八十七个专门人员，像目不识丁的约克（Sergeant York）排长，在上次大战中生擒德兵一百三十二人的故事，在这次大战里恐怕很难重演了。

据最近美国官方的统计，在一九四二年四月，美国二十五岁以上的人，共有七千四百七十七万五千八百三十六人。其中有二百七十九万九千九百二十三人未曾入校读书，有七十三万四千六百八十九人入校一年到四年，并有一百零四万一千九百七十人，不曾报告是否入学。这一千万上下的人，可以说是没有阅读能力的人。此外在一九四〇年底，由侨民登记的统计里，大约有七十万人用"十""X"来代替签名的，同时在美国征兵局第一次的统计里，有三十五万个名字，也是如此签名的。

在上次大战里，在每一百个美国的应征的人里面，有五个大学生，四个中学毕业生，十二个中学生，七十九个曾经入学读书的。在这一次大战里，每一百个应征的人，有十一个大学生，三十个中学毕业生，二十八个中学生，三十一个是曾经入校读书的。由这两个统计，我们可以看出，美国人教育的程度，在两次大战之间，已经有了很大的进步。

在这一次大战中，美国的征兵局第一次试验入伍兵士的时候，先由他们所填的表格上来判断他是否文盲。如果认为他有文盲嫌疑，那就要他解答几个简单的问题，像"一只牛和一只老鼠那个比较大?""一个人能跳十里远吗?"在四个月后里，因为不能及格这种测验而缓役的人，一共有十五万。美国征兵局曾经设法在短期间扫除这些文盲，他们用十三个到十六个星期来训练这些文盲，使他们能粗通文字。据负责当局去年十一月间的报告：有十二万五千到十五万人受过以上的训练。

美国的文盲，不仅影响军队的征集，同时更影响了国防工作，以上各种统计，全是去年发表的。今年，美国不只是大量征集本国兵士，并且连外国的侨民也开始征起来了。我敢断言文盲问题更要严重起来。美国当局如何解决这个问题，实在值得注意。

我国在战前文盲的数目在二万万以上，但是经过最近几年政府当局的努力，已经扫除了三千七百八十九万九千一百三十二个文盲。在民国三十一年年度里，竟扫除了文盲七百二十五万五千三百五十六人。如果美国政府也能有和我们相同的成绩，那么美国的文盲不是在半年内就可全部扫除了吗？

（三十二年八月三日于纽约）

关于国际粮食会议

联合国粮食及农业会议，简称国际粮食会议，是联合国筹划解决战后国际经济问题的第一次会议。这个会议，共有四十五个国家参加。本年五月十八日起，在美国南部的胜地，佛吉尼亚州温泉饭店举行大会十七天。各国专家齐聚一堂，共同讨论世界上最重要的民食问题，不能不说是近世史上值得大书的一页。

在纽约，遇到了我国出席粮食会议首席代表郭秉文氏，畅谈粮食会议一切，很令人兴奋。记者还是在民国二十五年在上海遇见郭氏，一别七载，他的精神越发饱满，看不出他饱尝英伦三岛的弹下风霜。他在这次会议里，可以说是为国增光。共和党的《幸运》杂志八月号，虽然批评粮食会议，但是却说郭氏是最好的演说家，并且还刊登了他的相片多帧，这可见他的表现了。

这一次参加会议的国家共四十五国，最初受美国政府邀请的有四十二国，后来“战斗法国”加入，成了四十三国，连美国在内一共四十四国。这四十四国计中国、澳大利亚、比利时、巴西、加拿大、哥斯达利加、古巴、捷克、多明尼亚、萨尔瓦多、阿比西尼亚、法国、英国、希腊、危地马拉、海地、洪都拉斯、印度、伊拉克、卢森堡、墨西哥、荷兰、纽西兰、尼加拉瓜、挪威、巴拿马、菲律宾、波兰、南非联邦、苏联、美国、南斯拉夫、玻利维亚、智利、哥伦比亚、厄瓜多尔、埃及、冰岛、伊朗、利比里亚、巴拉圭、秘鲁、乌拉圭、委内瑞拉。以上各国,除美国外,先后接受美国的邀请,派遣代表出席会议。此外丹麦驻美公使得到美国政府同意,以个人资格参加会议,所以这次参加的国家共计四十五国。

我国政府应美国政府的邀请,四月五日特派郭秉文氏、席德懋氏、邹秉文氏、刘瑞恒氏、杨锡志氏、赵连芳氏、沈宗瀚氏、李幹氏、尹国镛氏、朱章赓氏等十人,为出席大会代表,并指定郭秉文氏为首席代表。各代表在五月初,齐集美京,筹备一切,并因事实上的需要,组织代表团秘书处,聘寿景伟氏为秘书长,并延谢劲健、罗万森、林侔圣、周舜华、郭则虬、范祖淹、乐隽庸诸氏任秘书和专员。

在记者和郭氏两次长谈之中,对于此次粮食会议,有了很清楚的认识。关于大会开会的经过,记者不用很详细的向读者报告,因为那些材料恐怕国里各报章都已经有过很详细的记载。这里记者愿意把代表团对此次大会的观感写给读者:

第一,由此次大会里,可以看出美国在世界政治上的领袖地位,已为各国所公认,此次会议由罗斯福总统发起,可以充分证明美国政府当局眼光的远大。在会期里,会场布置的周密,各种设备的完美,和办事人员工作的效率,予各国代表极深的印象,可以证明美国国力的充实和训练的成绩。各国代表多希望美国政府在战后领导主持政治和经济建设事宜,并对被难最深的国家,尽先予以救助及协助。美国代表团一方面对此极表同情,另一方面因为一部分美国代表仍取孤立态度,所以不愿世界各国误认美国为战后复兴期中的"圣诞老人"。因此,美国代表团态度虽然非常谦和,但发言极为慎重。

第二,由这次大会里,可以看出我国已经成为世界四大国家之一。六年来,我国全体军民在蒋委员长的领导之下,抗战建国,努力迈进的结果,我国在国际上的地位,已经增高很多。此次到会各国代表对于我国都极表好感。我国首席代表郭秉文氏,在大会开幕时,被公推代表各国致答辞,随后又推选郭氏为大会副会长,并兼第一组主席,可见我国代表在目前的国际地位了。菲律宾、印度诸代表,对于此举,不仅视为中国之荣幸,并且认为是东方国家应在国际舞台占得相当地位的一种象征。

第三，由这次大会里，可以看出美国对于自由企业的信念依然坚强，但是对世界经济的计画化，已认为不可避免的趋势。这次大会对于国际病态的诊断，和前途趋势的推测，讨论极为详尽。虽然世界经济的计画化，已经被各国代表所公认，但是美国代表的构成，既有实业界的代表，又有全国合作事业界的代表，所以美国愿意在可能范围里，仍愿维护自由企业的发展，并推进农业的合作。这点很值得我们注意。

第四，由这次大会里，可以看出各重要国代表团立场都不同。在此次参加会议的四十五国之中，最重要的是美国、英国、苏联、巴西和我国。美国首席代表任大会会长，我国首席代表任大会副会长兼第一组主席，苏联首席代表任大会副会长兼第二组主席，巴西首席代表任大会副会长兼第三组主席，英国首席代表任大会副会长兼第四组主席。苏联代表团主张：供给和沦陷区收复后救济的问题，应较战后复兴建设问题尤为迫切。英国代表团主张重在战后复兴建设时期中的治本问题，但对于治标性质的战后期间救济问题，也认为不容忽视。我国代表团和美国代表团的主张相同，因为联合国战后救济及复兴会议召集在迩，关于治标性质的战后短期救济问题，自可不在本会议范围之内。又美国代表团提出组织临时委员会，建设永久性的联合国粮食和农业组织的草案，在事前征求我国代表团的意见。我国代表团因为事关重要，曾电蒋、孔两院长请示方针，蒙覆电指示对美方提案可代表赞同，所以对原案详加补充，提交大会审查委员会，和美方代表团所提一案合作并讨论，结果列入大会重要议决案之一。中美合作可见一斑。

在郭秉文氏告诉我代表团对于大会的观感以后，他并且告诉我代表团在这次大会后，根据大会的议决案，按照国内的实际情形，向政府提出建议书。这份建议书的内容分作两部分：第一部分是对于民食及营养问题的建议，内分：一、民食营养改进委员会的创设，以及农政、粮政与公共卫生行政之联系。二、营养调查与研究机关的扩展及充实。三、国民营养教育之普遍进行。四、农村膳食之调查与分析。五、营养病症之研究。六、特别营养站之设置。七、民众膳食之改善与公共食堂之推广。第二部分，是对于农业改进问题的建议，内分：一、促进农业机构之健全。二、积极培养农业建设之专门人才。三、充分供应农业建设所需要之必要工具。四、国内移民和国外移植之提倡。五、我国农产品出口贸易推进计划之实施。至于详细内容，因为现在还在政府当局审核之中，在这里记者也不能多所发表了。

在谈完了大会经过以后，记者顺便询问郭氏对大会的感想，他郑重的向我说："这次大会，我国代表团由于全体代表和秘书人员的通力合作，造成很好的表现。无疑的，我国的国际地位业已增高。由于各国代表对我国代表发言的重视，就可以证明了我们中华民族已经抬起头来，并在国际地位上占得领导地位。""一方面我们应该觉得自慰，我们六年来流血流汗的结果，已经换取了国际上平等的地位。另一方面，应常感到惶恐。一旦我们和世界列强并驾齐驱的时候，我们一定要充实自己的阵线。试看这次各国都派遣了多少的专家，研讨专门的问题。我立刻想到了我们战后建设的时候，如何需要各种专家，来增进政治及经济组织的健全，和充分发展各项新兴事业，以增强我们的国力。""各国都有所谓的技术权威。权威的意思，是说这专家比一般的专家能够对于问题分析得更详尽，明瞭得更深远，解答得更彻底。我国目前正需要这些权威专家和学者，这是国人应当特别注意的。"

还有一意见，郭氏特别提出的，是战后中美两国经济合作的问题。他在美京和纽约，和政府当局和工商金融各界领袖商谈战后中国经济建设问题，颇有切实的建设。听说中美商会的组织，正由郭秉文、寿景伟两氏和国际商会长威尔孙氏积极推进中，各方都踊跃参加，九月间就可成立了。这是对华投资的推动机构。威尔孙氏曾很恳切的对郭氏说，为保障世界和平，稳定国际经济起见，中美两国实有组织经济同盟之必要。像威氏可谓快人快语，所以很希望我国政府当局及社会各界领袖早加研讨。

轰动一时的粮食会议闭幕以后，我国由重庆飞来的各位专家：沈宗瀚、赵连芳正在周游全美，考察麦田和水稻的问题。郭秉文氏留在美京参加大会所通过而组织的临时委员会，推进筹备永久的国际粮食及农业组织。朱章庚氏准备回国。郭秉文氏在闭会后，复奉命与美政府商洽国际货币计划等重要事项。席德懋、杨锡志两氏和原来在美的刘瑞恒、李幹、尹国镛三氏则仍留美。

在这闷热的中夏,记者要对这些风尘仆仆的代表们致敬意,他们为这次大战的国际问题会议,奠定了一个良好的基础。他们代表了我们四万万五千万的同胞,在国际舞台上发出了我们的呼声。政府这样所派的代表,可以说是非常得人,同时各代表也可以说是不辱使命。

(三十二年八月六日于纽约)

好莱坞的中国热

随着美国人的一般心理的转变,好莱坞近一年来加紧的注意起"中国"来,有关中国的影片,在银城的出品里,渐渐的在质和量两方面都有了增长。这种现象的确值得我们注目。为了这个问题,半年前记者曾经和中国制片厂副厂长罗静予君在纽约长谈过一次。最近,美国国务部电影顾问翁兴庆君又来纽约,和记者畅谈了一次。翁君对于美国电影圈有极清楚的认识。

谈到好莱坞的出品,以中国作背景的影片,要以巴拉蒙(Paramount)的《中国》成绩为最好,这个片子的英文名字是 *China*,在美国各地影院,都热烈的鼓吹过。主演这片子的演员是 Alan Ladd 和 Loretta Young,都是美国人民所最欢迎的影星。故事是叙述美国人在中国帮助游击队建功的英勇故事。故事的男主角,是个在中国的美国油商,因了目睹日寇奸淫掳掠中国老百姓的暴行,愤而加入游击队作战,结果牺牲了自身的性命,换取了一队敌人铁甲车。女主角饰一个在中国任教的女教师,带着一批中国女学生,前往内地,准备去参加抗战的工作。这个片子闭幕时,是在那个油商牺牲了性命之后,油商的助手和女主角驾着油商的大汽车,带着她的女学生向内地迈进,在 Loretta Young 的忧戚的面庞的后面,飘扬着青天白日满地红的中国大国旗。无怪乎每次终场,总要起了一阵长久的掌声。

中国人参加这部影片工作的,有薛维贤君,他担任了这部影片的技术顾问。听说薛君是某银行派遣来美研究经济的。女作家郭镜秋女士，一度听说也被约充任重要演员，但是结果只充了一个不重要的服装顾问。其他演员方面角色较重的，有黄嬿寰、关宝玉两女士和陈利君(Lee Chen)。黄女士是从前华北棒球名将关福纳君的夫人，记者最近接到他们的来信，知道他们已经离了婚(美国西部侨胞离婚是司空见惯的)。陈利君，一向在片中饰陈查理的儿子，最近已经来东部入伍了。

《中国》这部片子，在美国各地卖座的成绩，非常之好，此外要论到共和(Republican)公司的《飞虎》(*Flying Tigers*)了。这部影片，是描写一个美国志愿空军在中国建功空战的故事。这个片子的序言，采用蒋委员长的讲词，故事中很少中国人的穿插。廿世纪福斯公司的《中国女郎》(*China Girl*)，是描写一个混血的少女，在昆明从事教育我国儿童，结果全班学生和她在敌机轰炸下牺牲的故事。女主角是 Gene Tierney，演来非常动人，大部的穿插是在缅甸，所以描写中国方面实在不多。最后是她的男友击落了一架敌机而剧终。环球公司的《好雷德妇人》(*The Amazing Mrs. Holiday*)由 Deana Durbin 主演，她在片中唱了两句中国歌，因为片子里的几个男童，有一个是中国的战区的孤儿，故事的本身，却是在美国。

除去上面几部片子以外，还有几部是小制片厂的出品，故事也都和中国有关。一部名叫《到重庆去》(*Destination Chungking*)，还有一部名叫《重庆夜战》(*Night Plane From Chungking*)。并且听说黄阿媚女士也参加拍制了一部中国故事的影片，可惜这几部影片记者还不曾鉴赏过，这里就不多谈了。还有许多的片子，在穿插里加入一些有关中国的情形，譬如联美公司(United Artist)的 *Stage Door Canteen* 一片，在士兵招待所里，插入一段欢送中国在美受训的空军官员一幕，也非常惹人注意。

综观以上所述各影片，因为以在我国的故事为背景，所以都能风行一时。不过，片子里的背景，以及故事的真实性，都远远的离开了我们抗战六年来的祖国。因为这些故事多半是描写美国人在中国建功的玄想故事。诚如翁兴庆君所说："这些影片都逃不出奇情剧(Melo Drama)的范围，离开使我们满意的地步还远着呢！"

银城里，的确起了"中国热"，不少的影片，目前还在拍制和筹备中，最值得我们注意的，是《孙中山传》（*Dr. Sun Yet Sen*），主持筹备这部影片的和哥伦比亚公司有关的 Lester Cowan 氏，他所监制的片子，有 Paul Muni 主演的 *Commando Strikes at Dawn*，这次他又想用 Paul Muni 饰我们的国父。记者对于这影片的摄制，非常反对，其理由就和反对三年前有人竟在上海拍摄《孔夫子》一样，历史上一代的人物，那能轻易的就能表现得准确呢？更何况是用外国人饰我们这位革命伟人，如何能作得逼真呢？听说这个片子的进行，负责人向赛珍珠女士、拉铁摩尔都征求过意见。而最近我国大使馆方面对于此事的进行，也不鼓励，或许这部影片将要流产了。此外，巴拉蒙公司的制片人 Joe Sistrom（他曾监制过 *Hitler's Gang*），想要拍《蒋委员长传》，而米高梅公司和福斯公司（Fox），都想拍制《蒋夫人传》，听说 Davica Selznick 氏对于这一方面，兴趣比较浓厚。不过，依记者看来，这部影片一时恐怕很难诞生。

此外，雷电华（Radio-Keith-Orpheum）公司（简称 R. K. O.）正在筹拍"中国上空"（China Sky），故事是用赛珍珠女士在 Collier 杂志连续登载的 *China Gold* 作材料，现在已派定 Paul Henreid 和 Maureen O'Hara 和 Louise Rainer 作演员，目前正在挑选拍制的地点。米高梅公司也在筹备拍制赛珍珠女士的《龙种》（Dragon Seed），这个片子将由 Pandio S. Berman 氏监制，原来各方面都希望大导演 Sidney Franklin 氏亲自出马导演此片，现在已请米高梅的导演 Jack Conway 氏来导演。

巴拉蒙公司目前正在筹备拍制《华素医生》（*The Story of Dr. Wassel*），是描写爪哇战事里，华素大夫的伟大贡献，其中不少的穿插，和中国侨胞有关。这部片子，是依据 James Hilton 的著作，由西席·地密尔导演。薛君维贤又被聘为技术顾问。同时，华纳兄弟公司（Warner Bros.）在他们的 *Battle Cry* 片中，亦筹备出品一部中国的影片，名字还不曾定妥。还有美国出名的女作家鲁斯妇人（Clare Luce），也为二十世纪福斯公司编著一本有关中国的剧本，这部片子的进行，一切都在严守秘密，所以目前的情形如何，外人很难知晓。

二十世纪福斯公司，同时还在筹备着两部和中国有关的影片，一部是"*Keys of Kingdom*"，描写一个天主教徒在中国艰苦奋斗故事，是根据 A. J. Cronin 的名著，而由 Nannalty Johnson 编成影剧的，制片主任是从非洲前线回来的Zanuck氏,导演是Joseph Mickiewicz。还有一部就是威尔基氏的《天下一家》,这个片子版权,已经由威氏卖给了二十世纪福斯公司,将来威氏将亲上银幕。拍制这部现代史料的影片,将来拍制他到中国的镜头时,一定要费不少的功夫去物色演员呢。这部片子是要作成中文版,预备送到中国去放映。虽然民主党的人士,坚决反对威氏拍制此片,但是听说已经正式开始筹备了。

好莱坞不断的涌着"中国热",但一年来所产生的和中国有关的片子,都不曾离开了"奇情剧"的范围。目前正在筹拍中的,有不少又是有历史性的故事。我们深盼最近能有真正代表我们抗建精神的影片,在银城里产生出来。

(三十二年九月七日于纽约)

一条需要兵士的前线

在这联盟国开始大反攻的前夕,在这四强合作的呼声里,我发现了一条失去了兵士的前线。这条前线虽然远远离开了祖国的怀抱,但是蔓延得非常广大,它矗立在国际战场上,对于抗战胜利的早迟,关系至大。但,我猛然抬头,向着这无边的战线望去,我发现了那许许多多的岗位上,竟找不到我们的兵士。

这条前线,连续围绕在地球上,若干年来,我们不曾派遣过精锐的驻军,而我们的敌人,不但早早已经派遣大批的军队,并且已经打了许多场的胜仗。现在我们虽然举国上下在各方面都已动员,但是在这条火线上,我们还需要无限的兵士,和无限的军火。

这条前线是什么呢? 就是祖国远在海外各国的民间宣传。我们在这方面的努力,实在是微乎其微。这,我愿意向读者声明:年来政府在海外的官方宣传,非常进步,而我所提出的是专指民间方面。

第一,我敢大胆的讲,我们对于华侨宣传工作,还需要极大的努力。美国华侨有七八万人,这些身具双层国籍的同胞,我们要何等的注意,去灌输祖国的文化。

有一次，一位纽约大学的华侨同学，到我的寓所来了三四次，都赶上我不在，最末一次等了我七个小时，结果我在午夜还家的时候，他还在门外呆呆的等着我。我问他有什么紧急严重的事。他告诉我，第二天学校里的讲演班上，教授教他讲一点关于中国政府的组织，他简直不知由何讲起。我于是便和他讲了整整两小时，他高兴的走了。这里已经展开了华侨社会图画的一面，我们要如何的急起直进，赶快向这一条火线上运兵，运将，运粮食！

第二，我敢大胆的讲，我们对于美国民众的宣传工作，还需要更大的努力。美国的老百姓，教育的水准相当的高，无时无地不在涌着社会活动。讲演会、讨论会、展览会、辩论会、音乐会等等一类活动，像走马灯似的在转动着。尤其是那些美国的小姐太太们，对于这一方面，更是精神百倍。每次的讲演和其他的活动，总是女人比男人多很多，尤其是美国自从参战以后，公共场所中，女人占了绝对大多数。我们切切不能忽视了她们，她们的确是美国公共舆论重要的来源呢。

自从珍珠港事变发生以来，美国人才真正注意了中国，不管东部西部，不管大城小城，大家都开始来讨论中国问题，研究中国背景。今天一个讲演，明天一个中国展览会，就把中国的同学给忙坏了。一位马小姐，在三年里，讲演过一千次以上。一位高君和先生，在一年里，讲演了二百多次。宣传部在美国的中华通讯社，成立了讲演部，众位负责人就忙得不可开交。华美协进社的学建歌咏团成立才一年，每个月各大电台的请帖，总在三四次以上。

在大家得到了一般的中国印象以后，各方面新的请求又来了。中国音乐、中国国剧、中国笑话、中国拳、中国舞、中国锣鼓，甚至于中国人的嗜好，去接受这些请帖，又不是讲演和歌咏所能胜任的了。于是中国在美国的各机关，又忙起新的问题来。在纽约，记者因为过去在青年活动方面有过相当的经验，所以在这一方面，确曾集合了一些留美的青年同学，对祖国算是尽过些许的天职。我们曾在万国募债大会里打上几阵锣鼓，“慢长锤”“急急风”也都是异国人士所喜欢的。我们也曾在哥伦比亚大学的体育馆里打过中国拳。我们也曾在万国大厦表现真正的中国国剧《四郎探母》和《空城计》，在用英语详细说明以后，美国士女们确亦非常高兴花费二小时来欣赏一下中国的国粹。

我们还演过英文的中国国剧——《打渔杀家》。我们还拉过中国胡琴，踢过中国的毽子，清唱过国剧，并且还表现过《滦州影》。还有一次，有人请我们变“中国”的“戏法”！

真是不够的，新的请柬，一天多似一天，很多的我们都谢绝了。一方面我们并不是专家，另一方面，在美国的留美同学，不论做事或读书，都是十分忙碌的，那有功夫来做这末多的课外或业余的工作呢。最近连各地的讲演，有时都找不到人去。同时，事实上有许多想不到的困难。有一次纽约防空团举行“中国周”，我们组织了一个“四人歌唱团”去表演，结果临时伴奏钢琴的人病了，记者只好拖着一把“二胡”，在纽约中央车站的热闹中心，一连拉了四天“三六”和“老八板”。还有那一次表演《四郎探母》，一天里，记者跑到了中国城去了三次，才借到“公主”的“旗头”，在开演半小时以前，拿到后台。记者由于那一次才得到了一个教训，那就是：这些工作，不是我们这些业余和课外的人所能胜任的。在抗战期间，我们应该有专家来负责应付这种新的需要。目前许多的人把眼光都放到战后的问题上去了，但是这战时的新工作，我看比战后问题还重要，尤其在美国，尤其对美国的民众。以前他们漠视我们，我们感到不悦，但，现在他们在注意我们了，我们又不能满足他们的欲望！

我向着这无边的战线望去，竟找不到我们的兵士。在这条火线上，我们还需要无限的兵士，和无限的军火。

（三二年十一月二十五日纽约）

一团青春的朝气

三十三年的早春，中国旅美的青年，发出了一团青春的朝气。它，表现出我们七年来祖国抗建的新精神。它，象征着我们古老国家在未来世界里的再生。

三月十二日——国父的忌辰，在遥远的海外传来了宋庆龄女士短波广播，这的确是轰动了美国人士的一个节目，Blue Network 广播公司，特把这个节目转播到全美。那午，在孙夫人的广播以后，Blue Network广播公司，特别请了学建歌咏团表演中国的抗战歌曲。学建歌咏团在纽约成立已经一年有余，经过了团长孟治、导演李任公的热心倡导之下，团员已经超出五十多人，合唱的成绩大有可观，所以经过在纽约的几次表演以后，已经得到了非常良好的声誉。

星期日，在纽约，那有不忙的人呢？但是学建歌咏团的团员，却全都准时到了NBC广播公司。在8A广播室里，坐满了学建歌咏团的男女团员，他们就在孙夫人的演讲广播以后，开始唱出宏壮的抗战歌曲。“起来”“救国军歌”“抗敌歌”和“国歌”，他们一共唱了四个短歌。雄壮，有力，并且整齐。赛珍珠女士、丈夫，和她的五个小孩儿坐在收音室里，是那天广播座上的嘉宾。随着这一次的广播，学建歌咏团在三月十六日下午四时，又被约到纽约最有名的音乐堂Brooklyn Academy of Music，正式表演中国歌曲，在那广大的音乐堂里，坐满了对中国音乐有兴趣的美国人士，这个音乐会在中国音乐史上算是展开了新的一页。

那天的节目一共有十四项：一、美国国歌，二、“中国国歌”，三、“救国军歌”，四、“抗敌歌”，五、“起来”，六、郭焕绶钢琴独奏，七、李任公独唱，八、李任公演讲“中国音乐”，九、徐欣钢琴独奏，十、孟治独唱，十一、“撑船歌”，十二、“锄头歌”，十三、“佛曲”，十四、“海韵”。

在这十四项中，最精彩的节目要推“海韵”，这个歌由徐志摩作词，赵元任作谱，是李任公多年来导成功的一个名歌。这个歌是描写一个单身的女郎，热恋着大海，她爱那海边上的晚风吹，她爱那大海的头波，她不信海波会来吞她。唱歌团正在海滨上高声唱着，“回家吧！女郎。”女郎高唱着“不，我不回家”。结果，在波光里，消失了她嘹亮的歌声，和她窈窕的身影。沙滩上，再不见，那散发的女郎。这富于诗意的歌曲，由学建歌咏团唱起来，的确达到了非常幽美的境地，无怪乎歌声终了，掌声四起。

此外，“佛曲”唱起来好像古寺里边诵经的梵音，“锄头歌”唱来好像农场上农夫们工作的一片歌谣。“撑船歌”唱来简直好像江面上船夫的晚唱，由远而近，由近而远。这个歌的作者赵元任先生特别派他的女儿赵如兰女士在表演前，由波斯顿来纽约亲加指导，无怪乎这个歌得到了最长的掌声。

此外，几个抗战歌都整齐，而尤以“抗敌歌”为最好。孟治的独唱，成绩甚佳。至于李任公的独唱，那是无庸多讲，自然得到听众热烈的赞赏。郭焕绶和徐欣的钢琴独奏也都各有独到之处。

全部的节目一共一小时又十五分钟，确和原定的时候相同，由此可见导演有丰富的经验。表演毕，全体团员到莲洞饭店聚餐。将近五十位青年男女，相聚一堂，兴高采烈，大家划策着未来的工作，并且推选新的职员。像这样富有朝气的青年聚会，真是很难找得到的。

随着学建歌咏团的表演，三场精彩的篮球比赛，出现在纽约市里。由于于俊吉、毛邦初、于斌诸位先生的热烈赞助，纽约、华盛顿、波斯顿的中国篮球队会集在纽约，作了一场“三角比赛”。这也是中国留美学生史上值得大书的一件事。

三月十七日的夜晚，纽约篮球队以四十一对三十战胜客军波斯顿，波斯顿队拥有老将钟士谟、张铨元等人。纽约队拥有老将汪今鹏、吴幼良、吴幼林、陈钟祺等人。虽然实力相差不多，但是究竟以纽约队技术较为高超。那天的比赛，是在纽约万国大厦，由于总领事开球，观众有一百多人。纽约拉拉队在旁助兴，声势浩大。

第二天，华盛顿战波斯顿，地点在哥伦比亚大学师范学院室内球场，由魏道明大使夫人开球。华盛顿队队员比较年轻，并且联系较多，合作功夫非常之好，所以以三十六对二十五之比战胜波斯顿。那天比赛完毕，于总领事在华航楼欢宴三队队员，共到五十多人，于总领事先致欢迎词，然后王恭志代表波斯顿队，黄仁泉代表华盛顿队，汪今鹏代表纽约队，先后致词。最后并且由三队队员表演各种游艺，最精彩的要算黄仁泉的英文武家坡，和何怀祖的“韩复渠演讲”，大家尽欢而散的时候，已是午夜。

第三天比赛最重要，华盛顿对纽约，那天下午，师范学院的球场，挤满了中外的观众，钱斌小姐率领纽约拉拉队二次出场。比赛由钟士谟任裁判，执法如山，两队实力伯仲，难分彼此，结果纽约队在最后一分钟以一球之失，输给华盛顿，比赛的结果是三十六对三十四。华盛顿队凯奏归去。

综看这三场球赛，场场都是非常的美观。三队的队员不但技术优良，并且都有很好的仁侠精神表现出来。这是使人感到快慰的。

在这三十三年的早春，中华的健儿们，个个都在欢跃，两次唱歌表演，三场篮球比赛，充分的表现出来新中国精神，在这几天里大家都异口同声的说："今年春天，我们在此相聚。明年春天，我们就要回南京相聚了。"

（三十三年四月一日于纽约）

美国取消排华律以后

是初春的一天，在人声嘈杂的纽约市里，和沈作乾先生畅谈美国取消排华律以后的各种问题。沈先生来美国已经十四年，曾在哥伦比亚大学及芝加哥大学研究国际法，先后在纽约和芝加哥领事馆服务多年，现在任大使馆秘书。他对于华侨问题有深刻的研究，曾著有《美国排华之真义》（*What " Chinese Exclusion" Really Means*）由华美协进社出版，风行一时。在这书出版三个月以后，美国政府就取消了排华律，这本书不能不算尽了它的效能。沈先生目前又在动手写他的新著《华侨在美国之法律的地位》（*The Legal Status of Chinese in the United States*）。他这次来纽约是应赛珍珠女士的邀请，出席东西文化协会，对美国的工会代表演讲。

他首先告诉我，美国排华律共有十五种之多，最重要的是一八八二年第一次的排华律（*Exclusive Law*），禁止中国劳工入境，在这一种法律之下，除政府官员、商人、学生、旅行家、海员和过境的几种人员以外，一切不许入境。并且中国人不准入籍，但是自从一九二四年的移民律通过以后，所有的东方人民，一律被排斥不能入籍。如果这次美国政府取消排华律，而不修改移民律，实际上和没有取消排华律一样。在一九二四年的美国移民律，其所包括的范围不止中国人，所以移民律不能取消，只能修改国籍法，使中国人有权入籍。一九二四年移民律的第十三款，不再适用于中国人。

中国人既然能够在美国归化，所以能够以移民资格入美的人数就要有规定。目前各国移民每年准许入境的人数，是根据一九二〇年在美国各国侨民的人口比率计算出的。根据美国的移民法，每年外国的移民入境人数的总额,不能超过十五万比例计算,那就是各国每年可以移民的数额,一九二〇年中国在美的侨民总额是六万一千,比例算出,每年可有一百零五名中国移民额。

这个移民额,计算的方法虽然和各国相同,但是实际上我们所享受的权利和其他国家依然不同。因为,美国对其他各国移民的限制是以国籍为标准,而对中国人是以种族为标准,譬如南美各国的侨民自由来美,没有限制,这就是美国所谓大美洲主义。一个英国人,生在南美,变成了南美某一国的侨民,就可以自由来美国,但是中国人却不能得到同样的待遇。在每年允许中国人入美的一百零五名,须有百分之七十五是来自祖国的,其他的是各地的华侨,包括有南美洲各国国籍的华侨,这可以看出美国对于人种的歧视。

至于归化,依照美国法律看来,当然以预备永久居留在美国的人为对象,侨民必须住留美国五年以上,才能有请求入籍资格。在美的中国侨民,以和美国土生华侨有亲属关系的人,才有优先权,有美国籍父亲或美国籍丈夫的人为其次,其余的人为最末。

目前在美国的中国人,凡是一九二四年以后入境的,无人有资格请求入籍。在一九二四年以前入境的人,即使非法入境,如果能证明是一九二四年以前入境,而继续在美国居留或是已经有了家眷,不曾犯过罪的,也可能请求入籍。请求的手续,要请求美国的国会议员介绍给国会,准许永久居住,有权归化。综观这一次排华律的取消,不能不说是我们抗战以来增高了国际的地位结果,而美国移民法的修改,更是一种例外。这是使我们感到快慰的。

至于战后美国对于入境的中国人民,和对日本、朝鲜等东方人入境,是否有分别待遇,却还是一个问题。因为美国预防第五纵队的活动,对于外国人一定要取更严厉的政策,全部移民法都要修改,也是意料中的事情。

总之,这次美国取消排华律和修改移民法,确是我国际地位增高的表现。只要我们继续本着六年半来的精神,向前奋斗,那么相信美国对于我们移民的待遇,定可日趋改善。

（三十三年四月十二日于纽约）

再访白宫

六月二日，在华盛顿闷热的气候里，我第二次去访问白宫。美国是个民主的国家，老百姓去看一看白宫，本是很普通的一件事，但是自从二次大战以来，白宫已经不再公开招待一般老百姓作普通的参观。所以在本雪维尼亚路一千六百号这所总统的邸居，已比较战前增加了不少的战时气氛。

我第一次访问白宫在一九四二年十二月十四日，是为《大公报》去访问总统夫人。这一次再去白宫，是受了美国国务院的邀约，和华盛顿的中国同学，一同访问总统夫人，其目的为 Harmon Foundation 拍照影片。那天，一同前往白宫的中国同学有杨天一、胡世昌、李梅卿、金庚娥、郑淑媛、钱婞英、张泰浩、陈怡萱、李博高、赵云章、罗季超、周尔熏、杨寻保等十三人，拍照电影的是我国青年电影专家翁兴庆君和摄影家黄汉新君，陪我们同去的有美国国务院的 Dunnise 君和 Durkin 女士。

我们十八个人，在那天下午五点钟的时候，在白宫的隔壁号称“小白宫”的美国国务院办公楼里齐聚出发，穿过了大街，就到了白宫。卫士们先按着名单一一收了我们的请柬，白宫的侍从出来迎我们进去。总统夫人匆忙的由里面出来和我们相见。她说也还记得我，并且还记得去年到纽约向中国同学讲演那件事。我们一同走到白宫的前廊，我先向总统夫人一一介绍了同来的人，黄、翁两君就在廊前拍了几个镜头。

黄君问总统夫人是否可以在白宫的后面拍几个镜头，她马上问一位随同一起的侍从，侍从说在后面的草地上是可以的，于是总统夫人就建议到她和蒋夫人一同拍照的地方去拍。我们就一同穿过了白宫，走到后面的草地上，在一株小松树前面开始拍照。先由来宾和总统夫人一一握手，然后由各位女同学和她谈话，再由各位男同学和她谈话。夫人的谈风很健，并且常常带着和蔼的微笑。

我们一面拍照，一面谈论各种问题。夫人忽然问起中国政府停止遣派留学生来美，到底是什么原因。一位女同学回答说："我们也不知道。"我在旁边回答说："中国政府要这些同学暂时在国里作更急切的事，并不是绝对停止遣派留学生。上星期由印度开来的船里，就有八十几位中国同学呢。"夫人说，她对这件事很关心，她认为目前中国学生来美读书或实习，对于将来两国的合作有很大的关系。夫人对中国留美学生，确是很关心的。我记得去年五月，她来纽约出席学术建国讨论会，向中国同学讲演的时候，曾经有一位同学起立，问她关于美国征兵局征召中国学生入伍的问题，她回答说一定回去询问一下。在她回华盛顿后不久，我们就接到了一封回信，告诉我们已经把这个问题和负责人谈过了。

在草地上拍照毕，我们就随她走回白宫，在"国家厅"(State Room)里举行了一个茶会。天气非常热，夫人说请大家喝一点冷饮，大家连连称谢。

在茶会里，她重新提起对于中国停止派遣留学生问题，继则谈起蒋夫人来了。她说她很喜爱蒋夫人，当蒋夫人住在白宫的时候，她们曾经有过多次的畅谈，而且蒋夫人曾邀请她去中国。她说，如果她去中国有用处、有使命，她很愿意去的。目前没有这种急需，所以还没有去中国的决定。

五时二十五分的时候，我们告别了总统夫人，随着白宫的卫士康普敦(Compton)班长，去参观白宫的第一层各大厅。这位班长在白宫里已经服务了二十五年，所以他对于各层里的布置和历史，都能原原本本谈得津津有味。在白宫的第一层，我们先后参观了总统餐厅、国家厅、红绿两会客厅、接见外国使节大厅和大舞厅。

康普敦(Compton)班长一面走着，一面指点各种布置陈设予以说明。他特别指给我们会客室里的金钟，那是法国送给华盛顿总统的礼品，现在还在准时的走着。还有几座巨大的玻璃吊灯，有一座价值在六十万元以上，另外一座钟是佛兰克林总统留下来的。我们参观完了各大厅以后，他领我们下楼去参观总统的播音室。他告诉我们总统的办公室是在白宫的左侧，而侍卫室在白宫的右侧。白宫的侍从原来有一百四十多人，自从大战以来，有许多被征入伍，现在只有九十多人了。

五时五十分，我们辞别了这幽静而朴素的白宫。

（三十三年六月十一日于纽约）

由纽约到天津

胜利后第一船

“九一八”的十四周年纪念日，纽约市的华侨冒着倾盆大雨，举行胜利大游行。因为华侨们多年来深深受到国际间的歧视，所以这次游行特别热闹，参加人数在一万人以上。纽约市政府也特别同情华侨，例外的开放了纽约华贵商业区——五马路，作为游行的路线。我在雨中游行了三小时，已经变成了落汤鸡，赶快换了一套衣服，预备再去参加于竣吉总领事的庆祝盛会，恰好接到了华盛顿我国大使馆的长途电话。游建文秘书告诉我，美国运兵舰“战鹰”号（War Hawk），将于十月四日由旧金山直放天津，问我有没有朋友要搭这条船回国，大使馆可以代办手续，买票搭船，并且在二十四小时内通知大使馆，不然就要失掉了这个机会。

我奉《大公报》的派遣，在一九四一年夏季由渝飞港，十一月搭美国邮船“泰来总统”号（Taylor）由香港到旧金山，那是珍珠湾事变前，由中国开往美国的最末一只船。我常常在默祷着，我能在这次世界大战胜利后，乘坐第一只船回国。现在机会来到了，“战鹰”号确是大战胜利后由美国开往中国的第一只船，并且是直接开往大沽口。再也按不住心头上那种还乡的情绪，所以顾不了请示政之先生——那时他正在加拿大，但他曾嘱我设法早日回天津，也顾不了准备行装和结束公私事物的仓促，更顾不了在异国里的那一团新旧友情，经过了一昼夜的小心考虑，我毅然决然的给大使馆叫了长途电话，请求替我办理离美的手续。游秘书告诉我，必须在十月二日以前到旧金山报到，换句话说，我必须要在一个多星期之内，开始我的行程。

离开了新闻城

奔波在纽约市的人海里，已经是三年又九个月。每天奔忙在新闻圈里，倒也忘掉了旅次的凄凉。现在一旦言别，实在有一种说不出的辛酸。在行前的几天，分头向新闻界的朋友告辞，我永远忘不掉这些活泼可爱的新闻界战士，尤其是《纽约时报》的人事部主任图吐先生（Mr. Tootle）和《每周新闻》（*News Week*）的推广部主任海滨先生（Mr. Beach）。四年来他们和我已经由同业的同志，变成了私人的好友。在话别声里，他们都预祝天津市不久要像纽约一样，变成一个新闻城。美国地位最高，销路最广的报纸杂志都在纽约，而美国报纸杂志记者最多的城市也是纽约。《大公报》由去冬到今春，也在大纽约市里印行过《〈大公报〉纽约双周》，一共出版了十七期，在这繁盛的新闻城里，也是件很不平凡的事。

在九月二十八日的下午，我在本雪维尼亚火车站登车西行，开始我这万里的行程。多谢纽约于总领事竣吉、华美协进社社长孟治，以及环球贸易公司、资源委员会、永利公司诸位好友三十多人都到站相送，更增加了我对纽约的留恋。章丹枫同事特由巴的摩尔（Baltimore）来纽约送行，更使我不安。

战后美国的交通，比战前还要拥挤。十天前蒙总领馆代订的火车票，在行前三小时才买到，试买飞机票，根本就得不到座位。据说，目前在美国各大城市里，飞机票和火车票的黑市都十分活跃。

我在二十八日的下午三时离开纽约，二十九日早晨到了芝加哥的联合车站（Union Station）。在车站上写了几封信，清理一些纽约未了结的事务。中午，我又跨上了柏林顿（Burlington）列车。三天三夜的长途，每天和武装乘客杂在一起，倒也不显寂寞。当列车走在落矶山脉（Rocky Mountain）的时候，总路局的稽查员上来告诉我们，由芝加哥到旧金山的火车，一共有五条路线，要以柏林顿列车为最快，并且铁路两旁的山景也要比其他各路美丽得多。当时，我们看到两旁层层的松林，伴着片片的积雪，却也令人神往呢。

向新大陆告别

十月二日的上午十一时，完成了横贯新大陆三千里的车行，平安到了旧金山。相别四月,一切依旧,只是不见了那些飞扬的联合国的旗群。先到中华青年会订好了房间,中午,到旧金山领馆去报到。冯执正总领事特在远东楼欢送,在座的有同船返国的专家和官员,还有好莱坞著名的电影摄影师王君(James Wong),他的成绩,在好莱坞已经名列一二。那天,因为冯总领事就要去墨西哥就任新大使,所以王君大谈他在墨西哥拍摄《自由万岁》的经过。王君告诉我他正在设法自己拍制一套华侨开发美国西部的影片,他并且预备回中国开办片厂。四年前,我初到美国的时候,冯总领事曾亲自到"泰莱总统"号来接我,现在他去墨西哥,而我也启程返国,大家都觉得时光有些不情呢。

二日下午就到"美国总统号"邮船公司去购买船票,三日下午乘客们都把大件行李运到第三十八号码头。四日下午二点,大家全都上了船,中国的乘客一共有三十九人。当天下午五点,我们就离开了大陆,副总领事赵寿瑞和友好多人都到船上道别,大家不免又是一番的依依 。

中国的乘客大部分是在中国大使馆得到最先优先权急待回国的人,里头有交通部的主任王仲武、王奉瑞、吴应纶、沈养义、宁树藩、钮汉全、沈恩涛、刘传书、骆美纶、李振先十人。卫生署的杨济时、钱德、蔡方进、钟世藩、许殿乙、王家珍、王福溢、查良钟八人,中央广播电台管理处的彭精一、金选青、钱凤章、董毓秀、刘铭信、徐学铠、范式正、姚善辉八人,中央信托局的蔡怀尘、吴方治,浙江兴业银行的朱益能、张千里二人,上海银行的李桐村,中央大学教授汪德章,贵州民生农场的张瑞定,学成归来的三位博士慎微之(教育)、徐克勤(地质)和赵理海(政治),重庆市政府的田光灿和南京基督教牧师沈邦彦,加上我,一共是三十九人。

十月四日下午三时以前先后上了船。五时正,轮船起锚,我们开始了七千里的海行。当"战鹰"号慢慢出了金门桥(Golden Gate Bridge)的时候,层层波涛推着船后一缕白沫向后退去,几十只海鸥随着摇荡的"战鹰"号飞舞。所有甲板上士兵和乘客,面上都出现了惆怅的情绪。暮色里,旧金山的层层高楼渐渐不见了。

差不多四年以前,亲眼看着这个庞大高强的国家,由平时的生活走进了战时的生活，现在又看着她由非常状况中走回平时状况。记得我初抵旧金山时，正是珍珠港事变发生的前一个星期，美国各地正闹着罢工的风潮，旧金山的大街上布满了背着标语的罢工工人。现在，大战胜利了，美国各地的工潮又成了严重的问题。在登轮前夕，我又在街头上看见了那些背着标语的罢工工人。美国在大战中，帮助别人解决了不少的问题，但是有许多自己的问题却不曾解决。工潮的问题，不过是难题中的一个罢了。此外“失业”“复员”等问题也都摆在眼前。当我向新大陆告别的时候，不禁在船头上发生了无限的感慨。

海军军官生活

“战鹰”号是美国海军的一艘运输舰，载着一千多个海军士兵，直接开往大沽口，预备住在新港里，担任修配器材的工作。“战鹰”号本身是一个两千吨的船，装货的容量比装人的容量大得多，一共四个底舱，要装一千多人，真可说是挤得水泄不通。兵士睡觉的布床，有些三层，有些四层，甚至有些是五层。吃饭要轮班二三十次，甲板上每个角落都是水兵。

中国乘客登船后，不到几分钟的时候，新朋友都变成旧朋友了。大家在船上受着军官的待遇，睡在三层的木床上，一个舱里要挤上二十几个人。每天早晨漱洗必须站排等候，吃饭采取站排自助的方法。全船的官兵全受船长 Dotson 的指挥，所有的命令都由一个报告员在各处的扩音机里放出。他喊一声，大家就要全都钻下舱去。他再喊一声，大家就全都钻出来。船长对于中国乘客十分客气。

开船的第一天，风浪很大，船的摆渡在三十几度，很多人都晕船了。第二天早晨，因为大家不懂船上的一切规则，全体中国乘客都错过了吃早点的时间。多谢旧金山的林登老同学夫妇，在上船前送了我一大箱子美国橙子，算是减轻了大家晕船挨饿的苦痛。

船行二天之后，海上的波浪渐渐平静下来。我们这些中国乘客，对于海军军官的生活，虽然感到种种的不便，但也发生了一种新的兴趣。大家每天带着救生圈，杂在军官和士兵里面，跑上跑下。我们常常去拜访船长和其他船上的军官，他们也分批请我们一同进餐。船上没有椅凳，除去躺在床上，就要站着。所以大家本来想要每天开个座谈会,交换一下留美所得的学识,都不可能了。全船的人每天晚上到船尾去欣赏一下美国最近的影片,那是旅途中唯一的快事。

美国兵和中国

这船上的美国水兵,大半是二十左右的青年。美国征兵的年龄是由十八到三十八岁,在大战的后两年,美国政府特别注意征用二十岁以下的兵士,因为他们在战场作战有特别良好的成绩。而在大战后两年派遣到海外的兵士,也很少是三十左右,或三十以上的。在船上还遇到几个十七岁的年轻水兵,那是由父母送去入伍的,还不曾脱去一片天真。

好奇是美国民性的一种,这些兵士此次被派的目的地又是中国,所以自从开船起,三十多个中国乘客每天被这些青年包围着,问长问短。他们对于中国的一物一事,都怀着十二分的兴趣。在他们的想象里,中国是个老大帝国,也许是新兴民族;中国人还在梳辫子、缠足;也许都变成了英俊的义勇军;中国土地是一片荒芜,也许是宝藏的所在。许多的问题,要很费力气的去回答。有时候,简直就答不出。当一个来自美国中部乡间的十七岁水兵问我:“为什么在这次世界大流血以后,中国还在流血?为什么在主义不同的多数国家都能合作打了胜仗之后,中国人还在打中国人?”在那碧绿的海面上,在那温和的日光下,我只有咬住了牙,向他苦苦的一笑。

这些美国水兵,差不多全都不曾到过中国。他们认为在战后能有这么一个机会来远东看一看,的确是件宝贵的事。每个人都喜欢有一个中国名字,然后就计划着买些中国的物品带回去,并且要交一个中国女朋友。有些肯用功的,每天要读一点中文。我们常常向他们描写,上海是中国的纽约,天津是中国的波士顿,在可能范围内,我们尽力设法粉饰我们的祖国,更暗暗地希望祖国一切都有了惊人的进步,使来到祖国的新朋友们对我们不要失望。

停留在珍珠港

“战鹰”号一路平安,我们在海上航行了六天,又看见了陆地,十号的清晨,到了檀香山附近。三架美国海军飞机张起打靶的目标,船上的机关枪和钢炮就开始实弹射击,一共有两小时的时间,三个标目只打中了一个,我们便驶进了珍珠港。

珍珠港是第二次世界大战的火源之一,是美国海军的重要军港。若不是因为乘军舰的机会,中国人是很难进得去的。港内水陆延曲,绿林丛丛。听说在珍珠港事变以后,珍珠港已经扩大了许多,港里看得到的,除去大小的船只,就是堆积的材料,此外,我不应再多描写了。

"战鹰"号因装货卸货,装人卸人,在珍珠港里一共换了三个码头,先后停留了十二天。蒙船长允许我们可以下船出港,到檀香山的城区去,使我们在疲乏的旅行里,得到一个短时间的休息。

胜利后的第一个双十节,我们快慰的到了珍珠港,檀香山总领事梅景周,特别在百忙之中上船来欢迎我们。傍晚我们一同出港,乘公共汽车到了太平洋上的天堂(Paradise of Pacific)——檀香山。当晚,梅总领事约请参加岛上华侨胜利大游行。彩车彩灯、军乐、爆竹,还有狮舞,真是热闹。由"九一八"到"双十",由纽约到檀香山,我看到了海外侨胞对祖国的关怀和对胜利的欣慰,或许超过了国内的同胞。

十一日,梅总领事特别约请当地的华侨领袖,并且借了十辆汽车,来招待我们去参观岛上的名胜:夏威夷大学、水族馆、总领事馆、巴力(Pali)山顶、钻石尖(Diamond Head)、海滨和华夏社。总领事馆陈设讲究,外表雅静,是华侨购置捐给政府的。侨胞这种精神,实在值得我们赞扬。当晚我们在一家餐馆欢宴船长和船上的官员,还有领事馆同人和侨胞领袖,宾主一共六十多人,是一场非常生动的国际欢聚。

檀香山的华侨,对于我们这些战后第一批由美返国的专家和官员,表示非常热烈。短短不满两个星期,我们一共参加了二三十个聚会,还和侨胞开过两个座谈会,一个讨论侨胞返国投资问题,另一个讨论中国无线电器材制造问题,前者由交通及银行界朋友们参加,后者由工程界的朋友们参加。到了檀香山以后,我更坚强的增加了我对华侨的敬爱和同情。他们对祖国是那样的忠诚,自己又是那样的吃苦耐劳。不论是在纽约,在旧金山,在芝加哥,华侨已都在计划战后对祖国所要作的事业。尤其是檀香山,华侨已经聚集资本,组织贸易公司,静待交通恢复,开始营业了。

夏威夷是个著名富于友情的地方,到过夏威夷的人,全都享受过所谓“夏威夷的友情”(Hawaiian Hospitality)。梅总领事曾费了两个下午带我参观全岛,侨界杨星梅、陈宽夫人,张华超夫妇,林廷芳和他的夫人王涵芬,蔡庆培、邓基荣、林群、黄澧祥、林廷训、阮励初、刘毅父、李夫赞、邓帝椿各位侨界领袖都一再的招待。海滨的日浴、月下的舞会和盛大的宴会,充分表现出檀香山华侨最富有夏威夷的友情。

二十二日,大家又齐集在珍珠港里,二十三日的下午,冒着层层波浪,离开了这举世闻名的檀香山。

琉球战争未了

在珍珠港又上了许多水兵,有些去琉球岛,有些去大沽,一时船上挤了二千人,简直连站的地方都没有了。船上用水也节制起来了,兵士们每天三餐改成两餐。热带的天气使大家每天不停的流汗,所有的官兵、乘客都叫苦连天。

离开檀香山的两天两夜,船又摆动起来。美国青年是闲不住的,有的两人下棋,有的四人打纸牌,有的三五成群和猴子玩耍,还有的一二十个人聚在一起,唱着各种的民歌。大家都是席地而坐,也有的时候,两个人跑到甲板上殴斗一会,还有许多人在读着美国海军部印发的缩版杂志和小说,很难找到几个兵士在独自沉思的。

在珍珠港,有三十二个华侨青年上了船,他们都是美国海军技术人员,预备去大沽担任翻译和技术工作。在他们三十二人里,只有两三个人来过中国,所以他们对于中国的关心远过于其他士兵。他们有国语班,由檀香山的林关浩任教,并且每天还要请一位我们的乘客作一次讲演,描写一下祖国的状况。

十月二十七日,我们渡过了子午线,在那一望无际的海中,我们在度过了二十七日以后,就来到了二十九日。四年前曾经在此多过了一天,现在又把它消失了,不禁感觉时光的迅速,和自己在大宇宙里的渺小。按美国海军的传统,每个兵士发给一张金龙片,作为穿过子午线的纪念。蒙船上步队司令斯帝华的盛意,也给了我一张,真是个很宝贵的纪念。

十一月三日,船上又举行一次实弹射击的演戏。四日就到了第二次世界大战名战场琉球本岛。当我们走进琉球群岛的时候,看见几百只大小兵舰，团团的围住了每一个岛屿。琉球本岛是其中最大的，"战鹰"号就停在它的附近。大家都跑上甲板，向这一片荒凉的现代战场，凭吊那些为公理而牺牲的几万美国兵士。

晚间，船长回来了，报告我们，岛上还有六七百个日本兵散藏在地洞里，不时出来作游击战。我们到的前一天，还有一个美国水手被打伤。加上台风刚刚过去，船只和交通工具损失很大。所以琉球本岛的港口司令，特别向中国乘客们致意，一方面表示热烈的欢迎，但是另一方面却又感到歉意，因为他不能招待我们登陆去看一看这有历史意义的战场。

月夜里，这几百只大小战舰互相打着灯语，彼此介绍自己的船只和任务，一时一条条的探海灯光，闪闪交叉在天空，后面挂着星海，大家都来欣赏着这幅美丽的图画，而忘掉几个月前这海面上曾经有过大战。我在默祷着，愿全世界和琉球本岛一样，由黑暗变成光明吧。

衰落的大上海

在船上闷等两天，又卸下去四五百个水兵。六号的下午，"战鹰"号就离开了琉球本岛，蒙船长特别设法，得到琉球本岛港口司令的允准，在去大沽的途中，"战鹰"号特别先到上海停了一两天，大部中国乘客可以由此登陆。我们三十九个中国乘客中，有三十二个人是预备去南京或重庆的。因为华北时局起了很大的变化，船长特别帮忙一下，真是可感。

一开船，船上就严厉的检查每个人的救生圈，因为据报告，在三小时之内，附近的海面上一共发现了九个流散的水雷，一时船上起了恐怖的空气。果然，在傍晚的时候，船停住了，在三百码外的地方，漂着两个黑色的水雷，船长马上下令，开炮射击，一共用了三四十分钟，打破了另一个，另一个始终没有打中。

暮色里，船又继续开行，很多的中国乘客发生了非常的恐怖，在决定去天津的七个乘客中，又有三个人改在上海登陆。因为他们恐怕在中国海面上，水雷还要多些。

八日的早晨，船已进到东海。早晨起床，我们发现海水已经变黄，舟山群岛已经摆在眼前。当中国乘客们又看到了久别的祖国时，每个人都现出了微笑。午间，到了吴淞，因等候命令，在口外下了锚。许多渔民把渔船靠到船边，卖一些中国中下级的礼品给这些美国青年，船上立刻下令禁止士兵买食品。船上的报告员说："中国的食品，因为水不清洁，并且因为用某种特别肥料，所以吃了就很容易得痢疾。"听了真觉得难过。许多水兵用多数的纸烟去换一个水烟袋、年画，或是一幅竹制的麻将牌，他们认为这就是中国的代表物了。

九号上午，船长接到命令，十一点，"战鹰"号开进了国门。黄浦江畔的景色，已经和四年前太不相同。下午三时左右，我们到达了上海的外滩。船停在江心，望见江内停着一排外国巨舰，一股辛酸的滋味立刻涌在心头。不禁想起了一段在吴淞口的谈话，当一个美兵问一位中国乘客："那里是你们中国自己的舰队？那里是你们中国自己的飞机？"这位中国乘客答得很不自然。

随着船长在海关码头登了陆，帮他在上海买了两天中国物品。不但是船长失望了——因为我曾告诉他，上海，可以比作中国的纽约，就连我自己也不会相信，上海会被敌人摧毁得如此衰落，因了电力不足，到处黯淡无光，因此市面萧条，店门是那样的破旧。当年大马路车马如梭，现在已是零零落落；当年灯光辉煌的几家大饭店，现在里外全是尘土很厚；当年井井有条的外滩，现在到处是一片的叫卖的小商人和丐童。大上海已被敌人摧残了，不知那年那月才能恢复她的旧观。但愿新上海重新建立起来的时候，我们可以刷清当年上海市上的种种罪恶。

在上海三天，听到的是一片叫苦声。物价回涨，物资不足，接收的经过也有许多令人失望的事实。初到的那天，在码头上买到了本报的上海版，立刻找到了本报上海新馆，见到了久别的同人，想起了九年前爱多亚路编辑桌上的夜生活，大家都非常的快慰。当晚，上海银行李桐村和浙江兴业银行朱益能在上海银行欢宴船长和船上的军官，新旧朋友们都喝醉了，但是酒醉的理由怕又不一样呢。

我们三十九个人里面，有三十五人在上海下了船。当"战鹰"号十二号清晨离开了黄浦江的时候，中国的乘客只剩下了著名内科医师杨济时、交通专家王奉瑞、吴应纶，加上我，一共四个人，我们住在一个大舱里，一切感到舒适。可惜我在上海和军官们喝了几杯俄国白酒，回到船上,犯起气管炎来。在回到故乡之前,在黄海的海面上,竟过了三个痛苦之夜。在美四年,气管炎没有来扰我,离家渐近,旧病又发,不免令人有些焦急。多谢船上的军医,给我打针服药,算是渡过了难关。

故乡多愁多恨

在一个扫雷舰保护之下,“战鹰”号用了两天的时光,就到了大沽口外。使我惊奇的是,八年前一向寂静的大沽口,现在聚集了大小七八十只美国的军舰,使人感觉到北方局势的严重。我们十四日到了大沽,十五日早晨由大船跨过了绳梯,登了小船,午间,随着几百美国青年向船长和“战鹰”号话别了。四十天的海军生活,就此告一段落了。

海河两旁的情形,已非八年前可比。新港在望,两岸的厂房加多。想起二十六年由此南下,眼看着一个个尸首浮在海河上面的情况,再看到岸旁飘摇的国旗,我的热血奔腾起来。

十五日下午四时半,我们在塘沽美军码头登陆。王、吴两君到车站找到了旧同事,把车皮开到了海滨,把我们装到了塘沽车站,蒙王站长的帮忙,令我们随着输送日侨的空军回到天津。车到老站的时候,已经过了午夜,又蒙战时运输局刘云峰主任的帮忙,招待我们在他的办公处里过了半夜,那时西车站的枪声不停,外边正在戒严,我们无法走出车站。

十六日清晨,多谢本报李清芳、林墨农、陈君宝三位同事特别到车站来接,真令我喜出望外。太阳初升的时候,我又看到了久别的故乡,我又听到了我那可爱的乡音谈话。不愿错过了半分钟,我赶回到我的家园。

母亲的头发已经苍白,在我们抱头痛哭一场之后,她告诉我,敌人宪兵曾跑到家里来捕我,结果拿走了我的相片。妻子依然那么美丽温和,女儿竟已足了学龄,也很清秀天真。当我第一次听到有人叫我“爸爸”的时候,我在伤感着青春的消逝。

故乡,虽然经过了敌人八年的摧残,但是因故乡人士富于“勤俭”“忠诚”的美德,所以经济要比大后方稳定得多,而市容也要超出了上海。令我痛心的是,伟大的胜利竟给故乡添加了不少的“愁”和“恨”,竟有不少的人把“希望”变成了“失望”。

重返故乡，我饱尝了唐诗里面的情绪。许多的家人亲友已经不见了，家庭、社会、国家，都是度着非常艰苦的生活，这使我非常伤感。同时，看着青年们都已长成，战后的建设已经慢慢在开始，国旗到处飘扬，再也看不到仁丹的广告，这又使我非常兴奋。当我完成了这万里行程以后，我要站在故乡土地之上，用我兴奋的情绪，去克服我的悲伤，挺起胸膛，迈开大步，追随着四万万同胞组成的民族巨浪，去建设强大的新中国！

（三十四年十二月十六日返乡周月脱稿于天津四面钟）

附　录

燃起运动场上的烽火

神勇的抗战，步入了反攻的前夕；艰苦的建国，奠定了永恒的基础。中华民族期待着光明，四亿五千万同胞看见了曙芒。在这伟大的巨浪里，我们要“燃起运动场上的烽火”！

《国民体育法》第二条：“体育之目的，务使循序发达，得有应具之健康与体力及抵抗力，并其身体各官能之发育，使能耐各种职业上特别劳苦，为必要效用。”

《国民精神总动员纲领》第五条第二项：“奋发蓬勃之朝气必须养成——次于醉生梦死之生活，而为国民精神之蠹贼者，厥为消沉颓废之风气。此风气之存在，实由于生理与心理两方面之原因所造成……在生理方面，则运动、卫生、整齐、清洁，乃至早起之习惯，均需提倡与实行，然后能使国民精神充实，朝气焕发，以担当非常之革命事业。”

世界著名体育专家麦克乐先生说：“体育上团体运动的利益，除了使我们锻炼身体，训练精神运动，更使许多人在一致的行动下，发挥社会化的效能，并且发展个人的品性，使自守、节制、合作等等正大光明的精神，赖以发达。”

由以上三端，可以明显的看出体育在目前的重要了。无妨再举个实例：十九世纪初，欧洲全部全在拿破仑掌握之中，德国被法国征服的结果，全德国民众教师和朝野领袖，一致参加抗战工作，唤醒民众，激发爱国热忱，以达救国统一的目的。当时，杨氏（Frederick Ludwig

John)完全利用体育,倡导国家主义。杨氏的体育标语,为“四 F 主义”(Frisch, Frei, Fröhlich, Fromm)即新鲜、活泼、快乐、信赖之意。杨氏努力的结果,他的德式操,不但复兴了德意志,并且传布了新大陆和其他各国,势力所达,一时遍及全球。

有些人,误解体育只是资本主义发达国家的产物,我们不必去提倡它。那么,我们无妨再来看一看社会主义的苏联,也利用体育来作国防的和军训的工具。苏联在赠与体育团体会员之最高奖章上,刻有为国防而准备的字样,非经过考试,各种跳跃、掷重等,都能及格,才能得到这种荣誉。

现在,我们看看自己吧:这民族史上空前的抵抗外患的战争,发动已经三十个月了。在这三十个月里,一切的文化活动,都有了极大的进步。试看:剧坛上竟在这种困难的环境里,一再的造出惊人的成绩,凡最近留心舞台上或街头戏剧工作的人,一定会有这样的感想。出版界,各种刊物,如雨后春笋的出世,都在和纸张印刷的困难挣扎着。图画木刻,也是这样。而在抗战后贡献给国家民族最多的,那不能不推歌咏了。不论在十字街头,或是伤兵医院,以及军队的行列里,都能听到一片片的抗战歌声。还有,各种的学术演说和座谈会,真是美不胜收!但是,我们回过头来,望一望运动场上,是那么的寂静!是那么样沉闷!我们的运动场上,已经成了荒芜的不毛之地了。

翻开三十个月来的运动场上的活动记录,实在不能令人振奋。去年夏,四川教育厅曾举办了一次体育教员讲习会。秋季,教育部在重庆办了一次中等学生体育表演会。今年,新生活总会主办了几场篮球赛,成都开了一次民众运动会。最近,沙坪坝上各学校比了几场募款球赛。值得记载的只有这几件事了。从事运动场活动的人们,都休息起来了,都躲藏起来了。喜爱运动场活动的人们,都改变了兴趣,改变了生活。

事实告诉我们,多多少少的运动员,现在散布在前线或后方的角落里,早已停止了他们惟一的安慰生活——奔驰在运动场上。还有,在沦陷区里,有一些运动员,表现出违反运动员精神的态度。这实在是体育界的一个大羞耻。真的,我们应当设法把他们召回祖国的怀抱里。但,回到祖国的怀抱里,又作些什么呢?

在很多青年脑海里，消灭不了这些悠久的印象，那就是运动场上几次大活动的追忆了。民国十九年的春天，我们北国的健儿，居然避开了野心家的炮火，乘轮船到江南，在西子湖滨，和全国青年同胞在一起跳跃，一起欢呼。我们听着政府领袖的训示，我们看着全国青年在团结。那时啊！北国正笼罩在炮火的烟云中。二十二年的秋天，在紫金山下，全国的健儿，也曾同握手去觐见中山陵，去觐见我们国父的遗容。二十四年的秋天，在黄浦江湾，全国的健儿，又踏过了"一·二八"的战场，聚集在独立自由的新上海市上。

更值得我们追忆的，是华北几次运动大会了。"九一八"后，我们依然见到了东北健儿，活跃在千佛山麓，龙亭故宫，青岛海滨，故都城下。尤其是在北国紧张的时候，在白河之津，依然看到华北十余省好男儿在拼命的奋斗。那是十八届的华北运动会，东北代表，穿着黑白的制服……向着白山黑水间的祖国领土致哀。走进大运动场时，千万同胞，同时起立致敬。看台的高处，五百个白衣童子——南开拉拉队，摆出种种的爱国标语。啊！就是那一刹啊！十万张嘴在含着微笑，二十万只眼在流着热泪。民族复兴的巨流，已无形中奔涌起来了，来宾席上，各国贵宾，鼓掌称庆；敌国军人，含怒狞笑。这一切的一切，都证明了运动场上的烽火，对于多事之秋的祖国，贡献是多么大！影响是多么深！至于谈到青年体格的锻炼，和比赛项目的纪录，那真是末焉者了。

战争时代，运动场上的活动，是不能停止的。第一次欧洲大战时，各国军队，退到后方休息，就以足球为娱乐。芬兰在第二次欧战爆发时，还在筹办着世界运动大会。中外多少名将，都是当年运动场上的老将。多少的长官，都说受过运动场训练的士兵到前线作战，能力特别强，效率特别大。同时，在战时的后方，运动场上的活动，是很重要的民间娱乐。它应当代替了"叉麻将""听歌女"一类颓废不振的风气。有人说：在抗战中，我们无暇来顾及运动场，实在是千错万错的。

好了！成都将于元旦日发动体育大游行。全运会将于明年双十节开会于成都。让我们在这抗战建国的伟大巨浪里，迎头向体育界的同志们大声喊道："燃起运动场上的烽火！"

（二十八年十二月二十七日写于重庆沙坪坝上）

第七届全运会几个具体问题

教育部第七届体育委员会将于今日(一日)开幕,这是体育委员会扩大组织后第一次的会议。在这胜利之年的新春,体育界的巨子,都集中到抗战建国的首都,共同讨论体育大计,实在值得我们快慰。这里,愿意提出一个当前最重要的体育问题——第七届全国运动会的具体问题,献给第七届的体育委员会。

全国运动会已经五年不曾开会了。宣统二年第一届全运会开于南京,民国三年第二届会开于北平,民国十三年第三届会开于武昌,这三次会都是民众团体举办的。民国十九年,国民政府举办全运会于杭州,组织扩大,单位加多,运动员人数近二千人。民国廿二年第五届全运会召开于南京,盛况空前,参加单位达三十个,造出新记录二十余项。民国二十四年第六届会开于上海,盛况不减。民国二十六年,第七届会已筹备就绪,全国健儿正在准备相见于首都的时候,全民抗战的烽火,打销了中山陵下的一片欢跃。神圣的抗战,把全国健儿,摆在前线后方的各个岗位上,他们分道扬镳,别来已是第六年代了。

去年双十节,成都开民众运动大会,中枢与地方的负责人,都非常兴奋,决定今年双十节在成都召开第七届全国运动会。消息传来,举国欢跃,但是由动议到现在,已近四月,到开会的日期,也不过还有八个月。在这艰苦建国的关头,一切事物,预备上都要费力,所以全会筹备的工作,实在是刻不容缓了。

现在就个人想到的,有关第七届全运会的七个具体问题,分别讨论如下:

一、地点:这个问题,似乎不必讨论。有人说:既然开运会是动议在成都,当然要开在成都。我谓不然。地点问题,要依着承办的机关为转移。如果是教育厅主办,那末当然在成都,如果是教育部主办,那就还有讨论的余地。固然,在成都华西坝上,三百多亩的广场,新建起一片建筑,当然雄伟,当然壮观!不过是否要花费很大的代价?在重庆沙坪坝上,几个学校,几个运动场,都是在长时间和艰苦环境中挣扎出来的,现在如果能够利用,一定可以省去大量的支出。再说高低的山城,对于空袭的扰乱,确是很好的屏障。这不能不说是个重大问题。平原上虽然可以疏散,究竟不如山地好。

二、时间:政府里倡导的人,希望在今年的双十节,开第七届全运会,而在成都方面,也有一点点建议,希望会期改在明年春天,因为那时成都的花会,正可引来大量的观众,这两个时期,都是非常合宜的。前者是国家的诞辰,集全国青年于一堂,定有一番轰轰烈烈的表现。后者是民众的佳节,四方的人士,聚在一起,也会有深远的影响。但是还有最重要的一点,我们不应忘掉,那就是我们应当充分利用防空季节。

三、会场建筑:大运动场的兴建,在欧美各国,已经司空见惯了,但是在我国,却是个值得研究的问题。我曾经散步在上海江湾,看着那一座座的大看台,静悄悄的在睡着。我也曾登中山陵近处的高台,望着那广场上的野草,迎风动荡。想起大会时期,人山人海,毫无隙地,再看到这长期的冷落萧条,我惆怅的想到花那么多的人力物力,只得到十几天的热闹,实在有些不值呵!何况,在这个抗战建国的时候,动起工来,恐怕更是事倍功半了。我们如何建筑一个最经济的运动场?我们要如何的去利用这个运动场?这是我们当前最重要的问题。想来想去,我认为迁就既成的场子,花费最小代价去扩充它,而拿来利用,那是非常合理的。

四、产生选手代表:过去六届全运会,都用地区来作选手代表的单位。第一届会,共有华北、武汉、吴宁、华南、上海五区。第二届会,共有东西南北四部。第三届会分华东、华西、华南、华北、华中五区。自第四届会起,参加选手,改为以省市、特别区、华侨团体为单位。直到最近,不曾更改。但是抗战以来,情形大变,中华民族经过一次空前的大移动,更有许多的人,他的居所,是常常变换的。所以将来全运会选手的产生,是个很费考虑的问题。以目前的所在地作单位的根据吧,游击区以及敌后方,就很难产生选手。以抗战前的所在地作单位的根据地吧,又太不确定,亦难找证明。依我个人的意见,以选手的籍贯,来作单位根据,比较容易产生。

五、组织:每次全运会,最感困难的,是对于选手和观众的招待事宜。选手的衣食住行,如何安排,不先下一番准备,影响选手的成绩很大。尤其是交通方面,年来内地旅行已感极大困难。在这一个短时期内,要解决几千人的交通问题,非有详细的计划不可。同时,在会场里,要有大量的事务人员负责工作,才能有助大会的精神。我们应当追忆往次大会的缺点,再想一想上届欧林比克大会,德人组织的周密,帮助大会的精神极大极大,我们应当知所努力了。譬如观众方面,每次大会都感到入场券的不足,临时向隅,秩序大哗,所以对于入场券的分配,最好早行公布,先期售券,定能减去当时的困苦。再如裁判方面,不要再产生"双总锦标"和"二次万米赛"的笑剧,这一次都要从组织完密上下手了。

六、会序安排:在一个伟大的时代里,我中华民族,一切都在迈进着,一切都在表现着空前的成绩。所以,第七届全运会不开便罢,要开就应当有一番新精神的表现,给全世界看。因此大会的秩序,要审慎的安排一下。不只是比赛项目要分配合宜,使观众数目在时间空间都要平均,就是会内的各种生活,也都要维持良好的秩序。我们要拿这次全运会作我们民族前进的试金石。我们不是大家来作一场游戏,也不是请青年们来作一次旅行,我们是完成抗战建国重大使命的一部。除去比赛项目以外,还应当加入集体活动,表现出民族的朝气。我们要用宣传力量,产生良好的大会秩序,并且要用良好的大会秩序,来作我们对民众、对国际的宣传。

七、体育用品:体育用品的制造,在抗战后的西南,已经成了问题。原料少,制造技术不精,使体育用品的品质,渐渐离开了标准。同时,体育用品的市价,亦较战前高出。并且如果要大量采用时,货色也感缺乏。所以我们要请政府加紧注意这个问题,设法补救。政府要监督厂家,协助厂家,如必要时,政府要和厂家合作。治标方面,要从运输设法。治本方面,要从制造设法。希望在最短的时间,使体育用品在质量两方面都能大加改进。那末,解决了下届全运会的一个困难问题,倒是小事,后方生产重要的一部工作,能藉此迎刃而解,不是值的赞扬的么?

在这抗战建国的征途上,又来到了胜利之年的新春,阵阵寒风仿佛远远的送来冲锋的角号。让我们一同抬起头,挺起胸,大步踏进第七届全运会的会场,大家高声合唱一首凯旋之歌吧。

(中华民国二十九年二月一日于重庆)

由《威尔逊传》看美国民主政治

威尔逊(Woodrow Wilson)是美国第二十八届的总统,他由一九一二年当选,一九二〇年退任,一共作了两任总统。他是民主政治的倡导人,在第一次世界大战中,他发表了那不朽的十四原则,其中一则就是组织国际联盟,促进世界和平,于是他又立刻变成了国际合作的创始人,不但誉满全球,并且成了历史上的人物。

一九一八年十一月第一次大战告终,一九一九年的年初,威尔逊就启程去巴黎,签订合约,并且开始组织国际联盟。当他的理想初步实现的时候,他的政治生命竟被国内的反对派所残杀,被孤立主义所主宰的美国,竟决定不参加国联的组织。

这一部近世史里的悲剧,在《威尔逊传》里,由始至尾地描写得十分透澈。看完这部影片,使你不能不想到美国的法治精神,是她建国的基础,即使是国家的领袖,即使是明智的措施,但也无法违抗多数的意见,更不能依了自己的看法,就决定了国家的命运。

在这一部影片里,我们可以看到威尔逊全部的生活史,同时也可以看到美国民主政治的全貌。里面有地方选举和总统选举的热烈状况,总统、阁员、州长和各级官吏的生涯写真。处处可以看出美国政治生活,和我们大不相同。他们的政治竞争,是活泼,是互尊,富有仁侠精神。我们的政治竞争,是阴险,是自私,充满毒辣的气氛。如果我们认为美国的民主政治还有可取的话,那末,在我国开始宪政的前夕,这部影片的确可以作个民主政治的示范。

这部影片是二十世纪狐狸公司的出品,两三年前,轰动了全美国,笔者曾经在纽约市两次挤在人群里,等候了好几小时,去欣赏不朽的杰作。当时据一位美国朋友告诉我,二十世纪狐狸公司是拥护共和党的,这部影片的摄制,原想是用来帮助共和党威尔基作竞选宣传的。不想威尔基和威尔逊同样的遭到孤立主义的反抗,在共和党里州预选的时候,就失败了。结果这部影片,竟作了民主党罗斯福总统第四任膺选的间接宣传品,因为在共和党中再也找不出一个有世界眼光的候选人。同时,在第二次世界大战里,美国政府恐怕孤立主义抬头,影响到兵士在海外作战的士气,一度禁止这部影片在军队里放映,曾经引起许多报纸的反对。现在,第二次世界大战又胜利了,联合国的新组织还不曾建好基础。随着罗斯福和威尔基的逝世,美国的孤立主义又在抬头,想到这里,不禁觉得这片子的伟大有力。当年,美国反抗了威尔逊的主张,引起了这二次大战风波。现在,美国又反抗了罗斯福的主张,将来要怎样呢……

值得我们注意的是美国竞选的活泼,有声有色,兴高采烈。并且一切都布置得美丽如画,一切都像在那里演一出戏,使人喜欢政治活动,使人愿意参加竞选。当选了是很大的光荣,落选了也很释然,大家都以民意为依归。眼看着我们的选举开始了,我真不敢奢望能有美国选举的那种快乐活跃的精神,发现在国内各地。只要能消除了群殴和暗杀种种的丑剧,也就算是我们民治的成功!

更值得我们注意的,威尔逊本是匹林士登大学的校长。民主党的地方党魁,为了本党的成功,硬跑进学府,拉他出来,参加竞选。结果为国家造就了一位总统,为人类造就了一位伟人。这种“选贤与能”的精神,正是政治道德的基础。观察一下我国的学者能人,很少有如此被选的机会。即使将来有了机会,由过去的经验看来,也仅能给人作个“花瓶”,甚至会感到“一筹莫展”呢。

重看《威尔逊传》,使笔者回忆到在新大陆时,两度进白宫的愉快,和参加芝加哥两党全代大会的兴奋。那时,笔者深深的祝祷着多难的祖国,在胜利后也能渐渐步入民主的轨道,使同胞们渐渐享受一些参加政治活动的快慰。白宫,依然像三十年前一般的幽静美观,美国的竞选,依然用着三十年前的种种花样。但是,祖国,却离开笔者所祝祷的境地,愈发遥远了。

明年——一九四八年,是美国的大选年,也是中国的大选年。笔者热盼能有两位现代的威尔逊,同时产生在祖国和新大陆之上!

（三十六年七月四日于天津）

促进“市民治”

今天（七月十九日）下午四时，平、津两市的许多大学教授、政治经济学者、市政专家、工商领袖和其他拥护自由主义的自由职业者，将在故都的欧美同学会，举行“市民治促进会”的成立大会。这可说是中国走向民主的历史上的重要的一页。因此，笔者藉此机会谈一谈促进“市民治”的问题，唤起行将有接受四权机会的都市市民的注意。

市民治（Municipal Home Rule）是中国民主政治的基础，笔者完全同意张佛泉先生的主张，中国的民主政治要在都市做起，因为惟有在都市，目前才粗备施行民主政治的客观条件（见三月六日本报星期论文）。如果在都市实行民主政治成功，才容易去推行到农村。如果在都市推行民主政治都不易成功，那末，要在农村方面去推动，困难不知要更加多少倍。不是有人说过吗？四川全省的选票，每张要盖一个印章的话，就要用八个月的时间，举此一例，其余可以推想。

市民治，如果要用简单的话来解释，就是都市的人民自己管理都市的政治。再推一步，就是说，市民自己推选负责人去推动市行政，同时市民自己推选负责人去议订都市的法规，并且市民要自己设法筹足市政的经费。所以在展开市民治运动的前夕，我们必须认清：市民治，在一方面将要为市民取得种种的权利；在另一方面，将要为市民增加种种的负担。所以推行市民治，是一件应当详细考虑的事。

同时，在法律的观点上来看，一个民治的城市，在通过了自己的自治法以后，已是一个具有独立性的政治单位。再从社会的观点去看，一个民治的城市，具备了和其他城市不同的性质。这独立性和个性，必须要配合这个城市的地理环境、风土人情和市民的生活方式。这样，市民治才可以推行得顺利。

那末，促进市民治，要有那些要件呢？依笔者看来，要从下列三方面下手：

第一，要引起市民对市政的兴趣——美国建国在一七七四年，而在她建国的一百〇一年（一八七五年），米苏里州（Missouri）的人民就通过了州宪，规定了凡是十万人口以上的城市，可以自订市宪，成立民治政府。而在一八七六年，美国第一个民治市圣路易斯(St. Louis)市就依法降生了。中国是现在世界上一个古国，到现在才开始谈"市民治"，我们觉得非常惭愧！

如果我们细考原因，当然发现君政和军政是阻止民治的主要原因，而更重要的原因，是我们的民众对于政治，一般不生兴趣。几千年来，家族制度造成了我们自私的观念。"个人自扫门前雪"，"多一事不如少一事"，"一动不如一静"，"管闲事，落不是"。在日常生活里，我们天天可以听到以上各种话，处处表现出大家对于"众人之事"的畏惧。多少年来，这种观念，耽误了多少的建设工作，造成了千千万万的贪官污吏。这种不关心，是民主政治的一个最大的反动力量。

但是，这种观念，不能再拖下去了，现代的政治和人民的生活，愈靠愈紧，尤其是城市的市民。你看到邻宅失火而不报警，那末这火就会延烧到你自己的住宅。你在街上不守规则开驶汽车，会被电车撞死……一切一切，大众之事，已不容你袖手旁观。张伯苓校长在公能学会成立会上说过："你不去问政治，政治会来问你的。"就是这个道理。

问问众人之事，并不可耻。贡献自己的意见给大众，才算光荣。研究地方问题，往往会给你很大的兴趣，而有了不同的见解，才可以使问题本身有进步。

为引起市民们对市政的兴趣，需要执政者的充分说明，新闻杂志的分析批评和专家的讲解论断。还有，最重要的，是市民责任心的加强。各方面都这样的推动，市民对市政的兴趣，自然加高了。市民对市政有了高度的兴趣，才能谈到"市民治"。

第二，要有一个周全的市自治通则——在目前，依据宪法第一百二十二条的规定，市自治法要根据市自治通则而拟订。市自治是市民治的蓝图，而市自治通则又是市自治法的蓝图。所以要谈市民治，非先由一部周全的市自由治通则不可。

这部市自治通则，要规定的事项，非常的多，但是最重要的，是要规定出：在目前的中国，市的种类应有几种，还有，市政府的组织，应有多少种类。

先谈市的种类。我国自国民政府建都南京以后，城市就分为两种:“甲等市”属于行政院,“乙等市”属于省政府,以后改称“特别市”和“普通市”,又改称“院辖市”,但是始终维持两级制。最近有些学者主张在市自治通则里,仍然维持两级制:甲种市受中央政府监督,乙种市受省政府监督。

再有一批学者,主张在市自治通则里,应当规定三极制:甲种市受中央政府监督,乙种市受省政府监督,丙种市受县政府监督。

还有少数学者,主张一级制,主张全国大小的都市,全和县的地位相同,受省政府的监督。市自治通则应当把原则规定,市民治才算有了轨道。

其次,谈到市政制度,张锐先生主张在市自治通则里,应有“选择市宪”的规定(Optional Charter),笔者同意此点。因为我国各市情形,很不相同,用选择市宪,可以给各城市充分发挥个性和效能的机会,对“市民治”的促进上,大有裨益。

在“选择市宪”里,要规定出多种的市政制度,由市民去选择其一,然后去起草市自治法。所以“选择市宪”,最好列举几种实用的组织。

美国大城市通用的市长市议会制(Mayor and Council Plan),不管分权制或是集权制,都可采用。因为我国过去市政制度,大部分是走向这条路,虽然,始终不曾产生过民选的市议会。最近风行美国中小城市的市经理制(City Manager Plan)当然可以用来一试,因为这种制度,的确可以增加市政的效率。至于在美国最近已见衰颓的市委员会制(Commission Government),分权既不清,实际运用上亦多缺点,我们似乎不必列入。还有人主张,采用美国的市民大会制度(Town Meeting),那却未免过于理想了。

英国市政制度,由市民选市议员,再由市议员互选一部为市参议员合组市议会。由市议会选举市长,市长就是市议会的主席。这种制度,亦可列入。德国的各种市行政委员会制度,亦有参考的必要。

市自治通则,现在还在行政立法两院审议中,我们希望能早日公布,并且希望对于市分类和市政制度两方面,要有周密的规定,以便奠定市民治的良好基础。

第三,要有一个适用的市自治法——市自治法(张佛泉先生称作市宪章),是全市的根本法。要有健全的市民治,非先有健全的市自治法不可。

就市政原理来讲，市自治法要把一市的疆界、政府的组织、官吏的职权、机关的权力、预算的程序、财政的监督、选举的方法和市产业的管理等项，都有详细的规定。市民依据了市自治法，才好去参与市政治。

市自治法的制定，关系一个都市未来全部的政治生活，所以不能不谨慎将事。制定市自治法的人，不仅要有行政经验，并且还须有学理的研究。依据宪法的规定，市自治法要由市民代表来制定。至于市民代表如何产生，政府还不曾公布，不过，这确是一件不容忽视的大事。因为这些制订市自治法的市民代表，正是为“市民治”打基础的工人。

虽然，目前各市市民，对市政还不曾有很大兴趣，虽然市自治通则还不曾公布，虽然各市的市自治法也还不曾动手起草，但是，“市民治促进会”今天将要在北平成立了。成立以后，上述的三方面，正是目前急迫的工作。笔者相信，各位负责人，对这三种工作，一定有极大的贡献。

天气，像时局一般一样的令人焦热。笔者向“市民治促进会”的全体发起人特致敬意。而笔者身为发起人之一，因公留津，不能参与成立大会，深为抱憾。谨祝“市民治促进会”成功。

（三十六年七月十九日晨一时天津）

“七二八”十周年

无情的岁月，和烦恼的局势一样，在缩短着人们的生命。在这遍地烽火中，又来到了“七二八”十周年的纪念日。当我们追忆起十年前的今天，日军攻陷天津市的惨状，再展望一下目前天津市的环境的时候，我们连伤感的勇气，都鼓不起来了。

十年前的今天，日军开动了准备多时的夜袭，按着计划侵占了天津市区。从此粉碎了一部分人偷生求和的妄想，揭穿了海河浮尸的惨剧的内幕,天津市民也就从那时候起,开始遭受了空前的浩劫。

十年前"七二八"的翌晨,日军由海光寺,开炮轰击八里台南开大学,同时用飞机轮流轰炸南开大学的建筑。多少年来天津唯一的最高学府,被残暴的日军,全部摧毁了。这里,使人忘不掉的,是南开大学留守的负责人黄子坚和郭平藩两位先生,领着六位工友,直到校里落了弹,才在烟焰中退出八里台。其服务的态度,和负责的精神,敢说可以作近年来公私各机关服务人员的表率。张校长所倡导的公能精神的伟大,由此可以证明。

来到"七二八",使人感到十年来中国在国际的政海中,起伏升落,临到动荡的顶点。无论如何,使我们欣慰的,是百年来不平等条约的废除。在天津,看得很明显:几个租界,都已收了回来。不平等条约,已经是历史上的名词。十年中,中华民国已经变了世界的强国。笔者曾在旧金山目睹我国代表在联合国大会里充任主席的光荣。虽然现在想起来,令人感慨万端,但不失为十年里令人兴奋的大事。我们惟有盼祷这种光荣不久还有来临的机会,而当我们再有作强国的机会时,我们要把握时机,设法真向作强国的途径迈进,不要再坐失宝贵的黄金机会。

来到"七二八",使人想到十年来,日本人经营天津市的努力,惊震了全世界的,是秘密中修建新港的计划,其次,新市区的计划,也令人惊服他们的眼光。据说十年前漂浮在海河里的浮尸,就是为修建这一片新市区而牺牲的无名英雄。而日本人在修建新港时,也曾在塘大的水流上,放出不少的浮尸。我相信,这些流在海河两端的冤魂,至今不能瞑目,因为,他们等到胜利后的两年,也还不曾看到新港的完成和新市区的利用。至于日本人在四面扩张了天津市的市区,那确是有利于天津市民的生活。把市中心向东南移,也很合乎市政原理。这些,都可以证明,日本人经营天津,的确下过一番的苦心。

来到"七二八",使人想到了"惨胜"不如"惨败"的惨剧。日本人多年在天津市惨淡经营的结晶,在我们去接收的时候,竟感到无力应付。据闻在太平洋战争起来以后,日本人进占天津旧英租界的时候,早晨八点钟进去的,下午四点,无论公私机关就都开了门。现在,我们胜利已经快两年,接收的工作,还无法结束。在三十四年的冬季,笔者第一次访问新港的时候，在海河两岸，发现了多少的工厂，连门窗都被拆卸抢掠一空。这一年半来，我们又发现了多少日本人留在市区的工厂，还无人愿意接收，或竟无法开工。因此我们更担心起将来由日本迁来的工厂，复工还不知有多少倍的困难。一切的一切，表示出来我们的工作计划和效率，和人家比起来，实在差得太远。“惨胜”反不如“惨败”，里面有它的原因在。

来到“七二八”，使人想到了天津市的市民，在沦陷八年中，受到的重重痛苦。而八年来所流的血泪，到现在我们还无法把它们擦干，因为许多使人流血流泪的原因，到现在不曾洗刷干净。如同：物价的飞涨，和打官司的困难，以及找事难和住房难，都使天津市民的失望和牢骚，一天比一天的增加。有些知识浅薄的人，竟常常拿沦陷时代的生活比较现在。这种说法固不足取，但这个动机，确值得注意。

来到“七二八”，使人感到天津市容凋落。天津是全国第二大城市，沦陷八年，贫穷破坏了全市的外貌，使她的元气，一时难以恢复。在十年前，天津唯一的胜地北宁花园，和河北市区遭受相同的命运，已经变得冷落败坏。西沽的桃花，已经不见。八里台的荷花池，已被埋填。南开大学每年举行毕业式时打开的大钟，亦被日本人作了子弹原料，从此全市市民，再也听不到那洪大的钟声。加以二十八年的大水，淹坏了许许多多的房舍，到现在还在嚷着拆除危险建筑的口号。虽然也有人认为旧租界区已经渐渐恢复当年的旧貌，但是各界人士过分重视旧租界区，而忽视了人口集中的旧天津市区，将来要造成一种畸形的发展，并且有利用他人现成设备，而自身苟安偷闲的嫌疑。

来到“七二八”，使人感到天津市的文化教育事业的衰落，比从前愈发明显。三个大学学府，师生都日夜在饥饿线上挣扎。私立中小学的困难，已到了无法维持的境地。市立小学校，发生了不少教师资格不足，或是修养欠佳的事实，一切都充分表示出教育事业衰落的惨状。再看街头上，流行着各种软性黄色刊物，它们的销路，远在正当刊物之上。事实上告诉我们，“小蘑菇”是一般市民最欣赏的舞台明星，而流行歌曲是每个商店必放的音乐，这些，在十年前，却不是这样。

来到“七二八”，使人想到了的一件令人心痛的现象，那就是抗战八年以后，我们已经找不到服务社会青年们的朝气，千千万万留在天津的青年们，受了长期精神的压迫，和生活上的苦痛，多少心理上发生了变态，不但失掉了蓬勃的朝气，就连普通的事物，都不愿下一判断。同时又有不少服务社会的青年，在抗战期间，颠沛流离，心理上也发生了变化，失却了旧有道德的修养。多少当时所谓贤妻良母，由大后方归来，变成了交际明星。多少工作服务员，八年后又回到故乡，依然投机倒把，依然偷懒贪污。这两种不协调的现象，反映出天津市上的一种令人悲观的气氛，如何增进这些青年的修养，是个刻不容缓的问题。

来到"七二八"，使人想到一线曙光的，是天津市民主政治的开端，这是大家都承认的事实。目前的市行政，正在开始向民主政治的方向走去。但是，在中国的社会里，来谈民主政治，是件很不容易的事，因为动员市民参加政治，真是难上加难。我们应当赞扬市当局对这一方面的努力。在十年前，天津市的市民，作过公民宣誓手续的，才有十三万多人。而目前天津市请领国民身份登记的市公民，数目已近百万。同时，市自治虽然是不曾开始，但是市政府的各级负责人，却颇有民主的作风。看到市民请愿次数加多，就是一个明例。但是，民主政治是需要修养和技术的，这条路途，还遥远得很，愿天津市的官民共同努力。

来到"七二八"，使人想到十六年来，北方多事，北方的人民，吃的痛苦特别多，直到现在，北方的问题也特别严重。很多的人，曾经说过，如果中央政府在"九一八"以前，就加倍的重视北方，国家的局面，当不会如此的惨痛。这种看法，证诸"七七"，证诸"七二八"，证诸目前的局势，我们都找不出反驳的理由。这种说法，范围包括政治、经济、军事各方面。试看天津输出额占全国百分之十强，而所得的输入配额却占百分之四，就是个明例。要中国就须要北方，要北方就须要天津。来到天津市沦陷的纪念日，我们要大声疾呼，唤起各方的注意！

天津市，在十年前的今天，受到了暴力的侵占，被日军摧残了八年之久，元气已经消耗殆尽，两年来始终在险恶的环境中挣扎着。笔者深信：和平早日来临，建设早日开始，那是一百七十万天津市民所深切盼望的。

（三十六年七月二十八日于天津）

译名简释

A

阿尔米尼亚(Armenian)——亚美尼亚语

爱我华(Iowa)——爱荷华

Adolph S. Ochs——阿道尔夫·S. 奥克斯

Arnold——阿诺德

B

巴的摩尔(Baltimore)——巴尔的摩

巴拉蒙(Paramount)——派拉蒙

本雪文尼亚、本雪维尼亚(Pennsylvania)——宾夕法尼亚

Blue Network——蓝网

Buck County——巴克县

C

Call-Bulletin——呼声报

Chronicle——纪事报

Clarke——克拉克

Cleveland——克利夫兰

Courant——新闻报

Cripps——克里普斯

Cronin——克罗宁

E

Examiner——《考察家报》

F

佛兰克林(Franklin)——富兰克林

Frederick H. Wood——弗里德里克·H. 伍德

Free Press——《自由新闻》

G

Globe Democrat——《环球民主报》

H

哈德森(Hudson)——哈德逊

哈迷尔顿(Hamilton)——哈密尔顿

狐狸公司、福斯(Fox)——福克斯公司
华斯(Walsh)——沃什
Harmon Foundation——哈蒙基金会
Hartford——哈特福德
Hearst——赫斯特
Henry Evans——亨利·埃文斯
Howard——霍华德
Hyde Park——海德公园

J

James Hilton——詹姆斯·希尔顿
John D. Rockefeller——约翰·D. 洛克菲勒
John Days——约翰时代
Joseph Mickiewicz——约瑟夫·密茨凯维奇
Journal of Commerce——《商业日报》

L

Laurence Tibbett——劳伦斯·蒂贝特

M

麦克乐(Maclay)——麦克莱
米苏里(Missouri)——密苏里
Macy——梅西
Madison Square Garden——麦迪逊广场花园
Malcolm Rosholt——马尔科姆·罗肖尔特
Marshall Field——马歇尔·菲尔德
Maureen O'Hara——玛琳·奥哈拉
McCormick——麦科密克
Merz——默茨
Milwaukee——密尔沃基

P

匹林士登(Princeton)——普林斯顿
Paul Henreid——保罗·亨雷
Pittsburgh——匹兹堡
Plain Dealer——《老实人报》
Post-Dispatch——《邮报》
Presbyterian Medical Center——长老会医疗中心

R

Rankin——兰金
Rossi——罗西

S

史丹佛(Stanford)——斯坦福
Scripps——斯克里普
Sidney Franklin——西德尼·富兰克林
Sulzberger——苏尔茨伯格

T

坦那西(Tennessee)——田纳西
图透、图吐(Tootle)——图特尔
Times Herald——《时代先驱报》

W

Y

Z

附录　民国时期出版旅美游记著作目录

1. 伍廷芳:《美国视察记》,陈政译,上海:中华书局,1915 年 12 月初版。
2. 王国辅:《旅美调查记》,上海:商务印书馆,1915 年 12 月初版。
3. 农商部:《中华游美实业团报告》,上海:商务印书馆,1916 年 7 月初版。
4. 梁启超:《新大陆游记》,上海:中华书局,1916 年 9 月初版,1917 年 7 月 3 版,1922、1936、1937 年再版。
5. 屠坤华:《万国博览会游记》,上海:商务印书馆,1916 年初版。
6. 王一之:《旅美观察谈》,上海:申报馆,1919 年 12 月初版,1921 年 1 月第三版。
7. 乐嘉藻:《东美调查日记》,1921 年铅印本。出版者不详。
8. 谢颂羔:《游美短篇轶事》,1925 年作者自刊初版,1926 年增版;1929 年 3 月卿云图书公司发行;上海广学会 1933 年 11 月再版。
9. 环球中国学生会编:《游美须知》,环球中国学生会,1925 年 3 月初版。
10. 上海银行旅行部:《游美手续撮要》,1926 年 1 月初版。
11. 徐正铿:《留美采风录》,上海:商务印书馆,1926 年 6 月初版,1931 年 6 月再版。
12. 由云龙:《游美笔谈》,云南:崇文印书馆代印,1926 年。
13. 姚祝萱编:《国外游记汇刊》八册(其中第六册、第八册为美国卷),上海:中华书局,1924 年 10 月初版,1926 年 4 月第三版,1935 年 12 月第四版。

14. 杜秋声:《游美日记》,上海:三民公司,1927 年 4 月初版。
15. 谢扶雅:《游美心痕》,上海:世界书局,1929 年 9 月初版
16. 钱用和:《欧风美雨》,上海:新纪元书店,1930 年 9 月初版。
17. 出云馆主人:《美游诗词存稿》(初集),美国旧金山:世界日报馆,1931 年 3 月初版。
18. 滕柱:《美国一瞥》,上海:商务印书馆,1933 年 3 月初版,1934 年 2 月再版。
19. 作者不详:《纽约一昼夜》,上海:良友图书,1935 年 6 月初版。
20. 伍庄:《美国游记》,美国旧金山:世界日报社,1936 年 3 月初版。
21. 尹庚:《吓,美国吗》,上海:文化生活出版社,1937 年 1 月初版。
22. 黄珍吾:《游美考察记》,作者刊,1940 年 5 月初版。
23. 萧立坤:《游美指南》,上海:中华书局,1943 年 4 月初版,1947 年 9 月增订三版。
24. 邓传楷:《旅美见闻录》,南平:国民出版社,1943 年 6 月初版,1944 年 4 月再版。
25. 张文昌:《旅美散记》,湖南蓝田:袖珍书店,1943 年 10 月初版。
26. 美洲国民日报编:《蒋夫人游美画册》,美国旧金山:美洲国民日报馆,1943 年 7 月初版。
27. 孔令伟编述:《蒋夫人美加行纪》,重庆:中农印刷所,1944 年 7 月初版。
28. 李慕白:《从华盛顿到重庆》,成都:中西书局,1944 年 4 月初版。
29. 谷春帆:《旅美观感》,重庆:大公报馆,1945 年 5 月初版。
30. 费孝通:《初访美国》,上海:美国新闻处,1945 年 9 月初版;上海:生活书店,1946 年 6 月再版,1947 年 7 月第 3 版。
31. 张其昀:《旅美见闻录》,上海:商务印书馆,1946 年 10 月初版,1947 年 3 月再版。
32. 严仁颖:《旅美鳞爪》,天津:大公报馆,1947 年 9 月初版。
33. 杨钟健:《国外印象》,上海:文通书局,1948 年 1 月初版。
34. 南洋:《到美国去做“米斯特”》,香港:香港公教真理学会,1947 年 11 月初版。
35. 徐菽园:《留美生活漫谈》,上海:大东书局,1947 年 7 月初版。

36. 徐菽园:《旅美偶笔》,上海:中央书店,1947 年 10 月初版;美华出版社 1948 年 7 月再版。

37. 徐菽园:《美国杂碎》,上海:美华出版社,1948 年 7 月初版。

38. 徐菽园:《旅美杂忆》,上海:大中国书局,1947 年 10 月初版。

39. 徐菽园:《旅美什锦》,上海:美华出版社,1948 年 7 月初版。

40. 徐菽园:《游美花絮》,上海:辰龙出版社,1948 年 7 月初版。

41. 徐同邺:《龙游海外》(英文),上海:美华出版社,1947 年初版。

42. 徐同邺:《海外游踪》,上海:美华出版社,1948 年 9 月初版。

43. 编者不详:《美国游记》(儿童版),上海:大东书局,1948 年 4 月初版。

44. 刘尊棋:《美国侧面像》,上海:士林书店,1949 年 2 月初版,北京三联书店 1950 年再版。

45. 许君远:《美游心影》,上海:建中出版社,1949 年 5 月初版。

图书在版编目(CIP)数据

美国印象——中国旅美游记选编(1912-1949)/陈晓兰编校.—上海：复旦大学出版社，2018.3
(城乡文学/文化关系研究文丛)
ISBN 978-7-309-13310-3

Ⅰ.美… Ⅱ.陈… Ⅲ.游记-作品集-中国-民国 Ⅳ.I266.4

中国版本图书馆 CIP 数据核字(2017)第 245667 号

美国印象——中国旅美游记选编(1912-1949)
陈晓兰　编校
责任编辑/宋启立

复旦大学出版社有限公司出版发行
上海市国权路 579 号　邮编：200433
网址：fupnet@fudanpress.com　http://www.fudanpress.com
门市零售：86-21-65642857　团体订购：86-21-65118853
外埠邮购：86-21-65109143　出版部电话：86-21-65642845
上海浦东北联印刷厂

开本 787×960　1/16　印张 34.75　字数 475 千
2018 年 3 月第 1 版第 1 次印刷

ISBN 978-7-309-13310-3/I·1072
定价：98.00 元
